小島信夫長篇集成　第①巻　島／裁判／夜と昼の鎖

小島信夫長篇集成

❶

島／裁判／夜と昼の鎖

水声社

目次

島——13

裁判

夜と昼の鎖

付録

凡例

一、著者のすべての長篇小説を単行本刊行順に収録した。

一、底本は、原則として著者生前の最後の刊本とした。詳細は巻末の解題を参照されたい。

一、明白な誤記・誤植と思われるものは適宜修正した。

一、原則として、新字新かな表記とした。拡張新字体も原則として採用しているが、底本が正字を用いている場合は、それに従った。

一、ルビは原則として底本のままとしたが、文庫本を底本とする作品においては取捨選択した。

一、底本において、数詞（十／一〇、など）や助数詞（米／メートル、など）、外国語のカタカナ表記等に不統一が見られる場合、同一作品内で統一すべく適宜修正したが、本集成全体として統一することはしなかった。なお、同一作品内における漢字・ひらがなの表記の揺れ（走る／はしる、など）、および連載が長期にわたった作品における表記の不統一に関しては、著者の文体にかかわるものと判断し底本のままとした。

一、作品中には今日の観点からみると不適切と思われる表現も散見されるが、作品が書かれた時代背景、作品が持つ文学的・芸術的価値、また著者が故人であるという事情に鑑み、底本のままとした。

島

第一章　魚をのせて来なかった船

あるうららかな秋の日の夕刻に、数日前にこの村を出た漁船の二艘がもどってきた。私の家は村の南側にあるが、両側にある少しつき出た丘にのぼると、遥か北の海から帰る私たちの漁船の姿が見えるわけである。漁から帰る時には、船の中からいつも歌声が聞える。そうした歌声はこの村のいくつかの歌の中の一つだが、彼らの沖の潮風できたえた声は、百姓たちが野良で、収穫が近づくと十日に一度ぐらいドナるように歌う声と共に、とにかくこの村の祭になくてはならないものなのだ。祭は収穫を待って行われたが、百姓らの歌は漁夫の哀調を帯びた強い音声には敵《かな》わないようであった。祭の日にはこの歌声を慕って、村の子供たちは、漁師というものをアコガれたが、しかし今では漁師の伜といえども、先ず漁師になりたがる者もないと云ってよかった。つまり漁師は百姓よりも割がわるかった。何しろこの近海には魚の捕獲量は少なく、といって遠方に行く習慣は、ふしぎとこの村にはなかった。先祖が行かなかったというだけのことかも知れない。もっとも一、二度、未知の海へ開拓に出かけたという話だが、その半分ほどは半殺しになってもどってきたそうだ。噂によると、遠方の海は、彼らの海ではないようなのだ。それは誰が決めたことか、彼らは知るわけもないし、未だにその噂の中に疑問が残っている。

（誰の海だろうか。島ならばともかくあの広い海が、なぜ、自分たちのものではなくて、誰かの専有でなければならぬのだろうか。そういうことがどうして出来るのだろう……）

もっとも彼らが殺されたり半殺しになる時に、

「お前たちはここへ来るケンリはない」

と云う言葉を聞いたということも云われている。この村の者が「ケンリ」という言葉を使うようになったのも、その災難がもとだともいう。たぶんそうなのであろう。何しろこの村では「ケンリ」なる言葉は相手をなぐったり、蹴倒したりするさいに頻繁に使われ、喧嘩をする時は、この言葉が双方から応酬される。

「ケンリだ」

「このケンリめ、来るな、だまれ」

といった調子である。勝った時も、「それ、おれのケンリだ」と叫ぶ。私たちも大人に負けずよく用いた。それだけではなく、ここでは、

「ケンリ取り」

という遊戯がある。あとになって知ったが、これは普通、「陣取り」と云われるものらしい。それから私はこの村の寺の後ろの藪の中の墓群の中に「ケンリ遭難者の墓」があるということを、和尚に教えられた。それはもう苔が生えていたし、石の面が一様にすりへって、よく分らないが、墓石の裏には、十ばかりの名前が並んでいることは分る。が、これが災難にあった人々だという。漁師の子はよくここへお参りにやらされる。それをまた、「ケンリ参り」と云う。

それよりまだかすかにうすれた噂がある。それは、その事件のあったあと、復讐に遠海に出かけて行ったという話である。遠海から彼らが追われた時には、やはり二艘の船で漁に出かけて行ったのだが、復讐戦を行うため

には、とても二艘では足りない。乗組員を増すだけではなく武器がいるからだ。当時の村長は豪胆な人で、漁師に復讐戦に出かける命令を出して、その準備を整えさせた。この村に武器はない。少くとも人を殺す武器を知らないはずであった。

忽然として、村長は武器を案出したのだった。

その次第は私の父が書き続けてきた、「本島噂話集」の中にも、まことしやかにこう記録されている。この書物の中でも特にこの箇所は、父が何度も読んできかせてくれたので、今でも私は空で唱えることが出来る。但し、これは書物といっても、かなり大きな板紙の集積なのであった。父はこの書物を自筆で認めたわけだが、誰にも見せなかったし、事ある場合には、しっかりと身につけてはなさなかった。噂でも何でも心に思っていることは、他人に話してしまうと、きれいに忘れてしまうことが多い。父は噂を、何年かかったかよくおぼえていないが、その著書の中に吸収し尽してしまうと、村人といっしょに、父さえも忘れてしまった。そうしてたぶん、村人はその噂話の種本が公開されるぐらいに思って心を許したことになる。父も結果から云うと、自から気を許して、忘れるためにその中に文字にしてしまったのだ。

村長、第××代英五郎氏ハ「ケンリ遭難」後ハ、日夜、考エッヅケラレタ。自分ノ村ノ者ガ殺サレタリ、ヒドイ目ニアッタリスルコトハ、ツライコトジャ、ト申サレタ。マタ、自分ノ家ノ者ガソウシタ目ニアウノト同ジヨウニ腹ガ立ッテ、マルデ自分ガ殺サレタ、ト同ジダトモ申サレタ。イヤソウデハナイ、ソレ以上ダト申サレタ。村ノ者ハ村長ガ、誰彼カマワズ呼ビトメテ、「死ヌトイウコトハ、考エタコトガアルガ、殺ストイウコトハ考エタコトモナカッタガ、ソレハドウイウコトダネ」トシツッコク聞カレルノデ、答エルノニ苦シンダソウデアル。マタ漁夫タチニ向ッテハ、「相手ハ、コウイウフウニ拳骨ヲ使ッテフリマワシテイルウチニ、当リドコロガ悪クテコチラノ者ガ死ンダノカ、ソレトモ相手ハ、コチラガ、ソレデ死ヌノヲメアテニシテ、フリマワシタノカ、ソレヲキカセロ」ト申サレタ。ソレデ漁夫ハ思案ノ後ニ、「ソレハタシカニ、コチラノ者ガ死ヌノヲメアテニシテダト思イマス」「ソウカ、シカトソウダナ。ソレカラ、モウ一ツ聞クガナ。拳骨ヲフリマワストカ、押ストカ、蹴ルトカノ外ニ、何カ刃物カ、ソレニ類似シタモノヲ使ッタカ。使ッタニチガイナイナ。何シロ、切口ヲ身体ニツケテ死ンデイタノダカラナ。シカトソウダナ。ワシモソウ思ッテイタ。ヤッパリ、ソウナノカ。ソレデイイノカナア。ソレデハ、ワレワレガ食ウタメニ魚ヲ殺スヨウニ、殺シタトイウコトダガ、ドウジャ。ソウシテミルト、ワレワレガ他人ヲ殺スコトヲ考エモシナカッタノハ、マコトニ愚カナコトカモ知レヌ。第一、殺サナクトモイズレ死ヌノダカラナ。

ドウジャロー、遠クニオル者ハ、オナジ人間デモ、ツマリハ人間デハナイノデハナイカ。人間デモ魚グライニ思ッテイイノデハナイカ。少シモ可哀想トハ思エヌカラナ。メグリ合ウノハ、船ノ上ノ僅カノ間デ、ヤガテノコトニ、ワレワレハソノ顔モ姿モ見ナクナルナラバ、魚モ同然ジャ。忘レルタメニ、全速力デ漕イデモドレバイイ。トコロガ、自分ノ村ノ者ノコトハ墓場ガアルダケデモ、忘レルコトハ出来ヌカラノウ。ドウジャ皆ノ衆！」

第××代、村長、英五郎氏ハ漁師タチニ説カレタ。漁師タチハタダウナズクバカシデ、聞イテイルウチニサッパリワカラナクナッテシマッタ。村長ハソレホド考エガ深クテ、ツイテ行ケナカッタノデアル。

「ツマリ一口ニ云エバ、イツモ目ノ前ニ見テイナイ者ハ、魚ヲ殺スヨウニ死ナセテモイイトイウコトダ。タダシ、ソウナルト、コチラモ殺サレルカモ知レナイゾ。サテ、ソノアトハ、ワシハユックリ考エル」

次ノ日ニ村長ノ邸ノ前ノ立札ニ次ノヨウナ文句ガ貼リ出シテアッタソウデアル。

「現在マデニ本島ニ於テ、如何ナル理由ニモセヨ、人殺シノアッタ話ヲ心得テオル者ハ、即刻申出テ、ソノ時ニ使用シタ刃物ヲ知ラセヨ。ソノ中ニテ最モ有効適切ナル刃物ヲ教エタル者ニハ、応分ノ褒美ヲ与エル」

トコロガ、幾日タッテモ申出ル者ガナカッタ。村長ハ遂ニ次ノヨウニ貼紙ノ内容ヲ訂正シタ。

「……人殺シヲ行ウタメニ、最モ有効適切ナル刃物ノ試案ヲ出シタ者ニハ……」

ソレデモ誰一人トシテ申出ル者ガナカッタ。村長ハシビレヲ切ラセテ、自カラ武器ヲ案出サレタ。ソレハ竹槍ト申スモノデ、竹ノ尖端ヲタダブッタギッタモノデ、ソレハ村長ガ幼年ノ頃、竹ノ切株ノ上ニ倒レテ、瀕死ノ重傷ヲオビラレタ、ソノ経験ニ基ク、全ク独創的ナ発明品デアッタ。竹ナラバ、本島ハ恵マレテイル。シカモ携行ニハ軽クテ便利デ、思イ通リノ長サニスルコトモ出来ル。刃ガ鈍クナッタラバ、再ビ切レバヨイ。

部隊ノ要員ハ漁夫ヲ主トシタガ、コレハ今一ツノ重大ノ任務、即チ本来ノ目的デアル、魚ノ捕獲ヲ行ッテ帰ルタメト、ソレカラ、仇ヲ討ツモノハヤハリ漁夫デアルベキダ、トイウ見地ニ立タレタモノト察スル。船一艘ヲ造ッタ。見送リハ厳禁シテ、夜陰ニ乗ジテ、村長自カラ指揮シテ、出発シタ。半年後ノコトデアル。

父はそこまで読んでくれると、急にそわそわしながら、先きの頁をめくり、読むのを止めてしまった。この父の読んでくれた部分だけがバカに鮮明で、あとは、村のほとんど消えかかる霧のような知識を頼らねばならぬが、それを総合すると、少くともこの竹槍は使用することがなく、村へもどってきた。

いや出発したというが、そこのところが既に怪しいと思う。いや、出発だけはしたのだ。

竹槍の使用の練習だけはしたらしい。その痕跡は現在もたしかに残っている。祭の日には、漁師たちが、竹槍踊りというものを、美声に合わせて行うのを見ても分るし、それに子供も竹の尖端こそとがらせないが、突きあいの如き遊びを行うからである。

竹槍の使用法を練習する時、漁師たちは、違う土地の者を殺すために、こうして自分たち同志で殺すまねをしなければならぬので、おどろいたらしい。敵という言葉を村長は古書の中から拾い出して、使用したのであろう。

「相手を敵と思え。いいか、ワシをその敵と思って突いてくるのだ。いや、もしそう思えなければ、猪だと思ってもよい」

こんなぐあいに、叱咤しながら練習をつむうちに、何か有害なものが、ひそんでいることに気がついた。それは英五郎氏も漁師の場合も程度の差こそあれ、あったに違いない。それはホンノ僅かで、気がつかないと云えるほどのものかも知れない。とはいっても、あるにはあったのだ。思索的な第××代英五郎は新鮮におどろき、遠海に復讐に赴くよりは、一切を忘れるに如かず、と思ったことが考えられる。

それから今一つ、出発まで一艘の船の建造期間などを含めると、半年の期間がかかるのは当然だが、その間に彼らは、船の出来るのを待ちながら、出漁に赴くのか、出征をするのか、そこのところが日々アイマイになって来たのではないか。第一遠海になぞ、出かけて行くことは、そもそも異例のことで、異例のことをしなければ、こんなことにはならないのだから、むしろ恨むべきは、近海以上に出ようとした慾張り根性である。いや、この附近に相手の船が現われたなら、われわれとしても、この竹槍で相手を……といったぐあいに、自から武器を所有し、実際に動かして、相手へ突き出す訓練をしているうちに、そんなカゲが、冬の薄日の隙間洩れぐらいには彼等の心の片隅を領して行ったことだろう。

海を直接仕事の場としていない村長には、海へ出て行くまでは相手の船がじっと海の上で動かないものという珍妙な錯覚があったらしい。ただ遠いだけで、動かないものというようなふうに思っていたのだ。

あれやこれやの末に、遂にいつもの出漁地点まで行くと、彼は漁をさせてから、竹槍を全部海の中にすてさせた。

「敵はどこにもいなかったのだ。いやいるとすれば遠海のまた彼方の島にいる。そこの島まで行くうちにはわれわれは自分の島を忘れてしまうかもしれない。何しろ、何の奇もない、小さい島だからな。それは大へんおそろしいことだ。わしはもうかなり、忘れかかってきた。恋しいことは恋しいがのう、我が島は。それにとにかく我が島が見えなくなるということだけでも、おそろしいことなのだからな」

二、三人の者は竹槍を海に投入したり、舳を故郷に向けることに反対したにちがいない。息子を殺された親とか、親を殺された息子とかは。

実は彼らは、初めて遠海に出た時には、半殺しにあったり、数人の者を敵の手にかかって失ったりしたが、それよりも帰路が大へんだった。もう少しいいだろう、もう少しいいだろうというあんばいに沖へ沖へと出て行ったのだが、彼らの目じるしは彼らの島ぐらいの遠さのところにある無人島なのだが、あるところまでくると急に消えたようになくなってしまい、気がつくと既に潮に流されていた。大海原にどことも知れず漂ううち、彼らは大きな船にとりかこまれてしまい、それからあのような眼にあっていた。おまけに、彼らは、舳を元の方へ戻させ、帆のあげ方まで嘴を入れた上で、戻したのである。彼らはこのことを村長、英五郎氏に話していなかったはずだから、村長に引返す命令をされて、いきり立った連中も、この時のことを思出して、ぞっとしてきた。

こうして遠征隊は敵にめぐり合わず(実はめぐり合おうともしないで)まだ故郷の島を視界から完全に見失わないうちに、一人も失わずに帰ってきた。戦果を待っていた村人たちは、船が意外に早く、万歳を唱えながら引き上げてくる姿を見て、海岸に群るように集り、崖の上からも鈴なりになって手をふった。妻子が、良人や父の名を呼んだ。それから恋人や親や……いろいろ、相手の姿を三艘の船の中にさがしては歓声をあげた。一艘の船ぐらいは、失うことをかくごしていたのに、船はぜんぶそのままであり、何もかも全部、失ってはいなかったのである。奇妙な物足りなさが群集の中に少しずつ拡がって行った。

隣りの誰それが、それでなくとも、少し遠い親セキの某々が船の中にいないことをのぞんでいたのである。はっきり云うと、誰も彼も船の上の者は死んでくることを望まれたのであった。気がつかないのは、船の上の者だけなのだ。

群衆は何の統制もなく、漠然と集っていただけだったが、その中へ、第××代英五郎氏は降りた。そして真先きにこう云ったのではないかと思う。(船員は後めたく思って、船の上にまだ残っていた。村人らは、物足りなく思って砂上に立っていた。英五郎氏はその中間に立ったわけである)

「いいか、皆に云っておくが、何ごともなかったのだ。何ごともあり得るわけはない。先ず先ず喜ぶがよい。われわれの海はここのまわりの海だけだ。それより外へは出てもらいたくない」

私は、人殺しがこの村でちょいちょい出るようになったし、現在もあるのは、これ以後でないかと思う。いったん湧きおこされた戦意や、殺意や、竹槍という道具を使おうとした記憶が村にくすぶって残ったのだ。誰よりも村長がそれをおそれ、竹槍を海中に投入させたのに。

さて私の父が記録の先きの方へ目を送り、突然読むのを止めたのは、次に述べる事件のためではあるまいか。私はあとで板紙を盗み見して知ったのだがこの英五郎氏は、ある夜寺からの帰りみちで、竹槍で胸をつかれて死んでいた。その鮮かな刺され方からすると、犯人はかなり槍の達人にちがいなく、それは漁師の中の一人であるはずだ。犯人という言葉さえ知らなければ、殺人ということが前述の如くとにかくこの村では初めてだったのだ。殺した者をこらしめなければならない。そのためには殺した者を探さねばならない。おどろくべきことは、誰もこの村の者が村長を殺した、とは口に出して云わなかったのである。そうすると、犯人は遠海で、彼らを「ケンリ」したところの連中ということになる。

その連中が、何しにワザワザ竹槍を用いて村長英五郎氏を殺害する必要があろう。それに村長の顔や足どりを知るはずがないではないか。ところが、次第にはっきりした事実となり、漁師たちはその犯人の風貌を語り出した。しかし村長の復讐を企てて遠征するには、村長の掟が都合よくじゃまをしてくれた。

たとえば、その事件のあとで、断崖から海中へ落ちて死んだ人がありはしなかったか、古老の一人に記憶を辿らせ、昔の噂話を思いおこさせようとしたが、それはムダだった。父に話したために忘れたのではないかと問いつめてみたが、村長殺害のすぐあとに自殺者などはなかったと云う。しかしその古老は不意に闇を手さぐりするように思い出しはじめ、あれは漁夫の一人が殺したにちがいないと答えた。ずいぶん手間がとれた。

「それなら、その男をあなたは知っているのか」

と云うと、

「ワシの友達でケンリ事件の時に、海に出ていたのだが、そいつはもう三十年も前に、酒に酔っていて船の上から落ちて死によった」

「その男は、あなたにそのことを打ち明けたのか」

「いいや。ワシは道端でその男といっしょに待ち伏せておった」

「いったい何故その男は殺したのだね」

「ワシにはよく分らんが、分けもなく竹槍を使ってみたくて、それが出来んようになった腹いせじゃなかろうか」

「村長を恨んでいたのですね」

「何？　そんなことはあるまい」

「何となく村長を突いてみたかったのじゃよ。ワシもそんな気持になったようですわ。もう忘れた、忘れた、忘れてしもうたわ」

「それなら悪いとは思わなかったのか」

「怖いとは思ったが悪いとは思わなかった。それにワシもその男も、てっきりある時までは、まわりの者の云う通りだと思った」

「つまり他国者が……」

「どうしてそれなら待ち伏せたのだ」

「逃げる様子があったからだ」

「村長が？」

　とにかくあるうららかな秋の日のこと、私はいつものように漁から帰る船を丘の上から見ていた。いつもなら丘のある松の枝にさしかかる頃から、漁師たちの歌声が聞えてくるのである。確実に帰路を急ぐ歌声なのだ。そうしてその歌は私らのアコガレなのだが。ところが、二艘の船は（その頃船は二艘であった）いつまで待っても歌声を出さず静かに近づいてくる。どうして歌わないのだろう。私が物心ついてからというもの、こういうことは一度もなかった。遠く海から岸へ近づいてくる時に、数日間の海の生活の後での帰郷を、何となく村に知らせたいのが当り前だ。それなのにこの静かな戻り方は何故であろう。私は不満な気持で家へ帰った。

その夜私の家へ網元が訪ねてきた。私はこれは夕刻のあの風景にかんけいがあると思い、襖のかげからのぞいた。

「こういうことは、ワシは生れて初めてなのだが、百姓にも、こういうことはあるものかの」

「いったい藪から棒に何事なのだ」

私はこの一件を父に話していなかった。私は変ったことは、たとえ父に聞いても分らないし、自分で考えるより仕方がないと、何となく思っていたのだ。大人は子供らと同じ位しか、物を感ぜず、そしてそのまま大きくなってしまうようなのだ。それはこの村が単純な世界であるためだろう。単純な世界では、大人になるほど、物を感じなくなり、知らなくなるものと見える。そこにあるのは、くりかえしのみで、くりかえしているうちに、人は鈍磨するのだ。

「実は、まるっきり漁をして来ないのだが。そのくせ、さっきからどの家でも酒をのんでいるのだ。漁の日はいつもなら、ワシの家に寄って祝い酒をのむ連中が魚一匹とって来ないくせに、えらい騒ぎだ。シケならともかく、ヤツらは何をして来たのか、さっぱり分らん。こういうことは百姓にあることかな」

網元といっても生活は普通の漁師とあまり変らない。それにこの人は、普通の漁師より気が弱かった。

「祝うのはともかくとして、漁のなかったのはどうしたわけか、おぬしは聞かなかったのか」

「それは聞いた。魚は海にはいなくなったというのだが、アテになるものか」

「しかし魚はいずれ、陸に上げるまでには死んでいるのではないかな」

「海の中で死んでいたというのだ。魚は今までは生きたやつを捕えたのだからのう」

「魚がいない？　そんなバカなことが。怠けているのじゃないか。百姓には怠けるものはいない。海なんぞ、広いからゴマカシがきくのだ。陸ではそんなこと云わさんからな」

「実は聞きたいのは他でもないが、おぬしめ『本島噂話集』には、そういうことはのっていないかの。しらべてもらいたいというわけじゃ」

「はてな。漁師の項目は記録が少なくて『ケンリ事件テンマツ』の外はあまりない。それに見るまでもなく、そうしたことは、ワシの記録にはない。この村にはない。この村にないことが、どこの村にあるものかね」

「漁師が魚をとろうとしなくなったら、おしまいじゃ」

「おぬしはどうして、とっちめないのだね」

「とっちめる？　なるほど。ところがワシも、この節、魚はもういなくなるのではないかと思っているのでのう」

「そうなった時は、漁師は何になるのだ」

父は悲鳴に近い声をあげた。「お前さんまでが、魚がいなくなると思ってもらっては困る」父はだまされた、もう、その先きは聞く耳をもたぬ、といった勢いだ。

「そう話を聞けば、ワシの方からも、何も云うことはない」

「魚がないとしても、いるところへ行けばよい。今になって思うと、『ケンリ』事件はあっぱれな事件だ。魚もとらずに、村にいてもらっては困るのだ」

「ワシもそのことは知っている、しかし魚がいないということは、ワシも分るのだから仕方がない」

「それがこっちには分らんというのだが」

「漁師はそれはカンで分る。年々へってきた魚が、今年ぐらいになって、いなくなったとて、何もふしぎはない」

「そうすると、あんたも皆とよろこんでいっしょに、酒をのんでいた、というわけかね」

「ワシには分らんが、魚の代りに、他のものをつんで帰ってきた。米をつんで帰ってきたのだ。米をつんで帰ってきたのだ。米をとってくりゃ、魚をとってくるよりはましだからのう」

網元は私が襖のかげから見たのでは、そう云って、いや味な笑い方をした。私はぞっとして顔をすっこめたくらいだ。たしかにその反応はあった。父は表情をこわばらせて、わずかに空いた口はなかなかふさがらない。父は他のものをつんで帰った、と聞いた時に、何か云おうとした。そしてそのつもりで開けたはずの、口をすぼめることが出来なかったのだ。

うす暗いランプのもとで、二人はしばらくそのままおし黙っていた。父はけんめいに考えていると見えて、眼だけは網元の方から外して空間の一点を眺めたままである。父の頭の中は、「噂話集」をかけめぐっていたにちがいない。なぜなら、とつぜん立ちあがると、床の間の横の書棚へかけて行き、そこからまぎれもない、彼の秘蔵の「噂話集」そのものを抱え出して、網元のいるのも忘れたように、ランプの下でベラベラめくりはじめたからである。

私にうらがなしい気持をおこさせたことは、網元が、父のそばにかけよって、紙面に眼をそそいだことだ。

「お前に読めるか」

相手はそう云われて、顔をひいた。彼は読むために近よったのではない、という不服な顔をして、それでもそばから離れなかった。

「ない！　そんなばかな話はあるはずがない」

父は腹立たしげに、分厚な、その貴重な板紙を放りなげた。父は内容はともかくとして、目次だけは、暗記していた。目次にないことが分るや、やたらに、米という文字のあるところをひっくりかえしながらめくっていたにちがいない。彼は頁をあわてふためいてめくりながら、既にフンゲキしていたのだ。米と魚とのこの奇妙なまざり合わせは、彼の目次の分類にはもちろんあるはずがなかったからだ。彼は顔をブルブルふるわせはじめた。そうしてあげくの果て、板紙本を放り出したのである。

「海で米がとれるならば、何を好んで、われわれは、この村の土をいじることがあるか、その米はどんな米だ、魚に似た米じゃないかね」

父は息をはき出し、ランプの火がゆらいだ。

「それがりっぱな米でのう」

「それで、どのくらいとれたのだ。それは反あたり、どれくらいとれるのだ」

「さあ、ワシは専門じゃないから分らん。ウソと思ったら見てくれることだ」

「それが分らんで、米であるものか、見る必要もないくらいだ。血迷ったのだ」

「これが、その米じゃ」

相手はタモトから一握りの米粒をとり出した。

「何？　なんの、それはたかが白い砂じゃろう」

父はふるえながら、その米粒を掌の上にのせて、すかしてみた。

「たしかに、これは米だ。しかもワシの田にとれる米じゃないか。これほどの米は、村でワシの田より外にない」

「じょうだんは止しとくれ。船は海からもどって来たし、船から米俵を下すのを、この眼で見たのだ」

「いいや、いいや、それは、うちの倉をしらべてみれば、分ることだ。たとえ、倉の米がなくなっていなくとも長いあいだかかって、おぬしたちは盗んだのかも知れん。村長が殺されたくらいだからな」

といって古い話を父は持ち出した。しかし父は倉をしらべる模様はない。父は自分の倉の米が盗まれてはいないことを知っていると見える。それでいて父はそれが自分の倉の中にあったという疑いを思い切れぬようだ。倉には、錠は下りていないといえ、下男は倉の横の小屋に寝ている。どちらも同じように信じることが出来ない。

そのうち父はショゲて来た。「盗んだ」とか、「殺す」といったことが自分の口から出たのにおどろいたのかも知れない。それで息苦しくなってきたのかも知れないと思う。

「漁師が百姓にならせてもらおうとしても、それはムリと云うものだ。ワシにはそういうお前さんの頼みとにらんだが、それは出来ん」

「なるほど、そんなつもりじゃったかも分らん。そうじゃないかも、分らん。漁師が魚を取らずに、米を取ってくることが、分らん」

「それをもう少しくわしく、どうしても聞かないのかね」

「聞かない？　海のことでワシの分らんことはない。そのワシの分らんことが、どうして連中に分るものかね。それが連中に分るものなら、何で、おぬしのところへ来るものか」

「…………」

「実はこの米がおぬしたちの倉のものでないか、それを聞きにきたのだ。ワシはそうに違いないと思う。そうは思うが、魚のとれぬこともホントじゃと思う。本心をいうと、今回だけは見のがしてもらいたい、と思っての。魚がとれなければ、いずれ食う米に困ることだ」

網元は誰にも頼まれもせず、私の父のところへ来た。父は頼まれもせず、村長に話した。いや話したのは、もっとあとになってからだ。父は翌日、下男に米俵を念入りにしらべさせているところを、私は見た。父はそれが終ると深い溜息をついた。

「あれがこのワシの家の米でないとすると、どこの米だろう。あれだけの米を作るのがこの村にあるとすると、これは油断がならんぞ」

父は下男にこう呟いた。「先ずそれをしらべるまでは、他人に話さぬ方がよい」

下男は何も聞いていないと見えて、けげんな顔をした。

「よい米というと村長の家にあるほかはありません」

父はニヤリと笑ったかと思うと、とたんにまたきびしい顔になった。そうして下男に云った。

「村長に聞かれたら、何も知らんというのだぞ」

「つまり、ウソをつくのでございますか」

「ウソ？　何も知らんというだけだ。事実お前はまだ何も知らんではないか」

「何を聞かれるのですか」

「何を聞かれても知らんというのだ」

「しかし、あんまり分っていることを聞かれた時には……」

「お前の方からさけるのだ」

彼はいかにも困ったというように父の顔を見上げた。

村長に話してやるといいながら、父は家から外へ出ない日がつづいた。漁師たちが魚を捕らずに戻ってきたことは、直ぐ知れわたった。米の一件については私は、父と網元との話をきいていたので知っていたが、村の人は知らないようだ。

思うに、それは網元が秘していたことになる。船を沖に碇泊させて夜になって忍ぶように帰ったのだから、漁師たちははじめからかくしていたのだ。

父はかんじんの情報が自分の耳に伝わって来ないと知ってか、いよいよ家を出なくなった。私はある日、父が「米の栽培法秘伝」という、やはり父の書いた板紙の束をひろげているのを見た。かと思うと、父は新しい板紙に何ごとかを書きこんでいる姿が見えた。私は既に文字が読めたので、仮名ばかりの父の文章を父の留守に拾い読むと、やはりそこにも、魚を捕らずにもどったというところまでしか書いてなかった。

それを読んだ私は、自分が父親の年になるまでには、色々なことが次々とおこってくるのではないかと、書棚の中におさめてある、既に一冊となったその噂話の集りが、魔物のように思われた。

第二章　不埒な漁夫の失踪

漁夫の間から何の不平も起らぬのみか、明るいような気分が流れている、と私は新手の噂を聞いた。それは魚をとらなかったのはウソだとか、魚がとれぬ、といって魚の値を上げるつもりだとかいう噂である。事実、海魚を食うことになれていた連中は、漁師の部落の方へ出向いて行った。それまでは、漁師の方が魚をはこんできていたのである。川魚もとれないことはないが、収穫前の多忙な時に、魚を釣るひまはない。この頃になると、ムシロ魚の交換価値はあがっていたのであろう。ところが、その魚が一匹もとれぬ、ということになると、そういう噂がたった。ムリをしても魚を手に入れたいという根性がわいてきたからなのだが。

村長には、誰も一向に訴えても来なければ、漁師が村の中に入りこんで、あちこちで立ち話を始める様子もない。日を経るにしたがって、この噂は尾ヒレをつけて真実味を帯びてきた。誰が一番先きに魚を買いとるか、その値はどれほどなのだろうか、ということや、村長がもう魚を食べているとか、私の父が魚を買いしめたとかいう噂が子供仲間でもとんだ。しかし下男が父に、今のうちに買いに行っておきましょうか、と云った時、

「やはり、すると魚はしまいこんであるのだな。あいつにマンマと一杯くわされた。今に腐り出したら、あわてて出すにちがいない」

と云ってうなって板紙をやぶりかねない様子だった。

下男は私の耳もとで、村長の家では魚を食べているかどうか、私の遊友達のその娘に聞いてみてくれ、とささ

やいた。しかし私は彼女と小一刻あそぶと、暗くならぬうちに、家へ急いだのだが、私が聞くよりさきに、娘は私に魚を食べているか、と聞いた。こればかりは「知らない」と云えるものではなく、私は本当のことを云ったわけだが、彼女は家では魚はきらいで、前から誰も食べてないのだ、と答えた。

私は子供心にも、アテが外れた思いで、もどってくると途中、日暮時の川の瀬に立って魚を釣っている人の姿をいくつか見た。百姓は、その頃まだ田の中で働いているはずなので、私はその人影の正体をつきとめるつもりで、じっと眺めていた。それは恰好からして、たしか漁師にちがいなく、彼らが陸でそうしたことをするのは、まるでないわけではないが、それはムシロ、農夫、塩つくりの連中などの片手間の仕事なのだし、彼らは今は自分の正業で忙しかったのだ。私にもそのくらいのことは分らぬ道理はない。

漁夫自身が川へ魚をとりに現われてきたのだ。もう次の船出の準備で忙殺されている時分に。私はそばへ近づいて話しかけた。

「船出はしないの」

漁師たちは、自分たちだけで顔を見合わせていたが、背中をまるめて笑いはじめた。

「船出はするよ。ごっそり漁をしてくるからな」

「ほんとに魚はいるの、海には」

「何を?……なるほど、魚のことか」

漁夫たちは釣りを止めて、私のまわりにやってきた。

「魚のことを心配してきいてくれたのは、この子供一人じゃないか。これはまた、どうしたことか。そう云えば、みんなどうして黙っていることかいな。のぞきにも来ないわ」

「ほんとに魚をとりに行くの」

「漁師が魚をとらずに何をとるかい」

そうすると連中は、その声に合わせるように笑った。どう見ても悲しんでいる様子は見えない。それでいて川魚をとりに来ている。私のそばから離れて彼らは帰って行った。

川魚をとっているということは、その夜のうちに下男が云いふらして歩いた。

あくる日の夜明けに船は出発した。船が出発したらしいということが分ると、村人たちは、船の見える高さのところへかけのぼって見た。私も例の丘へのぼって、松の枝の中を二艘の船が沖へ少しずつ進んで行くのを見たのである。人々は野良へ出るのも忘れて、それを眺めていた。

私は群衆の中にまぎれている村長を見た。「ケンリ事件」後何代か下った、村長英五郎氏である。村長が群衆の中にまぎれて、船の行方を見ている。それは何とも云えない、無力な景色だった。群衆は、自分の中に村長英五郎氏のいることを嫌ったのである。英五郎氏が父に呼びかけた時、父はしばらく返事をこばんだほどだった。それは私としても父の気持に同情したい。村長は、もう一段と高い岩の上に立って、キゼンとして沖の船を監視しているべきである。いや、だいたいのところ、何しにボヤボヤとこんなところに立って遠くの船を眺めているのか。ここからでは船に号令を下すことも、引返させることも、何も出来やしない。ただ姿を見るだけである。第××代英五郎氏はムザンな死をとげたが、とにかく彼は殺されて死んだ。云いかえると、今まで村にはない（この世界にはない、と村の人は思っている）行事を身を以て行ったわけだ。少くとも何にもしないことはなかった。それなのに、この人はどうであろう。村長が群衆の中にいることは、群衆以下である。

私の父はとにかく、群衆の中に立っていなかった。そしてそのことを、村長とくらべて自慢に思っている露骨な様子があった。口をとがらせてそれをまたゴテイネイにゆがませているだけでも、子供の私には分る。村長英五郎氏は人々と同じように丘の上にのぼってきて、自分がもっと早く動静を知りぬいておるはずの漁夫たちが、まるで村長から逃げるように、バトウするかのように、それこそ帆をかけて去って行くのを、アホウのように見ていては困るのである。村長はムシロ家にいて寝ていた方がよい。これでは、群衆がそれだけバカにされている気がするのだ。

「あれは何をしに行ったのだろうか」

村長は皆の中から私の父に話しかけた。父は相手に軽蔑をかんじていたが、父は大体が村長の意志の通りに動いてきていないわけではない。それだけに、自慢に思いたくもあったのだ。とにかく父は、さいしょは顔をそむけて無言だったが、実は次第に答えることがないことに気がつきはじめたにちがいない。まさか、

「あなたの倉の米を盗りに行ったのです」

とは云えないし、このように海の中に目的があるかの如く進む船が、どうしてこの陸地に目的があると思えるだろう。父も既にハッキリと疑いを持つに至っていたのだ。父は、

「あなたは、何をしに行ったと思いますか」

とやっと答えた。

「皆の衆、何をしに行ったと思うかね。これは私一人で考えることではない、大事なことじゃから」

村長は群衆の中から云った。するとまるで父をおそれて、防備の姿勢をとっているようなぐあいになった。

ふたたびこうして彼は「皆の衆」の中にかくれてしまった。

「なぜ、これは大事なことですか。ただ海へ漁船がいつものように出て行っただけのことではないですか」

「私もそう思うが、皆の衆そうじゃろうか。それなら、私の思った通りで何のことはない。帰って寝るだけじゃ。私は起されてねむたい眼をこすって何が見えるかと思って来たまでじゃが。おぬしはやはり船を見に来るつもりではなかったのか。おぬしもダマサレた口じゃ。船の外に何か見えるのか。私はセイが低いので皆の衆にじゃまされて、一向に見えんがのう」

そう云うと、村長は急に人々の中から抜けだして父の袂をとって歩きはじめた。二人だけになると、相手は何くわぬ顔でこう云った。私はそのあとにくっついていた。

「あいつらは、道具を持って行かぬそうじゃ」

「道具？」

父は村長にタジタジとなっていた。その声は自信がない。

「釣道具や、網を持っては行かなかったそうじゃ」

「すると、船に乗って行っただけですか」

「私の眼には、それが見えた」

「そんなバカな」

私は後ろにいて、思わず笑い声を立ててしまった。村長がセイカンな眼を私に投げてふりかえった。そして先きに帰るように手をふった。私には会話の意味はよく分らなかったが、何しろ私が丘にのぼった時にはまだ村長はのぼって来てはいなかったし、私が船の姿を見た時には、船はもう小さくなっていて、船の中のことなど一切分らなかったのに、何を云うのだろう、この人は。

村長はコワイ人だ、とかけ出しながら思った。二人になると、父親はひどく、影がうすくなった。網元の話は事実にちがいない。村長はやはり、何ごとかほんとのことを知っていると漠然と感じた。

父はうちのめされたようになって帰ってきた。そうして母のいない私の家では、私の前にすわりこんで、じっと私の顔を見て云った。

「アイツがあんなえらいやつだとは思わなかった」

と云って例によって深い溜息をついた。それから、

「今日のことは他言するな。これから色々のことがおこるぞ」

と云った。

父はそれから翌日まで、誰とも口をきかなかった。胸の中の秘密を知られるのをおそれているようにオドオド

して見えた。下男は何ごとかがあると思ったか、私にしつっこく食いさがって、その端緒をつかもうとし、父の部屋のあの板紙には何が書き加えられたか、読んできかせよ、と迫った。しかし父はその板紙をどこにしまったか、見えるところには置いてなかった。下男にそう云ってきかすと、彼は殊勝な顔をして考えこんでいたが、いよいよその秘密を解こうという決意を、かためるようだった。

二日目のあさ、父は空を見上げていたが、とつぜん私についてこいといった。どこへ行くのだと聞くと、山へのぼるのだと答える。いつものぼる丘ではない。その丘から谷におり、またのぼって行くと、峯へ出る。父は私をそこへ連れて行こうとしていることが分った。私は父からついてこいと云われたのは久しぶりなので、いそいそとして出かけた。下男は門口でパッタリ出あったが、不審な面持で、二人のイデタチを眺めた。山へ行くと一言いったまま、父は大股で歩いて行った。

下男のことは忽ち忘れてしまった。

「上へのぼるにつれて、村のすがたが、処と形をかえて現われてくる。この村の鳥は、たしかに他所からやってくる。毎年別な鳥がくるのか、同じ鳥がくるのか知れないが。そう遠いところのことは、この村の者は考えたことがない。こいつらは、おれたちの眼の届かぬところからくる。そいつがこの村にいることはおかしなことじゃないか」

「それは、村長さんが云ったの」

「何を云うか」

ムッとしてそう答えたものの、次の言葉はあまりに私をおどろかせたので、それはそれこそ父の言葉とは思えなかった。

「いいか、いよいよ峯へ来たが、わしの眼ではよく見えんので、お前を連れてきたのだが、この方向に島が見えるか、見えるな」

父の指す方には、かすかに一筆横にはいたような島影が見えた。その島は無人島で、それは漁師たちが進路をとる目標なのだ。そのことは私はもちろん、村の人はみんな知っている。

「その島の真中に、なにか、変ったものは見えないか」

私の眼には島影は見えるが、それ以上のことは分らない。

「ほんとに見えないな。かくれているのかな。片眼ずつで見てみろ、見えぬ？　おかしいな。わざわざ来た甲斐がない。それじゃ仕方がない、考えてみればそうやすやす見えるものなら、村の者がもうとうの昔に気がついているはずじゃ」父は腰を下してやれやれという溜息をついたが、「待てよ」といってヤニワに立ち上った。「村長のヤツおれに一杯くわせおったかな。あいつの老獪ぶりは底が知れん。ただ感心さすだけのために、根も葉もないことを云いおったのかも分らん。このワシを感心させれば、村はみんな感心したようなものだからな」

そう云いながら、

「どれワシが見てみる」

「こっちです」

「そうか。やっぱりその島というヤツさえ見えぬ。お前もう一度見てみなさい」

「島しか見えません」

「そうか。これはどういうことだ。あの島がどうのこうのということを気にかけねばならんのはいいとして、この村で、このワシと村長の二人だけが、あの島のことを気にかけている。それに……そのくせ、村長の言うことはウソかも知れんのだからな」

父はくどくどと誰に語るともなくそう呟くと、帰り仕度をはじめた。父が私を山の上へ連れてきたのは、その島に何ごとかが起っていやしないか、私のよく見える眼で見させるつもりであったことが、ようやく分ったのだ。

要するに、私は父の眼の代りに来たのだ。

「漁師たちはあそこの島へ行ったの」

私には木の間洩れする明るい日差しが眉間をうってくるように、とつぜん閃いた。父はおし黙ったまま坂を下って行く。

「そうじゃないかと思うのだ」

「村長さんは何といったの」

「漁師どもが村を出て行くのなら、出て行かせた方がよいと云うのだ」

「出て行くってのはどういうこと？」

「そいつが分れば苦労はない。こんなことは、それこそ今まで村にないことだ。ワシがここへ来たのは、この二日というもの、やつらが憎くてならんから、気晴しにと思ってきたのだ。どういうものか、ひどく腹が立つ。大体、腹が立ってはならんのだが、ところが……おかしいな。あの島のことが気がかりでならんのだ」

父は歯ぎしりした。こんな様子は今までに見たことがない。父にそう云われると、霧がかかったみたいに、かえって分らなくなってしまった。せっかく光がさしたと思ったが、恐らく、光りをさがしているうちに、かえって深い霧の中に迷いこんだような思いだったのだろう。

「村を出て行く」ということが、その時の少年の私よりも父の方が、理解に苦しんだということを、私はくりかえし述べなければならない。新しい事態に対する理解というものは、歴史の中に埋没している者ほど、順応するのにおそいものだ。その頃の島で理解していることは、私があげようとすれば、それほど少ないものではなく、項目にしたらかなりなものになる。私たちはそれから色々な目にあって来たわけだが、たとえば、千の事項を知っているものが、百の事項を知っているものより、次に来る事態の理解がし易いというわけのものではないらしい。新しい事態はいつも前ぶれのない暴風のようなものだ。そしてその暴風の襲い方は、まるで、ぜんぜん新しいものなのだ。くりかえして云うと、新しいということは、ぜんぜん新しいということなのだ。島に住む者でなければ、新しさの惨忍さというものは、実感できない。みずみずしさというような程度のものではない。

　父はその帰り道で、ふと立ち止って私をふり返った。その眼は何か今までとうって変って、そらぞらしさがあったことを、今思い出すのである。父の顔は木蔭に入ってダンダラ縞になっている。彼は何か物云いたげに私を見ている。云いたいことならすぐ云えばいい。それが直ぐ云えないところに私の方がきっとよそよそしさを感じたのにちがいないが、自分の顔が縞になっていることを気がつかず、私をふりかえっている。その顔は、次第に、悲しみを加えてきた。ヤニワに、

「ええ！　何にも起りゃしない。起って堪るか、見ろ、木は茂っているし、田は今、刈り入れ時じゃないか。海はいつもの海だ、やつらは今夜にも戻ってくる。そのうち祭がやってくるしなあ」

　と、叫ぶと、私を肩馬にした。父は私を愛撫する時のクセで、肩馬にしておいて、私の足をくすぐりはじめた。実は父は、くすぐりながら、

(やれやれ村長のヤツめ、あいつは、子供の時からホラ吹きでな。あいつにはひどい目にあったものだ)

　とでも思っていたのだろう。


　村長、英五郎氏は、父にどこのところまで、話したのだろうか。さて、二艘の船に乗って沖へ姿を消した漁夫たちは、遂に帰らなかった。毎日秋晴れの上天気で、まだ海が荒れるには一月はある。船が難破したと考えることは出来ない。刈入れがすんで、他人のことを考える余裕が出来たためか、村は何となく一種独特なザワメキを見せてきた。よほどのことがなければ、人々は役場につめかけることはない。役場はかってに仕事をする。仕事をするというほどのことはない。何もかも今まで通り行われているのに、役場のする仕事はない。人々は自分自分でその時がくると仕事をしていたのだ。もっと正確に云えばそれは役場ではなくて、村長、英五郎氏の自宅であった。英五郎氏が任意に人を置いていたのである。村長は村の仕事を責任をもって行うというより、村の仕事

に干渉してもいいということなのだった。そして人々は干渉を時には期待し、時には嫌った。そうした怪しげな干渉が仕事なのだ。彼らは「ザワメキの可能性」をいつも持ちながら収穫の仕事をしていた。二艘の船を遠くから見送った時に、ざわめいていたのである。あの時には、大ぴらにざわめくことが出来なかった。

今年の祭には、漁師たちが加わって歌をうたわない、というような今更どうしようもないたわいもないことで、彼らは不満を述べた。百姓をバカにしている、という意見もあった。それから漁師は大体昔から協調の精神に欠けているという非難がおこった。漁師と百姓とは、婚姻もあまり行われていないのは当然のことだ、ということを云う者もあった。いずれもこれは下男が家へわざわざ伝えてきたのだ。漁師たちが逃亡したことそのことを怒るようになったのは、一、二日たってからだ。それまで、自分達では知らずにその非難をかくしていたのだ。脱出することが「他所へ行って生活すること」だとは思えない。そのために、彼らは「死ぬ」にせよ、この村にいなくなったことだけを怒っていたのだ。しかし彼らの脱出が計画的だということが何となく分ると、（誰にも話さず逃げ出す以上、計画的でないはずはないから）「死ぬ」にせよ、「生きる」にせよ、非難がはじまったのではなかろうか。

逃亡と目星がついてから、下男は、自分の持船を二艘失くしたような口ぶりで、父に訴えた。やつらは船に乗せずに泳いで沖へ出させるべきだったのに、とわめいた。それと知っていたら、船を見送ってなんかいなかった、と云って地団駄ふんだ。彼も丘の上から見送った一人だったから。

父は下男に漁夫の部落へ行って来て、網元と村の様子を見届けてくるように命じた。

「まったく用心しないと、こんどは倉の米を盗られてしまいます。今に引返してきて、また海へ逃げ出しますよ。やつらは海賊になったのです。きっと、早くなんとかすればよかったのですわ」

「海賊？」

「やつらは竹槍やら、庖丁やら、斧やら、ありとあらゆる道具を持って行ったにきまっていますわ」

「それより英五郎はどうしているだろうか」

「川へのぼって、旦那さまみたいに、船の行方でも見ていらっしゃるでしょう。だいたい魚をとってこない時に、うんとこらしめるとよかったのですよ。旦那さまは、ヤツらが逃げることを御存知だったのでしょうにな。よくヤツらは馬を盗んで行きませんでしたな。私は倉に錠をかけるように、云ってまわってるのです」

私は思わず口をはさんだ。

「馬は海の中では使い道がないよ」

下男はすると私の顔をちょっと見たが、私の云うことが問題にならぬというように、何も答えず、かけ出して行った。彼について表へ出ると、彼は山へのぼる道をかけて行くので、大声で呼びかえして、

「こっちじゃないか」

と云った。彼は首をすくめてもどってくると、私の指した方の道をまた走り出した。海の方へと云われたのに、山の方へと走り出して行く下男のまちがえ方は、尋常ではなかった。山へのぼれば何か噂の種があると思っているショウコである。自分の家の下男とはいえ、私はその態度が、不愉快でたまらなかった。

やがて下男は、「ケンリ」してきたといって、息遣いもはげしくかけもどってきた。下男のまわりには人が集っていた。下男は道々吹聴しながら歩いてきたと見えて、彼が私の家に帰りついた時には、彼のまわりには、大へんな人がむらがっているのである。仕方なく父は表へ出て、下男の話をきかなければならなかった。父はしばらくは下男の話をきくのも忘れて、傍観者となって、茫然と眺めていた。下男は自分の使命を忘れていたことは事実で、蝿のようにむらがる人々にわめき叫んでいた。私はその時いつかの早朝丘の上での、英五郎氏の群衆の中の姿を思い出していたような気がする。英五郎氏はあの中にかくれていた。目立たぬように。ところがこの下男の方は、腐った魚のように蝿にとりかこまれていた。

父は下男に話をきくことが到底できないと知ると、一番外にいる者に問いかけた。その男は知らぬと云った。

それでは次の者に聞けと父は云った。ところが、中へ中へと聞いて行くのには、大へん骨がおれるのだ。誰も自分のために聞こうとあせるだけで、他人のために聞こうとはしないからだ。中へと向わないで横へ横へとそれてしまうのだ。こんなことならそれでは私の家の前まで、彼らは何をしにきたのだろう。父はその時、大喝し、下男の名を連呼した。私はその後もいくども経験したことだが、大喝されても容易に退きはしない。しばらくのあいだは、かえって喧騒はひどくなり、やけくそになる。その時にはもう、誰も、中の話を聞こうともしなくなる。云いかえると、もう絶望的になって、誰もが一人一人、係わらないことに拍車をかけ、聞えなくして係わらないことを肯定するために、自分たちも、もっともっと騒ごうとするといったアンバイだ。大喝した者は、恨みを買わなければならない。ようやく喧騒が静まった時には、彼らは悪夢からさめたようになる。悪夢にしろ何にしろ、夢をさまさせた者に腹を立てる。理不尽だと思うのだ。そうして彼らは、夢をおこしてくれた中心人物の味方をする。中心人物は、外の者と対立する。物の二、三分もたってから、下男はようやく父の姿に気がついた。そして使命を忘れていたことを思い出し、長い道のりを、人にとりかこまれていた疲労を今更のように全身に感じる。

下男は思い出そうとするように、汗をふきながら、ちょっと小首をかしげた。彼はほとんど何にも話してはいなかったと見える。彼は「ケンリ」をしたことをわめいていただけなのだ。そのことに一せいに気がつく、するとこんどは下男に非難の矢がとぶ。私はとつぜん恥しくなって家の中にかけこんでしまった。人々はそれでもまだ私の家の前を立ち去らない。下男は家の中に入る。こうして私の家は彼らの軽い非難の的となる。私は家へかけこんだのに、人々の眼は、息子の私にも注いでいる。

私が云いたいことは、下男のような、一種の村の情報屋が、情報をとる使命をおびて出かけながら、相手と争って帰ったにすぎないということだ。私たちが彼から情報をさぐろうとするならば、彼の語る片言隻句の中から、ひき出さなければならないのだ。少くとも彼は、私の家でこれから情報を集めることになる。家の外の者は、自分達が何にも知ることが出来なかったのは、さいしょから知らせるつもりがなかったのではないかと思いはじめている。たしかに彼らの眼の色が前とは変ってきていることが分る。それなのに、下男はその期待に添わないらしいのである。

添わないといって何にもなりはしない。はっきりと使命を与えたものは、父であり、それをうけて出かけたのは、下男だから。ああ、それだけで、もう責任があるのだ。彼らに何かを伝えなければならないことになってしまうのだ。私は子供であるが、だからといって例外ではない。「これから色々のことがある」と父は云った。私もそう思ったことがある。何ごとが起るにせよ、これからこの理不尽と恥辱を一つずつ受けていかなければいけないことは、事実であろう。「色々のこと」の一つは、このことではなかろうか。

下男は父の前にすわりこんで、頭をさげ、それから、頭をかいた。その様子は彼らの知っている動物、猿に似ていた。すると外でどっと笑い声がおこった。また一つ彼は頭をかいた。笑い声はつづいておこるのだ。

「としよりの漁師が……」

そこで彼は笑い出した。おそらく彼は外の笑い声に合わせて道化とならなくてはならない破目におちてきたのだ。「としより」というだけで、待っていた外の者たちは、笑った。下男は父を怒らせるよりも、外の者を怒らせるのをおそれているように見える。こうして彼は外の者を笑わせさえすれば、任務は完了するのである。外から怒声がかかった。父はそうなると、下男を服従させることは不可能となる。下男は父のものではなく、又もや皆のものだ。人々はさんざん笑い、笑いくたびれて散って行った。父も外の者のために、自分をギセイにしたのだ。

下男の情報は、けっきょくとしよりの漁夫たちとケンリ(喧嘩)をした、というだけのことだった。彼は又もやどういうふうに喧嘩したか、どこを打たれたか、何人自分に向ってきたか、を話すのである。そうすると、彼はそれだけのために、勢いこんで漁夫たちのところへ走って行ったのだろうか。父はすっかりくたびれてしまった。私もくたびれてしまった。

下男が漁夫の家をのぞくと、中から老人が出てきて、たちまち口論となり叩き合いがはじまったのだ。

「わかい者はいたのか、いなかったのか」

「いや私は、としよりとケンリしたので、わかい者のことはよくおぼえていませんが……」

下男は父のところから離れたが、まだしきりと漁夫の悪口をつぶやいている。

父は、それでも次のことを知ったと思う。
一、わかい者はすべて村を出て行った。
一、残留者はとしよりばかりだが、彼らは出て行った不埒なわかい者たちを恨んでいるより、むしろ村の者を恨んでいる。その恨みというか、憎悪というかそれは相当にはげしいもので、村の一人（多少口は悪いが、ただ覗いただけの下男）の顔を見ると、とたんになぐりかけて来た。
一、いや憎悪というものだけではないかも知れぬ。それは、自分の家を覗かれた時のことを考えてみれば分ることだが、覗かれては不都合な事情かも知れない。
父は立ちあがって、刈入れのすんだ、労働のあとの、妙に空虚な田圃をながめていた。とつぜん、

「米だ！　やつら老人は、米を食っている、船で持ちこんで米を食っている！」

と大きな声で田圃に向ってどなった。

第三章　見えない闖入者

わかい働きざかりの漁夫たちが、老人をのこして村を去ったということは、既に船を失ったとしよりたちのめんどうを、誰が見るかという重大な問題を残すわけだ。であるからとしより達が村人に頭を下げて村に現われな

いのは、村にとっては、もっけの幸いなのである。私の家の前で村の人々は下男の情報をきいて、打ち興じていたのは、もっともなことである。下男の道化ぶりを笑っていたというよりも、安心して道化ぶりを観賞していたと考える方が、いいかも知れない。

事実、としより達は、黙って生きていた。村の者は自然に、漁夫ぜんたいを忘れようとしかかっていた。いつかの網元も老いていて、彼も残された一人なのだ。残された彼らには何を聞きもしないし、話しもしなかったのである。最初は疑っていた私の父も、そういうこともあるかな、と呟くようになった。残留者が知らぬ（？）、とすれば、それは脱出して行った者も、おそらく知らぬと考えていい。彼らが知っていて、残留者に告げなかったとは思えないから。何も知りもせず、出て行ったということはどういうことであろうか。この疑問は一部の人にあっただけだ。大部分の村人は、としより達が生きているだけで十分で、それ以上考えることは、不必要であるより、大へんな損害を導く結果になると予感していたのだ。それだからこそ、彼らは漁夫の部落へ近づかなかったのだから。

こういう情勢はそれほど長く続かなかった。老漁夫たちが仕事をさがしに村へ現われ始めたからだ。仕事を与えるにも仕事はないので人々は、多少の食物をめぐんだ。もし同情して下手に仕事を与えたりすれば、動きがとれなくなり末代までも悔をのこすのだ。もう仕事はないのだ。

この村そのものに困った徴候が徐々にあらわれ始めていた。この徴候がはじめて現われたのは、残された漁夫が山へのぼって開墾した痩せ田であった。

彼等は崖の岩の上へ海から砂をはこんで畑を作ったのであって、開墾なんてものではないかも知れないが。西北にあるその崖の上の痩せ田は、最初から枯れていたみたいだったが、その枯れ方がひどくなりはじめた。あまり無残なので彼等はそれを訴えはじめたが、その原因は長いあいだ分らず（誰しもイヤなことは二度おこると思いたくないものであるが）はじめから痩せ田なので人々の関心をひかなかったのである。それに人々はこれらの厄介者の漁師のために、既に幾ばくかの喜捨をしているし、それ以上はいかなることがあっても出すことはない彼等が、既に出した分だけの恨みの元をとるには、こうした事件はもってこいであり、かえって楽しくさえあったのである。この私の意見を裏書きするかっこうな事件がある。これは「ケンリ事件」「漁夫脱出事件」についでの第三の事件だ。漁夫たちは全部村長の家、つまり村役場の前へ現われてくどくどと救助を願った。彼らは、その分ではその年の収穫はゼロにひとしかったから。村長英五郎氏はそれからここにたった一つある寺へ行って祈禱を頼んだのであるが、事務所から庭へ出て彼等の前で、しばらく思いしずんでいたが、その夜から直ちに畑のある崖のところで篝火をたくように命じた。その夜、住職は巖頭にあらわれると、篝火をたかせながら経を読み何ごとか大声で叫びはじめた、村長はそばについていた。もともと水に乏しい場所であるし、彼等は用水池をもつわけはないので、肥桶に谷川の水を汲んで、桶を背にかついで傾斜をのぼったのである。もちろん肥もそうしたのだが。

枯れた作物を元へもどすことが、雨乞いでならばともかく、ただの祈りと叫びとで出来るはずはないと下男は云った。父はムツカシイ顔をして沈黙を守っていた。もうしばらく彼は村長と口をきかない。彼が巖頭で経を読ませたのは、元漁夫たちのためではなくて、村人のためだったのだ。村長自身も一週間にわたって毎夜声をからして絶叫していたのは、村人に同情を集める口実だったのである。

村人たちは村長の行う奇蹟を心待ちにして麓からこの篝火のもえるのを眺めていたが、災難が自分の身に及ぶのをおそれていた彼らもついに待ちきれずに、その情景を見に山へのぼったらしい。そうして伝説となるにふさわしい事件がみんなの前で行われた。一週間の祈禱が終る夜のことだ。村長は祈禱が終ると、

「その場をあけて、漁師たちは平伏せよ」

といった。既に村民のまわりに平伏しながら、日々枯れて行く陸稲をながめていた漁夫につれて、見物のもの

たちも、村長のいうがままにずっとひきさがった。しばらくして、

「見よ」

と村長がすっかりしゃがれてしまった声で叫んで指す方を見あげると、二、三十間ある峯の方から、何か地ひびきを立ててころがってくるものがあった。それらは猪のようないきおいで彼らの前までおそってきて、そこで止り、いきおいあまって村長を倒して麓へ向けて走り去ったものもあった。その村は猪など住む余地はあるはずがない。作物にとって有害なものは、その島にすむものの限り、すべて既に処理されていたからだ。もっとはっきりいうと今の村人たちは猪というものをよく知らない。私も同様だが、彼らは、だからたぶん、猪とは思わなかったにちがいない。ただ父の「噂話集」には猪のように書いてあるにすぎない。彼らはただ、幾日かの心身の疲労に倦みつかれて、ぼうぜんとしていただけであったろう。そのショウコに漁夫たちは、走りよることも退くこともせず、ただその方に目を向けていたにすぎなかった。そうして村人たちが、この世のものではない言葉を叫ぶのを聞いて、急にその停止したものの方へかけよったのだから。

天からではなく、峯から降ってきたのは、一群の米俵であった。漁夫たちの中には智恵者がいて、米俵がまっすぐ天から落ちてこないで、斜面を音を立てて落ちてきたことを感謝しなければならない、といった。私はこのふしぎな事件を呆気にとられて見ていたが、どうしたものか、とにかく私は老漁夫たちが泣く前に、泣いていたことをおぼえている。

私の涙は、その米俵を取ろうとして見物人が漁夫たちを押しのけて、村長の叱咤に会ってすごすご列のうしろにひきさがるのを見た時、いっそうはげしく流れた。その一人に私の家の下男がいた。私はあとで下男にそのことをいってたしなめると、彼は子供には分らんと口答えした。私はそうではない、といった。するとまた、とにかく子供には分らんと云うのだ。

彼は不機嫌になり、お前さんは、まだ米を食うことしか知らんので、とにかく話にならん、といって涙をふい

てくれる。

この米俵は、もちろん、村長の命令で毎夜村長の倉庫からかつぎ出されて、峯の向うがわにかくされていたのだが。この話はまたたくまに村中にひろまったそうだ。私の父はその早さを私にいくどとなく、首をかしげながらぶつぶつ洩していたが、けっきょくまっさきに米俵を漁夫たちのもとに届けさせたのは、父であった。この村のように狭くて倉の中が村中のものに手にとるように分っておるとなると、地主であることの後めたさや、不安は極端である。

馬につけて米を運び出す前に、父は私たち家族を馬の前に連れてきて、悲痛な声をあげていった。自分がアテにされている憤りを、心のおくにも秘めかねたのだ。

「みんなよくおぼえておけ、他人のためには、自分のことを考えては出来んぞ、それにしても」彼は米俵と馬の尻を一度に叩きながらいった。「これで止めにしてもらいたいものだ」「御見舞、何某」と記した布きれを俵にぶらさげて私は下男にひかれて、先ず傾斜地をのぼりおりして途中の村役場（？）の前で一休みし、昼食をとり、それから反対側の漁夫たちの住家の方へ下って行くことになっていた。父は米俵と息子の顔と、名前とをいっしょに皆に見せようとするつもりであったにちがいない。貧しいところでは、人はいろんな愚かな智恵をはたらかすもので、子供は以心伝心でまた親の心を知っているのが常だ。そうしてそれがまた次の代に伝って行くのだ。

役場つまり、村長の家で一休みした。私はそこの娘といっしょに遊んだが、その娘がマリをつきながら、どこのくにの名とも知れぬ名をよびながら歌をうたうのを聞いた。この村の子供はマリをついて遊ぶものはほとんどない。貧しさのために暇はあっても遊ぶことをあまり知らないのである。私はマリそのものを珍しいと思ったが、その歌の文句が印象にのこった。どことも知れぬ名が入っているが、その歌はこの村にどうして入りこんできたのか。私は忽然と、漁夫が去ったということを思いうかべた。

私は遊びあきて、下男や馬の方へ走って行き、そこで人だかりがしているのを見た。人だかりはこの村では何

か不吉の前兆である。下男の裾をひっぱってきいてみると、

「バカらしい。馬をひいて帰りましょう」

といった。そのくせ彼は熱心に耳をかたむけていたのだ。いつもとちがって叫び出すこともなく、彼は私の顔を見るのもユウウツそうである。彼はそれ以上語らないが、馬に米俵をつけて漁夫たちのところへ行く必要はないという意味らしいことは分った。そんなことをこの男の一存できめてかかることが出来ないことは当り前なのだが、下男が憤然とそういうとすれば、それは私や父のためにも、おこるだけのワケがあるにちがいない。

私が見ていると、村長は彼らの「人だかり」を一きょにふんさいして、それから、たちどころに立ち去るように命じた。人だかりはおだやかに散り散りになった。彼は父とちがって一きょに解散させる術を心得ているように見える。それはこんな術だ。彼は人だかりの中へ入って行く。そうしてその噂をぶちこわすようなことを小さい声でしゃべるのだ。すると小さい声は次第におだやかに、網の目をくぐるようにして浸み通って行き、いつのまにか彼らは我に帰る。彼らは誰も叱咤する者を知らないままで別れる。人だかりが去ると、村長はふと私と彼の娘が馬のそばに立っているのに気がついて、何のこともなかったように笑顔を作って見せたが、すぐ家へ入って行き誰かをすみへよんで、ヒソヒソ話をしている様子であった。子供心に私は不審に思った。私は予定どおり米をとどけるともどってきた。下男は沈うつな表情をつづけ、漁夫たちのところへついた時はかみつくような声をあげ、米俵を放り出していた。

「おれらの困った時、お前らは何をしてくれるか。ようこの子をおがんどけ」

といった。

「お前らでも困ることあるかのう」漁夫たちの一人がいいかえした。「お前さんだな、この前の男は」

下男は口から出かかった言葉を手でおさえるようにして思い止り、いそいで馬に私をのせると、後も見ずに傾斜をかけのぼった。それは下男としては珍しく上出来なことである。家へ帰りつくまでに私たちはいくつもいく

つも、人だかりにあった。そのたびに下男は馬を止めてその仲間入りをしており、村長の口止めはもはや何の役にも立たないようだった。おどろいたことには、そのさいごの人だかりの中に、私は父の姿を見かけたのである。下男は半泣きになって、私と馬をそのままにしてかけ出して行った。私はとつぜん悲しみがこみあげてきて、ワッと泣きだしてしまったのである。

私は幾日か前の夜の印象的な事件にひきつづいて、今日一日の旅の険悪な模様の中を歩いてきて、この村が容易ならぬ事態に迫られていることや、それが何ごとであるかさえ、うすうすかんづいていたわけだ。下男はいつも私をのせた馬を遠くはなれた木にしばりつけて近よせなかった。どうして私を用心するのか、私にはさっぱり分らなかったが。

この村ではまだ会議というものをもったことがなかった。それまでは、人だかりと人だかりの連絡はとらず、一つの人だかりの誰かが他の人だかりの中へ走って行って情報を交換するというありさまであったらしい。

私の父は入れかわり立ちかわり、私にはそれまで見おぼえのない人の来訪をうけはじめた。私がふしぎに思ったのは、村長の事務所には、私の見た人だかり以後、人だかりがなかったらしいということだ。（少くとも私は家へくる連中の語る調子から、そのことをおぼろげながら知ることが出来たのだ）

村長の巌頭の行為は、集る人々の話題に上ったが、漁夫より先きに自分たちに倉の米俵を分けてもらいたいといったりするのが耳に入る。議論は数日のあいだ一向に発展せず、こんなふうに村長の悪口になるくらいのもので、誰も彼もうろたえているばかりである。父も同様にうろたえていたが、村長の悪口が出はじめると、責任を感じるもののように彼からの発言はつつしんだ。

「そんな煙が何のことがあるものか。現にわしたちの作物には何の害もないではないか、そいつを一番はじめにいい出したやつは誰だ」

「あの場所が枯れたのは、枯れるのが当り前じゃないか」

そういったのは父であった。父の唇はふるえていた。煙とは何の煙であろう。その時私は父がそのことをたしかめてないことを感じた。実は父のその言葉を村人は最初から待っていたと見える。父は村長とちがって、そうした意味で村人の代表みたいな人であったのである。誰が最初に云い出したか探すことにその日の往来での会議は落着した。数日のあやしげな会議の落着は、一応の落着ということだけで、村人たちを楽な気分にしたことはたしかだ。

ところが、下男の話では、（私は事の重大さを心得ていたので、彼に聞くことにしていた）その犯人はどこにかくれてしまったか、ヨウとして見えなくなり、彼なども、

「それは誰にきいたのか、あの人だかりの人にきいたことはたしかだが、しかしあれは別の話だったような気もする。いやわしは聞いた覚えはない。あんたはあの日のことは忘れなさい。あれは夢じゃ」

という。犯人はぜんぜんいなかったのだ。風の如くおとずれてきて人々の疑心をくすぐってみただけで、こんな村にそんな不幸が見舞ったとて何になるはずもない。これが結論であった。

あくる日、誰云うとなく村人は朝から高いところへ、高いところへと登って行った。父も下男ものぼって行ったが、父は下男が先行することをきらったといって、帰ってきた下男がこぼした。そんなたわいもないことをこぼすくらいだから何も異変は見えなかったのである。彼らは凱歌をあげて山を降りてきた。その夜は家でも酒宴を張った。隣家からも歌声が洩れた。女の少ないこの家で、下男はタスキ掛けで女の代りをし、この年の祭に先立って歌をうたいおどった。私は下男を愛すべき人だと思った。

しかし一度おとずれた疑心は、そうさっぱりと晴れてしまうことはなかったのだ。私の記憶では、私の父はまだ稲の穂が十分みのっていないうちに刈入れをはじめた。彼は、

「大雨が来ぬうちじゃ」

と大声で田の中で叫んでいた。

私は新しい「人だかり」が父のいないところで出来かかるのを見た。村で一カ所だけ刈入れが早くはじまり、そこの分だけ歯の抜けたようになることは、村の感覚としては、許せないことだ。疑心だけで父が誰にもいわずとつぜんこうした、村に住むものにとって致命的な行為を開始するというのは、父の心に巣くった「外からくるもの」に対する疑心だけでは解釈がつかない。それならば、どうしてこうした狂気じみたことをしたのであろうか。

それを考える前に結果から述べるとすると、この人だかりは前のように増えて行くことがなく、争うように田に人が出かけだしたのである。誰も大雨が来ると信じていないくせに私の父と同様に、「雨がくる、雨がくる」と口々に叫んで田へ走り出したのだ。こんどはこの噂の張本人ははっきりしていた。私の父である。しかし父は誰にも相談したわけでも命令したわけでもなく、人だかりの会議にはそんなことを一言も口にしたことはなかったのである。つまり父の一存で、父は田へ出かけ刈入れをし、わめいていたにすぎない。誰も父を恨むことは出来ない。これから父の言葉を信用しなければすむことなのである。

村の刈入れは実らぬうちに行われたために、収穫は半分しかなく、ただくさらなかったというだけのことにすぎないのだが、一週間たっても二週間たっても大雨の訪れてくる気配はなくいたずらに快晴がつづいたのだ。

「今に雨がくる、雨がくる」

村の期待は今ではそれのみにかかっていた。期待は祈りにかわった。といって、通常の雨乞いとはちがうために、村中総出で雨乞いをするわけにも行かず、村長を煩わして祈禱することも出来ず、するとすれば、村長が峯からころがしてくれた、米俵が頼みということなのだが、彼等は村長の倉の中を知っているので、そうも出来ないのである。村長の倉からあまり米を持出させれば、いつか自分たちが、倉の中の米を出さないわけに行かない運命なのだから。

皮肉なことに、その年ほど照ったこともなく、したがって村人が父のマネをしていなければ、その年ほど豊かにみのった年もなかったわけだ。私は思い出すが、私の家に集っていた頃、彼ら村人は帰路、何かいい合っては空を仰いでいたものだ。彼らは刈入れを終えてから毎日のように溜息をつき、南の空から雨雲があらわれるのを待っていたのである。私はいっておかなければならぬことは、父もまたやはり村人たちとおなじように空を見上げていたことである。彼は平年の刈入れの時期がすんでも、率先して南の空を毎日ながめていた。そして誰よりも深い溜息をついていたのである。彼は村人の前や、下男の前ではその溜息のつき方に何か誇張が見られるようであった。その彼の神妙な思いあまった身ぶりが村人たちの心を空の方へひっぱっていたのである。

私はある日父が裏山へのぼって行くのについて行くと、誰かを待ち合せる様子で急に父が立ち止った。父は漆が繁っているからついてくるではない、と私を少し下った空地で待たせておいた。私は誰が来るか好奇心をいだいて心待ちにしていたところが、私は（日ぐれ時だったが）ズキンをかぶり、あたりをはばかりながら私の前を横切って、父のいる茂みへのぼって行く一人の男の姿を見かけた。私はそれは顔をかくしているがこの村の村長であることをさとった。それから村長であるはずのズキンの男はしきりと父の肩をたたいている様子で、父の姿はその男のかげにかくれて見えなかった。

村長が人目をしのんで、父の家の裏山に訪れ、父の肩をたたいているとはどうしたことなのだろうか。私は父が何ごとかを村長にいいくるめられていることを知った。もしそうとすれば、それは何であろう。何のためにいいくるめられなければならないのだろう。その時には幼い私はそれが分らなかった。が、つまり父が刈入れを急いだり、空を仰いだり狂気じみたことを次々と身を以て演じて見せたのは、村長の依頼を実行していたのである。村長は自分のしそうな演技を私の父にさせ何ごとかを企図していたのである。村長の企図はいうまでもなくいつも村人のためであったから、村人のために村人の不利をひそかに企んでいたわけであるのだが、実は父が村長と何ごとか語らっていた時、もう一人の男があとから山へのぼって行った。おそらく二人で歩くことをおそれていたのであろうが、その男は私が役場で見たことのある男で、私が役場の庭で見たいつかの人だかりのあとで村長が、ちょっと、といってすみへ呼んだ男なのだ。その男は村長に近づくと、村長の命令で父は紙きれをひろげて見せ説明しはじめた。いつも人に見せつけてきた父の深い溜息が聞えた。その溜息のあとに泣き声になった父の声と、それを消そうとするかのような、咳ばらいの音がきこえた。その頃から山はとっぷりとくれてしまったが、彼らはいつまでもその茂みを去ろうとしなかった。もちろん父は私のことを忘れてしまっていたのだ。暗闇と共にいっしょにくれて姿を消したまま、いつまでも出てこないことは、それだけで、不幸の切迫を暗示していた。私は待ちきれなくなって、父を大声あげて呼んだ。こうして彼らのこの夜の会談は終了した。私は今これをこう説明したらいいと思う。村人の心を危惧から退かせて平静にするために、とほうもない刈入れを村長は企図したのだ。そしてその刈入れの理由は「大雨の被害」であって、その雨が降らないとすれば、彼らは目に見えぬ外来の敵に対する危惧をいっきょに忘れるほどいきり立つにちがいあるまい。そのあいだに村長は、何ごとかをしらべようとしたのであろう。それをしらべた例の男が、はたして何か根拠を発見したかどうかあやしい。しかしどちらにせよ、その男は結論を下したのだ。そう結論を下すことが任務だと考えただけにすぎないかも知れないが。なぜならこの島にはそうした知識のある男がいるとは信じられそうもないからであって、それに、害がないというよりも、害があるという方が、つまり悪い方をとる方が、二つに一つを選ぶとすれば、有効であることは疑いの余地がないからだ。

村長は策略家で、時々キバツな企図を大胆に実行にうつすが、人を信ずる信じ方もかなり思いきったところがないではなかった。村長はりっぱな男で、私の父を自由に動かしていたが、その父もこの村では決してすぐれた人間の方でないことはない。思い切りのよさや、自分に酔っているところが、父を手玉にとらせたものと思う。

それはそれとして、例の裏山の会談以後、父はかなりショゲた様子を私たちにも見せだした。それまでの身を以って行った演技がまったく結果に於いては何の足しにもならなかったようなものだったわけだから、ムリもないのである。これくらいならば、ほかの百姓といっしょに多少の危惧をいだきながら、普通の時期に刈入れをしておればよかったわけなのだ。疑心だけで刈入れを急ぐことは、やはりなかったのである。そのうち、いやことによると来年からでもいかなることになるやも知れない。そうすれば、せめて今年の刈入だけでもマトモに行っておる必要があった。そして村ぜんたいの責任はもちろん彼にあることを、今となっては彼は自分では、村人が彼のことを思う以上に分っていたのである。

父が家にひっこみがちになってから、父がそれでもよく村長と会いに、こんどはくらくなってから出かけはじめた。彼としては思うに村長とも誰とも会いたくなかったのであろうが、彼が何ごとも過去を忘れたように村人を置いてけぼりにして家にこもり出してからは、彼に対するエンサの声は私の家の周囲の人だかりの中におこっていたので、もともと張本人である村長にでも会わなければ、たまらなかったことであろう。

或る日とつぜん父が旅仕度をはじめて家人をおどろかした。父が旅をしたことは、ほとんど一度もないし、私の祖先にもよほどさかのぼらなければないであろう。つまり旅というものを私たちのみならず、私の村のものは知らなかったのである。

恩恵を受けないかわりにどこにも属さぬという損得なしと見えるかんけいは、この村のものを久しく安心させてきていたのである。貧しいが食えるうちは、心にかけはしない。まして貧しい中でも比較的ユウフクなものはそうである。そしてそうした比較的ユウフクなものが、どこにも属していないことを知っているだけで長年にわたって属していることになれて来た一般の村人たちは、そのことがどういうことであるかを思ってみたこともなかったのだ。

前にものべた如く、この島では、貧富の差はあるが皆食っている。二、三の家をのぞいて出かせぎに行くとなれば、どこの家も出かせぎに行かなくていいというほどの家はない。田畑を質入れするほど放蕩する場所もなければ、そうした遊びも知らないのだ。唯一の遊びの怠惰をおぼえるのは、富からくる。一度富をもった経験から生れてくる。そしてここにはそれほどの富は蓄積されてはいないのである。

とにかく父は旅仕度をはじめたので、ふしぎに思って家人が行先をたずねると、父は、

「それはよく分らぬし、いえない」

といった。そういった時の父の表情は何ともたとえようのないもので、強いていえば何かテレているようなふうであった。その様子から察すると、父は何もかくしているのではなくて、まったく本人もよく分らぬらしいのであった。ただ旅という以上舟にのって沖へ出て行くにはちがいなかったが。

「しかし、連れはこれだからな」

といって親指をあげた。親指は父が村長のことをいう時のクセである。私は本能的に父の旅連れは村長であることをさとっていたが、何のために行先も分らぬ旅を思い立ったのか知るはずがなかった。

「ただしこのことはナイショで、口外はならぬぞ」

とつけ加えた。父は私を愛撫した。母のいない家で父に去られては、私の頼みは、例の下男のみだ。私は大声あげて泣いたが、父の決心は動かないと見るとあきらめるより仕方がなかった。

父はこうして夜陰に乗じて村長とこの村を発ったのである。旅が秘密であることは仕方がないとして、父にも行方が分らぬ旅に出かけたことは私たちの歎きの種でなかろうはずがない。ただ村長は若い頃にほかのいくつかの島をめぐったことがあるという話だが、果して島の中へ入って何をしてきたのやら誰も知らないのである。父は食糧と燃料とを積み込んだが、昔この島へ流れてきてそのまま通用している貨幣を、若干しか身につけて行かなかったのは賢明であったわけだ。

なぜならその貨幣が通用しているとしても、価値がどう変動しているか知れたものではないから。

村長の後は助役が代理をつとめるように置手紙がしてあったが、この二人の失踪は村に大へんなショックを与えた。先ず失踪したということとそのことが村のものにショックをあたえた。彼らにとっては失踪というようなことが実感として分らなかったのである。失踪したものがこの村には漁夫以外にはなかった。彼らは漁夫ではない。

まして旅を二人でするということは、彼らのアタマには理解できないことなのだ。

もちろん村長と私の家へは村人は訪ねてきた。このところしばらく私の家には訪問客が絶えていたが、また烏のようにむらがってあらわれた。村人といってもその多くは互いに親セキなのであるが、その遠近さまざまなかんけいの親セキの者たちが、父のアホウな率先躬行ぶりを憤ってよりつかずにいたのであった。彼らに分ったことは、一年分の食糧と燃料を積みこんで出かけたことと、口外はならぬといい置いたことだけで、それ以上は家人も知らないのだから、聞き手に分るはずがない。

「口外はならぬ」といったというのだが実は「口外はならぬ」ようなことは、何れもいい残して行かなかった。「口外はならぬ」という言葉の外は。彼らは目的だけはあったにちがいないのだ、その目的を告げずに、そういったのであろう。一口でいうと、かなりうろたえていたのである。いやそうではないかも知れない。うろたえたと見えるほど、口外できぬほど、複雑であったのかも知れない。

失踪した二人のことはとにかくとして、村人たちのあいだには、暗黙のうちに、この村を去ったものに対する憤懣がアタマを擡げてきた。この二人は何といっても村の代表的人物であったわけだが、その二人がいっしょにいなくなるということは、かつて厄介者であるはずの漁夫に対してさえも（これほどこの村にとってありがたいことはないのに）ワケのわからぬ憤懣をいだいたことのある村人は、裏切りというかんじを強く持って腹を立てた。とにかく彼らはこの二人に疑惑をいだく理由は今までにあったのだから、この二人の目的をいろいろ考えてみるより先きに、この二人に疑惑の念をもったと見える。そして二人がこの村をはなれたことについては、何一つ考える力は失っていたのである。まして父に対しては彼らはハッキリと米俵の俵数に換算して、恨みを腹の底にもっているのだから。

彼らは二人をなかなか忘れなかったようだ。二人がこの村の住人であったたし、現在もそうであるということを。そのために彼らは、どんなことがあっても、従来のシキタリを改めはしないぞという決意を固めるようになったと見てよい。そうして彼らは海の向うのまだ見えぬ煙を、見えぬ以上はどんなことがあろうと無視することに一致して行ったようだ。

私の家も村長の家も、元漁夫の手を借りて、麦の種をまき、その冬をおくった。その冬は寒すぎず暖かすぎず、数年に一度おとずれる雹にもおそわれることなく、とにかく上々の天候がつづいた。元漁夫たちは新しく例によって塩気のぬけた砂をはこび種子をうえつけた。そうしてとにかく巌頭の一劃の広場にも麦がしげる気配が見られた。危惧はまったく夢のようだったといってよいくらいだったのだ。このようによい状態がつづくと、もう村は二人を、恨みのほかは、完全に忘れてよかった。

五月に入って麦秋を迎える時機となった頃、突如として、曇日が続いた。村にはかすかな闖入者が実際にかんじられるようになった。それは小さいというか、かすかというか、気にしなければ気にしなくともすむていどのものであった。それに実害のともなわない闖入者はそれが人間でないかぎり怒り方が見つからなかったのだ。それは昆虫でもなければ、まして動物でもない。そこはかとない、ふわふわしたものであった。それは何によってつかんだらよいか分らないようなふしぎな闖入者であった。しかし実際は既にその闖入者は、感づかれている以上、確実につかまえられてはいたのだが。ただ人々はその実体を一番手なれた方法でつかまえようとしたまでの話だ。しかもとにかく感じられる。村人の肉体でかんじられているのだ。

それがただの臭いであることが分るまでには、またまた大へんな手順をふまなければならなかった。「人だかり」という手順を。私もその肥料の臭いとはちがう何か鉱物的な臭いを自分の鼻でかいでいたわけだ。そして事実、その臭いを最初に口に出して訴えたのは、私たちのような子供であった。風がないだ日など木蔭にいても畑にいても何か息ぐるしいほどにかんじられる。子供のあいだでは周知の事実になっているこの臭いを、それが臭いであることを大人に知らせるのに、子供はいく日もかかった。下男はそれを新芽の臭いだといってきかないし、漁夫たちは、汐の臭いだといってきかない。それでも私たちが首をふっていると、それでは、それは地虫の臭いだといった。臭いであることが分ってからでも、それを何かこの村の知っているかぎりの生物の臭いのせいにしようとした。

「このような臭いのする時には」下男は私にいった。

「地の精がよくて、きっとみのりがよいですに」

悪臭が相当にこたえられなくなったにしても真剣な問題になるわけには行かない。臭いなどというものが、いい臭いにしろ悪い臭いにしろ、下等なものだ、ということは、村人の智恵だ。ましてこれは悪臭である。こうしてこの闖入者は笑い話にしかならなかった。彼らはそれでも人だかりを作った。笑い話にするために。彼らはその笑い話を私たち子供にきかせているようなところがあった。というのは子供らが集ってくると、村人たちは、野卑なことを口にして笑ったから。臭いは何となく野卑な性的なものとつながるものがあると見える。

私は子供の本能で、彼らが何かをおそれていたのを、既にかんづいていた。連中が野卑な言葉を放つのも、私たち子供に救いを求めているように私は思った。それならば何をおそれているのか。おかしいことだ。既に分っているのに、少しも分っていないということは。そういうふりを自分たちがしていることを自分たちが知っているのを、知らぬふりをするとは。私たち子供もこの村に住んで、同じ運命にある以上、ちがいはしない。ちがわないどころか、何かそれが親しくて、この島のものだという気がしていたにちがいない。

一時村人たちは陽気になった。臭いそのものは私も記憶しているが陽気になれるものではなかったが、臭いというものは呼吸といっしょに忍びこんでくるので人をあっぱくする。こういうふうにあっぱくしてくる悪臭の中で陽気になるには、大へんな切りかえをしなくてはならない。この島から出られないと信じているものは、こうしたあっぱくに本能的に切りかえをするところがあるのではないかと、今私は思ってみる。

下男は風が吹きやんだ日など、目立って野卑なことをいって私をからかった。私の許嫁になっている村長の娘と私のことを、聞きずてならぬ言葉を用いて笑うのである。これは下男だけのことではない。こうした日は、村の人たちを軽薄にしてしまった。村人どうしの争いがふえた。もともと元漁夫たちと農夫たちとはあいかわらず、折合いがわるかった。同じ島にのって生活している彼らには、漁夫のことを念頭から外すことが出来ぬために一種の強迫観念みたいなものが、知らぬうちに育っていた。漁夫たちの人数を農夫たちはふしぎなほどよく心得ていたことでも分る。

下男と手伝いに来ていた漁夫とが私の見ている前でみにくい争いをしてみせた。残念ながら、それがこの臭いのことからおこったのだ。

「お前さんたちなら、どこかでこの臭いをかがせていただいたことがあるだろう」

下男が漁夫の一人にいった。

「ふんだんにかいだよ。おかげさまでいくらかいでも平気だ」

「いやこの臭いは、こたえられない。こんないい臭いをふんだんにかいだくせに、他人の畑のやっかいになるのかなあ。こいつはからだのコヤシにはならんかい」

下男は口を動かして吸いこむかっこうをした。そのかっこうはへんに陽気で狂人じみてさえいた。もっとも彼はその動作でむせかえってしまい、漁夫のけたたましい笑いを買ってしまった。そんなぐあいに彼らはとっくみあいをした。とっくみあいをするのを待っていたかのように。

私はその時の二人の会話の方が、ムシロ印象に強くのこっている。彼らはこうしたたわいない争いの言葉の中に、彼らがひたかくしにしていることをほのめかしているのである。私が子供であるので安心したのだろうか。それとも、もうヤケクソになっていたのだろうか。彼らはとっくみあいをし、多少顔や腕に傷を作り、平静にもどってしまったが。下男は特別あらい男ではなくてそうなのだから、狂人じみたことをする者も外にいたことであろう。現に、ある夜ハンショウの鐘がなりだした。私たちの前の悪臭をゆすぶるように、それはたててつづけになった。外へ出てみると火事でもなんでもない。この村は火だしなみだけはいいので、鐘がなるのは実に久しぶりのことだ。もっとも私は書くのを忘れていたが、半年前村長と父とが失踪したことが分った日にも、昼日中、この鐘は村中になりわたった。これは突発事件であったので、村人の注意をよびさまし、何ごとかを告げるには好都合だったわけだが、この夜はちがう。臭いはもういく日いく夜も、とくに風一つない曇った日にはこの村の上空をうっとうしくおそってきている。鐘をならした犯人は、下男だった。

第四章　眠りたがる男

下男は半鐘からひきずりおろされても、こりずに、それからも、よくいなくなると思うと、鐘が鳴り出す始末なのだ。そうでない時は、わけもなく村をかけまわっていた。父のいない私の家で、下男のこの乱行ぶりでは困りはてた。半鐘を鳴すのは、彼が島の者に何か訴えたくてたまらない気持のあらわれなのであろう。しかしその心配もなくなった。音にも鈍感になりはじめたからだ。早い話が、私は下男と話をすることがなくなった。臭いにおされて声が遠のいてしまい、自分の声さえも他人の声のように思える。腹はへっているが、きれいな空気の方が食いたかった。刈入れの仕事は、まだ誰も始めるものがない。そのくせ誰か一人が手をつければ、習慣となったこの仕事を、どんなに食慾がうせてもしない筈はないのだが。そんなことをしているうちに臭いが村中に雲のように立ちこめて、食う前に死んでしまうのではないかとおそれているわけなのだ。

呼吸法を変えた。ひとりでに彼らは口で息を吸いだしたのである。ハッカの葉を束にして鼻の前にぶら下げた。はじめは手でくっつけていたが、そんなことをしていては不自由でならない。小舟を持っている家は沖へ出た。それから寺へ集った。ハッカや、ありとあらゆる強い臭いの草を焚いてその中で読経した。涙がふんだんに流れて、ほんとに泣いているように見えた。沖へ出ると臭いはうすれてはじめて生きた心地がした。舟を持っている者はいくらもないので、私の家の舟に希望者を交替に乗せる。英五郎氏の舟は、英五郎氏が父と乗り逃げしているので、英五郎の家族も家の舟に乗りこんだ。舟は岸へつけたら、番をしていないと、勝手に沖へ出される心配も出てきた。そのために、家で寝ることは少なくなり、食糧をつんでほとんど常住舟の上で暮すようになると、こんどは岸へ上りにくくなってきた。臭いを離れると、臭いをかいだ時の衝撃ははげしくてかなわないのと、村人の反感を買って、いよいよ舟が盗まれる可能性が強くなった。盗まれた舟の在り場所は海の上にきまっているが、それをさがしに行くことが出来ない。濡れても何でもかまわず、筏をくんで岸を離れることを思いついたのは、かなりたってからであった。

或る日、舟の上で食事をしていると、私がいつか、裏山で見たことのある英五郎の連れの男が、私のそばにいた英五郎の娘をどかして、寄ってきた。何かと私に話しかけるうち、急に声を落して、次のようにささやいた。

「こんど陸へ上ったらね、甚太にこの紙に書いてあることを、上陸の度に一つずつ云いなさい。私が云ったということは黙っているのですよ。これは大切なことだから、何げなく云うのです。誰が云ったとたずねたら、いやそんなこと聞かないかも知れないが、道端で聞いたというのです」

「どんなことです」

私はそんなことは初めてなので、不審に思ってその紙きれをそっと受取った。それには次のような矛盾したことが書いてあった。

一、臭いは近いうちに消える。
二、臭いはなかなか消えない。
三、竹槍の練習をしている人がいる。

四、村長らが帰ってくると、臭いは消える。
五、村長らは臭いをかがなくて、ヒドイやつらだ。
六、村長らは死んだ。
七、若い漁夫らが臭いを起している。

私はそれを読んでハッと思った。このうちのいくつかは、私の父に関係したことで、しかも生死にかかわる情報であったからだ。これはみんなホントのことかと聞いた。すると相手は、みんな作りごとだ、心配無用、と云って、早くしまえ、と促した。そんな作りごとを、どうして、下男に話すのか、と私は気色ばんでなじった。それなら、ありのままに打ちあけてもいいし、何なら、五と六とは省いてもいい。私はそれでも返事をしなかった。たまたま岸による用事がたまっていたので、暗くなると舟は動き出した。私は下男に何もかもありのままに話し、信用しない方がよい、と伝えるつもりでいた。大体、下男は舟に乗らなかった。彼は責任があるといって、島に残っていたが、その責任というのは、あやしげなものであったにちがいない。彼は私の家というより村ぜんたいの動きに責任があると思っていたのだ。岸に近づくにつれて、半鐘の音が臭いといっしょにハッキリとしてくるので、また例によってなっていると、誰も相手にしなかった。何げなく見ると、火の手が上っている。それが臭い消しのために草を焼いているていどでない。火のまわりは、風がないので早くはないが、方向を辿ると、私の家のあたりなのだ。私はとっさのかんで、鐘をならしているのは、下男で、下男は火事とかんけいなく叩いているうち、本当の火事になったので、誰も止めないために、いい気になっているのではないかと思った。例の男が、紙片をわたして私のそばを離れてから、私は英五郎の娘美代に名前をきくと、権三だと答えた。権三は悪いやつだ、村はあいつのためにきっと悪くなる、とささやくと、美代の母がそれを聞きとがめて、大人のすることに子供は嘴を入れるものではない。そうよ、そうよ、と美代もそばで母親の味方をする。そのために、私は、下男だけが頼りなのだから、一層下男に洗いざらい話してやろうと思いだした。その下男が楼の上で鐘を叩いている上に、自分の家が火事とは、情けないことだ。陸につくと火事は下火になっていたが、焼けたのは私の家の母家で、庭で焼いていた草の火が燃えうつったのだ。家の中の家財道具類は何も出していない。家の中には誰もいなかったのだ。女たちまで連れて舟にのって外へ出ていたり、ハッカの葉をつけて外へ出あるいてばかりいるこの家には同情がない。それにこの家は主人まで村から出て行ったのだ。

私は半鐘の楼の下までかけて行った。火事が終ってもまだ叩いているので、ようやく引きずり下されたところである。私は泣きながら、

「うちが火事じゃないか」

「火事？　火事なぞ問題じゃありませんよ。ハハンそれで分ったですよ」

「焼けたのは、うちだけだよ」

「犯人はこの村の中にいるのですよ。この臭いだって、誰か悪いやつが臭いをおこしているにちがいないのだ」

「そんなバカなことを云っていないで、早く帰っておくれ」

「いやいや、家の一軒ぐらい問題じゃない。そんなことでは、かえってあなたの父さまにも悪いのですよ。子供では分らんですよ」

私はほんと云うと家のことより、久しぶりに島へ上って、呼吸のしかたを間違えていたので、息苦しくて、どうでもよい気がしており、早く舟の中にもどりたいと思っていたくらいだ。しかし舟へもどれば、また権三がおることを思出し、権三のことから海へ旅をしているはずの父たちのことが強く私をひきつけた。それにしても権三に腹が立つので、権三は悪い奴でこんなことを、自分に頼んだと話した。私は権三が、下男のいう犯人であるようにさえ思いたくなっていた。

「なるほど、いや誰が云ったとしても、それは大へんなことだ。早速一走りしなくっちゃね」

「そんなこと、あの人もウソだと思っているのだよ」

「ウソ？　いやウソにしろ何にしろ、それは大へんなことです。竹槍といえば練習をしているやつは、漁夫らに決っている。よし、それを権三に聞いたと誰にも云うな、道端で聞いたと思っていなさい」

下男は活気づいて、いつものくせで、顔を手で拭った拍子に、鼻から息を吸いすぎて、苦しげに唸り、私にかまわず、ころげるようにしてかけ出して行った。

私はその時、どんなことがあっても、父たちのところへ行かねばならない。すぐこの足で家へ手伝いに来ておる、例の老漁夫のところに相談に行こうと決心をした。父のところへ行くには、あの島に行けばいいと信じていた。

私がその無人島へ上陸した時には、あたりまえのことだが、ふりかえると、もう島は見えなかった。一点の大きさにも見えなかった。その方角さえも分らなかった。にごった水につづいて青い海がつながるばかりで、こうなった上は、この無人島という別の島を信じなければ、仕方がないように思われた。といって私は一人の力で上陸したわけではない。私は小舟の中に疲れ果てて眠っているところを引きずるようにして岸へ引きあげられたのだ。したがって、私は自分をひきあげた男につかまりながら、海をふりかえって、そう思ったにすぎない。その男はヒゲを生し、帽子をかぶり、その帽子のミケンのあたりに、大きな重そうな印の模様をつけていた。その模様をよく見ると、円がいくつもあって、その外に花ビラみたいなものがくっつき、その上に、鳥が大きな羽根を、思いきりひろげていた。彼はヒタイの汗をふき、ずり下る帽子を重そうにかぶり、とたんにいばった顔つきになるのだ。そのしぐさを私と話し合う度に数度くりかえした。この分で行くと、彼は一日に何度帽子をかぶり直すか、知れたものではない。

「お前は、どこから何しに来たのだ」

「島の二人のあとを追って来たのです」

「島？　お前もそう云うのだな」彼はくすくす笑い出した。「二人とは大人のこと？」

「そうです」

「その二人はお前の何か」

「一人は私の父です」

「その二人なら知っている。あいつらはもう二日前に帰った」

「帰ったんですって？」

私はおどろいて仰ぐとその男のヒゲが潮風にゆれているが、眼は動かず、じっと私を見ている。私は倒れかかると、またその男にだきかかえられた。その拍子に帽子が落ちかかり、私の頭にあたって、私は悲鳴をあげた。

「それはいったい何です」

私は悲しみも忘れて、云った。ところが相手もぷりぷりしながら云うのだ。

「キショウだ。見張人、門番の印だ」

「それで二人は何をしていたのです。何をして帰ったのですか」

私はふるえながら聞いた。見張人の手は私の腕をつかみ、容易に放そうとする様子がない。それはあきらかに、私が倒れるのをふせぐというよりは、私をつかんで放さないのが、自分の任務であると思っているらしい。

「アイツらは何もするわけはないじゃないか」

「どうしてそんな重い物をつけているんですか」

「これか。そんなことふしぎがるのはオカシイね。それよりお前らが口を開きさえすれば『島』『島』と自分の島のことを云う方がオカシイじゃないか。もっともその『島』はもう『島』じゃないがな。りっぱな名前がついている」

「それはどういうことです」

私にはさっぱり分らない。

「第百五番島だ。もう『島』なんて、ふざけたものは、この世界にはありはしないからそう思え。これから、そう呼ばないと承知しないぞ」

いよいよ私には分らない。

「この無人島の名前は」

「大ケンリ島、第百四番島だ」

「それはあなたが決めたのですか」

すると彼は危く私を海へつき落しそうになった。彼は自分の任務を忘れたと見える。私はまだ子供で、身が軽く、岸壁のつき出た石につかまったからよかったものの、さもなくば、ほんとに海の中へ真逆さまにとびこむところだった。もちろん彼の帽子は彼の頭を離れていた。そして困ったことに、私の代りに水の中へ落ちてしまった。見るとそれはまだそのまま浮いていた。彼は動物のような唸り声をあげながら、岸壁をつたって降りはじめ、私に向って、

「逃げるではないぞ」

と叫んだ。逃げるといってどこにも逃げるところはありはしない。岸壁の上に道がとりまいているが、その奥は、また塀がとりまいているからだ。私が逃げるとすれば、彼同様海の中へおちるか、塀をめぐるこの道を、走りつづけるだけだ。したがって私は彼がズブぬれになって道の上へはい上ってくるのをポツンと待っていた。彼はズブぬれになった服をぬいで乾かすことをしないでそのまま私をつかんだ。私は逃げやしないから、ハダカになって乾かすようにすすめた。すると、それがまた気に食わぬと見え、

「お前が逃げるからではなくて、そんなことをすることは出来ないのだ」彼は帽子をかぶり溜息をついた。それで私は父の溜息を思出し、また父のことを急に強く思い出した。「子供といえ何という情けないことをいうヤツ

だ、お前は。お前なんかを人質にして何になるのだ、ホントに」

「人質って何です」

「トリコだ」

「どうしてぼくだけトリコなんです」

「それがどうしてオレのせいなんだ。オレは見張人だ」彼は帽子を叩いて見せた。「お前のくるのを待っていたのだ。お前は二人のように何もしないというワケには行かんのだ」

「二人はホントに何にもしなかったのですか。半年の間何をしていたのですか、どこにいたのですか」

「オレといっしょに住んでいたのだ。お前もそこへ連れて行く。つまり詰所へな」

「それじゃこの中へは入らなかったのですね」

彼はもう返事をしなかった。威儀を正してシズクをたらしながら歩きはじめた。

「ヤツらは一向に要領を得なくて、手こずったが、お前は子供のくせに色々なことを聞いて手こずらせる。半年前にも帽子を海へ落したが、今日またこのシマツだ。いいか、オレがお前の親父に『待て』というのだ。するとそのあくる日、また聞く、そこでオレは『待て』という。そうするとニヤニヤしてテレくさい顔をしながら、頭をかしげて『ハテ、待てとは何のことかいな』とほざく。『待て』とは、待つことだというと、やっぱりそうか、といって顔を赤くしてニヤリだ。何を笑うのか分りゃしない。ホントに、待つことかな。というぐあいだ。どうして、お前の、あの、第百五番島の連中は、ああ物分りがわるいのだ。それにまたどうしてああ、ニヤニヤするのだ。それにどうして気持のわるいほどオトナシイのだ。そのくせ、オレをこれで二度も海へ入らせたがな。この半年のあいだというものは、まるでアイツらが監視人みたいだったぞ。オレは第百五番島なんていうことが、腹が立つくらいだ。それこそ、ただの『島』でいいくらいだ。といってまた、ただの『島』であるのは、このオレにしてもまったくやりきれん、いまいましいことだが。それはそれとして、アイツらはオレの監視人になった。

毎日オレがこの塀の外で勤務する。オレは前には一日交代でこの道を歩いておればよかった。ところが、いつからか、誰もオレの勤務したあくる日にオレの交代をする者がいなくなった。その男が海へ落ちて死んだのだ。交代人がいなくなったのだ。それからオレは二十四時間勤務ということになった。なぜって？　よくワケを聞くヤツだな。そいつはオレに聞いてもムリというものだ。二十四時間勤務なんてことがいったい出来るかね。オレは寝る時間がないじゃないか。その代りにオレはこの重たい帽子をもらった。このキショウのついた帽子をな。前よりキショウが重くてりっぱになり、こうしてかぶっていても分るということだ」

「いったいここでは何をしてるの。この中には何があるの」

彼はそれには答えなかった。

「オレは疲れている。仕事の途中で眠りかねない。そこでオレはあの二人をオレの監視人にしてやった。頼むものだから。オレが眠りながら歩いていたり、この道の上に倒れこんだりしたら、直ぐオレをひっぱたいて起すようにというわけだ。まあ、それからオレは安心して、歩きながらだが眠れるようになった。あの二人は交代でオレのあとをつける。半年のあいだ、ヤツらはオレのあとをつけて歩いていただけだ。それ以外のことを望んだとしてもヤツらに何が出来たというのだ。ヤツらは半年分の食糧をこうして食いつぶし、それからお前の親父は板紙の上に何か書こうと、頬杖をついてくらした。オレは知っている。何の書くことがあるものか。何もありゃしない。もっともヤツは、はじめは、まる一日中書いている日もあったが。オレはそれを持っている。そいつはみんなオレは没収しておいた。それがオレの任務だから。ヤツらは自弁でオレの監視の役を果したわけさ。それでどうして帰っていったって？　それは食糧が欠乏したからさ。それにいつまでいたって、何の役にも立たないことが分ったからだ。もっとも札だけは持って帰ったがね」

「札って？」

「大きな木の立札さ」

「それが何になるの」

「それに字が書いてある」

「字って?」

「大ケンリ島第百五番島事務所というね。おいオレを見ていてくれ、オレは疲れている。ヤツらが帰ってからは、神経の使いどおしだ。ヤツらは帰る時には、板紙を持ち帰るといって、オレにつかみかかってきた。

『お前は書いたことは、自分で書いたのだから、みんなおぼえているじゃないか』

と云うと、ヤツらは、

『島へもどると、そいつを忘れるのだ』

と云ってうるさくつきまとい、オレはこの時ばかりは、棍棒でなぐりつけてやった。空樽なんかより、この方が大事な証拠物件だからな。オレはそれを見せる時を待っているのだ」

「その大きな木の札を持って帰ったの」

「それは持って帰らねばならんわけがあるからな。その札を渡すのが、オレの任務の一つだったのだ」

私はへなへなと倒れかかるのをこらえて、そのヒゲの大男をはなれて、今きた道をかけもどった。海には父たちの姿はもう見えやしない。せめて自分が乗ってきた舟をさがして、それに乗ってとにかく海の中へ出ようと思ったのだ。私は彼の叫び声を後ろに聞いたが、それは眠りつつ叫んでいるショウコに、次第に消え入りそうになって行った。私は胸さわぎがしてきた。舟をつないだおぼえがないからだ。正直いって私はどこから上陸したか、それさえおぼえていない。私は抱きかかえられて、この男の腕の中で我に帰ったのだから。私はただ走るだけだ。道が塀をとりまいている。どこといって特徴も目じるしもない道や岸なのだ。私はもう一度沖の方を逆光をすかして眺めてみた。そうしてそこに私の乗ってきた舟が波間にゆられて流れて行くのを見てがっかりした。

私は泣きさけびながら大男のそばにもどってきた。この島で見知りの者と云えば、ついさっき知合って、私を拉致したこの男の外にはない。その男につかまえられていることが、今となっては私には一番気が楽なのだ。私はこうして、自分をつかまえてもらうようにと、その男をおこしはじめた。ところが男はなかなか目をさましそうになかった。監視の用はもう既にすんでいる。彼の話によれば、彼は私をつかまえるために道を歩いていたのだった。それなら私がこうして彼のそばさえ離れないならば、彼が寝ていたとしても、いいわけである。しかし何かそう思えないものが、私にもおぼろげに分っている。それではいけないということが。私はそこで、

「起きてくれよう、起きてくれよう」

と、声をからして叫んだが、男は、起きる時間が来なければ、永久に起きないように見えた。私は半年の間父たちがやってきた仕事のふしぎさを、今さらのように知った。

父たちは、彼の求めていた相手ではないが、私は彼がつかまえようとしている相手だ。私がこの男を監視してやらねばならない責任が、重たく感じられた。それから父は監視していたのだが、この男は私を見張り、待っていたのだ。そしてそれを父たちが助けていたのだ。バクゼンとだが私はそんなことを知った。私はもう疲れも忘れて、塀の方ばかり警戒していた。何かが現れたら、早速にもこのヒゲの男をひきずり起して、ちゃんと立たせなければならない。

しかし男はますます深い眠りにおちた。これほど深い眠りに入っては、もう私がまさかの場合に起そうとしても、起きることはない。おまけにこのような大男ときておる。それならば詰所に行き、そこからこの男を監視していても同じことだ。私は走ってこの男のそばにくる。そうして訴えればいい。そんなふうに考えているのは、一つには、私がその時から知人であるような親しみを、この男におぼえはじめていたからであったのかも知れない。一方私は、父が没収されて残して行った記録を、読みたいと思ったのだ。

ヒゲ男のそばから、詰所とおぼしき少し出ばった所まで、私は一散にかけ出した。ふりかえると男はそのまま死んだように、彼が歩きまわった道路の上に横たわっていた。

駈けながら、ふと、この道の上だけにいつまでも置いておかれるとしたらどういうことになるだろうか、と思って私は身ぶるいした。何のために私をトリコにしておくのであろう。それともこの怪しげな石の塀の中に捕えられるのかも知れない。この中には何が住み、何が行われているのだろう。私のせいの何倍もある壁は、かたくて、こういうものは見たことがない。私はこの無人島が見えはじめた頃から意識はなかった。島が見えなくなったと思うと、私は絶望のあまり泣き叫ぶうち、寝入ってしまっていたと見える。私は急にこいつのそばに立つことになったのだ。

詰所はすぐ分った。鉄の門が石の塀と同じ位の高さにそびえている。錠がおりていると見えて、ビクともしない。錠は内側からおろしてあることが分る。そこまでくると中で音がしているのが聞える。私はしばらく耳をすましていた。それは近づいてくるような音ではなく、遥か内部で継続してひびいているようだ。私は一寸安心して詰所に入るとそこには寝具も何もありはしない。部屋のすみに、私はすぐ板紙がたばねてあるのを見つけた。父は彼が書きためた板紙の分厚い束も没収されたらしくて、無造作につんであった。それを手にとって見ると、父の書いた文字を塗りつぶして、その横に、

「大ケンリ島第百五番島の法律書」

と書いてある。私はその時、

(おや、ケンリとは、あのケンリ遭難事件のケンリではないか)

と思った。そう云えば、さっきヒゲ男の話の中にも度々ケンリというのが出てきていた。父たちはそれに気がついていたかしら。

(お前らはここへくるケンリはないぞ)

と叫び「島」の者の数人を殺したことを、よもや忘れていまい。そう思うと私は一刻も早く新しい記録を読もうとあせる。幸い、この鉄の門が閉っている。この門の中から誰かが現われることであろうが、私はこの門を監

視しておりさえすればよい。門に近づく足音がしたら、寝ている男のところへ駈けて行くのだ。

第五章　詰所に残された記録（一）――島が見えなくなると

これは噂話ではない。平仮名で書くことにする。英五郎が自分に、村の窮状を訴えに行くから同道するようにと云ったのには、またかと思った。大体、大雨が降ってくるから、刈入を早くするようにと云ったのも彼英五郎なのだ。自分は英五郎に何故そんなことをするのだ、そういう、いわれもないことを、何故自分に云いつけるのだ、と聞いた。英五郎の答えは次のようであった。

「一ぺんに大事が至るよりは、順々に小事から中事、それから大事と至る方がよい」

「それでは大事は来るのか」

「それは来るだろう」

「何故分るのだ。漁師の田が枯れたからか」

「いや、あれはお前さんも知っての通り、何ごとでもない。放っておいても枯れたのだ」

「それなら何故分るのだ。お前はあの男をいつも大事にしているがあの男がそう云ったのか。あんな男のことはオレは一切信じない方がよいと思う」

「バカを云ってはいけない。あの男は噂男ではないか」

「噂男？」

「そうだ、噂男だ。それはお前さんの記録にもない筈だ。噂男という者は表立たないからな。噂男は昔からあった。英五郎は代々噂男を、少くとも一人ずつは、手もとに置いていた」

「それなら何故アイツを一緒に裏山へ連れてきたのか、噂をさせるためなのか」

「オレ達が何しに出たかを噂させないためだ。今まではワシが云ったことを噂に立てていた。ワシがいなくなったら、噂ぐせがついているやつのことだから、あること、ないこと噂を立てるにちがいない。あとのことは何を勝手に噂させてもよい、かえってその方がよいかも知れん。ただこの旅の真相だけはみなに教えぬ方がよいのだ。そのためには、ワシらの話をきかせ、これだけは口外ならぬ、と云いおく。そうするとヤツは、色々考えて、遠まわしに噂を立てるにちがいあるまい。遠まわしということが大切なのだ。色々噂を立てるがよい。ほんとのことがやって来た時におどろかぬようにな。それはいつ来るか分らぬ。ワシらの代に来るか、次の代に来るか、或は来ないかも分らぬ。しかし噂は出来るだけ立てて、少しずつ、来るものにそなえた方がよいと思う。ワシらはこの島にいる。島にいるということは、何がおこっても、なかなか影響が及ばないということだが、一旦及んで来たら、どうしようもないということでもある。そこで、ワシは明日出ても一カ月先きに出ても一年先きでもよいのだが、なるべく早く出ようと思う。若いうちでないと出られぬからな」

「それで、おぬしはどこへ行く」

「先ず、無人島へ行く。そのあとのことは何も分らぬ。漁師たちの船があの無人島の方角へ行ったとすれば、そちらへ行くより仕方がない」

「漁師たちは何をしに行ったのか」

「それは知らぬ」

「煙の話はおぬしが聞いて噂男に云いふくめたのか」

「知らぬ」

「漁師が話もせず、誰も聞きもせず、この島から見えぬ、あそこの島の煙の話は、どうして伝わったのだろう」

「そのようなことは、けっきょくのところ問題ではない。誰かが話し、誰かが伝えたのにきまっているのに、誰もそれを口に出して云いもせぬことが問題ではないか、とワシは思うのだ。犯人は村人だ。村人がみんなその犯人だ。わしは、こういうことが伝わることには根拠があると睨んだ。ワシは自分の噂でないから信用した」

「それで、どうして、オレを連れて行くのだね」

「おぬしを連れていると、島はいっしょにいる気がする。オレは冒険が出来る。オレが島を忘れかかるとき、おぬしはワシを引っぱる。おぬしはこの村の記録を一手にひき受けているからな」

英五郎は笑った。私事にわたるが自分の腹は煮えたぎった。

「オレはおぬしのギセイしゃじゃないか」

「だからと云って、ついて来ないわけには行くまい」

自分はそう云われて英五郎が、この島にいないことを想像してみた。今までそんなことは一度もなかったが、英五郎と会っていると腹が立つくせに、離れると気になってならない。どういうわけであろう。それは自分が一人でいると心配だからだ。英五郎がいてくれると、自分は、かえって、どんなことがあっても島を守ろうと思う。とどのつまりは英五郎の云うなりになるのだが、英五郎の云う通りにはなるまいと思って奮い立つ。船は英五郎の持船を用いた。島で数軒のものは漁師でなくとも船を持っている。この島の唯一の贅沢は、漁師でなくて、船に乗って少しばかり島を出ることなのだ。これはいつから始まったことか、自分は記録にも止めていない。またどうして、そういうことになったのか、よく分らない。とにかくしばらく沖へ出て、島を眺め、島の村の中の自分の家や田畑を眺めるのが、贅沢になっているのである。今、自分は英五郎の持船に乗って夜も明けはじめてしばらくたった今、島を眺めているが、これほど遠くへ来て、島を眺めたことは今までにない。さきほどから英五郎は笑いながら、私が書いている手もとをわざと見ぬふりをして、島ばかりふりかえっている。

「そのうち島が見えなくなる。そうすると無人島がかなりはっきりと見えてくる。いいかね、おぬし、その時ワシらはおかしな気持になるし、おかしなことになるから気をつけているがいいぜ。ケンリ遭難事件の時に、おぬしの話だと、先祖の英五郎は竹槍をすてて、戻ってきたという。もっともその竹槍で殺されたそうだが。あの英五郎の気持が、ワシらも分ることになる。ワシは子供の時に漁師について来たことがある。だから、わしは漁師のことが分る。漁師たちは、このあたりから、斜めにあちらの海へ向って進むのだが、みんな一応はある気持にとりつかれる。今に見ていなさい」

なるほど英五郎の云う通り、島影がスッカリ海の中に没して、無人島の姿が、まるで自分たちの島でもあるかのように、水上に浮びでてくると、自分は云うに云えない寂しさにおそわれた。はじめは島がくるりとまわったのではないかと思ったほどだ。いや寂しさなどと云うものではないかも知れない。ふしぎな気持だ。先ず第一にこの英五郎さえいなければ、という気持になってきた。自分はこの男のために芳労をしているのだ、これから先きも苦労をするのだ。英五郎さえいなければ、自分は平和な日を送ることが出来るのに、この男のために、とんだ目にあうのだ。そんなふうに思うと、英五郎がまだ三十五にもならぬくせにその背中が心持かがんでいるのが、腹立たしくなってくる。忘れていた色々のことが、次々とまわりの海の波のように、うねりながら押しよせてくるのである。

英五郎の妻はこの頃はまるで外へ出たこともないし、もう何年も会ったことがないけれども、あの女はもともと、自分が一緒になるところだった。自分のその気持を英五郎は知らぬはずはなかった。いや知っていたからこそ、英五郎はあの十何年も昔の祭の夜に、あの女をわがものにしたのだ。(この記録は今無人島へ上ってから書いている。監視人が眠りそうだというので、英五郎は先きほどから男のあとをつけている。もっとも英五郎は文字が読めない。まるでおぼえようとしないのだ。うちの息子でさえ、ずっと前から読める文字を、おぼえようとしない。自分には、英五郎という男の正体が今もって分らぬ。彼が自分を連れて行くのは、字が読めぬからかも知れぬ、いやこの男はそのくらいのことを問題にするやつではない。……)うかつなことに、英五郎がおれをばかにしていると、長い間気がつかずにいたのだ。あの晩、ケンリ遭難者の墓のあたりを、自分とあの女とはかなり離れて歩いていた。自分は小用を催していたので女のそばを前よりもっと離れ、墓の後ろ手の竹藪の中に入って行った。その夜は英五郎の家でしたたか酒を飲んでいた。

「ケンリ遭難者か」などと、自分はほろよい機嫌で、さっきまで歌っていた唄のふし廻しで歌ったりして、出てきた。女の姿がないので、私は女が石のかげにでもかくれているものと思った。自分はまだその女と何のチカイも交したことはないのだが、その夜にでも自分の妻になる証拠をはっきり相手にあたえてしまうつもりで、内心意気ごんでいたのだ。自分は酔っているせいもあるが、しまいには女の名を呼びながら、蔭の中に一つ一つ自分も入ってみた。女がそこに笑いながら蹲っているものなら、その場で妻にしてしまおうと思っていた。ところが、おや、女はかくれてはいないぞ。おや、ここにもかくれてはいないぞ、というわけで次第に酔いがさめてきた。自分は女が家へもどったものと思い、そのあとを追った。女は家へ帰ってはいない。道は一本道でそちらへ来なければ、英五郎の家に向うのである。実は英五郎はついその墓のそばまで見送ってきた。どうも女を連れて行ったのは英五郎らしい。英五郎に連れて行かれた時に、なぜ女は自分を呼ばないのだろうか。考えて見れば、女との間に何の約束もあったわけではないのだから、女は夜道をケンリ墓のところまで一緒に来たというにすぎない。なるほど自分は全くその女とは何のこれといった話もしたことはない。ただ自分の気持は十分に分っている筈だと思っていたのだ。英五郎も自分と同じ状況であったのかも知れない。

さっき自分が英五郎にこんなことを云ったことを思い出した。竹槍踊りというものは（ちょうどその日は祭で、この踊りをやっていた）英五郎の先祖の死を笑い物にするみたいで、やらぬ方がよいではないか。盗人が出てきたり、人殺しこそあれから出ていないが、怪我人は割に多い。その武器が、竹槍だから困る。怒ると忽ち家へもどり「なた」を持って竹やぶへ入って、竹槍をこさえることが出来る。どんなアホウでも、この武器は即製できる。そして「なた」はかえすのだから盗人ではない。武器は自らの武器でさえもない。村の藪そのものだ。連中は自分が殺したとは思やしない。

すると英五郎は、いやそうしていろんなことを経験した方がよろしい、それだけみんなは強靭になる。ほんとは、盗みもした方がよいくらい。大体先祖の英五郎氏の意見は自分とは違う。女の前で云い争ううち、女の意見をきくと、女は英五郎の意見に賛成だといった。実は自分は女を喜ばすつもりでそう云ったので、これはどうしたことかと、アキレた。その帰り途の出来ごとなのだ。思えば、既にあの時に歴然たるものがあったわけだ。自分は女に何か云おうとした。すると女は眉をひそめて、「それこそ、ケンリ争いのケンリよ、よした方がよいです」と云った。すると自分は「ケンリ」という言葉を非常に軽蔑しているのに、面と向って、それも自分がかねて由来をば教えてやった相手からそう云われると、自分の面目はない。自分はそれで帰途にはぜひ、とかくごしていたのだ。島には鳶がとんできていたずらをするところから、「鳶にさらわれた御馳走」とか、また昔、狼という動物がいたのか、「送り狼」という諺があるが、まったく自分の立場はそんな、諺におあつらえむきのありさまで、あまりのことに、しばらくはぼんやりしてしまった。つまり英五郎は一つの経験としてでも、女を盗んで自分のものにしたのであろう。

その他あれこれが、波のうねりのように、うねって溢れてくるのだ。そうすると、自分に背中を向けている英五郎は、当方の心中はとっくに知っていると見てよい。彼は思い出すことはないかも知れん。いや彼にしたって、島の中にいると、忽ち忘れてしまうような、例えば自分との一件などを、自分と同時に思い出しているような気もする。

忽然と自分には分った。そして憎むべき、世なれた英五郎は、島にいるうちからこのことに気がついていたらしいのだ。それは何かと云うと、老漁夫たちが、話そう話そうと思っているうちに、つい話すことを忘れてしまったということだ。彼等は陸へ上ってはまた島のことを忘れ、また海へ出ては島のことを思出すということをくりかえしていたのであろう。そうして老漁夫はまた忘れることに忙がしいのだろう。

英五郎がよく見抜く力を持っているとすれば、それは自分らのように、少しばかり沖に出て島を眺める「贅沢」をする以上に、漁師と少くともこのへんまでは遠出して、島影のふっつりと消えたところで、色々考えたために相違あるまい。

それなら、そんな英五郎が自分を連れて来たのは、彼がバカにしている島の噂の記録を、とにかく、そばへ置いておくことも悪くあるまい、ぐらいのつもりなのだ。

(ここまで書いてくると、英五郎はヒゲ男の監視から戻ってきた。これから自分が出かけなければならぬから中断する。これをいつものように、詰所の棚の上におく。英五郎は字が読めないし、ヒゲ男は疲れはてていて読む元気がない。また音がする。エントツが煙を吹きあげているのだな)

私はここまで読んできた時に「エントツ」のことにハッと思いあたり、それではやはりエントツがそびえているのか、今まで自分が気がつかないのはおかしいと思いながら、空を見あげた。しかし、高い塀にさえぎられて、内側のものは、たとえエントツにしろ見えやしない。つまり、この島のこの道からは内部のものはエントツのような高いものでもぜったい見えないらしい。私はそれでもあきらめきれず、父が記録に日常のこととして書きとめている以上、私としても、何とか見る手はあるのではないかと思案したが、海へ出なければ、どうしても見えそうにない。エントツのことを知るには、自分の力では知ることが出来ない。とにかく父の記録に頼るより仕方がなく、私は特にそのことに興味をいだいて先きを読んで行った。

その島がはっきり見え出した時に、島以上にはっきりと見え出したものは、島の真中に空に向ってそびえているエントツであった。それはこれ以上高くすることは出来ないような高さのものであった。それは高いばかりでない。まるで島に根を張った巨大な樹木のようで、島はそのエントツ、即ち樹木の根にくっついた土みたいなものであった。エントツの先きからは、煙が黒いかたまりとなって、もっと高い空に上って行き、そこから先きは、ふっとかき消えていた。エントツが見えた時に、英五郎はそれを指して、

「何げない噂というものは、誰が話したとも知れず広まる、噂というものは、かえってほんとうなのだな。エントツのことがほんとうだとすると、その外、色々なことがほんとうだということにもなりそうだぞ。おぬしでなくとも、溜息が出るわい」

と云った。彼は溜息のことにまで、私を引き合いにしてそう云った。これは英五郎の悪いくせだと思った。

英五郎はそれからと云うものは、真剣な表情になった。もはや私をバカにしたような口もきかず、島の様子ばかり見ている。船の帆を操るのは、それからは私の専門となってしまい、彼はもっぱら島ばかり眺めているのだ。しかし英五郎がいかに、ひとみをこらそうとも、彼が見るものはエントツと、島の外側だけである。

「あの島は思わせぶりな島だな。おぬしは、早速あの島の見取図を板紙に書いておくように」

見取図を書けと云われて、書くことは、ばからしい程、簡単なのだ。しかしエントツから煙が上っている以上、この島は「無人島」ではなくなっていることは明瞭である。そうすれば、一体いつから無人島でなくなり、エントツが出来はじめたのだろうか。英五郎は何を聞いても返事をしないので、独り考えながらこうしてもう一夜海ですごして、翌朝早く岸壁にたどりついた。どこから上っていいのか、まるで岸に上るようにはなってはいないし、第一、打ち寄せる波が岸を洗い、岸の方から何かの援助があるか、それとも、入江になったところの標識でもないかぎり、さっぱり見当がつかず、とうてい這いのぼることは出来ない。しかしエントツがそびえて、煙をはいている以上は、れっきとした港がないはずはない。それよりも、無人島ならば、やみくもに上っても、これは自分の勝手であるが、人が住んでいるとすると、岸の方からわれわれの姿を認めて、何か合図を送り、好意を示してくれぬ限り、めったなことは出来ない。

もともとが、この無人島の様子をうかがいに来たのだから、当方にも気持にやましいところがないことはない。

たとえば、これが島であるから何であるが、もしわれ等の島の中で、誰かの家の様子をうかがいに行くとしたら、かえって、相手の喜びそうな食物でも持って行くはずだ。その点からしても、この無人島を喜ばすことは何もありはしないので、困ってしまう。英五郎はそこのところをどう考えているのか、エントツが見えてから、口をつぐんで勿体ぶって来た彼が、急に頼りになる、エライ人物のように思えてくる。そこでもう一切彼にまかせているると、帆をおろして、今度は右へ左へ自分に船を漕がせる。

島を出かける時に、あれほど乱暴な出発の仕方をしたのに、この島の海岸では、英五郎は慎重である。岸について廻るうちに、港らしきものが見えかかったとしてもやはり港に入るのは止そうと云う。やはりこのあたりの岸で危険でない所を見つけて、そこからそっと上る方がよい。出来れば人の一人ぐらいはあらわれて、徴候の判断が出来ればそれにこしたことはない。こんなふうに彼が話しかけている時に、一人の大男が岸の道を走ってきた。

奇妙なことに、その男はさっきからこの道にいたのである。そのことに気がつかなかったのはウカツ千万だが、それはその男が道の上に寝そべっていたからである。かなりの高さの岸の上の道のことだから、海の中にいたわれ等には、いくら背のびをしていたとは云え、見える道理はなかったのである。そんなわけで、われ等は、その男が急に地から湧いたように思われたし、それより、その男に気がつく前にその走ってくる足音を聞いたのだから、われ等のオドロキは並大抵ではない。

その男はヒゲを生し、大きな帽子をかぶり、帽子には大きな光る物をつけていた。走りながらその帽子を落し、それを拾って頭にかぶると、大男とは云えいかにも重たげであった。英五郎は船の上で対談した。彼は英五郎が「島」という度毎に腹立たしげに、ヒゲをむしりとる恰好をした。いかにしても英五郎が「島」だと云いはるので、それなら、お前だけは、あの若い漁夫たちと同じ島の連中かと聞いた。そうだ、と答えると、それならまあ「島」でよい。まあ上れ、と云いながら色々と手伝ってくれた。その前に用件を聞くので、英五郎が何と答えるかと見ていると、「それは、かんたんには云えない。先ず上って一休みしてからでないと、申上げることは出来ない」

われわれは荷物をみんな岸に上げた。ちょうど恰好な場所があったので、そこに船をつなぎ、上ろうとすると、その大男はこれは何だと云うので半年分の食糧だと答えると、なるほどと頷き荷物をみんな上げろと云った。われ等は彼のいう通りにした。荷物を上げろ、という意味は分ったが、次に船まで道にあげろと云ったのにはびっくりした。

「どうして船をそんな高い岸にまで上げるのですか」

「何?」

「船がこわれるのを心配してですか」

「こわれる?　なるほどね。どうせ船は半年の間は使うことはないだろう」

それには、さすがの英五郎も聞きずてならぬという顔をした。

「船を上げることは上げてもいいですが、半年の間船を使うことがないとは、どういうことですか」

「どういうことかとは、どういうことか」

相手は英五郎よりもびっくりした顔をした。

「お前たちは用事で来たのだろう」

「いかにも」

「その、用事で来て、すぐに帰るとはどういうことかね」

「なるほど」

英五郎は私の方をふりむいて、それから顔を赤くしてニヤニヤ笑いだした。私も、そうすると、ひとりでにニヤニヤ笑えてきて、頬のあたりが、こそばゆくてならない。それは少しも「なるほど」ではなかったのだから。

「どうして、二人とも笑うのか」

と絶叫しながら、醤油や味噌の樽や米俵をかきわけて、もっと岸べに寄ってくる時、帽子は重みに堪えかねて、彼の頭をはなれて海の中へ落ちてしまった。

私はもちろんあわててその帽子を拾い上げてやったが、手に持つと、なるほど、それは水に濡れただけではなくて、見たよりはるかに重かった。彼は水を切って帽子をかぶってから、

「お前たちのその笑い方はどういう意味だ。『島』だ『島』だと不埒なことをいうかと思うと、ニヤニヤ笑う。はっきり物を云ったらどうかね。なるほど、とはなんだね」

そこで私は船の中から叫んだ。

「このニヤニヤ笑いが、そんなに不思議とは私の方でも思い当るふしがある。第一、これほどのニヤニヤ笑いはわれわれとしても今日が初めてのような気がする。何かわけがあるような気がするが、よく分らぬ。この英五郎などは第一顔を赤くしたことなんぞ、一度もない男だが」

と云うと、英五郎は、いらぬことは云うなと叫んだ。風が強くて、われわれは叫びつづけねば、話が出来ない。実は私は英五郎のニヤニヤ笑いを見た時、自分でも笑いながら、彼に対する憎しみが何もかも吹っとぶほどの気持になった。もう英五郎なんて人間はどうでもいい、とさえ思った。

「このニヤニヤ笑いは私の記録にもない」

「お前の記録？」

「そうだ」

私はまだ船の中に置いたままの一つの梱包を指さした。私は思わず威丈高になって叫ぶ。

「この笑い方をするのはわれ等がこの島へいま上陸しようとしているからこそだ。われ等は『島』が見えなくなった時に今まで気がつかぬことが起ったが、これもふしぎなことだ」

「もう『島』はたくさんだ。第一にここからそんな島なんか見えやしないぞ。その大量の記録はおれに見せよう

というわけか。それは板じゃないか」

「いや、見せようというのではない」

われわれはこうして、又もやニヤニヤしながら、三人力を合わせて、船を陸に引きずり上げ道端に置いた。三人は溜息を洩した。ヒゲ男は私たちぐらいに疲労していた。

　ここでこの記録にどうしても書いておかなければならないことは、次のことだ。

　このニヤニヤ笑いは、もう少しかすかな時には「てれる」というふうに云っているものだ。「てれる」ということは『島』にいる時もしばしばあったものだ。たしか「てれる」と云えば、英五郎が女を自分のものにした時にも、私は「てれた」おぼえがある。怒っているうち、遂にてれてしまい、それから次第に忘れて行った。しかしこの「ニヤニヤ笑い」たるや、一寸わけがちがう。未来のことだ。

　これから先きも調子の悪いことが起るらしい。しかし、その「調子の悪いこと」はそれ以上相手に聞きただすよりどうも実地にその中に自分で入って行くより仕方がない。でないと、何もかも最初から失敗である。何ごとか知らないが、行いながら察して行く方がよい。いや、よいらしい。

　そういうところで、笑うらしい。期せずして、英五郎と私とがその笑い方をしたのは、もちろん、二人が同じ運命にさらされているためである。とにかく、英五郎は私とはおなじ立場にあると思うと、私は陸へ上って、かつてないほどの勇気がわいて来るのである。

　携行してきたものは、すべて陸にあげてしまい、ヒゲ男の云う通り、食糧などは、彼の詰所と称する小屋まで運び、さて用件は何かと聞くので、それに答えようと、英五郎は私に目くばせして一歩近づいた。すると彼は、

「一寸待ってくれ、いや待たなくともよいが、おれの任務は警戒、監視、門番なので、まだまだ海を監視しなければならない。詰所といっても、ここは飯の用意をするだけで、その用意というのも、かんたんなもので、常住、道を歩いていなければならない。もっとも、ここからでも海は見えるには見えるが、おれの任務はとにかく、道

を歩くことなのだ。そこで用件があるなら、道を歩きながら聞こう」

と云う。仕方なく、私と英五郎はそのヒゲ男について道を歩き出した。

「先ず、このエントツは何をするのですか」

と英五郎が、例によってニヤニヤ笑いをしながら聞く。

「エントツ？　それがお前たちの用件か」

「いや、そのエントツのことが用件というわけではないのだが、エントツは何故こんなに高いのであろうかね」

彼は歯ぎしりしながらからからだをふるわしたが、その勢いで帽子が落ちないように片手で頭を押えたのを見ると、彼もようやく訓練したものと見える。

「エントツが高いのは当り前じゃないか、からかわないで、早く用件を云え」

「いくら早く用件をのべても、船は半年先きでないと出ませんからね」

と云ったのは意外に私で、私が笑っているのには、我ながらおどろいた。英五郎も私のそのシャレにおどろいたように、私をふりかえった。

「それでは、何かこの島のために、われ等の島が具合が悪いことになった時に、……いやときに、この島のまわりの海がばかに濁っているのはどうしたことですか。いや、あなたは『島』の若い漁夫のことを教えてくれませんか」

「それが用件なのかね。それは用件なのか、ただ聞いてみるだけか。さっぱり用件らしくないじゃないか。わざわざ船を陸にあげて、それがお前たちの云いたいことかね」

「それより、その、半年かかるとは、どういうことですか」と私。

「それはこういうことだ。そんなことを説明しなければならないとは、まったく死に損いだな。お前たちに、よしんば用件があったにせよだな、その用件を引き受けるところがないのだ。もしそういうところを作るとなると、先ずそれだけで半年かかるということだ。それから用件によっては、その中でまた別な部門を作らねばならない。そんなことを決めるのに、また半年はかかる。決めてから仕事をするのにまた半年はかかる。おまけに、このおれはこの壁の中へ入ることは許されていない。中から人が出てくるまでは、お前たちが何を云ったって、中へは通じないのだよ」

「それで、中から人が早く出てくるようにするには、何か手はないのですかな」

英五郎は、ニヤニヤして聞いた。相手はふしぎな動物でも見るように、英五郎をじっと眺めた。そうして爆発するような声をはりあげた。

「おれが中へ入ることが出来ないのに、どうしてそんなことが出来るかね」

「すると、あんたは一体ワシらと何の関係があるのでしょうか」さすがの英五郎も、立ち止ってしまい、途方にくれたような顔をし、もうニヤニヤ笑いさえ浮べていなかった。私は彼も、思案に余っているということを知ったのである。「あんなふうに色々とワシらのことをかまってくれ、それにワシらの見張りをしているということなのに、それではワシらはあんたをどうしたらいいのかね。いやいったいワシら三人はつまり、一体何なのかね」

私は正直のところ、このヒゲ男は気が狂っていると睨んでいたので、多少わるふざけな言葉を吐いてきたのだが、もういよいよ、まちがいないと思った。英五郎が考えこんでいるのがおかしい位だ。ところが英五郎は再び歩き出し、ヒゲ男に迫った。

「しかしですね、ヒゲ男、いや、若い漁師たちは何か、しごく、簡単に話がついたようですが。あの連中の出来たことがワシらに出来ぬことはないと思う。ワシは、まあ村長みたいなものだから」

「よいか、村長」ヒゲ男はあくびをしながら云った。「ここに二つの道がある。一つは立派な開けた道だ。一方はまだ道になっていない。ああ、めんどくさいな、お前たちは。どちらが早く通れるかね。それは歩き方の上手下手と関係はないじゃないか」

「なるほど」

英五郎はヒゲ男を見上げた。感心したように無言だった。

しかし、もうそのヒゲ男は、われわれには余り興味がない様子を見せ、それこそ取りつく島がなくなったように思われた。私は英五郎の袖をひっぱり、耳に口をあてて、半ば勝ち誇ったような気分で、早く船を海に下して帰ることにしようとささやいた。すると彼は、

「まだ何もしていないじゃないか。それにこの男はことによったら、大へんな無精者かも分らん。『島』にもそういう男はいくらもいる。しんぼうづよく説きふせれば、何とかなる。それに、この男はいくぶん理くつっぽいが、まんざら悪いやつじゃない。あんなことを云っているが、われわれの方で、まごころを尽して彼と話し合い、彼の喜びそうなことをしてやれば、そのうちきっと、放っておいても、自分で塀の中へ入れるに決っている。やつは疲れているし、きっと飢えているのだ。腹がへれば、誰でもだだをこねますよ。この男が入らなくとも、わしらが隙を見て中へ入る手もある」

「つまり、ヒゲ男の御機嫌をとるわけだね」

私は英五郎がしびれを切らすまで待ってみようと思った。こうして私たち二人は交代で食事の世話をしたり、彼の激務(?)を助けた。

第六章　詰所に残された記録(二)——肩馬事件

次第にこういうことが分ってきた。ヒゲ男自身がこの塀の中には入ったことが一度もないのである。彼はこの

道を歩いて、人が海の方からこの島に来るのを見張り、門の中へ入らせない任務を受けているが、彼はそれを中へ知らせることはない。もっとはっきり云うと、彼は入りたくても、中へ入らないように心がけることが任務であるようなものだ。この島へ来る者はいくらもいない。彼はだからその方よりは辛棒強く道の上を歩いていて、中へ入る気持を押えるために全力を尽しているようなものなのだ。彼はこの中からこの道へ来たのではない。外からこの島へ命令を受けて、この道へ来ただけである。

英五郎は、ある日私に「ヒゲ」を一度ゆっくり寝かせてやって、「ヒゲ」の代りに制服制帽をかぶり道を歩いてみよ、と云った。二日位眠らせて、身心の恢復をさせたら、この男も、自分たちと共謀して中へ入る手を考え出すかも知れない。その時には、「この塀の中」の悪口をつづけざまに云いつづけて、任務に対する関心からそらしてしまう。自分は英五郎がまだ信用できなかったが、とにかく彼の云うなりになることにした。そのためには、先ず「ヒゲ」を説得しなければならないが、任務をはなれたがらないので、先ずそのことから骨を折らねばならぬ。それは思って見ても大へんなことなので、しばらく彼を酷使して疲れ果てさせてから、一挙に眠りに眠らせて、彼の気持を爽快にさせて見たらと云うことになった。これは実は私が提案したことで、英五郎は、おぬしにしてはズイブン進んだ考え方だと云う。そう云われると、まんざら私もうれしくなくはないのである。そして、「おや」と呟いた。けっきょく英五郎の方が一枚上なのかも知れない。彼はおどろいて見せたけれども、考えて見ると、私は益々彼と同調、協力していることになるのだ。しかし私は既によくわけも分らず、この仕事が面白くなっていた。あくる日から、二人は腹痛を口実にし「ヒゲ」についてまわらなかった。彼は不平を云いながら数日、道を歩いていたが、とうとう三日目に詰所のそばまでくると安心したためか、最初彼と会った時のように、道に長々と寝そべってしまった。

それから私は彼の制服をぬがせ、着こんだが、いかにも私のからだには大きすぎるが致し方ない。英五郎は私より、ずっと小さいから。それから私は帽子をかぶった。云うまでもなく、そうして立っているだけで、私はもう疲労してしまうほどだ。少し歩いて見ると、なるほど、そのつらさがかえって任務の重大さを私に感じさせ、どうしてもその苦役に従わねばならぬような気持になるのはふしぎといえばふしぎだ。帽子が前へずり下ってくるのが、自分でかぶってみると、これまた絶妙な味わいがある。重みが少しずつ加って、だんだん眼が見えなくなるのに気がつかないわけに行かない。そこで私は心をひきしめる。私にしても、あれだけ落ちるのを見ていたくせに帽子を落した。そうすると、これはしまったと思う。もうそれだけで一大罪悪をおかしたような気分となる。

私はもう一つ気がついたのは、次のことだ。監視人は塀の中にいるかも知れないが、それより、私の眉間のところにいるということなのだ。このことを知ったのは、帽子をかぶって半日ぐらいしてからだ。それは声を立て督励するのでもないが、声なき声となって、私自身の力をかりて私をあおっているのである。この重たい帽子を「ヒゲ」がぬごうとしないわけもよく分る。ぬごうとするどころか、ぬぐことが既に大へん失礼なことのようなのだ。誰に対して失礼か、それはちょっと云いにくいが、とにかくそういったものなのだ。それはへんな形となってあらわれた。

というのは、英五郎が私に肩馬をしろという。それだけでは足りないので、樽をつみかさねた上に肩馬をしろというわけだ。何をするのかと聞くと、中をのぞいて見るのだ。それで届かなければ、この男が起きた時に、二人が馬になれば届くかも知れない、というのである。ところがそうすると私はその行為が実に忌むべきもののように思われて、憤ってしまい、からだがふるえてくるかと思ううち、私の右手は、英五郎の頬ぺたにとんだのであった。相手はよもや私が突然彼に打擲を加えるとは思いもしなかったはずで、私が気が狂ったと思ってか、数歩しりぞいて、私の様子をうかがうのだ。それがまた私にはひどくずるがしこくて、やりきれないように見えるので、彼に二度目の打擲を加えるために走りよった。

英五郎は狼狽してしまい、一旦は海の中へとびこもうとする様子さえ見せたが、それは思い止って、寝ているヒゲ男を起そうとしてゆさぶった。しかしヒゲ男は二日間位は寝させるつもりであったことでもわかるが、彼は急に安心したようにイビキをかきはじめ、ちょうど今が一番深い眠りについたところで、寝心地よさそうだ。

彼はせっぱつまって、叫んだ。

「この島へ来て、おれに向って『ケンリ』をしかけるとは、どうしたことだ。それともおぬしは今になって十何年前のことを思い出したのか」

「それはもう船の上で思出しすぎたくらいだ。おぬしの云う通り、何もかも思出した。そんなことではない。その覗くのが、おれには気に食わんのだ。いや許せないのだ」

「覗くのと、十何年前の女のことは何の関係があるというのだ。覗かなければ、見えぬじゃないか。おぬしはまるで、『敵』みたいにわしにかかってくるじゃないか」

「テキ？　テキとは何だ」

「敵とは、こうして、理不尽な、都合の悪いことばかりしかけてくるやつのことだ。『ケンリ遭難事件』のことを忘れたのか。それは、おぬしが記録にかいてあるはずだ。それさえ忘れたのか。記録だよ、そら、『噂話集』の中にあるじゃないか」

「ケンリ墓のことは忘れやせん。あの時に女をとられたからな」

しかし、英五郎は必死になって、私に板紙を指して思い出させようとした。私はそう云えば、何か忘れかかるところだった。彼がくりかえし叫んだ言葉は私に反応があった。そのしょうこに私は我を取りもどしかかった。

その隙に近よってきた英五郎は、私の帽子を放りなげ、私から服をはぎとってしまった。私は自分の任務から解放される喜びで、殆どなすことなく、彼のするに任せてしまった。

と私はその服を英五郎が着て、私の代りに任務につくのかと、とっさに思った。しかし彼はそれを一かためにすると、ヒゲ男の上に投げ出して、舌打ちをした。

「今度はおぬしの番ではないか」

と私が叫ぶと、彼は一言の下に私を説きふせようとばかり、はげしい調子で云った。

「このことを記録に書くことを忘れるな。すんでのことで、えらい目にあうところだった。いいか、もう寝かせておく必要はない。今すぐにでも起して肩馬をするのだ。そうだ、その服と帽子はこっちへよこせ」

英五郎はたのもしげにそう命令口調で私に云うのだ。たしかに覗くにはどうしても、その大男の肩をかりる必要がある。

そこで私は彼のそばに立ち、彼の名前を知らないので、叩いたり、ヒゲをひっぱったり身体をおこしたり、しまいには、二人がかりで彼を道の上に立たせたりした。しかし、彼は自分の力で立つ気配はまるでなく、何ごとをしても、目を覚さない。二日間寝る約束を彼が自分でしたような頑強さなのである。私はそこでまた、英五郎に、

「今のうちに船を下して帰ろうではないか」

と云うと、

「おぬしのそう云う島根性がよくない。それがおぬしの弱点だ。『島』の弱点だ。『島』のやつはもう一ふんばりということが、きかない。『島』では一人前の顔をして、百姓の先頭に立って稲を刈ったりも出来るくせに、外へ出ては、からきし、だらしがない。とにかくこのヒゲ男は頑張っているじゃないか。頑張るだけでも見上げたものだ」

ヒゲ男が目を覚さなければ、問題にならぬことなので、とにかく二人は待つことにした。それにしても、彼の物を身にまとっただけで、私が気が狂ったように、英五郎にああいう仕打ちをしたことは、二人とも口には出さぬが、ふしぎに思っていたことにはまちがいはない。

英五郎はじろじろ私を眺めているので、なぜそんなに見るかとたずねると、

「やはりもう少し、あのままにしておけばよかった」

と云う。

「それは何のことなのか。『ヒゲ』なら何をしたって同じことだ」

「いや、それより、おれが着て見たらよかった」

と云いながら、ヒゲ男のそばへ近より服を取り上げ仔細にひっくりかえして、悪い物にさわるような恰好をしていたが、ふと、

「これが、つまり『ケンリ』なるものの、素かも分らん。こういうことは、われ等の島にはないからな。おぬしはこれを着たらどんなふうに思えてきたのか。まさかあれは冗談ではなかっただろうね。それとも、おぬしにはああいうことは昔からあったのかね」

「おぬしの顔つきから、何かみんな、ひどく気に食わぬ思いがしたことはおぼえている。その背中のまがっているのも、小柄なのも、ちょこちょこ走りするのも、歯の出ているのも、あの時、おれを見て笑ったのも、みんな気に食わぬようだった」

「それは、おぬしにしても、大差ないじゃないか」

「それが、どうもおかしいのだ」

私としても、おかしいことは同じことで、英五郎が、自分で実地にやって見てくれれば、こっちも、はっきりすると云い、あわてて私は止めた。それは英五郎が何をし出すか分らないからで、小さくとも私より力もあり、それに平素から、私には見当のつかない節の多い彼が、何を云って罵り、竹槍こそここにはないが、ヒゲ男の棍棒を以て、私の頭を乱打することも想像できる。それに私は逃げるのに機敏でない。私が止めるのをきいて、彼も思い止ったが、好奇心は彼の中にもえていると見えた。この上はいつこの服と帽子をまとって、私にケンリしかけて来ぬともかぎらないので、「ヒゲ」が起き上るまでに服をきせてしまおうと考えた。

その時私は、大事なことを思いついた。

「この男の上役に見られるじゃないか」と云い、ついでに服のこともつけ加え、

「早く着せなければ」

「その男が出てきたらそれはそれで幸いだと思っているのだ。どっちみち覗くか、出てくるのを待つかじゃないかね」

私は夜は英五郎が服を着ないように、警戒することにした。英五郎はもう彼の代りに見張りする必要はないと云い、詰所にもどると、「噂話集」を読めと云った。どうも頭が変になって眠ることも出来ない、特に遭難事件のところを、節をつけて流暢に読んでくれと頼む。私がそうするうち、彼は次第に眠気を催して、遂に眠ってしまった。私はそれからそれまでのところを記録にとり、それが終ると、そっと足を忍ばせて、イビキを頼りに男のそばに近よって行った。真暗闇である上に、波の音でイビキは消されてしまい、それにエントツの煙が夜も空にのぼっているのか、何となく空が明るいのが、かえってじゃまになるのだった。

私はふと闇夜の中で、おどろくべき考えがおこってくるので、思わず足を止めてしまった。

「英五郎を一人この島に置いて、私一人帰ってしまったら、どういうことになるだろうか」

と私は声に出して云って見た。

いや、もっと恐しい考えが浮んだが、それはここでは省くことにする。しかし私が「ヒゲ」のそばに近づこうとしたほんとのわけに、その時はじめて私は気がついたのだ。私は「ヒゲ」の、ある持物をねらっていたのだ。なぐり殺す棒だ。私はその時、

(島の五人目の男になるのはいまだ)

と先ずはじめに思った。

(そういうことは島ではあれこれの場合しかなかった)

そう思うと、私は恐しくてたまらなかったのだ。そういうわけで、そのすべすべした代物に手をふれただけで、思い止った。思い止ったあと、思い止ったくせに、妙に居心地の悪さがつきまとった。これはおかしいぞ、と私は思った。そうして詰所に近づくにしたがって、英五郎にあうのがいやになってくる。詰所に入って、私はそっと英五郎を覗いて見た。英五郎は、うす目をあけ、こちらの様子をうかがい、それから寝返りをうった。

私は、あっと叫んで倒れてしまった。英五郎はおどろいて、私を起し、

「どうした、気を確かに持て、ここで死んではつまらんぞ、な、しっかりするのだ」

とつづけさまに云って私を抱きおこした。死にかかったのは、実は英五郎の方なのだが、彼にそう云われると、心地は一層わるくなり、はき気まで催してきて、

「食あたりか、水あたりだ、心配はいらん」と答え「早くあの男を起した方がいい。もう十分眠った。もう起きるところだ」

と、ウソをついた。

英五郎は大丈夫か、と叫ぶと、そのまま一散にかけ出して行った。それから私はひどく吐きつづけたので、船酔いが今になって起ったのではないか、と考えた。ここへ上陸してからの一切のことは、ひどい船酔いのつづきで、悪酔をしているのにちがいない。そう考えれば、みんな何でもないことだ。「ヒゲ」なぞ、いやしない。エントツもありはしない。いや、「島」にいて夢を見ているのかも知れないぞ、と思ううち、英五郎の私を呼ぶ潮声が風のまにまに聞えてきた。

英五郎はまもなくわめきながら戻ってきたが、

「今が大事な時だ、しっかりせよ、起きかかっているぞ。このさいやつを説きふせて、わしだけでも忍びこむか、覗きだけでもするからな」

と云う。私はがっかりして、ふらふらと立ち上り、彼のあとについて行った。彼は歩きながら、

「それで馬になれるかな」

と云うので、

「大丈夫」

と答えるものの、正直いって私は歩くのがやっとで、馬になって人をかつぎ上げたり、人の上へうまく乗る自信はなくなってしまった。

「一番上になら乗れるか」

と云うのでうなずいて見せたが、彼は腰から用意の気つけ薬を取りだして私に飲ませて引っぱって行った。

「ヒゲ」は立ち上っていて、あくびをして不審げに近づく私たちを見るところであった。彼は寝ていたことにやっと気がついたと見えたとたん、英五郎は急に例の「ニヤニヤ笑い」を開始した。それは今までにないほど大げさなもので、夜であるのが幸いで、私はかすんだ眼で眺めても、それはよくない態度であるように思ったくらいだ。それかあらぬか、相手は英五郎が話しかける前に、怒って英五郎をつきとばし、

「何故おれを見張っていないのだ」

「しかし誰もあんたに文句云うようなものは、現われはしなかった」

男は少し態度を柔くした。すると英五郎は塀を指して、

「あの中は見たくないか。たまには見たいだろうじゃないか」

「どうして見たいだろうか、このおれが。それはおれの知ったことじゃないじゃないか」

「いや、どうしても見られないと思うから、そう思うので、早い話が、この樽の上に肩馬をすれば見られると知れば、あんたも見たいに決っているさ」

すると、相手はじっと英五郎のあたりを眺めていて、それから、口笛を一つ吹き、めんどくさそうに答えた。口笛の吹き方からみると、十分とまで行かぬまでも、睡眠を堪能した模様だ。

「そんなに云うのなら見てもよい、しかしおれは重いぞ」

英五郎はしめたと云った表情をし、急いで私の袖をひいた。私はとにかくその男のすぐ下になることにして、道の上で一応男をのせて見たが、忽ち倒れてしまった。私は息子を始終肩馬をしてやるのが好きで、私も子供の時には肩馬をして貰ったものだし「島」では遊びの一つだったが、それを今実地に使うのは情けないのはよいとして、身体が云うことを聞かない。英五郎をのせるのでは、実際は私が一番下になることなので、それは一層不可能なことだ。

英五郎は腹を立ててしまい、暗がりを幸いと私の尻をつねった。いい年をして、こんな子供扱いにされたような、あさましい目にあうかと思うと、元気を出したいのだが、又もや吐き気がしてきて、どうにでもなれという気持になる。かと思うと、緊張がゆるんで、英五郎に、さっと汚い物をはきかけてしまった。音がするとまずいと思ってか、いよいよ英五郎は私をつねる。

私は、つねりに襲いかかってくる英五郎の耳に、蚊のなくような声で、自分を一番上にしてくれるようにと云った。英五郎はつねるのを止あて、「ヒゲ」にそれを話した。ところが、「ヒゲ」ははじめて英五郎に棍棒をふりあげて、

「それでは、おれが見えないじゃないか」

と云ったのにには、私の方がおどろいてしまった。彼が怒ったのは、これで二回目だが、こんどの方がはげしかった。彼の怒りをなだめるには、約束の通り彼を一番上にのせるより仕方がない、今更、この仕事を延期することは、たとえ当方が望んだにせよ、立腹を買うことは必定だ。それは、約束を守らぬといって、今どなったことでも分る。私はその時あるだけの力をふりしぼらなければならない、と思った。それが何しろ肩馬ということのためであるだけに、今こうして記録しながら、あほらしいが。それが、英五郎に危害を加えようとしたあとのことなのだから、私には分らない。それもこういうぐあいなのだ。

（この男をおこらせてはいけない。おこった顔や声を見たくない）
（特に、「島」以外の者をおこらせたくない）
（自分より大きな男をおこらせたくない。みっともないからだ）
（どうも、こうも、恥しくてかなわん）
（そのためには、死んだつもりになる）

気の毒に英五郎は私をのせた。二つの樽の上で、私は歯を食いしばって、その男がのぼって来るのを待った。目がくらみそうになりながら立ち上り、その男が立ち上るのを待っている。とうとう男ははい上りながら、もっと壁につかまるようにと云う。

英五郎も私も必死になってこらえながら、「見ましたか。見ましたか」と叫ぶうちに、「もう、すんだ」と云うと、私の肩の上から勢いよくとびおりた。やれやれ、とわれわれが樽から下りて道に腰をおろし一休みしようとした時には、もう男は歩き出している。英五郎は、次には「ヒゲ」を一番下にするつもりだったのだが、とても二度とつづけられそうにない。そう思っていると、英五郎は私にささやいた。

「とにかく、あの男の頭の中にはあるのだから、これから根気よく頭の中から出させよう」

英五郎の云うことの意味はのみこめないが、肩馬だけはあきらめたことが分ったので、私はほっとしてうなずいて見せた。

一息つくと英五郎は、どうして急に吐気を催したのかと聞いた。私は気分が直ってしまうほどおどろいて物も云えずにいると、

「あんなことは、度々あるわけじゃないだろう。さっきといい、あっと云って倒れた時といい、めいわくをかけないようにしてくれよ。おぬしがおるだけ手数がかかるのでは困るな。おぬしがだらしがないと、こっちはそれだけ勇気が出るからいいものの」

「忘れやしないだろうか」

「話をそらすな。それは何のことだ」

どういうぐあいか、急に、さっきの英五郎の「頭からひき出す」という意味がのみこめたのである。そののみこめたということは、実はどうも、英五郎にお世辞をいいたくなったことと関係がある。

いや、その実、私は又もや英五郎に腹を立てていたにちがいないのだ。

見たことをいつ忘れてしまうか分らない。忘れてしまわれたら、すべて水の泡になる。英五郎もそのことに思い当ったと見えてはっとして廻れ右をすると走り出した。私はいったい彼が何を切り出すか、見ていようという気持になる。それを見ていると、私は他人ごとのように、おかしくなった。エントツのことにやっきになっているのが、功を立てようとしているのではないのか。英五郎は誰のためにエントツに夢中になっているのだ。自分のためじゃないか。肩馬の一件から憎らしさが、いよいよ強くなってきたように思える。なるほど、仰ぐと空は高いところで赤く輪を描いているのが見えるし、壁の中では今も音が止んでいないが、こんなに私に憎らしく思わせながら、壁の中を知ろうとするなら、いっそ知らない方がよいではないか。英五郎が呼んでも、行かないでおこう。これからは英五郎とはなるべく離れていようと、ごろりと横になった。

横になっても、英五郎のような男は、私には放っておけるものではないと見えて、少し気がおさまると、のこのこと彼らの方へ歩みよった。全くこれは私には情けないことだ。分けの分らぬことで、うやむやについてきて、またこんなふうに、私の方から近よって行くのだから。波の音ではっきりとは聞きとれぬが大体のところ次のような会話が聞えてきた。

「あんたは壁の中は見えたのですか。どうです。面白かったですか」

「面白くない、ここと同じことだ」

「それでも、ここで海ばかり眺めていたよりは、何か面白いことがあったでしょう」

「同じことだというのに」

「そうですか。暗くて見えなかったのですか。それでも中の方が明るいでしょう、あの音がしているのだから、何かしている。それが見えるはずですがね」

「見えないと云っているのだ」

「ほんとですか。そうですかな、そんなら、自分で見て見ろと云われれば、私が自分で見ますよ」

英五郎が自分の眼で見ようというつもりなのだ。

「またその笑い方をする！　中にはこれと同じ壁がもう一つあるのだ。そんなことだと思っていたのだ。むだなことをした」

「また同じ壁がある？　そんなアホウな」

英五郎のびっくりした声が終るか終らぬかに、ほえるような泣声がおきたので、英五郎が遂にその計画が頓挫して泣き出したと思い、慰めながら帰島をすすめようと私はゆっくり歩いて行った。ところがもう一人の男ががつんとぶつかり、私をよろめかせヒゲをかきむしり泣きながら、さっきの場所の方へ走って行くのである。怒る気配はあっても、泣く気配は見えなかった男が、我を忘れて走って行くのは、どうしたことだろう。何か容易ならぬことがおこったと見える。英五郎は又、同じ壁があるのか、と問い返した時の、聞くも哀れな声とはまるでちがった、生き生きした空気をのこして、私を追い抜いた。それよりももっと私をびっくりさせたのは、たしかにその男が、何か叫んでおるだけならいいが、よく、耳をすますと、「肩馬だ！」とさかんに頼んでいるらしいのだ。英五郎は人が違ったほどかわいらしげに喜びいさみ、私の手をつかむと、ひっぱりながら云った。

「こんどこそ、おぬしを一番上にしてやるぞ」

もはや私は英五郎の云うままに動くのが、いかにもやり切れなくなって、自分でもあきれるほど、大きな声で、きっぱり云いきった。

「見たくないぞ」

「そうか、そういう了見か」

「見ても、おぬしには何も云わないぞ」

「そうか、そういう了見か」

英五郎は同じ言葉を二度くりかえした。そのあいだに何か処置を考えているのか、怒って適当な言葉が浮ばないかなのだろう。

「第一、あの男は何を泣いているのだ。壁があるだけじゃないか」

つかまえられた手をふり切った。

「自分で見ないことには、あてにならぬ」

「何を泣いているのだ」

私がそう叫んだ時に、泣き声は一層せっかちになり、英五郎のためでなくとも、手助けしないわけには行かなくなった。その泣き声の大きさでは、手助けしなければ、その泣き声に匹敵する力で何をされるか分らない。しかしながら、「ヒゲ」は、こんども前とまったく同じように、一番上になるつもりで、そのことを疑う様子はない。私はたまりかねて、

「一体何をするのですか。覗くのはもういいじゃないか」

と云うと、

「帽子を向側へ落したんだ。ああどうしたらいいだろう」と悲しげに叫び、「これも、みんなお前たちのせいだ」

「その幅はどの位ですか。よく見てみたらいい。案外、塀の上に乗っているかも知れません。どれ自分が代って……」

英五郎の云った通りで、帽子は厚い壁の上に転っていたと見え、男は、再び前と同じように、ただし今度は歓

声をあげてとびおりた。

　帽子一つのために、泣いたり笑ったり、とんだ男とめぐり合わせになったものだ。もし帽子がなかったとしたら、どうするというのだ。しかし私もその帽子がただの帽子とはちがうらしいことを知っているだけに、顔にくくりつけておくようにすすめてみることにした。それを云うと相手は、そんな規則にはなっていない。塀の中を覗くという、まちがった考えさえ起さなければ、落ちたら拾えばいいのだから心配ない。もう決して塀とか壁とか云うな。云ったら承知しないから、と云った。英五郎は英五郎で、いらぬ世話をやくな、帽子をこれだけ大切にしているのだから、われ等としては、帽子一つが頼みの綱だ。黙っておれ、と小声で叱りつけた。私は二人にそう云われると、かえって黙っておれない。

「あんたを監督する人はどこにいるのですかね。いっそ帽子をぬいで手に持っていたらどうですね。落ちて拾うのだったら、顔にくくりつけないにしても、手にさげていた方がよい。あんたは見張っているより、見張られているのを気にしておいでだが、その人はどこにいるのですかね。どうも道はこのへんだけしかついていないようだから、道を通ってくることはあるまい。そうすると、その人はどこからくるのですかね」

「オレの命令は船で来る。見張っているのは、また別だからな」

「それは中にいるのか」

「いや、多分いると思う。はっきりいるのか、いないのかは知らない。分っているのは、任務が重いことだけだ」

「そうすると、あんたのいた元の島へ行けば、てっとり早いと云うわけですね」

「ヒゲ」を派遣した島へ行けばいいのだと思いつつ、私は英五郎を見て云った。がとたんに男は、

「それは無駄だ。お前たちは行くケンリはない」

「ケンリ？」

「そうだ、オレ達の掟だ」と威丈高に云い、

「それにお前達への命令は、おれが受けて、ここへ赴任してきた。それはお前らが帰る時に云うさ」

「命令？」

「土産物かも分らん。まあ土産物だろうな」

「土産？　それはどこにあるのですか」

すると「ヒゲ」はアクビをして黙ってしまった。

英五郎は又笑い出し、

「ホントにわしらは待っていることにするから頼みますよ」

「とにかく待つのだ。オレだって待っているじゃないか……」

そう云ったきり、あとは声が消えてしまい、あれだけ寝たのに寝ぐせがついたのか、ころがるようにして眠りこむと、もう眠るのに忙しい有様である。

第七章　遂にやって来た待人

かすかな物音が海の方でするので、私は詰所から道へ出て見た。何か一点がしぶきをあげて動いてくるのである。それが舟であることが分ったのは、その点がかなり大きくなってからであった。音を立てる舟などというものは、私は知らなかったからだ。しかしそれは近づくにつれて、一人の人間を乗せた、まごうかたない舟であることが分った。舟がけっきょく、どちらの方へ行くのか、私はじっと見ていた。しかしそれは私の方へ一直線に進みつづけてくるのである。中に乗った人間の顔の目鼻立ちがはっきりとしてきた頃、舟は急に速力をゆるめはじめ、人の姿が舟からのび上って、道を眺めはじめた。それから見張人が道の上に大の字になって、白昼イビキをかいて寝ているのを発見すると、頷いて再び速さをまして岸へ近より、あっと思う間に上陸した。

私はその時までに、見張人が私に語っていたところの命令者が「海からやって来た」のらしいと、うすうす感づいていた。命令者というものは、見張人と同じようなものだとひそかに思っていたから。つまり見張人のような服を着こみ、帽子には、もっと大きな光るものがくっついているものとばかり思っていたのだ。私はまちがっていたのだ。キショウと呼ばれるその光るものは、見張人のよりは大きくならないのだ。あれより立派にはならないはずなのだ。その男は気楽な何でもない服を着こんでいて、口笛を吹きながら上陸した。帽子はかぶっていなかった。私は眠っている見張人のそばに立っていたが、私の顔を見ると、その男はちょっと照れくさいのか、物を云わないで、見張人の背中の後ろにまわり、よく光る靴で、ポケットに手をつっこみながら背中を軽く蹴った。二つ三つ蹴られても、「眠り男」は目を覚さない。そうした横着な様子からして、私は眼の前の男が「命令者」であることを、はっきり直感したのである。

すると私は「眠り男」が一刻も早く起きてくれればよいと願う気持になった。さっきまで読んでいた板紙の記録には、父たちがこの命令者の来るのを、毎日一日千秋の思いで待っていたことが書いてあったし、その命令者が見張人の勤務ぶりを監視しているのではないかと思って、はらはらしていたのを私はおぼえている。私も待ちに待った命令者が到着したのに、「眠り男」がイビキをかいて寝ているのには、本人のためにも気がもめてならなかった。命令者はちょっと蹴るのを止めて、はじめて私に語りかけた。

「お前はあちらから来たのだな」

私が頷くとだまって詰所の方へ歩いて行き、そこに置いてあった板紙に食い入るように見入り、裏表ひっくりかえし、それから部屋の中を見まわし、満足そうな笑みをもらした。それから記録の板紙を一枚一枚読みはじめた。一枚めくる度毎に、板紙を日光にすかして見てから、次へうつるのである。読み終ると、彼はその束をかかえてみて、重さをはかるようにして、ニヤリと笑った。それからもう一度あきらめ切れぬように心当りらしいところをひっくりかえしてみて、すいつかれるように読みだして、急にパタンと重ねて束にすると、手の汚れを気にするように、四角な小さい布切れを取り出して丹念にふきとった。そうして、

「お前は父を訪ねてきたのだな。それに間違いなかろう。英五郎でない方か。うん？　そうだろう。お前はこれを読んでいたな」

と云って、あごで板紙をさした。

「眠り男」はそれから蹴りつづけられるうちに、ようやく眼をこすりながら立ちあがり、すぐに私の姿を見つけると、アクビをしながら、

「見張りをしていたか」

と聞きながら、ふりむいた拍子に、命令者に気がついて、頭に手をやり、道に落ちていた帽子を拾いあげて、何か云おうとした。それより早く相手は、ボタン穴にボタンがはまっているか、一つ一つしらべながら、大声で云った。

「お前は何も云うには当らぬ。それよりもお前は何故勤務中に眠っているのだ。それからお前は何をしていたのだ」

「あっ、あなたは、命令者とはちがいますね」

「確認者だ」

「えっ、確認者ですって？　なるほど、命令の確認に来られたわけですか、私は勤務していました」

「命令の確認ではない。事実の確認だ。もう一人はどうした」

「海へ落ちたのか、いなくなったのです」

「それで」

「私一人で勤務することは出来ないのです。眠る暇がないのですから」

「お前はついさっきまで眠っていたじゃないか」

「それは」

「お前が横になる資格はないはずなのに、お前の立っている姿は海の上から見えなかった。勤務はしていたとは云えない」

「勤務しました」

「それでは、お前は任務をやってのけた、というわけだな。眠っていても」

「そうです。この重い帽子がそれを強いるのです。それに私は相手にいつ奪い取られるか分らないのです。げんに私はこの前やって来た二人の男の時なんか、そんなことを心配していました」

　確認者は板紙を指さしながら云った。

「アイツらはいつ来た」

「アイツらって誰です」

「ここへ来たやつだ」

「『法律書』を御らんになりませんか、半年前です」

「ふん、やはりその頃来たのだな、そうすると……」

　彼は空を見上げ、

「今日は少し臭うじゃないか。この分だと第百五番島の方は、臭わぬだろう。いや大分前から、どっちみち、あちらへは流れてはいないはずだ。さて、ヤツらは、ここをうろついただけで帰って行ったのだな。この男らは記録でも分るように、ちゃんとお前を助けているじゃないか。もちろん、これはオレの思った通りのことだがな。何？　お前はオレが怠慢だといいたいのだな」

そう云うと愉しそうに高らかに笑い、私の方を向いた。

「見えているのですか」

私は半ばタメすように、半ば彼の心を引くように口を切った。すると彼は急に真顔になった。それから、背をかがめ私の顔をのぞくようにして、

「『見えている!』これはうまい言葉だな。こんな言葉は、お前の島の法律書には書いてないがな。お前らがそういう言葉を使うのは、すこぶる危険だな。おい、お前らはいつから、そういう言葉を使うようになったのだ。まさか、お前だけが、そういう言葉を使うわけではあるまいな。まあいい。それはお前の言葉ではあるまい。お前の口をついて、ふっと何かが云わせたのだ。もっとも、オレが、ボートの中から、お前らが見えていたので、そういうのかな。オレがおどろいたのは、そうしたことではないのだがな。オレの眼鏡は望遠鏡になっているが、見えるというのはこれのことだろう」

そう云って、望遠鏡と称するものを叩いた。私は実はそう思いかけていた。というのは私は彼のポケットから望遠鏡と称するその道具をとり出して、遠くのものが意外に近くに見えることを知っておどろいていたから。その間、相手は私のするままに任せていた。彼はもうそれをポケットにしまいこんでしまっていたのだが。私はただだまってうなずいてみせただけだった。彼は板紙をふたたび叩いて威丈高に叫んだ。

「覗きに来たって覗けるものではない。いや分るものではない。これだけはハッキリ云って置くがいいか。煙の出場所ぐらいは分るかも知れないが、いやそれさえも分らぬではないか。それに煙のことが分ったたって何になるものか。それはこの門番のためじゃないからな。それがカンジンのことなのだ。門番は、要するに、いやこれはこっちのことだがな。しかし、半年ネバるとは、アイツらもネバることだけは知っていると見えるな。空おそろしいところがある。もう少し早く来たらウルサイところだった。野蛮なやつの持味だ。ここのやつらは結局どんなことになっても不平を云わぬが、アイツらは不平を云うからな。そいつがおれにはとてもしんぼうが出来んの

だ」

「それは、この私も何度となく思ったことです」

「それはお前が利口だからではないかな。それからバカだからでもないな」

　この眼で見たように、「島」ではあれほど臭いでさわいでいるのに、その張本人は、エントツであるというより、この、普通の様子をした男であるということは信じられないことに思われた。

「ところで」彼は私の方をふりかえった。

「お前はオレの人質になるのだが、オレに可愛いがられるも、可愛いがられないも、お前の気持一つだ。オレは今では第百五番島のやつのことばかり考えているので、人質にするのも、つまりはお前のためなのだがな。お前はお前なりにその約束をしろ。オレの云うことは何でもするということをだ。その、オレの云うことは、ちゃんとオレ達から衣服を着せてもらい、オレ達から給料をもらい、食わせてもらう、ということだ。それは、この男も（彼はそこで声を落して私の耳もとでささやいた）若い漁夫にしたって同じことだ。お前がもしちがうとすれば、お前の父が第百五番島の有力者だということにすぎん」

　そう云いながら彼は私の手をもって紙きれに自分の名前を書かせた。書いてから私は聞いた。

「これは何ですか」

「約束をしたショウコだ」

「約束をやぶったら、どうなるの？」

「そんなことは必要ない。約束をしたやつで破ったものはない。この工場の中が静かなのは、そのためだ。ここに何千人という者が働いている」

「なぜ、こんな高い塀があるのですか」

「塀がなければ、せまいと思って困るじゃないか。塀があるために広いと思っている。もちろんそれだけじゃないがな」

「え！」

「子供には分らん」

「いいえ、大人でも分らないです」

「なるほど、そういうことが分らんのかな。大人でもな。それはそうだ。そのリクツの分るやつは工場の中にはいないからな。お前が工場へ入ってみれば分る。お前の百五番島では、島だけが世界だと思っている。それはまわりに海があるからだが、広いとは思っていない。しかしここは狭くても広いのだ。こんなことは、よけいお前には分らんだろうがな」

それから彼は「ヒゲ」に向って、一声高く口笛を吹くと、（そしてそれは合図でも何でもなく、タイクツをまぎらすための仕種のように見えた）板紙を全部梱包して、それをボートの中に放りこめ、と命じた。彼がそうしているうちにその代りに水槽と食糧と燃料が陸に放りあげられた。私もその手伝いをさせられた。それはけっきょく三尺ぐらいの高さのものが三つになった。それから彼は私に「カイソクテイ」に乗れといった。私が快速艇に乗ってふりむいた時、「ヒゲ」が海の中へまっさかさまに落ちこむところだった。私は彼が帽子を取りに海中へとびこんだかと思ったが、確認者は、

「何をするのだ、お前は」

「何をするって」波の中から顔をあげた相手は必死になって云った。

「私は交代をさせてもらわなければ……」

「お前は勤務を果さないとは云わないが、眠っていた。眠っていたことは罰されなければならぬ。いや、眠っていたのは仕方がない？　それは仕方がないかも知れん。眠っていた罰は受けねばならん。どうしておれが来た時に眠っていたのだ。おれが来た時ぐらいどうして起きていないのだ。お前はとにかく四六時中眠ったと同じこと

になってしまう。そう見なされなければならん」

「その罰として帰して下さい」

「いや、罰として、お前は現状維持だ」

するとと海の中から私は奇妙な「ヒゲ」の言葉をきいた。その言葉をきくと、彼は実は好んで海中へとびこんだと分った。

「ハイ、大へんありがとうございます」

私は思わず確認者の方をふりかえった。彼は口惜しげに口を歪めると、「どうも、アイツとオレとの間ではぐあいが悪い。悪ズレしたのじゃないかな」と呟き、陸の上に落ちていた帽子を彼の頭めがけてなげてやった。帽子に辿りつくと、それを頭にかぶり、真剣な表情をして、（その表情は私に忘れることの出来ぬ印象をのこした）彼は快速艇を見送った。既に快速艇は音を立ててすべり出していたから。

気の毒に思っていたのにこの仕事に満足しているということはどういうことであろう、と思った。少くとも確認者と「ヒゲ」との間ではしっくり行っていないことだけは分った。それにしても彼は気の毒だ。誰か「島」から上陸でもして来ないかぎり、また彼は眠ろうか眠るまいか迷いながらうろつくだろう。

私ははじめて巨大なエントツを自分の眼で見ることが出来た。見張人から離れてボートの中にのりこんで、快速艇を操りながら前方を見ている確認者の風丰は、急に立派になってきていた。見張人に口を歪めて見せた時とはすっかり変っていた。私が空の中に吸われているその煙を眺め、エントツの巨大さに眼を奪われて、思わず、

「あの中では何をしているのですか」

と聞いた。直ぐには相手が返答をしないものと思って、私は相手の顔を見ずに、エントツばかり見上げていた。ところが、即座に、

「あああれは銅を精錬しているんだ。とにかくそのためにはエントツもいるし、煙も吐こうというものさ」

と事もなげに云ったのにはびっくりしてしまって、あらためて彼の顔を見入ったのであった。彼は聞きもしないのに、銅というものの説明をしてくれ、銅がどのくらいとれるかということや、何に使うか、ということを細かに話してくれた。

快速艇は第百四番島をぐるりとまわると、別な門があらわれてきた。その門のあたりに港らしいものがあって、大きな船が数隻いて、人が動いているのが見えた。向うの入口は見張人が一人いるだけの物さびしい風景だったが、こちらの側は、大へんな違いであった。つまり父たちは、もう少ししんぼうして、この島をまわれば、こうした全くちがった景色が見られたはずなのである。その愚かさに口惜しい気持になりながら、私の乗っているボートがその港に入って行くものとばかり思っているうちに、ボートは、その島をあとにして、また海だけになってしまった。いよいよ「島」からは遠ざかってしまうので、せめて第百四番島に止り、父たちからまだ接触を保てそうな場所にいたいものだと思い、さっきの確認者の言葉を思出して、

「工場の中は見せてもらえないのですか」

と聞くと、

「もちろん見せてやるさ。それがオレの目的だからな。お前はよく見るのだぞ」

と答えた。

「それは器械で見るのですか」

と云うと、彼はぎょっとしたように私をふりかえり、

「お前は一を聞いて十を知るな。これはふしぎなことだな。一を聞いて十を知るのは百五番島のやつのしそうなことじゃないが。すると、これはどうしたことだ。オレといただけで、こういうことになるのかな」

するとその時前方から一艘のかなり大きな船が近づいてきてだんだん大きくなると、何か積み上げた荷物と十数人の人の姿がはっきりと見え出した。

「あっ、あれはあなたの命令で何か運んでいるんですね。運んで行く先きは、第百五番島ですね」

「えっ、お前に誰が乗っているか分るのかね。まだ顔も見えないじゃないか。漁夫だということが分るのかね」

「若い漁夫が米を持って百五番島へ走って行くところですね」

確認者は舌打ちした。それから息を吸いこんで溜息をついた。私には何故舌打ちをするのかよく分らない。私はただ彼にお世辞を云っているにすぎない。

「お前は『島』といってくれた方がいいな。困ったものだな」

「何が困るのですか」

私は彼の顔を見あげた。

「当分お前は黙っておるのだ」

私も不機嫌になって、おのずから黙ってしまい、近づいてきた船の方を見ていた。

ところが彼はさっと相手の船にとびのり、つかつかと、歩みよると、見張人と同じ服をきた数人の連中の中へ入りこみそのうちの一人、（それは漁夫ではなかった）に板紙の方を指さしながらしゃべりはじめた。その中に私の耳にのこった言葉があった。それは何かというと、

「立札」と
「噂男」

「下男」

「村長」等であった。

確認者はその男の耳に口をつけて話をしていたのだが、風が私の耳にふきつけてきて、そんな言葉がいやというほど、私の耳の中に入りこんでくるのであった。

一方漁夫たちは私の顔をおぼえている者もあって、おどろいた顔をしていたが、やがてボツボツ話し合い遂に

笑顔を見せながら私に合図を送った。そして一人かと指を一本あげたりした。うなずいて見せると不審な様子だったが、直ぐにそれを忘れたように彼らは自分たちの服を指して、見ろといった。それがひどく気に入っているように見えた。それから船が早く走ることを誇っているように手で海をすべる恰好をしてみせた。私は大きな声で、自分が無事であることを伝えてくれといった。しかし彼らには一向に聞えないと見えて、ただ満足げに笑いながら、そのうち服をさすってみせた。それは食うに事かかないという意味らしかった。私は尚も叫んだ。

「島」の方を指さし、自分を指さして手ぶり足まねして、伝えてくれるようにと。やはり私の動作の意味は分らないと見えた。何しろ困ったことに、「島」を指すことは百四番島を指すことになっていたのだから。「島」について、関心はないと思われた。漁夫が「島」へ向って行くことは明瞭である。私は何とも知れぬカンでそう云ったのだが、ちょうど熟した果物が枝から落ちたようなものだ。米俵は不必要なところへは運ばれはしない。米俵が運ばれることで、「島」が、飢饉か少なくとも不作であるということが分るのである。それを漁夫たちが嬉々としているのは、むしろ「島」のことを思っているのかも知れない。つまり彼らは、案外、私もいっしょに船にのってその救援に行けとすすめているのかも知れない。私はそう思って、自分の立場を知らせようとしたけれども、漁夫らの場合とちがって、(彼らは密約を結んで島に帰り、それからひそかに自分の意志で離島したのだから)私の立場は彼らにどうしたら分らせることが出来るだろうか。二艘の舟はつないでおかなかったので、間があいてきた。確認者はようやく話し終えて気がつくと、私の乗っているボートに近づけるように云った。漁夫たちが尚も私に話しかけようとするのを叱咤した。私の快速艇に乗りうつると、

「百五番島に近づきつつある舟に先行せよ」

と叫んだ。

私は漁夫たちを乗せた船が、あっと思う間に「島」の方に向って小さくなって行くのをふりかえって見ていたが、その進む水平線上に一部分ウットウしい雲が低く漂っているのに眼がひかれた。その雲の周囲には青空が気

味の悪いほど青く澄んでいる。その遠くの空を見ると、私は何か見おぼえがあるような気がした。そう思ううち早くも船は真直ぐその雲の下へ向って姿を消してしまった。ところが、確認者が急に何か話しかけ出したので、機嫌が直ったのかと思って耳をよせると、ボートのハンドルのかげから、さっきよりもはっきりと、別れた船の船長の声が聞えてきた。今姿がかき消えたとばかり思ったところなのに、その声がこの快速艇の中にのりうつっているとは私はおどろかざるを得なかった。私は立ち上りざま危く海中におちこむところであった。

しかもその声は自在に大きく小さくなるのと、確認者が耳ばかりすませて、眼は相不変前方の海を見て、（その方向は「島」とは全く反対の方向であった）いるのを知ると、船長は快速艇の中のどこにもいなくて、やはり声とは別に、からだはあの姿を消した船の中にいると思うより仕方がなかった。

「そちらは確認者どのでありますか、こちらは船長。御報告申上げます。今一艘の帆かけ舟が百五番島に向って、眠るが如く波間に漂っています。この分では、この舟が目的地に到着するには、まだ二日はかかるでしょう。私たちは船の速力をおとしてぐるぐるまわりながら、さっきから様子を見ています。そうしないと忽ちもう舟の姿はいくら眼鏡をのぞいても見えなくなるからです。ずっとおくれています。それにこの舟の乗船者はこちらの船には気がついていないようです。一時彼らは舟の上で何か争っている模様でしたが、声が聞えないのが残念でした。今では二人ともぐったりとなって空を仰いでいます。何か絶望していると想像されます。一人の男はさかんに溜息をついていたようです。まだまだ彼らには百五番島の姿は見えない筈です。彼らは眼鏡のような物は一切持っていないと思われます。いや、眼鏡どころか舟の中には二人の男以外は、品物は何にも見当りません。食物さえもないようです。一つだけ持っています。それは板です。板一枚です。これが例のもので、この板のことで争っていたと見えます。それもあなたのおっしゃった通りです。この二人のすることは、確認者どのの申された通り、からだの小さい英五郎と申す男の方がイバっているようです。そう云っては何だけれどもこの船にいる漁夫と何となく似た骨骼をしています。漁夫たちといっしょにいると、情けない気がしましたが、この男を眼鏡でのぞいていると、少し安心しました。所変れば品変る、ですね。バカなやつです。風向きが変ってきて、帆を直さなければ逆もどりするのに、それさえ気がつかないで眠っているのです。全く教えてやりたいと思います。彼らが百五番島に着いてくれないと仕事になりませんからね。彼らより早く着く任務をうけていますが、それはあくまで、彼らが着くということを前提にしてのことですからね。どうしましたら、よいでしょうか。このまま目的地に着いたものでしょうか、それとも彼等を監視し、傍へよって、帆を直してやったものでしょうか」

確認者はすかさず云った。

「お前の任務は、お前の云う通りだ。気づかれないようにする必要は少しもないから近接して帆を直してやれ」「すると、彼らに気づかれた場合に、そ知らぬ顔をして、要するに見せびらかして、そのまま現地へ向えばいいのでありますか」「そうだな。どうするかな、かまわぬからあのことを教えてやれ。まだやつらは自分の島のことを、えーと、まちがえた、もう、あれは『自分の島』ではないがな。そうだ、臭い、臭いのことだ。それからお前は、現地へ行ったら、その状況を早速こちらへ報告するのだぞ」

「ハイ承知いたしました。船は今もう帆かけ舟に大分近づきました。はっきりと肉眼で様子が見えて参りました。さっきから報告したものかどうか、迷っておりましたが、奇妙な現象が起きてきました。臭いです、第百四番島から吐き出している、あの臭いです。あいつがこの上空に澱んでこの海域を蔽っているようです。彼らは眼をさましました。臭いに気がついたらしい様子です。途方にくれています。こんなにヒドイものとは、私も思いませんでした。これは確認者どの、大へんなものです。実地にその経験を持たなければ分らないものです。何がまざっているのですか。かなり人間を侮辱した臭いです。船はテンプクしそうです。漁夫たちが不平を云い秩序が乱れてきました。私自身が秩序を認めなくなりました。ああ、もう何もかも糞くらえと云う気持です。任務どころではありません。何が任務ですか。もう堪らない。よくも百五番島の連中は幾日もがんばったものです。文明人には堪えきれませんわ。どうしてここに巣食っていたのか確認者どのに分らなかったのですか。それでは何にもなりませんよ。われ等まで百五番島民と同じ運命にあうなんてことは考えられませんでした。しかもそれが確認者どののお言葉なのですから。

　おどろいたことに、やつら二人もりっぱに堪えています。おもむろに帆を立て直して百五番島に向って進みはじめております。まるで堪えることになれており、堪える本能をもっているみたいです。彼らは私たちに気がつきました。もはや彼らといっしょにここにいる必要はなくなったわけです。それでは一刻も早くここから脱出します。現地へ向います。現地にはもうここの臭いは立ちこめてはいないでしょうね。ヤツらは漕ぎはじめました。この臭いの中を懸命に漕ぎはじめました。百五番島に於ける異変に気がついたのではあるまいか、と思います。ああ、口を開けてこうしてしゃべるのも苦痛です。ああ私は確認者どの、残念に思います。ここに、こいつが待ち伏せていたことを知らなかったことです。それが残念です。ちょっと待って下さい。私はさっきから手真似で、現地を指さし、全速力で脱出するように指令を発しているのに、間違えて、逆な方向に進みはじめました。困ったものです。混乱しているのか、それともいやがっているのかよく分りません。確認者どののハリのある断乎たるお声を聞かせて下さい。漁夫らはわめいています。やはり根っからのわれ等の世界の者でない者は、こういう時に、私の指令をききません。自信を失います。それとも、あの二人の様子に感化されたのかも分りません。確認者どのの断乎たるお声を願います。私のためにも。……」

　私の乗った快速艇はいつしか止ってしまい、確認者は、その声に耳をかたむけていたが、ここまでくると、なるほど堂々たる声で次のように語り出した。

「万事はそれで終了したのだ。第一の任務は。そこに待ち伏せしていた、我等の臭いは、余が知らなかったわけではない。正確に知っていたとは云えないが、敢て教えなかっただけだ。お前らはそれで一つの任務を果したわけだ。つまりお前らのギセイによって余ははっきりと、そこにホントにいたことを知ったのだ。いいか、島長は、むごいようだが、何もかも知っていて、お前らをそのような目にあわせたのだ。余はたえず実際に、そうであるということを知らねばならぬ。これはたった一つの例にすぎない。お前らが余のもとを一度はなれれば、その任務は絶えず負わされている。そうさせることがまた、余の任務でもあるのだ。余の云いたいことは、余がここにいて、いや、ここにいて、自からはその渦中に入らないで、その状況を聞いているということだ。これは決して怠慢ではないのだ。いいか、何、それどころではない。はっきりとした命令を？　そうか。お前らは安心して現地に向え。現地には心配なものは何もないはずだ。なぜなら百五番島のやつがまだ生きているはずだからな。シケに気をつけろ。船を沖に流さぬよう繋留には万全を期せ。余はすべてを知っている。もはや交信時以外は報告無用。余はこれから会議に赴く。お前らが経験することは、何も新しく経験することではない。というのは、第百五番島民が経験しているというような浅はかな意味での経験ということではないぞ。お前らに説明してやるとなると、まことに厄介千万なことだ。今までお前にそのことが分っていないとすれば、第百五番島を、この機会に見学するがよい。進歩ということも考えるがよい。悪臭に堪え得るということは、少しも自慢にはならない。最初から堪え得ないやつなど、我らの目標とするものではないからだ。そのようなやつらだからこそ、敢て、こ、い、い、の方法をもって、第百五番島にするのだ。特にお前は我が世界から派遣された最初の栄誉ある使節だ」

「もう御説明不用です。一応ひるんだものの、既に我らは国外に出ました。あわれなのは、あの舟です。いったいどうしたのでしょう。もう望遠鏡でもやつらの舟は見えません。あまり早すぎてもいけないし、連中が無事でなければ困るので、このあたりで一休みして様子を見ることにします。そのあいだ、どうか会議の議事を進めて下さい。ところで報告を失念しておりましたが、裏門の見張人の姿は見えませんでした。仰せの通り、ヤツは寝ていました。そのうち我らの船を物珍しげに眺め始めましたが、どうして、あの男はこうした望遠鏡を持たないのですか。いや、これはよぶんのことですが。時に、進まないで海の中で待機するのは、何か心配なものですね。仕方がないから、ぐるぐるこのあたりを廻ることに致します」

確認者はバカらしくてならないとでもいうように苦笑して、声を聞えなくしてしまった。

聞いている私の驚愕はどうして書きあらわしていいか分らない。船長の言葉では、英五郎と父とが奮闘しているのだが、ここから手にとるように聞えてくる。それを全く二人は知らない。そのアワレさは腹立たしいばかりだ。この眼前の確認者の企みも憎らしい。その子供の私がそれを聞いている。父たちの苦闘の様子をこんなに離れて、ホンロウする相手の舟の上で聞いているのも、やりきれないが、その子供の自分をさだめしバカにしているだろう。「島」にいる時にはこんなアホらしい気持になったことはない。「島」の連中に対して、私は子供心に、というより子供だからこそ、何かアホらしさを感じたが、これはどうだ。「島」ぜんたいが、まことにアホらしいのだ。これはどうしようもない。どうしようと、ああしようと、どんなにもがこうと、もうぜったいにアホらしさが、つきまとっている。

「それも器械なんですね」

「キカイ、キカイと呼ばないことだ。これは受信器だ。キカイには違いないが、いちいちキカイと云うことは止すのだ、これから」

「工場はもうとっくに過ぎてしまいました。あの工場が見たいのですが。トリコにされるのなら、あの中にトリコにされたいのです」

「それはむしろ、オレの方から見せてやりたいと思っているくらいだ」

「そんなら早く見せて下さい。さあ早く、早く」

ボートの中には板紙の束が大分くずれたまま飛沫をあびていたが、ふとその束を海中へ放りこんでしまいたくなった。

ところが、その時その板紙がいつの間に束がくずれたのか、風にあおられて一枚一枚とびはじめた。快速艇がいっそう速力を増したからだ。板紙は、快速艇の中にじっとしていないで、その速さだけふきおこった風に乗って海上に羽根が生えたように舞いあがり散った。最初の二、三枚などはたちまち遥か後方に消えたのである。私の心の中で思ったことが、思ったとたんに実行されたので、思わず叫び声をあげてしまった。舟の主は私の声でふりかえり、真相を発見すると、

「押えておれ」

と云いながら左へ廻転したが、速力が増しているために大きく輪を描いて、漂う板紙とはおよそ離れたところをまわりはじめた。容易に速力がおちないので、確認者は艇《ふね》の中でジタバタした。私は首をしめられる時の鶏のさまを思い浮べた。速力がやっとのことでおちると、

「吹きとんだ枚数は何枚か」

と聞いた。私は押えていた手を離して、

「十五枚」

と答えた。

「お前は、右とか左とか云え、全部拾いあげるまで云いつづけろ。少しでも早く拾い上げるのだ。もう、ぐずぐずしている時間がないし、それに沈んでしまったら何にもならぬ」

「沈みません、板ですから」

「なるほど、それでも早くしろ」

私は、一枚ずつ追って右とか左とか、前とか後ろとか叫びつづけた。艇が近よると板紙はすーと流されて、私の手の届かぬところへ逃げてしまい、艇も確認者も持てあましてしまい、三枚目まで拾った時、遂に彼は立ち上って私に海中にとびこむように命じた。彼は額に青筋を立てており、私は云われる通りにしないわけには行かなかったのである。艇につかまりながら、板のそばに近よると艇をはなれて板に泳ぎつくというふうにして、私は残りの十二枚を艇の中に放りこむと、ようやく艇にはいのぼった。彼は、その時、

「板紙のようなものは、やはり手で漕ぐ舟にのせるものと見える。お前の父は舟の中から板紙をとばしたことがないのみか、舟の中で考え文字を書きこんでいたのだからな。この艇では立札だってとぶからな」

私はこわくなって板紙をからだに結びつけ、からだは帯で艇にしばりつけた。艇は前にも増した速力で、すべるというよりとびはじめた。

第八章　昆虫論

第百一番と立札の立ったある島へ上陸した。その島まで来るあいだに、ボートの中から、私の見た島は三つほどであった。島々にはやはりエントツが、それもいくつも立っているのが見えたが、百四番島のエントツのように巨大な化物じみたものは見当らなかった。島には塀がはりめぐらされて、中の様子は見えなかったが、中が見えないことには、私は慣れてきていた。どの島も「島」とくらべて大きくはなく、中にはかえって小さいものさえあることが、どうも理解できないのだ。遂に私はもどかしくなり、ボートの中から背のびをして、もっと大きな島が見えないものか、望遠鏡をかりたいと云った。確認者はしばらく躊躇していたが、その使い方を教えて、私に持たせてくれた。その道具を眼にあてても残念ながら、何もそのために得をすることはなかった。海と塀とあるばかりで、私が肉眼で見たものの外に島影らしいものは、一つ二つ見えるだけで、それも大きなものとは思えない。あの島が百四番島だとすると、あれが百三で次のこれが百二でなどとだんだん数を小さく数えているうちに、艇はやはり塀をめぐらした、一にぎりの小さい島へ到着した。正直のところ、私は失望してしまった。私たちに何ごとかをしかけてくる別の世界が、こんなに小さいものだとは、自分の世界が侮辱されたように情けない。しかもその島の立札に第百一番島のほかに、大ケンリ島第百番台本部と書いてあるのには、私は自分の眼を疑った。いったいこの奥に百個の島があるのだろうか。私はもっともっと奥の方へ連れて行かれるとばかり思っていたのに、あてが外れてしまった。

私の様子に気がついたか、相手は強く私の腕をとって門を入り、ある部屋の中に連れて行った。ホッと息をつくと早口でいそがしそうに話しかけた。

「お前の見たいと云う工場のことだがな。これからそれを見せてやる。しかしお前がここで見るものは工場にはちがいないが、それでもやはり工場というものではない。工場というものはここで見るだけなら、塀の外から島を眺めるのと大差はない。オレたちは、工場が、見えるものとは全くちがったものであることを知っていて、ここから見ているのだ。オレ達がお前を人質にしたのは、お前が若いからだ。お前なら工場の中へ入って、そこで工場の世界の安らかさを身につけることも出来る、というつもりだ」

「島は小さくて、それにこれはいくつもないですね」

私は又もや確認者の云うことがよく分らず、気がかりのことを卒直に質問した。

「何といったらいいか、塀や、この数は、お前らに対するアイサツだ。お早うございます、今日は、といったようなものだ。ムツカシイことを云っても分るはずはないが、礼儀だね。まあそう云ったところだね。もっともお前はおれに一つも礼儀を払わぬが。そんなことを話している暇はない。もう会議の時刻となった。おれは忙しい」

「では島は今まで見た外にはないのですね」

「まあおいおい分る。一度に分らぬ方がよい。お前の島だって『法律書』に書いてあったじゃないか。一度に分らせない方がよいとね。上に立つものの法律だ。さあ見給え、どんなにみんなが楽しげに働いているかを!」

私の眼の前には、忽ち立ち働く人々の動く姿や、大小さまざまの人でない物、——たぶんそれも、例のキカイであろうとすぐ思ったが——が絶え間なく動いていた。

確認者は、望遠鏡にしろ、快速艇にしろ、私に初めてのものと決めているせいか、直ぐに私にその呼名を教えたが、こんどもその器械に就て扱い方まで教えてくれた。教わった通りにダイヤルを動かすうち、第百四番島内とおぼしき場景が眼前に浮び出た。巨大なエントツの根もとのところがあらわれた。それから大きな梯子みたいなものが石のいっぱい入った箱をぶら下げて動いて行き音を立てて中身をおとした。それからそれはまた元の位置にもどって行き、箱の底がわれて石をつかむと、自然に底が閉じてまた動いてくる。梯子みたいなものにしろ何にしろ、私は最初は小さなものだと思っていた。なぜなら、それが見えている広さは、ほんの小さいものであったから。しかしその中に人の姿が見えてはじめて、その広さはじっさいの広さと全くちがうものであり、大きさはいつも人とくらべてみなければ分らないということを知ったのだ。巨大な鍋の中で何かが煮られている。炎がいっぱいに拡がったりした。空中をさかんに箱が走って行った。私は農夫の収穫にしろ肥料にしろ、こんなふうに運ばれたら、どんなことになるのか、と思ったりした。人そのものはあまり動かず、（私は農夫の姿があらわれないかとずいぶん器械を動かしたが、遂に出てこなかった）人はゆっくり動いて、さかんに動いている方である器械が、狂っていないか調べてみているだけのように思われた。あるところでは、人はまるで器械のように手を動かしていて、長く見ていなければ、それが人であるかどうか分らぬほどだった。あるところでは、物が組み立てられていく秘密の種明しを見るような趣きがあった。

要するに何か、大きさや重さや、動きのくりかえしや、その他さまざまのことがあったが、私にはぜんたいの印象として、玩具をいじっているような感じがあって、それは必ずしも狭いところに、広いものが写っているせいばかりでもないようであった。そのためかどうかは知らないが、この島々の人たちは、仕事をしていないで、遊んでいる、というふうにさえ思えた。私は百姓が直接自分の背中や手を使って働いているのをなつかしく思って、その姿を一生懸命さがし出そうとしたのであった。私の心の中ではキカイと人が変るだけじゃないか、という不平もおこったのである。私はやがてその人々の中に漁夫がいるのを見つけた時には、思わず叫び声をあげてしまった。海の上で漁夫たちの一群を見た時には、それほどびっくりしなかったが、わずかな間にこの漁夫は、前からこのキカイの中で働いた者のような心にくい落ちつきを見せているのは、臭いの中で右往左往している島の者とくらべると、信じられないほどである。そしてその落ち着きが憎らしい気さえした。私は漁夫に話しかけたが、私のいることに全く気がつかない。

確認者はいつのまにかその部屋からいなくなっていた。確認者がいなくなると、私は急にあることに思いついた。ことによったら、「島」もうつるのではないか。それからはやっきになってつづけてみたが、「島」はもちろんのこと、農家らしいものはまるっきりうつらないのにはがっかりした。私はもうアキラメるつもりで、もう少しつづけていると、とつぜん聞きおぼえのある声が、りんりんとひびいてきたので、オヤ、と思った。それはさっき別れたばかりのわが確認者の声なのであった。さっきもいなくなったと思ったら、忽ちにしてあの船長の声がきこえてきたが、こんども似ていておかしく、私はふっと笑い出したのだった。こんどは声だけでなくて、確認者がまるで私に話しかけているようにしてしゃべっているので、これにはたまげてしまう。私が聞いていると知っているのだろうか、彼は立ちあがり（彼の前には数人の見知らぬ後頭部や、横顔が見えた）時々歩きはじめて、時には後頭部のそのまた前へあらわれて、私に顔をすーとよせるようである。その間も彼はしゃべりつづけた。彼が私の方に近よると見えた時には、人々は彼の背後から覗くようにするのが当然なのだが、外の者は頗る行儀がよかった。彼の話に関心がないのかというと必ずしもそうではない。そのショウコに頷くことだけは頷いていたから。こうして集る時には（たぶん相談をしているのにちがいないが）我が島では次々に相手の話し止めるのを待たず、話しはじめ、道ばたで、蜂の巣をつついたようになったものだが。その後の話の内容は大体次のようなものであった。彼の話は実にムツカシイのに、私は途中から聞いたのだが、後になってふりかえり、記憶にのこった二、三の言葉を頼りにつづってみると、

救済審議会席上に於ける確認者の演説要旨

先ず最初に確認者として最近収集した情報をここに報告し、今後の会議の進行に便ならしめんとするつもりであります。

第一に、第百四番島裏門見張人として派遣したうち一名は、勤務につかせてから、予定の期間がたってかねて沖に待機していたボートまで泳ぎつかせて、他の一人のみを残留させました。溺死したと思わせたのです。彼はそれ以前にも勤務中に水中に落下して別の一人を呼ぶ真似を二度ばかりやって見せたそうです。我等は正確さを尊び、その上であくまで大胆に、得たる結論を基にして方針を進めるものであり、我が世界のモットーは、正に「工場の中を外にも及ぼせ！」「余力を以て他の島を救済せよ」「世界の人々を愛せよ」等なのでありますが、この度も漁夫らだけからの資料では不十分きわまるもので、また彼らが「ケンリ事件」と呼んでいるところの事件と、それ以後の第百五番島の状況は、漁夫らの陳述からは、察知することが困難なことは当然でありました。ただ我らとしては、彼らが徐々にではあるが、我らのエイキョウを受けつつあるということを、彼ら漁夫の愚かな頭脳の中から引き出せばよかったのであります。なぜなら我等には根本の洞察は歴然として、また揺がぬものでありますから。我らは英五郎と称するその村の怪しげなる責任者が、何か事ある場合には、島民の反対をおしきって海へ出るということや、特に英五郎の未開島には稀な血のめぐりの良さ、したがってまた血のめぐりの悪さ、（これは矛盾ではなくて、第百五番島の場合には真実でありますが）をも知ったのであります。未開島である所以です。

さて一人だけ取り残された見張人には、任務を自覚させるため、職工などの制服の外に、特大型の徽章をつけた重い帽子をかぶらせておいたわけでありますが、果してこれは効果がありました。彼は任務と睡魔の板バサミにあって苦しみつづけたのです。果して、英五郎とその相棒の男を乗せた舟が第百四番島に近づいてきました。さて、見張人はただ自然な演技を演ずればよいのであって、見張る必要はなく「見張人」でさえあればよかったのです。それ故に彼が眠ることは、任務を怠ることにはならないのであります。但しこのことは本人が知っていてはならないのです。ムシロ眠ることは、相手がつけこむ隙を与えたり、未開島民に親しみをおぼえさせ、この島も自分の島と同じだと思わせる利点さえあるのであります。それでいて彼は眠っているだけですから、起されるならば起きることは出来るのです。こうして我らは餌をあたえて、彼らの来るのを見張っていたのですが、半年前になりますが案の定二人を乗せた舟が近づいて来たのであります。既に半年前に来ていたことは、私はこの目で見たり情報を受け取ったりして知ったのではなくて、この度、上陸してはじめて知ったのです。しかし私は結局それを知っていたことになります。それはもはや私というものを、私の任務の特質を御存知の皆さんには説明をいたす必要はなかろうと思います。

「眠り男」だの「ヒゲ」だのとこの二人は上陸後呼んでいたらしいのですが、我等の期待が、見事に、期待以上の効果をもって適中したことは、外でもない、二人が、見張人の代りに監視の役割を果した上、遂にしつっこく塀の中を覗きたがり、「眠り男」をそそのかして肩馬などをさせたりしたことであります。我らは塀の中を覗かれたり、塀の中に忍びこまれたりすることを、おそれていたのではないことは勿論でありますが、あたかもおそれているように彼等は思ったのです。彼等が何の目的で来て、何ごとをしようとしているかを正確に知ればよかったのですが、それは完全に行われたのであります。ここに一つ問題となることは、「眠り男」が二人の要求を拒否してあの道に半年の間釘づけにしておいたことであります。あれだけの僅かな長さと幅の道路上を右往左往して遂に食糧を使い果した末、退散して行ったことは、いったいどうしたことでありましょう。はじめはこの道路で休息して、やがて奥へ向って出発するのではないかとも、想像していたのでありますが、二人には移動の様子が見えなかったのです。この二人には、案外の企みがあったのではありますまいか。この二人こそ、確かめに来たのではあるまいか、と私は思い愕然としたほどです。彼らが誘われてきたのか、確かめに来たのか、ということは我らにとっては重大な問題であるのです。

しかし、彼らには、我らの云う意味での「確かめる」ためのモトになるものは何もないのです。つまり彼らはただの昆虫にすぎないのです。昆虫！　これはまったく適切なヒユで、我ながらこのヒユが浮んだ時には小躍りしてしまったくらいでありました。それはどうして分ったかというと、「眠り男」が彼ら二人に「待つ」ことを命ずる（ほとんど命じたといっていいでしょう）と、彼等は待ちはじめて遂に半年の間待ったのであります。いや昆虫より従順です。ここに彼らのうちの一人が実録と銘打って記録した板紙の束がありますが、その記録は前述の事実を裏づけていますが、彼等がもがいたあげく、如何におとなしく待ったかを、如実に示しています。それなら何を待ったかと申しますと、それが、光栄にもこの私なのであります。（大笑）

私は彼等が帰るまでは、行きはしなかったのですが。つまり、愚かにも、最初から来る筈のない人を待ったわけであります。ただ私が奇妙に思うのは、こんどこの記録を一読して知ったのですが、「眠り男」が申したもう一つのことです。この世界においては、請願とか要求は、それが聞きとどけられるのには、大層な時間がかかるというのです。ある請願をききとどけるのに必要な事務所が設置されるようになるのにも半年はかかるというのです。不埒なことに、この時間は「無限」を意味しているようにも、私には思えます。無限を意味するということは、我が世界の中傷であり侮辱であります。下から上への組織はない。上に意を通じるのには、長い長い時間がかかるというのですが、いったい、こんなことをどうして「眠り男」が云ったのでしょう。云うことに気がついたのでしょう。大体我等の考えでは、下の者に上を理解したり、意を通じさせたりすることは容易に出来ないに定っているしそうあるのが当然です。我等の云う組織とは、正に上から下へのよどみない流れをこそ云うのですから。なぜなら、私はこの「眠り男」にこうした発言をするように命じたおぼえは、毛頭ないからであります。いしてみると、アイツは不遜にも自分のアタマでそういうふうに考えて、それを語ったということになります。いったいこの世界にそういう必要がどこにあるのでしょうか、これは初耳であり、初耳であるが故にまた由々しき一大事の萌芽をふくんでいると思われます。全くけしからぬことです。

いったいこうした意見が、彼一人の意見なのか、また何人かの意見の一つのあらわれであるのか、これは徹底的な調査を要する問題と思います。我等は先きほども申上げた通り、「工場の中を外に及ぼせ」ということをモットーの第一項目としておりますが、工場の中にこのような請願を必要とするような不平の余地があるとは信じられません。能率は益々上昇していますし、不平を起すことは器械に対しても相すまぬほど、器械は整然たる組織を持ち、不平を抱くとすれば、器械に対しても無礼であります。

私は帰途、忽然と次のことに気がつきました。我等は上層部にあって、意図と計量とが、そのまま一目瞭然と工場の中で組織体を動いて行き、やがて計量された一糸のゆるぎもない結果を得ているが、彼ら器械と共に暮す市民たち、つまり工場員たちは（労働者などというものではない）部分が全体を構築するまでの姿を逆にアタマの中で一挙に思いえがく時、（必ず一挙にでありますが）ある精神的な不平を持つのではなかろうか、ということであります。実はこのことは今更私が忽然と気がつくということ自体がおかしな話で、我等は既に、それを計算した上で、高い塀を築いたのであります。あの塀は外から見えなくするためよりも、ホントウは、内部の者のためにあるのであって、それも拘束するためというよりも、解放するためなのであります。塀があるために、一つのマトマリを感じ、取りとめのなさ、全体が認められないためからくる、苛立ちにきっちりとした、精神的な枠をはめる。そうすると彼らの不安は忽ち安心と変り、我等上層部の満足感と、彼等の満足感とがぴったりと一致する見事な成果を得るはずなのであります。もちろん内部の整然たる快適感を前提にしての話で、私が述べているのは、それとは別個な厄介な精神的不平の問題であります。いったいあの「眠り男」は塀の外に立って見張るというよりも、ただ一人歩いているといった方がよいような、不自然な生活を続けるうちに、この精神的不安が甦ってきたと考えることが出来るのであります。任務といえ、一人あそこに放置（？）したことが、このような結果を生んだのですが、半年とか何とか長い期間をさもホントらしく告げるとは、まことに憎らしいやつであります。もし私の考察が誤っているとすれば、やがて秘密結社を作る臭いを感じないわけには行きません。しかし根本存在に立脚した我等の判断に今まで間違いのあったタメシは一度もない以上、断乎として前者の方をとることにしたいと思うのであります。ともあれ「眠り男」は立派に任務を果し、巧まざるに有効不可思議な演技をやってのけたのでありまして、私は「眠った罰」として彼に勤務交代を許可しなかったのですが、事実は彼を適任であるものとして、その位置にとどまらせたのであります。ところが彼は、板紙の記録によると不平たらたらであったくせに、私が「罰として現位置のまま」と、彼に向って宣告した時には、むしろ喜んでおりました。かくして、結果は外見上何もかも思う壷にはまった形でありますが、やはり彼の態度には、一点の疑義が残らざるを得ないのであります。彼は少くとも、直接私に対して抵抗を試みているとしか考えられません。

それは一応このくらいにして、この二人の帰るのと入れかわりに漂着したとも云うべき子供の件でありますが、我等はかねて漁夫らの教育をしてきており、この上、救済事業を円滑に進める、若い柔軟性のある、有力者の子弟を、人質とし、同時に教育も施そうというので、「眠り男」（ヒゲ）はともかく眠り男とは、全く未開人というものは案外な諷刺性に富んでおるものですね）に厳に云い含めておいたのですが、必ずそういう者の一人が訪れてくるとの確信を裏切らず、まことに手頃な若者（まだほんの子供であります）が、未開民にしてはリハツな方といえるでしょうし、板紙、我等から云えば、正に第百五番島法律書の執筆者で、まあ唯一の法律家である某の（この男の名前と子供の名前をあとで聞いておきましょう）倅でありますが、これがおどろくべきことに、たった一人で漂着し、我等の袋の鼠となったわけで、まるでこの世界に入りこむのが運命のような有様で、すぐれた者、覇気に富んだ者ほど、真先きにやってくる、という我らの先般の会議に於ける結論と軌を一にしたわけで御同慶に堪えない次第であります。

さてこの倅は我らの予想通り、臭いの真只中から脱走し、本世界に潜入したわけでありますが、未だもってはっきりと自分の口からそのことを申さず、ただエントツがどうの、こうのということばかり、執拗にきいているところからすると、子供ながらも、すみにおけないヤツで、教育のしがいのある子であるまいかと思います。板紙の記録によれば、二人はエントツに多大な興味を持っていましたが、これは英五郎という責任者が、噂の中から触手を動かして、さぐり出した昆虫的カンにすぎないのであります。英五郎は噂男という奇体な役男を座右ひそかに蓄え、適時真偽さまざまなる噂をとばしている奇怪なヤツであります。

ところで彼らが半年の間私を待ちつづけたのは、眠り男が身を以て待っていたからで、次第にそれにならされたのですが、いくら半年の間仲よく見張りの役を勤めたとはいえ、彼らが帰りぎわに「眠り男」に板紙を接収され、あげくの果て、「立札」を持ち帰ったことは、上出来すぎると申さねばなりません。事実我らとしてはこのようにすなおに「立札」を持ち帰らせることが出来るとは思わず、ましてや彼らが板紙をこの世界に残して恥さらしをするとは予想できませんでした。我等にとっては「棚からボタ餅」ですからね。棍棒で追い散らしたとは、「眠り男」の自慢そうな言でありますが、それくらいで置き逃げしたとは、ふしぎなことではありますまいか。何かクスグッタイと云う感じがいたしませぬか。「眠り男」との交友関係をのみ頼りにしてせめての置土産として、板紙を置いて帰ったとも考えられますが、ただそれだけのことでありましょうか。何しろ板紙は第百五番島そのものともいうべきものでありますから。

実は私は嘗ってない一抹の不安を、「眠り男」の先刻申しあげた件と、この板紙の入手の仕方に就て、いだいているのであります。板紙の内容は別におどろくに当らぬもので、見ずして既に知っているていのものですが、その適合の愉快さよりも、この不安の方が何か強い力をもっているように思われるのです。みなさん、これは私の単なる思いすごしでしょうか。板紙を読めば、彼らの卑くつさと、韜晦ぶりと、争いさえ知らぬ模様が歴然たるもので、権利はもちろん、敵という概念さえ知らず、自己意識の芽ばえさえ十分でないのは、我らが幾多の苦杯と試練とを経て、現段階に達したのと較べれば、その逕庭はかり知れぬものがありますが、かかる第百五番島の特質にあてはめて見ても、尚且つ割り切れぬ感があるのを、如何ともしがたいのです。

といって決して私は第百五番島の圧力に押されかかった、と申すのではありません。愚昧なヤツらには、往々にして網の目をくぐりぬけることはあるのです。とにかく昆虫ですからな。我らの網は人間をとるには適するが、昆虫を獲るには、時には不向きのこともありますからな。（苦笑い）

さて本題にもどりまして、第百五番島救済事業、開発事業の件を前述の報告と合わせて、御相談申したいと思います。この仕事は、御承知の如く元来、我等の人類愛に根ざしたる壮挙でありまして、彼等の蒙昧なる状態から脱却させて、我が世界の一員とし、あまねく幸福を享楽させようとの意から出たのでありますが、そのためには、我等世界とそっくり同じ組織をもたせなければならない。しかし未開国を誘導するには、出来得るかぎり、自然にということが肝要なわけであります。ヒユ的な意味での自然ではない、天地自然の自然であります。徐々にまるで自然それ自体の意志の如くはこぶということであります。天地自然の運行に調子を合わせ、それに便乗して、我らの意志を自然の中に流れこませること、これこそ我等の救済の根本方法であります。即ち風の動きを利用して煙をとばしてきたわけでありますが、低気圧が、彼の地の上空にしばしば長期にわたって低迷するのを利して煙を送って彼の地に留らせてきたわけであります。エントツはその目的のために、最初のものの数倍に伸ばし、あのように巨大なものとなり、それに伴って生産量も自から増加することになりました。鉱毒による漁場の放棄がそれ以前に起りました。その時にも我らは食糧、米約五噸を供給し、彼等の救済の先鞭をつけ、漁夫の本世界移入を見たのであります。若き漁夫の移入が彼の世界に与えた影響はこの度の板紙にも顕著でありますが、さっきも申しました如く、続いて脱島する者を生じたことによっても明らかで、放出物資は無益にはならなかったのであります。

かく申すうちにでも放出は行われんとして、その船はやがて、第百五番島に潜入、と同時にその報告が行われるでしょう。今後いかにしてあの島を誘導して行くか、細部にわたって検討していただくわけですが、それ以前に板紙を御見せし、（余談にわたりますが、この板紙は未使用の分は燃料に用いたのか、文字を記さないものは一枚も残っていなかったようであります）申し忘れましたが、これこそは予想もつかぬ面白い記録でありまして、前述の英五郎と連れの男との間には、なかなかこみ入った事情があるらしく、素朴ながら、一篇の小説を読むが如き描写がありまして、英五郎の妻には、これから紹介する子供の父親が、もともと懸想しておりましたらしく、笑止なことに、「ケンリ墓」と称する墓のあたりの描写など……（笑いが止らず、並みいる者は唖然として眺めているのみだった）いや失礼いたしました。無礼をお許し下さい。みなさん、その「ケンリ墓」なるものも、件の男が英五郎と争わんと意気ごんだのも、すべて元は我が世界との接触に関係すると記されてあるのを見ては、おどろき入ると同時に、かくも日常茶飯事から愛慾問題にまで、我等の計算が滲透し威力を発揮しつつあることを知るに及んでは、今後の成功も期して俟つべきものがあるを確信して疑わぬものであります。いやいや、これはほんの一例にすぎず、竹槍で以って英五郎の先祖が殺されたのも、それから……もう止しましょう。これはみなさんのお楽しみを減少させるもので、ここで述べるに忍びません。ただ、こと些末な愛慾問題にせよ、指導者らの間の場合には、やはりここで検討せねばならぬかも知れません。

しかし、とは申せ、要するに板紙の接収は、我等の自信を強めた点にまさるものはなく、あとのことはこれに比べれば、問題とするに足らぬものでしょう。従ってみなさんは、これをお見せしますが、あくまで厳然たる態度で容観的に、予測の正しかったことを調査されるのを目的とされたく、小説的興味に酔うのはともかく、未開の風俗習慣に度外れた興味をいだかれたり、彼の地の者に個人的救済や同情を持たれたりすることは、一切無用と存じ一言御注意申上げておきます。これからも検討する救済事業は、あくまで個人的人間を対象とするものではないことは、敢えて申すまでもないことでございますから。また人質の子供をご覧に入れたいと思います。但し本人にさまざまなことを聞きただす必要は毛頭ございません。それはむしろ我らの恥辱であり、今後士気を沮喪させるもとかと存じます。物云わぬ昆虫の、そのまた幼虫ぐらいに心得られたらよかろうかと存じます。まあリハツとは云えこの幼虫を、まともな我等世界の重要な一員とするのには、かなり骨が折れることでありましょうが「鉄は赤いうちに打て」という諺にもある通りであって、彼に対する訓練はぜったいに早すぎはしないでしょう。

さて先ずこんな顔をした子供であります。

確認者の演説がここまで進んでくるまでには、中にはもう既に知りきった事項もあったのか、アクビをかみ殺す者も、私の眼の前に写し出されていた。私は島にいる時、百姓の生アクビを始終見てきたが、この世界の人もそうするのを見て一寸意外に思った。彼が小説的興味を持つなといって、板紙の話をしはじめた時には、その板紙を見んものと、一せいに立ち上った。もう会議が終了したものとかんちがいするほどであった。板紙は私のいる部屋に、ムザンな姿をさらして束になってころがっていたので、見るためには、その部屋までくるか、確認者がはこばなければならない。瞬間私は我にかえって外の場面にきりかえようとした。

「眠り男」の話がめんめんと続いた時にも、（板紙についてあれほどの関心をあとになって寄せたくせに）板紙や立札に就ての確認者の演説は、気の毒に思うくらい、皆の注意をひかなかった。私の感じでは、確認者はそこのところで、一番熱心に説明していたと見えたが、そんなことに気をくばっていたら、何が出来るか、といった様子が先ず見られた。私は島にいた時を思い出した。あの頃もそうだが、子供であったり、自分が事件に関係がありながら、それでいて局外に立っている時に気がつく、何かオカシサのようなものが、ここにも見られた。それはこちらへ来てからも、今までに一度ならず気がついたことだが、そういうことを忘れないようにおぼえておいて、そこのところから大人たちの世界へ入りこんで行こう、という気持が強く起ってきた。どんな大きなことを云い、又はえらいやつでも、おかしなところがある。そのおかしなところから入りたいという誘いの気持である。

それから、確認者がその、並みいる連中の中で必ずしも一番えらい人かどうか、怪しいものだということや、にもかかわらず、彼の発言は重大なものであることが分った。とにかく彼が一番えらくないことは、何か私をおどろかせ、同時にがっかりさせた。彼は額の汗をふき、おじぎをしたが、悠然とそれに答え、にっこりと笑った者もいたのである。その人も板紙を見ようと、次の瞬間に我先きに走り出そうとしたことも確かであったが。確認者は、人々のはやり立つ中で、逆に、一人だけ坐りこみ、非常に疲れた表情をして、そっと溜息をついた。溜息をつくのをかくしたいが、つい出てしまったといったおもむきがあるのだ。責任の重さに堪えかねているようにも見えて、印象的であった。汗のぬぐわれた広すぎるような額には太い青筋が立っているのが異様であったが、この青筋は今まで、そんなにはっきりとは見えていなかったのである。彼は板紙が潮にぬれていて、ホントは乾燥させてからお目にかけるつもりでいたが、（彼は私たちのことを昆虫と云い、私のことをば、幼虫だとか悪口を云ったが、昆虫といえばこの島々には昆虫が一匹といえどもいそうにはないが、彼の顔そのものが、私の島にも沢山いる、ある種の昆虫の顔つきを思い出させた。その時にははっきりとその虫の名が思いつかなかったが、やがてのことそれがカマキリであることが分ったのである）急いでいたので、その暇がなかった。海にとりまかれた島では、板紙という薄い板の破片を紙として用いていたことは、それ自体は軽蔑すべきことだが、海に流されても沈むことがないのが、はからざる特点で、かさの大きいことも、そんな場合には大へん便利なものであるのは、奇妙な発見であった。と述べると、それはどういう意味なのか、と今まで走り出そうとしていた、そのうちの一人が聞くと、いや何でもない、とトボケた顔を横にむけてしまった。そうしてここにある器械と同じ器械のそばへつかつかと近よりスウィッチをひねりダイヤルをまわした。

やがて手を器械から離すと、

「さあ、これがその息子です」

「幼虫というわけだな」

器械の前にその場の人々は集り、器械は見えなくなってしまった。ところが、確認者は、あっと叫んで人々を押しのけて後ろをふりむき、その、やはりまだ筋の立った顔は直接私の方を向いてちょっと睨んでいたが、

「いや、こんなことをしたって見えやしない。この部屋にいるのではないからな。えらい錯誤をおかしたぞ」

とつづいて口惜しげに叫んだのである。私にはその確認者のうろたえているのが何故なのか分らなかった。なぜなら私は、その瞬間、確認者その人と、ほんとに対面し、彼が私の方を向いたものと思ったからだ。実はあとで分ったが、彼はその部屋の壁の方を向いただけのことだったのである。とにかく彼は再び器械の方へもどった時には、他の者はその中に写ったものをむさぼるように眺め入っていた。彼はその群をまた押しのけた。その時私はみんなの肩越しに、私自身が器械の中の影像を眺めている姿を見つけたのである。私は卒倒しそうになった。しかしこわいもの見たさで、もう一度中を覗いた時、何と私が覗きこむ姿が、小さいながら写っているのだ。彼はその小さい私の姿に手をふって何か合図を送った。どうもそれは、私に止めよ、と云っているように思われた。しかしさっき、彼は私にダイヤルをまわして自分勝手に眺めておれといったばかしなので、そうした意味の合図とは思うのもオカシイ。それでそのまま、彼の様子に気をつけていると、彼は、

「やっぱり……」

と呟いて後ろを向き、またもや私の方を睨み、

「やめろ!」

と叫んだ。彼はけっきょく先きほどと同じように私の方を見て叫んだのだが、その間に大分手間どったわけであった。それでも私は何か腑に落ちない気持で、ぼんやりしていた。彼はこの部屋にいないのである。確かにいないのである。そのくせいるのだ。それはさっき工場内の場景を見た時にはまるでなかったふしぎさであった。工場で働いている連中は私に話しかけはしなかったのだから。

しかし尚も彼の声は私に止めるようにと叫ぶので、私はスウィッチを切ろうとした。それより先きに、

「あっ、止めるな、止めるな。受信時間がきた」

と、さっきとは反対のことをしゃべり出したので、私は、

「何が何だか分りゃしない」

と呟いたが、部屋の片すみの小さい別の四角な箱の中から、例の船長の声がひびいてきたのである。私の前の器械の中の彼は、彼について動きまわっていた者たちを制して、じっと耳を傾けている。相不変私は彼らの前に途方にくれて写っていたが、私は故郷の島の状況報告だと気がついて、私も耳を傾けるのである。

第九章　使節の上陸、先ず噂男との対面

そちらは確認者どのでありますか。こちらは船長、つまり使節であります。カン度はよろしきや。途中空界の状況が悪かったので心配いたしておりますが、ああよろしいですね。なつかしいですね、確認者どの。私はほんとに苦労しました。目指すところの第百五番島が見えはじめるにつれて、私は船の速力をぐんと落しました。何しろふりかえると、彼ら二人をのせた舟は既に波間に没して皆目見えず、おまけに低迷する暗雲のせいもあって、私らの船と同じ大きさのものであっても、もう見えなかったにちがいありません。(因みに私は今、第百五番島の北側の絶壁の沖合に船を碇泊させ、ボートに乗って絶壁に辿りつき、絶壁上のとある広場に若き漁夫第一号と二人きりで、故国の方角に向って報告をいたしておるところであります。あの気持の悪いつんつんする鉱物質の悪臭がこの絶壁上の土くれや、岩にもしみついております。もっともここの土は、いったいこれは土でしょうか。さわって見まするに、パサパサした砂で、こんなところに砂があるとはオカシイので少々掘って見ますと、忽ち

にしてかたい岩じゃありませんか。私は夜陰に乗じてこの島に上陸したのであって、この島の様子は、遠望した時以外はまるで分らないので御報告申上げることが出来ませんが、え？ かんたんにしろとおっしゃるのでありますか。それではさっきの報告の続きにうつります。報告者というものは、まことに気がふさぎます。何しろ私が報告いたすことは、みんな確認者どのには、みんな、分っておるのでございますから、そのことを知ってて、しかも私の方はそんなことは毛頭知らぬつもりになって、一々報告しなければ、この任務が勤まらぬのですからな。いやまあ、離れているということが、せめてもの幸いでございます。とにかく私の方は現物を見ているのでございますから)

さて彼ら二人の迫ってくるのを待たねばならず、第百五番島へは着かねばならず、その上船荷をつんでいるとはいえ、この快速艇をゆっくりと走らせることほどみじめなものはありません。彼らはあの悪臭の中を無事のり切ったとしても、第百五番島へ向って果して順調に進んでくるかどうか分らない。私らは漁夫らに停滞感をもたせるのを嫌って、海上をかなりの速さで大きく旋回しながら、舟の姿を見とどけつつ進むことにしました。ところが漁夫たちは、長い間離れていた故郷を見るに及んで次第に妙な徴候をあらわしはじめました。先ず第一に彼等は、第一号を通じて、あの二人が気の毒でならないから、自分等もあの舟にのって漕いでやるか、さもなくば、この船に乗せてやってはくれまいか、というのです。私は瞬間ドキっとしました。我が世界で訓練を受けた何カ月は、いったいどうなってしまったのか。私は海上で既に別世界にいる気持がいたしましたが、断乎として申しました。ここには今第一号はいません。彼は今私のそばを離れて偵察中であります。いやいやこのままでこうして進むのが、自分達の任務であって、同情心は島の救済に害になると申しますと、急にニヤニヤ笑いはじめました。確認者どの、やつらはこの笑いを忘れていたのに、突如としてまた私にしてみせたのは如何なる理由によるのでしょうか。よもやこのことまで御存知ではなかったろうと思う次第であります。

「良心にとがめはしないかね」

その男はキバツなことを申しました。いったい何を云い出すつもりか、私にはさっぱり分らず、第一、「良心に咎める」なんて言葉は私はこの世界に育ってからあまり聞いたことはありません。「良心」とは何か、と聞くと、彼は厚い胸を音を立てて二つ三つ叩きました。

「こいつが疼くのだ」

「そこが疼くのは、何故だ」

「あの舟がおそいからなのだ」

私は笑ってしまいました。舟足がおそいから胸が痛むのなら、それは、おそい方の舟に乗っている者ではありませんか。ただ私は用心しなくてはならないとは、ひそかに思いました。とにかく旋回しはじめてからは、彼はしばらく黙っておりました。が、またもや立ちあがり、私のそばにくると、

「これでは遊んでいるようで申訳けないじゃないか」

といって食い下るのです。

「また、あの二人のことを考えているのか」

「いや必ずしも、そういうわけではない」

そんなことをいうのなら、彼らが生きていることが既に、申訳けないことじゃないか。私はそのことではもう返事をせずに上陸地点のことなどを相談し、上陸後第一番に行う任務を申し渡すべく、下相談をその男といたしました。任務を与える前に、その本人たちと相談をしなくてはならぬとは、妙なことです。しかしそれは云うまでもなく、漁夫たちを私の味方だと思っているからで、それだからこそ漁夫の外私一人だけでこの使命を受けたのですが。上陸地点については彼は船着場はぜったい不可だと申しました。それから、云うまでもなく、昼間はぜったい止した方がよいとは、私の言なのでした。彼はその理由を次のように述べました。

自分はカンで竹槍をかまえた連中が、船着場に見張っているということが分る。竹槍の術は、おそらく自分た

ちのいた頃よりも格段に進歩したにちがいあるまい。夜と雖も「島」の者は目がなれているから、こちらが相手を見とどける前に、先方に見られてしまう不利もある。自分らは優秀な武器を携行しているとはいえ、自分らは自分の島の者を救済に来たのであってみれば、殺《あや》めることも出来ないが、先方は侵入者と見るからヤニワに竹槍を自分等の胸板につきさすことが出来るのが当方にとっては不利なのだ。加うるにさっきのあなたの報告によると、あの島には臭いが立ちこめていたそうだから、彼らは臭いになれているが、自分らはつい先きほどのていどでも、口も鼻もあいてはおられぬほどの苦しみようだったし、今もなお頭が痛いのだから、島へ着いたとしたら、なるべく風あたりのよいところから徐々に入りこむがよいと思う。もしこの条件がいれられないのなら、どうせ死ぬ身なのだから、あなたを海の中へほうりこんで、この船をぶんどり海賊になってしまう、と云うのです。

私は最後の言葉には気持の悪いものを感じながらも、態度をかえず、カンとは如何なるものかと聞いてやりました。しかし彼はそれには答えることはできず、あげくの果て、

「カンの悪い人だ」

と申しました。とにかく彼らとても救済の趣旨には不賛成であるはずもないし、彼らの条件は一応もっともなので、その通りにすることにいたしました。ただ、私らの上陸をどうして感知したのか、竹槍でもって対応するとは、よほど懐柔策を練らなければならないがと思い、彼にきくと、彼は、

「どうして自分らの上陸を『島』の者が知ったのだろうか」

と聞きかえすので、いや、それはお前が一番知っている筈の口ぶりじゃないか、と申してやりました。

「いや、そんなこと自分にどうして分るでしょうか。自分はあなた方といっしょにいて、この島にはぜんぜんいなかったのであって、自分の身体は一つしかありません」

とマジメに答えるのには呆れてしまいました。

(カン度はよろしいか。カン度宜しきや。確認者どのの声ですか、私はあなたの声を聞くと心が安らぎます。使

節の役が果せそうです。何故なら、あなたは何もかも御存知だからです。あなたは出発のさいに、技術だ、技術だけがお前の領域で、あとのことはみんな分っていると申されました。技術は軌道にのれば、あとはあぐらをかいていても物事は進んで行くと申されました。政策などは野蛮な国のもののすることで、私らの世界には、政策さえもないと仰言いました。しかし、この国の連中は、どうも……「工場の中を外へ」のモットーが思い出されます。三度叫びます、このモットーを）

「それならば、どうして竹槍の一隊の待機が分るのだ。それもカンか」

「もちろんカンです」

「それにしてもこの船が近接していることが、そんなに早く……」

「何もこの船を待っているというのではありません。しかし結局この船を待っていることになりますね。被害をうけるのは自分たちですから、どっちみちおんなじことですよ」

「その一隊をマク方法は如何」

「それはあなたの考えられることで、自分らには分りません。救済すればよいのですから、岸へ放りなげて帰ればよいと思いますが……」

「しかし分配してやらねばなるまい。分配者はいるか。それは今、後方から徐々に迫ってくる連中じゃないかな。いやその前に、噂男にぜひ会わねばならない。助役のところへ先ず密使として夜訪れることにしたいと思う。それでお前に案内してもらいたい。船は一度我等二人を上陸させたら、夜のうちに沖合まで退散させ、ボート一艘だけ岩かげにかくしておくことにしたい」

「助役？　それは誰のことですか」

確認者どの、これはウカツなことです。彼を始め誰も彼も助役を知らぬのです。なるほどあなたの申された通りで、助役などというものは村長のかげにかくれていないも同然で、第一村長が村長であると彼らはハッキリ自覚していたわけではないくらいらしい。しかし助役は英五郎のいないあとの責任者であるから、そいつを探そうと思い、それには英五郎の家へ夜赴いてもいるわけはなし、おまけに彼の口吻では、村長のいないあとは、誰も中心人物はおらぬだろうというのです。そこで私はあなたが出発に際して囁かれた「噂男」のことを思い出し、「噂男」のところへ案内せよ、と申しますと、そんな名前なんかまるで知らない。「助役」というのはなるほど聞いたような気がするが「噂男」なんてものは、聞いたおぼえがないというのです。本名は何というのですか。御存知ない？　今、子供に聞いてみる？　もっと早く知らせてくだされば、むだ骨を折らなくてすんだのですが、今、第一号は「噂男」の方なら、たしかに色々の噂が立ち通しだったから、道端で噂を立てているやつの中にその本人がいるかも知れないし、ことによったら、あの下男の甚太じゃないかと申し、そちらへ行く方向を見究めに行ったところです。何？　権三ですか。早速第一号を呼び返しましょう。権三が英五郎の留守宅にたぶんいるだろうって？　それを子供がいうのですか。なるほど。それで当面の目標が明瞭となりました。私はとにかく第一号を呼びよせて、権三をさがすことにします。闇夜をすかして見ますに、我が船は大分沖へ出たらしく、もうここからは姿が見えません。歩きながら御報告いたすことにしますが、山をこれから少し登ることになります。御報告の間が途切れるのは、私らが行動の方も兼ねているからで、御諒承願います。

幸いここまでくる間、誰にも人に会いませんでした。山には樹が茂っておりますが、第一号が立ち上って枝にふれてみますと、中にはポキリと簡単に折れてしまうものもあり、葉がカサカサに枯れていました。しかしそれはすべてがそうだというわけではなくて、現に私も枝を折ってみますと、強い弾力ではねかえってき、私の顔を打った枝さえあるのです。しかしこの憎い枝ももう長いことはありますまい。このあたりが地形の上で果して比較的影響が弱いところか、或はかなり強いところなのかは、夜が明けてみれば一目瞭然となるに決っています。ボツボツ家が見えはじめました。第一号はなつかしがって、一軒一軒家主の名を教えますが、どの家の軒にも奇体な物がかかっているので、そばに近よって見ますと、どうもそれは何を表しているのか分りませんが、ある物の恰好をしています、ただそれだけのものが、(急場に泥でこさえられたものらしいのですが) かかっているのは何としてもふき出さずにはおれません。野蛮なヤツは仕方のないもので、どうも陰茎のようなカッコウです。これは何かと第一号に尋ねますに、この男には未知のものだと申します。それではその品物の上にかかっている草のような物は、何草かときくと、臭いをかいで、これは紛れもないハッカ草だと云います。それでは、この筒みたいな物は何かと尋ねると、何か分らぬが胸のあたりがうずいてきた、と答えるのです。

とつぜん第一号は道端にしゃがみこんで、「良心にとがめる!」と先刻も申しましたような言葉をくりかえし泣きはじめました。困ったものです。彼は今、私に器材を持たせっぱなしにして、自分一人だけ暗闇の中に駈けこみました。今人が来ました。私もかくれます。

彼は尚も泣いております。私たちは今、墓石の立っている間に蹲っていますが、「ケンリ遭難者の墓」と書いてあります。こんな墓がいくつも立っていますが、彼はその墓の一つをかかえこんで泣いているので、その墓は誰の墓だと聞くと、先祖様の墓だと答えました。こんなに故郷の石や、泥の筒にまでなつかしがっている模様では、これから続いて起る色々な重任に堪えることは出来んぞ、と叱咤いたしたところです。これは一体どうしたことでしょう。漁夫たちは確か、前に私に語ったところでは、海から「島」に戻れば、とたんに「島」のことは忘れ、海に出るとまた島のことがくっきり浮んでくると、いくども申したものです。ところがどうでしょう、これではまるで逆ではありませんか。「島」へ戻って、こんなになつかしがったり、先祖まで思い出しているとは、彼らはそれこそ、「ウソをついて良心に咎めはしないか」と云ってやりました。あんまり度が過ぎると、私は孤立してしまいますし、勝手知らぬこの島で私はどうしていいか分りません。おまけに救済米は沖の方へ、殆ど目につかぬところまで退避させてありますから、島人の目にはつかない。そうすれば、私は証拠を見せることが出来ず、この島へわけもなく潜入したことになって、気の荒んでいる連中の中でどういう破目になるか分らないことになります。半年か一年の精神訓練で、この島へ漁夫たちを戻したことがまちがいのもとでした。

確認者どの、正直いって確認者どのは、私に報告をさせるように諸事万端整えさせてくださいましたけれども、ほんとの命令は、命令者から出ているわけです。その命令者どののお声をおきかせ下さい。そのお声は、ただ一言であってもよいのですが。私は任務が遂行できないかも知れません。何ですって？　「人類愛」と「救済」ですって。なるほど、これが確認者どののお声だけれども、けっきょく命令者のお声なのですね。人類愛と救済！　私は勇気が出て参りました。私は立派な「技術者」になりましょう。そうして私の「職工たち」を意のままに働かせましょう。

私は第一号に、救済米を与えなければ、お前の親たちもこの島人も餓死するのだし、そのためにこそこうしてこの島に来ているのだ、もう「良心に咎める」なんてことは、云いっこなしで、そんな厄介な「良心」なんか海へでも捨ててしまうがよい、というと、じっと考えていましたが、それでもようやくにして頷きました。

しばらく行くと、篝火をたいて警戒している人の姿が道をさえぎっていて、それ以上進むことは出来なくなりました。沖合から第百五番島をのぞんだ時、ポーと明るく見えたのは、それではこの篝火だったのか、と分りましたが、火事になって焼けた家だって多いらしいと第一号は囁きましたが、私はそんなことは考えさせず、ムリヤリに袖をひっぱって竹藪の中に入り、竹槍を二本作らせました。彼は竹槍ならば、破竹でなくては駄目だといい、忽ち器用に作りあげました。これは突くのではなくて、仲間と思わせるためだと分らせてから、彼に島人のように頬かむりさせ、権三を誘いに行かせました。私は彼にこう耳打ちいたしました。

「いいか。とびきり新しい噂を教えるから、四の五の云わずについてこい、と云うのだ」

第一号は今、槍を持って島言葉で声をかけながら、そ知らぬ顔で篝火のそばを通りぬけて行くところです。うまく行ったようです。行きさえうまく行けば帰りは噂男がついていますから大丈夫です。私らは拳銃をもっていますが、これはおどしにはなりません。何故なら彼らは「拳銃」が武器であることをまるで知らないからで、もしその威力を知らせるには、おどしではなくて、実地に殺リクを行わなければなりませんから。

このあたりは悪臭がかなり残っています、それに寺が近いと見えて、合唱するような読経の声がその重い空気の中を聞えてきます。冷静になると私は新しい墓があるかどうか、しらべてみました。そう云えば、白木の板が私の前後に何本も立っていて、篝火がチラチラするたびに読んでみますと、みな最近の死者ばかりで、白木どころか、ただ平べったい石ころをのせただけの墓もあるのが分りました。私が今腰を下していたのは、何とそうした平べったい石の一つなのでした。この分ではまだまだ死者が続出していると見なければなりません。そうとすれば、夜中に棺をうずめにくるかも知れず、危険地帯であると見てよいと思います。

ずい分時間がかかります。確認者どのお待たせしてお気の毒でした。一度交信を止めようと思いましたが、何か只今、そのまま、そのままといった声が聞えましたので差しひかえました。もっとも同時に女の方の声で、止めなさいとか、スウィッチを切りなさい、とかいう声が聞えましたが、まだ正式に止めよとのお言葉がないので、待機しておりました。私は噂男が村長の留守宅に入りびたっているらしいという情報によって、只今第一号を留守宅に派遣しているのでありますが、噂男はこの非常時にまさか村長の妻と淫らなことをいたしているわけは万あるまいと思います。もしそうとすれば、噂男は直ぐに呼出しに応じないに決っていますし、こんなに手間がとれるのは、何か気がもめるようなあんばいでございます。いったい村長の家の畑は無事だったのでしょうか、噂男はおとなしくついてくるでしょうか。もしヤツが声を立てたりしたら、私の命はなく、万事水泡に帰するのです。私は今必死でありながら、同時に淫らな男女かんけいのことをつい心に浮ばせなければならぬ悲境に立っているのです。果して噂男とやらをつれて帰ってくるでしょうか。それとも漁夫第一号は逃亡を企てたのではないでしょうか。そう不安になりながら、私は実はさっきから、篝火をかこんでいる島人たちの話が洩れてくるのをきいているのですが、その中にハッとおどろいたことがあるので、お伝えします。

それは、救済食糧がどこかから来る頃じゃないかと何げなく語り合っている、ということです。その誰かの発言に反対するものもなく、頷き合っているのです。どこかからとは、何ということでしょう。何という信ずる心の気味悪さでしょう。確かに彼らを死なすまいとする意図がどこかにあるとすれば、もう救済に来る頃には違いないのです。いったい彼らはなにゆえにこんなことを信じているのか注意して尚も耳を欹てていますと、彼らは若い漁夫らの失踪後に於ける、遺族らへの補償米のことを念頭においているらしいのです。おどろくべきことには、若い漁夫らがその間の事情を一番よく知っているのだから、若い漁夫らが助けにくるかも知れない。しかし、われらはいらざる救助はまだして貰いたくはない、もっともっと、われ等が困るようになるまでは救済なんぞしてもらいたくはないぞ、とつけ加えています。そうだ、その通りだ、と外の者も合槌を打つ有様です。それに漁夫のことが話に出た時には、竹槍を地べたに突き刺して立腹の様子を示した者も多いのを見ると、やはり心から失踪者を憎んでいることは疑いもない事実です。

してみるとこの連中は、只今直ぐに救助を必要としないのであるが、必要としている連中もほかにいることを裏書きしておって、おそらくこの連中はそうした救助を必要とする連中に対して警戒をしているに違いないのです。つまり島の被救済状況は一様ではないということになりますので、配給に当って慎重を旨としなくてはなるまいと思われます。一言でいうと、この篝火の前の連中は、私らの来島を望んではいない分子であるのです。意地を張って食糧が欲しくないのか、それとも、食糧を持たぬものに救済米が届くのが不快であるのか、いずれかにちがいありますまい。

いやそのほか様々なことを話しておりますが、そうした噂の元が噂男にあるとすると、噂男の威力はおそるべきもので、私や確認者どののことはさすが話題に上らぬのが、せめてものなぐさめでした。

いよいよ戻って参りました。噂男はやはり竹槍をもっていますが、篝火を通りすぎる時に軽い会釈をして無事に二人はこちらにやってきます。

私は今、二人をやりすごして、そのあとをついてきました。噂男は私がついてきているのを知っています。私はそれだけでもう成功したと思ったのです。

私はとつぜん声をかけました。

「あなたは噂男か」

「噂男？　おれは権三だが、誰がそんな名前をつけたのだ」

私はホクソ笑みました。彼は自分の役名、職名を知らぬのです。と同時にふしぎに思いました。私らは自分で「使節」だとか、「報告者」だとか知っております。あなたは「確認者」です。それに較べて、この男はどうでしょう。自分の職名を知らず、私らの力が知っていて、彼をおどろかせたのです。

「この権三には、そんな噂が立っているのかね。そんなはずはないがね。それより新しい噂とは何かね。お前さんは何しに来たのだ」

「噂を教えに来たのだ」

就てはお前の立てた噂を全部教えるように、その噂の中でどのような噂が一番有力なのか、島人の動向は結局どうなっているか、それを知らせるように、もし私らに協力するならば、救済協力委員会の情報宣伝部長にすいせんするがどうだと申し渡しました。彼はそこでは噂を立てることは出来るのか、というのでこちらの要求通りの噂ならいくら立ててもよい、いや、噂を立てるのが仕事なのだ、と申しますと、いや自分はいく色も同時に噂を立てるのでなければ、いやなのだと答えるところは、どうしてなかなかのシブトサです。そのシブトイありさまは、そちらにも聞えたのではないかと思います。もっともヤツの声はシャガレ声で入りにくかったかも知れませんが。

ところで只今彼に今まで立てた噂と、それからその流布状況を思い出させているところです。ああそうそう申し忘れましたが、あの軒端にかかった例の奇妙な飾物は、飾物ではなくて、「臭いよけ」だということで、この島では色々の「魔よけ」をかねてこうした方法で行っているとのことです。そういえば、あれはエントツでした。

噂男は今こんなようなことを申しました。噂の妙味というものは、噂がいつしか事実となって、それが噂であったのか、事実であったのか境目が分らなくなることであって、さまざまな矛盾する噂がとぶうちに、おのずから必要な事実を呼びよせるといったものなのだ。いや事実は噂のうち何事かは必ず起るもので、全く起るはずのない噂は最初から噂の値打ちがないものだ。一度事実が起ると、それと迷った噂はかき消えてしまうどころか、潜勢力となってちゃんと残る。第一、事実なんてものが、果してはっきりした、表にあらわれたものであるかどうか、分ったものではなくて、これは凡て村長の考えを実行しているにすぎないものですが、事実が次々と起って行くと、噂という誘導物によって、敏感になり、同時に忍耐力を養成することが出来るのです。それから私としての特典は、女に好かれるということです。女には好かれますね。ふしぎな程です。いいえ自分は村長の奥さんとは卑しい関係はありません。村長から与えられたこの仕事のおかげで、奥さんを奪っては申訳けないですからね。もしそんな噂が立っていたとしても、それは自分の立てた噂ではありません。しかし自分は村長の生死さえも自分の手ににぎってきましたからね。私の口を通して伝わる噂によって村長を生かすも殺すも自由ですし、既に村長の死という噂が殆ど事実となって根を下しかかった時など、どうして私が重要な人間でないわけがありましょう。私は次に村長の一生をほとんど事実となるまでに伝えさせましたから。奥さんの心は自分がにぎっています。少くともあの娘さんは将来、私のものです。奥さんとの卑しい風聞が伝わるとすれば、それは、私が使っている甚太のやつの仕業です。あいつはチョクチョク自分で噂を立てることがあります。ほんとは私の走り使いにすぎないし、収穫がなくなってからは、私が食わせて正式に手下に使っているのですがね。もっとも本当は消防係にでもするのが一番性に合っているでしょうが。やたらに火見櫓に上って困りました。

ところでもちろん、私が噂の張本人であるということは、奥さんは知りません。知ったとしても、かえって私は有力な人物であるにすぎません。私がいなくなったら、人々はとまどうでしょう。そして一番、本能的に私を求めているのは、女です。私が手にかけた幾人もの女も、私が噂を立てる本人だとは知りません。それでいて私とつき合うことによって女は弱点をにぎられることが分るのです。たとえば、私は先ずその女が不貞であるという噂を立てます。まるっきり不貞でない女などいませんから、忽ちそれはひろがります。女は噂に対して憤り私に泣いて訴えます。女はもう何物でもなくなってしまうほど叩きのめされるわけです。そ知らぬ顔をしてそれを聞いていて、私は、そんなことは信じないと申します。私はそれだけでその女の心をつかむことが出来るのです。私は英雄になりますし、女は噂の深淵からひきあげられる唯一の救いの主を私に見出すといったあんばいなのですからね。これは一番カンタンな一例にすぎません。一番大切なことは、いかなる時と雖も、私自身が自分の出した噂をほとんど信ずるということです。これはさほどむつかしいことではありません。人々の間を通ってきた噂というものは、最初私の手から離れた時とは、見ちがえるほど成長もするし、肥え太ってくるもので、根本は私の噂であっても、その枝葉のために、ほとんどホントにあったものみたいに見えてきて本人の私さえも惚れ惚れするほどになるものなのですからね。

噂の張本人はどの噂を出したか、それを自分の口から云うことは出来ません。それを云うようなものがいたら、「噂男」という名を借りますと、まあこの噂男の名にそむくものでしょうね。ところで、その新しい噂とは何ですか、それを早く教えてもらいたいですね。たぶん、それは私の発した噂の一つではないかと思えますがね。

……

「お前は、では何だと思うかね」

「救済米の分配があるということでしょう。それから村長らは帰ってきましたか」

「だいたい、その通りなのだが、これはすべて村長らの功績によるものだということだ」

「それだけの噂ですか。それなら何も新しい噂といったものではなくて、三日前から島中に伝わっています」

「それなら、海岸ばたに竹槍を持ったものは待機してはいないだろうな」

「いや、いますとも、噂はその反対のものも流してあるのです。反対のものも同時に流すのが鉄則ですからね」

「なるほど。それならあらためてその噂を流してもらえまいか。救済活動を円滑に行いたいし、もしも不穏な分子が、自からを窮地に追いこむようなことがあってはならぬからな。その反対のではなくて、正当なヤツの方を早速強力に流布してもらいたい。その甚太というのは今どこにいるのか。お前が自分で流して歩くのではないのだな」

「もちろん自分が流して歩くワケはないですが、それに甚太一人ではすぐ気づかれるからダメで、とにかく風の如くちょうどこの悪臭の如く伝って来なければいかんのでしてな。甚太に似たようなヤツを数人使ってはおります。しかし今のところ甚太が性質として一番すぐれているのです。どっちにしても今あらためて、特に一方のみを強調するということは、よくないことで、かえって噂の何というか、ええ、そうです自主性というやつを害い、裏をかかれることは必定ですよ。あなた方はまだ噂のコワサが分らんのです。噂というヤツは生きておりましてな、下手に取り扱ったり、なめてかかったりするととんでもない結果になって、ひっかかれますぞ。この世界へ来た以上は、こと噂にかんしては、ぜったいに私の云う通りにしないと、あなたの生命にもかかわるということをよく心得ておかれた方がいいですよ」

「なるほど、お前の話だと、まるで噂というやつは、この島にいるかも知れない猿か、いや熊みたいなやつだということになるが、その取り扱いは手慣れたお前に一任することにいたしてもけっこうだが、それにしても万遺漏のないようには、くれぐれも頼んだぞ」

「それから、あなたは、この島の何というか、どこが臭いが強くて、どこが弱いといったようなことを教えてもらいたくはないですか」

「つまりお前は、臭いの定着分布図といったもののことをいうのだ。それはいずれ調査するつもりでいたが、お前の方で資料があるとなれば、それは好都合だ。それから、麦はダメになったとしても多少の米の蓄えはあるのだろうが、それでそれに関連してだな。作物の現在保有高、及び年産高を教えて貰いたい。出来ることなら、各戸別のものが欲しいな、それによって暴動の鎮圧計画も立てられることになる。それに集計すれば島全体のものは出るわけだからな」

「現在までのでいいですね」

「現在までのでいいかとはどういう意味かね」

「つまり将来のことも入用かと聞いているので」

「将来のことはお前に分るワケはないじゃないか」

「私が云いたいことは、こうなんですよ。ああ、あなたは、大分鼻をやられていますね。このていどのもので苦しんでいるようでは、この島では仕事が出来ませんよ。早く残った無臭になれることです。そうでないと、あなたはここではとうてい入りこんで仕事をすることは出来ないし、信用を失いますね。もっとも、臭いを消すだけなら、これを鼻にあてて見なさい」

「これは何？　この葉っぱは」

「ハッカの葉で、こちらの方はもう少し高級で手軽な防臭具です。顔いちめんにかぶるのも出来ていますが、それでは仕事がしにくくて、部屋の中で病人が寝ている時ぐらいしか使えません。もっともそれでも弱い者は死にましたがね。まあこっちの道具の方が手頃でしょう。その葉の方は片手で押えていなくてはならんからおよしなさい。さあこれです。こうした道具と竹槍は島人の必携の品で、これを持っていないと、他人に対して失礼なくらいですよ。なぜって自分だけ臭いに平気な顔をしているのは、『良心に咎めますからな』こうしたぐあいに鼻にとりつけて、鼻翼を利用して落さないようになっているのです。どうです具合はいいですか。型も種類も幾通りも出来ていますが、この型で合いますか、これを発明したヤツは一もうけしましたよ」

「それはお前ではないのか」

「いや自分は噂の方が忙しいのにそんな暇があるもんですかい」

「なるほど、こうしてつけてみると少しは楽だね。窮すれば通ずるで、お前らでも発明するのだな。この人の分もあげてくれ、それからあと十四人分ほしいが都合はつくかね。都合をつける？　ありがたいね。型の方は、みんなお前と同じでいどの鼻だからな、お前の用いる型のもので間に合うだろうな。それからさっきの話のつづきだが、どうして将来のことがお前に分るかね」

「それでは、また臭いがやってくるというワケではないというのですかね」

「いや私は何も云っておらぬ。まだ何も云ってはおらぬぞ」

「それでは来るのですな」

「その笑い方は何だ。お前も同じような気持の悪い笑い方をするじゃないか」

「とにかく私は御入用なら将来の、つまり来年度の被害状況も書いてさしあげることも出来ると申し上げているだけです。もう一度こんなのがおしよせてくれば、この村の人も作物もなくなりますからな。それを書いて差しあげようというわけですね」

「お前は年はいくつだ」

「二十五歳です」

「コウカツなやつだな」

「利口なだけです。噂男という名前は、キュウクツでそれほどありがたくはないが、噂男ということはつまり、この村の事実上の支配者で、また代表者なんだ。くりかえしますが、私をさしおいて何も出来ませんからな。あなたはとつぜん船で来島して、救済食糧を陸揚げしてけっこうです。見てみなさい。何事も支障は起りませんよ。

といって何事も起らぬわけではないですがね。それどころか、島は大混乱を来しますよ。しかしといって何の支障もないのだ。島のヤツらの頭の中にはさまざまな二組みの噂が渦を巻いておる。そいつらが頭の中でぶつかり合い、人と人の間でぶつかり合い、そうして結局のところは、何のこともないのだ。私に用がある時には、どうするかって？　甚太のヤツに知らせてくれればいい。何も云ってはならない。ただ甚太のヤツを呼び出して、それから、『別に何も用事はない』といってやればよいのです。ヤツはそのことをあっちこっち伝えて走りまわります。当然私のところへも伝えにくる。そうすれば、私は今あんた方がおりてきたあの丘の右側の竹藪の中で待っています。甚太の主人の家の裏山もいい密会場所なのだが、あの山はやがて禿山になるでしょうし、既に密会場所に使いすぎました。それから一寸うかがいますが、甚太の主人の伜はどうしました。あいつの噂も立ててやらねばならぬが、まだ噂の立て方を考えているうちに手間取ってしまった。何、別な船の中にいた？　そうするとヤツは生きていたのだな。どうもあいつのことになると噂が立てにくい。にぶって困る」

噂男は私にアイサツもせず、どんどん帰っていってしまいました。私はまだまだ打合せねばならぬこともいっぱいある気がしてならないのですが、ヤツの足は実に早いし、目は暗闇になれている上に、危くてうっかり追いかけることも出来なかったのです。何にしてもおどろき入ったやつです。私は私の口を借りて報告するという形を止めて、私と彼との会話そのままを電波にのせてお伝えしたわけですが、まったく息つく暇もないほどでした。これはそもそも私がその能力が足りないのでしょうか。確認者どのの話では、確かここに住む者は昆虫みたいなものだということでしたが、してみると、一寸の虫にも五分の魂というヤツでしょうか。私には一寸五分ぐらい魂というか、何か妙な気味の悪いものがつまっているように思えたのですが、私の思いすごしでありましょうか。御判断願いたいものです。アイツが「噂男」という名前をもらって、内心うれしがっていたことはまちがいありません。

第一号は疲れて眠っています。これからボートに辿りつき、明朝ボートで本船に向い、快速を以て岸に戻ってくることにするつもりです。もはやしゃべりくたびれました。それに、なれない鼻具はバカに意気銷沈させるようです。明朝の交信時刻までお別れをいたします。それから大切なことを申し忘れましたが、被害田畑地の状況はとうていこの暗闇では分りもせず、また噂男からこれ以上聞きとるまでもなく、かなりひどい模様で、それは分り次第逐次報告いたします。このことの詳細報告こそ最も重要であるとの、確認者どのの言でございましたから。

第十章　人質の詐術

報告が始まると、審議会の場景は私の前から消えてなくなってしまった。私はがんがんひびいてくる報告者の声を聞くだけであった。いくらダイヤルをまわしても、審議会場はうつらなかった。やがて審議会のことも私は忘れてしまった。私が離れた「島」の景色が報告者の声を通して、私の眼前に、それまで写っていた審議会場よりもはっきりと浮んでくるからであった。荒廃したこの姿が、実際に見てきたわけではないが、手に取るように分るのだ。使節が上陸した崖は確か老漁夫たちが漁場を失ってから開いた土地にちがいないし、そこで英五郎氏の俵事件が行われたところなのだ。そこを登った道は、私が父につれられて、この島を望見しに通ったことがある。それから美代子のいる村長の家、寺、墓、それらの風物は、今使節が辿々しく描いているが、私たちには、ここにいても、そらで描くことが出来るのである。噂男の本名を聞く時だけ、確認者の声がひびいてきたが、権三が英五郎の留守宅にいるとは、私も予想していたところで、権三が美代子をあと数年もたったら自分の妻にしようとしている気配が、噂男の肉声の中にありありと感じられた。権三の肉声には全く私は参った。虫ずが這いまわるようで堪らぬのだ。英五郎と父にそのことを告げたいと思いながらも、情けないことに、二人は海の上にいるし、私はこんなに遠くに来ているのだ。しかし私はここにいることが、どこにいるよりも大切なことだと本能的に感じている。彼等は私を大切にしている。私に何かを見せようとしているし、盗見することも盗聴きすることも出来ないことはない。それは私が人質であるためなのだ。私が「島」にいるならば、私は只の子供で何者でもないが、ここにいることによって、私は相手の真中にいることが出来るのだ。そう思い返すまでにかなり時間がかかった。甚太が遂に権三の手下になり、私の家の田畑がダメになったことを聞いたのであるから、私はただ泣けて仕方がなかったのである。父も英五郎も出かけてくるべきではなかったし、何というヤヤこしい浅はかな出島ぶりをしたのだろう。その結果が、このざまだ。といって、父が島にいたとしても、やはり鼻具をつけて喚きまわり、往来の群集と噂話をしているぐらいがよいところであるかも知れない。そうしてその噂は権三が流す噂なのだ。いや英五郎さえいたら、噂の流しようも違うはずだ。……一口に云うと、しばらく私は身も世もあらぬほどに、テンテンハンソクして泣きわめいたのである。ところが私の泣き声が、どこかで聞かれていると気がつくと、私は泣くことが出来なくなった。そうして出来るだけ、聞き、知り、さぐってやろう、と思えてくるのであった。そこのうつりかわりは微妙であった。独り泣くことも出来ぬのを、私は憤ったのであろう。

私は憤っていたためか、もう夜も更けているのに眠気ももよおさず、彼の来るのを待っていた。私はきっと彼が来るものと信じていたから、私は放置されることは絶対にないと思った。

ことによったら、泣きさけぶ方が、私の人質としての効果はあるのではないかとも思ったが、私の無能力に見きりをつけて、見るものも見せないようなことになったりしては困る。それよりも出来るだけ彼の機嫌を取りつづけてやることにしようと覚悟を決めた。私は子供であるために、かえってそういうことに敏感であったのだ。

一方私の心の中には、彼を喜ばせたいという気持もおきつつあったのはおかしなことである。私は板紙の中に書いてあった、父たちの「眠り男」に対する態度をおぼえていた。それは私のと同じ本能であり、私はそれを武器にしてやろうという点が違っていた。そうして腹立たしいことだが噂男の、使節に対する態度にも、その点だけは、共感できたのである。

確認者らしい足音が聞えたが、ドアの外で止ってしまい、こんな話声がおこったので、私は、それでは一人ではなかったのか、と一寸おどろいた。それに一方の声は女の声であった。

「子供が見たいの、入ってもいいでしょ」

「あいつはもう寝ていますよ」

「そんなら寝顔だけでもいいわ」

「あんまりじゃまをしないで下さい。見るだけ見てそっと帰って下さい、お願いですから」

「薄情な人ね、あんたは」

私はそれまで聞き耳を立てていたが、そっとドアのそばを離れて長椅子の上に横になって眠っているふりをした。案の定二人は入ってきて私が疲れてほんとに眠ってしまっているものと思ったらしかった。私はそうしながら、さっきの報告者が、「女の声が聞えますね」と叫んだことを思い出し、それなら、この女は、あの審議会の席にいたのにちがいあるまいと思った。そう思ってみると、確認者の隣りに坐っていていつも笑っていたのは、女の顔であった。一人一人の顔が小さく写っていたのと、確認者のことばかり気になっていたために、そのことに気がつかなかっただけだ。そういえば板紙のそばに走りよって確認者の制止にあった者の中には女の姿もまざっていたようだ。私の姿はもう既に知っているはずなのに、わざわざ私を見にくるとは、どうしたことだろう。私は彼女の声に注意を払っていた。

果して女は入ってくると、私の寝姿を一寸眺めたらしいが、それは寝ていることを確かめたにすぎないようで、そのしょうこに、彼女は私の方には背を向けて、彼にとびついて行ったように思われた。

「さあ、今夜は離さない」

「止して下さい子供が」

「あなたの子供じゃあるまいし、あの子供なんか、大事にしとく必要はないわ。何なら島長の家でボーイに使ってもいいじゃない。皿洗いぐらい出来るでしょうに」

「私はこれから統計やデータを整理したり、組織を上から見通す力や、命令に服従する快感や、そういったものをしこんで行く命令を、島長からうけているのです。あなたは島長の秘書さんですから、それは諒承して下さらないと」

「とにかく私たちのじゃまになるのはイヤ」

「あなたは怠クツしているんですよ。大体が、あの『眠り男』はあなたの主人だった人じゃありませんか、あの男を門番にしたのは島長からの命令ですが、けっきょくあなたの仕業にちがいないでしょう。かわいそうにあの人はあの重い帽子をかぶって、一人であの道を歩いていますよ。もっともあいつをかぶると重さのために緊張して、あまり怠クツはしませんがね。しかし怠クツしたからといって、私と遊ぼうというのは、こちらがメイワクしますよ。怠クツといえば、みんな怠クツには閉口しているんです。このように何もかも筋が通っていては、多忙であるほど、怠クツであるのが当然ですからね。しかし快感も度がすぎるとこんなことにもなるんです。つまり幸福すぎるのですね。しかし、これこそ名誉ある怠クツですよ。見なさい。ここの島長も、外の島の島長も、ここには来ていなかったが、第二百番台の島長だって、それはそれで怠クツしていますね。さっきも島長は私の演説中に何度もアクビをされましたからね。私は忍耐の美徳をこの際思い出して貰うのが当面の問題だと思っているのです。この怠クツさに堪える忍耐をです。今年は『忍耐年間』であるのをあなただって御存知のはずですがね。私がさっき、第百五番島の愛慾問題に個人的に関心を持ちすぎるのを警戒したのは、忍耐を思い出してもらいたかったのです。私は故意にさきほどの演説では『忍耐』のことは口にしなかったのです。これを口にするのは恥ですからね。『忍耐年間』というものだって出来れば公けに行わない方がよかったのです。第二百番台の島々で行っているというので、この島も実施したのですけれども、我々は、第百五番島の救済という最近にない大事業を着々実行にうつしている矢先きなのですから、その点からいっても、忍耐すべきはあたりまえのことで、大体がこの救済事業そのものが、一つには新しい幸福感をいだかせる、つまり幸福感を鼓舞するために行っているといってもよいはずなのです。ほんとに救済意識に徹すれば、忍耐などする必要もなく、幸福を持続させることだって可能なのですからね。そういう親心あっての事業でもあるのです。私は島長の命をうけて、『眠り男』というきわめて困難なポストを作り出し、これを審議会にかけ、通し、結果は大成功なのですが、しかしこれは必ずしも救済事業と処を一にするものではありませんよ。もともとが個人を動機としておりますからね。私はそのことを憂えているが故に、さっきの演説に於ても、特に『眠り男』の言動に重点をおき、ルル述べたのですよ。それもそもそもが怠ってということからきておるのに、またまたこりもせず、私のあとを追っかけまわされては、私がメイワクですよ。断っておきますが、私はあなたが嫌いだから云うのではありません。この大事業を行うにあたって……」

「もう沢山だわ。つまりあなたは、また第百五番島も怠クツな世界へムリヤリに入れてやろうとなさるってわけね。演説は今は全く怠クツだわ。こうして二人きりでいるのにもう止していただきたいわ。私があなたが好きなのは、そのヘリクツだったのよ。あなたの演説をきいていると、ヘリクツのつけ方が面白くて怠クツしなくてすむんですもの。つまり私は『確認者』というものが好きなの」

「すると私はヘリクツを述べていたということになるのですか」

「そうよ。あなたは事実を確認するというけれど、私にはみんなヘリクツをつけているとしか思えないわ」

「そんなことはありませんよ。私は確認できないことはできないとはっきり申してきましたよ。意外ということは只今正直に意外だと申し上げてきました。事実が確認できぬ時に、その責任は必ずしも私の負うものではなく、次に新しい資料として事業を進めて行くことができるのですからね」

「いいのよ、私はヘリクツが好きなんですから。それにこの救済事業ってスバラシイわね。私もその島へ一度行ってみたいと思うわ。その島を探検したいと思うのよ。噂男って一種の英雄じゃないの」

「もう少し小さい声をして下さい。子供が目を覚します。身動き一つしないのは、かえって目を覚しているのじゃありませんかね。こんなことをきかせたくないですよ。大丈夫やすんでいるようです。とにかく、はっきり申しますが、奥さん、いや秘書さん、あなたは何もかもまちがえていらっしゃいますよ。その島は探検などと云って、虎や獅子がいるわけではありませんよ。そういう島はそのままにしといて、時々観光に行ったらよかったとおっしゃるつもりでしょう。しかし、遊ぶ段階ではありません。それなら、或は買取ったらとおっしゃるでしょう。どっちにせよあそこの山や木や人間が必要なのではないのです。人間はあり余っていて、欲しくはないのですからね。こちらの人間を入れたいくらいですよ。島の塀は一つには人がハミ出ないためにあるといってもいい位です。我々に必要なのは、あの島の位置そのものです。あそこに島が一つあることが目ざわりなのです。目ざわりということは、たえず我々を不安にするということなのです。このままでは先方にとっても不安かもしれません。相手が何もしないからいいじゃないかって？　それは甘い考えですよ。何もしないかも知れません。何かするかも知れません。いや、たぶん何もしないでしょう。何もしないにせよですね。それは放置するわけには行きません。救済してしまわねばならんのです」

私はほんとにこんどこそ眠気を催してきた。立板に水を流すような、澱みのない演説は私に次第に興味を失わせてきたのだ。私は遂に眠りながら、きゅうくつな長椅子の上で寝返りを打ったその拍子にハッとして薄眼をあけて見廻した。確認者は尚もぶつぶつ口の中で呟いていたが、女は彼に抱かれてちょうど子供が子守唄を歌ってもらっているように揺さぶられていた。

た。

「島長はどうしているのかね」

と、彼は私に背を向けて小さい声で囁いた。

「第百二番島の島長と将棋をしているわ」

確認者はとってつけたように云った。

「それで、要するにこのオレがいいというわけか」

私は長椅子から転げてやろうか、と思ったが、彼の機嫌を損じるのをおそれて、そのまま眠ったふりをつづけた。

目を覚した時には夜が明けていた。昨夜のことは夢ではないかと思い、食事をはこんできた女に、確認者はまだあそこで一人で寝ているのか、と次の部屋を指して、聞いてみた。するともう会議の準備で出掛けたが、会議が当分続くから、この部屋から外へ出ないようにしておれ、ということである。どうせ今日も報告があることだから、それを聞くつもりでいたので、かえって好都合であった。私は食事を終えると、器械のスウィッチをひねっておいた。最初私は「眠り男」がいる場景がうつらぬものか、ダイヤルをまわしてみたが、徒労であった。私は「眠り男」のところへ、確認者が出現したその仕方に腑に落ちぬところがあり、それはこの器械に写ることによって、その疑問は解決するということを何となく知っていたのだ。この疑問は大分前から私は抱いていた。もし器械にさえ写るならば、彼が折よくあらわれたのも、少しも不思議でないどころか、当り前である。そのためにこそ、彼はそういうふうに器械を仕かけて置いたわけだから。しかし私の求める場景は写ってはくれなかった。そうなると、私はやはり確認者をある程度信用していいということになるのである。それから「眠り男」をもう一度見れば、果して昨夜のおどろくべき話が事実であるかどうか、何となく知ることが出来そうに思ったのだった。それは徒労に終った。私はがっかりした。そこで私は昨日見たものと同じような仕事場の場景を写し出して見た。怠クツをしているのか、それとも救済審議会の演説のように、明るい落着いた満足な気分でいるかどうか、しらべてみようとしたのだ。昨日は私もそういうふうな気がしていたのだが、昨夜の二人の秘密の話を聞いた上は、急に信じられぬ気持になってしまった。しかし私にはまるで見当がつかないことが分った。私が昨日楽しく遊んでいるようだと思ったのも、仔細に眺めていると、肉体こそはげしく使ってはいないが、彼らがゆっくり動こうが早く動こうが、それは彼等の意志ではなくて、器械に合わせているにすぎないのだから。しかし特に彼らが怠クツをしているとも見えなかった。そうしてみると、怠クツをしているのは、審議会の連中ばかりということになる。私は大体そんなことを感じることが出来て、島での板紙のように、何か書き入れたものでもあるまいかと、棚をあけてあちこち奥の方までいそいで探してみた。もし見咎められたら、私は答える言葉をひそかに用意しておいた。それは、

「私は菓子をさがしていたのです」

というのである。けっきょく鍵がかけてあって、私は机の抽出の中から、何か走り書をした紙、なるほど透き通るように薄い紙を見つけ出したばかりであった。読んでも、直ぐには分りそうもないので私はそれを別な紙に写しとることにした。

ところが私が二、三行も写してしまわぬうちに、戸を叩く音がした。私はその紙片を懐へおしこんで、迎えに出た。入ってきたのは、島長であった。この人は演説中、たいへん不謹慎な態度を示していたので、私はよくおぼえていた。彼は愛想がよくて、私が器械をかけっぱなしにしていたのを見て、私の頭をなでて、こう云った。

「よく遊んでいるか」

「いいえ、勉強しているのです。あなたの島はなかなか立派ですね。しかし、こうなさるまでにはたいへんだったでしょう」

これは確認者に向って用意しておいた言葉であったが、とっさに島長にその通り云った。彼は大声を立てて笑った。彼は眠り男や確認者とくらべると、一まわりも年長で、もう皮膚に汚いシミが出ており、よく肥えていた。

彼は急に真顔になって私の耳もとにかがみこむと、これから、確認者の一挙一動をよく見ていて、自分にあとで教えてくれと云うのだった。私は頷いて、彼に囁いてやった。

「私はあなたの家のボーイになって仕えてもいいんですか」

「いやいや、お前はここにいてくれ、それとも確認者がそういうことでも云っていたのか」

「いいえ、あの人はそんなことは云いません」

「ボーイというわけでないが、家へ来て子供らの遊び相手になってもらうかも分らん。しかしお前さんはここにい給え。そういうことに決っているからな。ときに昨夜、秘書がここへ来やしなかったかね」

「私は眠っていて何も知りませんでした。私は疲れていましたから。私は確認者どのが入って来られたのも、出て行かれたのも知らなかったのですもの」

「そうか、ムリもない。これからは眠ったふりをして気をつけていてくれ。それからだね、いいか、私がここへ来てお前さんに云ったことを、誰にも口外しないでくれ」

「いったいどうかされたのですか」

「誰のことだね、それは」

「別に誰ってことはありませんが、タイクツなんじゃありませんか」

「タイクツ？　それは確認者が云ったのか」

「いいえ、私の島の人に較べたら、みんな暇そうですもの」

「暇だって？　暇なことはない、私らは大へん多忙だよ」

「もっとも、昆虫にはタイクツなんてものはございませんね」

「大人みたいな口を利くな、お前は」

「『眠り男』もそんなことを云ったようでした。『忍耐年間』だって」

「『眠り男』が、そんなことはないがな。おかしいな。あいつが出かけた時には、まだ『忍耐年間』ははじまっていなかったはずだ。確認者でもそう云ったのだろう」

「私をもっと奥の色々な島へやって下さいませんか」

「それはそういうことになるかも分らん。私の一存では行かん。私の云うことをよくきいておれば、骨は折るがな。その代り、奥へ行けば行くだけ、また帰らねばならんぞ。どうせお前は、百五番島へ戻る身だ」

つまり島長は、私を彼のスパイにしておこうというのであった。彼が要求することに対して、すぐ提供することが出来る資料を、私は持っていたわけである。しかし私はそれを出しおしみした。「島」に対して私が出来ることは、この場合、出しおしみし、とぼけてみせ、有害で無益な人間になり、しかも、彼らにはそれぞれ私を有利な人間だと思わせておくことだと直感した。場合によっては、女中も手なずけなければならぬ、と思っていた。

島長はあわただしく出て行った。彼は廊下を来た時と反対の方へ歩いて行った。審議会の会場へ行くのには、その方向ではないのだが。島長があわてて出て行ったのは、例の使節の報告が行われ出したからだった。それは心なしか、哀調を帯びた性急な呼び声で始まった。私は何事か「島」に異変が生じたことを知った。もちろんその異変というのは、使節にとっての異変なのであって、「島」にとっては当然起るべきことが起っただけのことかも知れなかったのだが。

第十一章　異変。救済の開始

確認者どの、こちらは密使であります。もうあとしばらくしたら、私は密使でなくて、使節となることでしょうが。密使にしろ、使節にしろ、ああ私は何という悲しい事件を御知らせしなければならないことでしょう。しかし私は歎きますまい。あなたは、きっと、それが第百五番島というものなのだ、と申されるでしょう。そうしてたぶんその通りなのでしょう。ただ私は事件の真只中におります故におどろくのです。

夜が明けてから望遠鏡で見ますと、島の輪廓もはっきり見えています。私は今、本船に乗って途方にくれているのです。船に故障がおきたわけでも、私がさきほどまで上陸していたあの島へこれから進むのをおそれているわけでもないのです。積荷の中身の問題なのです。

実は私が夜陰に乗じて再びボートを、あらかじめ示しておいた位置に向って沖へ漕ぎ出してから、本船をさがしまわったのですがめぐり合うことが出来ないのです。本船はむしろ私のボートに細心の注意を払って、受入れるように云いおいたのですが、私の方がさがすのに相手はその存在が分らぬのです。お恥しい話ですが、私は船が不慮の故障のため沈没の憂目を見たのではあるまいかとさえ思ったのでした。ところが夜が白みかかってきた時に、私は発動機のかすかな音が私の方に近づいてくるのを知り、ようやく本船をキャッチしたのです。私がいぶかしく思ったのは、本船が陸の方からやって来たことなのです。私も陸からボートでやって来たところですし、その本船もたしかに陸から沖へやってきたと見てよいのです。本船は沖に碇泊している筈なのに、これはいったいどうしたことでしょうか。これなら、何も沖へ向ってやってくる必要はないではありませんか。岸へつくのが険呑であるためにこそ、沖で碇泊していることにしていたのに、それでは険呑ではないということなのでしょうか。私に岸が険呑だといったのは、なるほど私が連れてきた、第一号であります。しかしその相談を外の連中もちゃんと聞いていたのですから、先ず同じ考えと見てよいと思います。私はこれはかくれて何かしていると睨みました。漁夫たちは今、私のいいつけた仕事をしておりますが、彼らは私の報告の言葉を気にしております。小さい声をしているのはそのためです。これから彼らを陰語で呼ぶことにいたします。即ち、

若い漁夫……ハンドル

老漁夫……テコ
噂男、権三……ハンマー
村長……センバン
連れの男……ベルト
その下男であった甚太……ギヤ
ということに勝手に定めましたから、早速おひかえ下さいまし。おひかえ下さいましたか。私はハンドル達に裏をかかれたと瞬間思いました。第一号のハンドルの作戦かどうかは別としても、私の不在に乗じたことはもう間違いありません。私は俵の数を数えさせました。その数は異常ありません。私は取越苦労を自から恥じながら、

「そうか、疑ってすまなかったな。お前たちは船の操縦を誤ったのだな。それとも、つい故郷の臭いにふれたくて近よったのだな。しかしその臭いは、お前らが離島した時とは相当に変っていただろうがな」

ハンドル達は一人二人私のそばを離れて、俵のかげに十五、六人がかたまってしまいましたので、船は舳の方が沈みそうになったのです。その様子に、何げなく不安になって俵をじっと見てみますと、俵の中から砂がこぼれかかっているのに気がつきました。おどろいて一つ一つ俵をこじあけてみるとことごとく俵には米の代りに砂がつめてあります。私はこの船荷を積む時に内容をしらべたわけではありませんが、実際かついで積みこんだのは、ハンドル達本人ですから、もしそうだとすれば、彼らがそれに気がついていないはずはないと思います。しかし、それでも私はまだそれが彼らの仕業であると信ずることが出来なかったのです。もしこれがハンドル達の仕業ならば、やつらは犬猫にも劣るやつで、こんなやつの手をとらんばかりにしてしこんできた自分が哀れになってきますから。

私は一時は茫然としました。もうハンドル達にただす必要はありません。私が船の上で叱咤したり、なぐったりしてみたところで何になるでしょう。それに私は留守船を守るために、めいめいに拳銃を持たせてあるのです。

あまつさえ、機銃は彼らのそばに置いてあります。そもそもハンドル達や、ハンマー（噂男）を通じてこの島に入ることが、私には賛成できかねるとうらみました。ふりかえると、センバン（村長）らをのせた舟は見えております。彼らは島影を認めている以上、最後の力をふるって漕ぎつけるでしょう。ぐずぐずしてる時ではありません。私は落ち着いた口調で云いました。

「お前達のしたことは露見したぞ。就てはその内容物を、よもや海へ捨てはしないだろうな」

第三号は立っておこったようにかぶりを横にふりました。

「そんなら島に陸揚げしたのには間違いないな。とにかく島にもう揚げてあるのだな」

相手は勢いよく頷きました。

「それなら、救済米を島へ届けたという点だけは、無事に終了したというわけだな」

「いかにも、さようで」

「それでもう任務の一半はすんだというわけか」

「さようで」

「バカなことを云うな。何もすんではいないぞ、妨害したわけだ。ちゃんと適当なる所へ届け、適正なる配給をしなければならぬのに、まるで陸へ放りなげるようにして『島へ届けた』のでは、かえって害があるくらいだぞ。第一何のために、砂など入れて船に積み、持ち帰ったのだ。このおれの眼をごまかすつもりか」

「それは、ダンナ、何といってよいか、うまくお話し出来ませんな。困りましたな。別に悪気があってしたことではないので。『良心に咎める』ほどの悪いことをしたおぼえはないんで。ただダンナの考えとちょっと違っていただけなんでして。しかし結局ワシラもダンナに刃向ったわけではなくて、ダンナに御迷惑をかけるようなことは、なるべくさけたいと思ってしたことで。実は喜んで貰いたいという気持の方が強いのですが」

「ウジウジお前らと話をしている時ではない。またニヤニヤ笑いをするのだな。それがおれの神経にピリピリくる。第一、『ダンナ』という呼び方をするものではないぞ。『島』くさくなって、困るじゃないか。お前らは、第百五番島に近づいたら、急に話が通じないし、百五番島言葉を使って困るな。あくまでお前らは、この大ケンリ島使節の配下なのだから、褌をしめ直してくれないといかん。このおれに迷惑をかけないようにとはこれまたどうしたわけだ」

「ワシ等は船長が行かれてからみんなで考えたです。ワシ等とて、大ケンリ島に、まあ食わせてもらっているのですから、何とか大ケンリ島の趣旨に添いたいものだと思って、考えたです。ワシ等はとにかくせっかく救済するのですから、『島』の連中におとなしくもらって貰いたい。せっかく出したものを、つべこべ云われたんでは、大ケンリ島とあろうものの顔が立ちますまいて。ワシ等も及ばずながら、その一員で、密使どのの配下ですからそう考えたです。おとなしく貰わせるには、相手の顔も立たせねばならん。とこういうわけですが。そういたしますると、ですな、あからさまに、食糧をくれてやったんでは、たとえ心の中では喜んでも、嬉しい顔を見せますまい。いや、顔を見せないぐらいならばともかくですな。それこそ、米俵を前にして、竹槍を見せて、そいつで突いてこないとも限らんと、こうワシ等は考えたです。ダンナ方は、いやまちがった、使節どの等はですな。持てる者の強さで、一向に持たぬ者の悩みや、心中は分らんですわ。それに何といっても、あなた、これは大きな声では云いたくないんですが、好きこのんで、臭いを貰ったわけではない、ということも云えますからな。ワシ等は何も脅迫をするのではありませんが。密使どのの任務が無事に完了するようにと、祈るのですが。それをあなたに最初から云ったんでは、とてもうけ入れてはくれますまい。つまり、非常手段というヤツをとったというワケで、へい」

「それならば、何も砂をつめることはいるまい」

私はこのハンドル達の度を過した説明を聞いているうちに、苛々してきてしまいました。ハンドル達は自信たっぷりで、話の内容こそちがえ、昨夜のハンマー（噂男）の場合とそっくりな横柄と見える口吻です。ハンドル達は大ケンリ島にいる間は、こんなことはオクビにも出さなかったばかりか、何か筋を立てた云いぶりは、一寸、大ケンリ島の気合もかかっているると思われるくらいです。もっとも筋を立てようとしているだけに、かえって私には分りにくいのですが。

「何もこれといったものを持たずに、どうして船から下りられますかいな、あなた」

「何？　もう一度云って見ろ」

「土産を持たずに、どうして船から下りられますか、というんで」

「してみると、お前らは、旅行から帰ったつもりでいるのであって、その土産に砂をくれてやりたいと云うわけだな、バカな」

「いいえ、それはみんなダンナのためです」

「このおれのために、わざわざ砂をつめてくれたというのか、いよいよもってお前らは、血のめぐりが悪くて、要領を得んな」

「ジレったいのはワシ等の方です。ワシ等はこの話をもち出して、ものの五分もたたずに結着したのですから。物分りのよい者たちが血のめぐりが悪いとは、初耳ですわ。ワシ等の申しあげるのはこうなんです。ワシはもう血のめぐりの悪い人と話すのはごめんですわ。あなたが話している相手の人に聞いて貰いますよ。いいですか。ワシ等の島では、隣近所は別としても、少し離れた家へ、間をおいて訪ねる時には、必ず手土産ちゅうものを持って参りますがな。もっとも、そのためにお互いに訪ねることも多少遠慮はいたしますが。ましてやワシ等は脱出したとはいえ、海をへだてて、久しぶりに帰るのだし、とにかく島の土を気持よくふみたいし、迎えられたいというもんだ。何もワシ等はどうせ、大ケンリ島のもんですから島の者の機嫌を取らんでもよろしい。しかしワシ等を連れたダンナの顔が丸つぶれになって、ひいては仕事にも差し支えがおきるというものですわ」

「その中のものが、米だと思ったら、砂であれば、彼らはそれこそ腹を立てるだろう」

「自分等が米をもらったくせに、その米がこの俵の中にあると、誰が思うでしょう」

「なるほど。してみると、やるものも、貰うものも、中身を知ってて、やったり、貰ったりするというワケか。いったいそれは何のまねだ。ああ、もはや一刻もユウヨはならんぞ。もう村長らは大分近づいた。顔も見えるようだ。全速力で海岸に向けて出発せよ。話は船の上におるうちにこっそり早くしてもらいたい。それで分配の方はまだ行われていないだろうな。村の者にふれて歩いたのか、それでは周知させることは出来ないがな」

「岸へ着いた時に、ワシ等は、大声あげて、島の衆、漁夫たちが食糧の土産を持って来た。ついてはどこかの広場でそれを分けるから、そこまで竹槍をもってついてきてくれ、夜分だが、これからみんなに分ける、とこう申しました。もちろん、ワシ等の親父たちの分は別にしましたがね。ところでワシ等がかつぎ、連中がかつぎして運んで行きました。その広場ちゅうのが、村長といっしょに大ケンリ島へ来た、例のあの人の田畑なんです。捨次郎と申しますがね。下男の甚太のやつがあそこで人を集めては、噂を云いふらすので、今では、広場といえば、あそこのことを云います。一寸の間に、ワシ等の知らぬ広場が出来たのにはびっくりしましたわ。何しろあそこなら村中の者だって集れますな。ところがその俵は、広場へ着く前に一つずつなくなってしまったのです。これでは持って行ったものが食糧をもらったので、何にもならぬと云っておこられるのですがそうではないのです。噂は前からあるのです。私が食糧を持ってきたといった時の、彼らののみこみ方の速さは、まったく見事なものでしたわ。そんなら何故、あそこに船を寄せるのが危いかも分らんといったかって？　それはダンナ、あなたなら、見せびらかすだけで米俵に指をふれさせまいとなさるでしょう。第一号さんが危険だといったのは、つまりそのこともあってなんですわ。

島の者たちは、忽ちのうちに、米の周囲に集り、争い、取り合い、或はその連中の中で話し合いをつけ、中に殺したり、殺されたりする者もおこるかも知れませんわ。だけどもです。もう今頃はけっきょく分配されているにちがいありません。まだまだ争いは続くでしょう。ダンナ。だといって、それ以外に分配のしようがありますか。英五郎だって、その方がいいというでしょう。誰が公平に分配することが出来ますか。公平にしようと思っているうちに、どうせ米は盗まれてしまいますわ。そうすれば、さしずめ、保管した者の罪になるか、それとも盗られる時に殺されるかも分りません。いや、その前にあなたや私が殺されるかも分りませんわ。はじめから、大ぴらに盗ませた方がよい分配になるとワシ等は睨んだまでですわ。ワシ等はそれを考え出すのに、たった五分しか時間がかからなんだです。あなたと話をしておると、まるで一時間もかかっても、まだ埒があかないのですからな。ダンナ、もう岸も手に取るように見えてきましたぜ。みんな船を見に、あっちこっちに群がっていますぜ」

こういうぐあいに連中と討議をいたしておるうちに、なるほど我々を見物する人の群が見えてきたので、この島の地理的条件を一わたり目であたってみています。先ず私は昨夜上陸したとおぼしきあたりが右方の突端の崖であることが分りました。ハンマー（噂男）の姿も浜辺の人だかりの後方に見えます。後方の人の頭の間から覗いているのが、こちらから見えるのです。私はここへどのようにしておりて行くべきか、試みに今、第一号に相談してみます。彼の話だと、船が岸へ着き次第、我々は積荷を下して浜辺に積みあげることにするから、あなたは、ずっと群集の中へ入って行き、子供の頭をなでるか、口笛を吹くか、何でもいいから相手に好感を持たせるようにするがよい。場合によったら俵を運びながら、岸に立っている子供を海の中へ突き落すように仕組むから、あなたは、すぐそのままとびこんで助けるがよいかも知れない。その時にはもちろん私もとびこむが、私より先きにあなたが助けて下さい。これは荒療治だけれど、子供の頭をなでてまわるより効果的だろうと思う、と答えます。これは私としても一番仕事がし易いし、身を以て行う仕事なので、やり易いと思います。ただしその場合は、出来るだけ丈夫そうな、かなり大きい子供にして貰いたいと云いました。ハンマー（噂男）には狡猾な油断のならぬところがありますが、ハンドル（若い漁夫）達にはなかなか云うことに愛嬌があるし、それに救済の真意をよくわきまえているのは、さすがです。彼らの進歩ぶりを何卒よく確認して下さい。

ところが、今ふと気にかかるものですから、望遠鏡で見ますると、英五郎らの舟は沖で碇泊するつもりか動いていない模様であります。この調子だと、彼等は夜になって、舟着場でない地点からでも忍びこもうとしているか、それとも私達の様子をうかがって近づかないものと思われます。せっかく群衆が来ているのですからここところへ帰ってきてもらうと、好都合なのです。私はこれからエンジンのついたボートをとばして彼等を迎えにやります。何ならボートに乗せてくる方がウマイかも知れません。しかし二人がどうしても乗らないというのをムリに乗せようとすると、かえって仕事がムツカシクなるから、それは使者に一任いたしました。

さあいよいよ岸に近づけます。船が近づくと群衆は少しさがりました。船が岸の上までのぼって行くとでも思っているみたいです。

私はビショ濡れです。船に上って服をきかえています。私は一人の娘を只今、救助いたしました。うまくやったので娘さえも、押されたものとは気がついていなかったと思います。娘も今船上にあげてやりました。母親らしい中年の女がついてきて私に礼を述べ、着物をぬがせて、自分のを一枚ぬいでかけてやっております。この娘は、男の子供を知らないかと私にさかんに聞きました。溺れそうになったのに、忽ちそんなことをしつこく聞きただすとは、なかなかしっかりした女の子といわねばなりません。センバン（村長）の娘だそうです。危なかったね、と申しますと、私ホントは泳ぎはうまいの、と答えるのには、どぎもを抜かれてしまいます。この島の子供には注意しなくてはいけません。あの子は大事にしてあるから心配することはないよ、と云いますと、安心したように頷きました。

なるほど、この仕事は成功でした。口笛を吹いて煙草をふかして荷がおりるのを待っております。私がこうしてしゃべりつづけているのを、ふしぎに思っていることは当然です。今、声が入りましたのが、大人と子供のいっしょになった二色の声です。

私はまだ、自分の任務を何一つしゃべっておりません。もう云いそびれてしまいました。それに何もかも心得ているような調子で、いや只今、私の前の群衆が入り乱れてとっくみ合いを始めました。泣いている者もあります。どうしたのでしょう。さっきから私のそばについて離れない大人がいます。あの声の主なのですが、私には、ギヤ（甚太）であるまいかと思います。この男はどこへ向って話しをしているのだ、と聞きつづけています。自分にもしゃべらせてくれとか、ウルサイやつにつかまったものです。ギヤとは何だと今きいています。私は自分の方で離れました。しかしこの男から離れきることは結局できない相談です。又もや近よってきました。強引な男です。猿のような顔をしています。私はこの男にとっくみ合いのワケをきいてやりました。すると彼は得意になって云います。

「いいですか、さあ話して、あなたの声が入りますよ、さあそのワケは？……」

「あれは昨夜米を貰いそこなった連中と貰った連中とです。中にはまるで貰う必要のないものもいるんですわ。貰ったやつや、米の蓄えのあるやつは、どんどん米をこれからも船で積んで持ってきてくれると云うですわ。一方は、そんなことアテになるものか、と云うですわ」

私は思うことあって、今、この男の顔をじっと見て、いかにも用があるような様子を見せてやりますと、

「何ぞ、用ですか」

と申しますので、ゆっくりと、

「何の用もないぞ。何もお前から聞きたくないわ」

と答えてやりました。なるほど彼はプリプリして私のそばを離れて、ハンマー（噂男）の方にとんで行ったようです。私にはハンマーに協力を仰ぐことが出来たのです。

さてボートにひかれて彼らの舟が勢よく近づいてきました。日焼けしすっかり頬のこけたベルト（甚太の主人）が立ち上って警戒しながらキョロキョロ見まわしています。それから私らの方を見、ハンドル（若い漁夫）

らを見てぎょっとしております。ムリもありません。どうしたものか、もう一人の方、センバン（村長）の姿がありません。陸の方で、

「村長は死んだ！」

という群衆のどよめきがひびきわたりました。そのドヨメキの速さはどうも奇妙です。私は、どうしたのかな、と思っているだけですのに、群衆は「死んだ！」とそれも口をそろえて叫んでいるのですから。船の中にいたセンバンの娘が泣きだしました。ベルトは尚も腑に落ちぬという顔をしています。そのドヨメキが終ったと思うと、その時急に新しい別なドヨメキが起りました。私は今この機をのがさず思い切って叫びます。

「みなさん、救済の請願に尽力された捨次郎氏です。拍手をもって迎えたいと思います」

ハンドル達が真先きに拍手してみせました。子供らがそれの真似をし、それから今、群衆は拍手しておりますので、ベルト氏は分らぬという表情です。私はベルトの方を向いてもう一度叫びます。

子供がいないことも、田畑を失ったことも、群衆は知っているが、本人は知らないのですから、私はベルトに向って「請願の成功」ということをくりかえし叫んだのであります。

ベルトは尚もボンヤリしています。何か泣いている模様で唇がかすかに動いております。あるいは興奮しているだけかも分りません。そのトボケた様子が群衆の感動を湧きおこしたことは間違いありません。群衆は、ベルト氏が田畑を失ったことや、子供が百五番島にいないことを知っているとでも思いちがいをしているように思われます。或は思いちがいでなく、ベルトが知らないことを知っての上で感動しているのかも知れません。私は一せいに口笛をハンドル達に吹かせました。「栄光の人」という曲なのです。

ちょうど今終りました。今笑い声がおきたので、口笛を笑ったのか、と思ってドキリとしてふりかえると、彼らは舟の方を見ています。何とセンバン（村長）氏が今舟べりにつかまりながら顔を上げたところなのです。センバンはあの臭いの中の力闘で疲れ果てて第百五番島が見えたと知ると起きあがることも出来なくなっているの

だと思われます。たしかにセンバンがベルト氏を叱咤していたのを私は遠くから見て知っておりますから。センバン（村長）は群衆の笑いの中にまた顔を沈めてしまいました。よほど疲れていると見えます。なお群衆は笑っています。笑いころげている者さえいます。こうして見ていると、センバン（村長）はこの島にはいらぬ人物だと思っている気配があります。少なくとも「死んだ者」としてもう頭から取り除いてしまった者が生きていたので、かえって邪魔物のような気がするのでしょうか。しかしセンバン氏もこの期に及んで、どうしてシャンとして、群衆に信頼感を与えないのでしょうか。それとも彼は舟の中で何ごとか不慮の事件に処する途を考えているのでしょうか。いずれにせよ、何といっても第百五番島では問題の人物であり、有力者ですから、油断がなりません。センバン氏を歯がゆがっておるわけには参りません。確認者どの、私はあのことを忘れてはいません。あれを見届けることです。「立札」です。あなたは、ズイブンと気にしておられました。御安心下さい、やっぱり舟の中にあるようです。ボートの中のハンドル第一号が「あった」という合図を私に送っていますから。あの札を、あの二人がどのような扱いをするか、私は熟視していなくてはなりません。あの札の処置こそは、これからの私等の使節の仕事の中でも、一番重要なことでありますから、彼らの舟は岸へ、横付けになり、今上陸するところです。センバン氏は只今、ハンドルの一人に肩を借りております。彼らは歩き出しました。立ち止って頭のまわりの空気をかいでいます。アッ立札をどう扱うでしょう。舟の中に放置されてありますが。それではヤツはあれをただの櫂ぐらいに思って貰って来たのでしょうか。櫂の代りにしたことも確かですが、ホントにそう思っているのでしょうか。もう少し様子を見ていましょう。私はわざと人陰にかくれて顔を出さず、当分この島の者たちばかりの手に委ねる方がよいのではないかと思っているのです。決してこわいのではありません。

それにしても、この爆発的な、ベルト氏に対する受入れ方は意外でならないのです。私も口笛をリードし、拍手をリードいたしましたが、ハンドルの一人はこんなふうに説明しています。といって私には一向に解せぬことなのですが。

一、脱出者を憎んだことと、その反動。
一、脱出者が、救済米を持ちこむに尽力したらしいこと。(らしいというのは、私が尽力したのだと叫ぶ前から、彼らの方で、そう叫んでいたので)
一、子供の脱島や、被害に対して、責任を感じていること。子供の脱島については監視を怠っていたということで。

私はこの最後の項目の責任を感じているというのをきいて、そんなバカなことはあるまい、と云いますと、
「責任を感じるのが当り前ですよ」
と呟いてハンドルの方が不服そうに黙ってしまいました。

こうしてみますと、第百五番島の連中は、「責任感」が旺盛であることは一般的性向であるかも知れませんが、これは「良心に咎める」という例の文句と同じように、やはり私には奇異に感じられます。しかし、こうした留守のうちに被害をうけさせたようなことに、責任を感じてくれるのが、彼らのクセならば、救済を受けて、その責任を感じないワケはないので、これは私にとって、よく記憶すべき重要資料であります。

二人の上陸者はチラチラと私の方を眺めます。センバン(村長)の方は今、若い百姓ふうの男に背負われて去って行きました。よく口が利けないように見うけられます。私は立札のことがまだ気にかかっています。それからベルト氏が子供のことを云い出す頃ではないかということや、彼の家の火災や、田畑の被害を知った時に、私の仕事が一ぺんに水泡に帰すのではないかと心配です。私は出て行くか待つかです。私がお願いしましたら、早速、その子供にアイサツをさせて下さいませんか。どんな文句でもよろしい、一応生きているということだけでも直接に伝えて、安心させてやることが肝要かと思います。ベルト氏は残念ながら釈然としていません。

ああ噂という代物は何という手間のかかるものでしょう。モヤモヤとしたものです。連中の代表者はかくれて

いて、濁った空気みたいなものを相手にせねばならんのですから、気骨が折れることおびただしいのです。今ハンマー（噂男）氏が、私に目くばせしました。もう出て来ていい頃だという合図と私は取ります。ハンドル達が飲物をベルト氏に与えているところです。大ケンリ島ともあろうものが私一人を使節として送るということには、さだめし意味があるのでしょう。私は賭をいたします。ベルト氏と話すことになるでしょう。「工場の中を外へ！」私はこのモットーを心の中で叫びました。工場の中で私は自からの与えられた分野を迷わず行っておれば、よかったのです。私はこれだけの条件の中で私を生かすのがきっと、このモットーに添う所以なのでしょう。それではしばらくお別れです。子供の発声の件くれぐれもお願いします。

使節の報告が途絶えてからしばらくして、バタバタ走ってくる音がしたかと思うとドアがあいて、いきなり昨夜の女が私のそばへ駈けよってきた。彼女はいい匂いをぷんぷんさせながら、私の頬を自分の頬にくっつけ、頬ずりをした。どぎもを抜かれて、その手の中から逃れようとすると、かん高い声を立てて笑いながら、

「ねえ坊や、さっきここへ誰か来た？　ねえ来たでしょう」

「坊やと呼ぶのは止して下さい。女中が来ただけですよ」

「そう、島長は来なかったのね。昨夜は誰か来なかった？　声がしなかった？」

私はこの女の顔をじっと見てやった。あなたが来たじゃありませんか、と云ってやろうかと思うほどだった。

「女の声がしたようでした」

「どんな声だった」

「おぼえていません」

「そう。子供は熟睡できなきゃ、ダメよ」

彼女はそれから私に「お父さん、皆さん、僕は元気です」とくりかえし叫ばせた。私はそう叫んでみせた。

「よろしい。あなたは元気にはちがいないのだから、それから、『お父さんを慕って来たのです』というのと、『ここの人は皆親切でいい人ばかりで、僕を可愛いがってくれます』『僕はそのうち元気で帰るでしょう』というのをこれからゆっくり云うのよ。みんなウソじゃないでしょ」

そう云ってまた頰ずりをした。それから彼女は部屋の中の器械をいじっていたが、この四つを一つ一つ叫ばせた。私は最後に「お父さん、ごまかされないで下さい。しっかりしなければダメですよ」と云ったが、彼女は眉をぴりっと動かしただけで別に文句も云わぬどころか、にっこり笑ったのには、私は意外な気がした。拍子抜けしてボンヤリしていると彼女は、それからもう一度私をだいて飛鳥の如く部屋を出て行ってしまった。そこで又、報告が始った。

「ねえ、ベルトさん、いや捨次郎さん、最初に私はあなた方に敬意を表し、同時に好意を抱いております。救済は一切引き受けます。私は救済の事実をお伝えに一足先きにおじゃましました。すべて、さっきも皆さんに述べさせていただいたように、あなたのおかげです」

(沈黙)

「あなたは、あの門番の『眠り男』のことを想い出しておられるのですか、それとも板紙のことを思っておられるのですか。『眠り男』はあれは一寸間抜けなのです。だってあなた、間抜けでなければ、あんなところに一人でおれるワケはありませんよ。我が島でもあの男の忠実さだけを買っているのですが、何しろ気が利かないのです。どうしてもっと奥へ、せめて裏側へお出でになるようにすすめなかったのでしょう。我が島では救済をかねて準備していたのですが、あなた方がお出でになっていることが、帰られたあとで分って、一刻もユウヨはならぬと、とばしてきたわけです」

「その救済というのは何のことですか。ワシにはよく分らんのですが」

「しかし、あなたは救済を請願しに、難を冒してお出でになったのです」

「すると何事か不幸なことが、この島で起ったということですか」

「御承知のくせに。それだからお出でになったのですのに。あなたはワザとかくして、御自分の功をかくしてお出でになるのです。美しい精神ですが、もう遠慮なさる必要はありませんよ。たとえば、あなたの御子様は、こう激励しておられますよ、さあ……」

「お父さん、しっかりして下さい。私は元気です。皆さん、ここの人は親切でいい人ばかりで僕を可愛いがってくれます」（おどろくべきことに、これはさっきの私の声）

「息子はどこにいるのですか」

「あなたのあとを追って我が島へお出でになり、救われました」

「それは初耳だ、おどろいた。息子は帰ってくるのですか」

「それは子供さんが自分で答えるでしょう。さあ……」

「僕はそのうち元気で帰るでしょう」

「救済の基礎は確固として築かれたのです。あなたがたは、未来永劫食うことを保証されたのです」

「ワシはまだ島を見ていない。島はどうなっているのですかな、皆の衆」

「何もかも御存知のようです。見ずして御存知だったのです、あなたは。皆さん、この人は英雄です。捨次郎さんは半年の間、頑張っておられたのです。よく頑張られました。しかも最後まで元気で戻って来られたのは、精神力のせいでしょう。おかげで皆さんは当分働かないでも食える身分になったわけで、救済はどんどん行われますから御期待下さい。あなた方は幸福になります。私たちが幸福なように、この漁夫たちのように」

「要するにぐあいが悪いのか、ぐあいがよいのかな」

「ぐあいがよいに決っていますよ」

「いやワシが自分で考えているのだ。時に話はそれるが、板紙はどうしても欲しいというので、何か御入用のふしもあろうかと思って差しあげてきたが、板紙の話はきかれたかな」

「あれは印刷して立派な本になります」

「それはありがたいね。その節には、それを一部と、それから原物を返して貰いたいね」

「あの立札はどうされたのですか、舟の中に置きっ放しになっておりますが」

「ああ、あれですか、門番が投げてよこした……」

「大切に持ち帰って来られましたね」

「あの島の土産になると思ってですな。それに、あれは何か、あの島の事務所にでも立ててあったものと見えて、そんなような文字が書いてあった。英五郎がうるさく聞くので、そう教えてやりましたわ。時にこの島の状況はどうなっておりますかな。岸辺ではよく分らんですが、臭いがこもっていますな。あのエントツからので……。ちょっと、あなただけに内緒で伺いますが、私が英雄というのは、ホントにそういうことになりますか。何かワシがひどく損をしているのではありませんかな。ワシの家は何かぐあいの悪いことになってはいますまいか。甚太めに聞こうと思って、さっきから探しているのですが、私の眼と会うと、すぐ逃げよるのですが」

―これは内緒の話ですが、近よってよく聞いて下さい。いいですか。あなたのところが一番お気の毒です。村長などは殆ど被害らしい被害も受けていないですからな。ということはあなたが今後救済を一番保証されているということなのですから、そこをよくお考え下さい。つまりあなたは最初の被害者ですから、一番大切にされ、特権を得られるわけですよ。なかなか、こうした機会を得られないのです。被害を受けたと思わないで、これから食糧が、天候や何かの関係なく、供給されるというふうに考えられたら、かえって祝福すべきことだと思うのです。いいかげんに分って民衆の要求にも答えてくれませんと、あなたも損をします。あの人たちも責任を感じているらしいのです。どうですか、村人の責任を感じている気持に免じて、ここでみんなの歓呼に答えてやって貰えますまいか。どうせ下手するとみんな田畑も、家も、何しろ火事も起り易くなりますからな、こんどの経験によりますと。そうなればいずれ、みんな失うのです。いや失うと考えないで、救済される証拠を確立すると考えられれば……。何事にも条件がいります。少しは犠牲を払わなければ利益は得られませんよ。何もあなたは先祖伝来の土地を失ったわけではなく、土地はいつまでたっても土地で、急に海になるわけのものでもありませんからな。息子さんだって、あなたにしっかりせよ、と声援をおくっておられたじゃありませんか……」

「ああ疲れましたわ。いや、ワシは何もあんたのいうことが、納得がいったわけじゃないが、あんたを喜ばせてあげたくなった。みんなが責任を感じているとなれや……」

「それから序でですが、早速、午後にでも、あなたの外国訪問談をしてあげたらいかがでしょう。みんなの心は渇えているのです。あなたの苦心談を一つ御披露願えたらありがたいですな。何しろ海の外に半年滞留の経験者はまだ二人しかないところへ、英五郎さんは、衰弱しておられますからな。よろしゅうございますな、なあに……何も話すことはない？　いやその道の話でも、門番の話でも、塀の話でも、何なら途中の海上の話でもいいじゃありませんか。そう、エントツの話がいいですね、何も長いこと話すには当らないのです。かえって長いと倦きて効果がなくなりますから。できれば……いや十五分ぐらいなら出来ますでしょう。不足なら資料は与えてあげます。しかし実際は御自分の偽わらぬ体験談が一番ですかな。聴衆は、その方が感動いたしますよ。客よせに我々は色々慰問の方法を考えています、音楽なども、催して慰労しようと思います、さあ、分りましたね。さあ立ち上って笑顔を見せてやって下さい」

ベルト氏はようやく、ジュースの飲物の入っていたビンから手を離して立ちあがるところです。私は骨が折れましたが、どうやらうまく行ったようであります。彼はひどく疲れている模様です。又もや拍手が起りました。群衆は私と仲よく話をしているのを期待をもって見守っていたが、結着がついてハンドル達の音頭で手を叩いているのです。

「皆さん、午後三時より捨次郎氏の、外国見物談があります。場所は『広場』にいたしたいと思います。近所御誘い合わせの上奮って御参会下さいますようお願い申上げます。なお、その際、慰労の意味で、余興など催したいと計画いたしております。今後益々救済の実を挙げたいと存じておりますので、何とぞよろしく御協力願い上げます。それでは皆様早朝から御苦労様でございました。この救済食糧の俵は、『広場』に運搬いたしておきますから、御自由に処理していただきます」

私は右手をあげて、合図をしました。拡声器を通して例のこの国の「ケンリ音頭」が流れはじめましたが聞えますか。それと共に祭には時期尚早だが、祭の気分が漂いはじめたことは、間違いありません。島人たちはアッケにとられて、この音楽を聞いています。子供らの中には踊っている者もあります。この音頭は大に成功でした。ハンドル（若い漁夫）達にふきこませたものですが、なかなかいい声ですね。この島できくとまた格別な感じがあります。只今、捨次郎氏を船中へ招待して休んで貰います。当分この人は一人にしたり、英五郎の顔を見せない方がよいと思います。つい気が弱くなってツマラヌ取越苦労をいたすものですから。

さて私はこれからぜひ、あのハンマー（噂男）氏に会っておかなければなりません。今夜会うつもりで、ギヤ（甚太）にそれとなく刺戟を与えて連絡をいたさせたのでありますが、今夜では間に合いますまい。さてどうしたらいいでしょうか。ベルト氏は結局こちらの思う通りになったのですが、いつ豹変するか分らない。午後の演説会に出るのを急に止めるといってダダをこねるやも分らぬのですから、ハンマー（噂男）氏の力を借りて、噂によって彼を安定させる必要があるのです。直接彼に昼間会うことは、得策ではないし、ギヤ（甚太）はベルト氏をおそれて、とうぜん寄りつかなくなり、その姿は見えません。それから立札は今、一応舟の中から引きあげて来るようにいいつけました。この立札のことも、彼は第百五番島事務所という文字を読むには読んでいますが、何と、百五番島とは我らが島（第百四番島）のことだと思い、ホントに土産にするつもりで持ち帰ったとは、これはとんだ彼の間違いで、確認者どのが、思い過しをされていたことは明らかであります。それのみか、おどろくじゃありませんか、このベルト氏は、板紙が出版されたら、一部くれと、ぬけぬけと申すような次第で、まあこんなぐあいですから、今までのところも上首尾に運んだようなものでありますが、断ると私に悪いから、私の云うことを聞く、という優柔不断さでありますから、また誰かの強い誘惑があった場合には、たちまち、その男に悪いからというので、考えが変ることでしょう。

ああ、それからセンバン（村長）も黙っているわけはありますまい。あれこれに思いをいたすと、私は自分の非力を今更のように感じます。

アッ、立札が盗まれたと今叫んでいます。つい目と鼻のところにあったあの舟の中から、大切な品物が盗まれるとは、まったく私もうっかりいたしておりました。ハンドル（若い漁夫）たちは、どこからともなく大八車と称する原始的な車を借り出して、砂の入った俵を運んでいるところで、殆ど誰もあの舟を監視していなかったことは事実です。この俵は広場へ運んで、いずれ「地馴し」に使うのだといっておりますが。それからこの俵は空いたら直ぐ返してくれ、ともうしつこく請求に来ております。ハンドル達が空俵を借り出してきていたものと見えます。

さて、そのへんにまだ佇んでいた、大人や子供にハンドルが聞いてまわっています。子供が道を指さしています。ハンドルはその方向に駈け出して行きました。今戻って参りましたが、あとから子供が五、六人泣きながらついてきています。察するところ、子供らはこともあろうに玩具にして立札を掲げながら往来を練って歩いていたと思われます。まったく危いところでした。こんな大切なものを、こんなふうにして島人の目にさらされたら、この立札そのものの権威が失われるのはまだいいとしても、（なぜなら、また新しく、一本作ればよいからです）第百五番島という名称そのものが、ヒヤカシ半分のものになってしまいます。これは許せないことであります。子供達には菓子をくれてやっています。もっともこれがこれから習慣になって、菓子をもらうために何かを盗み出そうとされては大変です。盗まれぬように、まわりのハンドル達に特に注意して置きました。確認者どの。

第十二章　要領を得ない会話――島長の歎き

最初にあらわれたのは確認者であった。彼はいそがしげに、部屋へとびこんでくると、私のいるのも忘れたように、いきなり例の抽出にとびつき、抽出をあけ、例の紙を取り出すと、火をつけて燃してしまった。私は声をかけた。

「それをどこへ捨てるのですか。見つかると困りますね」

彼はギョッとして私をふりむき、はじめて私に気がついた様子で、子供のように、その灰をぐいぐい靴でふみつけた。

「これを見たな。もっとも見ても分るはずはない。なぜ見つかると困ると思ったか」

彼は私の方に近よってきた。

「だって焼かれたから……」

「なるほど。時にお前に聞きたいことがあるが、お前の島で『ニヤポン』という言葉があるらしいが、それはどういうワケかね。どういう時に使うのかね。もう報告に出て来そうなはずだが、まだ出ない」

「さあ、女の人がよその男と泊ることじゃないかと思います」

「そうすると、何か、夜這いのことか。どういうわけで、そんなふうに云うのだろうな」

「それは私には分りません。今いったことは、まちがっているかも分りません。私は子供ですから」

「うん。子供には分らん方がよい。どうだ自分の島がイヤにならんか。こんな島なら、ない方がいいとは思わんか」

といって拡声器の方をアゴで示した。

「この島もこうしているとタイクツな島ですね。島長はどんな人ですか」

「どんな人？　前の島長ほどではなかろう。前の島長はえらい人だったからな」

「どんなふうにですか」

「見たわけではないから知らない」

「噂なんですね」

私は笑った。

「噂なんてもんじゃない」

「決っているんですね」

「もういい。とにかくタイクツどころではないからな。今にお前も目がまわるようにいそがしくしてやる。オレの頭の中なぞは、くるくるまわっているのだぞ」

「エントツの煙をなくすることは誰も考えないのですか。この島にも似合わぬことですね。私の島でも、飯たきの煙は家の中にこもらぬように色々考えます」

「飯たきの煙といっしょには行かぬ」

「だけど島のものなりに工夫はしているのです」

「だからこそ、低いエントツを高くしたのだ。煙がこのへんにこもっていたら、それこそ、お前の島じゃないが、鼻の先きにハッカの葉っぱでもさげねばならんわ。時に、おれはあの道具を売ってしこたまもうけたのは、やっぱり噂男じゃないかと思うがどうだ。お前はあの男が嫌いなんだろう。どうだ」

「あなたがそう思われたら、それでいいでしょう。きっとそうでしょう。『島』のものよりよく知っておられるのだから。私の島の者より、よく知っているというのは、私にはオカシイと思いますが」

「それはどういうことだ」

「何のためにそんなによく知っておるのですか。私の島では、他人の家のことをあんまりよく知っていると、気味が悪いといいます」

「気味が悪い？　面白い言葉だな。そいつはノートしておく必要がある。うん、それで」

「そういう人は、空巣ねらいをするか、火つけをするか、大風のあとなど、雨戸を外して持って行って、自分の家にたてたりするからです」

「それはますます面白い」

「気味が悪いというのは、そういうことです」

「お前は何のことを云っているのだ」

「煙は何のためだといっているのです」

「それは、危険な思想だな。そんなバカなことを疑うのは。何のために報告をきいているのだ。煙は精錬のためじゃないか」

「それなら私の島から煙が出たら同じことですか」

「お前の島にエントツがあるかね」

「あったとしたらばです」

「お前は利口そうでも子供だな。あるはずがないじゃないか。煙はこちらから出るに決っているのだ。お前の考えは、それは、いいか、百五番島的な考えで、そんな考え方は、まるでないものと思った方がよい。方向が逆じゃないか」

「そのことだけは、確認者どのは、バカですね」

さすが彼はムッとして私の胸をついた。

「お前がそういったことだけは、よくおぼえておく。何かの参考になるからな。いいか、ホントウはおれはお前が好きで、ここへずっと置いときたいと思っているのだが、分らんのか」

「さあ好きだかどうだか。それより百五番島というのは、百四の次の島ということで、島に名前がないのでは呼びにくいからですか」

すると、彼はホントに我が意を得たりとばかりに、膝を叩いて、私の頭をなで、戸棚を指さした。そこには菓子が見えている。何も彼が置いたわけではない、私が置いて、子供子供していると見せかけていたのだ。私は絶望した。これでは彼らが、救済米をくれるだけ、それだけ喜ばなければならない。私は特に大人びたことを聞いたわけではない。ごく当り前のことだ。子供同志だって、相手の持物のことが気になったりホントのことを聞きただそうとすれば、こんな話し方はすることがよくあるのだ。私は相手が私を子供と見てからかっているのかと思ったが、私の胸をついたことから判断すると、そうとは思えないふしがある。とにかくこれ以上きくことは不可能だということだけは分ったのだ。私は彼の腹を一層わき立たせてやりたくなったので叫んだ。

「今夜もニヤポンに来ますか」

彼はふりかえって薄眼をあけて私の方をじっと睨み、

「きさまは、それでは……」

「早く確認しに行くがよい」

とつづけて叫んだ。私はもうしんぼうが出来なかった。しかし、私は泣きながら、腹を立てたことを後悔していた。腹を立てたからといって、私は何も得るものはないからだ。

「おれが確認しに行くことまで知っているのだな。それは誰から聞いた。いや誰から聞くことも出来ないさ」

私は黙っていた。これだけしゃべったら、あとは出来るだけ黙っているのがよいことを、本能的に知ったのである。

彼は私に息を吹きかけながら迫ってくるが、それに答えなかった。

「とにかく云わないと、もう報告を聞かせないがいいか。それでは困るだろうが、さあどうだ。誰かこの抽出の中の紙を読んだな」

私は尚も答えなかった。答えようがなくなっていた。私の目の涙はかわいてしまい、またたくと目がいたい。私は追いつめられて、

「あなたは私に報告をきかせなければ困るのじゃありませんか。それだから私に聞かせているのでしょう。私は人質です。私に害を与えるわけに行きませんよ」

彼は少し折れて作り笑いをしたところを見ると、私がアテズッポウに云ったのが、まちがってはいなかったと見える。

「あなたが確認者だから、確認しに行くと云ったのです。それがあなたの任務でしょう」

「それだけのことか」

彼はあきらかに狼狽した。私は彼が狼狽したのを見て、かえっておどろいた。そうして何事かをしようとしているということが、私にはハッキリ分った。彼はそれから何もしに行かぬ、ただ散歩に行くだけだ、といってとうとう部屋を出て行き、外から鍵をかけた。よほどあわてたと見えて、彼は片足をドアにつっこんだままドアを閉めた。そんな器用なまねを見たのは、私はそれまでも、それからも、只の一度きりである。

彼は、私が聞いたことには、あんな要領を得ない返事しかしなかったけれども、私が聞きもしないことは、こんなにハッキリと自分の方から云ってのけたのであった。私はかねて窓の錠をみんな外しておいた。それは一つ

には何かの場合にたとえドアは閉めてあっても窓からとび出せるようにというのと、もう一つは、自由に外をのぞき見るためであった。その窓からはどちらを見ても、開けた場所はなく、一カ所だけ、この家を出て行く時に通らねばならぬ通路が見えた。私はさっそくその窓をあけて彼の様子をうかがっていた。いくら廻り道をしても、外へ出るなり、工場へ行く時にはそこを通らねばならないことは、私にも分っていた。彼がその通路に現われた時、後を追っかけてくる女秘書の姿まで私の眼に入った。二人は通路からそれて、私の目の方へ一そう近づいてきて、かげにかくれて抱き合った。しかもそれが私にはまるでかげにはなってはいなかった。私は彼がそうしながら腕時計を横眼で見ているのまで見た。これには私はその抱擁よりもなおのことびっくりした。

「島長ばかり集って何か不穏な談合をしたりしている気配はないかね」

彼は女から離れると、まだ彼の胸にもたれかかっている女に云った。

「たとえば、おれのことで……」

「それが、苦労するの。何か重大なことを話しているかと思って、そっと茶を運んで見たりすると」

「何をしているのだね」

「何もしていないのよ。全くつまらない、とるに足らぬ話をしているの。あなたの要求するような話がまるできかれないのにがっかりだわ。私が怠慢なのかしら。ずいぶんあなたのために、あなたに賞めていただくために、一生懸命になっているんだけれど。そうそう『眠り男』の話が出たわ。うちの島長などいまになって『眠り男』がうらやましいだって。それから、塀の外へ出て歩いておればいいんだからな。タイクツなのが積極的な任務なんだからな、ですって。それもこんな話なの。おれ達も制服を着るようにした方がよいかも知れんて。それを云い出したのは、うちの島長なの。『眠り男』が制服を着てまことに充足しているということだが、一つアタマか胸をしめつけ、緊張させるような制服を考案したら、どんなものかって。それから、制服はともかく、徽章だけはつけた方がいいというので、いろんな妙案が出たわ。『眠り男』の帽子の徽章を、もっと小型にしたものか、それとも、もっと上品でどしっとするものを腕につけるだけで階級を表すのはどんなものだとか、かなり真剣なの。あんな堂々とした人達がまっく恥しくなってしまったわ。あの人はそんなことを一時間も話しているのよ。みんな生返事だったわ。私は知ってるの、みんな表向きはあんなふうだったけれども、何か自分でそんな操作をしているのだわ。一種の電気装置のようなものを心臓の上につけているの。電線を身体のベルトのところにつけていて、時々、堪らないような刺戟を与えるの。とび上るような。うちの島長はそれを知らないのよ。みんなに笑われていたのね。それからみんなはそれをつけているのを一生懸命、女子供みたいにかくしているの。私がいる間でも幾度もとび上ったのだけれども、うちの島長はそのことに気がつかないの。

それから『閉されていなくて閉されていること』という新式の将棋をやっていたの。私が今まで将棋、将棋と思っていたものは、そうした特別な遊びだったのね。私は覗いてやったけどそれは奇妙な将棋なのよ。何かなかなか勝負がつかない時があるかと思うと、かんたんについてしまい、しまった、と叫び声をあげていたわ。この勝負ほどみんなが熱中するものはないわ。それ確認だ！　そら！　といった調子で、私は何だかアタマが変になったのよ。あなたのことが出てくるんですもの。でもこれは只の遊びで、あなたの悪口じゃないわ。それはそうに違いないわ。それからまだあるわ。これが一番下らないの。私にもやって見ろというので逃げて帰ったわ。それがこうしてバネじかけの道具を鼻につまんで口で息をするのね。アホラシイわ。第一女に対して失礼じゃありませんか。将棋にあきると、魚みたいに口で息をして子供みたいに遊んでいるじゃありませんか。これがどの人も、最高の技術を持ち、この地位までのし上れた人とは思われませんわ。あの百五番島の子供に見せたら、ホントに馬鹿にされてしまうと思うわ。あの子供は年に似合わずなかなか利口で、ひょっとしたら、この人たちより利口かも知れないと思うことがあるくらいよ。全くどうしてしまったのでしょう。

おかげで私は少しも楽しくなかったわ。男の人って、どうしてあんなことで楽しむことが出来るのかしら。私は、男の人は、自信を持って堂々としていなくっちゃイヤ」

「その点は何といっても、前の島長はえらかったのだろう。どうして交替したのか、おれはさっぱり知らんがね。えらかったと云われているところを見ると、こんなことはなかったに違いない」

「もっとも、確認者だって、前の確認者の方がえらいなんて、思うんじゃない。でもあなたはちがうわ。きっとちがうわ」

「いいか、とにかく島長というものは、おれが次第に味方に見えてくるのだな。おれが来るだけで、島長は緊張するし、ここの生産はあがるし、……それが次第にまた駄目になる時が来たのだからふしぎだ。ことによると、おれが味方でなくて、敵だということを知りつくしているくせに、安心するのだな。まあそれが仕かけだとも云えぬことはない。島長はおれに弱味をさらけ出し、あまつさえおれの腹の中をさぐろうとして、逆にさぐられるというわけだ。もうおれは大分前から待っていたさ。『忍耐年間』なんてものをやらせたのも、考えがなくてのことではないさ。すると島長はそれを心得ていて、おれの機嫌をとろうとした。機嫌を！　おれは幸福を説いたさ。工場の中の幸福を。それはお前も知っているだろう。しかし、『支配する技術者』はより高い能率を生むことで幸福なんだが、それが次第にタイクツになるのだ。それはとにかく支配しているからなんだ。見えているからなんだ。見えなくなることで、工員達は救われているのだがね。ますます能率をよくする。そして島長らは、ソコだけが楽しみになる。そのソコがないようにするのが、また島長の任務ときているのだがね。

職工には更迭がある。島長にはこうなれば、放逐があるばかりさ。それに島長は既に見えている役目だから、どこへ行っても同じだからだ。人々を救うのは危機感だ。島長らは、放逐される危機感を持とうとする。彼はくたびれてしまう。支配するようになるまでには色々の危機を通り抜けてきたのだが。ところが突然この始末となる。あいつはこう思っていることを知っている。

『あいつがこの島にいないで、よその島にいてくれたら、まだしも自分はよかったかも知れない。自分の敵がそばにいると、安心してな。なぜなら離れていることは、ここでは少しも遠いことではないからな。いつ来るかも知れないと思う方が、よっぽどよかったのだ』と」

「結果は私、知っているわ。新しい島長が赴任する」

「それはどうしたことだ、どうしてお前がそんなことを。全く立派なスパイじゃないか」

「噂よ。あの島の救済ぐらいの刺戟では駄目だと、あなたもおっしゃってたじゃないの。第一『忍耐年間』ということだって……」

「しかし、それはそれだけのことだ。まるでこれは『あの島』みたいじゃないか。それにしても、新島長の赴任ということの方が伝わっているとはおどろいたな」

彼はいまいましげにそう呟いて、唾をはいた。

彼はそこでもう一度抱くと、今までの時間を損したように、そそくさと駈け出して行った。女はつまらなさそうにつっ立っていた。彼はいそいでいる。まったく、いそいでいる。午後の交信時間まではまだ時間がある。彼はその前に何かしようとしているにちがいないのである。それに、私は、あの女が確認者のスパイとは気がつかなかった。これはいったいどういうことであろう。

私の頭の中には、次のようなことが次々とうかんだ。それは奇妙なくらい私の頭を廻転させた。そうして、私は「島」に向って、大声あげて叫びたいほど昂奮し、急に便意を催したほどであった。私は「島」にいる時、山へ登ったり海岸ばたで波の打ちよせるのを眺め、磯の香をかいでいると、よく便意を催したものだが、それと同じようなぐあいであった。その暇ももどかしく小走りにもどってくると、私は次のように覚え書きをとった。父の板紙に書く姿勢が浮んで来て私はまたもや涙を流しているのを知った。
一、とにかく確認しに行った。
一、それは秘密でいそいでいる。
一、それは大切なことである。

一、彼は前から、それを書いた紙を抽出に入れていたが、とんちんかんな内容で、読んでも分らなかった。誰にも分らぬものらしい。

一、島長の女秘書は、確認者と抱擁したが、確認者はお義理である。

一、確認者が利用している。

一、私の持っている紙きれは、もういらない。どうせ読んでも分らないし、それを持っていることは、私が進んでスパイをしたことが分ってしまう。それを焼いて、さっきの灰の上にふんづけてしまうことにする。

私の前にうつした文字も、今書いたばかりの文字ものせて、その紙は机の上にあったマッチという火付けで灰にしてしまった。私は女秘書の姿を見た時から、島長が今度は私の部屋へくることを感じていた。急にひもじくなって棚の上の菓子をとって食べはじめた。私が予期したように島長の足音がそっと近づいてきた。私はわざと菓子を頬ばったまま、彼が鍵穴からのぞくのをそしらぬ顔をしていた。彼は私のあどけない恰好を見ると、安心したのか、おこったのか、はげしくドアを叩いた。私はあかない、と答えた。わざと窓ならあくとは答えなかった。そうすると、

「窓はあかぬか」

と先方から声をかけた。私はそのまま立って窓まで歩いて行き、あくと答えた。彼はあたりをはばかりながら、その大きな身体を私の力さえかりて、ようやく室内へはこんでから、しばらく動悸をしずめていた。その間も彼は部屋の中を注意深く見渡していて、灰を見ると、

「これは何だ」

と聞いた。

「紙を焼いた灰です」

「お前が焼いたのか」

「いいえ、確認者どのです」

「どこへ行ったのかね」

「あなたの秘書が知っておられるでしょう。二人がそこを歩いて行くのを見ましたから」

「そうか」

彼は私の方を見ないで部屋をゆっくり歩きながらつづけた。

「いいかね。お前の島のことだがね。おれ達のしていることは、まあ救済ではないね。人類愛ってやつではないね。そいつは、お前が一番知ってるさな。ことによると、おれが一番タイクツなのは、それを知っているせいかも分らんさ。そいつは、お前に云っても分らんさ。分りすぎているからな。そいつを、そうだと思いつづけることは大変ムズカシイことでな。おれはそれでね、もともと、いや現在でも、技術者でもあるからな、ある研究案を出したし、お前をその研究所の技術員養成所へ送ろうと、申請して許可が来た」

「それはどういう研究ですか」

「そいつはお前に云っても分らんが、煙が出なくなるということだけといえばいいだろう」

「人質でもいいわけですね」

「お前なら熱心にやるだろう。もっともこの島の計画では、煙をなくすることが目的であることではないがね」

「人質がそうすることを、確認者はどう思うでしょうか」

「もう決ったことだ」

島長はそれだけ云うと、ドアの方へ歩いて行ったが、生憎、ドアは閉っていた。彼はまた大きな身体で窓をよじ上ろうとするので、彼に好意を感じた私は、心から感激しながら、その身体を押しあげやった。

第十三章　骨の折れる行進――外国訪問談

私は必要な道具一式と、「ケンリ音頭」を盛んに鳴らしている蓄音器と拡声器を車にのせ、ベルト氏をハンドル達でとり巻いて、ゆっくりと「広場」へ向って行進を開始しています。車のきしる音が、音頭の歌声の合間に入ると思います。かなりの難路です。私は水田はまだよく見きわめていませんでした。（何しろ陸に上ったのは、あの崖からばかりですから）こうしてみると枯れたままになっている無残な麦の見える土地があるにもかかわらず、一方ではもう水田の苗代が出来ていますが、それももう枯れているのがあるようです。そういう麦田も掘りかえされている模様ですが、今日は畑には百姓の姿が見えず、ぞろぞろと広場の方へ歩いて行きます。もう私たちは人いきれでくるしいほどで埃には悪臭が立てこもっていて、広場へ近づくにつれて、悪臭がひどくなってくるのが分ります。私は竹藪で渡してくれた、器具を鼻につけることにしたのですが、呼吸困難で倒れそうです。いや報告をするのに、続けることはできません。何しろ口でもって息を吸わねばならぬのに、話すということは、息を吐くことですからね。私は「広場」にベルトの田がなったわけは、ベルトが不在なのと、いや不在のために、ベルトが悪臭を招いたので、その罰だというふうに考えていたのに、それに今一緒に道を歩いて行く人の言葉を聴取したところでは、ベルトが早期刈入を行わせて損をさせた、その腹いせがあるのだとも云っています。それと多分、この場所がこの島の一応の中心地になっているという地形上の有利さのためと私は判断しました。

何ですって。隠語表をなくされたですって。どうしてそんな大切なものを確認者ともあろうものが失くされたのです。使節の仕事は代ってもらいましょう。その位の意気込みの方が頼母しいですって。そういう時こそホントに「工場を外へ！」ですって。私は冗談で申すのではありません。私の方は直接時間に追われ、その中で処理しておる大変な仕事ですからね。そりゃ職工もそうです。しかしこれは何層倍もムズカシイですよ。何ですって、人質の子供が鼻紙にしたらしいですって。（これは真赤なウソだ）それならもう一度申しますからしっかり控えておいて下さい。……ついでなので忘れないうちに御報告いたします。と申しますのは、私は「覗き」と「立ち聴き」の精神についてはっきりとした態度をとることを決めたのです。私の世界では「覗き」や「立ち聴き」は美徳になっています。一つには、それを器械がしてくれるということのためもあるかも分りません。もっとも、私たちの世界では、上から下へしか、この方則は行われていませんし、能率増進のためのものです。ここでは、ふしぎなことにどんな場合でも「覗き」や「立ち聴き」は忌むべきこととされています。見えること聞えることさえ拒むのです。だから彼等は道路へ立ち現われて噂に耳をかたむけるわけですね。噂がこんなに重要な彼等の精神的要素になっているのは、そうした理由によるのではないかとも思われます。ハンドル達はありがたいことに、私の世界で、まだこの「見透す」ということの訓練も受けてはいないのです。この島へくると、「覗き」「立ち聴き」を忌むべきものだと感じるに至ったことは、一目で知れました。忌むべきものだということは、実際は猛烈にそうしたいからです。ただ悪徳だというふうに慣らされているのですね。

私はしぶっているハンドルの二人をたしなめ、センバンとハンマーの様子を覗いてくるよう鼓舞しました。

「お前たちのように一つの島に何百年もたてこもって親セキ同様の者ばかり一緒にいるからそうなのだ。二つの別の島の間がらでは覗いたり立ち聴きしたりするのは当り前の話じゃないか。それにお前たちだって、もう大分覗きたいことや、立ち聴きしたいことが蓄っているはずじゃないか。素直な気持で、本然自然に立ちかえり、任務を果してこい。いや任務を果すなど、かたいことを考えなくとも、ただあそこへ行きさえすればよい。拘るではないぞ」

彼らは身震いするように昂奮を押えかねていましたが、一散にかけ出して行ったのですが、結局覗きになれているハンマーにしてやられて、大工仕事をさせられたとぶつぶつ云って戻ってきました。

さて、みんな揃って行く目的地があるということは有難いもので、午前中のような、人に取りかこまれて動けないということはないからいいのですが、いよいよ問題なのはベルト氏の態度なのです。「広場」へ近づくにつれてベルト氏の自分の土地や家に対する愛慕の念は弥増してくるのは、こうして前に立っていても分るのです。なるべく見えないように、ベルトを取りかこませているし、通行人は人垣を作り前に向って動けるということがいえる程度なので、なかなか目的地は望見することは出来ないのがミソなのですが。私はしかし断固たる決意を固めております。私がこれだけはどうしても利用しなければならぬ二つのこと。即ち

一、「ニヤポン」という経験ずみの所作。

この「ニヤポン」というのは、せっぱつまった噂に応用すると、まことに利目があるもので、私が、今朝から見せつづけて来たところの、あの微笑、いや微笑というより、やはりニヤリと笑うことでしょう、ニヤリと笑って相手の肩をポンと叩くという仕種なのです。これはハンマーの入智恵なのですが、私はたしかにいいことをきいたと思いました。こういうものは、私の世界では知りません。

二、「あなたを喜ばせたい」といってきかないところの、ベルトの口ぐせとも思える発言。

この荒廃と悪臭と埃と哀調を帯びた、単調な騒々しい「ケンリ音頭」！　ああ、一度確認者どのに実地に見ていただきたいところであります。私はできるだけベルト氏を見ないようにしています。もう「広場」には人だかりがしています。これならホントに誰かが云ったように、島中の者だって一寸ムリをすれば集れないことはありませんな。アッ、あれは何でしょう、ずい分小さい家のようなものが並んで人を集めています。まさかあれが、ハンマーの作らせた代物ではありますまいが。分りました。家でなくて店なのです。こんな状態になっても、露店の食物店が出ておりますね。いったい何を売るというのでしょう。ああ早く広場へ行って、拡声器をつけて「ケンリ音頭」以外の音楽を聞かせたり、それから映画も簡単な実写ふうのものを持ってきているので、それを

観せるために、束に積んだ組立式のスクリーンを広場に備えつけねばなりません。映写機をのせる台は、取りあえず、彼ハンマーが作らせたという台を利用することにしました。

何しろ電気がない未開な国なので、携行してきました蓄電池を利用するわけですが、そうした、あれやこれやの取付けや設備を急ぐのですが、何しろ一度に、広場へ行くわけには行かないのは、残念です。うしろにベルトがいるし、私らは、この音頭のためにこそ、みんなが私と共に無事に運んでくれていますが、この器具を、早急に持って行かれては、何しろベルトは急がせられぬので困るのです。どうもベルトは徐々に分っていたのが、いや既に何時間も前に分っており、こうして道々、悪い期待が裏切られることを望みながら歩いてきたわけですが、それが徒労だと分ってきた頃です。ベルトの何か叫ぶ声が聞えます。

「こんなところがあったかな。道を間違えたんじゃあるまい。この道を来ると、わしの家の方へ来ることになっていたのだがな」

あの声がそうです。私にはイヤガラセと聞えます。これが「良心の疼き」というやつかも知れません。ギヤがさっきから私にくっついてきてマイクを支えております。まるで私のそばにおれば、ベルトに対して安心だという気持らしいのですが、さかんに私の袖をつつきはじめました。ベルトが気がついたと告げているのです。考えてみれば、みんなそう思っているのではないでしょうか。いやベルトは特別でしょう。ほかの連中は、ハンマー(噂男)の話ではないが、もう毎日、臭いの示す予感の中で、こういう結果を訓練されてきていますからな。ああ、もうベルトは完全に知りました。物を云わなくなったから分ります。私は断固として、ふりかえりません。こうなったら、私がふりかえらないことが、無事にベルトの身体を「広場」へ運ぶことですから。

私は次第に足を速め始めました。もう一刻も早く広場へ着くことです。私は手をあげて急ぐサインを送りました。そして「ケンリ音頭」を「栄光の人」の曲にかえさせました。ギヤが今、「かつがれている」と申します。おとなしく、かつがれてくれれば、しめたものです。最初からかつがれてくれればよかったのですが。群衆は一寸さわいでいます。幸いにも彼が偉いからかつがれている、と思っている気配が感じられます。

私は初めてくずれたベルト（捨次郎）の家を見ました。彼はもう観念したのか、一言も声を立てません。まったくこれは恰好な広場ですな。こんな広場は、なるほど我等が世界には絶無です。とにかくこんなふうにあけておく余裕はありませんからな。四角でこれはよく出来ております。ずいぶん集りました。こうして集ると、相当な頭数ですね。これだけに救済食糧を供給するとなると、第一回分だけとしてもあれだけでは少し不足かも知れませんな。露店には子供達がたかっています。一寸のぞいたところでは、食物だけではなくて飾物も売っております。女もずいぶん来ております。こんなことに気をそらしている時ではありません。ハンマーの姿が見えます。なるほど、これで合点が行きました。彼はハンドル達に立札を作らせたと云うので、ギョッとしたのですが、群衆を整理するために作らせたらしくて、立札の前に並ぶように声を張りあげております。

「あの男だな、権三じゃないか。すると、アイツのことだな」

と云うささやきが私のまわりでします。

「あれは何なのか」

とギヤに聞きますと、私の耳に口をよせて、

「ハンマーのだんなが私にあの噂を云いふらさせたのです。世話役を買って出る男がいるが、そいつはなかなか、大ケンリ島に信用があるって」

今、マイクに口をよせて話したのはギヤです。この男はマイクでしゃべりたくて仕方がないのです。ギヤに聞えました。おこっています。

「それでは、その反対の噂も、お前か他の誰かが伝えて歩いたのかね」

「いらぬことは云わんで下さいよ、大ケンリ島の方に。あの人は自分のことになると、噂は一色しか出さないようですわ、ヘッヘッヘッ」

「それから、お前は、ベルトとか、ハンマーとかいうアダ名を云いふらして歩きはせんだろうな。今頃みんなに知れているのではなかろうな」

「それは、いくら何でも洩すにはもったいないことですわ、わし等には外国語でして、かんたんには教えられませんわ。外国語をおぼえたとは伝えましたがな」

私は冷汗をかきました。とにかく、ギヤはもう既に隠語を、全部知っています。情報屋のこいつがいつまでも島人に黙っていると果して信ずることが出来ましょうか。

とにかくベルト氏には私とあと一名の漁夫が、附き添うことにして、設備にとりかからせました。ベルト氏は剃り上った、日焼けした顔を土色にして、携帯用の椅子に腰をかけています。船の中でヒゲを剃らせたのです。私は彼の顔をじっと見て、微笑をうかべると、「ニヤポン」を実施しています。成功しました。ベルトは微笑をかえし、一寸元気になった模様です。ここには電気というものはありませんが、この「ニヤポン」はまるで電流を通じるような効果があるのには今更ながらおどろきます。あとでゆっくり、この「ニヤポン」の意味を考えて御報告いたします。何か意味があるに違いありません。

「ここに家を建ててくれるのですな。その時にはちゃんとした書斎を勘定に入れておいてもらわんと……」

これはベルトの声です。私の意見は差し控えます。……

壇の上にハンマー（噂男）がいま立ち上りました。彼は足で大丈夫か壇をゆすってタメシています。まことに用心深いし年に似合わず上に立つ者の度胸を示しています。これだけを見ても、センバン（村長）が何故彼を起用して傍に置いたか分ります。心憎いやつです。もう聴衆をのんでおります。いったい何を云い出すか分りません。私の方を一寸見ました。全体を掌握しようという心積りです。やつは私にアイサツにも来ません。それでいて何もかも知っているに違いありません。私が彼らの心中をさぐりに二名のハンドルを送ったのも、彼らのカンというやつで、なにか心得ていたのではないかと思われるほどです。なるほど竹槍隊がいます。この竹槍隊を彼が指したのか、どうかが問題です。かなり私の近くに立っています。白昼の竹槍隊はこれはこれで無気味ですが、群衆がどう思っているかで、判断するより手がありません。私はさっきから様子を見てきましたが、群衆はおびえているとは、露思いません。そうかといって彼らが、お義理で立っているとも見えないショウコに、子供が竹槍をいじりに近よると、追払っております。真剣なのです。……私は一応は彼らの食糧の特配を考慮してはおりますが、しかしよしんばウマク行ってこんなことになったとしても、竹槍隊が必要以上に多くなったら、これは食糧のトータルからいっても、予定量を遥かに突破して、私としても困ってしまいますが。

「皆さん、お集り願ってありがとう存じます。私は御承知の『ウソつき権三』です。（笑い声わきおこる）私の同年のハンドル、いや若い漁夫たちは、よく私のアダ名を知っております。私に道をきくとウソの道を教える、とみんなは云ったものです。しかしそれはそれこそ真赤なウソでありまして、私は近道を教えたくらいです。よく物事に通じている者を人々はウソつきだと申すのです。私は子供の頃から、よく不思議な夢を見ましてですな、今日の事態を何か予想しておったのであります。この『広場』が子供の時に私は目に浮んでおったのであります。そう申しても皆さんはお疑いになると思いますが、私には皆さんが何を思っているか、世の中がどうなるか、どこの家がいつ焼けるか、どこへ盗人が忍びこんでくるか、それは誰か、ということが皆分っていて、皆さんに告げたのですが、あんまり先き先きのことをお伝えするためか、誰も信じてくれなかったのであります。なぜ私はそう生れついているのか、そんなことは知りません。そんなことは、鳶に向って、何故鳥に生れないで鳶に生れたか、と聞くようなもんじゃありませんか。私はこれから先きのことにしたって分っております。また私が思っていることは、皆の胸にあることを早くはっきりと思っているというにすぎない。あなた方は今日の日を全然知らなかったですか。知っていたと思うでしょう。私はショウコをあげるのはこのさい止しましょう。そういうわけでこの島のことを憂えて、このさい私が買って出たのです。

私の話はあとにして取り敢えずこれから、外来者の約束の、ベルト氏、いや捨次郎氏の『外国訪問談』に移りたいと思います。捨次郎氏は廃墟の上に立っていますが、皆さんのことばかりを思い、皆さんの要求に答えて、旅の塵を払う暇なく、参考として訪問談をされます。愉快な話で、どうか心ゆくばかり笑って、あとあとの余興とも相まって明日からの仕事を、エーと仕事は無いわけですが、そのことについては、また後刻お話しするとして。……捨次郎氏に……」

「えーと、私は『板紙』にですな、色々書きながら行ったです。海の上でですな。何しろ怠クッで心配でしてな。おかしなことにですな、英五も私も『島』を離れますとですな、『島』のことが色々と思い出されるというのでしてな。これはおかしいですな、ここへ来るとぜんぜん忘れておる『島』のことがですな、みんな、こう分ってくるというのですわ。それで、これはいかんと思いまして、早速のこと、こう書きまして、舟が揺れまするので、なかなかはかどらんのですが、一生懸命やりましたですな。忘れては一大事と思いましてな。『島』のためですからな。もっとも私も漕ぎましたです。英五一人で漕がせるわけにも行かんですからな。

ワシらは、ところで、ほんとうはですな、何をしに来たか、ということで議論をしましたですわ。すると結論はですな、エントツを見に来た、つまり、エントツから煙が出とるかどうか、見に来たということになりましたわ。(聴衆の爆笑)

数日たって、私はこんなにも『板紙』の分量を書いた頃ですな。さあ目方にして、五百匁位は書きましたかな。とにかく何か怪しげなものが見え出したですわ。恥しい話ですがな、私はそこにエントツがあるのを、大分前から見とったが、実は気がつかなんだです。『板紙』に夢中になったというだけではないのですわ。えーと、私は違う場所を見とったのです。(爆笑、拍手。『しっかりせよ』という野次)違う場所と申してもですな、海の方を見とったわけではないです。ちゃんとエントツのある方を見とったです。それでいて気がつかんとは、けったいな話です。(鳥目か！　という野次。霧がかかっていたか！　という野次)煙がかかっていたです。(ベルトが野次を云ったという野次！　哄笑、爆笑。ベルトという隠語を既に聴衆はおぼえている！)

子供の頃にワシらは海岸端から『島』をふりかえって山を見たことがありますがな。ああした時に、ワシらは山を見ずに樹ばかり見ておったもんじゃ。つまり天辺は天の方さにあって気がつかんというわけですが、ワシの場合が、まあそれじゃ。もっともそれまで霧がかかっとったのがはれて、急に前を見たわけだが、そうとばかり云えんな。前々からずーと見とっても、同じことかも分らんの。大きな松の木が、どこまでもどこまでも天に聳えとると思ったら、それでみんなに分るかも知れん。『天まで届け松の木よ』と子供の時分に歌ったことがあるが、これはまた実際に目の前に見ると、いやはや、おったまげたわ。(爆笑)

すごいの何の、その上に煙が出ているのだが、その煙は見えるといえば見えるし、見えないといえば見えない。夢のようじゃ。ワシも英五も首筋が痛み出して、特に英五はまだそれほどの年でもないのに、中風の気があるものじゃから尚更のことだ。酒を飲みくさり女遊びをした罰じゃがな。(爆笑) 英五は何をしとるか今頃。いい気持になって膝枕で寝とることじゃろうて。アイツは不死身なやつじゃて(爆笑、爆笑、爆笑。肱枕をして死んだ! と野次。いや、また今朝みたいに、死んだと思っとると顔を上げるぞ! また爆笑)」

レコードが鳴り出しました。これは工場で昼食時にやる軽快でユーモラスな「陽気な器械」であります。まだ爆笑が止みません。まあ成功です。ベルト氏は今、椅子を二つ並べて横たえております。ところで今しゃべったのは彼ベルト氏ではありません。どうしたことでしょう。竹槍隊が私の方に近よってきています。どうも私のそばに群る大人や子供を整理しているようにも思いますが、油断がなりません。ベルト氏ではないというのは、実はベルト氏は演壇の上でただ立っていただけなのです。そう訓練しておいたわけではない、彼が何も話すことが出来なかったのです。ムリもありますまい、彼は自分の田地の全貌の半年前とくらべて余りの変化に、群衆の足の下に踏まれている、麦畑を見ては万感胸に迫るものがあるのは当然でしょう。蚊のなくような声で、

「甚太」

と叫んだだけで、あとは、思わず駈けよったギヤが背後から支えつづけていたのです。彼は途中いくども手を

ふり、何ごとか叫びましたが、それが却って演技効果を増した趣きがあるのでした。一口でいうと、船中で録音した彼の呟きを再現したにすぎないのですが、群衆が気がつかないのは、幸いでした。彼はもう立ち続けられぬと云うので、ギヤの方にもたれるようにして降壇したのですが、それがちょうど爆笑につぐ爆笑のさなかで、その倒れ方の異常さは聴衆に対するサービスとうけとられたとは、ふしぎな位です。睡眠薬を飲ませておきました。出番はすんだのですから、ぐっすり眠らせましょう。

しかし少くとも、ベルト氏の背中を支えていたギヤは知っているので、あの男がそれを云いふらして歩きはしないか、それだけが心配なだけです。

只今漁夫らといっしょに、ハンマー（噂男）が壇を運ばせています。これだけはハンマーは知りますまい。映画です。昼間でも写せるように、特製スクリーンを用意したことはよかったと思います。ハンマーまでが非常な張り切り方です。群衆はベルト氏の演説後、凄い凄いという連発で、後ろめたさの限りですが、嬉しくないことはありません。

さっきから私はある観念が、頭の先端に蹲っていますが、それはハンマーは何かしら、あなた、つまり確認者どのにひどく似ているような気がするのですが、失礼お許し下さい。こいつはこの島の確認者ではないか。全く原始的とはいいながら、何というこすっからいほどよく見抜き、先走る男でしょう。カンというやつは、私にも分りませんが、さっきの彼の演説で申したことは、カンの極致ということを、神がかり的に云わんとしたのではありますまいか。もっとも、確認者どのとは比較になりませんし、あの無恰好な頭からして確認者どのの頭とは雲泥の差ですから。

あなたは今、レンビンの情をこめた笑い声を立てられましたが、私はムシロ安心しました。

竹槍隊はほとんど私のまわりをかこんでいます。上陸にあたって私がおそれていたやつです。こう接近されては隠語を使うより仕方がありません。アンテナ、よろしいか、アンテナにいたします。これからちょくちょく私

の報告の中に出てこられては、困りますが、出てきそうな気がしますから。私はアンテナに、

「向うへ行って観たらどうかね」

と申しますと、只笑うだけです。ハンマーが何か云おうとして今とんできましたが、アンテナ達はさっと私の傍から離れたのです。いったいこれは何としたことか、私には分りかねます。

「あとで演壇に立って貰うが、その際には、あんたは『救済したいのだ』ということの外は一切発言無用、それにちがいないだろう。だからそれ以外は云ってはいけないが、分ったかね。それともその外に云うことはあるかね」

「なるほど、私の思っている、いや私の受けた指示とそっくりだ」

「そうだろう」

これが私ら二人のかわした会話です。愈々映画が始まりました。あのドヨメキがそうです。「ニヤポン」ということは……確認者どのあなたは「ニヤポン」のことを云うと、何か不快そうな呟きを洩されますが、いかなるわけですか。私はこれを重要視していますし、私が今こうして生きてお話し出来るというのも、全くこの「ニヤポン」のおかげといっても過言ではないのですが。

ベルトが眠りに就きながら、「息子」「息子」と呼んでいます。

ハンマーは台の上にのって、映写係りのハンドル達の様子をじっと見、それから十人ばかりの群衆といっしょにスクリーンの裏側まで走ってきましたが、舌打ちして群衆に語り納得させると、もう何もかも分ったような面をして映画の方は見ていません。それから可哀想に目を見はってみている、彼の使用人の一人のギヤに耳打ちしました。誰も気がつくはずはありません。ギヤは不平そうに顔をしかめております。しぶしぶ動き出しました。何事をふれて歩くのか、全く判断がつきかねます。

この調子では、この男は私の世話役なり、協力委員長となったりしてからも、この噂を立てるという役目は結

局すてないのではないかと思います。それはいずれ彼の称する「会議」というものがやがて明らかにするでしょう。

あっ、センバンの娘が息を切らして駈けて来ます。誰もそのことに気がつく者はいないのです。彼女は私のそばへ走りよろうとしてアンテナを見て躊躇していますうちに、ハンマー（噂男）にとっつかまりました。彼女は逃げようとしますが、遂に腕をにぎられてしまいました。私は二人の様子で、センバンが竹槍で殺されたことを知ったのです。

センバン（村長）が無残な死に方をしたことは、映画が終った後、直ちにハンマーが壇上に上ってそれを報告しました。彼はいとも悲しげに、それを語りかけたのですが、どうしたものか、ハンマーの悲しみを帯びた声は相変らず徒らに笑いを誘ったのみでした。これにはいくら何でも私はアキレてしまいました。情け無しです。正式ではないとはいえ、昨日の村長が、今日の被殺害者であるのに、それを笑うとは、こんなことは我が世界ではあるとは思えませぬ。これでは簡単すぎやしませんか。我が島では……我が島のことはまあ止すとしましても、これは映画の効果があり過ぎたのでしょうか、こんなに効果があるのなら、只今煙が降ってきても、笑っているかも分りませんから、まあ好都合……いや、このことも止しましょう。

といって私は腑におちかねます。権三はさいぜん何を伝えさせたのでしょう。噂男はその報告の中では、村長が息がたえる時に、

「このおれも竹槍で殺されるのか」

と叫んだとのことです。彼は放っておいても死ぬところなのに、殺すとは、誰の仕業でしょう。折悪しく誰もその部屋には居合わせなかったそうです。この報告では、

「同じ竹槍で殺されても、先祖の英五の方がえらかった！」

と云う野次がとび、また大笑いです。私にはまるで分りません。

只今ギヤをつかまえましたので聞いて見ます。さっき何を伝えて歩いたか。

「村長はちょうど死にかかるところを殺されたが、ベルトが殺させたのではない」

これは何というけしからぬ、余裕をもった噂でしょう。すると犯人は権三です。しかしヤツは千里眼だとでも吹聴いたすことでしょうが。

第十四章　広場の孤独、確認者の越権

確認者が私の前に現われた時、私は「島」を誇る気持になっていた。私はそれまでには、島長にしろ、確認者にしろ、特に確認者には、陰鬱で偉大な影を認めて、心中では、いくらか敬意さえ払っていた。私の島に被害を及ぼしている相手であるけれども。ところが私の前では、恥部をさらけ出すのは、こちらがそう企んだのだからまだいいとして、使節さえも憤慨していたように、隠語表を私が鼻をかんで捨てたとは何事であろう。私はもちろんそんな記憶はなかったので、私が例の覚え書きをしたのは、隠語を聞く前だから、確認者が自分で鼻をかんだのだ。たしかに彼は私が前に書いたように、あの時この部屋で鼻をかんだことがある。こんなことはどうでもいいが、私には確認者の心の不安動揺を感じたという意味で述べているのである。私はこんどの報告を聞くうちに、私が「島」にいたら、ここでこんなふうに、すっぱ抜いてやるんだという気持が薄らいできた。つまり噂男に対する私の気持が変ってきたのである。すっぱ抜くことは何もありはしない。何もかもみんな分っているのである。噂男は先きの先きまで見通していると豪語していたが、私はそんなバカなことを信じないことは、あたり前だが、使節との対立の仕方は立派ではないかとさえ思うに至った。ただ噂男を私が憎悪していたことは、今まで以上にはげしくなった。美代子を奪われても致し方がないとさえ思える点が、この噂男にはあるのだ。幸い美代子が噂男に腕をとられて逃げようとしたことが、せめてもの慰めだが、それがどんなにハカナイものか、私には胸のあたりでそれこそカンで分るのだから辛いのだ。私が今「島」にいたとして、私が噂男の年齢であったとして、私に何の発言があるのか。私は「臭い」中で終始くらしていない。それに私が「人質」となっているということは、彼らの心休めになっているうちに私を忘れてしまうことは明らかだ。私は噂男の噂にさえ出てこない。噂に出てこないということは、島ではもう何ものでもないということに近いことが分る。その意味では、私が在島すれば、別な噂を撒いて対抗してやることだって出来ないことはない。しかし、おそるべきことは、権三こと噂男は既にいつも二色の噂を撒いていて、その方面のことでは人の心の動きをつかんでおり、到底私のような子供の太刀打ちできる相手ではない。

それにしても、私には未だに大ケンリ島のホントの意図も分らなければ、噂男に動かされる「島」の意図もはっきりしない。いや「島」の意図は現在のありのままである。このありのままの中でこうして動いているというのが、結局のところは「島」の意図なのであろう。しかしそれでいて、子供ながら、私は世界を見ているという気持はあった。子供であるがために、子供であることを利用して、私は、全体の世界を見ることが出来るという、確信である。確認者が、鼻紙云々のことを口にしたさいに、キラリとその感じが閃いた。そして島長が知りつつ確認者のために追放されたあとであったから、尚更そう感じられたのかも分らない。と同時にひしひしと淋しさが私を襲ってきた。分りながら何もしていない淋しさである。その淋しさは忽ち親身な悲哀感としてあの父親の壇上で行った道化ぶりと、薬をのまされて、私の名を呼んでいた（その声はほんのかすかにだが聞えるような気さえした）愚かさを聯想させた。故郷の「島」、茫漠とした途中の海、それからこの密閉された一室。そうした三つのものの対立が、また、その淋しさに結びついているようでもあった。私は誤解をおそれて、何度もくりかえすが、何もこうした分析をその時行ったわけではない。このような形で述べた方が、事を明らかにするには便利であると思うのと、「島」のカンに私があきはてたからでもある、そうとすれば、それはここの世界のおかげである。

私が人質であることが大切な問題であるにせよ、ここにいることは何にもならない。私はもっと動かなければならない。それは工場の中へ入るようなことではない。「奥へ行きたい」と私は益々痛切に願うようになった。

確認者は報告が途切れると私の部屋へ戻ってきたが、それは器械を操作するためであった。私はがっかりした。島長の放逐と共に私の身の上にも何か変化があるように思えたからだ。

「新任の島長にアイサツするのだ」

「私はここにいても、報告をきくだけで、何の勉強にもならない。私は何もここにいなければならないというわけではありませんね」

「前の島長がそう云ったのかね。お前はよそへ行くことに命令が来ている。しかしそれは島長とは関係がなかろう。お前の進退は、おれたちの自由になることではないからな。第一何をしに行くか、上のことは分らんな。お前はこの部屋にいただけのことだ。何もこのおれが置いたわけではない。おれも置かせられたのだからな」

「それはどういうところですか」

「おれにも分らないな」

「前の島長は『奥へ行ってもどうせ帰ってくるのだ』と云われたのですが、それはどういうことですか」

「それは当り前のことじゃないか。お前は百五番島の人間だからな」

「ホントにそうなのですか。帰れるのですね」

「とにかく上のことは、おれにも分らんのだ」

確認者は苦々しげにそう呟いた。

「女秘書の人はどうなるのですか。またこんどの島長の秘書になるのですか」

「お前の知ったことじゃない」

彼は机を叩いて大声で云った。

「ニヤポンのことでおこっておられるのですか。使節は意味があると云っておりました。眠り男はどうなるのですか。あのままですか」

「まだ云うか」

「もう一回ききますが、煙はどうなるのですか」

「そ、そんなことおれに分るか」

「あんまり、えらくないのですね」

「お前の島だって、権三がえらいというわけではないだろう」

「あなたはやっぱり、権三なのですか」

私はそう叫ぶと、彼が机ではなくて私を叩きにくるのを知って、部屋の隅へ駈けた。私たちのそうした争いは、外の者が見ていたのである。確認者の知らぬ間に、私たちは、覗くともなく眺めている（写っている）画面の中にいたのだ。そうしてそれがまた写っている私の前の画面の中で、彼は笑い声を立てていたのだ。確認者は直ぐにそのことに気がついた。そうしてキゼンたる態度をとりつづければいいのに、その画面に向って、微笑をうかべて愛想笑いを見せたのだ。私は深く入りすぎたことを知った。が、私にはそんなことによって、確認者が私に復讐をする手段はないと思えた。それは私が百五番島へ帰る人間であるという、ほとんど確実な、従前通りの立場が変っていないらしいと知っていたから。

つまり私のキバツなアイサツ、新任島長に対するアイサツは終了したのであった。確認者はスウィッチをみんな切って待った。使節の報告も聞かせる必要はないと思ったのであろう。しかし私は彼が去るとまたスウィッチを入れて聞く用意をした。こんなカンタンなことを私が出来ないと思うところが、おかしかった。それなら私は審議会の模様をこちらが観ているのを分らぬように箱の位置をかえて裏返しにしてそのかげにかくれることにした。こうして聴いたり観たりする分では、私はカンタンに、彼等と何等劣るところのない実力者となったのである。

確認者どの、只今からいよいよハンマーの演説が始まるのですが、実は私は慄えているのです。ここで今までの私との約束を一挙にくつがえすやも図り難いのですから……カン度宜しきや、御声きかせて下さい。勇気を起させて下さい。モットーを心の中で三度叫びます。

皆さん、我々がこうして一所に集って、一度に他人の声や顔を見ることが出来ることは幸せかどうか分りません。本来ならば不幸にきまっております。しかし考えようによれば我々はみんなの会議というものは持ったことがないのです。我々の好みで、路傍で話し合いましたが、しかしあれは、せいぜいが暇つぶしで、楽しむためでした。それは細長い路で会っていたからで、よく胸に手をあてて考えて下さい。細い路で立ち話をしたからです。人が来れば、我々は立話をするわけにも参らず、人が多くなって路が一杯になれば我々は話し合いを止めなければなりません。集るところがないからです。そんなわけで我々は話といえば、まとまらず、鳥の飛ぶように消え失せてしまい、また新しい話が飛んできて、まとまる前に消えてしまうというのでした。しかしそうしたことをしている時ではありません。どうしてかと申しますと、今までの話は、大ていが他人の悪口でしたから。こんどからはもうそんな悪口などは、あったとしても問題ではないのです。悪口を云うようなことがあれば、自分のことを云うことになってしまいます。みんな同じ立場にあるからです。情けない立場にあるからです。田地が枯れていないの、いるのなんのということは、問題ではないかも知れない。或はこのまま残るかも知れない。そうしてこのことに就ては、いまこの器械を借りている、大ケンリ島の使いの方に伺いましょう。伺うだけは伺いましょう。（騒然）静かにして下さい。騒ぐなら会議などせんがいいのです。会議は騒ぐところではなくて、決めるところだからです。いいですかあなた方の意見は、もう少したったら、私のところまで通じるようにします。あなた方は字が読めぬし書けぬから困りますね。とにかく静かにして下さいよ。時間がかかるばかりです。

我々は不幸な事件の結果、広場が与えられたのですから、これを利用いたすのですが、これからここへ集って報告し、決めて行きたいと思うのです。ここでなら一ぺんにその仕事が出来るのです。ここで決めたことは守って貰う。決める時には、子供の頃に決める時にはジャンケンをしたが、それはこの会議では駄目です。ただの勝負ではなくて、どっちがよいか決めるのだからです。賛成の方に片手をあげて貰います。自分がどっちにあげたか必ずおぼえておくこと。これは決してかんたんには出来ませんよ。考えなければならんからです。そうでないと両方に手をあげることになってしまいます。我々は今までの立ち話では考えたことはありません。どうしてかというと今までは物事を決めようと思わなかったからです。全く一度でも我々は決めたことがありましたか。それだから今日のようなことになった、と私は申しません。英五郎氏は捨次郎氏をそそのかすようにして連れて、我々に黙ってこの島を出て行かれたのは、一寸ちがいます。決めることがなかったのですが、せめて一言我々みんなに相談ぐらいしてくれたらよかったと思いませぬか。（騒然）私は英五郎氏の悪口を申しませぬ。もう悪口を云っておる時ではないからですよ。ようく聞いて下さい。我々が映画というこんな動くものを観て楽んだと思ったら、大まちがいです。我々は暫く腹を立てる心をやすめただけのことで、それはありがたいことです。そういう意味でこれからも又大いに観ましょう。もっと観せてくれですって?

だがしかしです。英五郎氏が相談をされなかったのは、英五郎氏一人の罪ではなく、この島に場所がなかったのと、習慣がなかったためです。場所がなくとも出来ぬとは申しませぬ。工夫はあります。しかし場所がないとやはり最初は出来ぬものです。お互いに一ぺんはこうして同じところで顔を合わせぬとです。そういうわけで英五郎氏は苦労をされました。お気の毒にもう亡くなられたそうです。氏はこの事件のギセイ者であります。そうです。あなた方がもう何となく御存知のように、亡くなる運命にあったのです。謹んで哀悼の意を表しましょう……。（哀調を帯びた声）センバン氏は（センバンというのは誰だ！　という野次）失礼しました。村長は私がお会いした時には、おれは臭いの襲来前の人間で、おれは追放されるべき人間だろう。もっともそれだけのことでだが、（笑声）と申されました。私の考えではこれはまあ、自己追放というやつで、全く思いきりのよい、世話の焼けない人柄のよさを示すものです。その人が竹槍で殺されるというのも、やはり、皆さんの申されるように祖先孝行というものでありましょう。

しかし一方拾次郎も同じように苦労されたし、襲来後の人とは申されぬが、手垢がついておりませぬ。彼はまだ生きておられる上に、田をなくされ、子供をなくされ、いやまだ生きておるかも知れませんが、輝ける、いい意味に於ける我等の先輩です。この人をあとで村長にすることで賛成を得たいと思います。（確認者どの、どうもこのハンマーの話はオカシイですね）

「今聞いていますと、もう分っておる、何も云わんでも分っとる、という野次がとびましたが、何が分っておるでしょう。何も分ってはおりませぬぞ。いや分っていないことはない。ここが問題ですね。会議ばかりやっておれるか！　仕事があるじゃないか、ですって？　しかし、いったい会議の外にすることがあるかどうかも怪しいのです。そういうことがまったく分らぬので、一ぺんせっかくここにおられる使節の方に聞いてみましょうか」

「あなた、米はこれからも来ますか」

「来ると思う」

「煙は来ますか」

「私は知らぬ」

「何故知らぬか」

「私は救済に来ただけだから」

「誰がそのことを知っておるのか」

「誰が知っておるのか、私は知らぬ」

「知っている人はいるのか」

「おると思う」

「その人に伝えて貰えるか貰えぬか」

「伝えようとは思うが、私が直接に伝えることは出来ぬので、伝わるかどうかは分らぬ」

「あなたは慄えているが、この島は寒いか」

「心持、寒いような気もするが、はっきりと私には分らぬ」（笑声）

「すると我々は待つのが役目であるのか」

「ぜんぜん知らぬ」

「わしらもそう云われた」（ベルト氏の声）

「そんなにいじめない方がよいぞ！」（群衆の中の野次）

「煙のことを又聞くのですが、煙はその……いいですが、私にも大変云いにくい微妙なことを聞くのですが、煙は来ないようにならぬのか。別に感情を害するためにいうのではなくて、何といっていいか、やっぱりこれは何といってもゆるがせに出来ん問題ですからね」

「そういうことを考えたことがないのでお気の毒だが返答しかねる。まことにお気の毒で仕方がないのですがね。これは何も私一人が考えたことがないのではなくて、誰も考えた人があったようには見受けられなかった」

「なるほど、すると我々の考え違いかな」

「そんなことを聞かんでもよいぞ」（群衆の中の野次）

「静かに！　あなた方のことですよ。困ったものだな。愛想がつきるな。それであなたは、間違いなくあの大ケ

ンリ島の人ですな。エントツのある」（ツルシアゲロ！　という野次）

「あたり前ですよ。だから救済に参っておるじゃありませんか」

「なるほど。あなたはそれでいつもしゃべっておられるのは、一体全体、誰に向ってしゃべっているのですか」

「確認者どのだ」

「確認者？　珍しい名前ですね。それは名前ですか苗字ですか。その人はそれを聞いてどうだというのですか」

「確認するだけだ」

「それでは何にもならぬじゃないか」

「わしもそれで辛いのだ、いやそうではない。任務だ」

「任務？　分らんですな。言葉が違うのですかな。それはよいとしてそれからベルト、いや捨次郎氏がたしか上陸第一声として聞かれたと記憶するが、『お詫びの印』という気持はあるかどうか、救済米はですね」

「お詫び？　分らんです。分るも分らんもない。大体が私はそういうことを云う任務ではないので、実地にここで動くだけが務めなので。それに『お詫び』とはどういう意味なのですか。言葉が違うようで……」

「もう離れて下さってよろしい……

みなさん。お聴きになりましたか。何ですって？　早く決めてくれですって。決めるのはあなた方、この島の者全員なのです。こういう事情から我々は何をしたらよいか、ということです」
一、殺してしまえ！
一、人質にせよ！
一、このままでよい！
分っています、分っています。急いではいけません。私のところへ皆さんの意見が到達していますが、大体この三つですね。あなた方の意見をここでイチイチ述べて貰うまでます。独特な方法で到達したのですが、大体この三つですね。あなた方の意見をここでイチイチ述べて貰うまでもなく、私、つまり議長には分っているし、皆さんにももう分りすぎています。何しろ何にもカンジンかなめのことは分らぬので、結局この三つの結論しかないということは明らかなのです。三つの方法はどれもみな易しいことです。ようく考えて貰います。今日こそ考えて下さい。じっくり坐って考えて下さい。ずーっと退って間隔をあけて！　これからはもっと一人一人の間をあけて下さいよ。この男の首をひねるぐらい、私一人でも出来ます。それでいいものなら、もう今までにやっているのです。それに船や器械も占領出来ますからね。しかし、それでいいですかね。何故いけないか云いません。第二と第三は結局同じことです。このままといっても、ここにこの男はいるのですから、人質も同然です。後々の救済米は漁夫たちに任せるか、別に船で運んでくるかにして貰うべきです。要するにこの男は我々といっしょにいて、この男が危いと思う時は我々も危い、といった環境にあるのがいいと思うのです。つまり、ことによったら煙の中にですな。要するに、これから同じことが続き、……立ち上って、皆さん何をするのですか。一人が塵を払い出すとみんなが真似をして困るんですよ。ああ、もう一度坐って下さい。さあ、坐って坐って。こうしてみると、田地の残っている人の方が行儀が悪いようじゃありませんか。そんなことでは、また路傍で立話をすることになるし、村長が何故死んだか、意味がなくなるじゃないですか。いやこれは失言、失言。議長は取消しいたします。聴いてはいないのですか。自分のことですよ。アッ器械に故障がおきたのだな。聞えていないのだな、早く直して下さい。お願いです。器械は不便だな。これは時々故障をおこすのですか。エッ！　故障ではない、私が手で器械を抑えて聞えぬようにしていたのですって！　なるほど。

立ち上っては駄目です。どうして駈け出すのですか。これでは竹槍隊を使って阻止せねばならんですよ。駄目です。何故逃げるのです。逃げる者がいると、みんなその勢いに誘われてしまうぞ。何のために逃げるのだ。（五十人ばかりのものです、確認者どの）この広場は我等の獲得した広場ではないか。折重って倒れている。だから云わんことじゃない。どこへ逃げるというのだ。海の中へでも逃げようというのではないだろう。それは煙が来た時の話じゃないか。ここの島より行くところがないじゃないか。家へ帰るのに何故そんなに急ぐのだ。ああどうしてそうなんだ。お前たちが一度に通る道などありはしないぞ。ああ、これでは竹槍隊さえも使えぬ。畜生！　竹槍隊まで、追いかけるのかと思ったら逃げるのではないかな。どっちか、おれには分らん。

何も決ってはいないじゃないか、（確認者どの、その通りです！）まだ署名の問題もある！（何のことでしょう）ああ砂埃りで何も見えなくなった。噂の方がよいと云うのか。ベルト氏あなたはもう起きて下さいよ。あなたに村長の妻を世話してあげようと思っているじゃありませんか……。

確認者どの長い間おタイクツさまでした。私は汗をぐっしょりかいています。何とした会議でしょう。彼等は会議場から遁走してしまいました。しかし私は彼等が広場に集るきっかけは出来たと睨みました。彼等は救済米をここで分配されることになりましょう。とにかくここに事務所が必要になりました。ハンマー（噂男）はうなだれていますが、私に今はっきりとそういいました。ベルト氏はまだ眠っていて相変らずかつがれていますが、いずれ正式にベルト氏の口から聞くことになります。面倒なことですが、その方が何かと好都合でしょう。村長の葬式はどうなるか、まだハンマーは黙っています。私はコワイ思いをいたしました。彼は会議をあきらめてはいません。一人でやる重荷に堪えかねたのか、会議会議と申しますが、彼の心底は分ったものではないのです。ギヤは相変らずくっついてマイクに口をつけんばかりにし、レシーバーを奪わんとする様子で、今も突きとばしてやりました。アンテナ（竹槍隊）の一行が戻ってきました。うるさいやつらですが、護衛のつもりでもあるようです。人が集ってきました、というより待ちかまえていたようで、すりよってきて、ニヤニヤして、「お気の毒だった」と云ったりします、これは果して何の意味でしょう。確かに私を殺せといった連中の一人です。私の横に来て、さっきから物云いたげに眺めているものの、さすが遠慮しておるのです。

私は当分現地に止るべきでしょうか。ふしぎなことにこのことに就ての指示を受けて参りませんでしたが、私はある時期までここにいて、この島の中で動くべきでしょうね。しかし私のおそれているのは、本島の煙です。私はこれから空と陸と両方観察しなければならず、私がこの島で一番多難です。

それにしても、この島の住人は何という情けないやつらばかりでしょうか。これなら救済などせずに一挙に飢死させて、この島を無人島にしてしまった方が気持がよい位です。しかし油断は禁物です。ことによると、噂男がまいた噂の策略かも分らない。あんなに気前よく自分の利益を捨てて、逃げるのはおかしい。それに踏み止っていたからといって、私の不利益になるというのでもないからです。

まだ跟いてきます。自分の家に滞在してくれと囁く者もおります。眠っているうちに殺されるという予告じゃないですか。ベルトとギヤを連れて船へもどりますが、その代りハンドル達は陸へ置きアンテナ達が野営することに話がつきました。アンテナ達はさっきよりずっと数が増えてきております。携帯食糧を彼等に分配します。これだけの打合せがすむとハンマーは前村長の家の方へ駈けて行きました。

こうして船の中にもどりますと、篝火を焚き始めた。アンテナ達は私が逃亡するのを見張っておると同時に、私を護衛する任務も負っているわけですが、一番危険なのは、アンテナ達自身であることも疑う余地がありません。それに岸には快速艇が着けてあります。さあとなれば、これをハンドルに操縦させて私の本船を追跡することになっているのですが、……まだまだ仕事はいくらもあります。報告は一応これで打ちきります。あッ、確認者どの、何だか臭くありませんか。あなたには分りませんね。こちらの連中はこのくらいでは気がつかぬのか平気です。どうも少し様子がオカシイようです。海岸の連中をのぞいてみましたが、煙の来襲のことはしゃべっている様子はありません。しかしどうも……さっきからそちらの座がバカに騒がしいのは、どうしたことですか。新任島長の歓迎会があるようなふうに受けとれますが、そうなのですか。それでは今夜これから宴会があるのですね。どうか確認者どのも油断なさらずにいて下さい。私も油断禁物にしておりますから、ということはオカシナ云い方ですが。私は自分がこんなに緊張し寿命が縮む思いをしている時には、あなたに酒を飲んで貰いたくはないのです。せめて煙の管理ぐらいはしていただきたいのです。オヤ返事がありませんね。もう誰もいないのですか。その部屋は藻抜けの殻なのですか。畜生！　女の浮いた調子が聞えたが、ことによったらあいつはまた次の島長の秘書に納るぞ。……

確認者どの、交信時間、報告の時間が参りました。報告事項が皆無になったら、どんなによいことでありましょう。いやそんなことは考えますまい。何しろ第百五番島へ来てまる二日たたないのですからね。昨夜はまんじりともいたしませんでした。何しろ島の中で物を叩くかん高い音が聞え通しでした。ギヤもベルトも知らぬと申します。もっともベルト氏が存じている筈はありませんが。昨夜ベルト氏と船中で心からのお祝いをしてやりました。氏はまあ新任村長といってもよいからです。そちらで島長の歓迎会があると聞いて、ふと思いついたのです。彼だって祝ってやる必要はあります。彼は前村長の通夜の酒だとは申しましたが。いらざることを云うなですって？　何をおこっておられるのですか。何か新島長が来られたことが御不満のようですが、前の島長にも今度の島長にも御不満とはいったい……いや申訳けありません。越権ですって、なるほど、少し云いすぎました。すみません。とにかく、彼は浮かぬ顔をしていましたが、ギヤが例の村長の妻の話をしますと、満更でもない様子で、古手を貰っても仕方がない、と云いながら、大分飲みつづけ、私に紙をくれぬか、これからまた記録するのだ、と申します。私に紙をくれとは面白いことです。彼はそれから食糧の分配に就て、くどくどと話しかけ、分配方法は自分に一任してくれ、これからは、是非着実に行って貰うことにすると申し次のように、その一枚の紙にさらさらと書きました。第一回の配給は私の上陸するために止むなく行った非常配給手段でもあったので、私もそんな原始的方法は止めたい旨を告げました。その方法は、

一、被害田畑ノ、今年度ノ損害俵数ニ就テ届出ヲサセ、ソレカラ一率ニ二割ヲ差シ引ク。

二、来年度モ右ノコトヲ改メテクリカエス。

三、被害田畑デハナイノニ、被害ヲ受ケタト称シテ耕作ヲ怠ケル者ガアルトイケナイカラ、コレヲ監視スル委

員会ヲ設ケル。（委員会トイウノハ私ノ独創ダガ、コンナ言葉デハドウカナ）
四、煙ノ次期襲来ヲ考エテ、イッソノコト、全部、頭数、年齢別ニシテ一率ニ分配スル。
五、四ノ場合ニオイテモ、ソノ必要ガナキタメ今迄調査ガマルデ行ワレテイナイカラ、ソノ調査ハ早急ニ行ウ必要ガアル。
六、トニカク調査委員会ヲ設ケテ、様々ナ調査ニ当ラネバナラヌ。
こうした項目のうち第四は、私個人としても、色々の意味で望ましくないと思うと云ってその上に×をつけました。彼の睡眠中に行われた会議の話をすると、じっと耳を傾けていて、女をスイセンされたからといって、権三に個人的に好意を持つわけじゃないが、そういえば村長のやり方は古くて、「煙ったいヤツ」らしくない。あれは「煙ったくないヤツ」だからな、と新語を作って笑い、会議を何度もくりかえすがよいので、せっかくワシが広場として、先祖伝来の農地を開放したのではないか、と叫びました。

煙りといえば、どうも少しずつ濃くなったようで、今も出版してくれるかと云いながら、新村長ベルト氏は鼻をくんくんいわせています。

私は友好的に酒をくみかわし、煙の外にも、例の音は聞えつづけていますが、眠たくて仕方がありません。あこれは前述の空気と矛盾いたしますが、私はとても疲れています。

今朝のベルト氏は昨夜に増して頗る元気です。一種の風格さえ見えてきました。もっとも演説も、堂々たる感じと、くつろいだ感じを聴衆に与えたようでした。何か心に持するところがあるように見受けられ、よそごとながら頼母しいほどです。えらい変り方です。ずい分「煙ったく」なりました。えっ！　どっちの「煙ったい」だですって？　両方です。ベルト氏もそうなのです。彼は私にまた何か書いた紙きれを見せました。何でも紙に認めるのが好きですね。それを読んで見ますと、こんなふうなことです。
七、仕事ヲ与エネバナラヌ。駄目ト分ッテイテモ、掘リ返シテ続ケサセル、私ノ土地ハ致シ方ナイトシテ。

八、掘リ返シヲサセルコトノ方ガ大切ダ。
九、怠ケサセテオイタリ、怠ケ癖ヲツケルコトガ一番イケナイ。コノ島トシテ許セヌシ、私トシテ心苦シイ。
十、会議ヲヤレバ、ソレデヨロシイト思ワセテハイカヌ。私ノ考エデハ、広場ノ会議カラ逃ゲタトイウ話ハ、実ハ会議ヲシタリ、映画トカイウ娯楽ヲミテイルト、怠ケテイルノニ気ガサシテ良心ニ咎メタノダト思イタイ。コノ点ニ関シテハ、英五郎ナドヨリモ私ノ方ガヨク心得テイル。
十一、権三トモヨク話シ合ウツモリデアル。

私も新村長の申すように、現在あまり被害を受けていない田畑を放置して我々の救済に依存しようというのは、以ての外だと思います。あくまで、最後が最後までやって見ることが必要ですからね。これは、この私にしたって同じ気持でおるのですから。昨夜、噂男は別れる時にじっと、このマイクを眺めていました。私はゾッとしましたが、この器械に目をつけておることは事実で、私の隙を見て、確認者どのにこれから話しかけ、訴えようとしているように思われます。まだ決めることがあると云いましたが、このことではないかと疑われるのです。

海岸には昨日の広場に集まったぐらいの人数が黒山のように群っています。全く、群ることにかけては天才です。ハンドル第一号が今乗船してきましたが、何か報告があるようです。

「使節どの、大分煙が来ました。我々は堪えています。臭よけ具を貰って行きます。ところで、これはおどろきましたですが、広場に事務所が出来ております」

「煙のことは大分前からだわ。事務所？　では昨夜の物音はそれだったのか」

「小屋建ですが、大ケンリ島第百五番事務所という立札が立ててあるのですがな。あれは、船の中にあったものではないですか」

「船の中に？　なるほど、ないじゃないか。盗まれたのだ」

「あれは盗まれていいものですか」

「いや、それが……いったいどういうつもりで立札を出したのか、とにかく盗まれたことはよくないぞ。あそこに立ててあることは、ムシロ望むところだが、あまり望み通りのような気がして心配だ。そう云えば、昨日のままですますわけはないと思った。それは私にも納得が行く。あのままですます方がオカシイくらいだからな。誰が盗んだのかな。小屋を建ててくれた上に立札まで。どっちみち権三の仕業だが、あまり協力しすぎるんじゃないかな。盗んだのはギヤだな。アイツは、いないじゃないか」

これは何か捨てておけないのではありますまいか。裏をかかれたような寒気をおぼえます。私は実はそっとセンバン（村長）の家の前にでも立てるつもりでいたのですが、そうしてあの立札が毎晩奪いとられてなくなり、また新しいものを立てなければならぬのを予測していたのですが。確認者どの、如何ですか。油断がなりません。権三がやってきます。早速きいて見ましょう。アンテナ（竹槍隊）達に加配米を配給させます。これはハッキリしないと、アンテナの数は無数に増え、島中がアンテナばかりになると大変です。その点ハンドルの意見に賛成です。

珍しく彼の方が息をはずませて、私の前に立っています。何か事件が起ったのでしょうか。やっと今口を開きかかっています。

「あんたが勝手に噂を流布してくれては困るじゃないか。どうして私を通さずに噂を流すのですかね。大体、噂はこれから極力へらして行く方針でいるのに実に困った人だ」

「どういう噂か知らぬが、船の中にいてどうして噂が立てられるかね。それとも噂は、海の上を歩くのかね。ウソと思ったらベルト氏に聞いて見るがいい……オヤ何を笑うのかな。お前さんの云うのは隠語のことかね」

「ジョウダンでしょう。それは私の方とは何の利害関係もないですわ。もっとあっちへ行って話そう……」

彼が私をこんなふうに引張って行くとは解せません。ところがいざ話し始める段になると、彼は急に口をつぐんでしまい、手をふって私を追払います。

「お前さんがホントに知らなければ、もうそれでよいです」

「何のことです」

「いや、もうよい、何でもない。私はあなたが噂さえ立ててくれなければ、何も云うことは最初からないのですから」

「オカシイな。それなら私の方から聞くことがある」

「それは何のことです」

「昨夜……まあ止そう。何もかも分っているから、まあ止そう」

「そのことなら、何、あれじゃないですか。それは、この島が大ケンリ島の一部になった方がよいのでしょうが」

「なにも、そうだといったおぼえはない。それが云える位なら、お前なんかに『ツルシアゲ』されやしなかったぞ」

「何ですって、確認者どの、絶対に盗られてはいけないですって？　いつからそうなったのですか。それこそ越権じゃありませぬか。越権もクソもあるかですって。それならそうします。仕方がありません」

彼は今私のところから離れましたがハッとしていました。あなたの声が聞えたのかも知れません。急ぎ過ぎ去ります。「署名簿」と書いた分厚い紙束をさげていました。私は何もからかったのではありません。私は例の立札の件を聞かぬ方がよいと、ふと思い止ったのですが、相手も急に何かに思いついて話を止めたのでしょう。私はその噂の内容は、どうしても聴かなければなるまいと思います。それに隠語をあれほどギヤに云いふらすなといっておいたのに、もう忘れているとなると、いや演説の中で、ハンマーは何度も隠語を用いました。それ以前に知っていたとも思えます。いくら隠語を用いてもムダです。どうせ隠語はギヤらに知られ、また忽ち島中に流されるという、まるで我等の工場の組織のような自動的な流れをもっているからです。

しばらく、報告を中断いたします。煙は相当なものです。臭よけ具を着用しました。

ああオドロキました。噂男はひどいヤツです。いやひどいのは権三、つまり噂男ではないかも知れない。とにかく、大変な大胆な噂が流布しているものです。この噂は誰の創作になるものでしょうか。いや全くタマゲてしまいました。昨日の広場の遁走といい、この途方もない空想的な噂といい、実に野蛮でおくれています。オドロイタというより、笑いころげてしまい、この時ばかりはそれを見ていた甚太が、真剣な顔をしました。私は甚太をさがして、きいてみました。彼が忽ちあげた三つの噂はどれも平凡なものでしたので、直ぐそばにいた若い漁夫に聞きますと、直ぐに別な噂を答えました。ということは甚太が流した噂ではないということになります。

その噂と申すのは、実は私もひそかにおそれている例の煙のことなのです。その煙が……いや全くお話にも何にもなりません。恥しい位であります。我が大ケンリ島に於ては、この煙が出なくなるような研究が進められているというのです。つまり煙がまるで出なくなることになるという噂が広まっているのです。お笑いすごし下さい。大へんな臭いです。これは堪らぬ。この臭よけ具はこうなるとダメです。インチキな品です。権三がこの器具でもうけたにちがいありません。いったい、よしんば大ケンリ島に於てそのような計画がなされているといたしましても、それがどうしてこの島に伝わることがあるのでしょうか。バカもいいかげんにしろ、と今も私は叫んできたところです。そりゃ、私としてもそうなれば、ありがたいことはありがたいのです。しかしですよ、確認者どの、我等が島のことが第百五番島へ伝わるとしたら、この私を通してでなければ、どうして、伝わることが出来るのでしょうか。私は心配な位です。あまりにも自明の理が、ここでは無視されるからですが。それとも私は何かそういう話を伺って参り、誰かに打ち明け、今は忘れているとでもいうのでしょうか。私は昨夜たしかに、少し酔っていて前後不覚に近いものがありました。しかしそんな発想は、……私の心の底のこの奥にはないとも云えなかったのですから、私が寝言みたいにしゃべったかも分りません。そうといたしておきましょう。その噂は結局何の障害にもなるものではありませんから。……それとも、確認者どの、誰かそちらの方が、私の寝ている間に、伝えられたのではないですかしら。そいつをギヤが、甚太のレシーバーに耳をあて通しにしていて聴きとったのではありますまいか。何しろ、甚太はギヤは、まるで虎の子みたいに、この器具にふれ、抱いていましたから。(これは堪らぬ)確認者どのでなければ、島長どの、いやどうも違います。それとも前の島長どのが……しかしそんな、……まさか、あのベルトの息子がそんなことを申すはずはありますまいし、器械をいじることなどは出来ますまい。どうもこれは、私が責を負わなければならぬようです。私が語ったのでしょう。私のおそれをつい語ったのでしょう。お許し下さい。しかしこれは何の支障も来さないことです。かえって彼等を御し易くなるくらいです。……とてもとても、この臭いの圧迫を実際にかいでみて貰いたいです。こんなにひどいとは、これはあの海の上での襲来以上かも知れません。

それにしても、万一そんなことになったら、何かオカシナことになりますね。まるで競争じゃありませぬか。大ケンリ島にとっては、そうでなくとも、こちらにとっては、……私は自戒しなくてはいけません。私は何だかだんだんこの島の人間のように思え、この島の方に親しみをおぼえてくるようです。困ります、困ります。どうかお声をきかせて下さい。断固として御叱責下さい。ああ私はこいつをおそれております、この煙を。これは堪りません。さすが島の中が騒がしくなり、半鐘の音が聞えてきます。ギヤにちがいありません。私も鐘でも叩きたくなりました。何が報告です。とてももうガマンなりません。確認者どの。

第十五章　煙は出なくなった

こうして私は実際に、大ケンリ島の一員となった。

第百一番島できいた報告のあとは、私はもう「島」のことは聞くことがなかったのだ。もう何年にもなるが。今もはっきりおぼえているが、私は運よく下男の甚太を呼び父の声も聞くことが出来た。私が何を告げたかは、もうここで述べる必要はない。私がくりかえし告げたことは、「煙が来なくなる日が、訪れてくる」ということなのだ。前島長は私にそう告げたから、そうして、確認者の言葉の端からこのことを知った私は、それを告げてから、奥へと去りたかったのである。私はその時何といっても子供で大切な二つのことを取り違えていた。それは次のようなことだ。

先ず第一に、「煙が襲来しなくなる」ということは、「そのエントツから煙が出なくなる」ということであって、そう云えば、島長が確認者の口からも聞いたような気がするが、それは「煙をなくするためではない」のだった。もっとはっきり云うと、煙が大ケンリ島では小ケンリ島（百五番島）よりも必要な資源と見なしたからにすぎないのだ。煙から硫酸を採る研究に私は従事した。

第二に私は奥へ行くことによって、この大ケンリ島の中心部に近づくことが出来るとばかり思った。そこへ行けば、私はこの世界のことは一層よく、というより、初めて確実に分ると思ったし、当然の結果として、故郷の「島」の情報は一層よくつかむことが出来ると信じていたのである。これは全くの私の思い違いであった。何故なら私が連れて行かれたのは、なるほど中心部に遠くはないかも知れないが、それは番外島という島であった。

外の連中とつき合った。

「四百番台くん、きみの島は今頃はどうなっているの」

こんなふうに聞き、自分の方も話しかけて、同じ運命に在る者として被害の程度をあれこれ想像し合い、慰め合い激励し合うことが望ましいのだが、どうもそれは互いにさけた。自分の故郷が、人に話すのもバカらしい有様になっている。そこの島では、養成員はいろいろな島から派遣されていた。彼らは私のことを、

「百番台くん」

と呼んだ。つまり、そういう呼び方をお互いにするようなふうに人々が集ってきていたのだ。たとえば四百番台くんと呼ばれる少年は、第四百何番かの島から来ていて、それから九百番台くんと呼ばれる青年はやはりそういうぐあいにして派遣されてきているのだが、いずれも、私と似通った運命にあることが、ふとした機会に分ってておどろいた。つまり私と同じ人質のかたちでここへ送られてきているのだが、我々の間で「留学生」がいるというふうに、云われはじめると、お互いひけ目をかんじてそ知らぬ顔をし合った。私にしても異様な目にあっており、そういう目にあっていない人には想像も出来ないほど大きな被害を受けて（人間が煙におそわれる！）いるということは、知られるのが恥辱であり、自分までが愚かな人間に思われる可能性があるのだった。そんな目にあってていいように出来ている人間、人間でなくてそれこそ昆虫。それに困ったことに、私にしてからが、煙や臭いの中で研究を進めるにあたって、他人より、それが苦にならないのである。つまり私はかなり慣れているのだ。これは珍妙な精神的苦悩を私に与えるのだった。

番外島へくると、私は何もかも分った気がした。といっても、それは結局、私のような破目になるというのは特例ではなくて、大ケンリ島の一般的趣旨なのだということである。勿論それさえも私には分らなかった。いや、それだけでも、すべてであるほど重要なことなのである。

しかし、それでいながら、私がそれまで知りたいと思い、そのためもあって奥へと派遣されたいと願ったところの、

一、結局それは何のために。

一、現在どうなりつつあるか。どうされるのであるか。

という問題については、それまでと同じように分らないのであった。

私はこのことについては次第にあきらめるより仕方がなかった。こうして私は自分一人のアタマの中で「島」が荒廃して行くのと競争して、どっちが早く目的地に到達するか、という奇妙なあがきをつづけることになる。

つまり「競争」をつづける。そしてその競争相手の、「島」の状況は伏せられているときている。誰も一様に臭いになれて、かえって臭いがないと飯が食えないという状態になるまでは、私は人知れず悩み、郷愁を与えかねないその煙の中で、煙の襲来の様子を想像し、意欲をふるいおこし、戦うのである。

私たちが技術を習得し実用に役立つような器械を入手する時が、私の帰る時であり、私の本来の目的が達せられる日なのである。私は何年かをこうしておくった。もっとも四百番台くん、九百番台くんの両「留学生」がそろって必ずしも私と同じ心境であったというわけではなくて、「四百番台」は、常住おびえておりいじけていて、技術の習得そのものにさえおびえている模様が見えたし「九百番台」はこれはまたその反対で、ことごとにイキリ立ち、何年間をそうしてすごしてしまい、おかげで「留学生」という言葉には、よけい軽蔑が含まれることになった。私はとにかく最優秀成績で、その過程を終了した。私は出来るだけのことをした。少くともそう思うことで、苛立ちを征服しようとした。結局「真の救済」をするにはそれ以外の方法はないのだ。

とにかく私は百番台島の技術責任者として、戻ることになった。

船が百一番島に近づくにつれて、私はこの島にいたことに気づいた。そうすると、私の心の中で前面に押し出ようとし、それをまたいつも押しこむようにしていたところの、あの不安の念がぐっと強く迫ってきた。

一度受けた煙の襲来を、あれから受けないということは考えられない。その中で「島」はどんなふうになって行ったことであろう。「島」の中のヤヤコシサが、かつて第百一番島におる間は薄れていたが、それが煙をかぶせるように私のアタマを包むのである。

船が第百一番島に着くと、岸に島長が迎えに出てきた。それは私が垣間のぞいた島長ではないので、オヤと思った。私は早速「島」の情報を得ようとあせった。今となっては、私はそのことのためにばかり、急いで戻って来たといっていいのだから。

「第百五番島はどうなっていますか」

彼は不審な顔をした。

「第百五番島というのは知らないな。だってきみ、百番台の島は第百四番島でお終いだろう」

「そんなことはありません。そんなら、『その向うの島』と申してもよいのですが」

「ワシには分らん。島長になってきたのは半年ほど前で、そういうことはここへ来てから聞いてはいない。大体申送りというものはないからな」

「でも私はその島から来た者です」

「しかしきみに就ての書類には何もそうしたことには触れていないよ。たしかこの島の出身ということだった」

私は島長に確認者だと教えられて、その人が全く未知の男であることにびっくりした。そうとすれば彼も代ったのだ。

私はじっとしておれなくなってきて、同僚たちが袖を引くのも構わず続けた。

「そうしますと、『あの島』へ行き来していた使節という者も御存知ないのですか」

「使節？　何のための使節ですかね。……ああ、そうそう、そう云えば、古い書類の中に『救済』のために使節を派遣というような記録があったようにおぼえている」

「それで、その外どんなことが書いてあったのですか。早く聞かせて下さい」

「ああそれで思い出した。あの島のことかね」

「その島のことを聞かせて下さい」

「記録には確か、『救済事業は、完了したことが確認された』というような文面があった。しかしもう二年も前のことだね」

「もっとくわしく知らせて下さい。その書類を見せて貰えませんか」

「しかしきみ、確か、三行書いてあったばかりで、今教えてあげただけが、まあ全部だな」

「それで煙は出続けているわけですね」

「きみらが来るというので一年ごし止めている。さあ早く行き給え。ああ、そう云えば、何かその島の『法律』という文書が印刷刊行されていた。もっともあれは極秘書だが……まさかきみはその島の……」

「いいえ違います。私はもちろん第百一番島の出身なのです」

私はそうウソをついた。この島では私はよくウソをつかねばならない。そんな言葉がふと走る船の中で口をついて出た。しかし心の中で私は荒れ狂っている。「救済が完了した」という意味は、私が一番よく知っている。誰よりも、世界中で一番よく知っている。一人で立っていることが出来なくなって、私がつかまっている船べりの前に拡がっている海は、すでに昔「板紙」を拾わせられた海である。あの時は、確認者は、海上に散乱した「板紙」を私に拾わせるのに快速艇を持て余した。空は隅々まで晴れわたっていて、水平線のあたりに百四番島が、見え始めるはずである。私はこの海を誇りに満ちて戻るべきはずであった。私の唯一の希望は、私が赴任するという島に、巨大なエントツがまるで立ってはいないということであった。もしそうとすれば、私は悪い夢を見てきたかも知れないが、私は何か思いちがいをしつづけてきたのであって、もう一度何年間を逆に一日一日と辿り返すことも出来て、ホントのことにぶつかるだろう。

私はどこかで、ある日から急に錯倒したかも知れないから。今では私は船脚のおそいことをひそかに願った。オカシナことである。

私の期待は外れた、島影もおぼろげなのに、エントツは高くそびえている。ただ煙をはいている様子がないのが、私が立ち去る時に見た姿と異るばかりだ。私の友人は私に近づいて叫んだ。

「きみ、船員の話では記念塔と呼ばれているそうだよ。記念塔は大きければ大きい方がよいからな。あいつを記念塔にしたのは僕たちの力だからな」

誇らしげにそうつづける。

「いったい何の記念塔なのだ」

「大きいからですよ。こんな大きなものがあったということの記念だよ」

「いや、今更こわすわけにも行かないからだろうよ」

私の同僚はそう云った。

私は技術主任として大へんな歓迎を受ける。私は表口から入って行くのである。そこに見える工場は私には見覚えのある親しいものだった。いつか確認者の部屋で既に見ていたのである。「記念塔」の除幕式が行われるという話をきいた。何が何だかさっぱり分らない。私のそばによってきた男があった。

「技術主任どの、私は記念塔の係りですが」

「記念塔係り？　エントツをどうするというのだね」

「一切のことを。それからあの中に居住いたして掃除などいたしております」

「中に住めるのかね」

私は尚も彼の方を見ずに指しながら云った。

「きみ、ここには、あっちの島から来た者は一人もいないのかね。誰も流れついては来なかったかね。そういう話だけも聞かないかね」

私がその男の顔を見なかったのは、どうせそういう問は裏切られると思っていたからだ。私は返事がないので、呟いたばかりだ。

「あっちの島の噂でも聞かないかね。そういうことを知っている人が残っているとか、何か手がかりになるものはないかね」

「私はあなたを待っていたのです。もう手オクレですがね」

「私を待っていた？」

その時になって、やっと私はふりむいた。

「きみは権三じゃないか」相手は返事をしない。

「お前が来ておるのか。また噂でもまきちらしているのか」

私は息を切らしながら云った。

「もうその必要はないのでね」

私は急いで彼の前を立ち去った。

その除幕式は奇体なものである。除幕式をわざわざ行ったに就ては、何か新しい建造物が必要であるはずだ。エントツの根本のところに次のような文字を刻んだ鉄板が取りつけてあった。そこにはこんなことが書いてあった。


この部分から上へと無限に伸びているこの世紀の大エントツは、既に立派にその任務を果した。これは必要あって巨大となり、その英姿から多量な煙を吐いた。我々がこれを記念するのは、徒らにその巨大さのためのみではない。その巨大なる姿を見る度に、その煙の量に思いを致し、これを有効に使用せんとの意図に出さしめたところの功績のためである。つまり技術の進歩を記念するためであり、それを促した功を讃えるためである。

某年某月某日

第百四番島島長　某

その文句が読みあげられ、幕が落された時もエントツは別に今更姿をあらわしたわけではなかった。かくれていたのはホンノ、全くホンノ一部にすぎなかったから。それからささやかな宴が張られた。

私にはエントツは、記念塔ではなくて、慰霊塔であると思える。私は自分の番がくると立ち上るなり叫んだ。

「この席で大へんに野暮なことを申し上げるようでありますが、この記念塔に刻まれた文句には異論があるのですが、聞いていただきます……」

私がそこまで語りかかった時、権三がどこからともなく走りよってきて、

「きみ、今になってそんなことを云って何になるかね。場所柄をわきまえ給えよ。それにあの文句は僕が書いたのだから……」

「お前が口を出す必要はない」

「きみ、まだきみには分っていないのだよ。無いのだよ。『島』は無人島になっているのだよ。そうなっていて、そんなこと何になるかね」

私は権三を突き倒そうとしたが、彼は一向に倒れる様子はなかった。そうして絵葉書の束をしっかり抱いて離さなかった。しかし権三の云うことは、却ってホントウかも知れなかった。というのは、おそらく権三たちがこの島に来ている以上、事の次第を彼等とても、知らぬ筈はない。権三に書かせたというのも、そこに含みがあるのかも分らない。最初から、かなりよいことをし続けてきたのだが、そうそうはよいことを続けられなくなったというふうに、思っているのが、事情を知っている者たちの一様な考えであるのだ。権三たちや、私がここにいるというのも、感謝しなければならぬことだ、というふうにもとれるのだ。

どっちにせよ、私が話しはじめた時に、既にパーティの人々は、私の話が終っていたような顔をしていた。私が坐った時、拍手がなりひびいた。

私がそうしてふと席場をふりかえってみると、そこに一人の若い女の姿を見かけたのだ。その女は心持胸を張り、そこにはバラの造花がつけてあった。その物腰も「島」で見た女たちのようではない。それでいて私は給仕をしている彼女が誰であるか、すぐにさとった。私はおそれていたから。美代子である。ということは、エント

ツの中に住んでいるという権三のものであることだろう。私は彼女が席を離れるのを待ちかまえていて、呼びかけた。

「お前は知らぬ顔をしているのだな」

「どうしろっていうのよ」

「権三はお前の母と……」

「そんなこと、どうしていうのよ」

彼女は、ちょうど私が権三のところから立ち去ったように、自分の方から離れて行った。

私は聞きおぼえのある曲が流れわたるのを聞いた。それは例の「栄光の人」の曲であった。

私は、急に「眠り男」に会いたいと思った。

私はわざと又さっきの門を出て、ボートに乗ると裏海岸の方へ赴いた。私は彼がいるか、いないか知らないが、何故だかそこに今尚いるような気がしたのだ。

最初私は彼がぶらりぶらりと塀の下の道を歩いているような気がしたが、人の立っている姿は見えない。それから次に私は道にくっついて寝ている姿をさがした。それも見当らない。私は岸に上り道の上に立ってもう一度見渡し歩いて見た。そこまでくると、もうエントツは見えないのである。するとどこからともなくイビキ声が聞えてきた。彼は岩と岩との間の窪地に寝ていたのである。近よって私が揺ぶっても、いよいよイビキは高くなるばかりで、容易に目を覚す気配はなかった。

裁判

1

どうもこれはおかしい。やっぱり笑っているやつがいる。私がその部屋へ入った時、いつものように油をひいた床板がほんの僅かだがきしった。それと同時に部屋のざわめきが急に水がひくように静かになったように思われた。給仕の方をみると、茶の準備をしていたその十七、八になる女が、「野村さんだわ」と誰に云うともなく云って私の方に背中を向けると、茶碗を一つふいてからふりむいておじぎをした。茶碗のおなじところをくりかえしくりかえしふいている。私はここへもう十数回きているが、きはじめの頃には、こんなことはなかったような気がする。私は自分の係りの三上がいるかどうか眺めてみたが、私の予想していた通り席にはいなかった。私がこの仕事でこの建物へくるようになってから、三上がいたことは殆どないといっていいくらいである。もっとも私は実をいうと三上に会わなければならぬ用事はないのだから仕方がないが、こう急に静かになったのは、必要もない三上にこうしげしげと会いにくるせいかも分らない。しかしやがて部屋の中はざわめきをとりもどしたので、私は自分の思いすごしにすぎないと思った。静かになったりざわめいたりすることは、どこの集りでも、例えば私の勤め先きの役所にもよくあることだ。つまり通り魔が通りすぎるようにふいと申し合せたように静かになることだってあるからである。

私は一番手近かの列の中で、善良そうな社員のところへ寄って行ってたずねてみた。この男をえらんだのは、いつかこの社へ来た時に、階段の途中で「今日は」とアイサツした時に、こっちの顔を見て、ちょっと恥しそうに、おじぎをしたのをおぼえていたからである。私はほとんど自分でも何をしゃべったか、分らなかった。私はバクゼンと何かを発音してみたにすぎない。私の経験では、第一回目の発声は、こういう時は、ただ私がそこにいて、何かをたずねているらしいということを知らせる効果しかないのだ。ここに来ても大ていそうなのだ。「え！」とききかえされるようなことをいいさえすればよい。私は「道で犬が……ですか」というようなことをいったかも知れない。そういってその男がふりむくのを待っていた。相手はかがみこんだ背中から首をねじると、私の顔を見るか見ないかに、

「三上くんですね、三上くんと……三上くんに用があると……」

彼はそういいながら既に茶をつぎ始めた給仕に声をかけた。

「三上さんは今日はどこへ行きましたかね」

「野村さんから三上さん、うかがって参ります」

と給仕は答え、

「あら、出すぎちゃったわ」

と呟きながら一つ一つ湯でうすめはじめた。

私はすぐ相手が動かないので、こちらも動きにくくなって、佇んでいると、給仕は茶を盆にのせて運びながら奥の方へ歩いて行って、何ごとかボソボソ話していたが、その帰りにも茶碗をくばっているので、私のもとへもどってくるには手間がかかったことになる。女に三上のことをたずねられた男は、茶碗を手にもって一口のむと下へおいて女に答えてから、腕をあげたりそり返ったりして自然と顔をあげるので、私は彼と顔を合せることを

予想して、軽く頭を下げたが、相手が私の方を見ないですぐまた私の前の本箱のかげに頭をかくしてしまったので、私は下げた頭をごまかすために、床板を見た。

給仕は帰ってくると私に、

「さあ、行先はどこだか分らないんですが。何か特別の御用なんですか」

「いつもの用事なんだがね、ちょっと待っていよう」

私の用事をきくなんてことはない。私は三上によばれていないけれども、いつもこの社の仕事をとりにくるのだから、れっきとした用事があるにはあるのだ。それは給仕が一番よく知っているではないか。私はだまって部屋の一隅にある、応接室というより、応接場に腰を下すことにして、煙草に火をつけた。私はいつも待つ時には、逸早くこの部屋にはじめからいた者のようなふうにならそうとする。昼近く、陽の光りはほとんど部屋には入ってきていないのに、ブラインドは下したままになっていた。私はしばらくもじもじしていたが、立ち上るとブラインドを引き上げようとした。私がどうしてそんなサービスをしなければならぬのか、自分にも解せないくらいだが、紐の結び目をほどいたりして、大分苦労して応接場のところの分だけの窓を明るくした。結び目はへんなぐあいにもつれていて一仕事であった。椅子にもどろうとすると、茶をもってきた給仕と顔を合せてしまった。給仕は茶をおくとまわれ右をしたので、今日にかぎってどうして無愛想なんだろう。このサービスは誰に対するものか知らぬが一つは給仕に対するものでもある。しかし給仕の面子《めんつ》をつぶしたことになったのでもあろう。私は自分の役所の給仕のことを思い出しながら、そう思った。

しばらくして、私はこの場のフンイキになれてようやく、一通りゆっくりと部屋のたたずまいに目をうつしはじめた。そのうち私の目は黒板の上に止った。黒板の上には、社員の外出先きが書いてある。三上はどういうものか、ここに書いたことがあまりない上に、私はこの外出先きを見るのを好まない。私は正式に訪問を受けたことが一度もないし、また受けることも好ましくない。そこには知名の人の名がいくつか並んでいた。私は意外に三上の外出先きを発見したのだ。

三上の外出先きはちゃんと書いてある。しかも私の役所へ出かけたのだ。

そうなると今更急に部屋を出て行くわけにも行かない。黒板には気がつかないような様子をして、私は給仕が私のそばへくるのを待ちはじめた。給仕が私の前を通りすぎる時に、

「社長さんは、あんまり会社にはきていませんね」

「え？　どなたですか」

「僕は社長さんのことをいっているんですがね」

「ああ、社長さんですか、社長さんならおいでになっていますよ」

「こっちのデスクにはこないね。社長室にはきているの？」

「ここへもおいでになりますよ。今も社長室にいらっしゃいました」

給仕は私のそばを離れてしまった。

「僕は会わないな」

私は呟くようにそう云いながら入口の方を見た。封筒を小脇にかかえた四十がらみの男が、微笑をうかべながらベレー帽をかぶったままのりこんできた。それは全くのりこんできたといった感じであった。私はここへ度々くるとはいうものの、何といっても十日に一回ぐらいであるので、まだこの男にあったのは初めてであったが、その男が入ってくるなり、心持ち右手をあげて、部屋のあちこちにアイサツをかわすと、それに答えて、部屋の中も、「よう」といった声がかかって、私までも奇妙に居心地がよくならざるを得ないフンイキになった。と思っていると、さっきの給仕が、

「あら五島さんじゃないの。三上さんはいないわよ」

「またか、いたためしがないじゃないか。まあ仕方がない。こっちは仕事をさせていただく身分だからな」

「お待ちになる。帰った方がいいんじゃないの」

給仕はなれなれしく五島に話しかけた。

「いや、帰らん。今日は少し割のいい仕事をもらうつもりだからな」それから気安く、命令するようにいった。

「さあ、きみも僕をからかわないで、さっさと自分の仕事をしろよ。その代り弁当を食う時に茶を忘れるなよ。おや、先客か。この人の前で弁当を食うのは、気がひけるな」

五島は私の方を見て、ちょっと頭を下げた。給仕が話しかけた。

「弁当を食べる度に、思い出すんでしょう」

「思い出すって誰のことだ」

「奥さんよ」

「ああ思い出すよ、ヌカミソの臭いをな。きみも奥さんになりたいか。××さん三上君ほんとに出かけたの」

五島はさっき給仕が私のことで声をかけた男に、よびかけた。

五島は、タバコに火をつけると口にななめにさしこんで私の前のテーブルの向うにこれまた身体をななめにして、部屋の中を眺めながら、まるで往来で向うの歩道によびかけているように話しはじめた。

「うたぐり深い人だね」

「どこへ出かけた？　ああお役所か。峯山さんのところだろうな。またあの人の本を出すのか」

峯山というのは、年下だが私の役所の上役である。三上が私の役所へ出かけたことを知った時、ことによったら私のところへ寄ったのではないかとも思ったが、私自身も三上が私のところへ寄るとは信じていなかった。ところが五島が、役所と聞いて直ぐ峯山の名を口にしたので、私は自分がその役所の人間であることを、五島に知られたくないと思い、彼の視線をさけた。

五島はつづいて、新しい企画の売行きのよい話だの、職業野球の話だの、クイズの話だの、手近かなデスクに向って語りかけたが、笑い声がたえない。そのうち五島はひょいと座を立って、つかつかと再び奥の方へデスクの間をかきわけるようにして出向いて行くとさっきの男のそばへ椅子をひきよせて坐りこんで、急に今までとは打ってかわったような囁き声で話しはじめた。私は五島にすっかり圧倒されてしまい、五島が現われたことで、自分がとことんまで忘れ去られてしまうのではないか、自分を忘れ去るために、協力しているのではあるまいか、と思った。私のカンでは、五島は食いついてまた仕事を開拓しようと思っている。それにしてもさっきまでタイフウのように荒れながら、忽ちそれがおさまると、このようにカンジンかなめの話に入っているところをみると、愚かしい男といいきることは出来ぬ。

話がすんだと見えて、五島はテーブルの方へもどりながら、また思い直したように隅の方へ行くので、見ていると、七十近い老人のところへ行って、神経痛の薬の話をした。かなり大きな声だ。そしてその薬なら、半額で入手できるとつけ加えた。老人は眼鏡を下げて五島の顔をじっと眺めていた。五島が、

「偏食していると、いろんな病気が出ますからな」

というと、

「その薬のいいことは分っているが、薬の中身にはまちがいないだろうな」

「あなたは一人住いを長くやっておられるから。僕のことまで信じないのですよ。品物まで疑われては、薬会社がなきますよ」

「薬会社を疑やしない」老人は笑顔一つ見せずいった。

「しかし、二割くらいインチキがあっても辛抱するよ」

「かなわないな。マジメでいうんだから。それじゃいいですね。ルチンでもアリナミンでも御用があったらいって下さい」

「きみの仕事だって二割ぐらいはいつもまちがっている」

「いやになっちゃうな。すぐそれだから。本物の方が安いですよ。分りきったことをいって善良な人を苦しめるんだからな。社長にいいつけますよ」

部屋中の者が笑い出し、私の近くにいる給仕が、「あら」といって黄色い笑い声を立てた。私はその最後の言葉をきくと、ドキッとした。

老人はいつもこの部屋にいる。出版社であるから外へ出ることが多いのだが、年のせいか、まるで留守番のかんじである。

私には直接に何の関係もないが、この中で私より年上なのは、見渡したところ、この老人一人であった。私の見た眼では、この人はいつもうつらうつらしているように思われる。それに新聞を、くりかえしくりかえし読んでいる。正直のところ私はこんな隅の方まで進出したことがない（私には出来ないのだ）ので、いったい何を読んでいるのか分らないが、新聞を読むのを商売みたいにしていることは事実である。三上もいない、給仕もちょっと場を外して、しかも外出者が多くて部屋中が閑散な時など、私は老人に話しかけようとしたことも今まで一度ならずあった。私は彼の仕事が何であるのか、それを知りたいと思ったのだ。彼は頑強に本箱の向うに姿をかくしているのだから。しかしその機会には一度も恵まれなかった。

五島が遠征からもどってくると、彼は私に話しかけないのが悪徳であるような様子で、ふりむくなり、

「あなたも三上さんを待っているんですってね」

といった。どうしてこの男は私が三上を待っていることを知っているのだろう。奥へ行っているうちに、私のことをきいたのかも知れない。私はこの男には用心しなければならない。

私は黙って頷いたが、何かしゃべらないとこの男にも部屋の者にもバカにされるような気がした。なぜなら彼の冗談や話に答えなかった者は、この部屋中に誰もいなかったからだ。私はかねてから彼の持物である、たっぷりふくらんだ大型封筒と、弁当箱の入った形跡のあるもう一つの封筒とに、目を奪われていた。封筒には、その

出版社のアドレスが大きく印刷してあった。私は何かいわねばならぬと思うと、その封筒の中身のことを話題にせざるを得なかった。そのくせ私はこいつを話題にすることは、なるべくさけたがっていたのであった。この矛盾のために私は自分でも気になるほど、上ずった声で、早口にいった。しゃべりながら、これではとてもききとれないと思い、ききとれなければ、かえってそれでよかったとも思った。しかし実際は、一度しゃべれば、どうせもう一度くりかえさないわけには行かないことぐらい、私にも分ってはいたのだ。

「ずいぶん沢山仕事をされるのですね」

相手はふりむいた拍子に、私が浴せかけるように、分りにくく発音したので、

「え、何か御用ですか」

と答えた。その答えにはとまどいしてしまい、

「いや、ずいぶん沢山校正をされるといったのです」

「これのこと」五島は人差指で封筒をハジクようにした。

「泣きの涙ですよ。これで親子五人が食うんですからね。量でかせぐのです」

「三上さんが係りなんですね」

「あなたとおなじです」

妙なことを強調する男だと思い、この男と冗談をいうのには、どうしたらいいのか、などと苦にしていると、五島は封筒の中身を開いて、胸のポケットから赤インキの万年筆をとり出し、やにわに校正を開始した。まるで彼はここの正式の社員になってしまったように見えた。すると給仕が、しずかにこっちへやってきたので、五島に何かまた話しかけるのかと思うと、私の方へ近づいた。そうしてテーブルの上へ一枚の印刷した紙をおいた。

「三上さんがこれを渡してくれといっていました」

私はそれを見ると、ひとりでに顔が真赤になってしまった。いつもなら封筒に入れて持ってくるのに、どうし

て直接そのものズバリでこうしてテーブルの上へおくのだろう。それにどうして今頃になって持ってくるのだろう。私は仕事を待っていたのである。モチロン三上を待っていたのは、私が三上の顔を見れば、何か「思いまちがい」に気がついてくれやしないかという空頼みがあったのと、大体が、給仕が仕事を持ってこなければ、三上が仕事を用意していなかったのであるから、五島ほどではないにしても直接顔を見せて、今日まに合わないにせよ、明日にも仕事を渡してもらえるようにせねばならないからであった。

私はその紙片をいつもポケットにしまいこんで帰るのだが、まことにそれは奇妙な携帯の仕方なのだ。私はここから帰る時に、校正の仕事を封筒に入れて、かなりの厚さで持って帰ることは、役所を抜け出てきている以上、あまり好ましいことではないが、そうかといって、その点では好都合とはいえ、こんなふうにポケットに、それもたたんで胸ポケットにおさめて帰るということは、ありがたいことではない。私はやはり厚みのあるものをもって帰りたい。

私は五島の前でそれをたたんで、さっさと帰ることが出来ず、何か体面を作らねばならなかったので、わざと無視すべき仕事のように、テーブルの上にひろげておき、斜めに見る恰好をした。そうして、こういってみた。

「これは大変な仕事だ。また新漢字と旧漢字と旧活字体がごちゃごちゃだ。三上くんも少し気をつけておいてくれるとよいのになあ」

「一頁だけ残ったのですか、ちょっと」

五島は手をのばしてきたが、それをさえぎることは、かえって出来ず、私は彼に渡してしまった。

「なるほど、大分ひどいですな。こういうのは私の方にはまわってきませんね」

五島はそういいながら、胸から万年筆をとりだすと、自分でちょいちょい校正しはじめたが、途中で止めて私に返した。

「この本はまだ出ないのですか。たしか、三月前もこの本の校正をしておられたのじゃありませんか」

「どうして知っておられるのです」

彼のいう通りなので、とっさに私はウソをつくわけには行かず、

「三上くんの机の上に原稿がありましたからね。僕が三上くんにこの仕事をもらいたいというと、こいつはなかなか出ない本だからきみには任せられないといいましたのでね。なにしろ僕は沢山ほしいのですよ。ガキみたいですからね。ことわられちゃったんですがね。これは野村さんに廻す仕事だといっていましてね。あなたが野村さんですね。これをみてハッキリ証拠がつかめましたね」

五島は快活に笑い声をあげたが、私の方までユカイになるような笑い方なので、少し気をよくすると、五島の笑い声といっしょに背後の、机の並んだあたりで、

「ここも養老院になっちゃったな」

という声がきこえたような気がした。

私は笑い声がしずまってから、五島と話しながらチラッと老人の方を見ると、ちょうど老人が居眠りをしているのか、本箱の上に首が出ていなかった。これは私の空耳でも私のことをいっているのでもない。私はそう思って五島の方を見た。五島はそのあいだ、私の方を見ていたらしいことが分った。

「野村さんはちがうな。校正の方相当かせいでるんでしょう」

五島は何がちがうというのだろうか。私がこのたった一枚の校正を月に四、五回くりかえすことで、彼の三分の一ぐらいの報酬をもらっていることを知っているのじゃないか。

「それほどでもないですよ」

「ごけんそんでしょう」

といいつつペンを動かした。

私は一回に一頁以上の仕事を当てがわれたことはない。私としては五島のようにまともに働いて、それ相応の

報酬を得たいと思うが、私が最初この仕事を三上から与えられた時、

「今日はたった、これだけですか」

と反問すると、

「これだけです」

と答えた。ちょっとややこしい旧漢字旧活字体に統一するちょっとめんどうな仕事だが、何といっても一頁である。テイネイにくりかえしくりかえし見直しても三十分とかからなかった。私はあくる日それを持って行くと、何時間もたって帰ってきた三上は、

「いや、今日でなくともよかったですよ」

「それで次の仕事は」

というと、

「まだ出ていませんね。急がない仕事ですからゆっくりやって下さってけっこうです。部長からもそういう話でした」

と何げなく答えた。

五島は封筒の中から弁当をとり出して、

「あなたは帰って召上りますか。僕はちょっと失礼しますよ。こんな仕事をしながら、弁当を持たされるんですからね。あなたの前で家内の裸を見せるようなもんだな。それにしても三上先生はお帰りがおそいな、失敬」

といいながら、私の校正刷りといっしょにはこんできた茶をもうとっくにのみほしていて、

「お茶の追加」

と叫んだ。なるほど五島の弁当箱の中には押されて少ししめりをおびた飯とならんで、三色の菜がつまってい

て、ちょうど外でカレーライスを食べる時にくっついているつまみのように、紅ショーガやラッキョウや福神漬が、鮮かな色どりを添えていた。私は人の弁当の中身をあまり長く見るわけには行かないので、直ちに眼をそらしたが、早くも五島は、

「かなわないな。野村さんのように眺められては」

ととんきょうな声をはりあげた。五島は私に向っていうよりむしろ、部屋中に向って道化役を演じているつもりらしい。彼が大声を上げる度に、まるで金を払って見る芝居のように、待ちかまえていて笑ったが、こんどは笑声がおこらないので、五島は興ざめたような顔をして眼のやり場がないのか私をにらんだようだ。そうして、

「何だか今日は変な日だな」

というと、今度は、低い笑声が聞えた。そうして、

「気の毒な男だが、責任は自分にあるんだ。養老院においてもらえるだけいいんだ」

という囁きがどこからともなく起った。

私はとつぜん半身だけふりかえって、老人の方をみながらいっしょに笑った。

ドアがあいてそばやが入ってきた。いつものそばやなので、給仕のいる机の上に下した器の中に天丼があるらしいのを見ると、私はそこはかとない匂いといっしょに空腹をおぼえてきたので、とりに行った。給仕が廊下へ出たあとなので、私は自分でかかえてテーブルまでひきさがってきて箸をわろうとすると、私の前の器が誰かの手で持ち去られ箸までひったくられてしまった。私は夢にも考えていないことがおこったので、ふりむくと、老人であった。そのまま見送っていると、老人は自分の席にかえり、目のあたりを何回もこすり、それから箸をハンカチでふいて、蓋をとった。

私は給仕のそばへ行って、

「僕のはどうしたのかね。あれは僕のじゃない?」

「今日は、野村さんは注文をなさいませんでしたでしょう」

「ああ、そうだったね」

私はそうは答えてごまかしたものの、給仕の言葉に、今日はどういうことかと瞬間ふしぎに思った。私は今まで待ちくたびれて昼食時になると、必ず天丼をとることに決めていたし、いつも黙っていても、天丼が運ばれてきて、今更注文するのは気がひけるくらいであった上に、私は五島の家庭の団欒を思わせる弁当を見たり、社員があちこちで、さまざまな包み紙の中から弁当箱をとり出す様子を見ているうちに、いい出しそびれてしまったのだ。

五島は私が食べるつもりでいた天丼を老人にとられたのを見て気の毒に思ったのか、老人のことを私に話しはじめた。

「野村さん、あの人は社長の同郷人で、一時社長が不遇時代に寄宿していた人なんですよ。ここには何年もいますが、もう恩給のついている身体で、ここでは机をもらって散歩に出てきて、ああして一日中新聞を読んだり、居眠りをしたり、それからここからは見えないがノートにグラフを書きこんだりしているんで、それは何のためかというと、株の上り下りを表にして、何か法則を発見しようとしているんだが、そのノート、野村さん、ノートはちょうど学生の使うようなノートで、あの七十すぎの老人がノートに書きこんでいる様子は、ちょっと商人がノートに得意先きや品物の名前を記入しているようにおかしなものです。いっぺんごらんになってみなさい。ノートにはうしろの方が家計簿になっていて、くわしく書いているんだ。自炊をすると見えて大根や、葱までいちいち書きこんでいるかと思うと、たとえば私が分けてやる薬のことなども書き入れてあるんです。ああ……」

五島は給仕に私のために天丼をもう一つ取ってやるように叫んだ。

「どうもすみませんな」私は礼をいって「あの人は独身ですか」

「いや、別居しているんです。子供もあるんですがね」

「それは大変ですね」

私はつりこまれないようにアイマイな合槌をうった。

「モチロン僕ぐらいの子供もいますよ。まだ小さいのもいます。もう二十年も別居しているんです」

「二十年？　そうすると五十の時に別れたのですね」

「そういうことになりますね」

私が黙っていると、彼は話をつづけた。

「あの老人の株についての主義主張には、誰も耳をかたむける者はいやしないが、何しろ、イヤなやつであることも事実ですよ。家庭の方だって、二十年も離婚もしないで別居しているんですからね。彼は恩給で食って、この収入は家族の方へ送っています。社長が仕方なく食わせてやっているんですな」

といって私の顔から目をそらした。

「何が気に入らないのですか」

「幸せですな野村さんは、そんなことをいっていられるんだから、野村さん、あの男の方が気に入られないんですよ」

五島はとんきょうな声をあげながら、校正の筆をはやめた。その赤インキの文字をながめながら、私はこの男はおれのことを知っているのではないかと思った。彼は顔を上げてつづけた。

「あの老人は、きらわれますよ。さっきも僕が売ってやる薬を、まだ値切ろうとする有様ですからね。あんなことでは女に好かれませんね。薬は僕の親セキの連中が大ていの薬会社に勤めていて、薬を時々もらってくるので、売ってやっているんです。あの人はおそらく何のために別居するようになったか忘れてしまっているんじゃないかと思うんですがね、もっとも年よりというものは、近いことは忘れっぽいが、昔のことほどハッキリおぼえているから、その時のことだけは忘れないのかも分らんですがね。年ですな」

私は思わず手近かの窓ガラスを眺めた。私は十年ほど前から白髪が目に見えてふえてきて今ではゴマ塩頭になっているし、頬の肉がおちて鼻の両側の皺が深くなっているのを知っている。ガラスの前には本がつんであり、いつのまにおいたか、五島のベレー帽がのっているために、私の顔はうつらないで、うしろの人の顔がうつってそれがうす笑いをうかべて私の背中を見ているように思われる。五島は話題をかえてとつぜん私の中へ入りこんできたので、私は緊張した。

「野村さん、あなたは薬はいりませんか。老人同様お安くしときますよ」

五島は顔を伏せたままだ。「アリナミンというのは、あなたにもきっとよくききますよ。受け合います。『四十肩五十腰』といって、こういうことになると、神経痛なんてものも出てきますが、ホルモン不足や、血の循環の悪さが原因ですからね。こいつは先ず第一に人生の楽しみを減じさせるし」彼は筆をおいて頁をめくると、ゆっくりいった。「家庭不和のもとで、そうでない人は用心に服用されることをおすすめします。純粋のホルモン剤もお分けしますよ。しかしまあ、こっちの方はなるべくもう四、五年あとにとっておいた方がよいですな」

私は五島がけっきょく私を老人と同じ扱いをしていることだけはハッキリ分ってきたが、私はそういえば、彼のいう通り、何か薬を必要としていたので、彼のキゲンをこのさいとっておこうと思った。この男を敵にまわすと、とび歩いて何をいいふらすかも分りゃしない。私は薬を買うことによって、そうしないよりはぐあいがいいと信じたが、けっきょく黙っていた。

「これです。アリナミンの外に、ミトゲンもあるし、何ならグロンサンでも取り扱いますよ。希望を出してもらえば……この外にも、ルチンなんかどうですか。どの会社のものでも、ルートがありますから引き受けます。これが値段表です」

相手は封筒の中に校正ずみの原稿をおしこんで、手帳をとり出した。

私は手帳の中をのぞきこんだ。そうして、

「ここではまずい。きみの名刺をくれませんか」

と小声でいった。

「名刺？　どの名刺がいいかな」

疑うように五島は問いかえしたが、胸から財布を出して財布のポケットの中から、一枚ひきぬいた。

「住所さえ書いてあればいいんですよ」

私は背後の人たちに知られぬように、身体を動かして名刺をかくすようにした。

「ああ、それは家内の名刺だ。まちがえて入れてきちゃった。まあ住所はおんなじだからいいですがね」

五島は私が小声で話すようにしているのに、わめき立てた。名刺によると五島の妻が生花の先生をしていることが分った。五島はその人柄というものだけでなく、家庭的にも、私を羨望させた。しかし羨望をあらわさないためには、そ知らぬ顔をするにかぎると思って、

「またいずれ」

といった。五島は、聞えよがしに、

「おれの女房は、お花の師匠なんだ。全く共稼ぎでね、弁当だって実のところは、僕が自分でつめるんですよ。もっともこれは、僕の趣味なんですがね、とても女にはかえってこうは行かないのでしてね。坂井老人なんか、社長のおかげでああしてやっているのは、いくら昔どうしたからといって、寄生虫ですね。それよりか僕らの夫婦の方がまあましというところですな」

その時そばやが「追加一ちょう」と呼ばわりながら、入ってきた。

私は天丼の蓋をとって、急に食欲におされながら、箸をはこびはじめると、五島は腰を上げながら、

「野村さんは、こうしてみるとあれですな、天丼を食いにくるんですな。そいつが出来ると、僕もありがたいんだがな」と笑い、「とうとう三上くんは出現しないいな」

いかにも三上はこんなに現われないのに、五島はともかく私は何をしたことになるのか、外から見たら正に私は天井を食いにきただけのことだ。といって私としては、やはり三上にここで会うより仕方がない。この仕事のことは私には三上を通じてしかどうにもならぬことは明らかなのだ。私は役所にいるからそのことはよく分る。五島が皮肉な言葉をのこして、部屋の者にきた時とおなじように手をあげてアイサツをすると、給仕にすんだ分の分量を手渡して、ドアに近づいた時、一人の有名な大柄な男が姿を現わした。

2

彼は作家あがりの人生評論家で、吉本といい、私の中学時代の同級生でもあった。私は彼と直接ここで会うことが分っておれば、来ることはなかったかも知れない。吉本のような男が直接この出版社に姿を見せることは、私には想像がつかなかった。三上たちの方から出かけて行くに決っているからだ。五島は吉本を見ると、目をまるくしてみせた。

「やあ、これはえらい人とあってしまった。そんなことがあると思って、虫が知らせたんで帰りを急いだんだが、一足おくれた」

といって頭をかくと、吉本は、立ったままで、

「おや、いいところであったぞ。五島、きみから買わされたあの薬、あれはきかないぞ、レッテルだけおんなじで、中身がちがうんじゃないか。きみは一種の密造者じゃねえのか。それともあの薬はもともと効かねえのかな」

「ひどいな、先生は。坂井老とおんなじだ」

「もう効くはずだ」

「どの口でしたかな」

「みんなそうなんだよ。ほんとうは、なかなかよく効く。大分宣伝してやった。そいつはおれの校正じゃあるまいな」

「そうなんです。こいつはますますひどいな」

「ひどいめにあったのは、こっちの方だ。こんどはマジメな話だ」

吉本は目もとでは笑いながら、強い口調でいった。

「お前さんにやってもらった本は、誤植がいくつあったか、分りゃしない。誤植どころか、お前さんの考えちがいもある。たまには辞書でも引いて勉強するがいいぜ。いったいきみは仕事をしすぎるそうじゃないか。流行校正家だな。もっともお前さんにまちがえてもらわなくても、大して見栄えのある代物じゃないということになるかな。とにかくきみはもう帰り給え、きみがいると落ちつかなくなる、ね、野村くん」

吉本が私の方には気がつかないものと思っていたので、私はおどろいた。おまけに彼は私の方をふりかえった時に、私の顔つきによってはいつでも自分の方の顔つきを変えることが出来るようなかまえの、一種マジメな表情をしていた。

五島が帰って行くと、「ちょっと失敬」と私にいって、声をかけられながら、まっすぐ奥へ進み、三上の隣席の例の男のそばで、

「三上くんは出てるね。参っちゃったな。こんどは一つカンベン願うよ。こんどだけ何とかお許し願いたいんだがね。もっとも僕に自殺でもしろというのなら、覚悟を決めますよ。一つこんどだけ見送らせて下さいよ」

「また逃げるんですか、困りましたね。先生は逃げるのがウマイんだからな」

「そうお？　そうかしらね。この前はおたくに御奉公させてもらったんだけどね」

「まあ仕方がありません。その代りぜひこんどはお願いしますよ。先生にこんど逃げられたら、こっちでみんな

自殺せねばなりませんから、ホントですよ。助けて下さいよ」

お互いに口マネするような調子で、話が結着するのをきいているうちに、私は彼が来たのは、締切のせまった仕事を断りにきたのであることを知った。吉本ぐらいになると、やってくる時は、こういう時なのだ。一時吉本とは行き来したこともあり、その頃彼がこんな立場になるとは夢にも思わなかった。吉本にも五島にも何か共通するものがある。それはすべりのよさだ。私のようにカミシモを着たようなところがぜんぜんない。二人とも適当にアワレミを乞うようにするが、それが自信のあるショウコで、きらわれていないということを知りきってのことなのだ。そのせいか、吉本の、むしろ軽薄に似たおしゃべりをきいていると、それだけで、私はどうにも動きがとれないほど息苦しい気持においこまれるのである。

吉本はそれから、

「僕は早やまったね。いや今からじゃもうおそいが、商売がえをしたいですよ。全く少し金が入るかと思うと税金だし、少し手をゆるめて、ひと休みをするつもりで書くと、口うるさい連中が、こいつはまた商売上、ああのこうのと飯の種にするしね。そこへもってきてきみらは、僕らがこんな仕事ばかりしていると、本心はバカにしていないともかぎらんからね。それをマジメに考えて精神の衛生というやつを保とうとすると、そいつはきみらが許さない、ときている」

「商売がえされたら、そのことをまた書いていただきますから、御安心下さい。第一何に商売がえされますか。商人ですか、役人ですか、先生ですか、飲食店の経営ですか」

「働きのある女といっしょになるね」

「その商売がえは先生の場合は、ムズカシイですな」

吉本はそこでみんなを笑わせてから、それを合図のようにして座を立つと、私のそばを通りすぎながら、

「参りませんか」

と声をかけた。それはほとんど私一人にしかきこえないような小さい声であった。私はいくら何でも、もう引き上げる潮時だと思ったので、彼について外へ出ようとした。出る前に、私はテーブルの上の茶碗を、急にそうしたくなって、給仕の台の上にはこんだ。その時みんなが顔をあげて私を見るような気がしたが、ドアを見ると、隙間には、社長の顔がたて半分だけ見えており、吉本と何か話しているようであった。私は社長が部屋へ入ってくるかどうか瞬間、心の中でさぐっていたが、私がそれ以上部屋におるわけに行かず、ドアに手をかけた時には、吉本の靴が階段をきしませる音だけきこえて社長の姿はなかった。私は目の前の社長室と書いた札のかかっているドアをちょっとながめた。私はここへきてから最初の日一度だけ入ったことがあるが、今日もそこへ入ることは、出来ないように、自分で思った。

社長に会った時、社長は給仕をよんで別室から高等学校の卒業者名簿を持ってこさせて、

「へーと野村くん、この男の消息を知らないかね」

といいながら、次々に、住所や職業の欄が空白になった同窓生についてたずねて行った。私は大切な時でもあり、何か自分の内職をもらう仕事とかんけいがある気がして、知っている者については教えるかまえをしたが、鉛筆が野村のところまで近づくと、急に、社長は鉛筆のズラシかたを早めて、ナ行を打ちきって、さっとハ行へうつってしまった。

この仕事が一段落つくと、社長は初恋の話をしはじめ、その女はきみも知っているはずだが、そのことは、まあ止そうというふうにうちきってしまった。私はちょっと興味をおぼえて追求すると、秘密にふれるのはよし給え、と先方からぴしゃりと鼻柱を叩かれて、それから私も知っている田舎の景色の話になった。景色のことなら当りさわりがないので、ボツボツ、相手が好きそうな、なるべく規模の大きいところをあげようとしてきり出したが、何十年も前のことであり、その後私はその故郷へ行きたくなくて、つい足が遠のいているので私の記憶は

不確かである上に、私の要求をどうする気かと心の中で思うものだから、私はもはや何も話してはいない結果になってしまったのである。

私はこうして社長ともっぱら回顧談ばかり一時間ばかりして、一品料理の天丼を御馳走になり、そのあげく、やっと「現在」にもどって部長に会えといわれて、社長室のドアから外へ出た。

私は社長に会う前に、あの手この手、自分の能力について、考えきって行ったのだが、殆どいう必要はなかった。社長は食事が終って爪ようじを使い私のその話をききながら、給仕のはこんできた茶をじっと眺めているうちに、手をのばして茶の中のゴミを見つけて、爪ようじでつつき出したからである。

私がドアを出ると、廊下には数人の人が待っており、それらの人をおしのけるようにして一人の男が社長室へ入ってくるのと鉢合せになりかかるところであった。部長に会おうとすると、部長は今、社長の部屋に入っていったということで、廊下に出て待っていると、(そこは一番たのもしいところと思えたので)給仕が、

「あの人が部長さんよ」

と教えてくれた。部長はさっき、私がぶつかりそうになった男であった。この男との会見はしごくカンタンで、私はすぐ三上に会わせられたのだ。

外ではもう恰幅のよい吉本が、私を待つようにしてゆっくり歩いていた。私が速度をはやめて並ぶと、彼の横顔は、さっき彼がおしゃべりしていた時とは別人のようになっていたので、部屋へ入るなり五島と話したあと、私にチラッとアイサツした時の、吉本の表情を思い出した。いったいこの作家はこういう時、何を考えているのか、と思いながら、私は次第に気が重くなり、いうなりについてきたことを後悔した。

「峯山氏はずいぶん活躍しているね」

とつぜん吉本は呟やくようにいった。三上が私の役所へ出かけたのは、峯山に会いに行ったのだということを

私は知っていた。おそらく吉本も、おしゃべりのあいだに黒板を見ていて、すぐそのことに気がついたのであろう。

「あんなにかせいでも、あの男は役所に奉公しているみたいで、うまくやっているな」

「峯山をよく知っているの」

私はそういっただけで、だまってしまったが、吉本も急に言葉数が少なくなり、またチラッと私の方をふりかえると、

「ああ。家族の人は？」

「さあ、元気といえば、元気ですね」

彼は私が何のためにさっき社で待っていたか、誰を待っているのか何もきかなかったので、気味が悪くてしかたがないところへ、かわって家族の話になったので、救われたように思ったが、彼がだまると、かえって不安になってきた。彼は自分の家族のことが気になるのであろう。

コーヒー店の前までくると吉本に案内されて地下になった暗い奥の一室におりて行った。

私はそこに、私が待っていた三上の姿を発見したのである。三上がかなり前からそこにいたことは、彼がそこで軽い食事をすましたあとがあることでも分った。三上がコーヒー店にいることは、吉本にしても意外であったにちがいないが、彼も三上も別におどろいた顔をしなかった。吉本は三上にことわりに行ったのだが、吉本と三上の間では、吉本がことわりに出かけただけで、それで仁義はすんだのであろうか。吉本が今日このコーヒー店にあらわれたことが、ともかく分り合っているようにも思えないことはない。しかし私がほんとに声をのんだのは、吉本が三上にアイサツをしたあとの第一声が私とのことであって、しかも次のようないいかたをしたことだ。

「野村君とはそこで会った。昔の友人でね」

どうしてこんなウソをいうのだろう。そのために三上は私がさっきまで二時間近くも三上を待っていたこと、

考えもしないことになる。しかしやがて三上が社に帰れば分ってしまうことなのだ。その時には私はそれだけでも笑いものになる可能性がある。

吉本がコーヒーを注文すると直ちに、三上は吉本の方を向いて話しかけた。

「奥さんとのことはどうなりましたか」

「私小説的材料だね。分りきったことだが、困っているのは子供の問題さ。おかしなもんだな。こうなると愛情なんてものは、今まであると思ったのがまちがいなくらい、白けてしまうね。家内が別れる段取りを細かにやっているのを見ていると、まるで料理をしたり、着物の模様をえらんでいる時みたいに、よそよそしいね。しかしそれでいて、未練というヤツは、それとは全く別にひそんでいるんだな。今はそいつとの戦いと、それから子供に対する愛情を処理する訓練だが、三上くん、子供は今になるともうおそいね。全く母親の方に味方して僕が何かいったりしたりするだけ、かえって僕がインチキをしていると思うようだね。そうなると心配は心配だが、愛情も消えるね。正直いって一人の男と別れるような女は、いったい次の男とうまく行くか、それも夫心として気がかりだね、その点きみなんか、独身で幸せだな。いったいきみはここで何をしていたの。これからいい人と会うところを、じゃましたのじゃないの。社には峯山のところへ行ったと書きおいてあったじゃないか」

「骨休めですよ」

吉本は大げさに、へえ、という顔つきをして、運ばれてきたコーヒーを私の方にもくばった。

「もう用事はすんでいるし、電話で確めておいたから、僕は今日一人でのんきに骨休めですよ。奥さんの方はほんとは別れたくないんですよ」

「女房がかね。さあどうかね。別れると決ると、その日から自分の連れて行く子供だけには食事もオヤツもくれてやるが、亭主の連れて出る子供には、全然見向きもしないという家庭を僕は知っているがね。女というもんがそんなものだとすると万事につけてえらいことで、もう一回小説家として出直しだね。しかしどっちにせよ、僕もきみんとこの坂井老みたいなことはしたくないな。もっとハッキリさせたいと思うな。あれじゃバケ物だよ。三上くん、どうも小説家はあんまり自から暴露していけないな。きみが悪いんだよ、ねえ野村くん」

私は吉本がそういいながら私の方を見るかと思うと、忽ち視線を三上にもどしてしまったので、私は、

「心配ですな」

といっただけだった。吉本は頓着なくつづけた。

「三上くん、きみなんかも、今から薬をのんでおいた方がいいぜ。野村くんも五島から買ったそうだが、効いたといったぞ。しかしやつはよく手に入れてくるね、あの男は。野村くん、お互いにもうなんのかんのという年じゃなく、昔なら安泰にインキョでもする頃だがね。それに働かされるから薬がいるというものだ。しかし、アリナミンはよくきくね」

私は服の上衣のポケットに何ということなしに手をつっこんでいたが、ポケットの中で私がいじっていたのは、五島が私に買えといったアリナミンの薬びんだった。私はニンニクを主成分にしたアリナミンをかねて常用していたのである。吉本は全くあてずっぽうのウソをついたにきまっているが、ふしぎと符合してしまった。五島にいわれてから、私は自分のポケットにあるものをちゃんと知っていたのだが、吉本にいわれて思わずビンのかたい肌にふれてしまって、ハッとし、三上と吉本に知られたのではないかと思った。そうしてポケットに入れた手をしばらく出すことが出来なくなってしまった。私は吉本がさっき廊下で社長と立話をしたことを思い出した。そうして「家族はみんな元気？」ときいた吉本の何でもない問いを思い出した。私のことに極端にふれないでいるくせに、さいごになって薬のことだけで、私に話しかけてくる吉本の本心が、私に次第に分ってくるような気がした。私はこの二人と一刻も早く別れようと思いながら、私がいなくなったあと、二人がどんな話しをはじめるか、それが気になってきて、なかなか離れることが出来なかった。吉本は私の気持をさっしたかのように、

「そこまで野村くんを送って行こう」

といった。それから、三上の食ったり飲んだりした分を吉本が払うといい、三上が自分で払うからといい、二人の間で、まるで影絵のように手と身体を動かしているのを、強い日差しの中に一人立って、私はボンヤリ眺めていると、

「おい野村くん、きみはコーヒーをのまなかったのか」

吉本の声が、ピシリと暗いところから打ってきた。

「これは、すっかり」

私はのんだつもりでいたのだ。私は心中を見やぶられたと思い、どぎまぎしたが、もうすべてを忘れたような顔をして吉本は往来に出てきた。

吉本は私の役所へ行く乗物の停留所まで、坂道を送ってきた。それから思い出したように自分の用事をいいだし、私の役所の前まで車で送ろうといった。二人になると、吉本は又もや沈黙して、私が天気のことや道が悪いことなどを一つ二つ話題にすると、その度にはげしく顔の表情をムリに動かしているように思われたが、いよいよ私の役所の前まできた時、初めて女のように急に微笑をうかべて、

「これは気にしてもらっては困るがね、ちょっと御参考までに申し上げるだけなのですがね。あそこの社の応接室にあんまり長くいるのは気をつけた方がいいよ。あそこに長くいて好かれた者は作家にしろ、そうでないにしろ、一人もいないんだからね。もっともきみは嫌われているわけでも、長くいるというのでもない、なれないうちは、つい長くいたりするというだけで、ほんの老婆心だから気にしないでくれ給え」

「誰がいったの、長くいると」

私は顔が蒼白になるのが自分でも分ったが、相手の太い皺のついたノドのあたりに視線を向けたままでいった。

「いや誰もいいやしない。僕のところへはいろいろな人がきて、いろいろな体験を話すというわけさ。いわば一般の傾向があるからそれを用心した方がいいと老婆心までに、僕の意見を申し上げとくだけでね。気にしないで

くれ給え。それから何かと困ったさいには訪ねてきてくれ、僕も昔の友人だけが、友人だということを、こういう仕事をしていると、つくづく思いはじめたよ。きみが僕の厄介になるぶんには、これは大丈夫だからね。大丈夫というか、大いばりといってもいいがね」

「またお世話になるかも知れない。きみの書くものはよく読んでいる」

私は腹立ちながら、ついそういってしまった。そういうと、私は彼がただ好意的に忠告してくれたにすぎないような気になってきた。

「僕のおべんちゃらはね、すべてこれは敵をまく煙幕でね。煙幕をはって一目散に逃げ出すのだ。しかし女房の場合は近かすぎて逃げ出しようがないね」

私は車を役所の塀のかげに停らせた。車からおりると、今日はどういうふうに自分のデスクまでもどって行くか、しばらく考えた。

3

私は出かけた時とおなじように裏門から入って、わざと小使室に立ちよって一休みした。小使がいないので、二日酔のあとを装って、畳の上にちょっと横になってタバコをすった。私は次に行くところを考えていた。それは便所である。私は小使室を出ると、わざと間道のような狭い廊下を通って、よく若い者がバドミントンをやったりする庭へ出ると、そこで銀杏の木を眺めるようなかっこうをして、もう一度前の間道を通って便所へ辿りついたのだ。便所では私は鏡に自分の上半身をうつし、手を洗うのに時間をかけてから、ヒゲソリ器具をもっていたら、私はそこでヒゲをそりはじめたいような衝動にかられた。アリナミンを三錠のんだ。

私はもともと、生ニンニクを使用し、なかなかぐあいがいいと思っていたが、臭いが強くて、家中の者が、敵視するようになったので、便所は役所の水洗のを利用するようにしていたが、それでも人が近づかなくなったので、この薬を用いることにしたのだ。それから私のデスクのある部屋の廊下へ出た。いつも私は役所を私用で抜けでる時には、出る時より帰る時にこれだけの手数をかけるのだ。出る時にくらべて帰る時の苦痛は、どうしてもこんなめんどうなことを私にさせるのである。

私はいろいろな意味で金城鉄壁を築くつもりでいたのである。私は廊下を歩いてきて、私の書かせた「静粛」という、ドアに貼りつけた紙の中のかなり大きな文字に眼をうつして、それを点検しているようなそぶりを自分に示している時、私はうしろから肩を叩かれたので、おどろいてふりむいた。私の肩を叩くような人はこの人しかない。峯山であった。

峯山がハンカチで手をふいているところを見ると、彼は私がいた密室の隣りにいたのであった。私が長いこと鏡の前で時間をつぶしている間、私より前に入った彼は、私の去るのをじっと待っていたと見える。

「野村くん、ちょっと僕の部屋へ来ないかね。出版社からの貰い物の菓子があるんだ。今、きみを呼んだのだが、姿が見えないというもんだから、待っていたんだ。きみの部屋の若い連中には、もう分けておいたから心配いらないよ。さあ来たまえ」

と峯山は自分の課長室をあごで指さしながら、機関銃の音のようにハリのある強い声でいい、それから、

「とにかくあんまりわれらの話はきかれない方がいいですからな」

とつけたした。「われらの話」というのは私にはとっさに分った。しかし峯山がどうして「きかれない方がいい」なんていうのか私には分らない。彼と出版社との関係は、まるでこの役所が出版社にかかわってしまった観があるほどで、役所の用事でくる人より、彼の内職のことで訪ねてくる人の方が、どれほど多いか分りゃしない。その代り彼は何か役所の会があれば、相当額をぽいと投げ出すし、若い者のピクニックがあると、酒代や飲物の金を出すのは、もうほとんど定りのようになっていて、峯山課長のところへ、私の下役の南などが予定を提出す

るのは、主にその目的のためなのである。その予定表は私のところへまわってくるが、モチロン私は金を出したことは一度もない。

彼のことはみんなが知っているのだ。私がそんなことを考えながら、彼に不意打ちにあったために、かえって彼の意にさからうわけにも行かず、課長室へ入って行くと、峯山は役所の資料の山の中にうずまり大型デスクの真中のほんのわずかな空地に、中村屋の月餅を指さして、さあ食べたまえ、今茶がくるところだ、といった。

「野村くん、きみはかまわんから大いに自分の仕事をやるがいいですよ。僕だってかまわんからやるさ」といってまわりを見渡し、机の上の原稿をふせた。「役所は食えるだけの月給を払っているわけじゃないし、それにきみだって家族が多いのだからな」

私は親しげな彼の言葉に、奥歯に物のはさまったような気にかかるものをかんじた。いったい峯山は私が大いにやっていると思っているのだろうか。三上と峯山と仕事のことでこれだけつき合いがある以上、峯山が私の内職がどんなものか心得ていないとはいえない。それとも三上は何も話してはいないのだろうか。

峯山は思い出したように、

「きみんとこのお義母《かあ》さんいくつ？　この頃どうなの」

「どうって」

「いや、僕んとこなんかヒドイな。財産がなくなっても養子というのは、あくまで何か得をしていると思っているからな。僕んとこなんか、今の財産は、僅かなものだが、みんな僕のあくせくかせいだものなんだけど、前からあったみたいに思っているんだ。もっとも戦争でなくなったんだけれども、その戦争まで僕がおっぱじめたぐらいに錯覚しているありさまでね。女房というものは、亭主より義母《おふくろ》に忠実なんだから呆れるね。僕は夜帰ると、さかんに抵抗を試みることにしているが、どうも時間的にこっちは不利ですね。そりゃ先方は昼間、作戦をねることが出来るんだからどうしても敗北しかねないね。きみなんか義母《おふくろ》の前で女房をなぐったことある？　こいつは子供の前で女房をなぐるよりも、おそろしいね。こいつだけはお止しなさいよ。もっともあんたはおとなしいから、奥さんも義母さんも安穏だがね。子供の場合なら女房にあやまるところを見せればすむが、義母というやつは、作戦命令を発するからね。僕は邸の中にこんど離れをたてたさ。ここが僕の城さ。ここへ女房がのぞきにくれば、掠奪するし、来なければ、それでよし、僕は浮気をすることに決めている。仕事もまたたのしいというわけだ。女房が浮気をすれば。義母が僕より先きに知ることになるだろうから、僕としては何か気のすむ次第さね。そうしたらどうだね、昨日から見なれぬ汚ない女が離れへ来ると思ったら、たらしくて、女中が飯をはこんでくるのだね、いや、何といっても僕に出られたら、こんなにマジメにあくせくかせぐ男なんか見つかるわけもなし、一法を案じたわけだね。喰わせるだけ喰わせるから出すものは確実に出せというつもりだ。今朝になったら女中が紙片を渡すので、見てみると女房の手紙さ。女房のやつは、僕が離れにおちついて平気でいるのが気にかかってきたらしい。しかし僕は容易にゆずらぬつもりだ。僕は自分の身体より義母の方針にしたがうから憤慨するんで、子供の教育のこともある。女房そのものにはいつでもあきらめることが出来るからね。ハッキリいうと女房なんか、僕はいらないんだ」

と、まるでその笑い声がめあてに話したかのように、大ぴらに笑った。

「おまけにきみ、僕は持参金まで持ってきたんだぜ」

「そうでしたね」

そう私が答えると、意味ありげにじっと私の方を見て、それから峯山はてれたようにちょうど給仕がはこんできた茶をすすりながら、茶の中の茶柱を吹いた。そうして、

「きみの場合なんかの方がいい分があるし、ムリして働くことはないということになるね。僕なんか役所のこのポストにいるから仕事があるようなものの、いったんこのポストを失ったら、生活はボウチョウしているし、路頭に迷うも同然だ。役所さまさまだ。きみなんかも自分の仕事を思いきりするといい。ここの仕事は適当でいい

んだよ。どうせ役所仕事なんだから。役所のポストを利用し給え。そうするとこんどは逆にポストまで安泰になることにもなるようだね。どうだね。三上くんいい人だろう。社長もなかなか物分りのいい男で、やり手だよ」

彼は私をのぞきこむので、私は三上を知らぬとはいえず、

「いい人ですね」

と答えた。「それからあそこの仕事は割がいいですね」

「そりゃけっこうなことだね。きみもどうだね、邸の中に家を建て給え。簡便なる別居という合理的な方法を、きみにもすすめるね。きみなんか、まあそんな必要はないかも知れんがね」

峯山は、私に茶菓子の饗応をするために、自分の部屋へ私をよび、そのついでに自分の家庭のことを話題にしているのだが、そのこともいつものように彼が内職をしすぎているいいわけなのだ。彼は私の内職の仕事の内容について三上から知らされていないようだが、家庭のことについては相当に知っていると思えた。

「ああ、そうそう。それからきみ、仕事は三上に持ってこさせたり、持って行かせたりしたらいいじゃないかな。きみが動くひまに別な仕事が出来て能率的なんじゃないかな。こんどから出来上ったら僕のこちらの机の抽出にでも入れておけば、三上が持って行くよ。そうしたまえ。僕も三上にはそう伝えておくことにするからね。きみ、ああ、そうだこれだ。この仕事頼むよ。南に任せ給え。きみは自分でしなくていいよ。南にやらせればいいんだ」

「やっときましょう」

と答えて廊下へ出ると、彼が南、南というのにはひっかかるものがあった。いよいよ私は自分の大部屋へ入らねばならなかった。それでも私は課長の部屋にいたために、かなり心の中は静かになっていた。

部屋の者は茶菓子を食べながら笑っている、笑い声がきこえた。中へ入るなり私はつかつかと忙しげに自分の机まで行き、一度坐ると、抽出をあけた。何も抽出からとるものはなかったが、かっこうをつけたにすぎない。

それからみんなの顔を見ずに直接、黒板を見ると、ちょうど出版社にあったとおなじ大きさの黒板の上に、私が書きもしない文字が書いてある。私は何も書かずに出版社へ出かけたのだった。それが私の筆蹟とはまるでちがう女の文字で、ちゃんと私の実際に行った外出先きが見えている。十五、六人の若い男女たちはまだ笑っていた。南が何か面白いことをいいつづけているらしい。南が一言いうたびにみんなが喜ぶのだ。南は元気ものである。彼らは私のことは念頭にないように笑っているのか、実は念頭においてそうしているのか見当がつかないが、この文字は誰からきいて、どういう意味で書いたのだろう。正にこの文字の通りなのだが、私に対して何らかの意図があると見なければならない。三上は一度もこの部屋へ来たことはない。

私がここで腹を立てたりしないで、峯山もああいったのだから今度からかまわず書いて出ることにしよう、かえってこれがもとになってなんかの場合にもやりいいくらいだ、と気になりながらも、自分にいいきかせて、忘れることにした。そうしていつものように、南をよんでさっきの書類を渡した。南はていねいにおじぎをすると持って帰った。私はそうすると仕事がなくなってしまった。私のデスクの上にはこれも南が差配をふるってみなにやらせたものの結果がのっていた。私はそれを見たがどこもまちがいがなかった。印をおした。彼らが退所の用意をしだしたので、時計を見ると四時をすぎていた。私は机の上を整理して本を置き直したり、書類箱をおき直したりしたが、最初の位置と少しも変っていないことに気がつくと、我ながらどうして今日はこんなことに神経質になっているのかと思われた。

「南くん、その仕事今日はもういいから、早く帰っていいよ」

「ええ、大丈夫です」

私はそういい、黒板の文字のことで、気になりながらわざわざ身体をねじるようにして彼の背後に近よりデスクの上にある書類を見ると、私の全然知らぬ書類があって、南がそれをやっている。つまり私がさっき南に渡したものと、ぜんぜん別個の書類があって、一目で分るが彼はその方をやっているのだった。私の与えた仕事をどうしてやらぬのだろう。それよりどうしてこんな仕事が彼のところへ来ているのだろう。私はその時、今まで私は南のデスクの方へは、タバコのマッチを借りる時しか近づいたことはないが、それは南が窓を背にしていて、彼の背後をまわることは不便だし、マッチをかりる時にでも、そのデスクの前のデスクごしに頼んでいたのである。用事があれば私は南をこっちへよんだ。私のデスクと彼らの一群のデスクとはかなり離れていた。私はふと南が内職をやっているのではないか、と思った。

私はかねて自分が内職をすることが容易なように、彼らとのあいだを故意にうんとあけてデスクの配置替えを行っておいた。それは一つには彼らの内職もしやすくなることであるから、南が私の見なれぬ仕事、つまり内職をしているとしても、あり得ないことではない。

そう思って私は南のそばに長くおることに堪えず、ひっかえしてきて、自分のデスクにもどり、重圧をかんじて溜息をついた。相当に部厚い仕事である。さっき峯山は私にこの役所の資料を使って内職をしたらいいだろうといったが、南にも何か口をさがして与えたのかも知れない。私が社長を通じて、こうしてのっぴきならぬ結果としては割のわるい仕事をしている隙に、南は直接に峯山を通じて、仕事らしい仕事をもらいうけているように思われるのだ。私は自分の月給と南の月給とのちがいを計算して、その仕事の報酬が入ることで、若い彼の収入が私を上まわることがあるかを考えて、よしんば上まわるとしてもどうせ峯山がいい仕事は南にゆずることはあるまいから、どっちみち大したことはあるまい、それに果してチャンと支払ってくれるかどうかあやしいものだ。しかし私はいつも心にとめていながら大事なことを忘れていたことに気がついた。南の妻が、南はこの職にありつくまで、どんなに僅かな不定収入しかない時でも、必ずその収入の範囲内で子供を養いながらやってのけてきた女である。どうしたってかないっこはない。何という羨むべき女房だろう。

やがて南の机の上で音がした。これは南が仕事をきりあげる時のしぐさで、資料や原稿の束で机を拝み打ちにするように叩いて、きりをつけるのだ。その上に厚い漢和辞典をのせて、紙くずをまるめて屑かごに放りこむと、帰り仕度をはじめた。南が立ち上って、靴をはきかえている時までには、外の連中は、いつものように去って行った。南がハンカチにきちんと包んだ弁当箱を鞄に入れて出ていったのはかなりおくれてからであった。私は弁当箱の包みが、五島のように出版社名の刷りこんだ封筒でないので、ちょっと安心した。

私は胸ポケットからたった一枚のゲラ刷りを取り出して、その文面に見入った。それから廊下へ出て便所に立つと、何げなく便所の窓から庭の方を眺めた。銀杏の木の天辺が見えるだけで、よほどのぞかなければ下の方は見えやしない。どういうかげんか三階の便所へ庭の話し声がきこえてくるので、今時裏門の近くでもないのに何ごとだろうと思った。

「こんな時には都合がいいわね」

といったようなハシャイだ声が聞えてきたように思われたので、耳をすますと、

「こっちだよ、南さん」

といくつもの声がそういって呼びかけた。

それがどういう意味か、私に分らないが、とにかく私の部屋の者たちであることは、声にききおぼえがあるのでまちがいない。彼らはこれから集ってどこかへ出かけて行くのだ。誰かの誕生日かも知れない。都合がいいとは、何のことだろうか。私がいつもいのこっているせいだろうか。そうとすれば、ムシロこっちこそありがたいといわねばならぬ。どうせいっしょに会合をやれば、私のフトコロはよけいさびしくなるわけだから、峯山までどこかで待ち合せるのじゃないだろうか。

私は部屋にもどってくると、南の机の上が気にかかって、じっと坐っておることが出来なくなった。私は漢和辞典を下して、彼の仕事をひらいてみているうちに、手がふるえてくることが自分でも分った。私は南の椅子に腰を下して、しばらく呼吸をととのえた。南の仕事は内職ではなくて、役所の仕事である。私を経由しないで、峯山から直接に南の手へ渡っているらしい。

(南はこういうヤツだ。仕事がやりたくて仕方がないんだ。こんなヤツが上役になるとやって行けやしない)

私はそう心の中で呟やきながら、もう一つ別なことを考えていた。峯山は南に今までで時々こうして仕事を直接南に渡し、バレそうな時にはあとでもう一回私の方にまわして体裁をととのえていたのではあるまいか。そうするとさっき峯山から渡された仕事は、もう終っている仕事なのだが、私からもう一度南の方へまわす手順をふませたことになる。そんなことはあるまい、そうだとしたら、私という人間はいったい何なのだ。全く不要な人間じゃないか。

私は釈然としない気持になって、自分の席にもどると原稿の校正をはじめた。すると例によって直ぐ終ってしまいそうになるかと思うと、どうしたものか考えこんでいるばかりで、一向にはかどらない。一字誤植をなおすと、また考えこむからで、たった一枚に私は二時間はたっぷりかかって、もう一度見直すと、見おとしが三つばかりもあった。あまりに僅かな仕事のために、いつでも出来ると思うと、私はつい性根が入らないのも一つの理由である。まるで何十枚かの校正にかかる時間をかけたのだ。私はそれから時間をつぶすにどうしたらいいか、と思いながら、こんなおそくまで残っているのは守衛だけであるので、こんなに残っていることが仕事になっている彼らを羨みながら、鞄を取りあげて、スウィッチをひねって電燈を消すと、廊下へ出て、特にそのつもりもなく廊下のスウィッチもついでに消した。すると廊下をまがった課長の部屋から、

「おい電燈を消すな、まちがえているんじゃないか」

といって峯山が顔を出した。

「やっぱり野村くんか。まだいたの。仕事か?」

といい、

「ちょっと寄って行かない」

とつけ加えた。

峯山の部屋へ私が入ってみると、彼は今まで私用の仕事をしていたところらしくて、彼もまた赤インキを使っていたところと見える。峯山は私の視線が思わず机の真中へ（昼間はそこには月餅があった）流れると知ったのか、彼は例のドスンドスンといったかんじのしゃべり方で、押しまくった。

「つまらん仕事だがこいつは他人に校正を任せられないんだ。専門のものは、うっかり出版社に任せられないね。この前ヒドイめにあって、こりちゃったよ。ほんとうは、野村くん、きみがやってくれるといいんだが、まさか、きみには頼めないしね」

「そうですね。ちょっと、校正の仕事は」

「それなんだ。三上にも、きみのことは宣伝しといた。そのうち何か仕事を頼みたいといっていたがね。あれはいい男だから、きっと何かしてくれるよ。きみも子供向きの仕事なんか、ここの物を使ってやってみないかな。その代り、うんとくだかなきゃ、だめだよ。何もそうしたからといって、きみの値打ちが下るもんじゃないし、きみがここの課の係長として、長いんだから、きみのことだって、その方面の人はよく知っているんだから、仕事の方に箔がつくことはあっても、きみが損をすることは全くないぜ。実はそのうち、こことしても直接、仕事をやりたいとも思ってるんだ。出版社を介さないで、直接ここで企画してここで出すんだ。役所の仕事の一かんとしてね。きみもそうすりゃ、小使銭にはことかかないだろうが、まとまったものが入るから、ちょっとした部屋ぐらい建てられるし、その時には一つまた頼むよ」

それからデスクの前に坐り直すと、ちょっとそこのウイスキーでものんで待っててくれないか、ちょっと帰りにつき合ってくれよ、と峯山にいわれて、私は彼の手の運びを眺めて待つことが、時間つぶしには手頃であるので、つい彼の誘いにのって待つことにした。私はそのあいだ、昼間発見したことを確めたいと心が迫ってきたり、彼から内職を一刻も早く分けてもらいたいと懇願したくなったりして、その度に心は動揺したが、彼が私より十歳も年下で、子供も小さく私より月給も安い男であって、まだ皮膚もつやつやしている上に、アゴのあたりの精力的な肉附きを見ると、どうしてもいいしぶらざるを得なかった。

「こうして仕事をしながら家のことを思うと、ざまあみやがれといった気持だね。こりゃあ経験のないものには分らん」峯山は最後の一字の校正を終ると、そういった。「これから女房のいやがる酒をのんで、まっすぐ自分の部屋へとびこむと明日は明日のおてんとさまが見られるというわけじゃないかね。それともどこまで女房が歩みよってくるか、みものだね」

峯山は途中で仕事をおとすといけないというので、手ぶらで気軽なかっこうをして小柄なくせに大股で先きに立って歩きはじめた。

峯山は守衛に片手をあげてアイサツをしながら声をかけた。すると相手は、私に「明日ちょっと話が」といって横を向いた。

表へ出ると峯山は、

「野村くん、ここで案外一番ユウフクなやつは老守衛だな。あの男なんかも歌会の幹事であるばかりでなく、生活自体も豊かで、息子はとっくに一流の大学を出て立派にやっているし、もうじき嫁もらいだといっていた。あの男の細君は洋品店を開いているが、もうすっかり地盤が出来てしまったらしいな。あいつの収入はモチロン君なんかより多いが、それがまるまる小使銭になるのだからな。もっともわれ等みたいに大酒のむわけではなく、飲むとしても、細君の酌でチビリチビリやるんじゃないかな。もっとも今でも今夜なんか夜勤なんだが、こんな楽しいことはなかろう。三十何年もこの役所のまわりをまわっているんだから、自分の家よりなじみが深いはずだ。僕なんかあの男にずいぶん金を借りたもんだが、あの男に金を借りるような家庭は、うまい家庭とはいえないと、やつはいっていたが、どうもこの役所もフガイないな」

私はツバをのみこんだ。

峯山のいう通り守衛にかなりの金を借りて、月々返す方法をとっているが、のびのびになっているからだ。

4

盛り場の横丁へ、峯山は私を案内した。ホルモン料理と称する物をくわせる店で、前に部下たちを連れてきたことがある。

狭いスタンドの前に鳥のように止ると峯山は、

「これは野村くん、薬以上にきくそうだよ。ただこいつは臭いので女房にきらわれてね。ずっと前のことだが、女房が何をくってきたかといったので、子袋だといったら、よけい僕には近づかなくなったよ。きみ、子袋にする、それとも男のものにする？」

私はだまっていた。だまったままうなずくと、

「今日は僕が出させてもらう」

「いいじゃないか、いいんだよ。それじゃ子袋だね。あなたはお年の割に奥さんがわかいんだから、まだ気がわかいでしょう。しかし野村さんは実にわかいな。白髪だって数えるほどだし、それに痩せておられるが、別に胃が悪いというほどでもないでしょう？」

「胃は丈夫だが、とにかく今夜は僕に払わせてもらいたい」

「あんたはきっと長生きしますよ。弱そうに見えて案外ですよ。奥さんより長生きするかも知れないな。三上の出版社の坂井という老人知ってる？　あいつは七十すぎだが、まだ別居のままでいるんだってね。もう意味ないじゃないか。僕はなるべく身体に気をつけて長生きするね。時々仕事をしすぎちゃいけないと思うよ。酒をのんで徹夜したあとなんぞ、ここんところがいたくてね。こいつは肝臓だよ。羨しいな、あんたは、奥さんがわかいなんて、欲ばりじゃないか」

峯山の羨しいな、には皮肉がこもっていることは、彼の口のすべりが、酒をあおっていよいよよくなりだしたことでも分る。私は峯山が自分にかこつけて、私を笑っていることが、身にしみて分ったので、もうそろそろ帰宅してもよかろうとも考え、金を払おうと、財布を出しながら腰をあげた。

「そんなに早く帰ったって仕方がないじゃないか」

私は相当まいっていたので、財布をもったまま丸椅子に躓いて、椅子もろとも倒れかかった。

「野村、さあつかまれよ」

こいつはくんをぬきにしたな、と思いながら、いたしかたなく、彼にもたれかかるようにして、人ごみをぬってぶらぶら歩き出した。私は彼の肥った身体にさわりながら、こんな男のように働きがあったら、この男のように庭の中の小屋に追い出されたりしないと思っていた。私はそのうち、彼に奢ってやるとわめき出し、赤線区域へ行こうと強引に誘った。彼は、

「ムリをしなくともいいよ。おちついた方がいいぜ。平素のおちついたきみに返ってくれよ」

と叫びながら、歩いてくると、とつぜん、

「あっ」

といって立ち止った。

「いいから今夜はおれのいう通りにしてもらおう。きいてもらいたいこともあるからな」

とわめいて、前方を見ると、私の酔眼に、着物をきた妻の小柄な後姿がうつった。畜生いやがるな、と思ったが、妻は男と並んでいる。南だ。私の酔いは急にさめることはなかったが、空々しい気持になり、ほう、やっているじゃないか、相手はこともあろうに南か、と心の中で叫んでいるうちに、人ごみの中に二人の姿を見失ってしまった。何か思いついて峯山をふりかえると、彼は最初から横を向いていたように、螢光燈の光りで明るい薬屋の店さきに立っている女たちの、後姿を眺めていた。

私はそこで、峯山の腕から何とかすりぬけると、駅まで送って行こうといった。峯山はどうしようかな、どうしようかな、といいながら、まだ私をつかまえようとしていたが、

「じゃ僕はここで失礼することにしようかな」

といって、折から走ってくる車の方を指さした。彼が指さしたのは私に向ってのしぐさであったのに、車の方は呼ばれたと思ってすり寄ってきた。それは彼が私の上役であることを示しているようにもとれる。どうにもならぬなりゆきと思われた。そのなりゆきに私がはむかおうものならば、一時にみんなぶちこわしになるような気配があった。彼はこんどは、車に呼ばれたように歩みよった。峯山は車の中へ入ると、私の肩を叩いたりするのとおなじような彼のくせで、片手をあげて、車と共に去って行った。彼にしてはすべてゆっくりした動作であったが、かえってまるでけんめいに逃げようとしているように、私には思われた。彼の背中はこう囁いている。

（おれは今夜は、ずいぶんサービスしたぞ。これだけサービスしとけば、まあ、一応おれの気持はすむし、何といったって、おれに対する思い出も悪くなかろう）

私は家に一番近くの駅で電車をおりると、家と反対の方へ向って歩いていった。ガードを一つくぐって高架線路ぞいに大分行ってから右に折れると、貧弱な飲屋が四、五軒、おんなじような恰好で並んでいた。

そのうちの一番奥の、「秋野」と書いたチョウチンのぶら下った店の前へ立って、一番上のそこだけスリガラスになっていない窓枠の中からのぞいた。私は見つけられるまで、そこに佇んでいるつもりであったが、中の客の方が、

「入るなら入れ」

といったので、ガラス戸をあけて、敷居のところで、私は道化ながらいった。

「マダム、入らせてもらえるだろうかね。実はまた拝借したコウモリ傘を忘れてきてね。おまけに借金もあるというわけだし」

「酔っているわ」

躓きながら出てきたのは、年をきかれると二十五、から三十五、のあいだの年を、そのたんびにいってのける芸を心得ているだけで、白痴のようなルミという女だ。こんどはマダムが声をかけた。

「あんた、コウモリ傘の持主が来るたびに何度も何度も聞くんで、困っちゃったのよ。コウモリ傘はあるの」

「ワイフと娘と息子が、交替に使っている。家は目下あの傘一本しかないのでね」

私は冗談をつづけているうちに女が酒をはこんできた。

酒の次にはのぞみもしない料理がくることも分っている。

「あんたを待っていたのよ。おみかぎりだものね」

「だからさ、傘と借金を待っていると思って、日夜心がけていたんだが、愛妻が待っているので、こちらへ足がむかないんだ」

「あら恐妻じゃないの、でも恐妻も愛妻の一種だというじゃないの」

マダムが気がきいたことをいった。が私はこいつまで知っているじゃないかと思った。私はここに最近は一月ほど前に来たことがあるだけだ。夜は役所にいのこっているが、帰りは「秋野」と決っていなくてどことなくふらつくが、今夜のように何となくここへ来てしまうことがある。私はここへくると、いつも相手方の身になって、自分からどれだけの儲けを得ようとしているかということを考えながら、冗談をいいいい、飲むのである。だから私はひかえめにするが、前の借金がかぶさってきて、割高に勘定されるのが、出てくる時はまた借金がのこっている。この前雨の降る日にコウモリ傘を借りる時に、こいつはまずいぞ、また来なくちゃならないぞ、と思いながら、妙にまたありがたくもなってきて、つい先方のいうなりになった。

「おい何だこれは、この表彰状はお前さんのじゃないか」

私は顔をあげた拍子に、壁にふしぎな額が飾ってあるのに気がついた。

表彰状

中田ルミ子

右の者は衛生食品、食器の取り扱いに関し、よくその趣旨を体してその職に忠実に励み、「秋野」方に於て三年間勤続したことを賞し、ここに表彰す

某区保健所長

峯下五郎

私はそのおかしな文面を読みあげながら、最後までくると、峯山とまちがえてギョッとして、昼間のあの書類の一件を思い出してしまった。峯山はけっきょく自分をどう扱おうとしているのだろう。この女は私のそばにいて、ただ酒をやたらにつぎ、私も酔い自分も酔うと膝をくっつけてくるだけの能だけしかない。そう考えていると、女はあおるように私の酒を自分でのんでまたかってに酒を頼み、彼女は二百円の万年筆一本をホウビにもらったといった。

「大したもんでしょう。第一今時一つの店にいるのは、そうざらにはいないんだからね」

「この子は行くところがないんだよ。三年いただけなんだ。野村さん、お役所だって、そういう人あるというじゃないか。野村さんにきいてみな、ねえこの人、額をかけてやったら、鼻息あらいのよ、この人のおかげで、店がもうかっているみたいなつもりなんだからね」

「あら、そうかしら」

「この勢いで飲めや、お前んとこは儲かるさ。おれが表彰してやる。役所にはホントに働くのが好きなヤツがい

るぞ。今夜はおれがホウビをくれてやる。マダム、ちょっとこの子を借りるがいいかね、一応勘定は払うぞ」

私はさきのことも考えずに、いきりたった。

「これはいつの分かしら」

とマダムがいった。

「先きの分まで払っているくらいだ」

「散歩だけよ」

女は私が店へくる前にしたたか飲んでいたところへ私の酒をつづけて浴びるようにのんだので、ふらついているのを腕をとってひきあげると、ルミはくっついてきた。

「コーヒー一杯じゃいやだよ」

「若い者とはちがうよ」

女が例によって私の膝にのってきたのを抱きあげた。

「それは知っているけど、ほんとにコーヒーじゃいやだよ」

「心配するなって」

私はコーヒー一杯のつもりであったのを見すかされたのでムキになって、大げさにいってのけた。

「私いくつに見える」

「そうだな。三十にしとこう」

「あら、いやだ、二十七よ」

私はルミ子を外へ連れ出すと、女は、私に顔をすりよせてきながらいった。

「ほんとにコーヒーじゃいやよ。ブラウス買って、ねえ私、今夜も考えていたのよ。約束して。あら何を食べてきた、くさいわね」

店の料理は彼女が平げたので、私の口は、さっきの峯山との料理の臭いがのこっているのだ。私は手をのばしながら、

「きみのような女性を食べたんだ。女性の御本尊を食べたんだ。そう、ここのところを食べたんだ」

とふざけた。

「あら奥さんのを食べたらいいじゃないか。ねえ、こっちよ、こっちへ行くんだわ」

ルミ子は私をどこへ連れて行こうとしているか、ハッキリ分ってきた。断乎として私にブラウスを一枚買わせるつもりなのだ。駅へ出て大通りを右へ折れて行けば、そんな店が軒並みにある。そこはまだ店を閉めていない。私は先ず女に酒をのませる気でいたので、フトコロの中をモウロウとしたアタマで暗算で計算しながら、こんどは肩へ手をかけて、その手を胸のあたりへのばして、別な飲屋を物色していたが、彼女はそれを察したのか、酒はイヤだよ、といった。デシンのブラウスだわよ。酔っていても知ってるんだ。とくりかえし、買ってくれたら、飲んでもいい、といった。私は遂に彼女にひきずられるようにして、場末の洋品店に立った時、まあこのくらいの女なら満足してもいいと思った。私はもう昼間のことはけっきょく問題でないんだと呟やいた。ルミはぶらさがっている既製品を一つ一つ手にふれてみながら、最後に、

「これ私にどうかな」

「そいつは高すぎる。こっちにしろよ」

私はとっさにいった。

「それじゃ、いくら何でも貧弱だわよ」

その値段を見ると、私は自分の内職の労力と思い合せてムッとした。こいつの内職じゃないか、こんなことで、そんなウマイことがあってたまるか。お前なんぞ一番安いやつでいい。

「それでいいんだ」

「せっかく買ってくれるんなら、これにしてよ」

女ははじめて女らしい声を出したが、取り引きということが分っているので、かえってこの女らしさには図々しすぎると思ったが、そこまでするのなら、その労力に対して、イヤイヤながらでも望み通りにしてやることにしよう。私は愛玩する相手だと思っていないが、自分の思い通りにするには、多少は相手を喜ばせておかなければならないと思った。女のいう通りにしてやると、女は白のデシンのブラウスを持って歩き出し、

「もう少し飲もうよ」

私はこいつは見当ちがいなことを考えているんじゃないか、仕方がないから、ほんの二本ばかり飲ませようと思い、屋台店へ連れて行って安くあげて、車にのせると、電車の中から見おぼえのある、構えのわるい、いつのまにかシモタヤを改造した温泉マークの宿へ向ったが、車の中で、女は私によりかかりながらこう話す。コウモリ傘は今日昼間役所へ自分がききに行ったら、はじめのうちは、そんなものは知らないとか、役所へそんなことをいいに来たって話になりゃしない、自宅へ行くがいいとかいって取り合わなかったが、いったいその人は誰だというので、あんたの名刺を見せて、この人だけど、家へ行くのは、店として都合がわるいので、伝えておいてくれないかというと、コウモリ傘？ といって、みんな私のまわりに集ってきて話し合っていたが、ちょっと部屋の中には大事な書類もあるから廊下へ出ていってい給え、しばらく相談してみるといっていた。いや廊下でなくともいいが、あっちの隅のところにいてくれ、役所は役所で色々きこえてはならないことがあるんだから、第一、野村さんはえらいんだよ。あそこに坐っているんだ。今はちょっと出かけているがね。さあ、あっちへ行って待ってるんだ。コウモリ傘ならまだいいが借金のことなんか、ここへいってくるんじゃない。神聖な職場へ商売女がくるのは、野村さんにも悪いんだ。私がいわれる通りに給仕のいる机のそばで待っていると、そばにいた給仕が出むいて行って、傘なら、たしかにそこにあったがあれは野村さんのじゃないかな。念のために見てみる、といってごそごそやってたら、あんたの机の後ろのところから傘が出てきたわ、野村さんのじゃないか、記名をし

らべてみたらいいといっていたが、こいつはぜんぜん知らぬ男の名前だと一人がいうと、それじゃやっぱりこれでいいんだ。といって渡してくれた。渡した証文をとっておくから、さあこれに名前を書いといてくれ、というので私はあの万年筆で書いてやった。みんな字がなかなかうまいといっていたわ。野村さんが帰ったらそういっといて下さい、と私がいったら、みんな集ってから相談しみんなコウモリ傘を手にとってまわしていた。きれぎれの話を綜合すると、ルミはこんなことをいった。私はその話は初耳なのでおどろいて証文を書かせたというが、どんな男がそういったのかときいてたしかめてみると、私の位置からしても、折から食べていた弁当箱の模様からしても、それは当然南だ。南は受け取りを書かせたくせに、私に一言もいわないのは、出張があったり何かして忘れているうちに、いいそびれてしまったのであろう。それよりもこの女が、私がひどく悪いことをしたのならともかく、第一私は誰にもメイワクをかけてはいないのだ。それよりもこの女が、これから温泉マークへ連れこもうとするような大事な時になって、急に思い出したようにいうとは、おかしなことだ。マダムのやつはどうしてまたさっきもあんなウソをついたのだろう。私はそのことにこだわって、

「お前たちはどうしてだまっているんだ」

「あら、何にも知らなかったの」

「冗談だがね。知らんわけがないじゃないか」

「あんたのいうことは、みんな冗談だね」

この女はマダムが冗談いったと思っていたのだ。そしておそらくマダムは、私がまたみんな知っていて冗談をいっていたとかんちがいしたのにちがいない。

「役所というところは、どうして何でも相談するんだかね」

私はこの女と話しているより、飲んだりブラウスを買わされたりした分の一部でも取りかえすことの方を先きに急がぬと、せっかくのキカイを逸してしまうとあせっていたので、そのことはそれくらいに打ちきって、ちょ

うど車が宿のネオンが見えるところまできたので先きに車をおりると、今度は女をひきずるようにおろして、かねて彼女がブラウスを見ているうちにポケットに別に入れておいた百円札を運転手に渡した。いっしょによろけながら、ちょっと休んで行こう、あとで店へおくって行くからな、といった。私は道々、女に知られぬうちにポケットに手をつっこんで、例のニンニクのエキス剤に手をかけて、ビンの蓋を左へねじると、ビンをさかさにして、何個にしようかな、少しよけいに飲んでやれと思いながら、思いきってひっくりかえすと、手許がくるって二十個ばかりバラバラとおちてくるのが分った。私は五個ばかりとって、ムリヤリにルミ子の口をあけさせ、二日酔の薬だといってその中へほうりこんで、それからつづいて自分ものんだ。私は水がなくっちゃノドへ入らないのよ、何を入れたのよ、と女が叫び、

「私を殺すんじゃない。私ブラウス一枚でも、死んでくれっていえば、死ぬわよ」

「もったいないことをするんじゃないよ」

ルミは口の中のものをベッベッとはきだしてしまった。私はそれをみるとこの女をいよいよ何とかしてやろうと思った。彼女の腰に手をかけた拍子に、ポケットの中のかたいものに手がさわったので、これ何だ、といって引き抜いてネオンのあかりにすかしてみると、吉本の著にかかる「恋愛相談読本」というもので、吉本の書いた最近さかんに売れている新書だ。これはたしか五島が校正をしたはずの恥ずかしくなるほど誤植だらけのもので、今朝も私が出がけに家の中にころがっていた本であった。出版社で五島が私の眼前でいきり立って、赤を入れていたのは、外ならぬこの第二部であった。

「えらいものを持っているじゃないか」

私は内心おどろいていった。吉本がここに出現してこようとは思いもかけなかった。私はまるでルミ子のかたちをかりて、吉本がそこにつっ立っているような気持になってしまった。

「表彰状をもらう時にね、先生が保健所長といっしょに坐っていたんだよ。それから私はファンになっちゃった

の。こんど私のことを書いてもらうんだ。いろんな話、集めているっていってたわ」

「あの店へ吉本がくることはないだろうな」

「私がお連れしたんで、マダム大喜びよ。ほんの二、三日前だわ。私いろんな話してやった。お店へくる人のことも話したわ。野村さんの話もしたのよ。おかげでマダムに叱られちゃった」

「立ち止らず歩けよ」

「先生はこんど御本の中で、シェパードに鞭、鞭って、鞭をくれて、訓練する人の話を書くんですって。その人は毎朝家族が寝ているうちに、犬をひいて行って外の水道で顔を洗うんですって。それからどうしたわけか、自分の家では、顔を洗うのがつらいのですってよ。犬を扱うのは上手だが、女を扱うのは下手な男なんですって。そんな男っているのかしら、とマダムがいうと、これは自分の作り話だが、ありそうなことだな。男ってものは大体がそういうものだ。先生なんか幸福な御夫婦でしょう、ってきくと、幸福でなくって、人を幸福にする本が書けるかっていったわ。ああいう人は、でもイヤね。女の気持なんか、つつぬけでしょう。私は裸になったみたいでイヤよ」

白痴のような女だと思っていたのに、外へ出るとあまり気のきいた口をきくので、私は心配になってきた。宿の部屋へ入った時、ルミ子は、ほんのちょっと休むだけよ、マダムが待っているんだもの、というので、そりゃそうさ、といいながら、ひっぱってころがすと、倒れたので、私の腕がルミからぬけた拍子に、ルミは黙って、必死の勢いで起き上ってドアの方へいざりよった。私はこいつはおかしい、何か順序をまちがえたのかなと思い、

「いいじゃないか」

と手をのばしながら叫んだが、もう女は手の届かぬところにいた。

「何をするのよ。話をするんだわ。話をしにきたんだよ。廊下で待っているから、一休みして出てくるのよ」

ルミはそういいながら、廊下へ出てしまいふうふう息をはきながら、私を待っていた。

「話？　おれはここにいるから帰れ」

私はもう一度廊下におどり出て引きずりこもうと思ったが、頭がジンジンしてきて胸の動悸が自分でも気づくほど高くなった。いくら何でも、ここまできて部屋の中へおき去りにされるのは、どうしたことだろう。いったいこの女に、そんな逃げ出すような資格があるのか。

「いくらハリきってもムリだわよ。身体をこわしたら、何にもならないじゃないか」

ルミは私に何度も出てこいといった。そのうちに私はルミが何を考えているか、やっと気がつくことが出来た。彼女は私に店まで車で送らせるつもりでいるのだ。私はルミが帰って何をいうかをおそれたので、けっきょく彼女のいうままに起き上って廊下へ出ると、そのまま宿を出て彼女を店まで送りとどけることにした。

ルミが先きに入り、しばらくして私が小用をして入って行くと、店の中からわけのわからぬ歓呼の声で私は迎えられた。もはや深夜で、店の客はふえているのがバクゼンと分った。私は歓呼の声に応えないわけに行かなかったので、私の方もまたビール、ビールと連呼した。客は私の声に応えて、また歓呼の声をあげた。私は誰からか一杯ビールをつがれた。

「野村さん、何本」

とマダムがいった。

「いいだけ飲ませろ、一人一本ずつそして乾杯させろ」

と私はどなった。

私はビールを誰からかつがれたが、それは私が注文したものかどうか分らなかった。私の叫んだ通りビールを出したか、どうかも分らなかった。どうも誰もホントにしなかったような気もしていた。

私はもう一度、思い出したようにみんなのマネをして歓呼の絶叫をした。するとこんどはもう私のいることを忘れてしまったように、誰もこたえなかった。まもなく私は自分がスタンドに眉間をおしつけて酔いつぶれていることを知っていた。店の中は静かだが、陽気な話し声にかわった。ルミの表彰状の話がまた出ていて、誰かが、ちょうど何時間か前私が読みあげたとおなじように読みあげ、ルミの万年筆のことが話題になった。それから私がいったようなことを誰かがしゃべり、そのうちルミが、

「私はいくつに見えて」

ときいた。そのあとは同じことのくりかえしがはじまった。私は大分前から客の声の中に、ある男の声をきいているような気がしていた。私はもう立ち上るべき時間だと思ったが、誰かの手を借りなければとうてい起き上れないほどになっていた。

「この人にムリさせてはいけないんだよ。大事にしてあげなくっちゃ」

もうまちがいなく、五島の声だ。ムリとは何のことだ。何をしたことだ。私はこれから自分がどうするか、こうした一日のあとでいよいよ自分の家に辿りついてから、何年も前には考えてもいなかった気持を味わわねばならぬことを、身にしみて感じていた。こんな五島がいることなど、それにくらべれば何でもない。

「野村くん、きみの家は、たしかこっちの方だよ」

5

(とりかえしのつかぬことをしている)私は眼をつぶったまま、呟やいた。

いつものように外の軒下のシタミをバタバタやる音がきこえる。それからうめくような声がすると窓ガラスが音をたてはじめた。私はそれが自分を呼んでいる私の家の犬であることを知っていた。時間がくると、私をおこ

しにくる。もっとも、犬がこなくとも、私は六時半にはきっかり目がさめてしまう。私は机の上に手をのばして、何年前から持ちはじめたか忘れてしまったウォルサムの時計をひきずり下して時間を確めてみる。やはりまちがいない、と思いながら、私は昨夜のことを後悔していた。ほかのことは何とかなるが、あのことだけは、とりかえしがつかない。実にバカなことをしたものだ、と思ったのである。それは昨夜費消した金のことだ。私はそらで数えてみようとして起き上ると、犬が私の気配をさっしてよけいはげしく、窓ガラスを叩きはじめたので、私は思わず、部屋の中から、

「鞭！」

と叫んだが、犬はちょっと躊躇の色を見せただけで、またもや猛然と前足をあげた。奥にきこえないようにそっと窓をあけるだけはあけてから、私はもう一度こわい顔をして、「鞭！」と叫んだ。犬は物悲しげに一声なくと静かになってしまった。たぶん軒の下で私の次の命令を待っているのであるが。

私はそれから坐りなおしてフトコロのポケットをしらべてみた。使った金はイヤでもすぐ分った。私は舌打ちした。その金は「あのこと」のためにとっておかなければならない。極力これから気持をひきしめなければならないぞと思った。何よりもとにかく金を使ったことがいけない。

「あのこと」というのがいつくるかまだよく分ってはいないが、その用意だけはしておかなければ、と私は自分に言いきかせた。

私はそうしながら、隣りの部屋のことに耳をすましていた。実をいうと、犬に起される前からそうしていたといった方がよいかも知れない。そこには私の妻と三人の子供が寝ている。誰かの便所へ行く音がきこえた。それは子供の足音である。足音はふたたびきこえると障子がしまって、静かになった。

「何をしている」

私は囁くような真中の男の子の声がきこえたような気がしたので思わず身体をかたくしたのである。その言葉

がホントなら、もう一人が私の部屋をのぞいていることはあきらかなのだ。私は思わずきっとなって障子の穴を見あげた。穴といえるていどのものが三つばかりあるのを、私はかねて知っていた。私はその穴から、いくどとなくのぞこうという衝動にかられたおぼえがあったから、とっさに位置が分ってしまった。低い穴に私は末の方の子の片眼らしいものを見つけたのである。私に見られた時に、チカッと光ってその眼は笑ったが、そのまま穴から外さないで、まだ眺めつづけている。

（お金の勘定をしているぞ）

その眼はどうもそういっているようだ。

私はまるで本職の追ハギに出会ったような非常な驚愕をおぼえた。最初からこの場面をのぞくために待ちかまえていたのじゃないかな。

（どこへしまうか見ておれ）

（きっと本箱の下だぞ）

二人の囁きはまだつづいているが私の空耳かも知れない。私は自分のポケットに入れているのは危険とかんじたので、本箱ではないにしても、部屋のどこかへしまいこもうと思いついたところであった。そうしておどろくべきことには、私は何か暗示にかかったように、本箱の下へしまいこみかねない気持にさえなったのだ。私はその囁きに抵抗するどういう方法も思いうかばなかったので、けっきょく前の通りにポケットへしまいこむと、腹を立てたようにわざと唇をかんでみせて外へ出る用意をした。つまり私の日課である。

私はフトンをしまうと、机の上の塵をすかしてみて、鳥の羽根の塵ハキで畳の上へ払い落すと、時計のネジをまいて支度にかかった。私は障子から見えないように壁のかげで鏡に顔をうつして髪に櫛を入れているうちに天辺がかゆくなってきて、櫛で頭の地をかくようにすると、フケだけでなく、白髪まで抜けおちてきたので、刷毛で紙にとるとあけはなしてある窓の外へなげた。私はとたんに娘の、

「またそんなことする。およしなさい」

という声がかかってきやしないかと思ったが、まだ十四になる娘は眠っているらしかった。私にはしかしやはり眠っているとは思えない。隣りの部屋も、それからもっと奥の部屋の義母も、私の一挙一動をさぐっているにちがいなかった。私はとにかく、いつもとおなじことをするより仕方がない。

犬を連れて外へ出ると、私は家の中で急に爆発するように、話し声がきこえはじめるのではないかと思い、そんなことになったら近所の手前恥ずべきことだ、と犬にひっぱられる恰好をしながら、自分の方から小走りに走りだした。

住宅街だが、商店も近くにある。商店はモチロンもう戸をあけはなっていて、住宅でも雨戸は閉めたままだが台所とおぼしきところでは、エプロン姿の主婦の動く姿が見えた。二丁ほどくると炊事をやりながら主婦が、

「いつも通る人だわ」

というような表情で私と犬とを見送っている。それは一軒ではない。私はほとんどおなじ道をこうしてきまった時間に歩くので、彼女たちはいつしか私の顔をおぼえてしまったのである。向うは部屋の中で、しかも柵にかくれて、炊事をしながら眺めているのであって、正式に私を見ているのでもなければ、今までこうした場面に度々ぶつかっていても、アイサツをかわしたことがないので、私は今日もうなじを返してそ知らぬ顔で、足どりをかえず坂をおりて行った。

私の家から四丁ほど行くと、住宅地の中心にくるが、そこに古い遊園地がある。私はいつもそこで犬を木につないでから一休みする。一休みするのは、その間に遊園地のまわりに人がいるかいないか確めるためなのである。どうかするとこんな時刻に勤人でない特別な仕事をしている男か、あるいは犬を連れた女がここへ入ってくることがある。牛乳屋が自転車をとめて水をのんで行くこともある。私がここにいると、散歩に来たものは、ふしぎと居心地がいいのか、なかなか立ち去ろうとしないので、そういう時はちょっと困る。出勤時間におくれるので、

あんまりぐずぐずしているわけには行かないからだ。私がここですることは、犬が知っているだけなのだ。
私は犬が私をひっぱって、いつもの行場所である遊園地へ勢よく入りこもうとするのに任せながら、木立の隙間から遊園地をのぞくと、私はこいつはまた時間つぶしだと思った。水道の傍に一人の男がうずくまっている。よく見ると、その男は右の手に歯ブラシを持って、よろめきながら、空を仰いで、ゴロゴロとも唸り声とも何ともつかぬ声をあげては、また倒れかかるようにしてうずくまる。その音のたてかたからすると、すぐ年が分った。ノドへ痰がひっかかるような、汚ない音だ。私は自分がそういう音を立てだしたのはちょうど十年前四十になった頃からだということを忘れない。いったいどうしてこんな汚ない音をノドがたてるのだろうと不審に思いながら、そうした音を立てなければ、ノドの中が晴れやかにならず、いたしかたないのであった。

水はおそらく彼の意に反してだろうが、足もとに散ってしまう。つまり、長年やってきた洗面がどうやら思いどおりに行かなくなっている。

私が困ったのは、遊園地にその男がいたことでも、その音が何かやるせなくまた腹立たしかったからでもない。私も毎朝ここで洗面していくことにしている。私とおなじことをする老人がいるのである。私はまわれ右をするか、あるいは彼の立ちのくまで待つことにするか、どうしたものかと思案しているうちに、私の犬がけたたましく吠えはじめたので、老人はぎくっとしたように、タオルをアゴのあたりにずりさげて私の方をふりむいた。彼は和服を着ていたので気がつかなかったが、昨日私の食うつもりでいた丼物を取り去った、あの老人であった。私は、おや、おや、と呟やいた。まったくそう呟やく外にはどうしようもないような奇妙な気持におそわれたのだ。

その老人は今朝からここで洗面をはじめたのだろうか。私はもう二年近くここで洗面しつづけている。それなのに一度もこの男と出会ったことがない。もしとつぜん思い立ったとすれば、何という符合であろう。それとも何かの拍子に、ここへ散歩をしに来て見て、何かふしぎな誘惑にかられて、第一回の洗面をしてしまったのだろうか。それならそれで、何ともいえず困ったことだ。私も最初そうしたからだ。世の中には戸外ということが好きな人間だっているし、何も彼が私とおなじことをしていたとしても気にすることはない。それに何だって、彼が私のようにこんなことをつづけなければならぬ理由があろう。

吉本が書いていると、飲屋「秋野」の女が語った、あの外で顔を洗う男というもののモデルは、自分だとばかり思っていたが、それでは、この男にちがいあるまい。この男はきっとここへ私のように出かけてきているのだ。同じ頃、同じ場所へ出かけてきても顔を合さぬということは、いくらでもある。ちょっとの時間の違いがそうさせる。昔の習慣が今も彼を時々こうした行為に誘う。

そうにちがいあるまい。私は犬にひっぱられながら、引きあげにかかった老人を見送りつつそう考えていた。いずれこの近くに住んでいるだろうが、近づきにならぬにこしたことはない。それには私の方で動かぬのが一番だ。私はふくらんだ洗面具の入ったポケットを腕でかくすようにしていた。

「野村孝一くん」

老人は、立ち去るかと思うと私の方を向いて招いた。どうしてそんなところに佇んでいるのか、早く来たらいいじゃないか、といっているようだ。やつはどうしておれの名前を知っているのか。それもどうしておれの姓から名前まで呼ぶのだろうか。何くわぬ顔をしてあそこの椅子に坐って新聞のかげにかくれながら、私の名をおぼえたのだ。私は彼が微笑さえうかべているのと、こうなれば彼から何かきき出すこともあると思って、近よって行った。

「いい犬ですね」老人は犬の背中をなでながらいった。

「芸はしこんであるようですね。あなたが自分でしこみましたか」

老人は思い出したように、もう一度ポケットからタオルをとって顔をざっとふき、耳のうしろをこすりつけるようにふきとりながら、

「独身者はここが汚れるのです」

といった。余裕があるばかりか、執拗さがあった。私はうなずいてみせて、

「あなたはずっと前からここらあたりにお住いですか」

「三十年にはなりますな。まだこの遊園地が竹藪だった頃で、ここから海が見えたもんです」

「僕もこの近所です」

「そりゃそうでしょうね」彼は痰をはききってそういった。「何もここに住んでおいでないと思やしませんよ。ただね、ここのことは私の方がよく知っているといっただけです」

これでは「野村孝一くん」と私を呼んだのは、親しみのためというよりは、私を使っている、つまり私に仕事をあてがっている正式の社員だとでも思わせようとしているように思える。このまま話していると私の方が次第に乱暴な言葉を使い出しそうで心配にもなってきて、私は相手より先きにこの場をはなれようとして、おじぎをすると、まわれ右をした。しかしその時、許すべからざることがおこってしまった。

私が綱をひっぱって一歩ふみだしたが、犬は水道の方へ向って前進したのだ。犬は私がいつもの態勢になかなかうつらないばかりか、反対の方に向って進もうとしたので、私に目的物を思い出させようとしたのであろう。実をいうと私は家でするより、ここでのびのびと洗顔した方がいい。私は朝いつのまにか、家庭の一員になっていると思いたいのである。犬を連れて外へ出て帰ってくれば、私は何かその朝、確乎として一員たるの資格があるような気持になれるのだ。それに私は顔を洗わずにすますことは、どうしても出来ないときている。とにかくこうして、私は危く後向きに倒れかかろうとして、思わず老人の腕につかまって身を支えた。こんなかたちで老人の世話になるということは心外であったが、とっさのことでほかにつかまるものとてなく、如何とも仕方がなかった。私は立ち直ると、老人に礼を述べるより前に、犬に向って、

「鞭！」

と叫んだ。犬はアテがはずれたように私の様子をバクゼンと眺めると、悄然として動かなくなった。私はこいつはしまったと思った。しかしもうとりかえしがつかなかった。

「こりゃすごい訓練ですな。鞭一声でこの有様じゃ、とても私の犬なんかお話にならん」彼は私を見下したような気配をもっていうと、「野村くん、きみは私がいなかったら、ここの敷石に頭をぶって、即死しないまでも大ケガをするところだったね。保険に入ってありますかね。まったく鞭！　なんて私がいわれているみたいでしたよ」

「あなたの犬はどうされたのです」

「犬？　犬は知人にくれてやった。家庭裁判所に出ている男なんだ」老人の顔は昨日とはうって変ったように、つややかに若々しく見えた。

まるで会社では、故意に擬態を見せていたのではないかと疑われた。

6

意外に手間どったので、人通りは多くなり、遊園地を抜けて近道する勤人の男女の姿が見えだした。老人より先きに私は遊園地をひきあげようとすると、老人も私といっしょに歩きだしたので、私は自分の家を知らせたくないと思い、途中でまこうとして、犬が私をぐいぐいひっぱってくれることを願った。幸い犬は私同様空腹になっていたので、帰路を急ぎはじめた。私は家の近くまできて、何ということなしに老人と離れたことでホッとしてふりむいた。それから胸のポケットから一通のハガキを取り出した。

それは家庭裁判所から私、つまり野村孝一宛に私の家へ、来たものである。あの日はちょうど日曜日であった。窓から外を眺めていると、郵便配達夫が私にハガキを渡して行った。私は来た、来た、とうとう来たわい、と思った。それから私はこの郵便物が直接私の手に渡ったことで、一安心した。それはどういうわけか私にもよく分らなかった。印刷した文字の中に適当な、何字分かの間があけてあって私の妻の名と私の名が少し離れてペン書きで書きこんであった。私は習慣上、その間が何字分あけてあるのか、受け取った直後、数えてみると、活字にして八字分である。これではまだ足りない。係りの者は筆記体と活字体の字の大きさの関係をまるで心得ていないものと見える。ズサンなものだ。野村みち子という妻の名前の方は、私のより、いっそうキュウクツそうに見えた。これでは足りない。私や妻よりもっと長い名前だってあるじゃないか。これは何とかしなくちゃならない。それに誤字が、誤字というより、活字が旧体のと新体のとまじっているし、第一平仮名はこれも活字の型が統一されていない。私に校正させたら、忽ち真赤にしてしまうことだってできるのだ。みち子じゃなくてミチ子なんだ。それから私は、その文章にどこか欠点はないか、語法上の誤りはないかしらべてみて、一箇所、「が」とすべきところが、「は」になっているのを見つけだしてそれは赤鉛筆で訂正した。あとのことは、つまり一番大切なことはゆっくり考えようと思った。私が被告人であり、妻が原告人であることを見て、私は何ともいえぬふかしぎな感じにとらわれて、奥の部屋をのぞいた。妻はその日は朝から出かけて家には不在であることに、私はあらためて気がついたのである。

私はその「通告書」をそれから胸ポケットにしまいこんだままで一度も見なかったのである。私がそれを取り出して見たのは、内容を見直したり、いろいろ考えごとをしようとしたのではない。私はポケットにあるかどうか確めたにすぎなかった。私はそのハガキが失われやしなかったか、急に心配になってきたのである。なぜ自分は心配しているのであろう。そうするとそれは自分でも信じることが出来ないほど愚劣で、私は何とかそのことは忘れようと思った。それは子供が家にとどける通知書をなくしやしないかと、急に道の真中で鞄をあけてみるような、タワイもない心配にすぎないのであった。私は再びこの印刷はどこでやっているのだろう、と不満と軽蔑の念をいだきはじめた。出頭日が今日で午後一時と書いてあることも、私は非常にバクゼンとしか記憶していなかったので、斜めに見て今日はそんなことしている暇がいったいあるのか。おれは多忙なんだからな、と呟やいた。

私は出頭日を、間に合うていどには、おぼえているだろうか。忘れることはないだろうか。いや必ずまちがいなく行ってみせると思った。しかし、もし老人が、私に思い出させなければ、私は十二時半頃になってからはじめて、しかも必ず思い出して、急いで出かけるにちがいなかったと、私は気がついた。そしてそのことは、私は何かしら大いに不満だったのである。

不満だというか、何かしら自信があったのである。それは南のことだ。南と妻とがどうなっているか、私が知っていることは二人が昨夜街を歩いていたということだけしかないが、それだけで、私は十分であった。

私は昨夜妻と南のことが動機になってムダ使いをしたことを、あらためて後悔しようと思った。

(尻尾をつかんでいるんだぞ)

私はまだ家の近くの道の途中に立っていた。私はその時、住宅地ではちょっと考えられぬほどの大きさのラジオの音がきこえてくるので、我に返った。私は懐中時計をとり出して七時半の「朝の歌」であることを知った。私は先ず時間と番組のことを念頭において歩きだしてから、その音が自分の家からきこえてくることを、自分で納得する気持になったのである。

私は庭の方へまわると、犬をつないでから自分の部屋へあがった。犬が庭にいるということは、私が帰宅したことなので、それは家の者に知らせるつもりだったのだ。妻が私の部屋にいたら出て行かせるケイコクを発したつもりでいた。しかし部屋に入ってみると、そこにははじめから誰もいなかったらしい。

私はまったくキチガイ沙汰の途方もない大きな音の中で、自分が忘れっぱなしになるのではないかと気をもんだ。音が大きいだけで、その可能性は大いにあったのである。おそくも私は七時四十五分には、家を出ることになっているからだ。どんなことがあっても、遅刻したことのない私は、時計の針がきざむのを感じるようなイラ

イラした気持で、

「お父さん、ゴハンだよ」

と呼ばれるのを待っていたのである。


昨日も私は待っていた。外から帰ったのは、七時十分頃であったので、家の者は食事は当然おえていなかった。第一私は台所からにおってくる臭いでそのことが分っていたのである。三十分にもなって隣りの部屋をこえた、もう一つ奥の、義母のいる部屋で、箸や茶碗をおく音がきこえはじめたので、

「お父さん、ゴハンだよ」

と呼ぶ声を待っていた。ところがしばらく前からラジオの音は「朝の訪問」をやっていて、吉本のような、ある有名人が、趣味である魚釣りの話をメンメンとつづけていた。この時間は勤め人が朝飯を食べながら、あるいは主婦が炊事をしながら、軽い気分できき流す式の番組であるにちがいなかった。語っているのが吉本でないので、私はホッとしながらも、有名人の話を家中の者がきいていることに、何かコンタンがあるのではないかとも思った。


耳をすましているとラジオの音の合間から、箸や茶碗の物音が、こんどは食事の音にかわって、事もなげに進んでいる様子である。私がこの部屋にいて気にしていることがオカシイだけだ。前にもこんなことはいくどもあった。何かの都合で私を後まわしにするのであろう。私の家には風呂はないが、主人が一番あとに風呂へ入る家だってないことはない。

私はそう思いながらも、この家で一番時間を急ぐのは私であるということは、どうしても疑う余地がないので、これは私を呼んだのだけれども、ラジオの音でききとることが出来なかったのだろうと思いかえした。それはあり得ることだ。それに私が腹を立てているから台所にあらわれない、と思われていないともかぎらない。そうい

えば私が腹を立てているると思うのがあたりまえなくらいなのだ。それに私は義母をきらっていることを妻はちゃんと知っている。義母が食事を終えてから私を呼ぶつもりなのかも知れない。

いずれにせよ、私はぐずぐずしておれないし、家で朝食をとらずに出かけることは考えも及ばない。私は何十年このかた出張の時は別として、朝食を家でとらなかったことは、一度もないのだから。

私は遂に思いあまって隣りの障子をあけ、あけた以上乗りこまないわけには行かず、まっすぐに奥の部屋へ向って進み、障子をあけて部屋の中へ坐りこんだ。そうして何より先きに食卓の上に私の飯や汁を盛った茶碗やその手前にそろえた箸があるのを見て、安心したのである。私は食事の終るまで一言もいわず、誰の顔も見ず、誰よりも先きにその部屋をとび出して、鞄をかかえて、まつわりつく犬を追いながら、外へ出た時、自分がこんなにあわててとび出したのは、どういうわけだろうか、と思っていた。それはいろいろわけがあるが、その中で第一の理由は私の味噌汁の中身のことなのである。

(自分が思いちがいをしたのだ。それにすぎない)

私はそう自分にいいきかせて、停留所の方へ急いだ。

私はさっき味噌汁に箸を入れて何げなく、いや何げなくというより、まっさきにミをさがそうとしたのである。電車の中で、その時の私がしたその手つきや、私の手もとや額に集ったらしい視線を思いだした。とたんに私は足もとが力を失ってきたように感じたので、こいつはしっかりしなくちゃいけない。思う壷なのだ、と思った。汁も飯も冷えていたが私の分をつけておいたのだろう。そうして私はとにかく汁の中にサイの目に切った豆腐の一カケラを発見したのだ。それは底にへばりつくように沈んでいたのだ。私は自分の汁の中には何も入っていないかも知れない、というようなバカげたあり得べからざることを、椀を口もとへはこんだ瞬間に思ったと見える。汁のミにこだわるなんてことは、まことに愚劣きわまることだ。たぶん子供らが我さきにミの多い方の椀をとったのだ。私の家では一人一人椀はきめていない。おなじ恰好のおなじ古さのものなのだから……。

今朝のラジオの音は昨日よりもはるかに大きかった。音が大きいだけで、私は気がかりになってきたのである。まだまだ食事が終ったはずはない。私が出かける時、まだ寝ていたのだからまだこれから始めるのだろう。私だけでなくて、子供らだって学校がおくれてしまうにちがいない。時計を見ると七時五十五分になっている。私はそうやきもきしながら、子供にでも様子をきいてみようかと思い、障子を見た時、私はまた障子の穴がふさがっているので、これは、とおどろいた。息子の眼がまたのぞいている。私は思わず、手をふって小さい声で奥をはばかりながら、

「止せ」

といった。

すると障子がちょっとあいたかと思うと、二人がキャッキャッいいながらとっくみ合いをはじめた。私は何事がおこったのか、部屋の隅に退いて様子を見ながら、奥の方へ注意を集めていた。隣りの部屋には妻の姿は見えなかった。子供らは私に何事かいいたくていいしぶってふざけているにちがいあるまい。二人はレスリングの真似のようなことをしながらチラチラとこっちを眺めている。そうだ、連中は、「お父さん、ゴハンだよ」といいたくて、いいしぶっているのだろう。私と妻との間のことは子供は知っている。子供らは恥かしくてたまらないのだろう。私は子供らがフビンになってきた。

「ゴハンはすんだのか」

私はふたたび小さい声でいった。子供らにこれ以上恥をかかせまいと思ったのだ。そうすると二人は顔を見合せたが、くすくす笑いだした。

「知らねえよ、なあ知らねえな」

私は、その意味がよく分らないので、彼らが次に何をいいだすか待ちかまえていた。すると下の息子は畳の上

にひっくりかえりながらズルそうに私を見上げていたが、顔が赤くなってきたかと思うと、

「もう止そうや。いったってよこしゃしねえよ。寝ている時にしようぜ」

といううと、兄の方は、私の反応を、さぐるようにじっとこっちを見ていたが、机の上から鞄をとると、

「もう行くぞ」

と大きな声で叫んで玄関の方へかけだした。弟の方は敷居のところまで来て、部屋を見わたすような恰好をした。そうして急に本棚にとびつくと一番上の段につかまるので、

「おとなしくするんだ」

とさとすと、

「おれの本をとるんだ」

といった。そこにはなるほど彼の本が何冊かは入れてあった。どうしてそんなところにあるのか、私も今まで気づかずにいたが、彼は私の本箱を占領していたのである。本をとると鞄に入れて、彼も兄につづいて出て行った。娘はラジオの下にさっきからがんばっていた。それはまさにそういうにふさわしい様子であった。その下にいたら、何も考えることもすることも出来ないにきまっていたからだ。彼等は食事を終えたことは疑うべくもなかった。私はもうこれ以上家におるとすれば遅刻するにちがいないので、今こそいずれかに態度をきめてしまわなければならないとあせった。

娘は宿題をやっているようにエンピツをもった手を耳のあたりまであげて肱をついていた。彼女は弟たちがふざけている時に、ラジオの音にまけぬくらい大きな声で、

「しずかになさい」

と叫んだのだった。

弟たちが出かけると、彼女はきっと私の方をふりむいて、何か手に持ったまま、つかつかと、なげやりな調子

で大またに近よってきた。まるで道路を歩くような歩き方であるので、目をそむけるような気持になると、彼女は手の中のものを私の前へ放りなげていった。

「これにサインしてもらってきてよ」

「サインだって。何のサインだ」

私はそう答えながら、何げなくペラペラめくってみると、ききおぼえのある少女歌劇の女優たちや、人気女優のサインが次々とあらわれた。私は女優らとは何の関係もないので、おどろいたが、娘が私にサインのことを話しかけてくれたことで、妻に対して誇らしい気持になった。

「吉本先生のサインもらってきてよ」

「吉本？」

「忘れちゃいやよ」

娘は私の承諾を得るより前に私のもとを離れて、それ以上私の方をふりかえらず出て行った。

私はその小型のサイン・ブックをどうしようかと思ったが、けっきょく鞄の中にしまいこんで、私もそっと靴音を立てないようにして外へ出た。しかし犬は私の姿をみると、けたたましく吠えはじめてしまった。私は通りへ出ると、理由もなく早く家から逃れたい衝動にかられて、かけ出そうとしたが、そんなことをしたら怪しまれやしないかと思いなおして、いつものようにゆっくり歩きはじめた。私は五、六歩、あるきながら、左右の家をそっと眺めてみた。主婦の眼がのぞいていたら、彼女らに、

（そうではない）

といった表情を見せておかなければならないと考えたからであった。私が眺めた窓よりもずっと高い物干台の上から、一人の主婦が子供のオムツを干しながらこちらを見ているのが見えただけであった。私は安心して駅の方へ向おうとすると、急に私の家からきこえていたラジオの音が小さくなった。

7

時間がおくれたために、ラッシュ・アワアの真只中になってしまった。車掌に背中をおされて、電車の中に押しこまれた時、私は自分でもふしぎなくらい、抑えがたいものが、こみあげてきて、

「ひどいことをするなよ」

と叫んだ。

私はこういう満員電車の経験は久しく味わっていない。というのは、私はこの駅で鈍行の車に坐りこんで時間をかけて、役所の最寄りの駅の方へ向っていたからだ。こういうふうに時間を何分か余計にかけても、私は役所へ着いてみると、かならずといっていいほど私の外にいる者は小使や守衛だけであった。

私の叫び声は既にあついガラスの外にいる車掌にはきこえないで、私の周囲の乗客に叫んだことになってしまった。声を出してしまってから、私はしまったことをしたと思った。私は乗客はモチロン車掌にもそういうつもりはなかったからである。私はこいつはとんだことを口からすべらせたと思って後悔したが、果して私のまわりでは、私に対する非難がおこった。押さなければ、私自身にしてもその車に乗ることが出来なかったはずであることは分りきったことなのだ。私はせいぜい「ひどいことですな、これは」といって笑いを洩らすていどのつもりであったのだが、とつぜん悪人が私を押したような強い口調になってしまっていたのだ。そういうさいにきまっておこる非難の声の中で、堪えた方が得だと思いながらそれから一言もしゃべらず、二十分の間をすごした。私は少しさきに非難の声と共に私をふりむいた一人の若い女が、私の部下であることを認めたが、私は彼女に加勢を頼むことが愚かなことだということを本能的にさとって、私の方から顔をそむけてしまった。そうして非難の的になっている男が、私ではないようにつとめた。車中で彼女に会ったことは一度もない。異例のことの上に

異例のことが重なるようでは、都合がわるいのだ。

「こういう時には都合がいいわね」

昨日退庁のさいに中庭へ集合して、声だけ私に伝ってきた坂本という女だ。どうしてよりによってこの女と、まるで何年ぶりにめぐり会った二人のように、ここであってしまったのだろう。しかし私が叫んだ声はおそらく彼女にはきこえていないのだから、せいぜい私はただいつもよりおそく車にのっていたというだけのことになる。

私は彼女より先きに車からおりると、通用門へ通ずる並木道を歩いて行った。ふりむくと、部下の男と女が二人ふえていた。時計を見ると二分前で、そういえば、この時刻になって、いつも彼らはなだれこむのである。私は朝からずいぶん歩いているので、腹がいたいほどすいてきて、つい前かがみになるので、役所へ着いたら茶をのんで、食堂に行こうか、いや食堂に行くのはまずい、と思ったりしているうちに通用門までさしかかってきて、昨夜の老守衛が、徹夜勤務で眼を赤くさせて立っている。ここで何かいわれてはと思って、

「ああ、あれはもうちょっと」

と口ごもるようにいうと、

「何のことですか。いや、分っています。分っているんですよ」

守衛はなれた調子ですばやくそれだけいうと、もう表情を元へもどして、次の登庁者にアイサツをしていた。

「こんどの歌会の日を忘れないで下さいよ」

この老人は何が分っているというつもりだろう。むしろ冷笑とも思えるほどの分りのよさに、私は何か肩すかしを食ったような、手持無沙汰な気持になり、早々にしてその前を通りすぎて、人目をさけて裏階段をのぼって行ったところが途中に鉄の扉がおりたままになっている。朝この通路を通ったことは一度もないので、閉っているものとは夢にも思わなかったのである。仕方なく私はまわれ右をして、正式の階段をのぼっておそい上にも手間どって、自分の部屋に入った。

部屋の中には全部そろっていた。こんなにそろうということは、今までにもないことである。八時半をすぎてからアタフタとかけこんできたり、人によっては悠然と帽子も外套もぬがず、まるでここが外ででもあるように私を尻目にかけて入ってくるものもあるのに、生憎のことに全部そろっている。私が椅子に坐って給仕に手だけあげて、いつものように茶を持ってくるように合図をしたのとちょうど時をおなじくして、サイレンがなりだした。私は止めたいと心がせくが、一度なりだしたサイレンは調子をあげるだけあげてから、小バカにしたような消えかたをした。折も折、給仕が、

「おくれたな」

と叫んだ。それは給仕の頭の上に電気時計がかかっていて、それがおくれているという意味なのだが、時計がおくれたり進んだりすると、私がヤカマシく給仕に直させていたのである。ほとんど毎朝一回はこのサイレンによって給仕が直さぬまでも点検するのが例になっているし、私はそうするように監視もしていたのである。

爆発的な笑いがおこった。みな給仕の方を見て笑っている。何度いっても給仕はあまり近いところに時計があるせいか、時計のことはよく忘れる。私はひそかに位置をかえようかと思っていたが、そうすると、私のところから見にくくなるので、考えていたのである。彼が珍しく気がついたのには、私も笑わざるを得なくなり、私も笑っているうちに心のしこりがいくぶんとけたように思われた。

いつもなら、どんなことがあってもみんなを掌握している、という自信があったが、こう出勤がおそいと彼等とおなじところへおりてしまったように思えてならないので、今日は内職のことはなるべく差しひかえて、早く元のコースにかえり、それから自分のことをやるようにすべきだと思った。しかし私の仕事は、正直のところないのである。なんとかして、彼らのところへ割りこんで行って、むしろこの和やかなとも思えるフンイキを失わぬようにせねばならぬ。

茶をのみながら、南の方を盗み見した時、私は南がいないことを知った。私は机の上の品物をおきなおしなが

ら、南の机をねらっていた。それから私は、

「今日は何日だったかな」

とみんなにきこえるていどの声で、ド忘れをよそおってひとりごとのようにいってみた。

こういうことは前にもよくあった。それは、仕事に追いまくられて日ニチも忘れてしまったというより、自分の前の部下たちが机に向って仕事に没頭しており、ざっとではあるが、たまった仕事の検閲を終えて、印鑑をケースにおさめて胸ポケットに入れたあと、うきうきしてきていったものである。私のデスクのすぐ横の壁には、役所に出入りする印刷所が歳暮にくれた、大きなメクリトリ式カレンダーがはってあって、一枚一枚にきれいな模様が刷りこんである。部下の者もとつぜん日ニチをみんなにきくことがある。知っているが、日ニチを思い出すのを、まわりの誰でもいい、託そうということなのだ。そんなあとではきまって和気アイアイたる空気があたりをとりまくのである。私はその手を使おうと思った。

私は、

「何日だったかな」

と呟やいて老眼の眼鏡をふいた時、自分で午後の出頭のことを思い出した。しかし私の呟やきに応答がないので、私はふりむいて立ち上り一枚めくると、

「十九日か」

とつけたした。そうして、

「十九日のうちに始末する仕事は、南くんの机の上にはないだろうな」と少し声を大きくしていった。「南くんはどこか、よそへでもまわっているのかな。何か仕事があったんだろうな」

私は椅子から立ち上って、少しずつ動いて行った。そういいながら私は自分がフンイキを楽しくしようとしていることに、不愉快になってきた。

「南くんと昨日どこへ行ったの」

私は坂本のそばへ寄って、別に彼女にというわけではないといったいい方で、誘いかけた。

「ううん、どこへも」

「こっちは千里眼だからな」

「ふふん？　知ってらしたの」相手はカーディガンを着た柔かい肩をすくめて、くすりと笑いをもらしたが、

「女優さんに会ったのよ」

「へええ？」

「南さんのお隣りに、桂川さん住んでるの。昨日紹介していただいたわ」

「南くんはモテるんだな」

といってしまってハッと妻のことを思い出すと、

「あら」

女事務員は一つ首をふり、急にだまりこんでしまい、机の抽出の中から、四ツ玉のソロバンを取り出してミトリながら玉をはじきだした。それはまるで私をはじきださんばかりのすざまじい勢いである。私はその巧みなハジきかたにムッとしたが、私が彼女を採用したのは、もともとその手並みのためであった。彼女は一級の免許状をもっている。

私は話の接穂を失ってしまい、給仕に向って、

「南くんの机の上の書類をもってきてくれないかな」

といった。

「どの書類ですか、抽出の中のですか、上にのっているのですか」

「抽出の中にもあるのかね」

私はギョッとしながら、思わずいってしまった。「抽出の中なんてあけるもんじゃないんだ。どれでもいいんだ。持ってこい」

おれだって仕事は出来るし、やってきたのだ。こうなったら少しはピシリとしたところを見せてもいい。私は犬のことを思い出した。犬は近頃訓練するのを止してしまったが、一時は徹底的にやったもんだ。そのショウコにとにかく、

「鞭！」

といっただけでおとなしくなるじゃないか。第一、さっきの女の態度は何だ。あの仕事はおれの与えた仕事なのに、その仕事があるから、そんな話はききません、といった不遜な顔付きはどうだ。そうでないと、昨日の退庁後の彼らの行動に仲間はずれになったがために、自分がヤイているとでも思われてしまう。

私は書類に目を通しながら、おれならこんなものは二日もあれば、やって見せる。こんなものをおれに内緒で、峯山と企んで処理しようとは以ってのほかだ。しかしほんとうに抽出の中にまだおれの知らぬ書類があるのだろうか。内職のことだ。給仕がまちがえているんだ。

私はムシャクシャしながら、その腹立ち顔もたまには見せた方がよいと思った。そうして顔を上げるときっと黒板を睨むようにした。しかし私はそう思っただけで黒板を眺めた私の顔付きは、自分でも分るほど、どっちつかずのものであった。黒板には昨日の文字はのこっていなかった。私が消したからだ。南は何も書いていないし、誰も南に代って書こうともしない。それなのに南は音沙汰もない。

私は胸の鼓動がはげしくなるのをかんじて、いつものように、見えないように、大きく深呼吸をつづけた。ここで苦しくなって悲鳴をあげるようなことだけはしたくない。大ていこういう時には、ゆっくり呼吸をすれば直る。心臓そのものが弱ったのではなくて神経性のものなのだと私は思っているが、この方にはアリナミンはかなり効いていたはずなのに、どうしたことなのだろう。書類を前にして私が深呼吸を七、八回やった時、心臓は平

常の状態にうつりはじめた。ホッとして気が弱くなった時、南が、
「おそくなっちゃった」
といって入ってくるのを見た。みんなが笑いだした。その笑いをみると、私は自分の場合と、どこがちがうんだと思ったのである。ところが彼は鞄をさげていなかった。席へついて、机の上をバタバタしているのを見ていると、私は思いちがいをしていたことを知った。彼の鞄は、既にさっきから机の上にあったのである。

彼はこの三十分ばかりのあいだ、どこへ行っていたのだろう。峯山はまだくるはずはない。この課長は十時頃になって出てくるし、それがふしぎにまた彼の評判のいいところでもある。おまけに峯山は登庁すると、一度はこの大部屋に顔を出しドアから一、二歩入りこんでから、その位置で見渡すと「御苦労」とか呟やくと、ひとり合点でもするように、「ウム、ウム」とうなずいて帰って行くのが普通なのだ。だから南が峯山のところへ行っていたとは考えられないのだ。南が峯山のところへさえ行っていなければ、あとは便所か食堂にきまっている。おそらく南は朝飯をとらずにくることはなかろう。彼のようなくそマジメな男ほど朝飯を抜いて出勤することはない。きっと彼のようなやつは、茶をのまずに家を出てくることだってしないし、家へ来た朝刊はすみずみまで目を通さなければ、腰をあげない。大体彼はこんなに早くきたのは、今朝が初めてといっていいくらいなのだから。そうかといって朝刊をそのままポケットに入れて、電車の中で見るようなことはしないやつだ。駅売りの新聞さえも買やしない。ああしたやつだ。そんなことをするくらいなら、役所の新聞を見るか、役所の新聞を持ち帰って、半日オクレの朝刊を帰りの電車の中で読むくらいのことは、しかねない男なのだ。

そうだ、便所だ、彼は役所の便所を利用する男だ。損さえしなければ他人のものでも利用する男だ。私はそう自分の考えに決着をつけると、何も自分はビクビクすることはないという気持になってきたのである。

私は南の書類が私の机の上にきていることについては、このまま放っておこうと思った。大体自分はこだわりすぎる。

私はもはや今朝の失敗はすべて忘れていいと思うようになり、南のやるべき書類を半分ばかり片づけた頃、

「けっきょく重大なことじゃない。おれの家の中のことじゃないか」と呟やいた。そう呟やくと何かしら、それ以上進まなくなった。

それにつけても南のことは私の念頭から離れない。南は私の書類のことで何もいわず仕事をしていたからだ。

（やつは何の仕事をしているのだろう）

私がとってこさせた仕事は、それでは給仕のいった通り抽出の中に別の新らしい書類があって、そいつを引きずり出したのだろうか。

（そんなことは考えない方がよい。一人の人間に一度にそんないろんなことが、ふりかかってくるはずはない。そんなことになったら、まるでおれ一人がこの世の中に生きているみたいじゃないか。それに何といったっておれは世の中のことを見てきているし、いろんなことが分っている。若い者とはちがう）

私はその時になって峯山が今日は一向にこの部屋にあらわれないのがおかしいと思うようになった。時計は十一時をまわっていた。私はもはやいかんとも空腹にたえられないようになっていた。それにもう、これが朝飯とは誰も思うまい。そこで私は給仕をよんで囁いた。

「きみ、すまないが、タバコを買ってきてくれないか。それから天井を一つ頼んでくれ」

タバコはまだ残っていたのだが、私は思いきっていった。それから、

「課長が来たら、すぐ茶をもって行くのだよ」

とつけ加えた。

「課長はずっと前から来ておいでですよ」

8

答えるべき言葉はいくらもあるはずだったのに、思いちがいか何か他人のことみたいな気がして、ちょっとアッケにとられているうちに、そのキカイをのがしてしまったのだ。そう思いながら、私はいつのまにか立ち上っていた。

(おれがいなかったので、峯山は書類を南に渡したのだな)

それについて私はすぐこう考えはじめた。

給仕はきっと峯山と南とのやりとりを、見ていたのだ。たぶん峯山はいつものように私が部屋にいるものと思って、昨日のこともあるので立ち寄ったのだろう。ところが峯山は南のやつが犬みたいに手許の書類をほしそうにねらっているので、めんどくさくなって渡してしまったにちがいない。この私の机の上の書類だっておなじ手口だったのだ。あの時もこんなぐあいに、峯山は南に渡しておきながら、多忙な男だから自分からそのことを忘れてしまっていたのだ。

私は給仕の買ってきたタバコを受けとって、火をつけた。そうして南の机の上に、銀紙のめくれて中身が顔を出しているピースの箱を軽くなげだした。

(バットでなくてよかった)

南はいつもバットを吸っているのを、私は知っている。

「南くん、ちょっとまあ一服つけ給え」

私の口もとには最近にない微笑がうかんできた。何か待ちかまえたようなぐあいで、これはほどほどにしなければ、おれが鞭をうけている犬みたいになってしまうぞ、と思った。が、私を裏切るように、私の眼もとまで、調子づいてきてしまった。

「こいつなんだがね。娘のやつが半キチガイで困るんだよ。この年頃の娘をもった親は、まったく恥をかくな」

私はそういってポケットの中から、例の小型のサイン・ブックを出した。私はさっき既に給仕にタバコを頼む前に、ポケットにひそませていたのである。私は吉本のサインの代りに女優のサインを貰ってやることにきめていた。

南は、へえ、といった顔をこっちに向けて、ひろげていた仕事を書類ごといっしょにひっくりかえすと、タバコはありますから、といって、ピースを押しかえした。

「いいじゃないかね」

「わるいけど僕は他人のタバコだと吸った気がしないんです」

(へええ？　そうかな) と思ったが、

「そう、きみは女優と親しいそうだから、一つ……」

「これだけありゃ、いいのにな」

南はサイン・ブックをくりながら呟やいた。

「頼まれてくれたね。きみなら何だって信用がおけるからな」

「いいパパだな、野村さんは」

「南くん、ひやかしちゃ困るよ」

南は、自分が女優と親しいということを、誰からきいたともいわないのは、どうしたわけだろうか。私の前で南はサイン・ブックを抽出の中へしまいこんだ。こいつはほんとうに約束を果すだろうか。そんなことは心配いらない。たかが隣りの家にいる女優に頼めばいいのだ。このサイン・ブックの中には、あの人気女優のサインが第一頁にのっているのを私は知っている。どうせ私の娘がこれだけ集めたのはみんな南の世話だろう。南は行きがかり上また集める。吉本なんかより、女優の方がいいにきまっている。

（それとも頭を下げてつまらんことをしたかな。やつは平気だからな）

私は引きかえしながら、自分が南の方に歩みよったことには愛想をつかしながら、むしろまたそれが当然のようにも思った。そんなにいったってムリだ。これでいいんだ。娘のことだって考えてやらねばならぬ。娘には何の罪もないからな。それに第一、南のやつはおれのためにそのくらいのことはする義務はある。娘は女房の娘でもあるじゃないか。

「係長さん、天丼まだきません」私が椅子におちついた時、給仕は私に向って声をかけた。「今、電話したんですが、飯をたいているというんです。ほかのものじゃいけませんか」

「何だっていいんだよ、ゴハンものなら」

「そのゴハンをたいているんです」誰かが、くすりと笑うと、給仕は、いやになっちまうな、僕がいうと何でも笑うんだから、と呟やいて、「あのそばやは生意気ですね。野村さんは、何だってこんなに早く飯をくうんだっていうんですからね。あそこはもうかえた方がいいです。ほかのとこにしましょうか。僕は何ももらっちゃいないけど、ほかにもずいぶん役所をねらっているとこがあるんですよ。でも大したことはないな。ここは弁当持ちが多いんだから」

「おい、お前は弁当持ちになるな」

南が急に叫ぶと、一せいに男も女も笑いだして、それをしおに背のびをしたり、アクビをしたりした。女事務員の声がきこえた。

「もうヒルよ。ちょっと早いがヒルにしましょうよ。給仕さん、課長さんのも何か注文するんでしょ。きいていらっしゃい。私はカレー南ばん」

電気時計を見ると、十一時四十五分になっていた。

南はその時席を立って、課のピクニックの予定を発表してもう峯山課長の同意も得てきた、といった。そうして課長は、こんども、弁当と酒代を出すといったとつけ加えた。行先きは二時間ばかり郊外電車で行って、沸し湯だが、温泉旅館などある渓谷だった。刷物には、南のその渓谷や、近所にある古寺についての由緒の説明が書き添えてあった。彼は最後に、

「ぜひ家族の方の参加も希望します」

といってあたりを見まわした。どういう意味か、部屋にどよめきがおこった。私はそれが静まらぬうちに、

「僕も少し出させてもらおう」

といって笑いだすと、どよめきはもう一度おこった。私は、

「ほんとに任せてくれたまえね」

とつづけてそのまま帽子をとると、ドアの外へ出てしまい、その勢いで裏階段を伝って、走るように裏門へ急いだ。私は時計を見て、しまった、十二時。私はポケットからアリナミンを出すと三粒ばかり放りこんだ。水を飲まないと、溶けにくくて、胃がわるくなる、と思った。一錠ずつ胃へおりて行き、胃壁にくっつくのが見えるようだ。

(しまった)

私は自分が黒板に外出先きを書かずにとび出てきてしまったことにはじめて気がついた。

(こんどは何と書くだろう)

私にも行先きははっきり分っているとはいえないくらいであった。私は何もそこへ行かなくてはならない理由がないように思われるからだ。

いったいい自分はピクニックにどのくらい寄附するつもりなのか。おれがあわててあんなことを申し出したのは、ひょっとしたら「家族」という二文字のためではなかったろうか。私は痛烈な苦しみが全身におそってくるのを

感じた。それは空腹の痛みでも、胃痛でもないが、私の天井が私のデスクの上にのせられている風景が、私の眼前に浮んできたためらしかった。私がもどってくるまで、丼はデスクの上にあるだろう。

私はバスの停留所の方へまがり、役所と関係のない食堂へ入ると、一膳飯を注文した。

コンダテ表を見て、天丼の分だけ何とか取りかえさなければ、と思い、一番安くて量の多い野菜サラダを指して、二食分を注文した。そうしても、私はまだ取りかえしようがないと思うと、そのことだけに気持が集中してきたが、膳が運ばれてくるとようやく忘れることが出来た。私は息もつかせず食べ終った。外へ出ると、折からバスがすりよってきたので、それにとび乗った。乗客は私一人であった。

バスの女車掌に、目的の停留場まで、何分かかるかときいた。それから、この道はいつでも道路工事をしているから、まるで半分の広さしか道がないようなもんだね、というと、運転手は、電話の架設だ、と答えた。私は、支え棒につかまりながら運転手の方へ身体をのりだして、

「そりゃそうだが、運転する者の身になると、まったくメイワクなことだな」といったが相手は答えなかった。

バスをおりてから二、三分坂を上り下りすると、グリーンのペンキを塗ったその建物が、左手の方にあらわれた。私はそこでいつものように二階の窓を仰いだ。「鷗出版社」という文字がグリーンの上に白く書かれていて、窓と軒との間をいっぱいに埋めている。窓から女給仕が顔を出したので、私はアイサツをしかかったが、けっきょく彼女は私の方を見ていないらしいので、私は下げかけた頭を道路へおとした。

その時、鈍い音がした。

(ああして捨てていたんだな)

壁にそっておちてきた茶殻が、ゴミ箱の蓋の上で音をたてて、ハネをとばしたのだ。女給仕の姿が窓から消えているのを額のあたりで感じると、私はゴミ箱に近よってみた。壁に古い茶殻がこびりついている。私は足で蓋をあけてから、入口へまわり、狭い階段を上って、思いきって把手をひいた。

（まちがえたんじゃないかな）

部屋の中には誰もいなかった。いつもの女給仕さえもいない。部屋の様子は昨日とおなじなのだから、やはりこれは「鷗出版社」の編集室なのだが、どうしたことだろう。今日は休みというはずはない。そのショウコに、今日はただの金曜日で、自分も出勤しているのだから。会議でもあるのかも知れない。こんなことなら、おれは何しに来たのだろう。そう思いながら見渡している私は一人だけ隅っこのところに頭を出している男をみとめたのである。あの老人がいる。五時間前に別なところで会った男がそれもたった一人だけいるということは、奇妙なめぐりあわせに思われた。と同時に私は何ともしれず近づきたい気持になったのである。

「野村孝一くん」

私は今朝の私を呼んだ声を思い出したのだ。老人は私の気配を察しても頭をあげなかった。と思ったのは私のまちがいで、彼はひろげた新聞の上に、頭を上下させながら居眠りしていたのである。新聞に赤エンピツの丸や線がついているので見ると、株の欄だ。やっぱり五島のいったとおりかな、と思いながら、かるく肩をゆすぶった。老人は顔を上げて眼鏡ごしに私を見た。

私は笑いながら、

「今朝ほどはどうも」

老人は返事をせずに、眼鏡を直した。

「野村ですが」

「ああ」

老人はアクビをしながら、首筋を叩いた。

「これ一つ渡してもらいたいのですが」

私は尚も彼に笑いかけて、胸ポケットから校正ゲラの入った封筒をとり出して、老人の前においた。

「それは、給仕に」

老人はまたもや新聞をとりあげると、右手だけを入口の方に差しのばした。

(何も考えることなんかありゃしない)

私は一つ手前の停留所でバスをおりると、そう自分にいいきかせながら、なるべく道の隅を歩きだしたが、それでも自動車にはねとばされそうになって、あわててとびのいた。「通告書」なんて、そんな天下り式のものをよこしたって人を殺したわけでも、物を盗ったわけでもない。たかが、家庭の問題じゃないか。もういいかげんにあんな文章をかえさせなくっちゃ、いかん。「通告書」なんて書かなくて、何とかいいようがないものかな。おれはあの役所でも十年も「通告書」を書いてきたんだ。ほかにいいようがないだけなんだ。おれがこうして来ているのは「通告書」のためじゃない。愛情のために来たんだ。

(そんなに用心できるかい)

一台の自動車が私の前でカーブするので、それにつれて私も後退りをして溝板の上までくると、ボデーを私にこするようにして走って行った。

(下手な運転だ。ハンドルがきれなけりゃ、一ぺんバックすりゃいいんだ)

中には、こんな昼日中だというのに、外人夫婦が、外人のことだから年はよく分らぬが、三十五、六ぐらいになるのが、運転台にのっていた。後ろには子供が立って、親たちと反対の方を眺めている。あれで、けっこう何をしてるか分りゃしない。亭主が女房にサービスするのは、警戒のためだというじゃないか。峯山がアメリカへ三月ばかり公用で出かけた時の、土産談を思い出した。時計を見ると一時きっかりだった。

(しかし、ミチ子のやつ、ほんとに来てないかも知れんぞ)

「××家庭裁判所」と木札の下った門をやりすごして私は木柵の間から玄関の様子をうかがった。「受付」と書いた窓口にミチ子の姿が見えないので、私はそのまま歩いた。いったいミチ子は誰に教わって、ここへ願いを出したのだろう。その一階の平ったい建物はもうかなり古かったが、噂にきいているだけでこんなものを見るのは初めてであった。おれの知らないものを、ミチ子が思いつくはずはない。誰か知恵をかしたやつがいるにきまっている。しかしミチ子は、今頃は義母のヘソクリをせびってデパートへでも出かけているのがおちだ。おれもここへ来たことをいうものか。

二丁も行くと公園の塀があって行きどまりになっていたので、そこから引返すかもう少し行って、そこでバスにのって役所へ帰ろう、と思った。貴重な時間をえらい損をした。おれの時間は貴重なんだ。今日役所を抜け出てくることは、何としてもまずかった。そこを抜けてきたのだ。今日は朝が遅かったのだから、とにかくずっといなけりゃまずかったんだ。

私はそう思って車の往来のはげしい道路を横ぎって向う側へ渡ろうとした時、今朝から見ていない妻のミチ子の盛装をした姿を発見した。そのスーツを私は見たことがなかった。ミチ子の後ろには、義母がしゃんとして立っている。その義母の姿は、もう一カ月も見なかったので、何より先きに、私は、珍しい気がした。かわりっこないんだこの女は。憎まれるような女だから老けないんだ。彼女らは今まで公園にいたことはあきらかである。ミチ子は前に立っていたが、近眼なので、私がいることには気がつかないらしい。自動車の流れを見ている。私はその間に引返して手前の建物の横の路地にかくれて、二人の通り過ぎるのを待つことにした。

私の前を二人は何も知らずに通りすぎる時、ミチ子の、

「車でかけつけてくるような人じゃないのよ」

というどちらかというと調子の高い声がきこえた。それでは二人は私の家から五百円はかかる距離を車でのりつけて、それから公園をぶらついたにちがいない。

「まだ来ていないよ、お前、役所へはちゃんと時間前に出かけないと気がすまない人なんだがね」

私が何ということもなくあとをつけて行くうちに、立ち止って門から見透している義母の恰好から判断すると、こんなふうにいっていると、思われた。時計を見ると、一時を十五分すぎていた。私は次第に彼女らが時間におくれていることで、気持がいらだってきた。おれはともかくとして、どうしてちゃんと中へ入って待っていないんだ。願いを出しておき書類まで発送させておきながら、どうして堂々と受付を経由して待合室で待っていないんだ。これだから女どもは困るんだ。めちゃくちゃなんだ。またおれのせいにしている。まったく恥さらしったら、ありゃしないぞ。家の中でならともかくとして、外では男のことも考えてくれなきゃ困るぞ。これだから子供がおれのポケットの金をねらったりするんだ。これじゃ、おれが出て行って世話をやかないわけには、行かないじゃないか。まだおしゃべりして立ってやがる。入るつもりなら、さっさと入ったらいいんだ。

こう呟やいているうちに、いつのまにか私は、自分が受付にいるのを見出した。

「こんなものが来たんだがね」

私は「通告書」を差し出した。相手は、

「誰でも二つにお折りになるのですね」とハガキをひろげながらいった。

「待合室で順番をお待ち下さい」

「待合室は一つしかないでしょうね」

例のハガキを折ったおぼえがないのに、いつのまにかそうなっているのには、我ながらおどろきあわてた。

「待合室が二つあるのは、東京駅だけですわ」

「時間はどのくらいかかるんですかね。こっちは忙がしいところを出てきたんだ」

私はもう受付を離れていたが、そういって待合室の方へぶらぶらやってきた。それからタバコに火をつけた。

(禁煙だって吸ってやるぞ)

しかし禁煙とはどこにも書いていなかった。

この役所は貧弱だな。予算をとる腕がないんだ。そのつもりになってやりゃ、できるんだ。どうせこんなところにいる裁判官なんてものは、まともなやつがいるわけはない。第一ヌルマ湯だからな、ここのは。内職だって知れているな。ところで、いくら役所のやつでもおれがここにいることは、知りゃしないだろうな。

私は待合室をほんのちょっとのぞくつもりでいたが、呼出がそこであることが、また気になってきて、中へ入ってしまった。そして長椅子の一番手近かなところに腰をかけると、すぐ脚をくんだ。脚をくんだことは初めてなので、やせた脚は深く膝の上にのりすぎた。どうしてこんなことをしたのかふしぎなくらいだ。その姿が無様に見えることに気がついたが、私はそのまま膝を動かすことが出来なくなってしまった。やつはちょっとおれの方を見たが、すぐ顔をそらした。しかし義母はきっとおれの方を見ている。ちゃんと分るんだ。あんなふうに脚をくんだのは見たことがないと思っている。だまっていればいいのをミチ子に教えているにちがいない。

「原告、野村ミチ子さん、野村ミチ子さん。あなたの番ですから、すぐおいで下さい。忘れ物のないように、携帯品はお持ちになって下さい。つき当って左の七番の相談室です」

拡声器がゆっくりと呼ばわりだした。受付番号で呼ぶことさえ知らないんだ。きっと万事がこの調子だ。この案内係りにはいくら払っているんだろうか。

何だ、やっぱり義母が先きに立って歩いてくる。私は思わず二人の方を見た。私のそばに入口があるので二人は肩をならべてこっちの方へやってくる。あれはどういうわけなんだ。私は目をそむけてしまった。ミチ子の胸にはピンクの造花がさしてあった。さっき気がつかなかったところをみると、待合室にいる間に、ハンド・バッグから出してつけたものらしい。まるで結婚式みたいじゃないか。

（義母のいうことは、案外信用するかも知れないぞ）

今頃、あの女はこういうふうに口を切るだろう。私も娘の主人のことを悪くいいたくはないんでございますけど。……

私は出がけにうっかり申し出てしまった、ピクニックの寄附のことを考えはじめた。実際自分はあんなこといってしまったが、誰も出すとは思ってはいないにちがいない。とりにくるなんてことはない。今までおれはあのピクニックというやつに行ったことはないのだから、こんども断るのがあたりまえだ。奥さんは？　子供さんは？　なんてきくこともあるまい。本人が行かないんだから。今のところ、子供はよそへ連れて行けやしない。経費よりもそのことだ。義母やミチ子が心を入れかえなければ、子供は外へ出せない。実はこんども行けないんだ。家内が身体の調子がわるくてね。まったく、たまには僕も出て行きたいんだがね。お義母？　そのお義母というのが、僕がいなけりゃ何も出来ないんだ。こいつはまずいかな。とにかくこんなことになっているうちに、おれが欠席することは分るだろう。おれはこういう。まあしかし、せめて僕の会費だけでもとっといてくれ給え。それから何かしたいが……すると、いや、そいつは悪いですよ。何も切符は買ってあるわけじゃないんだし、それはお返ししますよ。慣習になるといけませんからね。やつは、実際はおれの位置をねらっているんだ。御承知のように、もう峯山課長から、弁当も酒代もいただいている上に、係長さんにメイワクをかけるわけには行きません。おまけに奥さんがお悪いそうじゃ、こっちが楽しんでいるだけでも気が咎めるくらいなんですから。そこで、こっちはこういう。そうかな。慣習になるってことはあるの。そんなことはないでしょう。それに慣習になったってきみ、よいことの慣習だからいいんじゃない。おれはそこで微笑してみせる。おれがこんなところにいるからって見くびっては困る。これでもなかなか役所ではカケヒキがうまいんだ。それでなかったら、出入りの商人を扱ったりなんかできやしなかったのだ。もっとも、今では南がやっているが。とにかく相手はおれの微笑をきっとこう受ける。やっぱりこの人からは受け取れない。物分りがよすぎる。それに南じゃないか。その係りは南じゃないか。南ならきっと受け取りはしない。あいつは、ミチ子の手前からも、そんなことはしない。係長さん、いいですよ。気持は分っていますよ。やつはそう答えざるを得まい。おれはまだ金を出していないので、けっきょく、そのままということになる。

それにしても手軽にやるべきだ。二人が出る時、ミチ子にいっとくべきだった。適当にやりゃいいんだ。もういよいよ役所の黒板に、「××家庭裁判所」と書いている頃かも知れない。その点からいっても、早くきりあげねばならない、外出先きを書くのは、何しろその字の通り、おれのいない時なのだからな。ちょっと時間がかかりすぎるな。待合室に釘づけにするったってムリだ。しかしいない間に、呼ばれるのはかなわんからな。もう二時近くになる。時間が貴重なんだ。

私は廊下に立って、グラフを眺めていた。この裁判所でとり扱った各種の件数と、例えば、離婚、別居の場合の配偶者の男女別年齢別による数が、赤と青の二色で棒グラフにして誇りやかに書いてあった。私は拡声器がなっているのに気がついた。

「おいでになりません、か、七番室ではさっきから係官が待っておられます。野村孝一さん。被告、野村孝一さん。今日おいでにならないと、ずっとまた取扱いがおくれてしまいますよ」

これは急がぬと、いないものと思って、ほんとに次にうつってしまう。何だ、まるで貴重な時間が失われるといった口ぶりじゃないか。

ドアには必ずノックをするようにと書いてあったので、その通りにすると、中からちょっと甘ったるい声がした。入ると相手はチラと私の顔を見て、すぐ椅子を指さした。

9

「野村孝一さんですね。初めに申しあげておきますが、私どもは何もあなたの個人的生活に干渉したいと思っているわけではありません。これはよく誤解を招きますので、特に男の方で、教養のある場合にはよくおこることで、すぐ立腹されます。遺憾な結果におわることが多いのです。そうしますと、私どもの方も仕事がしにくいことになり、期間も長びくことになってしまいます。モチロンあなたが、回避されるのは勝手ですし、何も最初から、あなた方の間で話をつけられるつもりなら、私どもは手をひきます。御承知のように、刑事裁判とはちがうので、よしんば罰する場合にでも、これはあくまで、あなた方のためにすることで、どっちかといえば、私どもとしては、いつもメイワクなくらいです。つまり私どもは、この仕事を好きこのんでやっているのではなくて、あなたのためにやっているのだ、ということを御理解下さって、これから途中でもしんぼうづよく、御協力下さることを、お願いしたいと思いましてね。

私がこうして前置きをいたしておるうちに、もうおこりだしてしまう方もありましてね。あなたは御協力下さる御様子で光栄のいたりです。きっとうまく行くと思います。それでもう一つつけ加えますと、私どもはあなた方の問題だけを、取扱っているものではないことは、お分りだと思います。待合室にも外に十組ばかりいましたでしょう。あれは私一人で扱うのではありませんが、私としてもかなりの件数を受けもちますし、ああ、あなたはきっと廊下の壁にはり出してあるグラフを御覧願ったと思います。インテリの方はみんな御覧下さるようです。何しろ年に無数のケースを扱うのですからね。そこで勢い私どもの仕事は事務的な匂いも、どうしても帯びざるを得ないというわけです。インテリの方なので、少しくどく申し上げました。どうしても、インテリの方がやりにくいのでしてね。私もほんとは、この件をほかの人に代ってもらおうと思ったくらいなんですよ」

相手は声に似合わず、渋い顔をしてそこまでたてつづけに述べたてると、一息ついて、

「お気持を楽に」

といい、彼はほんとうに、この件には手を出したくないといった表情をした。私はその長口上をきいているうちに、ふしぎと気持が既に楽になったことは事実で、こいつも一個のお役人にすぎない、と気の毒にさえなりかかった。

「私は正直いって、あなたの奥さま、つまり原告、野村ミチ子さんに就ても色々意見がないとは申しません。野

村ミチ子さんとお義母さんのヨネさんはさっきまであなたの坐っておられた、その椅子と、それから一つおいたあの椅子に坐っておられたのですよ。つまり私は公平に考えたいと思っているし、私が一番公平に知っていることになるはずです。どうですか、タバコをおつけになりませんか。あなたは『ピース』をおのみになるんですね。私は『新生』をやりますが、この頃は『新生』が少し出まわってきましたね」

「タバコのことはまさか関係ないでしょうね」

私はピースを出して火をつけながら笑った。

「あなたは月給を一人で使っていることは認めるでしょう」

「それは、僕の勝手です」

おれの手のふるえているのは、こいつがあんまりバカなことを、とつぜんいいだしたからだ。こいつを最初にいいだすのは、上手じゃない。こいつは感情的すぎるぞ。なれてないな。

「野村孝一さん。私がこれからいうことにまちがいありませんね。ちがっていたらあとでまとめていって下さい」

彼は急に私の方を見ずに事務的な調子になった。

「野村孝一。五十歳。××省××課係長。月給は税込み三万七千円。R大学中退。××商事会社に五年。中学教員五年。雑誌記者二年。現職に十年。遠藤ミチと商事会社勤務中結婚、ヨネの養子となる。趣味は犬飼育の外はなし。酒を嗜む。子供さんのことはまちがいないでしょう。以上の点には文句はありませんね。あなたの退学の原因は、思想上のものらしいのですが、これは今も確乎として持続した思想をいだいておられますか。だからといって、あなたの自由を縛る権限は、私どもには全然ありませんから」

「昔のことです」

「ははあ、なるほど。すると一時的なもので、それでちょっと失礼ですが、棒にふられたわけですな。犬がいますね。犬の世話はまさかあなた一人でなさるのではありませんね」

「御想像に任せます」

「すると、毎朝犬の世話をしに出かけられるのは事実ですね」

といって、ふんふんと頷いた。原告者のいったことは大体まちがいなし、と思っているらしい。

「義母は、『犬の世話はするが、人間の世話はせぬ』とでもいったんじゃありませんか。しかし僕としてはむしろ……」

私は今朝の老人を思いだした。

「あなたの世話をしろ、というとでもいうのですか」

「その通りです」

「それは『世話』の意味によるので、私どもの関与するところじゃないかも分りませんがね。要するに不満だということしか、私どもとしては分りかねるのです。ウマが合いませんか。性格とか人柄とか、ちょっとした物のいいようとか、くせとか、そろそろ腹を立てられそうな御様子ですね。私どもはずいぶん婉曲にお扱いしているので、特別時間をかけようと思っているのですよ」

「義母のことですか、妻のことですか」

すると……ははん、と頷いて「あなたの御希望の通りでけっこうですよ」

係官はそういいながら、鉛筆で何か書きこんだ。こいつは、何かおふくろのいったことの通りだとでも思ったのではあるまいか。もう単刀直入にいって引きあげた方がいい。こいつはかんぐってばかりいて第一、こいつが、この色の黒い渋い顔をした男とおれとは何の関係もないじゃないか。つまり、こいつの話をきかなけりゃ、それでいいんだ。

「モチロン、あなたのことは、資料として控えてあります」

「とにかくきみ、僕に飯をくわせないようなやつなんだから。きみだって、そういう目にあったら分るでしょう。すべてそれを元に考えりゃ、長話しなくとも分ることだ。そんなやつに月給が渡せますかね」

「なるほど。それでは、あなたは原告のいい分を認めるんですね」

こいつはしまった。係官は急いで鉛筆を動かした。こんなにすばやく、彼の手が動いたのははじめてだった。こんなこと二人がいうわけはない。鉛筆は、見ると尚も情熱的に動いている。ずいぶん書きこんでいやがる。解決してもらったって何にもなりゃしないのに、つまらんことをいったものだ。

「何を食べさせないのですか。つまり食事の種類です。美味なものとか、何とか」

「例えば朝飯だ」

「なるほど。特別な料理というわけじゃないのですね。大したことはないですね」

彼はまた書きこみはじめた。

「それで腹を立てておられるとなると、これは珍しいケースといえないことはないな。それで今朝はどうされたのです」

「そんなことはきく必要はない！」

「だからさっき、腹を立てないでくれ、と、あれだけ時間をかけて申し上げたのです。どうしても細部に入らざるを得ないのです」

こっちだって、これで飯をくっているんだ。そのくらい辛抱すべきだ、といわんばかりだ。こいつの月給はどの位だろう。まだ四十といったところだが、何といったって、おれよりは一万円は多い。この男はきっと婦人相談か何かで、内職かせぎも多くなっているはずだ。吉本なんかより着実にかせいでいる。そのうち吉本なんか駆逐されてしまうぞ。それにしてもこいつの女房はどんなやつだろう。うまくやっているかな。まだ書きこんでいやがるが、そんなに書くことがあるのか。こいつは自分で創作しているんじゃないのかな。

「一つゆっくり、うちわって話してもらいたいのですが、朝食は食べさせないというのは、あなたの口実じゃないのですか。何かワケがあるのじゃないか、と疑わざるを得ないんですがね」

「それはカンタンなことで、分りそうなもんじゃないですかね」

「全然分りませんね。あなたが何かいいがかりをつけるためで、月給は、どこかよそへ……」

「ここへ訴えたからだ」

係官は大仰に笑いだしてしまった。子供みたいな男だといいたげた。

「やっぱりまちがえるんですね。これは、これは。ここは刑事裁判所じゃないんですよ。ここへ訴えるといって、何にもあなたが損をするどころか、あなた方の、つまりあなた自身のためじゃありませんか。それじゃ私どもの立場がなくなってしまう。何をしたんです、あなたは」

係官は急にのりだしてきた。顔を赤くしている。

「女のことですか」

私はだまってしまった。話題をかえよう、というように、彼はタバコを深くすいこんで書類に目を通した。

「非常にマジメな人ですね、あなたは。十年勤続で、無欠勤とはすばらしいですよ。あなたの課でも珍しいでしょう。とても真似はできんな。それで、何か賞与は出ましたか」

こいつは役所へ問い合せたかも知れない。しかしこの点は強調しといた方がよい。

「お話にならんですよ。お互いに役所のことですからね」

「あなたの内職は、どんな仕事ですか。どのくらいの収入になりますか。モチロンここだけのことにして、役所には内緒にしときますがね」

私は彼が書類の間から、一枚のハガキを、中指と人差指とでつまみあげて、ヒラヒラさせているのに気がついた。そういえば、たしかに最初からそれは書類の中にはさまれていて、彼が時々書類の上でずらせては、また綴目のところにおしこんだりしていたものであった。彼がヒラつかせているために、つい私はそれに眼がうつったわけだ。こいつは、私が受付へ出した、あの「通告書」じゃないか。彼は時々、私の方を見るのを止めて、そのハガキを眺めて、ひっくりかえしたりしながら、楽しげに笑っている。おれが手を入れた赤インキの文字を眺めていることにはまちがいない。この男は何を喜んでいるんだ。

「どうですか」

彼は顔をあげた。

「いう必要はありません」

私はがまんしきれなくなって、そう叫んでしまった。すると係官は、書きこむ材料をさがしあてたとばかり、前のように手を動かしはじめた。こっちが話さぬ方が、書きこむことが多いようだ。

「僕は急ぐのだが、けっきょく、何をあなたに話したのです」

相手の手許を見ながらいった。

「別居です」

「それなら、もうしている」

「そう思っておられるようですね、あなたは。しかし、それはウマすぎる話じゃないですかね。養家の家に住んで、その中で別居しておると称して、生活不能者でもないくせに扶養義務を怠る、というんですから、誰がみたって、あなたが悪いですよ。私の方としては、何か、ワケがあると思うんですが、あなたみたいに片端から、かくしておられるとなると、最初から申し上げているように御相談申し上げることが出来なくなってしまうんです。くりかえしていいますが、これはあくまで相談ずくでたとえ裁決を下したとしても、その裁決にしたがわぬあなたを罰することは出来ないのですからね。最後まで相談なんで。早い話が、野村ヨネと野村ミチ子の二人が、つまりあなたのお義母さんと奥さんが、協力しておられるのは、これはむしろ良風美俗でしてね」といって彼は私の顔をのぞきこんだ。それからつづけて、「私の方はほかのことは何も分らないのでこんなにお話し下さらぬと、あなたのこうして私の前におられて見せておられる態度とか、自然ににじみ出る性格とか、そういったものが判断のショウコになるわけですね。野村さん、あなたも係長の役についておられて、一応部下をもっておられるような方ですから、職場で自分がどう思われているか、あるいは相手がどういう人間であるか、ということは、相手が直接そのことを話さぬ場合には、話さぬことをもとにお考えなさるでしょう。例えば、上役でもいい、急に親切になったとか急にわけもなくおこりっぽくなったとか、急に物をいわぬようになったとかいったことが、あらわれれば、こいつは危いということが、すぐお分りでしょう。誰でも理由は話しにくいものです。私は今、そういう判断を下そうと思っているわけです。これは案外あたるんでしてね。

被害妄想の場合もあるし、異常性格の場合もあるし、単なるエゴイストの場合もあるでしょうし、原告の申し立てがまったくウソもある場合もありますしね。こっちとしては、原告の申し立てを信じているわけじゃなくて、あなたの申し立てとの比較の上で分るのであって、ほんとは、まだ何もよく分っていないのです」

「しかし、あんたが、ずいぶん書きこんだじゃないですか」

そういってワザと私はドアの把手をじっとながめている様子をした。

「ああ、これはただの楽書きだと思ってもらっていいんです。何が分るもんですか。ほんの参考ていどですよ。参考にはなりますがね。私どもの仕事は、刑事裁判とくらべれば、法律というものが、カンタンにいって、何もないのも同然なんだから、非常に難しいんです。あなたにしても、月給を払え！　扶養せよ！　しからずんば、云々といういい方では、まるっきり反抗されるだけで、解決にはならぬことぐらい分っていただけると思いますがね。

私ども仲間が集りますとね、こんなこともいい合いますがね。ジョウダンとしてきいて下さい。これは盗むとか、人を殺すとか、はっきり法律にひっかかるようなことをしてくれないかな。そうすると、刑事裁判の方へ重点がうつってしまって、私どもは責任解除というわけなんだがな、といったぐあいです。ほんとうは、野村さん、それからだって、さまざまな問題はおこるのですが、それでいて責任解除といったかんじです。つまりマギレるんですな。

率直のところ野村さん、あなたは、自分で自分のことが分っていないとは思われないでしょうね。ところが人間というものは、どうでしょうか。どたん場になっても、まだ分らないというようなことや、むしろ、どたん場に追いこまれると、何もあなたの場合がそうだというわけではありませんがね、ますます分らなくなってしまって、そのこと自体としては何でもない、ごくつまらない些事にこだわるようになるし、本来の性格という火に油をそそぐようなハメにおちいる、ということなどあり得ないとはいえませんね。私にしても、おなじ人間である以上、そうでないという自信はありませんからね」

相手は腕時計を見て、つづけた。

「どうしても、被告者との話し合いの方が時間をとるんで、どうもお互いに疲れてきましたが、何しろ今日は、あなたにはまだほとんど何にもおっしゃっていただかないので、あなたに悪いような気がしているんです。あなたも気持がさっぱりしないのじゃありませんか。いったいあなたはほんとうは何が不満なのですか。あるいは、もっとよいことが別のところにあるのですか。そうでなければ……」

「向うは何が不満だといったんだ」

私は、もってまわったいい方にすっかり腹を立ててしまい、机を叩くようにして坐り直した。腹を立てるなというのも、腹を立てさせることも、みんなやつの老獪な手にきまっている。こんなものにひっかかってはたまらないと知りつつ、何を考えているのか、こっちには分らなくなるのを、待っているようにも見えるのには、いらだたざるを得なくなったのだ。すると係官はだまってしまった。一分もたって私が拍子ぬけした頃、おもむろに口を開いた。それは又もや私を拍子ぬけさせた。

「やっぱり、ほんとに分っていらっしゃらないのですね。そう受け取っていいのですかね。実は、それなら話す必要はないのかも知れないのです。私は分っておいでになると思ったもんですから、おききしたのですが、そうすると、問題の処理はたいへん複雑になってしまいましたね」

彼はほんとに額に皺をよせながら考えていたが、鉛筆をとってボツボツ書き、それから思い直したように、鉛筆の尻についたゴムでごしごし消した。

「ここの仕事はこうです。そうかといってこういうふうに進めなければ、複雑に処理すべきものを単純にわりきって、当事者の方にメイワクをかけちまいますしね。いつものデッド・ロックに入りこみました。好意から出発していることが、この裁判の動機なんだが、こいつは私どもを金縛りにしばってしまうのですな。そりゃ野村さん、原告はいうまでもなく、あなたに対する不満をあれこれ述べ立てましたよ。ここにも書いてあるので、あなたがどうしてもききたいとおっしゃれば、教えてあげないわけでもありませんがね。しかし私がそれをあなたに逐一伝えれば、逐一でなくとも、そのうちのたった一つでもお伝えすれば、あなたはどういう態度に出られるか想像がつくというものです。あなたは、まるで私が原告そのものであるかのように私にいどみかかってこられるでしょう。そうすると、私はただ笑ってすますか、あるいはあなたが席をけって帰ってしまわれるかがおちですね。

そうなった時に、あなたと原告との間の溝はいよいよ深まる結果になりますし、私と原告、被告との三者の間の溝も一時に深くなります。ここでつかみかからなくとも、あなたは原告につかみかかるにきまっていますし、原告は私を端たない男だと思い、そこで、権威が失われてしまいます。ましてあなたがたのように、奇妙な別居状況にある場合は尚更ですからな。(係官はここで言葉をきって私をじっと見つめた)これは私どもの経験上よく分っておるところの、イロハのイです。奇妙にそうなるのです。但し状況に応じては、進んでこの方法をとることだってありますがね。あなたをインテリと思って、こんな話をするのです。私はリクツが好きじゃありませんがね。しかしこの計画的な方法は、計画的である以上とても危険なんです。私は人間を扱うのに、こんな動物実験のような手は使いたくないという良心をもっております。イロハのイで行きます。

まあ、ほんとは人のことはいえた義理じゃなくて、打ち割っていえば、私なんかもいつそうならないとも分らんのでしてね。義母との間というものは私どももよく扱ってきていますし、嫁シュウトの場合よりメンドウなこともよく分っているのです。一きょに別れることが出来れば誰でも別れてしまいたいのです。がそこのところがいってみればインテリの美点ともいえるわけです。失礼ですがあなたの御年になってこういう問題にぶつかればよけいに堪えられないことはよく分るのです。何しろそれだけ条件は複雑になってきておりますし、別居するにしたって、先ず部屋とか家とかが先決問題で、勢い妙な別居にして別居でないといった矛盾がおきるわけです。なに、何もかも放念して別れてしまう人だっていくらもあります。おそらくあなたの場合は、よく気がまわったり、気が優しかったりしているために、こういうムリな生活を敢行しておられるのにちがいないのですよ。それだけまたこうした生活は堪えがたい気分にすると思われるのです。一口に申しますと、『どうせ離れられないんでしょう』といったところですね。しかしこれは、くりかえしますが、あなたの御年と、たしか五十歳になられましたね。これはモチロン満でしょうね。教養から考えますと、当然のことなんですよ。といったぐあいに私は理解させていただき、あなたの御協調を願って裁判の係官として、溝を作るよりも、溝を埋める手段をとりたいと思っておるわけです。

でなければお互いに損で、何のために、政府が金を出してこの仕事を始めたか分らなくなるのですよ。まさか私を老獪なやつだと思ってはいらっしゃらないでしょうね。それじゃ堪ったもんじゃありませんよ。私にしたって、打ち明けていいますと、好んでこっちの方へまわったのではありませんからね。本物の方がハデでいいんです。こいつは何といってもじめじめしてイヤですからね。それに万事が体裁がわるいですよ。ここに勤めているだけで無能と思われるくらいですからね。早い話が野村さん、あなただって私のことをさっきからそう思っていらっしゃらないとはいえないでしょう。こんなもの、ない方がいい。なくってよかったんだな。ないも同然だ。もともといらないものなんだ、といったぐあいにね。私どもにはよく分るんですよ。ところが、それでいてやっぱり意味がないとはいえないんですね。ただ、その意味のためにやっているわけなんですからね。

ところで、せっかくのものを台なしにしたくないということは、お分り願えたと思うんです。つまりこれは、技術上の問題です。第二にもっと本質的な問題があるんですがね。野村さん、どうせ何ですからゆっくり話し合おうじゃありませんか。もう立場を忘れて、話し合うつもりになって。ところであなたは、あなたをのぞいたあとの者が、どうして食べていっていると思われるのですかね。とつぜん家族に金を渡さなくなったのは、何か確信があってのことだと思うのですが……子供さんの学費にしろ、この大きさでは相当かかると思いますがね」

「それは原告、ヨネからきかれたはずです」

「原告は、ヨネさんじゃなくて、奥さんの野村ミチ子さんだといったはずですがね」

「それは、表向きのことなんだ。とにかく僕は養子に入る時、持参金を持ってきたんです」

「なるほど。失礼な話ですが、それはいかほどですか。御記憶がいいですな」

といって薄笑いをもらして、のってくる様子がない。

「あの頃の金で三千円です」

「三千円。今の金額にしていかほどですか。まあ、その計算はお任せするとして、そういうことはヨネさんも一言もふれてはいませんでしたがね。そうすると、あなたは、その金額に目をつけておられるとみていいですな」

「………」

「その金は今いくらになって残っていると思っておられるのですか」

「知ったことじゃない。第一、そんなこと、どうだっていいんだ」

「そうすると、なおのことあなたは、無方針な方だという結果になりますね。私はむしろあなたの有利なように、とはこんでいるつもりなんですがね」

係官は書類に一本棒をひっぱった。それは非常に自信たっぷりで、不快な感じを与えた。

「若干の金があるにしても、それはやがてなくなりますね。それからあとあなたはどうされるつもりですか。考えておいでにならないのですね。いや、それはよくあることです。それより今、若干の金というものがあるというショウコは、あなたはにぎっているという。自信ありますか。もしなければ、あなたはとにかく感情に動かされているだけで、私どもの方も、それこそ懸命になって協力申し上げねばならぬ結果になります。そのショウコはどういうふうにして、さぐられたのです。もしいつか奥さんにしろ、ヨネさんにしろ、あなたにそのことを話したことがあるとすると、あなたは裏切ったことにもなりますよ。五万円あったということです」

「ウソだ。十万円は持っている」

「まあ、私はどちらを信用するとも申しますまい。するとあなたは計算してやっておられることになりますね。野村さん、野村孝一さん、結論として申しますと、あなたはさっきもいったように、『どうせ離れられないでしょう』といったところです。あなたが自から証明なさったみたいです。ところで野村さん、原告はほんとに別居を要求しておりますよ」

私は急に立ち上った。早口で叫んだ。

「そんなことは知らない。とにかく僕は絶対に金は渡しませんよ。あなたまでぐるになっている」

係官も私につづいて立ち上りながら、また楽しげに笑いだした。私はまた叫んだ。

「そんなら、今までだまっていようと思ったが、思いきっていってしまう。ミチ子には男がいるんだ」

これでは別れたくないために、南のことを口にしたと思われたかも知れないぞ。

「それはきみ、またこんどにし給え」といって書類をとじて、タバコをポケットにしまいこんで、腕をのばすようにして時計を見た。袖が長めなのか時計はちょっとしかあらわれなかった。彼はそこでもう一のばしのばしたが、時計を見るつもりはないと私は思った。

「私の方は猛烈にいそがしいんだ。まったく私の方が訴えたいくらいでね。またこんど『通告書』にしたがってきたまえ」

10

家庭裁判所を出ると、私は懐中時計を出してみた。私は廊下を歩きながら、時計を見た場合の自分の絶望的な気分をかねて予想していたのだ。自動車の流れは一そうはげしくなってきていた。それをみても、もう一時間もしたら夕刻になることが分っていたが、私は時間をたしかめた。そうして、ほんとに予想通りいまいましいと思った。他人のことでならともかく、私は自分のことで何時間もとじこめられたのである。しかも最後になって初めていいたいことをいおうとした時に私はその発言を次回へ、とうつされてしまった。要するに、私はいいたいことは、何にもいっていなかったことになるのだ。さらに今頃はあの係官は、ほかの係官と係官控室で茶でものみながら、給仕に、

「あと何人のこっているの、カードをみせてごらん。いやあ、もう今日は一人しか出来ないな。××さん、手があいていたら、ちょっとこっちの方一人すけてくれませんかね」

とこんどは女係官に呼びかける。

「ええ、仕方がないわ。大人もの？　子供もの？」

「大人ものだが、初回でね、今のところはまだ面白いもんじゃない。えらく手間どってしまってね。はじめから仇に出あったような面《つら》なんですよ。僕はあの年の男はガンコなくせにあまえていて、めんどうだな。僕はほんとうは姦通ものとにらんでいるんだ」

南のやつは、今夜あたり、どこかで待ち合わすのじゃないのかな。今までだって、おれは夜は十一時ごろにならなければ帰らなかったのだから、何をする時間だってある。今までに、義母のヨネが南を歓待していたにちがいあるまい。南のやつが奥の手を出せば、ミチ子だって甘言にのらなかったとはいえない。おれだって、その立場になれば、ボタンの押し方は分っていないわけじゃないからな。いや何といったって、おれの方が年をとっているだけ、本気になったら口説くことはうまいのだ。

「どうでした、今日は。お疲れでしたでしょう」

「いやになっちゃったわ。自分の主人のことをしゃべらせられるなんて、女にとってはツライことですのよ。誰でも自分の主人のことだけは、他人の前で自慢したいものなのね。あなたなんかの奥さんは幸せだわね」

ミチ子のやつは、ついそんなことをいって南の仕事をし易くしなかったとはいえない。

「野村さんもいい人なんだけどな。ちょっと相手がわるかったですよ。奥さんではムリだな」

「どういう意味？　私がわるいの」

「いや、僕につらいことをいわせちゃイヤですよ。野村さんも、そりゃ役所で見ているだけでよく分らないけど、こんなふうにさせるということは、男としてちょっと困るな。僕も年長者なら、思いきっていってみるんだけど、どうも、まるで僕のオヤジみたいな年輩でしょう。僕は老人というのは苦手なんだ。奥さんとは、何といっても時代感覚がちがうんじゃないかな。今日なんかもね、役所で妙に下手に出てきたりして、ああなると、いいたいこともいえなくなっちまうんですよ。なに、わるい人だとは絶対に思っちゃいませんよ。それに役所の方も、あいう人がいた方が都合いいんですよ」

「あなたの奥さん、つましいんですって」

「いや、つましいんじゃなくて、僕が何かとかせぐんですよ。そりゃ僕だって責任は果しますからね」

「わかいのにえらいわね。もうウチはその気力もなければ、第一、女房や子供に対する責任というものを、まるで考えないんだから」

「いや、まだまだこれからですよ」

「いくつと思う、もう五十よ」

「奥さんがわかすぎるんですよ。ほんとにわかいんでしょ」

「あら、年のことなんか、いって、恥をかかせないでよ」

煤煙の臭いがする。気がつくと私はバスに乗って吊革にぶらさがっていた。バスは陸橋をわたっている。貨物をひっぱった機関車の吹きあげた煙りがちょうど陸橋の上でちらばるのだ。陸橋をわたりおえても、しばらくのあいだ、私は何もかも忘れてしまうほど、バスの中にこもった煙りになやまされた。一人の女が、ピンク色のビニールのカバーをかけた小型の本を読んでいた。私はその本の題字をカバーをすかして読みとろうとしはじめたが、バスが揺れるので、なかなかムズかしかった。

(あの本じゃないかな)

吉本の例の本は、結婚前の若い女がバスの中で読んでいる可能性がある。しかしスリガラスのような地のビニールは、表紙にぴったりとくっついていないので、けっきょく、分ることは、その本の型が、あの本とおなじだということにすぎない。

私は近づいて本文を見れば、もっとたやすく目的を果すことは出来ると知っていたが、女は遂に私をケイカイしたのか、目がいたくなったのか、パタリとふせるとハンド・バックの中にしまいこんだ。まったくそれはちょっと背中をまるめただけで、バックの中に吸いこまれてしまった。もはや彼女は、書物などは携帯していたソブリを少しも見せず、次に入れかわりにとり出したハンカチで目のふちの煤をふきとりはじめた。こうして私はこの作業をつづけることだけで、かなり疲れてバスをおりた。

アリナミンをのんで、湯を茶碗についで一口のんだところへ、小使がもどってきた。私はいつものくせで、知らぬ間にこの部屋に立ちよっていたのだ。私は反射的にポケットに薬のビンをしまいこんだが、とたんに小使がいった。

「野村さん、なかなか、おさかんなことですな」

そうでもない、とも、そうだともいえず、私はだまってもう一ぱい湯をのむと、小使室をとび出した。私は何ともいえず不快になって、階段をのぼるうちに、こんなことにかまっちゃいられないと思ってきた。

（ことによると、四時半までに戻ってくるかどうか、カケをしているかも知れないぞ。あいつらの目の前には、丼が見えている。どっちにしても、一刻も早く、デスクの前に戻らねばならん）

私はそれでも便所へ行って鏡を見た。プンと臭いがした。女事務員坂本が今帰り仕度の化粧をして部屋へもどったばかりのところだ。あと二十分ある。間に合ってよかった。部屋へ入ってみたら、誰もいないなんてことになったら、何にもなりゃしない。とにかく間に合いさえすればいいんだ。デスクに坐ってしまえば、十分もたつうちに、前からいたような顔つきになれる。おれさえその顔つきになれば、何のこともありゃしない。どうせ今までだって、おれは部屋にいたからといって、これといった目立ったことをしていたワケじゃない。坂本が廊下に出てきたらいっしょに入りこもうと思ったが、もう坂本女史のあの余香ではそれには間に合わない。思いきって部屋へ入る。ボナンザグラムをやっている。これでよかった。南のまわりに人だかりが出来ている。私はまっすぐデスクへ行って坐りこむと、

「やれやれ、えらいやつにつかまっちゃった」

と、わざときこえるようにいった。ありがたいことに、先手がとれた。そうして机の上にあるものを、とりあげて、読むかまえをした。おや、といった様子で、私の方を二、三人ふりかえった。すぐに人だかりがくずれて、てんでに机の前にもどり、てれたようにわざとこちらに顔をむけず、帰り仕度をはじめた。私はチラと横眼で、黒板を見た。「野村係長外出中」と書いてあった。そのくらいのところなら、いたしかたはない。家庭裁判

所にいったとは、さすが気がつかなかった、と見える。おれが庭でとつぜん知人にあって、のっぴきならず外出したことは、彼らに分ったはずだ。それより……これはどうしたことなのだ。丼がない。中身が入ったまま出前持ちに返してしまったのかな。そうとすれば、おしいことをしたものだ。おれは食べるつもりでいたのに。今日一日のうちで、急にこの丼のないことが、一番腹立たしくなってきた。

私は給仕の方を見た。彼は夜学校が五時半にはじまる上に学校が郊外にあるので、どうしても四時半には役所を出ねばならない。四時半にはぜひ帰してくれるようにと、夜学校の方から依頼があった。四時半に帰ろうと思っていると、つい四時三十五分になり、四十分になるので、彼一人は二十分すぎると、もうとび出すのだ。まったく戦後は小使とか給仕の方が特権階級で、ニガニガしいことだ。うっかりすると、一番キゲンをとらなくちゃならない相手が、こいつらなのだ。特に給仕の仕事というのはまったく何にもありゃしない。おれにいわれて時計を合せることでもしなければ、あとは湯を小使室からはこんできて、茶を入れるだけじゃないか。湯をわかすのはあの小使だし、小使と給仕と一人にしてもいいくらいだ。もっともあの小使がしょっちゅう部屋にあらわれて、茶をついだりするのでは、こっちがやりきれないが。まだ「鷗出版社」の女給仕の方が、少くとも社員には、よくしている。この給仕ぐらい無用の長物はない。丼の報告さえしないで、一人前以上に帰り仕度をしている。あいつは辞書などをひろげて勉強している顔をして、仕事をあてがわれないようにしているが、勉強なんかしてやしない。南の話を盗みぎきして、大人とおなじように笑うのが仕事だ。あの年頃が一番みっともない。あの年頃よりはまだ皺くちゃな老人の方がずっとましだ。まったく峯山課長の知人の息子でなかったら、クビにしたいところなのだが。給仕をよぶにもくんづけで呼ぶのだからな。

「石山くん、ちょっときてくれ給え」

鞄をしめて、バスケット・シューズをはきおわった給仕は、時計を見てから私の方へ歩いてきた。私は声を低めた。

「石山くん、きみね。あれどうした」

「あれって、何でしょうか」

私は顔が赤くなってくるのを感じた。そこでよけい低くせざるを得なくなった。

「ほら、昼たのんだの、あれ、ないじゃないか、返してしまったのかい。それならそれでいいのだがな」

そういいながら、私は、話しおわる前に給仕が、私のいっていることに気がつかないとすれば、意地になっているのであって、これはこれで困ったことになるぞ、と思っていた。ところが、石山はとんきょうな声をだした。

「ああ、丼のことですか。あれは取りよせなかったんです。ねえ、南さん」

「ええ、何だ」

南はまださっきの続きのボナンザグラムのことが気にかかるので、上の空だ、といった返事をした。

「係長さんの丼のことですよ」

「丼？　ええと、丼という単語は入らないですな」

彼のいっているのは、またもやボナンザグラムのことなのだ。石山は私の前で笑いだした。こんなさわぎになるとは思ってもいなかったので、私は狼狽したが、

「それなら、それでいいんだ」

「峯山さんが入ってこられて、野村くんのを、おれが食べるよ、別にとりよせない方がいいぜ、っていわれたもんですから。ねえ、南さん」

「それなら、それでいいんだ。もういいよ」

「前にもおそくなって持ってきやがって、そのくせ金だけとったことがあるんですから」

石山はもういいといっても、まだつっ立って、不満な面持であった。

「また僕を笑うんだからな」

じっさいくすぶったような笑い声が部屋におこっていたのである。

四時半のサイレンがなりだした。彼は残念そうに右手を鳴らした。

「今夜は試験なんだ」

「きみ、そのポケットの中の紙は何だね」

「ああ、忘れていた」彼は急に気がついてとりだした。

「係長さんに電話なんです」

「電話？　名前が書いてないな」

「また笑う。じっさいよくみんな笑うな。左巻きですよ、ここの人は。どなただときくと何かよくききとれないうちに電話がきれたんです。坂本さんがうけたんですが、あっ、もう帰っちゃったな」

「役所かんけいじゃあるまい」

私は立ち上った。みんな笑っているが、おれは今日は早く帰ってやるんだからな。

役所のことなら、私がいなくとも分るようになっている。吉本か三上だ。いや、三上より吉本にちがいない。あの男は、おれに仕事をよこす義務がある。吉本にちがいない。昨日別れぎわによこした名刺といっしょに、妙なものが出てきた。それは昨夜ブラウスを買った時の福引券であった。

私はムキになってきいた。石山はへっぴり腰になっている。

「課長はいるかね」

「出版社の人といっしょに出かけましたから、飲むんじゃないですか」

石山は笑われながらとび出していった。

11

吉本の仕事場は、都心からはずれた場所にあったので、うす暗くなってからは分りにくいと思ったが、電車をおりてしばらく佇んで方角を見さだめてから、念のために交番をのぞくと、

「あなたも吉本さんを訪ねられるのですか」といって巡査が出てきた。

よほど訪ねてくる人があると見える。あんな人の弱みにつけこむようなものを書けば、そりゃくるだろう。

「吉本さんの案内人みたいなもんですな」

と、人の好さそうな、ナマリのある巡査に私は答えた。

「吉本の部屋は、一部屋ですかな」

「いや二部屋ありますよ、大きい部屋が応接間になっていますが、そこに最近秘書の女の人がいるようです。部屋代だけでも相当なもんでしょう。お友達ですか。私は最初はあそこへ行かれる方じゃないと思ったんですが」

交番のすぐ横に公衆電話があった。私はポケットの名刺をとり出しかけたが、そのまま歩きだしてしまった。

(ぐずぐずしていると、ほんとに暗くなってしまう)

ところが一歩一歩ふみ出しながら、私は自分の歩調が、みだれることに気がついた。考えてみると、妨害者は、吉本の名刺の電話番号だった。私はここへ来るまでに名刺を何度もとり出して見ていたので、おぼえようと思わないのに、瞼の裏にやきついたようになっているらしい。だから、交番の前で胸ポケットに手を入れかかった時には、まったくその必要がなかったワケなのだ。

モヤがおりて妙に白っぽいくらがりの道路にたちどまって、これで大丈夫なのかと私は思った。いや、とにかく考えるのには、立ち止らねばならない。

（このキカイに、あいつから仕事をひき出すのだ）

教えられた通り住宅地の道路を一筋、二筋と数えてたどって行くと、住宅の中に一軒だけ四角な新しい建物がちょっとそびえるかっこうになっていた。それが銀杏荘であった。

玄関へ入ると、一きわ明るいところがあった。天井から電燈が吊り下っているが、その部分だけ、また小型の螢光燈が掲示板をてらしているのだ。ピンクにエメラルド・グリーンのふちがついているシャレたもので、「吉本良助用」と茶色のペンキで認めてある。この名前は、あまりいい名じゃない。名前だけは、やつもどうしようもないのだな。鋲で半紙大の紙片がとめてあるのでそばへよってみると、「不意の訪問客はお断りする」と書いてあった。

（この紙片は今日や昨日はり出したものじゃないはずだ）

紙が古いか新しいかぜんぜん分らないが、これは玄関が北向きのせいだ。掲示板にはチリ一つなかった。掃除が行きとどいていると見える。さすが、なかなかいいアパートだ。

二階にのぼって行くと吉本の部屋はすぐ分った。そこにも「吉本良助事務所」「同応接間」と貼紙がしてある。私は応接間のドアをノックした。

「どなた？　どなたかな」

女のような口調だが、たたみかけるような吉本の声がきこえた。するとノゾキ窓からほんとうの女の顔が見えた。

「どなたですか」

ドアの中からこんどはその女の声がきこえた。秘書だ。秘書といっしょに住んでいる。

「野村です」

「野村だれ？」

と中から吉本の声がする。

「野村孝一です。今日役所へ電話があったらしいので……」

電話をかけて、すませておればよかった、と私は瞬間思うと、ノドがなった。

「野村孝一、野村孝一、ああ、野村くんね。電話がかかったっていってるって？　ああ、なるほど……」それから吉本の声がとだえて「ちょっと」と呼んだ。しばらくして、次の事務所の部屋があいて、女秘書が顔を出して、「こちらです」と私を招いた。二十五、六の白粉気のない女だ。

十分ばかりすると、本人の吉本が「鷗出版社」の編集室でめぐり合った時のように、よう、といった感じで右手をあげながら入ってきた。

「よく来てくれたね、すぐ分った、道。どうして電話くれなかったの、迎えに出たのにね。まあ、そんなことはどうでもいいや。ねえ、きみ、野村くんがもう来る頃だと噂をしていたんだな」

女秘書は、私の方は見ずに、吉本に微笑をもって答えて、あわただしく首をたてにふった。

「この人、何を笑うんだ、そんなに。野村くんに失礼じゃないか。ねえ野村くん。あの人は、笑いだすと、止らないんだ。精神年齢がまだ十六、七でね」

秘書は向うの部屋に退いてからも、しばらく笑いつづけている。

「まあひどいわ、先生」

なんのかんのといいながら、こいつはチャッカリやっている。女房との別れっぷりをおれに見せつけるためにおびきよせたのじゃないかな。これからこの男は例によっておしゃべりするだろう。どうしておれは来てしまったのだろう。一刻も早くきりあげねばならぬ。

私が沈黙すると、とたんに吉本は、私の方をふりかえった。と思った瞬間、

「気にさわったんじゃない、さっき。あんまり親しい人の名は思い浮ばないもんだよ。いや、このごろ年齢とい

うことをつくづく考えるね。見給え、この通り机の上にまで薬屋の宣伝みたいに、薬ビンを並べているんだ。ここはファンにも見せられませんよ、ほんとに。まったく電話といえば、きみみたいにかけてきてほしい人はかかってこない。電話は編集者を事務的にさばき、ファンの訪問客をまさに断るためみたいなもんでね。これでも、まだ都心から近すぎるんで大弱りさ。無礼な訪問客は、こっちのことなんか考えてもいないし、そのくせ、ファンというものは、ムゲに追い払うことも出来ないからね。きみなんかその点幸せだね。追われるってことないだろう。人生論者に、人生を味う暇なしさ。下手すると、僕らは魂のない人間になりかねない。野村くん、夕食すんだ？」

「夕食？　そのへんでソバを食べてきた」

「ソバ？　ざんねんだな、まだ入るだろう。何かスシのようなものでもどうだね。田舎で何にしても食物はマズイがね。ねえ、きみ、どこかおいしいところなかった？　ほんとにどう野村くん。食いだすと、どんなものでも食うもんだね」

「…………」

「そうしてくれよ。いいじゃないの。つき合ってくれたまえ。ちょっと、きみ電話……」

私が何も食べていやしないことを、こいつは、知っているのじゃないかな。駅前にはソバ屋みたいなものはありはしなかった。それにしてもおれは、どうしてハッキリ断わらなかったのだろう。仕事をくれたって、こんな男にもらわぬ方がいいんだ。こいつは昨日別れぎわになってお世辞にいったんだ。

「今も困った話をもちこまれてね」

私はひょいとつりこまれて、きいてしまった。

「女の人？」

「そうなんだ。他人の秘密はあかしたくはないがね。僕なんかもおんなじ立場だからさ。その意味で話しても許

されるワケだがね。いやいやみんな悩みは一つなんだ」吉本はピースの罐を自分で切りおわると、

「さあ」

といってさしだした。

「僕のワイフじゃあるまいね」

「きみ、峯山くんの奥さんなんですよ」

吉本は内緒話のように声をひくめていうと、顔を赤らめて眼をパチパチやった。それからとたんに峯山のことを一瀉千里のいきおいでしゃべりだしたが、あいかわらず囁くような声だった。こいつは、また峯山のことにかこつけて、おれにさぐりを入れやがる。

「僕はもう失礼しようかな」

「おや、いいじゃないの、僕も教わりたいことが一ぱいあるしね。それにお願いしなきゃならんこともあるしさ。いずれ来てもらおうと思ったのだ。ねえどう思う。峯山という男は意地っぱりだからね。今まで通り、家の者に金をくれるし、そのくれかたがいっぷう変っているじゃないかね。鼠小僧みたいに窓からポイと放りこんで行くんだそうだね。つまり峯山からすればだね、敵軍に弓矢で応酬する代りに塩や米を供給するといった逆手戦法をとっているつもりなんだな。根本に愛情があるのか、アマノジャクなのか分りゃしない。奥さんはそこで……きみ笑ってる？　あの男は別棟を建ててそこに住んでいるのだが、奥さんをよせつけないんだそうだ。あいつは家内が侵入してきたら掠奪、凌辱する、と口ではいっているが、どうして、なかなかそんな手は使わないらしいな。そこで奥さんが心配になってきたというワケだ。何しろ峯山もなかなか稼ぐことは分っていて頼母しい男にはちがいないからね。そんな頼母しい男にはほかに女がいるのじゃあるまいか、とそろそろ我が軍団を離れて偵察を開始したという次第さ。いったい野村くん、どういうものだろうね。きみなんか、どう思いますかね。この峯山くんみたいにだね、おなじ敷地の中に、別棟とはいえ、住んでいる心理というやつは。最初からどういう了見で

いたんだろうかね。これじゃ、まったくおなじ家の中にいるも同然じゃあるまいかね。どう思いますか。ね、僕はムシロおなじ家にいたら、と思うんだが、どうかな、とどのつまりは、あの別棟は子供の勉強部屋になるのがおちじゃあるまいかな。もっとも今の段階じゃ、奥さんにそうはいいきってしまうワケには行くまい。そうすると峯山の作戦は挫折しないまでもだね、そういうチョッカイは入れることが出来ないのが、僕の良心でね。しかし何といっても別棟にいるというのは、何かセンチメンタリズムで、僕ら作家から見ても、面白いにはちがいないが、歯のうくようなところもなくはないね」

「けっきょくどういって帰したのですかね」

「峯山の奥さん？　そりゃ、僕みたいじゃないから安心しなさい、といってやったさ。ほんとは奥さんのことは忘れちゃいない、というていどのところだね」

「きみはそれでどうしたの？」

「御らんの通り。僕はここに住んでいるんだ。僕は今断種について、こういう話をきいているが、どうかね、ある男が別れるについて、家内に断種を条件にしろ、といわれてね。いったいあれは、どうかね。男にとっちゃ、大体都合がいいことなんで、浮気にはもってこいなんだが、しかしこれはあくまで浮気なんでね。本気の場合は困るね。僕もK病院の外科に知人がいるのできいてみたが、家内の承諾がいる、というんだよ。ところが、ここに別の男の話がある。細くんが子供がほしくないというのだな。つまり夫婦生活をいとなむ条件として断種をもち出すというんだ。これはどういうものかね。ところが女の方は、かならずしもそのことが問題じゃないかも知れないのだ。ところが、男の方はそれを知らないために、女房の薄情をうらむし、女房にしてみたら、どう思うだろうか。これは面白いケースでね。まったく僕なんか、こんなことにどうのこうのという資格はないが、人生のキビにふれるのでね。ああきみ、食べてくれ給え、僕はもうすましたんだよ。さあ、ここは女人禁制、ダメですよ、きみ。女がきいちゃ」

私はスシを前にしながら、女人禁制というのは、女人禁制でないことをいっているんだ、とすぐ思った。この女はこの話をきき知っている。彼らの話題なのだ。彼と、彼のもとの妻との間でならともかく、この新しい女と話題にしているのだ。そうしてこの彼の話というのがどうだ。いったいこの断種の話は、まさにこのおれのことじゃないか。峯山の家庭のことをきいているうちに、私はついひっぱられて腰をおちつけてしまったのは、それが例によっておれのことをいっているんじゃないか、と思ったからだが、それはとにかく峯山の話らしいので、拍子ぬけをした気持になっていると、この話だ。

（女房がここへきたんだな）

おれの断種のことは、医者でなければ、女房しかしらないはずだ。医者には、ただ女房が子供をほしがっていないから、断種して困るものはない、といっただけだ。すると医者はしかし、あなたが考えているより、この問題はウルサイ問題を含んでいるんだから、といってしぶっていたが、知人だから、こっちのいう通りになった。

K病院ときいた時、私はすぐ、こいつは吉本のいいのがれだと思った。吉本は一応ミチ子から、きいたのではない、といった逃げ道をこさえていたのだ。ミチ子がここへ来たのだ。さっき私と入れちがいに出ていったのが、ミチ子なのか、ほんとうに峯山の妻なのか分ったものじゃない。

おれがここへ来たくなかったのは、このためじゃないか。妻がここへ来ていたことを知りたくないためじゃないか。そのくせ、おれは知っていたのだ。いや、そうじゃない、おれはやつから仕事の代償をとるためにきたのだ。彼に厄介になりたくないから、しぶったのだ。

私はこう考えながら、ひとりでに箸はスシをつまみ、口へはこんでいた。私ははじめは、あまりの符合のおどろきと、自分の心の動揺をかくすために、それからいう言葉をさがすために箸をとりあげたと思うが、次第に私は自分が何を怒っているのか、わからなくなりはじめた。そうして彼が私のスシを食べる速さをじっと見ていることだけが、気になってきた。私は思わずいった。

「電話は仕事のことなの」

「電話って……ああ仕事ね。そうね仕事ね。そのことは、三上くんによく話してあるんだ。まだ何の話もないかね。何かいってなかった」

それなら、あれは三上の電話だったかも知れない。しかし三上がどんな仕事をくれるというんだろう。それにあそこのことなら、何も吉本を通じなくともいい。第一、吉本はそういうことを自分で知らぬ男じゃない。やっぱり吉本が、おれを待っていたとしたら、まさに、今日のようなことになるために待っていたんだ。恥をかいただけだ。私は立ち上って鞄を手にとると帰る用意をした。

「きみのこんどの本を読んだよ」

「そう。着いた？　送ったんだけど」

「僕は飲屋の『秋野』の女が読んでいるので、見たんだ」

「そう。イヤだね、ああいう子に読まれるのは。じゃ、着かないの？　オカシイね。あそこはルーズでね。それじゃ三上くんにそういってもらってくれ給え。まあ『秋野』の子が読むようなものなんだがね」

私はそれには返事をせずに、ドアの外へ出た。

(今日来たことが、そっくり吉本の資料になるんだ。それなのにミチ子のやつは、そのことを知らない、知らないどころか、書いてもらいたいと思っているかも知れない。そしてその分だけ、またおれが笑いものになる)

12

「秋野」へ入って行くと、

「ノーさんだ。ノーさんだ」

という声がかかった。賑かというか、はしゃいでいるというか、私はどぎもを抜かれた。こういう時には、大てい誰かに酒をのまされたり、というよりのまされるとみせて、けんめいに銚子を干しあげた結果なのは、このていどの飲屋としては、あたりまえのことだが、何というかけ声だろう。ここでのんだ酒はまだ身体の中にのこっている。私自身も今夜またここに現われるとは、つい一時間前までは思ってもいなかった。彼女らの歓声は考えてみれば、ムリはない。それに「ノーさん」なんて呼び方は今夜が初めてだ。どういう風の吹きまわしだろう。


「あら、ノーさんを待ってたんじゃない、ねえ、マダム」

「そうよ、ルミちゃんは、もうノーさんに首ったけなんだから。ノーさんはルミちゃんにくいつかれる前に帰った方がいいよ」

「奥に客がいるのに、みんな女の子が集っていて大丈夫なのかい」

「あら」

「酒をつけてくれ」

「ノーさん」ルミは私の膝の上にのっかってきた。

「あなたのお役所じゃ、こんどの日曜日はどこかへ行かないの。みんな行くわよ」

「この二重アゴは可愛いじゃないか」

私が指ではじくと、彼女はするままに任せながら、マダムの方を見て、

「この人、なかなか、あの方は強いんだから」

それからふりかえって「ねえ、どこかへ行くんでしょ」

この女はけっこう昨夜のことをケロッとしていやがる。

「お役所にそんなものあるもんか」


マダムはうつむいてガスの火をほそめながら、しゃべるのをやめてしまった。

「あら、ウソいってる。ねえマダム、××海岸へピクニックに行くんじゃないの。ルミは連れてってもらおうかな」

「××海岸なんて知らないな。第一誰からきいたのだ、ピクニックなんて」

「あら、それじゃホントなのね」とルミ。「五島さんはお宅の庭で、昨夜犬にほえられたって、いってたわよ」

とマダム。

「五島？」

いったいピクニックのことなんて、誰が話したのだろう。そんなこと知ってるやつは、役所のやつにきまっている。誰だろう。南がミチ子といっしょに奥に来ているのかも知れない。南ならルミは顔見知りのはずだ。証文を書かされたのだから。それにしても××海岸とはどういうことだ。△△谷じゃないか。やっぱりいいかげんなことをいっているにすぎないんだ。

「ノーさんは石部金吉さんだからダメよ。奥さん孝行なんだから」

するといっせいにまた、

「ノーさん」

と何ともいえぬ、騒々しい声がおこった。それにしてもマダムだけ沈黙をまもって、酒のカンがついたかと思うと奥へもって行ってしまうのはオカシイ。

「ルミちゃん、酒をたのむよ」

「連れてってくれなきゃ、いや。ねえ連れてってって、××海岸へ行くんじゃない？」

ルミは昨日のブラウスの礼もいわないで、また連れてってといっている。そのうちピクニックがダメとなると、どこかへ連れて行かせて、何か買わせるつもりだろう。そうは行かないぞ。昨夜はさわらせることとさえしなかったくせに、この調子じゃないか。

「ルミちゃんは、僕に恥をかかせたんじゃないの」

「あら、だって私、いくつに見えて、小娘じゃないのよ、ねえ、ノーさんがその気にしてくれなくっちゃ。その気にさせてもらいたいわ」

するとと朋輩が、

「ノーさんは、その気にさせるの、うまいのよ、この人、ねえオジさん、あたしにも買って」

マダムがあいた銚子をもってもどってきた。

「ノーさんにわるいわ。ノーさんお帰りなさい、今日は」

「おれが酒くせがわるいというワケか」

「身体にわるいわよ、あんまり毎晩のむと」

「奥には男がいるんだね」

「そうよ、男よ。うちは女の人は奥へあげないのよ」

通路が狭くて履物が縁の下につっこんであるので分らない。のませるのが商売の店が、のませないというのは、よほど金払いがわるいか、酒くせがわるいかだ。しかしおれはそんなことはないじゃないか。おまけに身体の心配さえしてくれる。

「ルミちゃん、ノーさんを家へおくってあげな。今夜はあんまりおねだりしないでよ」

私は酒をのませないと分ると、マダムの言葉にさそわれて、またルミをつれて出る気になってしまった。マダムはゆうべの報酬として、私に花をもたせようとしているにちがいない。はじめから、ルミといっしょに外へ出すキカイを作ってくれようとしたのだ。

私がトイレへたって通路を通った時、障子の隙間から男の眼がこっちをのぞいた。これは峯山じゃないか、と思った時、中の方から、

「野村くん、何だここに来ていたのかい、どうして早く知らせてくれないんだ。三上くんもいるんだ。さあ上り給え。マダム！」

と峯山が声をかけて立ち上ってきた。

「ここはきみの縄張りかね、僕は今日はじめてきたんだ。もっともまだここのマダムは僕がきみの友人だということは知らないワケか」

「そりゃムリですよ、峯山さん」

三上はへっへっといった笑いを見せた。いつか、地下の喫茶店にいたところへ吉本と私が現れた時も、彼はこんな笑いを見せたことを思いだした。

「さあ上り給えよ。ねえいいだろう、三上くん」

「ええ、そうですよ、僕はわるいワケないじゃありませんか」

二人は酔っていた。ぷんとニオイがした。角ビン一本を例のホルモン料理屋であけてからここへ来たのだ。五島がこの店を教えたのかも知れない。

「さあ、野村係長のために乾杯だ」

マダムが盃をもって近よってきた。

「ノーさん大丈夫ですか」

「きみがそういうことをいうってことはないだろう」

私はむかっとして叫んだ。私は峯山の盃をほしてそれを峯山に返しながら、

「あら、わたしくやしいわ、この人峯山さんといったかしら。ねえ峯山先生」

マダムは峯山をにらむマネをした。

「少しくやしがらせるがいいよ。こっちは女なんかこわくないよ。ねえ野村くん、我等は奥様族を敵にまわして

いるんだからな」

おや、峯山は「我等」といった。おれのことはどこまで知っているんだろう。

「野村くん、きみはとにかく役所の方のことは心配することないよ。ただね、吉本とはあんまりつき合わぬ方がいいんじゃないかな」

「………」

「いや、つき合っていなけりゃいいがね。どうしていけないってことはないがさ。僕の家内なんか吉本の家へ出かけてるらしいぜ。まったくおどろくべきことだよ。さっき吉本に電話したら、そんなこといってやがった。刻々きみの家庭の情報は入ってくるが、きみの勝利になりつつあるから中間報告しておいてやる。一晩つき合えっていやがるのさ。もっともそれで乾杯しているワケじゃないがね。三上くん、まったくこれはきみにいったって仕方がないが、きみの作る本の中におれが出場するんじゃないかと心配になるくらいだよ。ええ、どうだね。あるところに吉本という男がいた。この男は生来、自分のまわりのことの処理がまことに下手な男で、……もっともあいつは、こまるのは、自分のことも他人のことみたいに例としてあげるもんだから、誰のことやら分らなくなってしまう。困ったことに、分るのは、知り合っているやつだけということになるんだな。たとえば、三上くんや、この野村くんが読めば、ああ、これは峯山先生の私事が暴露してあると思うが、僕はそんなこと知らないよ、といってうそぶくことだって出来るし、世の中には、おんなじ環境のものがいないとは限らんからね。まあ他人の女房に手を出さぬだけいいと思わなきゃならん、といった厄介な先生だよ。書かれないのは、三上くんぐらいのものだ」

「まあしかし、クビの方がつながっておればいいですな。僕なんか、これだけ働いても、いつどうなるか分りゃしないんだ」

三上は腰をあげかかった。私はかなりトロンとしてきていたが、一時に酔がさめる思いがした。なるほど三上の会社はいつつぶれるか、いつつぶれるかと思われてきていて、いまだに命脈を保っているのが奇蹟ぐらいなのだ。峯山や、特に吉本の本が売れるといったって、この二人の本は、二人にとっては、何も「鷗出版社」から出さなくともいいもので、出しているのは、三上らに対する義理みたいなものであることは、私にも分っている。この会社の人はどこへ出かけても、くえないとか、クビになるといわぬまでも、やめたいと二言めにはいうのだ。三上のいうことは、当然のことだ。

峯山がいった時、私はホッとした。なぜなら私は今日にしても、昨日にしても、ずっとおちつかない日をおくってきていて、実際、役所の勤務ぶりは、誰の眼から見てもだらしがない。午後はだまって外へ出て、帰った時には誰もいない。私は非難されてもしかるべきで、本心では、私は峯山のこの言葉を待ちうけていなかったとはいえない。

「なにも心配することはないよ。内職をしなさい」

昨日も峯山は私にこういう意味のことをいった。しかし今日また私は峯山から何か、ショウコを新しくもらいたいと、心の中では思っていたのだ。すると峯山は、今はこういった。

「役所のことは心配しないでいいよ」

これは私に対するショーコでなくてなんであろう。ところが三上のいいぐさは、私にぐっときた。私が役所で今日の地位があるのは、三上ごとき編集者とはワケがちがう。おなじ十年としたって、十年がちがえば、またその前の私の経歴がちがう。思想問題で学校を卒業まぎわに退校にさせられるなんてことは経験したことがないだろう。まあ、クビの方がつながっておればいいですな、とは、まるで、自分の勤めと私の勤めとがおんなじようなつもりでいるのだ。早い話が校正は私だって専門家なみに出来る。ただ仕事が与えられないだけだ。あとは、ただアレンジとか、著者のところへ出かけて行って、酒をのんだり、ロクでもないことをしゃべるくらいが関の山ではないか。おそらく頭さえ下げやしない。何か三上はまちがえている。ことによったら、あいつまで、おれのクビがあぶないと思いすごしをしているんじゃあるまいな。おれが「鷗出版社」でうけているような待遇とは、ちょっとばかし違うんだ。

「三上くん、もう少しいいじゃないか」

「僕は、もうこのくらいおべんちゃらをいうと疲れますよ。会社の勤め時間をすぎてまでウソをいうのはイヤですからね。僕は少くとも十時すぎてからは自由でありたいんですよ」

「おや、大分鼻息があらいね」

峯山はそういったが、おこった様子は少しもなかった。峯山は酒をのんで、我を忘れるということがない。ジャーナリストとつき合う時はとくにそうだ。

「鼻息があらいんじゃないことは、峯山さんだって、マダムだって分らあね」

「そうよ。峯山先生にかかっちゃ、みんなはたの者が悪者になってしまうわね」

「それじゃ、おれがほんとに悪者になってどこか、きみたちの行きたいところへ、これから連れて行くことにしようか。女の子をみんな連れて行ってもいいぜ。キャバレーにしようか。まあ何とかなるよ、ノーさん！」

「そうよ。今晩一つ愉快になりなさい、ノーさん」

峯山は三上につづいて立ち上って、「靴！」と叫んだ。

「それじゃちょっと待っててね、いくら何でもこのままじゃ」

「それでいいじゃないか。おめかしする年でもないぞ」と三上。

「何とでもおっしゃい。あんたは私の若きツバメ……」

外へ出ると雨がパラついていた。

「雨になりましたな」

「…………」

私はピクニックがやめにならぬ方がいいと思った。そう思ったことで峯山に歩みよれるとも思った。

峯山はだまりこんでガードごしにのぞくようなカッコウをしている。タキシーを拾うつもりらしいが、その姿がどうも大仰である、と思っていると、彼は得意の口三味線をはじめた。峯山は芸達者で、各課のあいだでも知れわたっている。ここしばらくきいたことがなかった。彼がこうして小雨の中で、悦に入りはじめてしまうと、圧倒的で、もうとりつく島がない。雨になったから、こうして気分を出して歌っているのではないか、と見せかけているが、峯山は私と話をするのをさけようとしているのではないか。出来れば、彼の家へでも今夜でかけて行って、何か話すことがある。彼といっしょに坐って、彼の眼を見るだけでもいい。しかし峯山は、どうも時をかせいでいるようにも思われるのだ。もう三上があらわれてしまった。

店の裏の路地から声がもれてきた。

「マダムは僕にはよくしてくれないな。貸してくれないんだからな」

「あら、ミノ一つだになきぞ悲しきよ。さあ、さあ早くしないと、先生が待ちくたびれるわよ」

「いや少くとも貸してくれる好意ぐらい見せてくれたっていいだろう」

三上はマダムにもつれるような姿勢でつづけている。さきに立ったルミが二人をひっぱるようにしている。

「先生をごらんなさい。先生はそんなことおっしゃらないわ。コウモリ傘、コウモリ傘って、あんまりいうもんじゃないわよ。さあ静かにして、店の人にもわるいのよ。ねえ、いい子」

「ノーさんでなけりゃ、夜も日もあけないか」

「あんた、顔に似合わぬ性悪」

三上はツネられると急に手を放して、もう一芝居おわった役者のように、ノコノコと道路を歩いてきた。三上という男は、思ったよりしつこいやつだ。私は思わず背中を向けてしまった。私はツネったりツネられたりしている二人を、見ちゃいられない、と背中を向けたつもりでいたが、胸の動悸がまた高まってきていた。出そろうと峯山が叫んだ。

「これは一人女が足りないな。ルミは野村くんから離れるのはいかんぞ」

ルミが、いわれる通り私によりそってきたので、私が「ルミはいくつだい」といって肩をだくようにすると、「十三、七つ」と答えて彼女はその手をきつくはらいのけた。ふりむいた時、三上の眼とあった。見られてしまった。こいつはずーとおれの方を見ているらしい。車にのりこんだ時、バックミラーにこんどはマダムの顔がうつった。するとこんどは彼女が急に顔をそむけた。

マダムはおれのことをどう考えているのだろう。店へ入った時には、酒をのませないようにしたり早く帰れといったくせに、出がけに今夜は愉快になれといったのは、どういう意味なんだ。峯山が奥にいたので、峯山と私とがぶつかると、おなじ職場であるというので、峯山か私が困るとでも思ったのだろう。ところがいざぶつかってみると、峯山はムシロ私を歓迎したのにはおどろいたにちがいない。しかし、それならば、峯山が悪者だとマダムがいったのは、なぜか。それに、三上も……。何だってコウモリ傘にこだわるのだ。

(ことによったら、おれはあぶないのじゃないか)

そんなことはない。そのためにこそ、峯山が保証したではないか。三上の前でいったのじゃないか。いや三上の前でいうとは、ほんとをいえば、オカシなことじゃないかな。いやそれより何より、おれがあぶないと思っていることを、峯山が知っていたということに、どうしておれは気がつかなかったのだろう。

いったいどうして、どいつもこいつも、こんがらかったことを、おれにいうのだ。今まで会ったやつの中で、はっきりいったやつは、裁判官だけだ。

「吉本とつき合うな」

峯山と三上のいった言葉がよみがえってきた。

おれだってそんなことは百も承知だ。現におれは、あそこへは一番行きたくなかったのだ。昨日だってあいつが送ってやると称してついてきたのだし、電話があった時もどれだけ行きなやんだかも知れやしない。しかしどうして峯山らがそのことをおれにいうのだ。

(吉本が電話で話したのだ。今日の裁判のことまで、もう「秋野」のやつに知れているぞ。吉本が話す前から、峯山が南からきいて知っていないともかぎらないぞ)

「おりて下さいよ」

運転手にいわれて私がドアの外に出た時には、一行は地面すれすれまでネオンで装飾をほどこした、広い壁のような間口の、すみにある入口にかくれるところだった。今ならあとについて行くことが出来る。ちょっとおくれたら、もうついて行くことがオカシクなる。

(なにもここで別れたって、別れなくったっておんなじことじゃないか)

私は峯山から離れることが、苦しくなってきた。

(離れたらあぶない)

私は運転手に渡された鞄をかかえて雨をさけるように見せかけて、キャバレーの入口に走りこんだ。

「お連れさんですか。さあ、どこへ行きましたかね。ああ、あそこですね」

ボーイの指さしたところでは、ちょうど四人の男女が腰をおろしてストリップ・ショウの舞台に見入るところだった。

(おれの坐る椅子がとってない)

私はその時、昨夜の峯山の別れぎわの背中を思いだした。私はそれ以上中へ入って行くことが出来なくなった。

車で行った道のりを、バクゼンと引き返してくるために、私は省線電車の駅まで歩き、プラットフォームで電車を待っていると、なかなか電車がこなかった。雨はやんでいる。これではピクニックはあるな、と私は思った。

フォームは昼のように明るくて、こんなに何もかもはっきり見えるのだから、自分の姿が見えるにちがいないと思った。自分の胸や、手や、特に手の甲がふしぎなほど明るく映しだされているので、思わず事務所のワキにひっこんだ。そこにいても、線路をへだてた前のフォームの明るさが眩ゆい。それ以上ひっこむところは、どこにもない。私は自分がどうしてこんなにひっこもうとしているのか、ふしぎに思えたほどである。

(おれは誰にも遠慮なんかしちゃいない。見られまいと思っているんじゃない)

しかし、けっきょくそこのスミにいた方が居心地がよいことだけは、まちがいのないことだ。私はもう一つミチ子と南の姿にぶつかりはしないかと思って、自分だけかくれて、姿を見せまいとしているらしいのだ。

(おれは何もシットなんかしていない。ただミチ子のことを気の毒に思っているにすぎない。おそらくミチ子は、これほどのこちらの気持は知っちゃおるまい。お前はただヨネのいうなりになるところが弱いところなんだ。そういうことがモトになって、お前はアヤマチをおかそうとしているらしいが、おれは大目に見ないほどの人間じゃない。おれはムシロ、お前たちに会うまいと思っているくらいなのだ)

電車にのると、私はスミっこの方におしわけて入りこんだ。顔をあげて見渡すと、そこにも二人の姿はなかった。

(おれはこんなにも気を使っているんだ。そらまたこんなにホッとしているじゃないか。それにしても、峯山はほんとうに、おれみたいに、持参金を持ってきたんだろうか。あいつはいいかげんなことをいったんじゃないかな)

峯山にたてつづけに酒をのまされたので、頭が痛い。男の乗客の大半は赤い顔をしている。こいつらは家へもどって、どんなふうに玄関を入って行くのだろう。どこで料理を食べてきても家へ帰ったら、かならず、南が茶漬けをかきこむという話をきいたことを思いだした。

(南の家内はだまされてるんだ。南が自分で食うワケはない。家内の給仕で食べるんだろう。やつの家には、あのあたりではガスなんかあるはずはないから、石油コンロか、いや石油コンロもないかも知れないぞ。いつもお湯がわかしてある。そこへあいつは、ウソをついて帰って行く。峯山さんとつき合っていたのだ、なんていうんじゃないか。あいつの家には子供がいない、そこであの夫婦はだき合ってねるのだ）

あやうく電車をのりこすところだった。フォームの端におりたので階段までかなりある。歩きながら、私の家の屋根の位置が分った。火見櫓のすぐ下なので、暗闇の中でも見当がつく。

（今夜はどういう帰り方をしようか）

改札口でパスを見せなかったので、二、三歩あるいてからふりむいて、胸をさぐると、駅員は私のことなど気にしていないことが分った。

ガードの下で、車がとまったので、ミケンに手をあてて抑えながら、何げなく見ていると、二人の客がおりて、こっちの方へ向って歩いてくる。かなり酔っているショウコに声が高い。

私はその声の主の一人が五島であることに気がついた。五島の外の一人は、「鷗出版社」の例の老人なので、ハッとした。五島は出版社の中でさえも、あんなに高い声で、我物顔に話す男だからおどろかないが、老人が手をふってわめいているのには意外に思われた。しかし、とっさに私は一切が少しもふしぎではない、と思い返した。老人は、けさ遊園地であった時の話では、このあたりに住んでいるのである。五島は「秋野」の常連だし、彼はどこへだってうろつきまわって歩くし、五島が老人とつき合うのは、五島からすれば、薬のこともあるし、あるいは社長とのことを考えているかも知れない。五島なんてやつは、要するに何をしたとておどろくことはないのだ。

しかし私は彼らに近づいて行ってよびかけ、

「やあ、野村です。いいキゲンですな。野村孝一ですよ」

といって笑った。笑った瞬間に、私は少くとも声をかけたり笑ったりすべきでなかったと思った。私が思っていたより二人は酔っていたからだ。五島と老人が私の方を見た。私は相当意識して、少しは私の顔が見える位置に身体をずらしていたので、私の顔は見えたはずだ。五島は老人を介抱するようにだまってかかえるようにしたので、すぐ五島の顔はうつむきになってしまった。そうして老人が、おどろくような、やくざともいえる様子で、バカ笑いをはじめたのでガードがそれに反響した。それから老人は、

「五島、さあこい、さあこい」

と叫んだが、実際は、五島がひっぱるようにして歩かせているのだった。

二人が車からおりた時、とっさにおれが思った通り、彼らはおれのことを話していたのだ。

13

これはどうしても出かけないわけには行かなくなった。日曜日ではあるがピクニックにはほぼ一日のあいだ、課の者は同行する。この親睦のキカイに休むと、あと自分一人だけ話題からとりのこされてしまうことは事実だ。考えてみればおれはこのところなるべく自分が忘れられることをのぞんでいたのだが、これはうっかりすると、カンタンに忘れられすぎるのではないか。課の連中とは何かしっくりしないものが生じてきている。南のやつのセンドウが一番大きな理由だが、このところ、小さい会にもなるべく出まい出まいとしてきたことが、悪いのだ。おれは連中よりずっと年長であるが、おれの学歴や教養からいって、彼らと話が通じないどころか、峯山らよりもかえってよい理解者なのだ。おれの考えでは、五十歳の者と二十代の者とは、ほんとは話が合うのだ。それを三十代の南や、四十になったばかりの峯山らがじゃましている。南を出しゃばらせないようにしなければならない大事な時に、わずかな仕事をあさったり、裁判所へ出かけたりしておれは出歩いてばかりいた。たしかに彼を増長させたのは、おれがわるい。そのためにはちゃんと寄附金も出し、おれが出席するだけでなく、子供らも連

だ。

れて行ってやろう。

しかし子供をつれて行くことは、何かオカシクないか、一歩後退じゃないか。そんなことはない。おれが不服に思っているのは、あの母親のヨネなのだから。裁判官でさえ、そのことは認めたじゃないか。あの長女のノリ子にしても二人の男の子供にしても、いったいいつごろから、あんなふうにおれのいうことをきかなくなったのだ。

私は家へもどると、スウィッチをひねって様子をうかがった。

のぞいている。このジャズの音はどうだ。娘がおどっている。ポータブルの蓄音器をかけているのだ。

「良二!」

と私は呼んだ。

次男がまだ障子の穴からのぞいている。この子は何も分っていないくせにのぞくことだけを習ったのだ。

「良二、さあこっちへ入っておいで」

「いやだ、おこるんだもの。きっとつかまえるよ兄ちゃん。そらそら、オヤジの赤い顔が青くなってきたよ。お

酒をのんでる。くさいぞ」

「お金をあげるからおいで。姉ちゃんもおいでっていいなさい。早く」

「姉ちゃんは、ずっと学校へ行っていないんだよ。知らねえだろう」

ノリ子が学校を欠席しているとはどういうことだ。

「吉本先生のサインはって、姉ちゃんがいってるよ」

ときいた。

「だってお前、今日はそんな暇はないっていいえよ」

「吉本先生に会わなかったのね。そんなら仕方がないわよ。でも、ほかのでゴマカしてもダメよ。どうしてもダ

メなんだから」

　こんどは娘がおどりながら自分の口で叫んだ。

「そんなにいうなら、お前が直接行ってもらってきなさいよ。お父さんじゃなくとも、母さんだって知っているんだから、きっとくれるよ。第一、お前、良二なんかにいわせないで、堂々と自分でいったらどうだ」

　穴から彼女の眼がのぞいた。

「キライ。お父さん大キライ。酔っぱらって。せめて外へ出るときぐらいちゃんとしていなさいよ。お父さんにもらってきてっていってるのに」

　ノリ子はしめてある障子をもう一度あけるとピシャリとしめて、奥へ行ってしまった。彼女は少女歌劇に入りたがってバレエの練習に通っている。学校の勉強はあまり好きでない。しかし学校を休むほどきらいになったとは知らなかったのだ。

　何だって、吉本にこだわるのだろう。何だかおれがダラシがないっておこっているみたいじゃないか。ミチ子とおんなじ調子だ。

「学校をお休みにするのはいけませんよ。おばあちゃんだってだまっていないだろう。おばあちゃんは何してる」

「おばあちゃんのこと、きいてやがるよ」

「そんないい方をするもんじゃありませんよ」

「兄ちゃん、オヤジ、酔ってくる日は、ていねいな言葉を使ってオカシイよ」

「良二、ほんとは今日だけだろう、姉ちゃんが休んだのは」

「…………」

「良二」

良二の返事よりもミチ子の何か叫ぶ声を待っていたが、何もきこえない。頭がボンヤリしている。酒のせいだけじゃない。腰がいたい。右の腰の上のところだ。首が重い。こんなことをしているうちに、大事な何カ月間をすごしてしまうのではなかろうか。断種した当座、朝おきぬけに久しぶりに若い時にかえったのではないか、と思われるような気配が局部にあった。こうした若返りの方法があることを誰も知らない。これは断種ということを不道徳と考えたり、人口が次第にへって行く国で考えている取越苦労で、ことによると、手術をした医者自身だって知らないのじゃないか。私はそれをミチ子に話した。……いったい心理学者がいっているように、義母がミチ子を奪われまいとしている意識が、ミチ子を支配し、ミチ子は私のこうした、喜ぶべき現象を喜ばないのじゃないか。それに彼女の要求に合せて思いきって、いくら短時間ですむとはいえ、痛いめをしたのは、このおれなのだ。

ところでこの腰や首のぐあいでは、身体の調子がいいどころか、薬のききめもあやしい。ことによったら、アリナミンなんてものは、ほんの気安めていどのものじゃなかったのか。

私はアリナミンをのんだ。あと五粒しかのこっていない。たしかにきく。今日は動きすぎたのだ。神経を使いすぎた。五島にたのんで、一箱では何だからまとめて買っておいた方が得かも知れない。が、しかし五島のことは、もう忘れた。まてよ、これから一生この薬がいるんだろうか。まあ薬で使った金は、こいつは仕方がないが、うかうかしていると、女との交渉もしないで、人生の楽しみをし損じたまま、墓場に入ることになってしまう。あとせいぜい二十五年しか生きられない。そのうち何年、女との交渉ができるか、考えると……

(ミチ子がほんとにおれをきらうなんてことはない。何年もいっしょに暮して来られなかったはずだ。ルミのような商売女とはちがう。愛情でつながっているはずだ)

「お母ちゃんは、いないのかい」

「お母ちゃんは、おめかしして出ていったよ。そうだね、姉ちゃん」

「どこへ行ったか知らないかい」

「おばあちゃんは寝ているよ。二人で夕方フロへ行って、おばあちゃんはもう寝ちゃったんだ」

「おばあちゃんのことは、きいちゃいませんよ」

こいつらはどうして乱暴な言葉を使うんだろう。こっちは、ヨネにもミチ子にも、おんなじていねいな言葉を使ってきたし、ヨネの家だっておれの家だって、相当な家柄じゃないか。役所とは区別して使ってきている。

ノリ子が休んでいるというのはウソだ。何となくおれをおどかしただけだ。子供らは今まではおれを遠巻きにしているだけだったが今夜はちがう。

「実はなあ、良一。良一はいるんでしょう」

「兄ちゃんは、勉強しているマネをしてるぜ。オヤジは、薬のんでたぜ。それは、おばあちゃんののむ薬だろう」

「じゃ良二でもいいですよ。お話があるんだよ。ちょっと静かにしてきなさい。いいところへ連れてってあげるよ。その前にその穴をふさぐことにするからね」

私は子供たちが急にだまったのをシオに立ち上ると、中腰の姿勢で机の抽出から便箋をとり出して、その端を四角に二つきりとって折ると、花型にきってやはり抽出の中からノリを出そうとすると、ない。誰が持ち出したのだ。毎日机の中は点検するので、なくなったものは、すぐ分ってしまう。

穴がごそごそひろがりはじめたので、見上げると良二がノリのビンを障子の穴からポトリとおとした。フタとビンとは別々になってころがった。

「抽出だけじゃないぞ。みんなひっくりかえしてやったんだ。なあ、兄ちゃん」

良二はそういって、玄関の方へまわると、そちらから襖をあけて、敷居の上に立った。

「入ってきなさいよ」

「いやだ」

「おばあちゃんは寝てるかい」

「イビキをかくのは止してくれよ」

「こまったやつだね」

「こまったやつだね。そんなもの、また穴をあけちゃうから、おんなじことだ」

「おばあちゃんは、寝てるかい」

「イビキをかかないから、わからないや」

「つっ立っていないで、さあ入っておいでよ」

「姉ちゃんはね、ほんとに学校を休んでるんだよ。学校へ行くのがイヤだってさ。ねえそうだろう、兄ちゃん。姉ちゃんの先生だってウチへききに来たってな。いいのかい、それで」

「おばあちゃんに、よくお話しなさいって、いいなさい」

「おばあちゃんは、寝てるっていってるじゃないか。いえって誰にいうんだい、誰にいうんだい」

良二は泣きそうになって、次第に言葉がもつれてきた。この子はひどくムリしている。ムリヤリにおれにくってかかっている。いえ、と私のいうのは、ミチ子のことだ。子供には分らないが、ミチ子に話せば、ミチ子にはこっちのいっている意味が分るように、いったつもりなのだ。

「良二、お前たちを明日の日曜日にピクニックに連れてってあげようかと思うんだが、どうだ、いきますか」

私はそういって、子供との会話のあいだじゅう、南とぶらついているミチ子に抱いていた、やるせない勝利感が、急に高まるように感じた。

「電車にのって△△谷まで行くんだよ。電車をおりてからバスだ。役所の人といっしょに行くんだ。姉ちゃんたちにも話してきなさい」

「ダメだよ。お父さんじゃ、面白くないからな。何にも買ってくれないし、知った人も誰もいないんだろう。第一、大人ばかりじゃ、つまらねえや」

「だって、相談してみなくっちゃ、分らないでしょう。姉ちゃんなんか、きっと行きたがるよ。買わないまでも、持って行けばいいじゃありませんか。こちらが何かしてやるという時には、おとなしく、いうことをきくもんですよ」

良二は少しキゲンを直したようだが、まだ動かない。

「もうおそいんですよ。早くしなさい。大体もう寝なきゃ、いけないいんだがな。お父さんだって用意があるでしょ。お前たちできめてだね、お父さんがいったといわないで、これを机の抽出の中で見たから、行くんだといえばいいですよ。いいかね。さあ、今すぐでなくっていいから、明日の朝までに決めりゃいいんだ。お金がほしいんでしょ」

私が入れという時にはぜったい入らない。そのくせ今朝などは、傍若無人に入りこんできたり、留守にはひっかきまわしている。良二はじっと私の手もとや胸もとを、顔を赤くして眺めている。

「もらうんじゃありませんよ。良二」

ノリ子のはげしい声がとつぜんさえぎった。

「盗るのはいいのかい」

私は自分でもワケが分らず、泣き笑いみたいな笑いがこみあげてきた。

ノリ子がバレエ・シューズをぬぎながら、障子をあけた。

「そんなヘラヘラ笑いをしないでよ。私のお友だちだって、そういってたわ。たった一回きたお友だちが、そういったのよ。変な笑い方をする人だって」

「子供には何にも分らないのだから、そんなことというんじゃありませんよ」

「私のいうのは、あなたが大人だと思うからよ」

（あなた、だって？　十五の娘が、父親のおれを、「あなた」だって？）

「いや、いやお父さんが負けたよ。お父さんがわるかったよ。早く寝なさい」

「学校へなんか行かないもの。私は行かないの。お父さんのそのいい方、大キライ。自分がわるいなんて、ちっとも思っちゃいない。ノリ子にはよく分るんだ」

「お前にかんけいしたことは、なにもありはしない。そりゃウソも方便ということだってあるさ」

「それ、ごらんなさい。すぐそれじゃない。すぐそれじゃない？」

「しかし、お前が学校へ行かないといってお父さんをいじめたって、損をするのは、けっきょくお前さんだけなんですよ」

「損得？　損得でそんなことというのね、あなたは」

（オカシイな、裁判所の係官は、ノリ子の学校のことは一言もいわなかった。ノリ子はウソをついているのかしら。それとも弟たちだけにはいっているが、ミチ子やヨネは知らないでいるのかしら、そんなことをきいたら、いきりたたせるだけだ）

「それより、お前、日曜日に出かけないか、ほしいものを買ってあげるよ」

「あてになんか、なるもんですか」

人気女優のサインを集めたり、ブロマイドを机の前においたり、家の中であられもない恰好をしたり、畳の上で、バレエ・シューズをはいておどったりしているような小娘が、まるで妻のミチ子そっくりの口をきくのには、おどろく。

私は疲れはててだまりこんでしまった。するとノリ子は、「ふん」と鼻をならして障子をしめた。

隣りの部屋がしずかになってから、私は一眠りしておきあがった。また電気をつけたままで眠っているらしい。

私はそっとさっきそれっきりになった障子の穴からのぞいてみてから隣りの部屋へ入った。まだミチ子は帰ってきていなかった。妻はこの部屋で寝るのだ。私は電燈を消してから、良一のそばのあいた畳の上に坐りこんでいた。そこでミチ子はいつも寝ているのだ。

(一月ぶりだ)

夜間この部屋に入らなくなってから、こんなに長い。私は妻のフトンを取り出して暗がりで敷いた。フトンにちょっと顔をうずめてみたが、反射的に私は顔を離した。その匂いは、いくら長らく閨房から離れていてもあまりかんばしいものではなかった。それでいて、どうも南と歩いている、ミチ子の香水をふりまいた、よそゆきの匂いが胸にうずいてきた。私はその時、こいつはいけない、と思った。電燈は消したけれども、奥の四畳半には義母のヨネが寝ている。寝息一つきこえない。私は知らぬうちは、ヨネがおとなしい寝方をする女で、これは長い未亡人生活が、何かにつけて、ヨネを人間らしくない女にしたのだと思ってきていた。しかしヨネはそうではない。たしかに彼女は自分の部屋からいつも私の動静をうかがい、真中の部屋をへだて、二枚の障子を透して、私が何をしているか、うかがっているのだ。だからこそ私はさっきも、子供たちに、どんなにくいさがられても言葉一つ荒げることなく、義母と話すのとおなじように慎重な話し方をつづけていたのだった。子供とのやりとりならまだいい。私がヨネの娘のミチ子のフトンに顔をうずめたり、坐りこんだりしているところを見られたりしたら、とんでもないことになってしまう。ミチ子との閨房の場面を見られるよりもなおいけない。今が大切な時じゃないか。

(ヨネは寝ているのではない)

私は四畳半の障子の隙間から、ヨネが眼を光らせてこっちをじっと見ているような気がして、音をたてぬように立ち上った。もう眼をならしているヨネは、今こうして立つところもちゃんと見とどけているかも知れない。私はそのままそっと廊下へまわって玄関の方から自分の部屋へもどろうと思った。が、ふと自分でも正体の分らぬあやしげな気持がこみあげてきた。私はそのまま四畳半の障子に向って進んだ。そうして、そこに頭があっても顔があってもかまわぬ、といった調子で、さっと障子をあけた。もちろん私は、ヨネと暗闇の中で、ケモノのように対峙した時に、どうするか、ということなどは、ぜんぜん考えてはいなかったのだ。

障子をあけるとすぐ足ごたえがないので、私は足でさぐりながらもっと奥へ進んだ。そこにはフトンも何もなかった。電燈をつけるまでもなく、ヨネは部屋にいなかったのだ。

14

ピクニックのことが気にかかる。八時半までがんばったから、もう家へ帰ってみよう。タバコに火をつけると、ドアがあいた。瞬間、私は峯山かと思ったが、入ってきたのは、小使だった。掃除道具を部屋の中へ入れると、彼は私の顔を見て笑いながら、道具を下へおき、ポケットへ手をつっこんで、吸いさしのタバコをとり出した。そうして指の間につまんだまま、私の方に近づいてきた。

「へえ！　これは例の食堂のマッチですね。野村さんも、時々あそこへいらっしゃるんですか」

「まあね」

こいつはうるさいやつだ。食堂のことからいい出しやがる。何の用があるんだ。

小使はアカのしみこんだ指で机の上においたマッチをすると、私に返して、ぐるりとタバコを持った手で空気をなでるような恰好をして、

「今日は皆さんバカに早いですな」

といった。そのしぐさはひどく小使にしてはもったいぶって見えた。こいつはこの部屋のやつらに反感をもっているんじゃないかな、と私は思った。

「峯山さんが、早く帰したらしいですよ。何だかピクニックの仕度で、食物でも買いに行くんだ、といっていましたがね」

(南はそれじゃこのあたりの盛り場で会うつもりだな)

「課長はいるかね」

「課長さん？　知りませんね。峯山さんはえらい人ですな」

私は話をわざとそらした。こいつは、峯山にのませられている。峯山はそういう男だ。

「きみは、南におごってもらってなかったら、おごってもらえよ」

私は思わず話の接穂がないのと、小使を早く追い払うつもりで、口から出放題のことをいった。

このころ役所では何にでもカケをするくせがある。カケでなければクジ引きだ。下火になったといえ、ボナンザグラムだってまだやっている。あれがカケをしだしたはじまりだ。私は急に南が週刊誌のボナンザグラムで五千円もらったことを思いだした。正解者が十人いたので、彼は十分の一しかもらわなかったが、あれからここではフウビした。昨日だって、四時半きっちりにおれが帰ってくるか、どうか、カケでもしたんじゃないかな。

「ええ、もうそれはすみました。アタマがいいんですね、あの人は。あの人は大へんな艶福家だそうですね」

都会には、小使のくせに、一かどのことをいうやつがいる。こいつもその口だ。まるで教えるような口ぶりじゃないか。

「それが野村さん」

小使はもう一度ポケットをさぐったが、タバコはないらしかった。少くとも彼の指にはさまれなかったと見えて、手持無沙汰に手を持ちあげてきた。私はタバコを放り出した。

「タバコだろう」

「もう一度マッチを」

私はつづいて別のポケットからさっきのマッチをとって、タバコの時とおなじように投げ出した。彼は私も吸うものと思っているらしく、私に口をひろげたタバコをそのまま、差しだした。そして火のついたマッチを、そのまま消さずに持っていた。

「野村さん、あの人は面白いんですね。あの何とか、ボナンザ……ボナンザグラムというやつで、女の人と仲よくなるんだといって、この前笑い話をしましたよ。あれがタワイもなくて、女とそれも一寸インテリ女とのムダ話には一番いいんだというんです。あれで、ボナンザ……何とかをダシにして電話をかけたり、かけられたりも出来るし、相手が、電話でもある家の、金はないが、時間のある奥さん連中の心をちょっとゆすぶるには、もってこいだ、というんですからね」

「それはユカイな話だよ」私は少しもユカイではなかったが、そういわざるを得なかった。それから「きみは掃除をするんだろう」

おれの家には電話はない。


「何をしてるんだね」

守衛の声が廊下できこえた。

「いや、ちょっと」

「野村さんいるかい」

私はじっと耳をすましていたが、立ち上って帰る仕度をした。守衛がドアの外から、

「野村さん、おいでですね」

とよんだ。

「おるよ。今帰るところだ」

守衛がまだ廊下で小使に話している声がきこえる。

「ちゃんと戸締りをしなくっちゃダメだよ」

「どっちから帰られるか、分らんのです」

「今夜は歌会の準備なんだね」

私はそういいながら鞄をかかえて外へ出た。

「野村さんは、どっちの出口から帰りますか。不用心ですから、私といっしょに出て下さいませんか。いいかね。ちゃんと戸締りを頼んだよ」

とまた小使にいった。

「いや何でもないんですよ。あいつが、どうも不注意で、何しろ長くなると、気がゆるみますからね。今夜は歌会の準備というより小使のカントクのために、まわってみたんです。上司からきつい言葉があったもんですからね、しかも別に何でもないんですよ。上司も、時々いろんなことをいってみたいんですよ、何も気にすることはないんです。あなたの課ではピクニックですってね。おかげで歌会にも出てくれないんで残念ですね」

「子供をつれて行こうと思ってね。三人も大きなヤツがいると、たまには親も子供のいうなりにならないワケには行かないもんだから」

守衛はパチパチと眼ばたきして、

「どこでしたっけ行先きは。ああ××海岸ということでしたね」

「いや△△谷なんだ」

「△△谷へ行くのは止した。とききましたがね。じゃまた、かわったのかな。きっとそうでしょう。そうそう野村さん、会計の方から話ありましたか。小分けにしてさっぴいてもらうように、一週間ばかり前にいっておきましたが。もうお互いにその方がいいんじゃないですか。私もいつまでここにいるか分らないし、あなただって、いつ栄転されないとも分らないでしょう。以前お互いにそんなことでかえってメイワクをかけたことがあったんです。恩が仇になりましてね」

「栄転って、誰かそんな話があるのかい」

「だってお役所ですからね」

守衛は門のところまで私を送ってきた。守衛はいつもこの手を使う。二、三日前から、私が気にかけていたのは、彼がそろそろ、この奥の手を使うんじゃないかと思っていたからで、彼は月給から天引きの方法をとるし、その時の口実は、「いつやめるとも分らない」というやつなのだ。守衛はもう十年も前からこういっている。しかし、こんどはほんとにもう近いうちにやめるのかも知れない。

それより××海岸というようなことは、ありはしないと思うが、「秋野」でもおなじことをいってた。今日は一日中、課を代表して打合せ会議に出ていたあいだに通知があったかも知れない。給仕には参加する旨を南に伝えてくれるようにいいおいたし、千円ばかりつつんで渡しておいたが、あとになって給仕がわざわざその金を返しにきた。また次回にでもお願いします、と南がいったとのことだ。どうせ南がうけとらないのなら、もっと沢山つつんでおけばよかったと思ったが、その「フンギリ」がつかなかったのだ。

給仕に、

「明日の集合は八時、○○駅だね」

というと、給仕は、

「その通りです」

とこたえた。いずれであろうが、たのしみに行くわけじゃないのだから、かまやしない、と私は思った。

隣りの部屋が陽気になってきた。子供が三人買物をして帰ってきたらしくて、誰がどのリュックをもって行くの、チョコレートは誰が携行するの、平均に分けて持って行った方がいいの、と大さわぎになった。あげくのはて良一と良二がつかみあいのケンカを始めるし、ノリ子は浮かれたのか、いつもの日課のつもりでいるのか、またジャズをかけて、今人気のあるジャズ・シンガーそっくりに歌いだした。

ミチ子は例によって長風呂で、なかなかかえってこない様子なので、

「おーい、いよいよ明日は行きますかね」

と声をかけた。すると良一が、

「おい、良二、やっぱしオヤジいたじゃないか」

といったかと思うと、クスクス笑いだした。

「今夜こそ早くねるんだね。明日はここを七時出発。お父さんも、もうやすむよ、今日は早く帰ってきたんだ。明日は疲れるぜ、ノリ子は山のぼりは得意でしょう。とんだりはねたりしてるんだから」

ヒソヒソ話がはじまった。

彼らの早起きは久しぶりに、私を朗らかにした。ミチ子もヨネも五時頃から起きて仕度をしている。子供もじっと寝てはいられないと見えて、つづいて起きたらしく、シャツがどこにあるの、靴下がよごれているの、と昨夜のさわぎのつづきになった。時間もまだたっぷりあるし、彼女らが折れてきた気配が見えるので、私としても家にいるのがテレくさくて、犬をつれていつものように遊園地へ出かけた。七時までに出かけるといってあるので、六時半までには帰ってそれから食事をして、おれの好物のサンショといっしょに煮しめた油揚でこさえた稲荷ズシを、弁当にまぜてくれたりしたら、ミチ子の気持がどれだけ傾いてきているか知れるというものだ。亭主ほどいいものはないんだから。と考えたりしていると、今夜あたり、ミチ子が私の三畳間に自分の方からやってきそうに思えてくるのだった。

峯山がいっていたように、そうなったら、その時には、久しぶりに掠奪凌辱を行い、それから……いやいや、

今夜はしんぼうしなくっちゃ、甘く見られてしまう。南のことを責めてやらなければならない。

日曜日である上に、時間が早いので遊園地に誰の姿も見えない。私は洗面する前に軽い体操をして、ゆっくり歯をみがき、鏡を立てかけてヒゲをそった。ミケンのあたりに、シミが二カ所ばかり出来ていた。いつもよりはっきりと見えるが、これはだんだん濃くなるのだろうか。外光の中で見たせいだ。前膊のシミだって、濃く見えるじゃないか。アリナミンをいつもより多いめに服用してから遊園地を一巡してもどってきた。

六時三十五分、ちょうどいい時間だ。弁当をこさえたり、朝食の仕度をしたり、何かといそがしかろう。少しおくれてもどった方がいい。朝食はすぐおえられる。六時四十分頃、私はそこをまわればもう四、五軒先きだというところまできた。ラジオの音が、寝しずまっている住宅地からワッときこえてきた。ところがその時、私の手許の犬が急に家と反対の方向へ私をひっぱって行こうとするので、

「鞭！」

と叫んだ。犬が前進しようとした方向は、細い曲りくねった道で、駅の方へつづいている。その道にちょうど、遠足姿の子供の姿がかくれるところであった。私は我にかえって、

「おーい、おーい」

とよんだ。よびながら、彼らがノリ子たちでないと思っていたのだが、姿の見えるところまで追いかけて行ってみると、ノリ子が時計を見ながらふりかえって、じっとこっちを見ていた。良一と良二はスタスタと歩いている。

「おーい、まだお父さんいるんですよ」

「しずかにしてよ」

「おい、ひどいじゃないか。第一、お前たちだけでどこへ行くっていうんだ。それとも先きへ行くのかい」

「手を放して。いやだわお父さん」

ノリ子の肩にふれた私の手をふりはらいながらいった。「私たちは私たちで行くんだもの」

「そう。そんならお父さんも、早速行くから、ゆっくり歩いて行きなさい。駅で待っててくれてもいいんですよ。いいかい。すぐ出てくるからね。いいね」

私は「いいね」と念をおすのをノリ子は、奇妙な顔をして眺めていた。私を眺めているというよりも、「いいね」という言葉を眺めているようなものであった。もう考えている余裕はないので、とって返した。ノリ子たちが役所のピクニックに行くことはたしかだが、私といっしょに行くことをさけていることもたしかだ。ヨネの入れ智恵にきまつている。

「親しくしてはいけません」

といわれたのにちがいない。しかし子供たちに離れられては、何のために行くのか分りゃしない。幸いラジオの音は、何を放送しているかも分らないほど、大きくなっていたので、その音にかくれるようにして私は上衣をきて、帽子をとると、頭を一なでして、そのままとび出した。もう近所のオモワクなどかまってはいられない。

駅へかけつけてみると、子供たちはいない。客も少ないのでマギレることなんかない。フォームを見上げると、遠足に出かける小学生の一行が並んでいるのが見えたので、中へまぎれて立っているのではないかとふと思ったが、ノリ子や良一がいるのに、そんなことはあり得ないのである。昨夜、五島とあったガードの下で、しばらく待ってみようと思った。どうしたって、子供らが集合地まで勝手に先行することは考えられない。ピクニックへ誘ったのは私だし、あれから暇さえあれば、といってもたったの二回だが誘いかけたのだから。私がいわなければ、思い立つはずもないし、集合地へ行っても困るだろう。おそらくどこかへ寄り道をしたか、私をおどろかすためにまわり道をしたのだろう。途中折れる道はいくらもある。ヨネがいないところまでくれば、私の前へあらわれるだろう。私は売店で新聞を買うと、立ち読みをはじめた。

それにしても、……私は洗濯器具を指している大きな女優の写真の笑い顔を何げなく見ているうちに、まぶしくなってきて眼をそらした。それは私が面白くなくても笑わざるを得ないような力をもっていた。私は苦痛をかんじて、露店のうすよごれた髪の毛が朝風にゆれてバラバラになっている、醜い女に視線をうつした。この女の亭主はどんな男だろう。おれがどんな男よりもマズイということはない。そんなはずはない。

「きみ、ちょっときくが、女学生と男の子供二人と連れだってここを通らなかったかね」

「何新聞？」

「そうじゃないんだ」

私はそれ以上きくのを止めて、便所の戸があくのを待っていた。便所へ入っているんじゃないかな。急いで家を出すぎた。途中で便所へ行きたいなんかといわれたら、恥をかいてしまう。シツケが悪いと思われる。どうせ、子供や弟や妹たちがいろいろくるにちがいないから、この方がいいんだ。

ガード横の商店の裏口から味噌汁の匂いがしてきた。

(今日も朝食を食べていない)

それよりもおれの分に用意した弁当はきっと家においたままになっているにちがいない。他の分まで持って出る子供たちではない。今から取りに行く時間はない。世話をやかせる連中だ。私は露店から週刊誌を二部買うと、子供が三人きたら待たせておいてくれ、といって、時計を見ながら道を走ってひっかえした。もう七時二十分になっている。

(おれはヨネはもちろんミチ子よりもずっと子供に愛情をいだいている。はたして、あの二人が、こうして道をひっかえしたりするだろうか。五十にもなる男が、走っているのだ)

火見櫓が見えてきた時、私は走るのをやめた。このあたりから呼吸を整えておかなければ、家の前へたどりついた時、息がきれて、一番みにくいところを見せてしまうことにならぬともかぎらない。おれとあまり年の違わないヨネにでも見つかったら取りかえしがつかない。

私はここまできた時、どうして自分がここまでもどってきたのか、我ながらふしぎでならなかった。そこまでやってきて、途中あわなかったら、家の中にいるはずだし、家の中にはいるワケはない。つまり子供らは、もうこのあたりにはいなくて、電車にのって集合地に向っているとしか考えようがないのだ。それにもかかわらず、家まで走りもどってきたのは、何のためだろう。私は自分の心の要求にハッとした。私はミチ子にこういいたかったのである。

「子供等が駅にいない」

しかしそんなことをいって何になるのだ。第一、それは何を意味しているのか、当人の私にもさっぱり分らないのだ。どうしてミチ子にいう必要があるのだ。それでいて私は家の前を去ることが出来ないほど、それだけのことがいいたい気がした。私がもしそれをいったら、ミチ子はどういう顔をするだろう。

(あの顔だ)

さっきのノリ子とおなじような、いかにもケッタイな人だといった顔をしてじっと私を見るだけだ。

(誰かもう一人いてくれるといい。一人ぐらい分ってくれるものがいてもいいはずだ)

ところが、私の頭に最初にうかんできたのは、これから会う峯山と、南であった。そこへ行かないということは出来ない。私は今までにないほど、南に会うのがつらい思いがした。

時計は七時四十五分になっていた。八時に出発といっても、どうせサバをよんであるにちがいないから、今からでも間にあわぬことはない。事実私は家の前には、わずか二分ぐらいしか立っていなかったことは、時計の示す通りである。

考えてみれば、今日は急行電車がないのだ。子供たちが、電車にのって先行したのは、私を待っていてはおくれると思ったのかも知れない。電車にのってから私はとうてい八時はおろか、八時三十分にやっとだということが分った。もう八時になっている。集合地はプリントを見れば分っているはずだ。もう車で行ったにしても、電車より早く着くことはない。

○○駅におりて改札口を走りぬけながら、広場を見ると、どこにも役所の者が集っている様子がないので、もう出かけてしまったのか、それとも集合地が知らぬうちに変更したのか、と思って見まわした。私の胸は例によって、かけてきたあとでもあり、ひどく動悸を打ちはじめた。

「野村くん、もう出るところだったよ」

峯山の特徴のある声がしたので声の方をさがすと、私の立っているところから十米も離れていないところに、一台のバスがとまっていた。キャバレーで姿を消した峯山がステップに立ってよんでいるのだ。

「きみに似合わずおそいじゃないか。もう四十分も待ったよ」

「これは？」

私は赤ぬりのバスを指さした。普通の貸切バスとはちがう。車体に新聞社のマークが入っている宣伝車だ。笑い声が車内でおこった。

「早くのり給え。子供さんだけ先きへよこして、こんなにおくれてくるって、ヒドイじゃないかね」

私は子供がいるときいてホッとした。(やっぱり南の世話だ。南と打合せてきている。こんなくらいなら、迷子になっていてくれた方がよかったくらいだ。南のそばに腰かけている！)

私が空席に腰をおろすと、南が顔を出してこういっているのがきこえた。

「へえ？　係長が来たんですって」

「来たんだ」

「ホントにおいでになりましたね」

これはどういう意味だろうと思っていると、「みなさん」南が叫びだしたのでふりむくと、彼は及び腰になっていた。

「いよいよ、これから目的の××海岸へ向って進みますが、おくれた時間は、十分スピードをあげてとりかえしてもらえるそうですから、安心して下さい。それからこの車のことについて一言御報告しておきます。これは、峯山さんの関係で、『鷗出版社』の三上さんの御尽力によって、M新聞社の宣伝カーを出してもらうことが出来たのです。皆さんにかわってあつく感謝いたします。M新聞社はモチロン『鷗出版社』については、みなさんが先刻御承知のところですから、省略させていただきます。この方が三上さんです」

役所外の人間である三上が車の中にいることに、私ははじめて気がついた。しかもこの車にのっているのは三上の世話なのだ。三上は南に紹介されて、南とおなじように中腰になって頭を下げた。三上がくることは、昨夜峯山と話している時には分っていたのだ。峯山は三上に礼の意味でのませていたとも思える。△△谷の予定が変更して××海岸になったのは、このバスが借りられることになったからなのだろう。ことによったら、このバスに乗るってことをおれが知らないことを、三上はあの時知っていたのかも知れない。そんなことは邪推にしても、おれがさっきうろうろして見まわしていた時に、おれがこのバスに乗ることを知らないことは、分ったのではあるまいか。それとも、もっと前から心得ていて、おれがあらわれるのを待ちうけていなかった、とどうしていえなかろう。子供さえもおれの芝居を見物するつもりがなかったとはいいきれない。いやそんなことは信じることが出来ない。ただ子供は恥かしがっていただけだ。さっきから子供はおれの視線をさけてばかりいるのは、そのせいだ。それにしても……

見渡したところ、子供といえば私の子供ばかりである。家族の行き手が少ないときいて、行くつもりの者もだんだん止めてしまっただろう。大体、役所のピクニックに家族がくることは今度が初めてなのだから。

南がトランプを取り出して、その仲間に子供たちが入ったことは、ノリ子の歌いだした、まだ低い声だがジャズ・ソングでも分る。彼女は勉強にかぎらず、何か集中しなければならない時になると、よくそうするのだから。

「ああ、ノリちゃん、ほら、サイン・ブック忘れるといけないから返しておくよ」

「あら、荷物になっちゃうわね」

ノリ子は南がサイン・ブックを持っていたことを少しもふしぎに思わない。それよりなおおどろくことは、ノリ子のなれた口のきき方である。

「サイン・ブックときたか。ちょっと拝見」

そういったのは峯山だ。峯山はもうウィスキーを女事務員につがせてのみはじめていたが、バスがゆれる度に、こぼすより早く口の中へ流しこんだ。それが良二をおもしろがらせたと見えて、一人仲間はずれになった彼は、何かいいたそうにじっと見ていた。今に何かいい出すが、何をいうつもりだろう。けっこう良二までもたのしんでいる。

峯山はサイン・ブックをひっくりかえしながら、

「南くんはこんどは、サイン・ブックで罪つくりをするんじゃなかろうな」

といって笑って、良二の顔を見た。

「坊や、きみはなるほど。どうだ野村くん、この子はいい子だな。どっちに似てるかな。ねえ、どうだね、良二くんというのかい、そうだね、良二くんは、どっちに似てるかな。そっちのノリ子ちゃんと、良一くんはどうだ。ふしぎなものだな、みんな野村くんにどことなく似ているな。ねえ、そうだろう。南、きみはどう思う。ノリ子ちゃん、どっち似かね。僕はノリ子ちゃんはお父さん似だと思うけれども良一くんは……いや、お母さんを見ていない僕にはどうもよく分らんが……。しかしなかなか野村くんは美男子だからな。子供さんを見りゃよく分るよ。奥方もさぞかし立派な方と思われるが、何といっても野村くんの功績は絶大じゃない？　どう三上くん、そう思わない？　気品があらあね」

「野村さんは美男子ですよ。僕は最初会った吟に、先ずそう思いましたよ。温厚な紳士で、往時は紅顔の美少年だったと想像していましたよ」

私はバスの前方を向いていた。今さらふりむくことも出来ない。バスは海岸沿いの国道を走っていた。前方から次々と車が流れてきてすれちがった。景色や一つ一つの車を夢中になって眺めているという姿を見せなければ、もう私はふりむいて、峯山や三上の前で、テレるか、頭をかいてみせなければならない状況に追いこまれてきていた。

「良二くんは、お父さんとお母さんとどっちが好きかい」

「そんなことをきくのは、課長よくないですよ」トランプをやめて、南が声をかけた。そのうち、おなじトランプで手品をやってみせるだろう。

「僕なんか、そんなきき方、一番イヤだったな。ノリちゃんなんかも、そうだろう。お父さんが好きか、お母さんが好きかなんてきくのは、教育上もよくないですよ、課長さん」

「こいつはやられた。良二くんは、お母さん？　なるほど。はっきりしてるな。しかしウチの子供なんか、当然オヤジの僕が好きかとばかり思っていたが、どうして、期待はずれだよ。どうも子供のうちは、みんな母親びいきと見えるな。直接子供に亭主殿おんみずから金を渡すようにすれば、ちがうかな」

「でも、いいお父さんじゃない。ノリ子ちゃんなんか、幸せだわ、つれてきていただけるんですもの、ねえ課長さん。私なんか、この年になるまでピクニックになんか連れていただいたことなんかなかったわ。課長さんなんかも子供さん連れてきなさればよかったのに。あら、野村さんのことを弁護したって、笑わなくてもいいでしょ。イヤな人たちね」

女事務員坂本の声だ。

「うちのオヤジは金をよこさないよ。フトコロにしまってるんだ」

と良二。そこへ峯山が、

「うあ、こいつは、おれんとことそっくりなことを発言なさるわ」

良二が得意になっていっている。峯山を喜ばせようと思っているのだ。子供のくせにとり入ろうとしている。おれと似ているようだが、あれほどじゃなかった。

「しかし坊や、おじさんなんかも、ちゃんとフトコロ銀行にしまってあるよ。こうしてカギをかけておくんだ。ふん、おばあさんとお母さんが仲よく芝居に行って帰ってくると、お芝居の話なんかばかりしているだろう。そんな時には、こうカギでフトコロ銀行をあけて、金を盗み出して、こうしてお酒を飲むんだ。坊やもお酒すきかい」

「こりゃ、外へ出たら、課長の資格なしだな。これじゃ家族携行はこんどから止さなくっちゃ、ねえ三上さん。乱暴な課長さんだな」

と南が甘えた調子で慨嘆した。

「僕もまあ同感ですよ。神経の過敏なショウコですな。峯山課長のすぐ下に仕える人は、果して幸か不幸か、ということになるな」

峯山は三上らの言葉に頓着なく豪放な笑いを爆発させた。

「おじさん、こぼれるわよ」

ノリ子だ。

「坂本くん」峯山が女事務員の名を呼んだ。「きみなんか、どういう男をえらぶ？　ええ？　僕がちょいとばかり、お説教をいたしますとね」

「あら、みずからをかえりみて、なの」

「正にそうだよ、この、男ってやつはね。どうも僕はこうハッキリしなくちゃいけねえ、と思うんだ。いいかね。

ずるずるべったりにね、しているとだね、たとえば、おれがきみにだね、たとえば、ハンド・バックを買ってやるというね。ところがそれがそうするつもりもなくっていっていたら、どうなる。実際買ってやらない、そうするとつまり次からは信用しなくなるじゃないか。その男をだよ。そんなら最初からそういっておれば、少くともがっかりすることはないやね。がっかりしつづけると、女はどうも、持前のおシャベリを発揮して吹聴してまわることだってしたくなる、とこうなんだ。いいかね、坂本くん、これはハンド・バックのことだけだと思っちゃ……ウソだと思ったら、きいてみたまえ、ねえ野村くん」

バスの中で歓声が急にわきあがったように思えた。その声とともに私はもともと見ていなかった前方の景色が、鞭のように眼を打ってくるのを感じた。

「海だ!」

という良二の声がした。

夜と昼の鎖

私がその村へくるようになってから、もう四年になる。私の目的は、鮒つりや鴨うちで、鮒はその村をとりまいている大運河ともいうべき川をさかのぼって行くとかなりの漁場がある。さらにその川を一里のぼり水門によってまた別の運河に入り、小半みちいったところから湖がひろがって、恰好な鴨打の場所である。

私を紹介したのは、今では運河村とよばれている村にある、女学校の校長をしていた山名氏が、私とあったときに村へ出かけてくるようにさそったからで、当時彼は知事選挙に立候補のうわさもあるころで、ことによると、私をその選挙のたしにしようと思っているのではないか、とおくそくしたが、私は彼の学校で生徒に講演をたのまれただけで、私の方が山名氏に世話になりっぱなしであった。

山名氏は、その学校から別の学校にうつったが、その頃オリンピック大会があると、団長にえらばれて外国へ出かけたかと思うと、帰国後、予備校を東京に作って、私に教師の世話をたのみにきたことがある。しかし彼は東京にいるわけではなく、神出鬼没で、人物などいやしないと小説家などが口にする当今には、めずらしい男で、私自身が今夜話していても、明朝彼がどこへ何しに出かけるのかまったく想像もつかないありさまであった。

彼がこの村を去ってからも、私は年に二、三度村を訪れて、気が向けば、一週間も滞在したが、私の宿は村の中央にある、ウワサ屋という屋号をもった雑貨店であった。もちろんこの家に泊るようになったのも、山名氏の指図で、そこでなら自炊をすることも出来る。ウワサ屋の主人は、ウワサ屋とよばれていたが、私の将棋のほどよい相手で、店に客がきても一人娘にまかせっきりであった。客もまた心得たもので、品物を買うのか、彼に話しこみにくるのかわからぬくらいでかならずといっていいくらい、あがりこんでくる。客は女よりもむしろ男が多い。それがすでにおかしい話だ。けっきょく彼らは談じこみにくるのだ。

奥の間はその談じこみにくる百姓たちのために開放されていて、時に酒宴がひらかれるという段取りになるのも、すべてその店の伝統であるらしい。

山名氏が私を「ウワサ屋」に紹介したのは、経費がかからぬという理由ばかりではなく、小説家である私が、この店に興味をもつであろうと思ったからだ、と私はあとになってきがついた。事実、その村には鴨水館という旅館が一方の水門のわきにあって、都会からの釣客はここで一泊して夜明けに川へ出るのである。

私はこの旅館にも泊ったことがあるが、ウワサ屋が私を最初から開放して私が村の住人であるかのようにとりあつかい、というより、まるで私が空気でもあるように、私の存在を意識しないのに反して、二十五、六になる、色の白い女みたいな男であったが、縁なし眼鏡をかけていて、キチンと着物をきて角帯をしめている鴨水館の主人は、私が山名氏の知人だというので、私に根掘り葉掘り山名氏の動静についていてきいたり、特別の接待をさせていただきますと称して、女中任せにしないで、いつも食事時には、私のそばをはなれない。私が学校の教師とつきあうのをひどく気にしていて、私がある教師の名をあげると、首をかしげて、よした方がいいといった様子をする。この主人は先代になくなられて数年になるが、その頃からの中年の女中に一切の世話をさせて、結婚の気配がないのが、何だか私には不潔に思われてならなかった。こんなわけで最近ある事情でウワサ屋からそういい出されるまではウワサ屋から鴨水館にうつることはしなかった。

ウワサ屋にはこのように人が集るので、村の話は問わず語りに、よそ者の私の耳にもはいってくることもあるが、鴨水館主人は二十歳の頃、ソウウツ病にかかり、自分があらゆる病気の持主であることを話しはじめた。盲腸から胃ガンから、心臓病から、神経病から次々と病名を父親に訴えた。彼が名をあげないのは、かんじんのソウウツ病だけといってもいいくらいである。

そのためにこの若者は、悪くもない腹を切らせたが、そのあとA町へ病院通いをする習慣がのこった。この村に診療所ができて、伊沢幸子という女性が初代の所長になってからは、しばらく診療所に通いはじめたが、彼女が「あなたのいう部分にはどこも異状はない」といってから、彼は腹を立ててこの診療所に行くのをやめてしまった。それまでの町の医者は、彼の病名をそのままうけいれていた。

じっさい彼は、A町の病院の看護婦が目あてでしぜんと病気になったというウわさもあり、彼が診療所へ出かけたのは、伊沢幸子を好いていたのだ、という説もある。私が村へ来はじめの頃であったが、このうわさをいくぶん裏書きするようなことがおこった。ある日、この主人はウワサ屋へ現われて、「おれはこれから町の女のところへ行く」といって豪語した。誰も彼に女がいてわるいと思っている者はないのに、彼が吹聴するので、ちょうど遊びにきていた近所の床屋が駐在所へ電話をかけた。駐在はすぐ山名氏に電話した。山名氏が制服の巡査といっしょにあらわれるまでは、彼の眼はすわっていたが、長身の山名氏が大またで、ウワサ屋に入りこんでくると、急に眼をつぶり、安心したように眠りこんでしまい、イビキさえかきはじめた。

私はそのとき、事の次第はよく分らぬままに、彼が山名氏をいかに信頼しているか、如実に知ったわけだが、山名氏は村を去るときに、近藤という教師に――この教師はこの若主人と小学校の同級生であったか、――力になってやれ、といいおいた。山名氏の言葉によると、この若者はまったく放任主義の父親が頼りなくて、ちゃんとした男を求めている。女中に育てられているために、その不平不満がウックツして出てきた病気なのだから、ということであった。その代り山名氏は在任中、鴨水館を自分の家以上に利用し、彼の交際費の大部分は、鴨水館がうけもつことになった。もっとも、これは近藤の意見を山名氏が利用したというふうにうがったいいかたをする者が今となるとでてきている。それは診療所長の夫、伊沢であった。私は彼が移動托児所を村に設置するのに尽力した男だ、ときいていたが、彼が農繁期に、今野という教員が倉を借りている、母屋の前の空地で、ちょうどその空地へ移動してきた托児所で、指示をあたえている姿を見たとき、あのうわさはほんとうであることを知った。私はその時、ふとしたことから、さっきの話を出したところ、伊沢は、「山名氏の欠点は、誰でも味方にしてしまうことだ」とつけ加えた。

近藤は村の出身であるが、伊沢夫婦はよそものである。いつだったか、私が講演をしたあとだったと思う。山名は主だった教師と私とをつれて、鶴見という教師のボートで運河を下り、大川へ出て、スズキの網漁をやり、舟の上でテンプラにして、食べたあと、鴨水館によって芸者をあげ、そのあと、運河をねってまわったことがある。山名は始終ヒワイな言葉を吐きつづけており、笑うべきことがあると、足を頭の上にまであげて、足で拍手のマネをした。そういう器用なことができるのは、年齢も四十前で長年スポーツできたえた体操教師あがりであるためだが、そうして足をたたきながら、彼の眼が、一座の者の眼をちゃんと意識しているのを知って、私はおどろいた。

山名は私の眼を見て、よう、といって、一きわ高くはしゃいだ。それからすぐに眼を伊沢の方にうつして、「伊沢はこの村の救い神だぞ」と叫んだ。伊沢は何か知らんが考えこんでいる模様で、自分の名をいわれて、びっくりしたように山名の顔を見た。ちょうどその時、何かが伊沢の唇のあたりにぶつかったと思うと、彼の唇の向ってすぐ右上のところから、血がふき出た。村の真中の運河の上のことである。山名の、「鴨水館、よさぬか」という声がした。その瞬間ボートはあやうくひっくりかえりそうになった。伊沢は傷口をおさえて坐っていたが、「鴨水館」がよろよろと立ち上って、どすんと坐ったからであった。「鴨水館」が盃をななめにして伊沢になげたのであった。「鴨水館」は山名に大喝されておとなしくなったが、まだ病気中であるのに、同乗させた方がまち

がっていることは、誰にも分っていた。（伊沢のこの傷は今でもまだのこっている）

私がこの小事件をあげたのは、伊沢が傷口をハンカチでおさえながらいった言葉を読者の印象にとどめておきたいからだ。伊沢は、呟やくように鶴見に向ってこういった。「あなたは、何か誤解していますね」「誤解？」鶴見はけげんそうな顔をし、やがてうす笑いをうかべながら、チラッと近藤の方を見た。それから山名の方を見、こう呟やくように、伊沢にいった。

「誤解というところをみると、君が誤解していますよ」

山名はとたんに、また歌をうたいだし足を叩いて、自分で喝采した。二人は黙ってしまったが、もしそうでなければ、山名は何かいったにちがいない。

私はウワサ屋に度々逗留したが、村人というものには、今考えてみれば、一種村の誇りというものがあるらしく、私がいるところでは、なかなか村の中のイザコザは口にしないものだ。「鴨水館」のことについては、それから村の運河での子供の溺死のことなど、鶴見が展覧会に何度入選したの、伊沢の家に最近ピンクのカバーのついたベッドが舟で運ばれてきたの、その後赴任してきた今野夫婦の奇妙な行いなどは、逐一洩してくれる。しかし、ある「微妙な話」については、私はついにほとんどツンボサジキにおかれたといっていい。そのくせ、私がこの小説を書くようになったのは、運河村の人々が、ほとんど手にとるように、この「微妙な話」を知っていたからである。いうまでもなく、それには彼等ふうの解釈が大分加っているし、真相から遠いこともある。少くとも彼等は私に話していたよりは何倍も知っていたことだけは、たしかだ。

この物語にあたるイザコザがおこった夏、ウワサ屋を訪ねると、こんなことは初めてのことだが、道子も年頃になったから、といって逗留を断わられたので、私は鴨水館に泊ることにした。道子が年頃になったのは、この夏になって初めてというわけではない。私はふしぎに思っていたが、もう今ではほとんど常人とかわらない「鴨水館」が、予定の筋道であるかのように、私をよろこんで迎えいれた。

その夕方私が外の運河の水門のあたりをながめていると、堤防をつたって水門をこえ、近づいてくる男の姿が見えた。私は彼には何年もあっていないが、そのやせた猫背と秀でた額をした色の浅黒い彼の姿は、私に数年前のボートの中のことを思いおこさせた。それから、私の名をよんだ。彼は伊沢であった。彼はたしか案内も乞わずつかつかと私の部屋の前までやってきた。彼は「あなたがここへうつされたわけを知っていますか」と藪から棒にいった。それは礼を失しているというより、一つのことに思いつかれているように思えた。(山名氏もいつか私に、「あなた、村のことを小説に書くといいですよ、私がデータを提供します」とつけ加えた。そういったことがある。というより、私が村のことを聞きにきた、といって教師に紹介した)

その時私は、山名氏を重要人物にした物語を書くようにとの示唆とも思えて、いいかげんな返答をしていたが、伊沢は、しかし何か腹いせにいっているにすぎないことがわかった。事実彼はほとんど何も語らずに、私の部屋を去っていった。

伊沢がガラス戸をあけて外へふみ出したとき、「鴨水館」が奥から出てきて、「『お先き走り』がまた宣伝にきやがった」といった。彼は奥へ走って行き、ふたたびあらわれたときは手に塩をつかんでいた。彼はその塩を戸口に向ってまいた。それから女中に向って、「明日の朝は用心しなさい、家のまわりに気をつけて」というようなことを叫んだ。女中は、たすきをとりながら出てくると、母親とも姉とも妹とも、女中とも、要するに何ともつかぬ様子で、心得たようにうなずいた。「あなたは伊沢の家へ行ったことがありますか」と「鴨水館」は二階にのぼりかけた私に、背後から問いかけてきたので、私はふりむいて一度行ったことがあると答えた。彼はうなずきながら、私たちは当分いそがしい、といった。「私たち」という意味が何であるか、伊沢もその中に入っているのか、いないのか知らんと思いながら、階段をのぼりつつ私は伊沢の家を訪ねた時のことを思い出した。

ヘントウ腺をはらしたとき、診療所で幸子をわずらわせてノドのあたりに薬をぬってもらったことがあるが、その時彼女が、小柄だが色の無いキリキリした敏捷な女であるという印象をうけただけだが、家庭で、あったときには、伊沢と同時にしゃべり出して、お互いにあいてがじゃまだ、と思っているかのようであった。妻として厳然と夫のそばにくっついていて、身の廻りの世話もするが、客に用心ぶかい眼を放っている妻というものを、私はいくにんか知っているが、幸子はそうではなかった。私が主人の友人であるのか、診療所で世話になったからきた自分の友人であるのか、見定めようとしている気配があった。そしてそれがどちらともわかりかねるとなると、争うようにしゃべりはじめ、伊沢と同時に口を切るのであった。もっともこのときは、私はウワサ屋の道子につれられて行ったのであるし、私個人としては、男よりも女に興味があるのだから、まさにどちらの客というわけでもなかったわけだ。そのとき女学生の道子が同席していた。

「都会の女学生は、社会の問題について積極的に参加しようとしていますか」と道子が私にきいた。「街頭でよびかけている学生が、かなりいるが、選挙のときもアルバイトでおなじようによびかけている」と私は答えた。「まったく村ではたいへんだわ、ねえ、おくさま」と道子がいった。幸子は返事をせずに、私の方を見ていた。「幸子」と伊沢が呟やくようによんだが、伊沢はふっとそのさきはやめてしまった。

幸子はそれから、私達に背中をむけて鏡に向い化粧をはじめた。私はそれを見ながら、これは自分達がよほどバカにされているか、あるいは、……私にはそれ以上考えるのがつらい気がしたことをおぼえている。

第一章

「タリナイ、タリナイ、タリナイ」

幸子は歌うように、しかも刻んでいった。

彼女が「タリナイ」といったのは、金のことではなかった。伊沢は幸子のいう意味が分っていたが、畳の上をはっている運河の村の、肥えたアリを見ていた。そういう要求がないくせにもう今夜あたり夫のすることをハッキリとしなければ、と思った。

「いくら何でも、せっかく合意の上で、ベッドを二台買いこんで、ベッド生活をはじめたばかりだというのに、もうベッドがじゃまになるなんていうのは……」

彼はめんどくさいが、もう一回会話を開始しないことには、それこそ、「ああ、今日は何月何日だったね」といったふうな、とんでもない、ふざけたことをいってしまいそうなので、口を切った。それは全く誠意のない口調だった。

「でも実際そうじゃありませんか。こんなに不便なものおいとくなら、私はとても。私はだからこれを無駄にするんじゃなくて運河村の診療所へ寄附するといってるんじゃないの。あとは畳に直せばいいのじゃない」

彼は又もや話す気力がなくなるのを、とにかくしゃべる機械にしていった。アリは坐っている足くびのところをのぼってきている。アリが生々《なまなま》しかった。

「この村にはふさわしくないと、僕は思っていたが、お前さんがそういうので、同調したのだが」

「いいえ、あんたがベッドにしたいといったのよ」

彼はここでニヤリと笑った。そうだ運河村の今の事件でも相手方はおなじような、デタラメをいっている。すると彼の中で血が湧き立ってきた。そこで余裕をもって、別人のようにいった。

「ウソをいってはいけないよ。そのウソは誰でも知ってるよ」

「誰が知ってるの、知ってるのは私よ。あなたは忘れているのよ。ウソつきはあなたよ」

幸子はベッドをおりると、いらいらしてベッドとベッドの間の通路を歩きはじめた。幸子は勤めはじめてから、色々な品物を買いはじめた。運河村は運河にとりかこまれている。その運河の向うには県道が通っていて、そこを辿って行くと町に出る。町というが、そこには最近四階建のデパートが出来て、月賦販売もはじめた。彼女はここ数年に、どしどし道具類を買込んだあげく、今迄の農家の倉住いではどうにも動きがとれなくなり、大きな農家の庭を借りて、十五坪ばかりの家を新築した。濁った水をうかべた運河のわきに、南向きに平和そうに建っている。

さてこの村は、一寸紹介しておく必要があるが、縦横に大小の自然運河にかこまれていて、その運河がまた交通路にもなっている。平底の舟で、山型になった橋をくぐり抜けながら、収穫をつんで通る。舟には牛も乗っている。ところがこの村では、どの家も子供を川におとして死なせているし、それが一つの礼儀にさえなっている。代々子供一人も死なせていない家は、信用されないという様子さえある。そのほか、運河のへりの狭い通路は雨が降ればつるつる辷るが、砂利一つしかれたことはない。水は雨が降れば井戸一杯になるが、日でりが暫くつづけば、忽ち涸れてしまうので、飲水のほかは、この運河の水が使われている有様だ。伊沢はこの村の学校に勤めてから、こうした不都合さの改善にのり出して、一種の托児組織を作ることに成功した。と少くとも彼は思っている。それは数軒で組んで農ハン期には、庭で子供を遊ばせる、というような最小限度のやり方だが、スベリ台のような物を据えつけたので、子供達は前より運河へのこのこ出かけて行くようなことはなくなった。

「あなたは、すべてにケチなのよ。子供の生命を救うのだ、といっているけど、あれはケチなショウコよ。村の人だっていってるわ。あんたは気が小さいんだって。気が小さいんじゃなくって、ケチなのよ。生命に対してケチなのよ。未だにエビガニを食べている今野のがうつったのよ。あの人は診療所の金だって、遅らすのよ。あの人のがうつったのよ」

彼は幸子のこの言葉に唖然となって、ふたたび顔を擡げた。これは長年一緒にくらしても初耳の言葉だった。まして村の連中が「気が小さい」という程度のことにしろ云いふらしているとなると、黙っているわけに行かない。

「どの運河べりのやつが、そういっているんだ。診療所へきて、病気を治しにくるんじゃなくって、そんなオシャベリをしにくるのかね」

「『文化改善会』でといったらどう」といってふりむいた。

「私この際、今迄思っていたことを提案するわ。私とあなたは、夫々自分の収入から生活費を出すのよ。あとは自分の思うように使うこと」

彼は手をのばしてベッドの上に置いてあった煙草をとろうとした。

「これは私のよ」

冗談と思った彼は黙って一本抜き出した。すると幸子がそれを強引に奪いとってしまった。二人はそのつづきでこぜり合いをした。こぜり合いをしながら、伊沢は相手が渡してくれることを期待していたので、彼の手は遠慮していた。煙草は完全にとられてしまった。

伊沢は、急に立ちあがると、煙草を買いに行く、と言葉をのこして外へ出た。そのあいだ彼の表情は少しもかわらなかった。そしてこのことに彼は自信があった。

伊沢は真中だけが奇妙に鈍く光っている水面を眺めながら、ウワサ屋に向って歩きだした。が、脛をあがったりおりたりしているアリを手さぐりでとると、水の中へなげた。ウワサ屋は目の前にアカリを消し、幕を下して立っていた。そこで彼は耳をすましたが、伊沢は引返して運河を折れて左へ歩いて行くと、地べたをたたく音がした。蛙の皮をはいでいるのだ。岸にうずくまる人の姿が見えた。そばに子供がいる。すぐ伊沢はそれが今野親子だな、と気がついた。

「何をしてるんです」

今野の方から先きにたずねてきた。そんなことときかれるのは自分の方のくせに、それをきくのは、もう自分の夜中の奇妙な仕事を公けのものだと思いこんでいるのだと伊沢は思った。

「タバコさ」

「ウワサ屋は今夜はまだ起きているよ」

「ああ」

「さっき道子は食用蛙をとりに弟と出かけたよ」

子供には紐がつけてあった。水におちても水面に達する前に、吊り上げられるようなしかけになっている。それを見ると、伊沢は今夜も腹が立って来た。

「行くとはきいていたが、女の子も行くのだね」

「大分とれたかね」

バケツの中には生き物がうごめいていることは分ったが、どのくらいいるものやら、暗くて分らない。——村へ来た当座は、伊沢も蛙を食ったり、エビガニを食糧の代りにしたことがあるが、もう百姓でさえ、そんなことは止めてしまったのに、この夫婦は執拗に続けている。

「奥さんは家にいるの」

「ああ、赤ん坊を寝かしつけてるさ。子守歌がきこえるだろう」

「ああ、ブラームスの子守歌だね」

蛙の声をぬって伝ってきた。

運河村には珍しい、声楽に素養のある人の声で、その歌自慢は誰知らぬ者はないし、今野もまた自信をもっていた。

「うちの奴の話では、ウワサ屋の道子さんは、きみのいうことなら、どんなことでもきくそうだよ」

「…………」

「そういう云い方をしたのだそうだよ。僕の妻はきみのこと頼りにしているからね。きみの都合のいいことは喜んで報告させてもらうんだ。京子は僕以上に頼りにしているよ」

「あの子はいい子だよ」

「きみの仲間ですよ」

伊沢は答えなかった。

今野は自称詩人で、伊沢がこの村へよんで見ると、職員室で平気で原稿用紙を拡げて彼をおどろかせた。会議には居眠りをした。授業時間中には、「エビガニの歌」などというものを披露して、「エビガニさん」というアダナを女生徒から貰っていた。

幸子が今野さんのがうつったといったのは、今野の妻の京子のことを仄かしたのかも知れない、と伊沢はふと思った。エビガニをいまだに釣るような男だから、人の親切には弱い。伊沢は数年前、町から一舟買い取った薪を、京子がそういったからといって、運賃抜きで分けてやったことがある。デパートからベッドを買ったときも、抽セン券を今野はもらいにきた。それが三等になった。

伊沢はうずくまっている今野のことを忘れて、彼の妻のビッコをひき傾きながら歩く姿を思いうかべた。彼女はビッコをひき、運河のへりを傾きながら、子供を背負って平気で歩いた。女というものは、どこか身体に欠点がなければダメだな。

「あなた、あなた、誰なの、そこにいらっしゃる方」

「おい、きみ女房のやつだよ」

「それは知っているよ」

伊沢はとっさにそういうと、何かしゃべっている今野をあとにして引返した。

「あら、伊沢さんじゃないの、どうしてお呼びしなかったの」

「今夜でなくたっていいよ」

「でもおとめしたらよかったのに」

二人の声が水に反射して彼の耳には手にとるようにきこえてきた。

「あの男は明日は忙がしいんだ」

「何をなさるの」

「もめごとがすきなんだ」

コウモリめ、この村へきた当座、あの男は、河べりに腰を下して、泣きながらおれの戻ってくるのを待っていたじゃないか。あの時あいつは、村の人々の前に家内をさらすのは、堪えがたいから、すぐやめさせてくれと校長に勝手に頼み、その翌日には前言を取り消した。それはよその町の就職口がダメになったからで、彼はおれに泣きつくためにわざと、大運河の堤防で待っていた。実際あいつは、あの時子供のように泣きじゃくって、自分は妻のためにも恥しくて生きてはいられないくらいだ。何とかすればいいのだろう。その筋が文句をつけるなら、おれ達が団結して、元のさやにおさまれるようにしてやるとおれはいってやった。

それなのに、あいつは、さあという時になると、コウモリになる。

伊沢はさっきから、ウワサ屋の戸に手をかけていたがしまっていることが分った。彼はタバコを買わずに下手の方へ下って行った。家並がきれて忽ち真暗な田圃に出てしまった。道子たちは舟で行ったにちがいない。舟でなければ、なれた者にとって夜の畦道は辿るのがむずかしい。伊沢は闇の中をすかしてみたが、鴨水館のアカリが邪魔になって、人影らしいものは何も見えなかった。見当はついている。この方向へ進めば、とにかく出っくわすことは確実だ。十時をすぎていた。アリがまた脛にのぼってきていた。ほっておけばどこまでもあがってきそうなので、それをとると川になげた。そして川に耳をかたむけた。アリ一つの音もききずてならぬ、といった様子が見えた。おかしなことに、彼はその自分のシグサを意識していた。

「道子、道子」

伊沢は畦に足場を作ると、よじのぼって、つづけさまに、呼んだ。急に舟をこぐ音がきこえてきた。

「誰だ、道子は田圃の中にいるよ」

と答えたのは道子の弟の声だ。

「まだ帰らないのか」

「おっつけ帰るよ。道子、道子、先生だべ」

と弟が呼んだ。

「さっきからちゃんと知ってるわ。もうちょっと待って下さい」

伊沢はどぎもを抜かれて、畦につっ立っていると、弟が舟を近づけてきた。

「お前は何してたんだよ」

「僕はここで寝ていたんだ。先生の声で、びっくりして目を覚したんだ」

「乗せてくれよ」

伊沢は下駄をぬいで水の中で洗うと、舟の中にのりこんで、道子のいると思われるあたりを見やった。道子の草履も下駄も見当らぬとすると、彼女はいつもの通り跣足で舟にのりこんできたと見える。

伊沢は今野のいったように仲間を求めてやってきていた。

仲間である道子は水音を立てて田圃を歩いてくると畦にのぼって、バケツを弟に渡した。

「今夜は先生に会えるといいと思っていました。予感的中。十疋とれたら先生に会えると、ひそかに思っていたの」

「へえ、何疋とれた」

「五疋」

「へえ」

「五疋でもいいわ」

伊沢の手から道子は竿をとると、ぐっと舟を押し出した。モンペをはいた身体で道子は舟の中に立ちながら、伊沢にいいきかすようにいった。

「私、こんどのこと期待しているわ」

伊沢は暗闇の中で黙って頷いた。

「私ノリを煮てたら、父っちゃんが、見にきたの。うまいことといってゴマカしてやった」

「とにかく、これは村のためだからね」

伊沢は場ちがいなほど重い陰ウツな調子でそういうと、もうそれに抵抗するのに、大へんな努力がいるようなところがあった。一方道子は心をうごかされたように黙っていたが、とつぜん、

「先生の奥さん、進歩的だな。ああいう人になりたいな。ほんとに羨しいな。私の友達、みんな、そういってるわ。診療所の女医さんだもの。産婆さんとは違うわ。私、一つききたいことがあるの。これ寝たら風邪をひくよ」

道子は、弟に大きな声でいったが、弟はきゅうくつそうに寝がえりを打っただけであった。産婆さんとは鶴見の妻のことである。

「先生」道子がささやくようにいった。「結婚したら、どんな熱烈な人でもさめてしまうというのはほんとですか。私……」

「それは人によるさ」

道子のこうしたいい方をアテにしているところがあった。まるで道子にこうしたことをいわせるためにきたようでもあった。

「先生はどう思いますか。その意見、拝聴したいと思います。秩序立てていって下さい」

急に道子は「生活改善会」か学校の討論会の時の会員のセリフそっくりないい方をした。

ウワサ屋の裏口が明るくなって光が散った。ぞろぞろと人の出てくる気配がしたので、二人はおし黙った。

「きみの家に誰が集ったの」

「いや私、追いだされたのかしら」

伊沢は一行に気づかれぬように、手前のところで水ののった石段伝いに岸にのぼって、道を一またぎすると樹立の蔭にかくれた。

「あら、鶴見さんもいるわ」

「しずかに、あの人がいないわけはないんだ」

伊沢は樫の木のざらざらする幹の肌にさわりながら、息をころしていた。鶴見がウワサ屋の家の集りにきている以上は、あのことを話題にしているに違いあるまい。ウワサ屋は鶴見と会い意見をいうことになると、二枚舌を使ったことになる。

鶴見が一番あとに出てきたが、その前に人々は鶴見のモーターボートにのりこんでいた。とつぜんエンジンの音がおこると、「舟賃をもらうぞ」という鶴見の声がきこえた。それは冗談であるショウコに、鶴見に野次がとんだ。なごやかな風景を展開しながらボートが動きだした。

「ねえ、鶴見さんよ、これは何枚で物にしなされただ」

「町のモーター屋に二枚、船大工に二枚」

「へえ、あの連中に鶴見さんの絵が分るのかな」

「分らねえさ」

鶴見の身体同様に幅のある笑い声だ。

「分らねえって？　なるほど。分らねえで品物さえ入れれば、それまた大したものだな」

助役の声だ。伊沢は方向が同じなのでそのあとをついて歩いて行った。もう聞えるのは声だけだった。

「先生、こんだ外国へ行くのは、ほんとかね」

「まだ決っちゃいない」

「行くことは行くだな。それなら、これは村長の案だが、一つ絵を譲って貰えないか」

「考えておきましょう」

「この村の運河の絵がいいのだが」

「いくら位で買ってくれるのかね。村にはこんどの『橋』のことで金がないと聞いてるだが」

「鶴見先生、おれ達は寄附して貰いたいと思っとるだが」

「『橋』が出来てから『橋』をあしらって描いてやるよ」

「だが、行く前に描いてもらいたいな。帰ったあとでは、もう描いてくれねえかも知れねえし値が上るからな」

「値が上るといって、どうせ、ただのつもりじゃねえか」

「鶴見先生、いつあの人達を連れて来るのかな」

「はっきりしたことは分らないが、この週末だべ」

「何しに来るんだ」

「村を見にくるんだろう。運河村は珍しい村だからね」

「こんどは、鴨うちは出来ないが、何するだ。村でも考えておかねばならねえだが、ほんとうは何しにくるだかな」

「ほんとうは？　村を見にくるのだよ。そのほかのことは知らねえな」

そこからさきはもうきこえなくなってしまった。

いつか自分の家の前をすぎて遠くへ来てしまったので、伊沢は引返した。鴨うちにはこの冬、鶴見のスポンサーがやってきた。その時彼は、今野を通訳に連れて運河添いに湖へ出てそこで鴨うち会を催した。彼がモーター舟をあやつって案内をしたことは有名な物語になっている。今野は鴨を一羽もらって戻ってきた。今野は鴨料理を食いにこないかと伊沢をよびにきたが、何も知らない伊沢は出かけて行って御馳走になった。が事情をきいて、なるほどと思った。その日は早朝、銃弾の音が絶間なくひびいていたので、例によって誰かがやっているな、と思ったが、それが鶴見たちであった。彼は不機嫌な顔を見せてもどってきたことをおぼえている。今度はスズキの網打ちでもやってみせようというのであろう。

「幸子のやつ、顔をそむけたら、ひきもどしてマトモに対決させねばいけない」

そう思うことで、彼は自分の家へ一歩ふみこむことが出来た。

土間には幸子の自転車がうすくらがりに据えつけてある。彼はその尻をのせる台に手をおいてしばらくじっとしていた。

(協力しない)

伊沢は心の中で思い、それから寝室に入ると、幸子のベッドに、手さぐりで近づいた。

「何をするのよ」

「何をするって?」

「何をするのよ」

「何をするってことはないじゃないか、夫婦のくせに」

伊沢はささやくようにいい、もう一度こんどもおなじことをわめくようにいった。それから茫然とつっ立っていたが、自分のベッドの方へ歩いて幸子の方をふりかえると、もっとうまい云い方はないか、とあせりながら、

「当分かまっちゃやらないぞ。おれは忙しいんだからな。今野とはちがうんだ」

と叫んだ。幸子はふりかえらなかった。

第二章

伊沢の姿が道から消えてしまったことが分ると、今野は、妻をうながして倉にくっついた部屋にもどり、運河の水をこした水をわかした湯で茶をのむと、（この飲み方は彼が鶴見から教わったもので、この茶の味をおぼえたら、普通の水をわかした湯茶はのめないということであった。彼は別段この味に魅力を感じていたわけではないが、いつしか彼は鶴見のマネをするようになり、そのことで一種の喜びさえいだいていたのである。彼の妻はまたそれに反対したことは一度もなかった。）今野は鶴見の口ききで運河村の百姓から買った古い自転車にのって、懐中電灯のあかりを頼りにやっと自転車の輪を支える程度の狭い道を学校へ急いだ。彼はウワサ屋の前で伊沢がうろついていないか確めた上で、伊沢が向った方角とは正反対の道を村の中心部へと進んだ。道は狭い上に凸凹がはげしくて、ウワサ屋の前で急に上等になった道はふたたび彼を曲乗りさせているような気持にした。しかし今野はどちらかというと、かなりこの難路に満足していた。こうした道を河におちないで、無事に目的地に到達すること、そのことが生甲斐のように思われた。（彼はそういう男であった）そしてとつぜん自転車の上で、伊沢と鶴見のことを思い出して、ホクソ笑むうちほんとに危く河におちそうになった。彼がこうして到着すると、土堤をつみあげた囲いの中程の門を通り、桜の木蔭で車をおりて、そこへたてかけた。それから宿直部屋のアカリを眺めて近よっていった。

「おい、おれだ」

今野は外からガラス戸を軽く叩くと、中で男の声がして静かに戸があいた。それは、二十五、六になる小柄な均整のとれた男で、「いいか今渡すよ」といいながら、アカリを消した。大きな荷物をかかえてくらがりにその男の影があらわれる、下で今野が抱きとめ、肩にのせて自転車の方へ歩いて行った。用意してきた板をひろげて、一たんおろした荷物をのせ、フロシキ包みをかぶせて縛りつけた。そうして「すぐ戻ってくるからな」というと、ふらつきながら引返した。

「歩いて行った方がいいよ、今野さん河へおちるよ」

今野はかまわず門を出ていった。ハンドルをにぎりしめながら、おなじ道をもどってきた。倉の入口へ車をよせた時、彼はそれまで、伊沢や鶴見に見られてもかまわないと思っていたが、何か物足りない気がした。そこで溜息をついて、顔の汗をぬぐった。彼は黙って荷物をとくと、そいつをかかえて、足で戸をあけていきなり、そこへ投げ出した。

「フトンだ」

今野はひろげながら妻の京子にいった。それからつづいて、

「こいつは員数外のフトンだ。いつか、町から泊りがけで視察にきた時、鴨水館から借りたものだがこいつは余ったやつだ。運河村の誰のものでもない。まあおれ達のものだ。よそ者のおれ達のものだ」

口を歪めながらいった。

「でも伊沢さんに分らないかしら」

「この村へきたらこの位のものいただかなくちゃ意味がない」

そういって、笑いながら彼は妻をひきよせた。そして手を放すと、「でも、それでいいかしら」という妻の声をききながら、自転車にのり、「お前のためにしたんだ」と呟やいた。

汗をかいてもどってくると、近藤が笑いながらいった。彼は近藤が笑って待っていると途中で思ったので、顔をあげなかった。

「今野さんや、一つ女の子をおどかしてやろうよ」

「そんな子供じみたことはごめんだ」

「薄情な人だな。今も手伝ってやったじゃないか」

近藤は笑うのをやめた。

「伊沢みたいないい方をするなよ」

今野は近藤のいうなりになったが、心の中でこの男を軽蔑していた。そのくせ彼はこの男をおそれてもいた。こんなつまらぬことをいいだすが、何を考えているかコンタンが分らない。何もかものみこんでいて、彼がフトンのことを一寸口にした時、すぐに協力の手をさしのべてきた。スポーツは出来るし、歌もうたえた。そして奇妙に大人びたところがあった。鶴見とも、伊沢とも違うはっきりと特徴をもった若者だった。女学生の人気の大半はこの男が一人でかっさらっている感があった。彼は自分がバカにされているような気さえした。いうなりにしないと、なおバカにされそうであった。

「さあ、行くぞ」

近藤は浴衣を頭からかぶって、数人の女生徒たちが泊っているモデル・ハウスへ歩いて行った。それは妙な具合に運動場の片隅に建てられた、小さい家で、文化住宅になっているが、それが出来たのは、文化的な家庭生活、即ち、台所から寝室を町ふうにすることを教えるためで、「生活改善委員会」の刺戟も大きかったわけだが、建築に不正があったとつっこんだのは、伊沢であった。その時、道子たちは生徒会を開いて、校長を吊しあげにしたことの原因で、校長は転任して行った。モデル・ハウスは通常空いている。ここに泊らせて英語の合宿練習をまだ学校があるうちから実施しだしたのは、今野の横着な発想だったが、このことを知っているのは、モデル・ハウスの鍵をもっている小使と鶴見と近藤だけであった。校長を小使より蔑視するくせを作ったのは、伊沢である。その伊沢も学校内にすむ小使には頭があがらなかった。近藤は、上草履をはいた足音を忍ばせながら露のおりはじめたグラウンドを歩いた。モデル・ハウスに近づいたが、とつぜん立ち止った。

「あんた、『死に損い』の話を知っていますか」

「知らないよ」

めんどくさそうに答えた。今野は明朝早く女生徒を起して、一時間授業と称するものをやり、飯をたかせなければならないので、近藤の話をきく気持はなかった。それに何をいいだすか分りゃしない。大体今野がこの荒唐無稽な、そして前代未聞な合宿を実行したのは、彼が、女生徒から金をとる目的であった。この彼の目的については、鶴見と、近藤も知らぬ顔をして、「それは熱心なことだ」といった。伊沢なら何をケチつけるか知れたものではないが、あいつは直ぐに金をとるのはよくない、とか何とかいうに決っている。弱味を心の底では多分知っている近藤が、「死に損い」の話とは茶化すつもりなのだろうか。近藤は、モデル・ハウスのかげでこうつづけた。

「運河におちて死に損ったやつは、えら物になるといういい伝えですがね、鶴見は僕の父親が助けた。この頃は小使もそうだと自分でいいふらしている。これはおもしろい話でしょう。今野さん。学校の裏の畑は小使が勝手に耕しているが、伊沢さんもこれにはケチをつけませんからね。今度やるのなら、彼も小使を相手に戦うことだと思いますが」

近藤は動きはじめると、モデル・ハウスの裏手へまわり、女生徒達の寝ている部屋のガラス戸を外から、コトコトとたたいて、じっと耳をすました。

「よく寝ているよ」

と近藤はつっ立っている今野にいうともなく呟いた。それから浴衣を頭まで引き上げて首をのばすと中を覗いた。

「見えるのか」

と今野は、こいつは見つかっても、益〻評判がよくなるだけだ。気楽に女生徒の手を握る。道子の手を校舎の中で握ったのも、この男で、道子はおれの妻にそのことを話したが、誰にも悪くは思われない。

「小使がおきてくると、うるさいぞ」

「小使にはにぎらせてある」

「それじゃきみこれは計画的なのか」

近藤は今野にかまわずガラス戸をたたいた。

「電灯をつけようよ」

という声がした。近藤さえも意表をつかれたのか、浴衣を急におろした拍子に足にまつわりつき、ひっくりかえりそうになった。今野はそれを冷かに眺めていた。

「村の不良どもだわ。近藤さんは何してるんだろう」

モデル・ハウスの中では声が高まったが、ガラス戸に近づいてくる者はない。今野が部屋にもどってくると、近藤はもう忘れたような顔をしていた。今野はそれをまたじっと眺めた。

今野が眠りにおちこんでから三時間もたった頃、道子は寝床をぬけ出て、用意の荷物をとり直すと、そっと裏口から外へ出た。舟に自転車をのせてから、纜をといて漕ぎ出した。この村で短かい時間に縦横に活躍するには、この二つの乗物が必要であることを道子は心得ていた。

昨夜伊沢が去ったあとしばらく時間をつぶしてから家にもどり、今また寝ているうちに、もう自分が舟をこいでいることが、そのまま自分の仕事の人知らぬ進歩性をそのままあらわしているように思われた。冷えた水面の上の空気に頬をあてても依然として少し眠い。しかし眠いということは、丁度試験で徹夜したあとのように、このさい快感があった。

彼女は自分の持ったビラをはるところを、電柱、樹の幹、それから舟、というふうに大体見当をつけていた。それはまばらであっても広範囲にわたって貼りつけること、鴨水館あたりまで行くことと決めていたのだ。彼女は自分の家の持舟はもちろん、鶴見のモーターボートにもはりつけた。それから助役から村長から、今野の住居である倉の壁から、役場からそして、伊沢の家の壁には念入りに二枚はりつけて、じっと中の様子をうかがった。

「伊沢先生」

道子は、窓の下で小さい声で呼んだ。道子は伊沢夫婦がベッドで寝ていることを知っていた。ベッドが舟でデパートから運ばれてきた時、彼女も眺めていたから。道子は伊沢の妻の幸子にねたみを感じた。「生活改善会」の委員をしたって、私のように、こうして働かなければ、ほんとではない。これには勇気がいる。彼女はそう思って思わずふりむいた。そうだ勇気がいる！　それにしても私のこの仕事が、大人の悪い行為にクサビを打ちこむのだからな。いくら夫婦といったって、あの人は、と幸子のことを思った。あの人は私のように好きではない。いいえ、それは私が自分で知っている。こんな気持ってものは、ほかの人がもつとは考えられないもの。

「先生」

道子は小さい声でよんだ。大きな声でよんでもいいはずだ、と思っていた。が、声が出なかった。一緒に抱き合って寝ているのかしら。いいえ先生は今、私がかけまわっていることを知っている。どこかで私を見ているのかも知れない。鋭い声が近くでした、鷺が飛び立ったのだ。

道子は舟にのると、竿と櫓をあやつりながら学校方面に向った。運河は学校の裏手まで流れこんできていた。舟をとめると、空は運河や湖のあるこの地方にはあたりまえのことだが、どんより曇っていて、鼠色の雲がはいたように空にかかっていた。が、もうあたりは明るくなりかけていた。急がねばならない。彼女は近道をするために自転車にのって裏手の畑までくると、きゅうりやトマトのなっている畑の中の隧道を抜けてきた。ぐさりとはみ出ているきゅうりをふんだ。彼女はぎょっとした。小使の畑で、今では彼が一人占めにしていた。小使部屋からは既に煙が上っているので、あわてて道子は運動靴の底に泥が重くくっついているのもかまわず、モデル・ハウスの横へ出て、一気にグラウンドを横切ろうとして思わずハンドルに力が入った。

今野は自分の都合上いつも手当ての出ない宿直を一人で引受けてきていたが、近藤は独身者だから僕は宿直は苦にならない。よかったら二人で泊ろうといい出したのだった。今野はもういつもなら起きてモデル・ハウスへ起しに行く頃だが、と思いながら、昨夜のこともあり、睡眠不足のために、起きそびれていると、廊下がさわがしくなってきた。彼はいよいよ来たなと思いながら、そ知らぬ顔をして眼をとじていた。勢よく廊下の戸があいて、数人の生徒がのりこんできた。津村という生徒がまっさきにこういった。

「やっぱりそうだわ。近藤さんだわ。たしか白いものをかぶっていたと思っただが、てっきり、あれは近藤さんだ」

「近藤さんのしそうなことだわ。近藤さんは不良だもの。女の部屋をのぞいたんだもの」

「不良はここにいた。まあ、口惜しい。寝ておるわ。起しちゃお。さあ、引きずりおこしちゃお」

彼女らは畳の上にのぼってきて、近藤の夜具に手をかけて、ひっぱった。今野は近藤の方へみんななだれこんで、自分はおき忘れられているので、起きることも出来ず、寝返りをうって、目を閉じていた。

「僕じゃない、今野さんだ」

「あら、僕じゃないって。何が僕じゃないのよ。私達は何もまだ、しゃべっちゃいないわ。この人今野さんになすりつけてるんだ」

彼女らは一せいに近よってまた近藤が押えている夜具をむしろうとした。

「ひどいことをするじゃないか。ほんとに僕じゃないんだ。今野さんを見ろよ。今野さんは仏さまそっくりな顔して寝ているよ。ああいうのがあやしいんだ」

「今野さんは狸をしているんだ」

一人の女生徒がぽつんといった。が、一同は気勢をそがれ、今野の寝顔を見た。

「ほんとに今野さんなの」

「そんならば、もう今朝の授業はよすわ。私達は今朝迄おきていたんだもの」

彼女らはすっかり不機嫌になってしまった。

「そうだわ。そうだわ」

「そんなことというもんじゃないよ」

近藤がフトンにもぐりこみながら、たしなめるような口調でいった。

「ほんとは僕だ。僕がいやがる今野さんを誘ったんだ」

近藤はすましながらいった。

「ウソツキ」

彼女達は一せいに近よってきて、またフトンをはがしにかかったが、やはり元気がなくなっていた。彼女らは引上げながら、

「もうよした」といった。


道子が自転車を乗りすすめようか、どうか一瞬まよった。一寸用事がある、といってとばして行くことも出来ないことはない。同時に、今自分が選ばれた「ビラまき」であることを誇ってみたい誘惑にもかられた。彼女はこの仕事を夜明けを期して秘密裡に単独で行っているのは、そう伊沢に命ぜられたからであるが、誰にも打明けてはいけないとはいわれてはいない。いずれ分ることで、単独でやることは、伊沢が自分を高く買ってくれてい

ることなのだ、と思っている。そしてこういうことは全体の運動になるべきものである。現に「一人でやります」といったのは、自分である。どうせ今日の午後は大きく行動は拡がるのではないか。それにしてもこの人達は何しにここに集っているのかしら。ことによったら伊沢があらかじめ待機させといたのかも。

道子は朋輩達にとりかこまれてしまった。モデル・ハウスに泊った彼女達は、ほとんど町から来ている者ばかりで、泊ることなしには、早朝学校にくることの出来ないものだ。彼女達は多く町の学校へ入れずに、大運河の「新田の渡し」をわたってやってくる。渡しまで街道を自転車でやってきて、自転車を舟にのせて、堤防に辿りつき、あとは運河村の狭い道を走らせる。今野は、この連中に目をつけた。世の中がおちついてくると、運河村よりは町の方が、もともとの裕福さをとりもどしていた。町の金を運河村にいて吸収してやれ、と彼なりの方策をたてたのだ。

「あら、ウワサ屋さん、何してるの」

彼女はこう屋号でよばれるのが嫌いであったが、ぐっとおさえた。

「うん、何でもないの、一寸ね」

そういいながら道子は彼女らの様子をさぐった。それから「それより、あんたたち、何の集り。誰かのいいつけ？　そうでしょ？」

「あら、いやだ。いいつけだってさ」

津村が大仰にいった。彼女達は合宿するにあたって、今野のハンコをおした証明書を家でみせて、五人の者が互いに家庭同志、連絡しあった上できたのである。彼女らの目的は、運河村でこの奇妙な朝と夜の講習を秘かに受けるよりは、運河村の青年達と、あるいは男の教師とつっこんだ話や、交りをしたいと、秘かに思っていた。

彼女らは今日で三日目であったが、小使室で、小使の沸かした、これも秘密のフロへ入ることのほか、何の異変も起らないのにいくぶんしびれを切らしていた。芋虫のように嫌われている上に、世話の嫌いな小使が、どうして今野の依頼を気前よく引受けたのか、今野は毎晩生徒と夕食をともにして、一時間授業を終えると、女生徒の相手にならずに、さっさと家へ、金のかからない唯一の楽しみに帰るので、知らなかった。小使の親切すぎる扱いは大ぴらなので、この若い処女達をおどろかしたが、こうした毎晩の、今野のルスの奇妙な事件は、近藤が泊るとなると、爆発的に高まった。

昨晩のことだ。近藤のところへあらわれると、彼女らは訴えた。

「ひどいわ、あの爺さん」

「うんと見せつけてやればいいんだ。なるべく美しい身体は大勢に見せるがいいだろう」

「あら、いやだ。いやだわ、先生」

津村はコケティッシュな表情を見せた。はたのものが、それに合槌をうったが、だしぬかれたといった気分が一同の中に漂った。津村は、一段と姿も顔立もよかった。彼女はかねてから、近藤の家へ、この期間中に訪問することを考えていたのである。

「そんなことをいって、私たち、何の話しようと思ったか知っていたの」

「知らないよ」

近藤はとぼけた顔をした。

「あら、知らないって、知らなけりゃ、よかったわね」

津村はふりかえって応援を求めた。

「よかったわ」

とほかの者は、ひきこまれるように合槌をうった。

「よかったというと、何か、おらに知られてわるいことでもあっただかね」

「どうして先生は、ちゃんといい言葉が使えるくせに、そんな運河村言葉を使うの」

「それより、今のことを確めなくっちゃ。いつもこの人は逃げるんだから。今夜は許さないわね、みんな」

「そうだわ」

「いったい、何をしただ、爺は。何もすることないでねえか」

「ねえ、どうして先生は、田舎言葉を使うの」

さっきの生徒たちが不審に堪えぬように、口惜しいといったふうに執拗にくりかえした。

「おらあ、運河村の女の子のことしか考えちゃいねえだ。すればさ運河村の女の子に通じる言葉を使いたいことにならねえだか。ねえ津村くん」

「おらあ、津村さん好きだっぺ。ああ、つまらねえだ！」

どうして田舎言葉を使うのか、くりかえした赤ら顔の女の子が叫び声をあげた。運河村では米を食い過ぎるためか、女の子は皮膚が厚くて、冬になれば赤ら顔になってしまう。この子たちも典型的な皮膚とそれからこの地方特有の平たい顔をしていた。津村がいった。

「さっきのこと、まだ本音を吐かないわ。追究しなくっちゃ」

「ああフロの一件か。そのことをいっていただか。それならそうとはっきりいえば、答えただ。それや爺さんは咎められねえだよ。おらあだって、おんなじ気持だ。押えているだけだ。いつ破裂するかも知れねえどもな。フウセンみたいにな」

「どうして、先生みたいなすました人が、心の中で、そんなミダラナことを考えているんだろうな」

と津村がいった。

「そりゃあ、相手によるよ」

「そうかしら」

津村は思わせぶりないい方をしたが、適当に話をそらそうとする様子が見えた。

うがね」

「そのミダラナことというのが、何のことか分らないんだ。教えてくれないか。世間ではよくそういうことをい

近藤はとつぜん、マジメな表情で、何か真剣な話題に転換するようなフンイキをもたせながらいった。

「僕はね」

津村は、やりきれないといったふうに手に小さくたたんだハンケチを畳の上になげつけた。

「ふしぎだな、きみらのような連中がいるかと思うと、道子みたいなものがいる」

「あら、道子がどうしたの？」

「もう帰ってくれよ、今野さんが息を切らしてやってくる」

「ねえ、道子がどうしたのよ」

「知らないよ」

「ああいうタイプ好き？」

「さあどうだか、伊沢さんにきいてみな」

「つまんないの。歌をうたって。ねえ罰よ、罰だわ」

近藤は時計を見ながら、二つばかり注文通りうたってやった。

津村がそのあとでいった。

「どうして結婚しないのかな。いい人あるのかな」

ほかの生徒は一きょに津村といっしょにいるのに興味を失ってしまったと見えて、帰りを急ぐように、立ち上った。ひとりひとり、名残おしげに、自分だけが関係があると、空頼みをかけながら、近藤を見た。近藤はそのひとりひとりに眼で答えてやった。ちょうど彼がひとりひとりの答案に、彼女らを意識して採点するように。

道子は自分にからむように話しかけてくる津村信子におどろいた。信子は伊沢の授業中にも伊沢が自分の机のそばへきて、ノートをのぞいたり、うなじを眺めたりするので困るということをいったことがある。しかし道子はそれをきいた時、津村はまちがっていると、すぐ思った。伊沢は私のそばをいつも離れている。殆んど私の列へは歩を運ばない。それは私のことをクラスの中で一番意識しているからだ。それは伊沢の眼つきを見れば分る。津村のそばへ時々近よるのは津村が自分は目立つ女生徒だと思っていることを、伊沢がよく承知していて、むしろ可哀想に思っているのだ。しかし伊沢はたとえば近藤のように、手をにぎったりする人ではない。彼女は昨夜の伊沢のもどかしい迄の距離をふと思った。それに伊沢は、と道子はふり切ってこう思った。町の者より運河村のものが好きに決っている。あれだけ村のため、村のためといっている彼が町のものことの方を先きに念頭におくはずはない。なぜなら私は運河で死に損ねた女の一人だもの。運河で死に損ねた女だもの、と彼女は心の中でふみきりをつけた。すると、少女のはげしさで、道子はビラを配っているのだ、ということを見せびらかしてやりたくなってしまった。

彼女らは、その時、今野が教室で待呆けをくいながら、こちらを手招きしているのに気がついていたが、それを無視して道子の包囲を一層かたくした。道子は残ったビラをひろげてみせた。ハケとノリが籠の中にあった。

「あら、伊沢先生のいいつけね」

「ええそうよ」

「そうかしら」

津村は疑いを解かなかったし、それは道子の望むところであった。

「あなたがたも手伝ってくれない。もうおそすぎるんけど、ここから先きはまだだものな」

「わたしはどうするかな」

「私たちは手伝うわ」

津村を除いた女生徒たちは、ろくにビラも見ずに、またその内容には特別興味もないかのように、ビラをとりあげた。「鴨水館の方へこれから行くのよ」と道子がささやくようにいった。それを聞いた女生徒たちは急にはしゃぎだした。

近藤はもう畠へ出ている小使とさっきから話しこんでいた。小使は自分の仕事が終るまでは返事をしなかった。「その畠は今野の畠じゃなかったのか」と近藤がいうと、はじめてその話か、といった。近藤は手拭で手をふきはじめた小使にあらためて自分の用事をいいつけはじめた。

「それで分るだかの。おらにはさっぱり意味が分らねえ、いつからお前さんは、そんなおせっかいになっただ」と小使がいって、歩き出したが、近藤は、「おせっかい」という言葉にマジメな顔をしたがタバコを一服つけると、ポケットから一冊のパンフレットを取り出した。そして、こいつをよく読んでおかなくちゃ、といった表情で、宿直室に向って歩きながら、頁をめくりはじめ、やがて急に目を光らせながら、考えこむような様子を見せた。小使はふりかえって眺めていたが、近藤はめずらしく気がつかなかった。今野が講習料のことで宿直室の窓から近藤の名を三度よんだとき、近藤ははじめて顔をあげた。今野はその眼がつやをおびているのにどきっとしてあわてて眼をそらしたほどであった。

津村は手に一枚のビラを持って、モデル・ハウスへもどると、手早く洗面をすませて、フトンの重みでヒダをつけたスカートにはきかえ、(それまで彼女らは寝巻を着ていたのである)それからほったらかしてあった朝食を自分だけすますと、ゆっくりとビラをとりあげた。小さな字で謄写されていて、ところどころ太くなったりかすれたりしていた。

(誰が書いたのかしら、女文字のようだけどウワサ屋の道子かしら、道子とするといつのまに書いたのだろう)

そこにはこうした文句が見られた。

「新田の渡し」に橋をかけることに反対

私達はかねてから、運河村と街道とをつなぐ橋を架けることに賛成してきたものですが、「新田の渡し」をえらぶことには反対します。それは「新田の渡し」に橋をかけるということより、「早田の渡し」に橋をかけることの方が正しいからです。即ち、「新田の渡し」に架橋するならば、それはA町との接近を意味します。これに対して、「早田の渡し」の場合には、当然B町へ接近することになります。

A町は御承知のように全くの消費町で運河村の農家を消費させようという意向を抱く「漣デパート」が運動をおこしていることと、さらに、運河村を観光地と銘打って宣伝し、A町を経由して遠隔の客を呼びよせようとしております。しかも観光地と申しても、我等の運河村の水をたたえ、狭き道をもった不便なる生活様式をなるべく残そうという考えがA町にあることは明らかであります。目下漣デパートとA町当局との間に於て、右の点について多少の争いが持たれていることは、あくまで彼らの利益のために、運河村を利用しようという企みを如実に示しています。観光地となった時、得をする者は、「鴨水館」ぐらいであって、農民諸君は勿論のこと、ウワサ屋の如き店も何ら得するどころか、むしろ精神的、物質的、両面に於て損害をうけるのみであります。農民諸君の生活は向上されねばならぬし、商業化されねばならぬことは、誰しもこれに反対するものではありませんが、華美に流れ贅沢に走ることが、予想された場合、黙って指をくわえて見てるわけには参りません。

これに対しB町への接近は、種々有利な点があります。米の積出し、次に村の男子の多くは只今、B町の学校へ通い、「早田の渡し」を利用しています。(「早田の渡し」の源五爺に悲しみを与えるな！ という理由で、「新田の渡し」に架橋することを絶叫する方がおりますが、そしてこれは農夫の方ではなくて、ある特定の数人の方たちが、そんなことを申すなら、その反対の説も唱えられるわけであります。「早田の渡し」の源五爺は、何もおれは、渡守をやって一生終えるつもりはない、何か働くことさえあれば今時、こんなことをしなくてもいいのだ、と述懐しております）それにB町には冬場働きに出る工場があります。現在迄は、通勤は不便なために、住込む方が多く、そのため、家庭争議をおこしている向もあるようにきいています。私達は家庭を徒らな争議から守らねばなりません。もしB町との関係がこの橋によって深まれば、古い乗合自動車を払下げて貰って諸君を運ぶことも、誠意次第では可能であります。

現在迄に於ても、右のような明らかな利点は、「早田の渡し」にあり、欠点は「新田の渡し」にあります。A町からは合併運動もおこっているときいていますが、それによって具体的に、我々の税金が下ることはありません。村は改造されるどころか、いや多少の有利な点があるとしても、それは表面上の問題です。私達は村の設備の向上は自分達の手でやることが可能だし、やるべきだし、やりましょう。

ところが遺憾なことに、当役場に於てはかねてから私達の度重なる「早田の渡し」架橋の意見具申に対して冷淡な態度をとり、満足な返答をあたえないのみか、村人達の知らぬうちに、着々とA町と結託し、既に私達の探知したところによると、「鴨水館」に於て、「漣デパート」A町支店の支配人と数度にわたり宴席を設け、贈賄の疑いも濃厚であります。（火のないところに煙は立ちません）この宴席に列席した人々の顔ぶれは、私達がここにあげる必要もない、すぐ想像のつく、私達が運河村でよく出合う顔ぶれであります。

元来「橋」の必要は私達は痛感してきていたのですが、多くの人達は殆んど故意に、その必要を自分達の目から蔽いかくしていたのであります。そしてこの度「架橋」の話がとつぜん起ったのは、私達の意志ではなくて、A町からの圧力によるのであって、ここに私達が反省せねばならぬ点があるのです。私達はつけこまれたのです。とつぜん、人々は、橋が必要だと叫び出したのですが、その人とはだいたい、宴席に連なった人達です。この人達は大部分の農民の方々と同様に、橋のことなど、永遠に考えもしなかったところ、掌

を返すが如く、叫びはじめたのです。（そんなこと誰が信用するものですか）

これに反し、私達は、純正なる理由により、最初から「橋」の必要を力説しきたったのです。架橋するならば、「早田の渡し」にすべきだと当初から定められていたのです。更に奇々怪々なことは、「架橋委員会」というものを設けてくれと申していたのに、未だにこのような措置はとられず、私達には「誰かが」やっているという程度にしか分らせられてはいないのです。私達はその人達を知っています。宴会に列席した人達です。その顔ぶれの中に助役がいるとすれば、私達は今までのように陳情は直接、役場に向って行うより仕方がありません。

そこで私達は、本、×月×日を期し、午後三時半、学校校庭に集合し、小中学高校教職員、生徒の有志をもって、役場前に赴き、私達の決議文をつきつけ、当事者の反省を促すことにいたしました。したがって農民諸君も、御多忙の折とは思いますが、多数参加の上気勢をあげていただきたく、お願いいたします。

附記、更にこの幽霊委員会は、第三勢力を借りて、有利に展開しようという空気があります。それが何者であるかは、あと数日たってみれば、おのずから明白なことです。村へは毛色の変った人種が乗りこんできます、彼等幽霊委員は私達の弾圧にこの勢力を利用しようと企んでいます。

最後につけ加えておきますが、私達は逃げもかくれもいたしません。

運河村女子高校、有志一同
代表　伊沢良夫

第三章

校長、瀬田は、二番鶏のなく頃には起き上っていた。彼は息子を戦争で失い、妻を赴任前に失った。妻は彼が教頭をしている頃、教師達が集まると、瀬田が一緒になってさわぎ財布をはたいて酒をのませようとするので、しまいに一升ビンの中に水を入れて出したりしたが、気の毒なことに、瀬田が運河村へ校長として赴任しようという矢先き、そんな年でもないのに脳出血であっという間にこの世を去った。瀬田がその病気で死ぬと口ぐせのようにいい、夫の飲酒を禁じていたのに、自分の方が死んだ。

運河村のこの学校は県でも一番小さいもので、実科女学校から格があがったのだが、それでもこの村にこんな女学校を作るようになったのは、嘗つてはこの村には先覚者がいたからである。しかしふしぎなもので有能なものは都会へ出て、しかもそこで一向に日の目を見るまでになった者がいなかったせいか、まったくその気風は失われてしまったといってよい。戦後は、どこもかしこもそうであったように格下げよりは格上げを希望したが、今となっては、一部を除いて父兄達は、この学校が存在することにむしろ反感を抱くようになっている。

瀬田はこういうところへやってきたのだ。しかももう五十歳になるとはいえ、この学校の校長が県下の校長の振出しであるのだから、ここで点数をおとすわけには行かない。しかも運河村には、ウルサ型の男がおり、そのアダナは「アラ探し」ということまで、就任前にわかっていた。

瀬田は運河へおりて行って冷水摩擦をした。まだ、この濁った水には慣れてはいなかったが、夜明けであれば、いくぶんは清潔度も高いであろうし、冷たいという点では、この時間の水はかなり冷たかった。「逝くものはかくの如きか」と彼は心の中で呟いた。自分の過去や将来のことについては、自分一人の胸に秘めるより仕方がない。この年になるとそういうことがひしひしと分った。まして運河の水は家々の下の岸を濡してゆっくりと流れて行く。自分の部下達の家の下を。その事実はどちらかといえば、彼をいまいましい気持にする。

しかし、冷水摩擦は彼が余生をもう一度何とか新しい気分で生きつづけようとする気構えの象徴のようである。彼が初めて舟で、つまり鶴見のモーターボートに迎えられて、学校の庭に上陸した時、それが学校の備品かと思った。彼は校門から神殿の昇口みたいな玄関まで、教師が左右に別れて敬礼をしているのを見てどぎもを抜かれた。忠魂碑をこわしたのは、アメリカ軍ではなくて、アラ探しであったときいている。そのアラ探しのいるところでこのようなシキタリが依然としてあるとすると、この村の混乱は火を見るより明らかである。彼はその時既に敵地にのりこんだようなうそ寒い気分になっていたが、今では違った考えをもっている。敵も味方も自分にはいないのである。彼は、どうしようか、といくども考えたあげく、思いきって今までの勤先きの例にならって赴任早々、教員を招待した。来た者は一部だったが、その中に、鶴見、今野、近藤、伊沢などがいた。今野だけが不具の妻を連行してきたばかりか、二人の子供までついてきていた。子供らは大人が酒をのんでいるうちにさっさと食べる物は食べた。今野の妻が歌が上手だということは、今野が自分で吹聴してきかせてくれた。その歌は立派なものであったが、彼の妻がなれなれしくて彼に意味の分らぬ流し眼を送ってきたことで、今野はそれをまた知っているらしいことが、瀬田の興味をそそった。

瀬田は適当にこの女に応対していたが、もし自分にまだあの細君がいたら、この女を心から嫌ったであろうと思った。これも「アラ探し」ではないまでも、一種のウルサ型かも知れない。この次には女房に金を借りにこさせるようなこともしかねない、個人的なひっかかりをつけられると弱る男だぞ、と思った。用心の対象としてうつったのは、この夫婦だけではなかった。鶴見と伊沢とは、夫々瀬田には適当に話しをするが、互いに顔を向き合うこともない。そのまわりの者は、見ていると、何となく二つに別れているように見える。誰にも縁のないのは近藤だけで、この男は、これまた、うってかわって目から鼻へぬけるような男で、かゆいところを教えもしないうちに、もう手をのばして、それも孫の手などではなく、直接自分の爪でかいてくれるようなところがあるが、いったいこの男は何の楽しみでここへきたのであろうか、長い間下積をしてきたおれには、むしろ気骨がおれる、と疑惑の念は益〻深まった。

瀬田は慣れるにつれて、結局いちばん彼がこの学校にいやすいのは、相手の出てくるままに、その場、その場で虚心に応対して行くことだということが分った。鶴見は最近まで田圃を埋立てて家を建てたので多忙であったが、帰る時間がおなじになると、よく瀬田をモーターボートに誘った。彼がモーターボートで通勤しているのは、絵をちょこちょこと描いてまわり、それは大抵水の上からの構図で、その構図の奇抜さで評判がよかった。そういう才能は鶴見はふしぎにそなえていた。その意味では正に運河村のうんだ、天才というに近いものかも知れない。時々彼のまわりに舟が集って、交通妨害になることもあるくらいであった。彼は瀬田に適当な程度のサービスを行い、瀬田もそれを利用することが屢〻あった。しかし伊沢とたまたま歩いてきたりする時、モーターボートの音がして、やがて鶴見が近よると水の中から声をかける。そういう時にどうしようかと彼は迷ったりはしなくなった。疲れたと思えば、乗せてもらって送ってもらい、歩きたいと思う時は、歩くことにし、他人が何と思おうと頓着しないことにしたのである。

本当に自由であることを見せることが、校長としてもともと一番いいことに違いないだけでなく、自分が敵でも味方でもない立場を皮肉なかたちで利用してやろうという底心もあったのである。こうすれば多分誰も打ちあけたことはしゃべってくれるかも知れない。しかし学校だけではなく、運河村ぜんたいの中でも、彼は誰も本当にはタッチしてくれないことが分った。いつも彼を素通りして運ばれた。

彼はウワサ屋の会合にも鴨水館の会合にもよばれなかった。彼は近頃、この運河村にエビガニが群生していることに興味をいだいてきている。彼はいつか、運河にそって散歩している時、(運河に沿わないで歩くことは大体不可能なのだが）今野がエビガニを釣っているのに出くわしたことがある。瀬田は、今野がそれを食糧にしていることよりも、エビガニそのものの方に気を取られた。二昔の前のことでもあるが、彼は生物学が好きな小学校の教員だったが、文献によってアメリカでエビガニの研究が行われていることを知った。それはエビガニの子供が、染色体と性の関係を研究するのに好適であるからであって、アメリカ南部のボンチャレート湖で採集したエビガニの研究が南部の某大学の教授によって発表されていた。瀬田はアメリカへ何とかして渡りたいと思い、色々渡航の手続きをしているうちに、結婚話がもちあがり、そのままずるずるべったりに落着いてしまった。その後彼は何でも幅広く浅く教える普通の教師になり、やがて校長になることを望むようになった。

瀬田はそういうことをふと思いつき、今野に語りかけた。そうしてそういう研究を些かながら、生徒にやらせてみたら、どうであろうかといった。すると、今野はそれより研究室を作り、その名も運河村、瀬田エビガニ研究室として、出来れば、自分の家内を助手に使って貰いたい、といった。家内は生物には興味をもっているから、いい助手になるし、……それはむしろ生徒など全然やらせない方が早道かも分らない、といいそえた。しかし、それは生徒にやらせなければ意味がない、と瀬田は答えた。今野は、おい、と妻をよんだ。よくお前からもお願いしておくがいいぞ、今度エビガニ研究室というものが出来て、瀬田先生がお前を使ってくれるかも知れないから、よく頼んでおけよ。いいやそれはたった今思いついたことで、それというのも今野君がエビガニを釣っているものだから。まあよかったわ、と今野の妻は傾きながら、岸に近よってきて、あどけない顔をして瀬田を仰いだ。お願いしますわ、とくりかえした。子供がいては、きみ、と瀬田が急に実感に火をたきつけられて、そういった。いや子供は彼が暇の時は世話しますし、あとは伊沢の発案にかかる托児係りに頼めばいい。彼は皮肉な微笑をうかべていった。それから急転直下、こういった。

「鶴見さんにそういって、アメリカと連絡をとったらどうですか、資金がおりるかも知れないですよ」

瀬田は今野の顔を穴のあくほど眺めた。この男は自分の得なこととなると、まったく頭のまわる男だ。いったい、これが自称詩人と何の関係があるんだろうか。鶴見のことは、うすうすときいていた。

「鶴見さんのスポンサーは教育関係だから、何かコネがあるんではないでしょうかね。何なら僕からきいてあげてもいいですよ。こいつはアメリカのものですからね」

今野はエビガニがアメリカのものだ、ということがひどく気に入っている様子を見せた。彼は鴨うちの時のアメリカ人の肥えた身体のことを思い出していた。

「しかし、私は出来れば、生徒の研究として発展させたい」

「鶴見さんに任せることですよ」

「鶴見にね。まあとにかくきくだけきくことにしよう」

瀬田の述懐は意外な方向に発展した。瀬田は翌日、事の次第をありの儘に鶴見に話した。そして、これはただ話してみたまでだ、といった。そして、これは決して自分個人のためを思ってではない、とつけ加えることを忘れなかった。すると鶴見は、そっとこういった。

「近いうちにここへその人がやってくるだ。以前に鴨うちに私が案内しただが、喜んでいたです。今度はこの運河村の観光が目的で来るだが、その時、一緒につきあったら如何なものだかな。何しろエビガニはアメリカから渡ってきたもので、おらあ達のガキの頃にはいねえだったものな。おらあの考えでは、するだけのことはしてとれるものからとり、貰うものから貰い、大いに発展するがええと思うだが、変人がこの運河村にも、いますだ」

話してみると、鶴見は、するすると引受け、彼の態度には不自然なものは何一つないようにさえ見えた。それでは、やはり鶴見より伊沢が変りすぎていて、うわさ通り、事を難しくしているのか分らない。面と向って打明けた話をした時、こんなに親切で、おれが抱いていた鶴見像とは大分違うようではないか。それでは「橋」をめぐる問題も次第にうるさくなってきているが、伊沢の一方的なおせっかいにすぎないのかも知れない。「橋」の問題は彼とは関係なしに、職場で討議されていることは知っていたが、一度伊沢に、意見をきかれた時、「橋」

のことは私には分らないが、この問題に学校がタッチするのはどういうわけか、とたずねた。真相を追究する頭脳をもっている者は、この学校にしかいない。学校の中にも僅かしかいない。自分達がリードしないことには、どんなふうにもひきずられて行ってしまうからだ。と伊沢はうつむきかげんに、しかし昂然と答えた。マトモなものとしては、伊沢がこの村にいるだけだ。そしてその伊沢がたまたま学校にいるのだ、といっているともとれた。必ずしも鶴見に傾くわけではない、と瀬田は自分にいいきかした。鶴見を見直しただけのことだ。伊沢のことはおれにはまだ分らない。時間をかけなければこうしたものはかえってまちがう、その間は波に浮きつづけることになっても仕方あるまい。人生というものは永久にそういうものでないとはいえない。

ところが瀬田はその後町の校長会議に出席したさいに、役人から、あなたのところには、「白百合会」というものがありますね、といわれた。

「白百合会？」

「たしか、その会のメンバーが、私の友人のところに遊びにきて話していたことです」

瀬田は黙って頷いてみせた。知っているといえばウソになるし、知らぬといえば恥をかくことになってしまう。

「なかなか急進的なグループのようですね」

瀬田はふたたびおなじ態度を示した。つい奥歯をかみしめながら、おれの歯も大分脆くなったと思った。妻は死ぬ時には総入歯だったが、と骨壷に歯とあと、二、三の骨片をひとりで拾った時のことを思い出すともなく思い出した。何か事が起る度に、死んだ妻のことや、行く先きのことを思うのは、孤独の色が急に濃くなっているからだ。そのような孤独感を一層たかめるのは、ふしぎとあとから続く若い者たちの仕業だ。一人で茶をのみ、食事をするのがいけないのだ。孤独な生活が長びくと、茶一つ入れるのにも、依怙地になると、若い頃によく老人や独身者をヤユしたものだが、今は自分が多分そうなりつつある。瀬田は役人を前にして、全く相手には想像も及ばぬような考えにおちこみ、そのことに辛うじて満足した。しかしふしぎなことに、運河村への「早田の渡し」を源五爺に送られて夜空の下を渡る時、次第に怒りが燃えたってきた。外にいる時には、自分の孤独にやや感傷的に思いをはせていたが、「渡し」をこえて運河村にさしかかると、とつぜん憤りとなって、悲しんだぶんだけがはねかえってくるのは、やはり自分は運河村のことを思っているのだろうか。それとも自分を可愛いがっているのだろうか。若い頃夜家へもどってくる時に、木戸をあけながら、腹が立ってきて静かにはあけられないことも屢〻あった。あれとおなじとすれば、自分は運河村のことを思っているのだ。

「白百合会というものがあるそうだが、外で教わってくるということは、私としては困る。そういう会があるなら、あるで、生徒や、指導者の名を知らせてもらいたいと思う」

瀬田が教員の前でそういうと、伊沢は、その指導者は自分だといった。しかしその生徒の名を知らせることは出来ない、とつけ加えた。瀬田は肯じなかった。すると、

「出来ないという私の意見が間違っておるとあなたがいわれるのは、多分、校長がよく大勢を御存知ないからです。そうとすれば、あなたは悪人ではないが、無智の人といわれても仕方がありません」

瀬田は黙ってしまった。いうべきことは喉もとへこみあげてくるようにあるのに、いうのを瞬間やめようと思ったのは、いい負けたからではない。いい負けたと思うかも知れない。瀬田はそう思った。いい負けたと思われても、ある純粋度を保つことの方が快よい。確かに快よい。もっともらしいことばかりいうのに慣れている。何故か知らぬが、夫婦喧嘩とおなじだ。おれは死んだ家内とはずいぶん喧嘩をくりかえしたが、途中からあとは黙ってしまった。こいつは男でなくて「女」だ、と瀬田は伊沢のことを思った。

「知らせて悪いことをしていなければ、知らせたらいいではないですか」

鶴見が伊沢や伊沢の言葉に首をタテにふっている連中に向っていった。

「悪くなくても、悪いと思う人には、危くて知らせることは出来ない。僕は校長が必ずしもそう思うと心配しているのではない。僕のいうのは、校長に『白百合会』のことを仄かした連中の底意のことをいうのだ。二重にも

三重にもこういう命令には用心した方がいいということは、彼らが過去の経験で知っていることではありませんか」

「運河におちるといって、神経衰弱になるのとおなじですよ」

まわりの者がどっと笑った。

近藤は一言も口をきかなかった。いつもおなじ図式だ。

「植木の根本にそんなに吸殻をつっこんでは困るじゃありませんか」

と近藤はとつぜん神妙な声で、鶴見にいった。近藤のいうように、鶴見は大きな松の木の植木鉢の中に吸殻を何本もならべていた。まるで計画的に並べたように間隔をおいていた。

「あんた、画家だけあって、けっこう神経質だね」

一同はまた大笑いした。

「茶化しては困るよ」

と伊沢が口をはさんだ。

「僕は今、建築中の家の建具のことを、考えてるんだ。僕は議論より、絵をかいたり、建具のことを考える方が恋しいんだ」

と鶴見がいった。

「ベッドを入れるのかね」

と鶴見の仲間が調子を合せた。伊沢がベッドを入れていることを野次ったことは、分るものには分っていた。

「ベッドじゃ、女房がイヤがるよ。僕一人ベッドでえばっておるわけにも行くまいからね。母ちゃんは産婆だからね」

そこでまた、伊沢をのぞいて一同が笑った。

「今野さんの御意見はどうだかな」

と近藤がいった。今野は紙を出して何ごとか書きつけていたが、それはこの演説の記録でもなんでもないことは皆知っていた。彼はこういう時に限って、詩をひねるか、あるいはひねるまねをするクセがあった。それは必ずしも彼の見せびらかしではなくて、公けの議論になると急に時間が惜しいと思いはじめるからだ。

「何とか会といいましたね」

今野は顔をあげて煩わしそうに答えた。

「白百合会だ」

と近藤がいった。

「ほんとにそんな会があったのかな。何をする会だ。お華の会ですか」

「華道の会なら誰も議論さしねえですよ」

と近藤が答えた。

「それじゃ、何の会？」

「ほんとに分らないのかな」

と近藤がいった。

「ああ、あれ？　あれの会。分りました」

と今野は答えた。知らなかったのか、トボケてヤユしたのかまわりの者は見当がつかなかった。が、彼は忘れていて急に思い出したにすぎなかった。

「皆さん御希望ならば議論したらいいじゃないかな。僕におかまいなく、議論に向く人は大いにやるべきだと思いますよ。やって貰わないと困ります。自分の天賦の才能を活かさなくっちゃ」

瀬田は黙ってきいているうちに、次第に落ちつきをとりもどした。こうしてみると、気の毒なのは、むしろ伊沢だ。

鶴見は伊沢に強い敵意をいだいているが、さあとなると、伊沢だけ放ったらかして逃走してしまう。そのくせ、この調子なら蔭へまわって鶴見流のやり方で自分の主張を行動にうつすし、形をかえて反抗を示すだろう。瀬田は鶴見とは違った意見を、伊沢に対してだんだん持ちはじめた。心の中がすがすがしくなるような気がした。伊沢が自分に一番近い立場に立っている。あとの者は二人と較べれば、野次馬だ。瀬田は、声を和げて伊沢の名をよんで、君のいうことは諒解した。だが私として、存在を知らないということは困る、だから今後ほかの人の場合もそうだが、このようなグループを結成する時には知らせて貰いたい。生徒の名も私に知らせておいて下さい。知らされたからといって洩すということとは関係はないのだから、といった。伊沢は微笑をうかべた。その微笑は、自分の意見を好意的にうけとめたのか、と瀬田は思おうとしたが、伊沢が次の追究へのハズミに笑ったことがはっきりした。伊沢は一言一言かみしめるような調子でいった。彼がこうして話すと異様な重い不安な空気が漂ってしまう。彼の言葉は標準語だが、遠い国のナマリがあった。ナマリが重っくるしいのではない。むしろ軽快なくらいだった。一言と一言との間をうめているものが、それこそ「アラ探し」ふうなフンイキをみなぎらせているからだ。

「くりかえしていいますが、僕はあなたのためを思っていっているのです。私が知らせれば、かえってあなたは仕事がしにくくなりますよ。知っているものを洩さずにすますことは困難です。僕達のように訓練できていなければ出来ません。あなたの責任ではなく、あなたが育った時代の責任でしょう。僕達は違います。僕はむしろ、あなたに同情しているくらいですよ。あなたが運河村居住の人であり、僕達と密接な関係がある方でもあると思うからこそ、僕はかくすのです。もしあなたが知る気なら、どういう方法ででもすぐ分ることです」

「君がそういうふうにいうとは思わなかった。僕達の年の者が、信用がおけないとはどういうことかね。君はいったいいくつかね」

「僕は三十三です」

と伊沢は重々しく符えた。

「三十三というのは特別な年齢かね。僕は五十だ。近藤くんはいくつかね」

瀬田はどうして近藤の年まできいたのか、自分でもとっさにはワケが分らなかった。

「僕は二十六歳と三カ月です。しかし校長、あまりこういうことはセンサクされないがいいですね」

近藤は淡々といったが、三カ月をくっつけただけで奇妙な効果を与えた。おまけに彼がいっただけで、おなじ文句が、卑下とも自負とも両様にとれるひびきを伝えたのだ。それから隣りの女教師の方を向いた。

「確かそうでしょう。僕はこの人と同年同月の生れです」

「あら、ウソですよ」

「とにかく僕は自分の年齢には、あんまり自信がありません」

「それでは、私は伊沢君の考えがあらたまるのを待とう」

「伊沢さんの考えがあらたまるですって？」

といったのは、近藤であった。

伊沢は静かに微笑をうかべた。そして、いかにも時間をムダにしたとばかり、時計を見た。瀬田は背中を見せて自分の部屋を出た。

この会議はこうした、一応のけりがついた。瀬田はふしぎな気持で、自分の地位というものを外から眺める気持になった。運河村のこの校長という地位がおれをのみこんだだけなのだ。この地位は自分の生涯にも価しないくらいのものだが、それでもこの「地位」はおれをのみこむ側であって、おれはのみこまれる側なのだ。彼はこの学校に上陸した時の、バカげた儀式を今、ふたたび思い出さざるを得なかった。「僕は五十歳になる」その五十歳の背中を伊沢も鶴見も近藤も、彼等は敬礼をしながら見つめていたに相違ない。おれはあの時歩きながら左右を一度に見ようとして足がもつれそうになった。やつらは、おれの背中から、地位にのみこまれた背中を盗見していたのだ。「アラ探し」がこの儀式だけをそのままに残しておくのは、ここで嘲笑すべき「地位」を確認するためなのかも分らない。やがて近藤が、おれの前へあらわれてきて、おれの痛みをほぐしはじめるだろう。背中を見られていることを知りながら照りかえす西日をさけるためにカーテンをおろそうとしてふと見るともなく外を見ると、生徒たちが三々五々、立ち話しをしていた。若いとき教壇に立って失敗すると、背中にもてあまし、わめきだしたくなることがあった。それが甦ってきた。数日後に行われるバザーや発表会のことが話題になっていた。発表会には「白百合会」も何かを発表するだろう。その時にはおのずから、名前だって分るのではないか。

よりそってきた男がいた。

「エビガニの研究家だそうですね」

「………」

「そう思いますかね」

「分らず屋を相手にされるより、研究の方が面白いですよ」

瀬田はハッとしたが、だまって前方を見つづけていた。

「今にはじまったことじゃないんです。生徒の名前なんか、誰でも知っていますよ」

瀬田ははじめてそういった。が、用心していた。

「近藤くん、君も知っているのだね」

「それじゃ、ほんとにあなたは、生徒の名前は御存知ないんですか」

「会のあることさえ知らなかったのだ」

「すると、誰も教えなかったのかな。ヒドイな。鶴見さんは何もいわなかったのですか。おどろいたな」

近藤は口ほどおどろいた顔をしていなかった。そして、

「鶴見さんもボンヤリしているな」

しかし瀬田はそれ以上きこうとしなかった。近藤はそのスキに話題をそらしてしまった。

「あなたの研究の話はもう鶴見に話しましたか」

瀬田はいぶかしげに、またたきをした。

「今野さんは何かいいましたか」

「何かって、……あああのこと」

瀬田はふりかえって近藤の顔を見た。近藤は線のととのった横顔を見せていた。鼻は太くて心持ち中高になり、うすい唇は受口になっていたが、それが鼻の恰好と調和がとれていた。皮膚の色は白いが村の人のように厚くはなかった。この男はそれでは今野にこの男がいわせたのか、と、その顔を眺めたが、たちまち相手はふりむいた。笑うと、その上唇が急にあがって、好色めいたフンイキをただよわせた。

「しかし伊沢さんだってこの話には協力しますよ。それとも鶴見さんにしますか、そうしますね」

近藤はそういいながら、生徒の中へ声をかけた。

「信子、何の話をしとるだ。おれの悪口をいっているのがきこえたぞ」

生徒たちは、しばらく前から、こちらをガラス窓ごしに眺めて何か話していた。近藤は外へ出ていった。瀬田は、今の近藤のあやしげな言葉を反芻していたが、よく分らなかった。

「校長先生と何の話してたの」

「お前たちの取締りのことだ」

「あら、何の取締り？　私達なにをしたのかしら」

「ちゃんと校長先生にはわかっているだ。身におぼえのあるものは、エビガニの研究会に入るんだな」

「エビガニ研究会？　なあに、それ。ねえ、なんのこと。新しいクラブ？」

近藤は瀬田の方をふりかえって、

「先生、連中を入れてやって下さい」

「ああ、ああ」

と瀬田はすこしおかしいと思いながら、自然と相好をくずして、合槌をうった。

「若返りますよ。連中を会に入れてやったら」

と近藤はいった。

瀬田は何もわからぬままに興奮がおさまるのを感じた。そうなるはっきりした理由もないことは分っていたが、どうしたことか、彼はうす笑いさえうかべて、自分の方から、手さえふりながら、ガラス窓からはなれた。


瀬田は婆さんを雇っているが、炊事は殆んど自分でやるといっていい。野菜や魚はこの婆さんが買っておいてくれるし、そのほか必要な品は、ウワサ屋から取りよせさせている。彼は飯の煮えるにおいをかぎながら心当りの大学へ「染色体と性分別」についての資料について問合せの手紙を認めた。それから今日の放課後のグラウンドでの集会のことを思いうかべた。そいつは昨日伊沢が許可を仰ぎにきてから、アタマにひっかかってきているのだが、それをおしのけるようにして、というより、おしのけるために瀬田はこの手紙を書いた。

決議次第に役場へ意見具申に出かけるが、それはあなたには関係はない、むしろ関係をもって貰っては困る。といった。あなたは僕達が騒擾はおこさない、ということを確認した、ということにしておけばいい。そのシヨウコにこの「橋」の件については、あなたのところへ役場からは何の沙汰もないでしょう。役場というところは、そういうところです。僕達には穏かに進めることしか考えていない。何もあなたは気をやむことはありません、といった。瀬田はわざと黙っていたが、とつぜん「伊沢くん、白百合会のメンバーは、私には分っていますよ」といった。すると「けっこうなことです」と伊沢は答えて去った。その後、瀬田は役場の助役に電話をかけた。助役は大分時間をかけてから、電話口にあらわれて、御無沙汰しているが、何か特別な用事でも、といった。あすの午後、教員達がそちらへ御邪魔するが、よろしく、といいかけた。すると助役はふたたび電話口から遠ざかり、しばらくしてまた声がきこえてきた。会いにくるのは来てもいいが、いるかいないか分らないと伝えて下さい。当分忙がしいので、と答えた。しかし、多分、連中はあなたに会いに行くのだから、あなたがいないと話になりませんが、というと村長は出張中ですし、何度もいいますが、明日はいるとは保証出来ませんがね、といったことを、運河言葉で早口にいった。そのほかまだ何か用事でも、といい、ああ、あなたもスペンダーさんのお伴をされるそうですな、私達もそう願えたら、と思っていたところでした。いつぞやの鴨うちは愉快でしたよ、地酒を二、三本用意しますから楽しみにしていて下さい。それから、スペンダーさんがおいでになるについては、役場の方でもあなたに色々考えておいて貰うことがありますから御協力下さい。バザーの当日には、スペンダーさんにそちらへ上ってもらいます。一寸です。ほんの一寸です。何しろ、大河でスズキ網をやるのが、眼目ですからな。そのままこちらも電話を切ってしまった。

スペンダーさん、スペンダーさんと、助役はくりかえした。このアメリカ人の名前を、さんづけできくと、それだけで、自分が除けものにされている気がしないでもない。それは多分助役の口を通したからであろう。助役は「エビガニ」のエの字も口に出しはしなかった。彼は何か意外な気がした。彼はもはや近藤を通じて助役の耳に入っておるものと、あの時以来考えていた。というのは、あの窓べりの談話のことである。彼はがっかりしたが、がっかりしたと思うことは堪えがたかったので、とにかくこのことは忘れることにしてしまった。

瀬田は少し早目に家を出た。彼は横の木戸から出る。その木戸をあけて一歩ふみ出した時に、瀬田はまるで貸家の貼紙か大きな護符のように木戸の板に、それも斜めになって、一枚のビラが、ぎっしりと文字をつめて貼りつけられてあるのを発見した。ノリはまだ十分にかわいていなかった。そしてそのガリ版の文字は、よく手にとって見なければ、何が書いてあるのか分らないような、つまり、何かを訴えるとしたら、実に下手なやり方であった。彼は最後の、「運河村女子高校有志一同、代表伊沢良夫」という文字に先ず気がついた。そしてそれこそ早鐘を打つような胸の動悸をかんじながら引きやぶって第一行から目を通した。ちぎれた紙をつぎ合せ、彼は自分の悪口が今に出てきはしないか、と期待しながら行を追い、あるいはとばしながら読み進み、再び、有志一同云々という前後の一行にじっと目をとめた。（ノリをつけすぎる。文章が長すぎる。そう心の中で呟きながら）そして一種物足りない気持におそわれた。何一つ自分のことは書かれていない。たとえ悪口でもいい。（事実彼は悪口が書かれていると思ったのだから）勿論有志一同の中に自分は入っていない。代表は伊沢である。まるで彼が事実上の指導者ででもあるかのように。しかも奇妙なぐあいに、電気マッサージでもかけられているように、（事実、彼は妻が使っていたマッサージ器を時折とりだして肩や腰にあてがうことがある）悪寒と快感とをまじえて、くすぐられるのは、「やがて毛色の変った連中がのりこんでくる」というようなことを書いた「附記」であった。彼はこの部分に、漠然とひきつけられ、わけもわからず、乗りこんでくる相手に、義憤をおぼえ、やがて徐々にではなく、突如として、それがスペンダー氏の来訪の昨日も助役の口から伝えきいたばかりのことであるのに気がついた。すると彼は自分がくすぐられているような気分になったのだ。

瀬田はしかしそのまま歩き出してしまった。目的地の学校につくまでには、このビラをあちこちで見かけることは分っていたが、歩き出してしまった。スペンダーの一件は伊沢が瀬田のエビガニ研究のことを知ってか知らずか、前もって釘をさすかたちにはなっているが、だからといって、自分から進んで取り消そうという気にはならなかった。むしろ成行きに任せることに、一寸悪魔的な喜びさえも感じたのだ。必ずしもそれは助役の方に傾くことではない。傾こうと思ってもいないのに傾くことになっている、地位を離れてやろうとしたことが、こうした結果になってきている。この運河村の流れに、ちょいと竿を入れてやろうと思ったのだ。

それだけではない。そのことをケイキにして助役の側につくのなら、それはそれでいい。助役達と酒をのむことが楽しいというのではないが、なにか、そこには事件の中にあって、敵を罵り、味方と肩を組み、猥雑なことに憂身をやつす「仲間」の楽しみがある。助役たちは仲間としておれを信用する。それが下らないとしても、信用されることはイヤではない。

瀬田の眼にはまだ舟にはりつけたままのビラがうつった。道にはぼつぼつ学生の姿があらわれ中にはそのまま手にビラを持っているものがいた。農夫達はこれから舟で出かけるものもおり、こちらに向ってこいできながらいつものように彼に「凪だ」とアイサツをしたが、間の悪そうな顔をして忽ち顔をそむけてしまうものがいた。彼はウワサ屋の前には、人が集っているだろうと、想像しはじめたが、案のじょう、舟が数艘あつまり、自転車が狭い道にたてかけてあるばかりか、人が道に溢れていた。床屋を除いて、あとはほとんどが農民ばかりであった。彼等は瀬田の近づいてきたことに気がついていたが、じっと彼の方を眺めるものはなく、自分達が話しをしているが、あんたはよくきいておくがいい、といった様子がぜんたいにあらわれていた。

床屋は瀬田が行くといつも伊沢のことを賞めていた男で、伊沢のひいきである。背の高い男で、一台の椅子で仕事をした。何人あとがつかえていても、彼は早く仕上げるということがない。そしてそのことを自慢にしていた。教員の頭を見ては、自分の方からもう刈る頃だ、というのがくせだった。その床屋がいった。

「とにかく、どちらに橋をかけようと、おれ達のとやかくいうところでないのだが、こそこそとやるのはよくないよ。おれは、この教員達のいうことはいいことをいっとると思う」

一人の農民がそれに対してこういった。

「こんな狭いところでやっておることは、誰だって知っているだ」

「だけどな」と別の農民がせっかちに口をさしはさんだ。

「おら達だって、何か頼む時は一升さげて行くだ」

床屋が反撃した。

「こそこそやるのがいけねえ、とおれはいってるだ。村会にもかけねえというのはおかしいだ」

第二の農民がいった。

「村会には決ってからかけるつもりだっぺ。村会の顔ぶれは、宴会をやっとる連中とおんなじだから」

第二の農民が、吃り吃りいった。

「だ、だけどな、おめえさん達も、このことは、ビラが出る、ま、までもなく、し、しっていたんだろ」

「知っていたとしたらどうだと、いうつもりだか」

と床屋がいった。いわれた男は話をそらした。

「ウワサ屋はどうしてる」

「奥で茶をのんでるようだ」

彼等はいつものくせで漠然とウワサ屋にきたのだ。

「お、おれは、ビ、ビラを無断で貼るのは、す、すかねえな。お、押売りとおなじだっぺ」

「おめえさん、自分の舟にはられたから、そんなグチをいうだが、貼るものの気持を考えねえだから、そんなことをいうんだ」

ウワサ屋はどうしているかといった男が考えこみながら口を開いた。

「いったい、床屋、どの位つかませられたと思う」

「おれは知らねえ。だけんどな、何しろ、相手がデパートときてやがるから、おめえ達の年収ぐらいあるかも知れないよ」

「おれのいうのは、そうではねえだ。伊沢のことをいっとるだ」

「伊沢？　おめえさん、大層なことをいうね。第一おれがどうしてそのことを知ってるだ」

「おれは、よくは真相は知らねえけど、どこかにアカがいると思うな」

「めったなこというじゃねえぞ。第一おめえさん、どこでそんな学をつけたんだ」

「校長先生の前だが、おれは昔から他人の気がつかねえことには気がつくんだ」とマジメな顔をしていった。床屋は思わず瀬田の方をふりむいて、「凪だ」と、今気がついたようにアイサツをした。それから頭を眺めていたが、「もう刈る頃だ」といった。

「おめえさんには伊沢も語った、とおれは睨んでおるのだ。前から睨んでおるのだ。床屋ではおれ達でも、いい気持になって、いわねえでもええことをついいうものだ」

床屋は呆れたようにこの男を眺めた。

「まあええ、バカほど利口ぶるのは、運河村にかぎったことでねえだ。おれは町でバリカンと鋏を使うことを習っておったじぶんにも、おめえみたいなやつは、いくらもいた」

「おめえ、どうして早田の渡しが気に入らないんだ」

と床屋にくってかかった。

「おれは最初から、ここそやるのがいけねえというだけだ」

「おれの思うのは違う。A町には立派な床屋もあり、デパート（デパート）の地下室には急行軒という床屋もあるだ。町のとはちがうだ。あそこはサービスもええし、それに観光客は、運河村へきてまで床屋へよることもあるめえ。おめえさんほどの利口者がそいつに気がつかねえはずはねえんだ。それにどうしたって、おめえの母ちゃんだってさ。デパートへ買物に行きたがるさ。母ちゃんは、みんな、A町が好きだ、とおれは睨んどるだ。おれは、昔から他人の気がつかねえことには、よく気がつくだ。なあ、校長先生」

それから彼は家の中をのぞいて、「ウワサ屋はいるか」とどなった。すると奥から、

「今、手が放せないんだ。買物があれば、銭っ子をおいて、品物持って行くがいいだ」

と「ウワサ屋」の声がした。

「なあ、床屋」

と第一の農民がいった。呟くつもりが、その声は瀬田には耳のそばで話されるより大きくきこえた。

「校長先生は、どちらだろうかい」

するとと床屋より先きに、せっかちな農民がいった。

「そ、それは助役の方さ」

うしろから、自転車のベルの音がきこえた。通行妨害になっているのだった。ふりむくと伊沢幸子がまっすぐ前方を見たまま、さっと道があくと、そのまま通りすぎて行った。瀬田はそれを機会にその場を離れた。が、わざと幸子の姿から視線をはずした。鶴見のモーターボートが追いついてきて、鶴見が乗れと合図をした。瀬田がこんどもふりむくと、ボートには、紙がはりついたままで、水しぶきをあびてべったり濡れて、ガリ版の油が黄いろくういて見えた。鶴見はビラのことに一言もふれず、図画部の発表作品に自分の作品も添えることについて色々語った。そして新しい画題にふさわしい場所を発見したから、一緒についてこないか、と誘い、夏休みにはアトリエが出来上るから、外国へ行く前に、あなたの家も一部屋位なら私がこさえてあげる、といった。彼は、自分にまつわりついてくるものになれぬために、どっちつかずの適当な返事をしながら、伊沢が生徒の中にまじって前方を歩いて行くのを、舟の中から見るともなく見ていた。幸子が主人の伊沢を追い抜いて行った。その時、伊沢も生徒も、へばりつくようにして、農家の生垣に身をよせているのが見える。アタマはまだウワサ屋の前の人だかりのことを考えていた。しかし、彼は不満どころか、人ごみの中にもまれて行きはじめている快感さえ感じた。そして自分が混乱していることを彼はさとった。

第四章

伊沢は家へもどって外のことを話していたころはあった。しかし彼の仕事の微妙なかけひきや、心の昂奮は、とうてい家で幸子に話しきれるものではないとさとるようになった。運河村の中で幸子も働いている。伊沢の動きや評判は、家にひっこんでいたころよりは早く幸子の耳に伝わるようになっているので、大つかみなことは幸子も知っている。むしろ人の間を伝って幸子の耳に伝る時には、幸子は細かな伊沢の動きや実体よりは、どっちかというと噂による伊沢を、伊沢として受取るようになっていたのだ。伊沢からすると、幸子は噂の鏡みたいなもので、すでに人垢がついて、それなりに堅固になってしまった噂に向って何をいっても、うそめいてくる戸惑いを味いはじめていた。それに道子たち生徒との間の愛情を含んだ刺戟のやりとりは、いちいち家へ帰って話すことも出来やしない。伊沢は幸子をうとましく思ったり、嫌いな女だと特に思ったことはないのだが、外のことは、話すよりは全く話さぬことで、調和が保たれ、明日からの動きのすべりがよいように思われた。幸子が診療所に出はじめてから、賑かに家庭内を改善しはじめたが、伊沢はそれに辛うじてくっついて行くだけで、外に対するのとは打って変って興味を示さないばかりか、それがすべて虚栄とうつった。商家あがりの女はこうかしらと思った。それはどう自分の考えを改めようと思っても変えることの出来ないもので、彼はおどおどしている農家出で官吏の妻となった母親に近づいた。しかし幸子はどうも最初から伊沢が母親とけったくしているという考えを抱いているのみか、それを憎んでいるらしいことが分っていた。その母親がなくなった。

伊沢は幸子にはロマンチックなところが一カケラもない、と一人寝のベッドの中で思った。運河村へくる時にはそれがあったような気がする、むしろ、それがあったから運河村まできたともいえる。診療所へ勤める時も「生活改善委員会」の一員になった時も、動機は少女らしいロマンチックな夢からといっていいくらいだ。それなのに、いつの頃からか、診療所に勤めはじめた頃からか、伊沢にも、わけの分らないぐあいにして、意地っぱりな現実家になってしまい、水々しさがなくなったように思える。たとえばおれをどうして拒みつづけるのか。許してくれてもいいではないか。わけも分らずとも許しあって、何か甘い言葉をかわして、チョンということになってもいいではないか。そのようなことを思うだけでも腹立たしいことは事実で、彼は夢うつつのまま一夜を明かした。彼は道子が戸外にビラをもって立ち、自分の名をよばった時、はじめて眠りらしい眠りにおちこみはじめたところだった。

伊沢は眼をさました。隣りのベッドを見ると、まだ幸子は背中を向けて寝ていた。彼は台所にでるとそれでも二人分の食事の用意をした。何が生活改善かと、彼は思った。こういう時に限って絶対に自分より先きに起きない。このしぶとさは何ものだろう。喧嘩をするといつもおれより先きに家をとび出したのは、この女だった。「早田の渡し」へ追いかけて行ってみると、舟が川を渡るところで、あわてて渡し守の爺が舟を戻そうとすると、それには及ばぬと爺に合図をした。かれは自殺しやしないかと数日の間心配していると、親セキに泊って帰ってきた。その前には自殺未遂をやったことがある。町のアパートでおれが一寸便所へ行っているうちにドアに鍵をかけてガス管をひねった。そういう思い出したくもないすんだ昔のことが一時によみがえってきた。昨夜以来のことは、何も解決されていない。それをもちこそうという腹が目に見えている。おれは今としては、もう何一つ折れる気持はないぞ。彼はこの気持をそのまま、今日の午後の相手へ向って持ちこすのだと思おうとした。彼は自分の作った朝食を物も云わずに終えると、そのまま庭に出て暫く時間をかせぎ、妻が支度して寝室から出てきた頃外へ出た。ビラのことは、一言も幸子には語っていなかった。

伊沢はビラ貼りを企んだ張本人で、名前もビラにはっきりとつらねていたが、（そしてたとえつらねていなくとも、彼の仕業であることはすぐ分ったが）彼は村で貼られたビラを直接自分で眼で見た者としては、おそい方の一人であった。彼は村のさわぎも勘定に入れていたし、道子が人が起き出る前にビラ貼りを終えていることも信用していた。それは昨夜道子の期待にも拘らず、その手にさえ触れなかった時に心の片すみで計算していたことだ。彼が早くから村に現われる必要は少しもなかった。いってみれば、彼がもう二時間も前に村の家に、舟に、樹木の幹にあらわれていたも同然だったから。

伊沢の眼には自分の家の前にビラが予想通りはってあるのが見えた。彼は運河村で問題になるようなことを度々してきたので、こうした時に見る人々の眼にはなれていた。生徒は決して彼の眼をさけない。生徒達は英雄を好む。貼り出された名前には、よっぽど悪いことでない限り憧憬の眼をもって眺めるものだ。彼はいつものようにうつむき加減に歩いた。

伊沢が生徒の中に入って進む時、彼は何度めかの自転車のベルの音をきき、道をよけると、妻の幸子が脇目もふらずに通りすぎていった。彼はその妻の身体を他人が見るように見送って歩き出したが、依然として彼の眼は妻の後姿から離れなかった。彼は妻の腰から臀部から今までに感じたこともない、慴々しいやるせない気持をいだいて、たじろいだ。そのやるせなさは、潮の満ちるように腹のあたりからこみあげて胸いっぱいにひろがり、ひろがったものは、重さをもってそこにたまってしまって、彼の足をふらつかせたのである。昨夜は彼は妻のこの部分に対していささかも、このような気持を経験しなかった。彼は部屋中のベッドの上や、ベッドの附近で、ベッドとベッドの間で、いつも彼女の顔や眼もとばかり眺めたり、睨んだりしていた。彼女が横になった時は、首すじや頬のあたりばかりを、幸子そのものだと思っていたようだった。ところが今は、この戸外で、自転車にのった、その部分だけが、彼を奪い、ふらつかせ、そのほかの部分は極端にいえば、消えたも同然だった。なぜ戸外ではこうなのだろう。今までこのような場面には何度もあっている。大てい幸子は彼のあとから追いぬいて行く。その時そ知らぬ顔をして、アイサツ一つせずに傍若無人ともいえる態度で通りすぎて行くのも、今日に限ったことではないので、生徒達は誰一人自分の中の変化には気がつかぬはずだ。昨夜何があったというのだ。あのように執拗にせまったことは今までにないとはいえる。しかし自分は慾情がはけ口がないままに残っているわけでもない。生理的に不満でもないのに急に戸外で、それも生徒達のまんまんなかで、みっともないことにも生理的な衝動としてこのような変化が自分におこってきたのだろう。こいつをねじふせねばならない。そいつは腹から胸のあたりにまだ蟠っていた。こいつをねじふせるのは骨が折れる。実に骨が折れるぞ。妻の幸子より骨が折れる。彼は鶴見のボートが音を立てて通りすぎて行くのを知っていたがほとんど知らないみたいなものであった。そのボートのエンジンの音がきこえ、見えた時、「あっ、通って行くな、校長が乗っている」と思っただけで、いつもの憎しみがおこってこなかったからである。職場へ着いた時までには、蟠りは、しびれの切れたのがなおりかかった時のような痕跡となってのこっているていどにすぎなかった。しかし、いつ新しい力をもりかえしてこないとも限らない気配が感じられた。

伊沢は道子の姿を求めたが、見当らぬので、電話口に立って、中学校と小学校の今日の責任者に電話をかけて、打合せをすますと、彼は自分の机の前に一先ず腰をかけた。教員の少ないこの学校では、科目別ではなしに、年次や年齢の古さをあんばいして、誰から見ても文句のないように机を並べている。このことだけは、奇妙に、校長出迎えの儀式のように残ったままになっている。したがって伊沢と鶴見は額を向い合わせに相対しているが、本を前に積んでいるのでかげになって、直接、睨み合うことはない。ところが足の方はうっかりすると触れ合ってしまう。伊沢はいつも触れ合わないように気をつけているが、今朝は腰をかけて、一寸考えこもうとした拍子に彼はつい足をのばして、鶴見の足にふれてしまった。そして気がついてみると、考えごとというのは、自分の妻の珍しくもないはずの、うしろから見た、腰とデン部のことなのである。(それはありふれた恰好のものだ)「鶴見がいたか」あたりまえのことなのに、伊沢はそう眩やきたい気持になった。そして、この男は、今のおれのように思うことはあるだろうか、とふと思った。すると鶴見の裸になった身体と、妻のデン部とが一緒になって、本棚の手前でうかんできそうになるのでそれをはらおうとすると、鶴見が自分に代って、妻のデン部を見つめている図がつづいてうかんできた。それは刺戟的であるよりは、どういうものか、不潔で不潔でがまんがならないように思えた。そして不潔だという「気分」が、次に鶴見の「不潔な行為」というものに結びついたのか、鶴見の昨夜のウワサ屋への顔出しのことを連想させた。（伊沢はその時自分ではよく気がつかなかったが、それが彼の「アラ探し」たる所以なのだが、こうした行為の不潔さと、手垢のついたような、さわったり、見たりしての不潔さとが、すぐつながるようになっていたのだ。そして彼の眼で「不正な奴」「悪い奴だ」というものは、逆に忽ち、肌ざわりとして、がまんがならないように感じるクセがついていた）その時彼は自分が大切なことを昨夜から忘れていたことに気がついたのである。

道子がウワサ屋の前で、鶴見のボートを発見し、その後ウワサ屋に集合していた連中が引上げて行ったのを見ただけではなく、彼等のあとをつけて行ったのにもかかわらず、あのことをあれから一度も考えたことがない。これはきわめて重大な情報で、直接今日のことに関係があるのに、それだからこそ、あとをつけて行ったのに。何という手抜かりであろう。「仏つくって魂入れず」だ。と彼は屢〻鶴見が生徒に話をする時に使う文句を思わず口ずさんだ。今日は休憩時間を利用してテニスでもやって気持を転換しよう。いや、今日は意外に先方は準備をしているかも分らないぞ、などと思っているうち、彼は教室へ出かける時間は大分おくれていた。廊下へ出ると、瀬田にバッタリ出会った。すると瀬田が、「ああ、きみ、助役が……」といいかかり、「いや、まあ、何でもない。早く行き給え」といって急に止めてしまった。伊沢は不審に思いながらも、どうせ今日正午にあうのだから、とむきになって、教室へ小走りに走った。道子や信子たちのいるクラスである。

鶴見は伊沢がくるまでは、村では唯一といっていいほどの有名人であり、トラックの運転手をやったこともある。その進取の気象にとんだところが、村としては、進歩的とも見える存在であった。とにかく彼はこのまま行くならば、出身校である小学校の講堂に額がかかることはまちがいない、と思われている。ところが伊沢がきてからというものは、(その伊沢がくることに賛成したのは、当の鶴見であった。彼は学歴のある伊沢はこの運河村に必要だという意見をその時の校長にのべたのだ。事実彼は伊沢が運河村へやってきた時、一時宿直部屋へ住まわせて、その間に伊沢夫婦が住むのにふさわしい家をあけさせるように運動したのである。そして今となると、一キヨにして幸子をふくめて二人の知識人が村に住みつくことになったのだが、それが功績とすれば、鶴見の功績だったのである) 鶴見は、伊沢が始末におえない男だと思うようになった。適度ということを知らない。これでは村と仲よくしながら少しずつよくして行こうというのではなくて、村をひっくりかえし、誰でも知っている恥部をいやに拡大して暴露してみせる、一口にいえば、村に泥をぬるようなことをする。鶴見は伊沢が今でも少しも嫌いではないどころか愛情さえもっている。しかし生えぬきの運河っ子である彼は、次第に伊沢に背を向けないまでも斜めで対面する姿勢をとらざるを得なくなった。嫌でないだけに鶴見は公けの場では、かえって伊沢に対立した立場をとり、伊沢一人がうきあがることのないように心遣いもした。これはつまり伊沢の病気なのだ、と思うこともある。ところが伊沢はこの鶴見の心遣いに気がついていないわけではないが、鶴見の、アイマイな態度(伊沢から見て)を打ち破らなければならないと思い、意識的に対立しはじめた。そのうち彼は鶴見を不潔な人間だと実感するようになったのだ。今では鶴見が伊沢に反対して見せなければ、座がもてないし、運河村そのものが成立って行かないようなぐあいにもなっていたのである。そして鶴見の望むと望まぬとにかかわらず、伊沢に対立しつづけなければ、小学校に額が上らないだろうということも事実である。

今朝は今野は欠勤していた。授業の始まる前まで、私物の授業をしていたくせに、彼はいざマトモな授業がはじまる段になると、近藤に言伝をして消えてしまった。それは十中八、九まで、講習の生徒たちが、彼に金を払わなかったからである。近藤は忘れてしまったのであろうか、それともわざと忘れたふりをしたのか、とにかく、近藤が、今野さんは望んではいないが、報酬は差上げるべきだ、という手筈になっていた。それを近藤は実行しなかった。そのために鶴見は、今野に代ってクラスに出かけて行って、四方山話をしたりするつもりでやってきているのだが、やがてスリッパを鳴らしてかけて行く伊沢の姿が見え、彼は隣合せの部屋へおさまった。そのクラスは、彼の担任である、道子のいる部屋である。鶴見には道子が「白百合会」のメンバーであり、今朝ほどビラをくばって歩いたことさえも、手にとるように分っていたのだ。鶴見は一応自習をさせながら、隣りの部屋に耳にすませた。机の上にビラをひろげて読んでいるものがいる。鶴見はそれを見ながら、このあんばいでは、隣りの部屋では、もっと大ぴらにビラを机の上に出しているだろうと思った。伊沢の授業は社会科が担当だ。もともと歴史の専門だが、小さい学校であるために多方面にわたっている。実物教育と称して「橋」の問題をとりあげたり、朝鮮事変をとりあげたりしている。鶴見の予想通り、伊沢は、今朝の「ビラ」を持っている者には自分の方から取り出させて、彼流の授業を展開しはじめたことが分った。鶴見は一種いいしれぬオノノキを足のさきまでに感じながら、それと併行して残忍な気持がおこってきた。あいつは何も知らないが、津村の父は町の警察にいる。そのほかあの中には役場の関係者の娘もいるし、親セキがいる。親セキといえば、運河村の大半は親セキどうしみたいなものだ。利害関係の複雑さは伊沢ほどのものが知らないはずはないので、どうしてあんな性急な評価をぶちまけられるのだろう。それとも若い者は親や兄に反対せよ、とでもいうのか。伊沢の声が隣りの部屋からきこえる。……道子は何といってもウワサ屋の娘ではないか。昨夜、ウワサ屋での会合で、助役が逃亡するというのに、あくまで反対したのは、このおれだった。結局は正式に「委員会」を作れ、といったのも自分だった。おれは伊沢と村との間へ入って一番穏当な線を出させるように努めてきている。おれがそのことをそっと伊沢に耳うちしたとしても、伊沢はおれを卑劣漢だと思うだろう。第一彼はおれが、そうしたのは、自分の圧力のためで、自分のテガラだというふうに思うに違いあるまい。伊沢はその時急に声が聞こえなくなった。鶴見はビラをしまうように生徒にいった。生徒はこうしたことに関心をもつではない、といった。すると、ビラはさっと机の中にしまいこまれてしまった。鶴見はそういって、はなはだしく間の悪い気持になった。

（こうしたことに関心を持つではない）

何というありふれた、自分でもイヤになるような陳腐な云草だろう。彼は次の言葉を出せば、いっそうはげしく今の文句をくりかえし、陳腐な理由をくっつけることが分ったので窓の方を向いて、それっきり口を閉じてしまった。

いっぽう伊沢は話しをしている最中に、急に思いついたように、

「隣りは今野さんだったな」

といった。すると、津村信子がズルそうな笑いをうかべて、

「お疲れでお休みです」

といった。彼女は今朝は伊沢の顔からずっと眼を離さなかった。彼女は伊沢と父親とが、いずれぶつかり合うかも知れないことを、彼女なりに予想していたが、むしろそのことを面白がってもいた。

「子守りで疲れたのでしょう」

と別の生徒がいった。重苦しい空気から解放されたとでもいったように波のように笑いがひろがり、私語がそれにつづいてかわされはじめた。道子はずっと黙っていた。眼と眼と合っただけで、道子はそれで何もかも伊沢に分ってもらえるはずだ。彼女は一人だけ笑わなかった。笑わずにいることが、救われるのは、伊沢も笑わないことだ。しかし伊沢は道子の期待に反して笑いだしてしまった。今では伊沢のクラスは楽しいよりも苦しい。

「すると誰がいるの、隣りには」

するとやはり津村がいった。

「鶴見先生です」

笑いを含みながら横眼で見あげていた。こいマツゲをし、眼つきにはもう男を知っているような不敵な誘いかけがある。教室はこの子が一人いると授業の妨害になる、と伊沢は前から思っていた。津村が道子にいったこと

はウソではなかった。伊沢は教室の中を歩きながら、津村のそばへ歩をはこぶことはなるべくしないように心を配っていた。そういうことには女生徒はひどく敏感で、そのことだけで、教室の空気は乱れてくる。しかしたしかに津村のそばへはひきつけられるようにひとりでに歩みよってしまうことがある。するとうつむいた背すじで、相手がどう感じているかが分る。多くの女生徒はそばに立つと、上から見られているのに落着かなくなってもぞもぞする。津村は待ちかまえ、少しでも長くひきつけておこうとする意図が自然に身体のこなしから、ひょいと見上げてじっと見る目つきから分るのだ。道子に視点を集めれば、別の列にいる津村が気になる。その逆もおなじことだ。伊沢は、

「へえ、鶴見さん？」

といってぜんたいの顔を見た。ということは誰の顔も見ていないことだった。こんどは津村のほかは誰も笑わなかった。伊沢はそこで簡単に問題を与えて書かせながら、自分は隣りとの間の壁にそっと近づいた。一瞬前までの鶴見とおなじに彼は気づかれぬように耳をすませた。そしてその時、鶴見の、

「こうしたことに関心をもつではないんだ」

という声がきこえた。伊沢は心の中でうなずいた。鶴見の声はそれっきりきこえてこないので彼は歩きはじめた。そうして正面までもどってきた時、伊沢は声をおとしてあることを念を押しながらこまごまと話した。

廊下へ出ると、とたんに、伊沢はああ煩わしいと思った。道子は自分の信奉者として、そして優等生として、津村は女として、とくに運河村の教室には不似合きわまる女としてどっちも、煩わしい。またあいつだ。腹から胸へつきあげてくる。なぜ幸子のことがおれを妨害するのだ。彼は、あの津村を征服することを想像した。その空想はしばらく羽根をひろげた。ところがあるところまでくると、しりごみする自分の顔のかっこうが出てくる。今迄はいつでも空想できるものとしてその空想をとっておいたつもりであるが、たった今はじめて具体的にそう

しはじめると……とにかく何の感慨もおこらない。ああテニスをしよう。テニスをしよう。近藤でもつれ出してテニスをしよう。

診療所へは、二、三度行ったことがある。幸子は診療所で一日中患者の相手で気がくさくさしてくるといっては、「生活改善委員会」の会合でピンポンをやる。久しくやらなかったが、運河村のピンポン大会ではチャンピオンになって、町へ試合に出かけたことがある。勤めは疲れるというが、よせというと、うちであなたと顔をつき合せているくらいなら、患者の顔を見ていた方が、変化があってまだましよ、と答える。事実今頃幸子はテキパキ動き、助手を相手に笑っているだろう。昨夜は一回も彼女の笑声をきかなかった。しかし彼女はきっと今頃笑っている。おれが教室でさっき笑ったのとは違う。違う笑い方だ。幸子の笑い声は伊沢はどこできいても、いたたまらなくなる。笑い方が汚いからではない。明るすぎるからだ。何ものを深く考えない笑い、あの笑いで、いろいろなものが笑いとばされて行く。たくさんの物がおちこぼれているが、気がつかない。そしておれのことを陰気だと思う。すると、あいつは、おれのことを、世間のやつとおなじように、それは、あなたが、アラ探し専門だからよ、という。近藤が鶴見と話している。今は止そう。二人が離れてからだ。なかなか離れない。道子だ。先生、ちょっと、ここではいえません。そうか、何だね。何が用だというのだ。そんなことをいってはいけない。この子を大切にしなければいけない。先生、ここでいいわ。何だね。私達、白百合会だけまとまって行動したいのですが。白百合会だけ？　それはそれでいいさ。とにかくきみは、あそこへ行き給え、ほら、さっき云ったところ。ねえ、先生。何だ。先生、津村さんのこと、どう思う？　どう思うって何のことだ。いろんなことがあるんです。先生は、あの人、信用してるのですか。わたし今朝、あの時学校で会いました。わたしのすること知っていますか。それは大したことじゃない。だけど、先生、あの人のお父さんのこと知ってる。ああ、知ってるよ。そんならええけど。今日はしっかり頼むよ。伊沢は紋切り型の言葉をはいて、打切りにしようとした。まるでテニスかバレーの試合に臨む生徒を激励するように彼はいった。道子が物足りなさそうに動き出してから、伊沢は一、二歩追っかけるように歩みよって道子をよんだ。道子の眼には涙が光った。

「発表会のことは準備いいかね」

「勿論やります。でも、いいものが出来るかどうか、わからないわ」

「考え方が問題なんだから、出来のことは第二なんだがな」

「私、よく出来なけりゃ、いやだあ」

伊沢は道子が津村のことにこだわっていることが分っていた。道子を満足させてこの場をはずさせるのに途方にくれた。女の子はこういう時にダメだなと、男の子に彼は経験はないのだが、思った。そしてとっさの方法として、それは全くの方法としてだけだが、伊沢はやにわに手をのばして道子の手を握った。昨夜すべきことを、今まで延したただけだ、と思いながら。「私、とられたくない」と道子はふるえながら呟いた。伊沢はうなずいた。

この頃からは彼は自分が「立ち直りつつある」と思うようになった。午後三時半になって、グラウンドに教員達つまり仲間達がボツボツ、プラカードを持って集りかけた時までには、ほぼ平素の敵愾心をとりもどすことに成功していた。しかしそれは幸子をおさえきったわけではなくて、ムリヤリに診療所ではなくてこれから攻めて行く役場の中に封じこめてしまったのである。彼はとつぜん、飯を食いながら、商家の娘は金権主義で、したがって資本家に結びつきやすい。だからあの女はおれの敵だ、というふうに割り切ることで始末をつけたのだ。この考えは天啓のように訪れてきた。彼はそうすると今日一日は、おれは横道へそれてムダな時間を使いさ迷っていただけで、大体がはじめからこの結論をさがしていたのだ、と思った。そしてたぶん、そうに違いないといってよかろう。そう思うとそれがまったく動かすべからざる厚みをもって存在するように感じられた。資本家という言葉は、彼には、もともと、一個の石ころのようにくずれもしない堅固な実体だった。そのくせ彼はまだ本当の資本家には直接お目にかかったことが一度もなかった。だからつまり鶴見さえも、この仲間に入れてしまいかねないという意味でであるが。彼は当分宿直部屋に泊って家へ帰るまい、理由はいくらもある。宿直部屋にはいつもよけいな連中が泊って行くじゃないか。この頃から彼はもうほんとに忙がしくなった。

瀬田は瀬田で、彼独特な時間をおくらされた。彼はどこからかの指令をひそかに待っていたのである。B町からか、あるいは役場からか、注意のようなものが来るはずだと心待ちにしていたのである。電話が故障なのか。彼は自分で何気ない顔をして電話のある事務室に顔を出した。二度電話がかかってきて、一度は彼の雇っている老婆が、ウワサ屋の電話をかりて、夕食のことについてたずねてきたのだった。実際かけているのはウワサ屋であった。彼が代わっているのだ。いつも彼は出かける前書き置きをしておくことにしていたが、今朝は手紙を書いたり、思案したりして忘れてしまっていたのだ。二度目は、今野の妻からであった。教務の仕事もしている鶴見から、今野が休む時は、いつも妻が電話をかけてきたり、(それもウワサ屋の電話を利用していることは、今野の住居のあたりに電話のある家といえば、ウワサ屋しかないからである) あるいは直接自分が子供を連れて不自由な身体をはこんでくる。今野の妻はよく通る美しい声であることは、かねて知っていることである。が、電話の声は、直接、彼の耳の中へ歌いこんでくるような、せまりかたであった。

「今野は今朝ほどから、急に腹が痛むと申しまして……」

「今野君が休んでいることは知っています」

「大変我がままをいたしまして、申し訳けございません。あの……」

「何か御用でも……」

「いつぞやの研究所の件でございますが、目鼻はつきましたでしょうか。今野はそんなことときくのはあつかましいと申しておりますが、わたくしは是非お願いいたしたいものですから」

「ああ、そのことですか」

瀬田は今野の妻を雇うようにするということは、忘れかけていたので、意外なところから虚をつかれたように感じた。今野が休んでいることも知らなかった。

今野はハッキリした権威に対しては、自分の、不具で、声の美しい、妻を出むかせるという習慣をいつのまにか身につけており、今野の妻はまたそれを、果敢にやってのける。したがって、今野はぬくぬくとこの自虐的な関係の中に首をすくめている。既に彼は小さい方の子供に紐をつけながら、鴨水館の所有に係る一重ねのフトンにもぐりこんでいた。彼は今日行われる行事に無関心であった。彼はグラウンドに残った津村の手からビラを読み、はっきりと休むことに決めてしまった。それに不運なことに近藤の妨害があって結局今朝の授業のみか、今後のも止めになりそうだ。勿論、近藤のいった「礼」のことは彼にもきこえていた。それはかねて近藤にその云出し役を彼から依頼したからだ。しかし近藤の口添えで再開するかも知れない。としても一応今日は休んでおいて、近藤にそのことを思い当らせ、何とか働きかけさせることになることが願わしい。彼はその上、校長の瀬田にこの無断授業の事実が分った時には、「研究所」案の提供者という意味で、文句はいえなかろうし、それに全くの奉仕でやっていることだ、ということをいうつもりで、何はともあれ、研究所助手のことも含めて、度々、妻に顔を出させておいた方がいい、というふうに、思っていたのであろう。この計算はさもしいという弱点を除いては、かなり精密なものであった。そして今野自身は、さもしいということは、むしろ積極的にそうしようと心がけているほど手がこんでいるのだから、その時瀬田に、今野の心中の全貌がのみこめるはずがなかった。

瀬田はそれより先きに伊沢が白百合会の顔ぶれのことで、何か自分の方から折れてくることの方を未だに求めていたのだが、伊沢は今日は瀬田の顔はまともに見たことがない。一度、廊下でパッタリ出会った時も彼はつきあたりそうになるのに気もつかず、瀬田の方がよけたくらいで、その時急に、そこが廊下でほかの教員も居合せていなかったせいもあるが、何か譲歩したい気持にかられて、助役が逃亡するかも知れないことを仄かしてやろうと思い立ったのだが、伊沢はきょとんとした顔付きで応答し、全く水のような無関心さなので、瀬田は云いかけて止してしまった。

午後はバザーの準備で校内はてんてこまいで、瀬田の部屋もかなり賑かであった。近藤はこうした、数日後の日曜日をはさんだ三日間のバザー及び発表会の責任者であった関係で何度も出入した。近藤は、壁にかかった鶴見の絵の方を眺めながら、

「鶴見さんの絵はアメリカで売れるんではないかと思うのですが、どう思います」

「さあ、僕にはよく絵のことは分らんが」

と瀬田はあらためて机の上にあった眼鏡をかけて額の中をのぞいた。

「我々としては同僚でもあるので後援会を作り、今年一ぱいに金を集め、その方の尽力は、筋としてあなたにお願いしたらと思うのですが」

瀬田は頷いた。それから彼はつづいていった。

「エビガニの研究室のことでは鶴見さんはがんばるはずです。村の者にも、二、三話しただが、水族館のようなものかと思ったようです。説明してやったですが、見世物にすると思っているだから、おどろきました。しかし、話したら、分りましたがね」

「エビガニそのものは、きみ、めずらしいものではないよ。村の者って、誰のこと?」

「ウワサ屋ですよ」

「そう」

瀬田はだまってしまった。すると近藤は用意していたように話題を転じた。

「A町からの警官が渡し舟にのってこっちへくるところを見た、と小使がいっておりましたから、伊沢さんには、プラカードをもって役場に近づくことは怪我のもとだっぺといっておかれたことと思いますがね」

「そう、それはありがとう。君がいて全く助かるよ。僕から念をおしておこう」

近藤が去ってから、瀬田はもう少しくわしく小使に事情をきこうと思い、小使室に行くと姿が見えないので、

外へ出た。考えこみながら歩くうちに、モデル・ハウスへきた。中では女教師がバザーの品目を生徒といっしょに整理しているところであった。女教師は瀬田が笑みをうかべながら立っているのを見ると、立ち上って、ここで毎日泊っている者があります。といった。炊事したあともあります。御存知ですか。小使さんにきいたら、知ってるだが、いえない、誰がきいてもいえない、悪いことをしてるんじゃない、というんです。白百合会じゃないかな。瀬田は思わず呟いた。何はともあれ、小使室へもどってみると、彼は台所に腰をかけてキザミ煙草を吸っているところだった。瀬田は小使に話しかけた。

「お前今日渡し舟に警官が乗っているのを見たというが、そのことでききたいが」

「おれは、知らねえ」

「近藤君が、そういっていたが」

「おれは、知らねえよ」

「そうか、お前はどんなことでも知らないといって通すようだな。白百合会が毎日合宿してるだろう」

「そんなことはない。何をいうんだ、おれに向って」

小使の方がさきに腹を立てた。横向きになっていたが頰のたるんだ肉をふるわせながら、一歩もひかない、といった構えで立っていたが、腹立まぎれといったふうに、いきなりスパリと瀬田の前で一服ふかした。

「おれをクビにすることは出来ねえ。おれには、村の者もついているし、先生もついている。おらあにはこわいものはねえ」それから意外なことをつけ加えた。「おれの畑を一うねだってとることは出来ねえ。おれの機嫌を損ねたら、お茶ものむことは出来ねえぞ」

「おもしろいことをいうな、お前は誰の手先きだ」

「知らねえですな」

「そうか。それは小使にしてはりっぱだね」

瀬田が茫然として部屋にもどってくると、外で人の集る様子が見えた。瀬田は伊沢をよびにやろうと思ったが、自分がグラウンドに出て行くことにした。伊沢が既にプラカードを一本待ってつっ立っており、教員も、女生徒も漠然と二、三十人集合していた。手に手に伊沢が手にしているようなものを持っていた。

「伊沢君、ちょっと」

伊沢がふりむいた。すると集った教員の中から、校長もグルだ、と叫ぶ者がいた。それにつれてくすくす笑い声がおこった。

叫んだのは、近藤の弟の慎二であった。彼はB町の高校を中退すると、そこの工場にはいって一年になる。学生時代から、伊沢のところへ遊びにきたが、これまた兄とおなじく父の反対をおしきって、村を去ってしまった。彼は伊沢の自宅よりも学校へしげしげと訪れていたので、伊沢は女の子めあてに来ているのではないか、と思ったりしたこともあるが、急に工場へ入った時、伊沢も驚嘆した。この少年は白百合会には顔を出し、化学工場でのいわゆる真剣な活躍ぶりや「闘争ぶり」を語った。彼は兄の近藤のように才気ばしった少年であり、彼が白百合会にあらわれてから、ひそかに加入する者がふえてきた。近藤の弟のことは最近きた瀬田のほかには知らぬ者はなかった。

「伊沢君」

瀬田は心を落ちつけながら、自分が演壇よりも高い舞台に立って見られているのを意識しつつ、口早に注意を促した。

「分っています」

「それはほんとかね」

「あなたには関係がないことですよ」

「わたしに関係がない!」

瀬田は自分でも信じられぬような声を出してわめいた。そして伊沢ではなくて集合している人々のかたまりの方を向いた、そしてこういった。

「この学校は、このグラウンドは、わたしのものだ」

とたんに彼はしまった、と思った。それは何時間か前、鶴見が教室で口走って、あっ、と思ったことと、ふしぎとよく似た出来事であった。彼は管理下にあるというつもりだったが、自分でもわからぬほどうろたえていたのかも分らない。それはたぶん、彼が下で働いていたどこかの校長がいったことのあるセリフであっただろう。彼自身もたしかにおかしなことをいうと思って、気の毒になったことがある。彼の言葉は伊沢だけではなく、生徒にも、ほかの学校の教員にも、折から吹きはじめた風にのって、必要以上に早く伝っていった。それはまるである一つの意志をもっているかのようであった。彼はそこで自分の言葉を追っかけるようなしぐさをさえした。声は一瞬消えてしまったが、そいつは並いる者の耳を通して忽ちもぐりこんだ。残酷なほどのすばやさで、それが期待された正当な隠家であるかのように、逃げこんでしまった。黒い毛の生えた獣のような笑声の中を彼はそのままままわれ右をすると、背中を見せながら、人間に背中があることを憤るように小走りに部屋へもどった。その時彼にはあの上陸の儀式のことが、またうかんできた。彼は給仕にそういって新しい茶を入れさせた。そして給仕が去って数分たってから、さっきの小使の、「お茶ものむことは出来ねえだぞ」というセリフを思い出した。怒濤のようにあれ狂う身体をもてあまして、彼には死んだ妻のことがうかび、子供の戦死の公報のきた日のことがうかび、それからあいつらが生きていなくてまだよかったくらいだ、とも思った。そして警官に叩かれるがいいとも思い、今野の釣っていた、動いているエビガニがうかび、要するに彼のアタマの中は支離滅裂であった。外ではいよいよ出発と見えて気勢があがった。決議文を読みあげたところだった。目の前のものがぼやけて見える。もしおれが、もっと太っ腹な強引な男だったら、どうすることになっていたろう。こういうことにはならないだろうか。先代の男はいたたまれなくなって転任して行った。ここからほかの学校へうつることは、栄転しかあり得ないのだから、その男は、一段さがって自分の故郷の中学の校長になっていった。そのまた先代の山名は、鶴見といっしょに伊沢を歓迎し、村を煙りにまいているうちに、校舎を増設しグラウンドを整備し、生活改善委員会を創設し、アメリカ人の教育係りの気に入り、鴨水館で芸者をあげ、県会に打って出て落選し、ありとあらゆることをして、一年後に風の如く栄転して行った、ときいている。彼はこの先々代の校長の写真を校長室で何度見たか知れない。彼は自分の部屋で、自分を見ている、政治家といっていい、この男をかねてから羨望していたが、今憎しみの気持がわいてきた。その男は坊主刈にしヒゲをはやしていた。それがよく似合った。

瀬田は静かになった校舎の中で、職員室をのぞいた。誰か残っているだろう、残留者の名をおぼえておこうと、彼はふと思いながら。誰も残ってはいない。持物まで残っていなかった。彼とさきほどいい争った小使だけが、その住居でもある小使室で何か物音を立てていた。彼は窓から覗いた。彼は鶴見をこのところ求めていたが、その鶴見がグラウンドにいることを知ると、蒼ざめて椅子に尻もちをつくように腰をおろした。

ところが実際は誰もかもこのいわゆるデモ隊にくっついて行ったわけではなかった。いつか、B町での教員組合の会合の時は、先方へつくと会場で出席者には日当と渡銭とバス代が出た。これはもともと彼らの支払っている積立から出るのだが、その費用は、近藤の発案で、食用蛙を教員たちが夜とりに行って、それを売り金にかえたものだ。それを三日続けてやったら、四カ月分の費用が出た。この費用は今日は出ない。今野が思い切りよく休んだ一つの理由もそれだが、これは心理的にかなり影響があった。その費用がないことは、伊沢は知らなかった。

総勢五十人ばかりの連中は、こうして役場へ向ったが、道が狭いために一列に進む隊伍はかなりの長さになった。途中から女生徒と数人の教師の一隊が早田の渡しに向い、一隊は、近藤の弟と道子たちが、新田の渡しへ別れた。農夫達は運河を舟で仕事に出かけたり、帰ってきたりするものもいたがほとんど田圃に出ていた。デモ隊が通って行くのを農夫と牛がこの珍しい光景を見上げ、牛がないたりした。天気は上乗でこのところ農夫達には大して不満はないように見えた。

津村信子は近藤のそばについて校歌をうたいながら歩いていた。

「きみは、卒業したらどうするつもり？」

「どうすると思う？」

信子は思わせぶりな表情をした。

「君は天性を発揮するために、何をしたらいいかな」

「私、先生のいう通りにしてみるわ」

「僕のいう通り！」額の汗をふきながら、目をくるくるまわした。

「君のように自信のある人には、何を云っても、ムダですよ。いうだけ損しちゃう」

「損するのをいやがってばかりいるの、先生は」

「今だって君は自信まんまんだよ。僕はいいがね。伊沢君だって、いろいろ生徒を指導するが、生徒は忘れちゃうかも知れない。ただ、代用品にしているだけだ」

「あら、そんなことはないわ。先生って、みんな弱虫なのね。それは分るわ。私と二人になると、急にマジメになるんだもの」

「僕がマジメ？　僕はさっきから君がデパートの売子になって、そういう眼付きをして立っていることを想像しているんだ。そうしたら、僕も舟にのって買いに出かけるかな」

「図星！　私、デパートに入るつもりなのよ」

「何係りがいいかな」

「そんなこと、向う次第で思うようにはならないわ」

「君は立っているだけでいいよ。伊沢さんは、クラスで君のそばへばかりくるというじゃないの」

「あら、どうして」

「僕はとなりの部屋でフシ穴から覗いていたからね、君がデパートへ行ったら、僕と伊沢さんと鉢合せになるな。そこへもってきて、ニキビの青年がいっぱいくる。この村の青年も君にアコガれているから、通ってくる。渡舟の中で既に鉢合せか」

「でもそれまでには、橋が出来てよ」

「なるほど、それはウマイや」

二人とも笑った。橋を作らせないために、こうして歩いているのに、信子は、こんなことをいっている。近藤はそれがおかしくて笑った。この女をお守りしようとすると、冗談ばかりいいたくなる。冗談をいわれたくなると、おれのことを思い出すだろう。なぜなら、この女は自分でタイクツするからだ。冗談をいって貰えなくなると、自分をもてあましてしまう。それからあとは何をするか分らない。

鶴見は最初から後尾にいたが、次第にさがっていつでも姿を消す用意をしていた。それは彼だけではなく、そのつもりの者が半数はいた。伊沢はそのことを勘定に入れていたが彼が先頭に立たないことには話しにならなかったので、出発前に、そういうことのないようにいっておいた。鶴見は苦笑しながらそれをきいていた。伊沢が自分のことをいっていることははっきりしていたから。

近藤は鶴見が途中でいつ消えるか、消えるところを見ようと思った。鶴見でなくとも、途中どこの農家の門口からでもそっとそれることは出来る。鶴見は今野の泊っている屋敷内へかき消えた。近藤は信子にささやいた。

「君はもうそろそろ帰るだろうな」

「いいえ先生の行くところまで行くわ。道子さん達はわたしを連れて行かないの」

「君が行ったら仕事にならないよ」

「仕事って、あなたのお父さんをつかまえるんでしょう。そんな面白い仕事ってありゃしない。何だか映画みたい」

「君がこうしていっしょにいるところを見ると、君のお父さんは困りゃしないかな」

「それよりあなたのお父さんは、自分の息子さんにつかまえられるなんて、気の毒よ。ほんとうは私その方が面白いわ。先生とこうしていっしょにいるより」

信子は上眼使いに近藤を見た。

「そんな野次馬はもうあまり残っちゃいないぜ」

実際もう半数になっていた。

「伊沢さん」

小学校の教師が、声をかけた。

「これは農民に自主的に盛上りを期待するためのデモでしょう」

「それは決議文にある通りです」

伊沢はふりかえって今更何をいうかという不審な顔を見せた。彼は汗をかいていた。

「ところが、果してこれでは、農民にそれを期待できますか。これはあくまでわれわれ教員の問題じゃないのですから」

「しかし、君、いつもいってるように、われわれがリーダーシップをとらなければ、動きゃしない。僕は今迄の経験からいっているんだ。どうでもいいんじゃなくて、彼等の問題に、われわれがこんなに闘っているということを示すことが、この段階じゃ必要なんだ」

「そうかなあ。僕はもっとやるなら、最初から農民に働きかけてから、一緒にやるべきで、これならわれわれが道楽でやっていると思いますよ。僕は浮き上ることをおそれているんだ」

「ここでは、いつでも多少は浮き上るんだ。君は運河村の事情をよく知らないからそんなことといっていられるんだ」

「しかしあれが……」

ウワサ屋の前に、床屋と数人の農夫がまた集ってこちらを見ていた。すると伊沢が声をあげてこちら岸から叫んだ。

「役場へ集って下さい。協力して下さい」

床屋がうなずいた。彼は仕事の途中に出てきたと見えて、手にバリカンを持ち、仕事着をつけたままであった。

「A村の警官がいるぞ」

と床屋がいった。

「忙がしくなかったら一緒に来て下さい」

「忙がしくないことはないよ」

一人の農民が答えた。

「立っているなら一人でもきて下さい」

「行かないとはいわないよ。子供を放ったらかすわけに行かないよ」

「ビラを読みましたか」

こちら岸から声がかかった。

「いったい、橋は何造りだ。木造か、セメントかね」

別の農婦が子供をだきながらいった。

「どうして大勢で行くんだね、伊沢先生がそういう意見なら一人でいいでないかね。暇つぶしだ、と思うだ」

行進はウワサ屋の対岸で停滞気味になった。伊沢は前進しはじめた。あとから続く者との会話が岸と岸とで行われた。

「こうしなけりゃ、圧力がかからない」

「圧力て何だね」

「漬物石みたいなもんだ」

近藤がいった。みんながどっと笑った。

「そうかね。正しいことだったら一人でいうことも通るだ。校長先生はどうしただ」

「学校に残っているよ」

近藤が叫んだ。瀬田の一件は全部のものが知っているので、又笑った。

「校長先生は留守番にせずとも、小使がいるでないかね。そのために小使は畑もらっているでないだかね」

「校長はグルかね」

するとまた一同が笑った。が農婦は笑わなかった。

「前には校長さんが、いろいろしたじゃないか。今度の人は悪い人じゃあるまいに」

といって一息つき、

「うちの婆さんが校長先生の世話してるから、よく知っておるがね。あの人が留守番じゃ、もったいないよ」

「あんた、何にも知らないよ」

「あの人がほんとにグルだかね」

「そうかも知れないよ」

「そんなことウソだ。それなら、学校でいったらいいでないか。どこへ行くんだ」

「役場だ」

「学校へもどる方がいいだよ」

農婦は子供がむずかりすりぬけて運河の方へ這いよっても夢中になってしゃべっていた。

「子供がおちるよ」

「知ってるよ」

行進は彼女の前を離れてしまった。伊沢がふりかえってにが笑いしながら囁いた。

「ありゃ、鶴見さんの親セキで、漁師の娘で、ここのものじゃない。何かというとゴタクを並べるんだ」

年とった小学校の教員がいった。

「あの人は娘のじぶんにはツクダニを売りにきていましてね。あの頃はまだ可愛いい子だと思っていましたよ。この頃は立派な婦人ですよ。子供の成績がわるいと、すぐ直接校長のところへネジこむんでね。担任は今日きてないんだがね」

とふりかえった。

「熱心は熱心なんだね。意見をはくだけいいや」

伊沢にいいよった後ろの教師がいった。

「その熱心が御らんの通りなんでね。自分は熱心だと思っているが、自分のことしか考えてないんだ。今日はこちらが幸い大勢いたから、まあどうやらきりぬけたものね。ああ、また床屋とやっているよ。しかしこうして歩いているのは、何だか変な気がするんだが。そう思いませんか」

「そう思っちゃいけないんでしょう」

「いけないって誰にいけないの。伊沢さんにか」

「そういう意味じゃない。別に誰というわけではないが、そう考えることはいけないのではないですか。われわれの団体行動はちゃんと筋が立っての上のことだから」

「しかし僕は何だかおかしな気がするな。この道がいけないのかな。おちそうになって気がねしいしい歩いているんだからな」

「若いくせにバカなことをいいなさんな。どこだって道を歩かなきゃ、デモにならないじゃないか」

「しかしですね。これが百姓一揆といったものなら、行進していることも、よしんば、よしんばですよ、人を殺しても、すっきりしていると思うんです。ところがこれは、何だかばかされているように見えるんですがね。僕は百姓育ちだからかも知れませんがね」

「せっぱつまってからでは、おそいというんじゃないですか。あらかじめ手を打つというのが、今の進歩的な人というものの良心というんじゃありませんか。あんたに私がいうんじゃアベコベですがね」

「しかし、ほんとに悪いことですか」

「何がですか」

何がですか、とききかえしながら、この老教師は眼鏡をふいた。「悪いこと」という言葉にとまどったようだった。

「彼等のしていることです」

「いや悪いことには違いないが、しかし僕は『悪い』という時には、何だか、……」

老教師は黙ってしまった。うしろから、前進して下さいよ、という声がかかった。それは近藤だった。実際この二人のまどろっこしい会話のために、あとの者はゆっくり動く壁を前にしているようなものだった。それはこの行進には甚だふさわしくない会話だった。が、近藤は興味をもってきいていた。そしてまるで助舟を出すように、声をかけたのだった。彼等はしかし、近藤をふりかえりもしなかったし、誰であるか気にもとめていなかった。ただ二、三歩一緒になって間隔をつめたにすぎなかった。

「しかし、たとえば助役にしても」この男はたとえばという言葉をよく使った。思いあぐんでいてうまく表現できないらしく、老教師を相手にえらんだのは、何かもやもやしたところからゆっくりと自分の考えを、ひき出すのには都合のいい人物だと思ったにちがいない。「悪い人ですか」

「それはあんた。悪い人どころか、あの人の伜の近藤兄弟よりよっぽど、しっかりした人物ですよ。息子に裏切られて気の毒ではありますがね。裏切ったようなもんですよ」

若い男は息子のことに無関心だった。

「悪い人でないとすると……しかしわれわれは、さっきも、悪い人だということに意見一致しましたね」

彼はグラウンドでの決議の前の、伊沢の演説の言葉に賛成したことをいっていた。

「しかし、私の考えでは、そこをかんたんにいったので、悪い人ではないが、悪い人ということになる。つまり、何というか、悪いことをしているんですよ」

「いやそれは分っているんです」

と早口に、もうそれ以上いってくれるな、といった口調でいった。

「ほら、そうでしょう？　分るには分ることです」

老教師は、つまらなさそうにいった。

「しかし、……教師というのは……」

この若い男は神経質そうに、眉根をよせた。それはあきらかにまだ分っていないことを示していた。が、老教師よりもっと明快にいってくれたとしてもやはり、「しかし」と続けるように思われた。

「いやに蒸しますね。でも、これは米にはいいんだから、今年も雨が少ないといいですがね。大雨さえ少なければ、ここは豊作ですからね」

老教師は話をそらした。伊沢がふりかえった。

「皆さんちゃんと隊伍をくんで下さい」

役場の屋根が見えてきた。青錆のふいた銅板でふいた屋根に避雷針がつき出ている。二階建で洋風の館《やかた》といった感じのもので、松の木の枝が屋根の一部を覆っていた。洋風といえば、モデル・ハウスもそうだが、これはいわば普通の文化住宅であるのにくらべて、役場は、時代がかっていた。小さい橋をこえなければ、そこへは行けない。そのあたりもまた一つの小さい島になっている。

「何だか僕は……」

若い男は橋をのぼりながら、間がわるくてやりきれない、という表情をした。が、それをいうことは、一層テレクサイのか、途中でやめてしまった。

信子は、伊沢のことを話しかけていた。それは授業のことでも、何でもなく、伊沢が幸子と果して幸福であるか、というようなことについてであった。信子は汗とホコリをたたんだハンカチでふきふき、しつようにたずねつづけてきた。

「ああやっぱり君は伊沢さんには関心があるな。僕は信子に関心をもってもらえなくて幸せですな。伊沢君夫婦が君の勤めているデパートへちょいちょい買物に出かけたら、君はどうする」

「割引してあげるわ」

「僕にはしないでね」

「先生」

信子はとつぜん、マジメな顔になっていった。それからいつものズルそうな眼差をおくった。

「伊沢先生の奥さんは、先生が好きじゃない」

「僕がシンから女に好かれる男と思うか。僕はね……」

伊沢の、「さあ、隊伍をくんで下さい」という声が、その時きこえた。

早田の渡しは、役場から三百米離れたところにある大河の堤防をつたって百米上ったところにある。そこへは、白百合会の連中が近藤の弟の慎二と一緒に向ったが、彼等は小人数だけに歩くのも早く、本隊が役場の屋根を見た頃には、目的地に着いていた。慎二は渡守に父の助役がきても、舟を出さないでくれといい、土産物の大福餅を一包今朝手渡しておいた。この爺は昔、彼の家で下男をしてたことがあり、慎二は大へん可愛いがられたし、B町へ出て行ってからも、慎二はここを通る度に何か似たような土産物をくれる。今日この頃のような日でりつづきで七粁上の大河の水門が開き放しになっている時は、渡しを渡って向う岸の街道へ出る方が村を離れるのに好都合である。渡守の小屋は街道側にあり、声をあげてよぶと出舟に及ぶことになっている。街道筋からも客があるにもかかわらず、源五は助役には何の恨みもないのだが、慎二可愛いさと、橋がここに出来ればいずれお払箱になり、何とかしてやるといっても、今のように呑気に行かないことが分っているので、彼は、慎二のいうことを納得して引受けた。助役が現れれば、拒むことはしにくくなる。慎二のくる前彼は数人の警官を渡したので、こちらへ渡してきた時に、彼は小屋の中からこちら岸を眺めていて、向う岸の客も用心深く渡すことにした。こちら岸一層彼は注意を払うことを怠らなかった。彼は助役が堤防に大分前から姿を現わして呼びはじめた時、こちら岸の客にも暫く、頭痛がするから待ってくれ、と叫んだ。それなら自分達で漕ぐからという客にも彼はこれは他人にさわらせない、といって纜をとかせなかった。頑固で通っているおかげで、向岸の連中は、仕方なく待つことにしている間に、息子と白百合会の六人の者が、近づいてきて、

「ああ、いる、いる」

と叫んだ。助役は、こちらの目的を察して、もう手おくれになっていたが、もう一度大きな声で、爺をよんだ。しかし今となって、小屋の中で様子を見ている爺が答えるはずはなかった。白百合会の連中はすぐそばまでやってくると、慎二が、先ず、

「何をしているんです」

ときいた。

「何をしている？　それよりお前は何をしているんだ。今日村に何の用があるんだ。女の子をそそのかして何をしてるんだ。さっさと町へ帰りなさい。さあ、あんた方も家へ帰りなさい。子供の知ったことじゃない」

助役は小屋の方を向きなおった。彼は慎二よりも近藤よりも大きくがっしりしていた。こい皺が鼻の両わきに谷のように刻みこまれていたが、アゴはひきしまっていた。

「慎二、お前、今朝渡った時、爺に何をいったのだ？　こんなに怠けていちゃ、物の用に立ちゃしない。早く帰れ」

「お父さん、役場へ帰って下さい」

「そうです。お帰り下さい助役さん。みんな待っています」

「君達の親が、待っているよ。道子、お前何をしてるんだね。お前さんが赤坊のときはわたしは抱いてあげた。先頃まで可愛い子だったが。あんた方には難しくてよく分らないことが沢山ある。いいから帰りなさい。私は公用で出かけるのだから急いでいるんだ」

「舟は参りませんよ」

「なに、どうしてそれを知ってるんだ」

「お父さん、僕はあなたの敵ですよ」

「敵？」

父は思わず笑いをもらし、息子とのこうした対面を恥じているようにおちつかなく堤防を見渡した。

「敵か、お前達は、まるで私が一人で戦争を起して、村中を焼野原にするようなことをいうが、お前達こそ戦争したがっているじゃないか。実際、お前、そんなバカじゃなかったのだがね。伊沢にたぶらかされてはダメだ」

彼は息子にも道子にいったのとおなじ結論を下すより仕方がなかった。

助役はくるりと向をかえて、急に堤防の上を水門に向って歩き出した。七粁もあるところを歩く気はないが、ほかに行くところがなかった。

「お止しなさい、お父さん、みんなに会えばすむことですから」

彼は黙って背中を向けてゆっくり歩きつづけた。まだ立派なシャンとした身体をしていて、息子ととっくんでも川の中へ放りこめるくらいの体力はそなえていた。長年小学校教員をやり、鶴見も近藤の父に教わったことがある。鶴見のクラスほど手に負えなかったクラスはない。授業中はさわがしくて、勉強などしやしない。地主の子供もおれば、五反百姓もいる。小作人もいる。鶴見はその五反百姓の伜だったが、とりわけそのクラスの子供は静かにさせることが難しかった。この教師は、運動場へ連れ出して、クタクタになるまで、角力をとらせたり、ボール投げをさせたりした結果、とにかくその方では抜群のクラスになった。これが助役の一つ話しである。村の学校はこの人ががにぎっているし、従来この人に非難の声があったためしはない。頑健な身体なのに後添えさえもらっていない。しかしそれさえも伊沢の説によると町に女がいるということである。その女のところへ一時身をかくすらしい、と慎二は心の中で思っている。「橋が出来れば、わしに気がねせずに行けるからね」と渡守の爺はさっきも慎二に呟いたくらいだ。

「帰りなさい、というに。堤防の上で話なぞしたくない」

「堤防をおりて役場へ帰れば、ここで話さなくともいいのよ」

「ほんとうはお前達は何を私に求めているのだ」

「さっきからいっていますよ、助役」

「お父さんといいなさい。お前のことじゃない。役場へきている連中のことだ」

「ビラにあった通りですよ。だから何も心配されることはありません」

「結局伊沢たちを、今度のことに割り込ませようというのだろう。それはダメなんだ。あの男がいると、話がしにくくなる。みんなくさってしまう。あいつは水をかける」

「そのことは役場へもどってしたらいいでしょう」

助役は足をとめ自分の子供をじっと眺めた。彼には自分の子供に何歩もゆずったつもりでいるのに、ハガネの板でしっぺ返しをされたように感じた。一寸ヒソヒソ話をして様子を聞こうといったつもりだったのが、せっかく聞いたは聞いたが焼ゴテをつっこまれた思いだった。

道子は慎二に任せて、ぼんやりと彼ばかり眺めていた。とても自分にはこんなことは出来ない。さっきも堤防への途中で、慎二はよく伊沢のいう言葉をまねて、

「女の子ってダメだな。お嫁入りしたり、子供が出来たりすると、どんな人でもダメになるからな」

「それは、その相手の人がわるいからだと思うわ。理解がないからよ」

道子は、慎二の言葉を奪うようにしてこう答えたが、その時は伊沢のことを考えていた。

「しかしそうだったら、その男をリードして行かなくっちゃ。男だって大半はつまらないんだから。物も分らないし、意志薄弱だから」

「そうでない人、たくさんいないとすると道子なんか困っちゃうわ」

「あら、道子さんは大丈夫よ。才媛だもの」

ほかの会員がいった。

「いや才媛だというような考え方はよくないな。学校の勉強なんてものは大したことはないんだ。実際に働く人の中に入って、組織立てて行くためには、ネバリと勇気がいるんだ。それはやって見なくては分らないんだ」

「その意味で」会員の女の子がいった。

「伊沢先生はえらいわ。何もないところで努力しているんだものね」

「勿論そうさ」慎二はすかさずいった。「しかし、何か足りないな、やはり世代が違うな。感情的になってモタつくし、アタマで信じているが、全身でそうなっていない」

「私には分らないわ」

道子はそういうことで伊沢を弁護し、同時に慎二に甘えかかろうとしていた。慎二は高校生の頃から、背広を

きていた。今も無造作に心持小さくなったその頃とおなじものを着てタバコを吸っていた。その恰好が大人より大人じみていたのでかえって子供じみて見えた。

今慎二の様子を見ていると、ムゴイところがあった。瀬田に、「お前もグルだ」といい放った時にもそれがあった。あの時は道子はハッと思ったが、何しろ慎二は、いわばよそ者だからと分るような気がしたが、自分の父親にも、すこしもひるむところを見せない。伊沢にさえもひるむむところがなかった。この人は空おそろしい人だが、何か頼母しい人だ、と思った。一刻も心を許せないようなところがある。そのところが伊沢とちがって、道子をしびれさせるような気持にした。しかし道子は大事なことをしている時、こんなことを考えている自分を恥しいと思った。自分はほんとにダメだ。これだから慎二に、女はダメだ、いわれたのだ。私は今まで「女心」なんて、あまり思ったことはなかったのに。それにしてもこれが、待ちに待った、ビラまきのあとの「事件」なんだろうか。つまらない。実につまらない。

伊沢は責任者として大人を引きつれて誰かと会うということは、軍隊で小隊長をしていたこと以来はじめてといってよかった。あの時は文句をつけに行くのでなくて、えらい人の命令を受けに行ったのだ。むしろ彼が小隊をひきつれて討伐をして歩いた時に感じが似ていた。闘志は疲労がたかまってくるにつれて湧いてきたものだ。敵の歩哨の発砲ばかり耳にするが敵にめぐりあえず、味方がまだ一人も死んでいないで散歩か物見遊山をしているようにぐうたらな歩き方をしているのだから、この味方を味方だと思ったり、共通の敵に向うという気持が湧いてくるのがムリというものだった。今はいくぶん事情が違っていた。それは現に半数以下にへったとはいえ、この部隊は、いわば彼が自分の意志で糾合したものであった。そして集る方も、自由意志で(と彼は信じていた)集ってきたものであった。彼は道々いくども奇妙な「歩く仲間」をふりかえった。

彼等は時々この道がまわりくねっているために、一列になったまま、切れたように見えなくなった。それから一人一人曲り角にあらわれた。彼はいくども、そこでそのまま切れっぱなしになってもう誰もあらわれてこないのではないかと思ったりした。そうして見通しのきくところであらためてふりかえった時、ぽつりと切れた最後尾を見たのである。鶴見や彼の一党が脱けでて農家の中へひょいと逃げこんでしまうと、逃げこんだきり、二度とあらわれてこなくて、そこで上りこんで運河の水がぷんとにおう茶をのみ、掌に漬物をもらって、ごまをすって、農婦や子守りをしている老婆などと、子供の話などしていることも計算に入れていたことだ。しかしそれが曲り角をまがってふりかえった時、あとの者が一キョになだれを打ってそこらあたりの農家へ逃げこんでしまったとしたら、どういうことになるか。歌声がきこえたとしても必ずしも安心とはいかない。これは伊沢の心の中だけにある亡霊みたいな猜疑心なのだが、それがとにかく彼につきまとってきたのだ。行進を開始した時彼は道々話をしながらやってくる連中をいまいましいと思ったが、しまいにはボソボソと自分達だけの話に夢中になっている方が、まだいいとさえ思った。こういうのは話をしながらでも最後までついてくるのだから。どうも縦に並ぶのは。……早くかたまらなければ、と思った。

こうして伊沢は、とにかく、さまざまな、よく分らぬ理由のためにとりわけ、疲労していた。そしてその疲労は彼を腹立たせた。敵の在所が、当時はモダンで今は見るからに古風な屋根から、その全貌をあらわした時、それはむしろいつもよりひっそりとして、中で菓子をつまみながら、細長い、蓋つきの湯呑で茶をのんでいる村の役人達の姿がガラス戸ごしに見えた。彼等はチラチラとこちらを眺めているが、この村での最初のこの蜂起部隊に対する関心を故意にか、示さないでいることが分った。

「茶をのんでいる！　あれはウワサ屋のじゃない」

さっきの小学校教師がいった。

「茶はどこのでもいいが、役場には仕事なんてありはしない。茶をのむのが仕事だ。人員をへらす必要がある」

と老教師がいった。

「どこのでもいいということはありませんよ」

ここまで辿りついたのに威儀を正してうやうやしく思われないのを遺憾に思っているようなぐあいであった。たしかに教師よりは茶をのむ機会が、役場の連中は多い。役場は石垣の上に立っていた。二階は勿論一階も、今、徐々にかたまりつつ役場に接近する連中から見ると、役場の連中はずっと高いところに、腰かけていることになった。それがいかにも「敵」らしい相貌を具えていたのである。

「警察がおるとすれば、きっと奥で茶をのんでいる」

伊沢は一言もいわず、周囲を見渡した。二、三艘の舟が運河にうかんで、牛といっしょに眺めている。

「今にだんだんふえてきますよ。なるべくふえてからの方がいい。見て貰わなけりゃ話にならない。それから僕が中へ入って行くことにします。プラカードは、もっとあげて、労働歌をうたって下さい。次に校歌を順番にうたうことにします。身体を左右にゆすって、そうそう」

歌をうたい出した。(もう逃げようがない)仲間だと伊沢は思った。

「助役はどうでしょう」

小学校の教師がいった。

「逃げたとしてもちょっと前だ。そのことは慎二君の情報で分っています」

「伊沢さん、うまくやって下さいよ」

「分っています」

「しかし」老教師にへばりついていた若い教師が嘴を入れた。「うまくやるといって、何をうまくやるのですか」

「若いに似合わず取越苦労していますね」

「そういってすませていいものかなあ。僕はあなたには何も文句をつけているわけじゃないが、物事をそう簡単に割切っていいものかな。それじゃせっかくの若い者の芽をつまむことになる」

「若い者？　昔なら子供の二人はある年ですよ」老教師はハンカチを奥ふかくつっこんで汗をすくいあげるようにして、べっとりと汗のしみこんだハンカチを眺めた。「あなたと話すと疲れる。話というものは、間をおいてするものですよ」

「それは、教えてあげましょうか」

といったのは近藤であった。彼は歌など一つも歌いはしなかったが、にやにやしながら二人の話をきいていた。

「喧嘩をふっかけるんですよ」

「伊沢さんはそうはいわない。喧嘩をしては、『橋』の事件はマトまらない」

老教師がふりむいていった。

『橋』のこととは、さいしょから関係はありませんよ」

二人は思わず笑っている近藤の顔を眺めた。

「しかし関係ないといって、あんたのように知らん顔をしているのは僕はよくないと思うな」

若い教師は誰に対しても、追究の鉾先を向けた。

「君はここへ何しに来たのですか」

「僕？　それよりあんたは何しに来たんです。あんたは近藤さんでしょう。助役の息子でしょう。その人がここにいるというだけで、僕は何か分らないものがあるな」

近藤はその時、返事をせずに指さした。そこには慎二たちが手ぶらで熱気で顔を赤くホテらせながら帰ってくるのが見えた。慎二の髪の毛は床屋にスポーツ刈に短かくかりこませてあった。しかしわずかに前に垂れてくる髪の毛を彼は右手で何度となくかきあげた。それは彼が興奮しているばかりでなく重大な登場人物であることを知っているショウコでもあった。伊沢はその方へよって行った。伊沢がこういうのがきこえた。

「何、鶴見が、モーターボートできて、連れて行ったって？」

「様子を見にくるような恰好でやってきたんだ」

鶴見は今材木を買いに行くについてちょっと話があるんだ、といって、助役をよびよせた。そうするとちょっとのスキに助役はモーターボートにのりうつった。それはほんのちょっと眼を放している間のことであった。

伊沢は、自分一人で中へ入って行くから、そのあいだ、もう十歩前進して、役場をとりまくようにする（役場の裏側と両脇は川になっていた）よう、それから坐り込みの位置は、あのあたりと具体的に指示してから、とうとう玄関口に向って歩きだした。彼の開襟シャツは背中がぐっしょりぬれているばかりか右のスソがはみ出ていた。左の靴のカカトの馬テイ型の金具が歩く度に半回転して音をたてた。

とつぜん嵐が吹きよせてくるような音がして伊沢は思わず仰向いた。

「何だ、あれは」

役場の窓から顔がつき出て空を見た。隊伍をつくった人々も舟の中にいる農夫達も仰向いた。そして役場の中の人は、空を指さして、

「白鷺だ！」

と伊沢に呼びかけてきた。それから数人の警官があわてて外へとび出して、広場を見、それから空を仰いだ。

「こんなにとぶのを見るのは、十年ぶりだ。めったに見られないよ」

「これはどういうことなんです」

若い教師が老教師にたずねた。

「私は中国で、ちょうどこんな部落にいる時、蝗の大群が三十分も空をとんでいるのを見ましたよ。それにくらべれば、これは屁みたいなものですね。日本は何事もスケールが小さいですね」

「僕のきいているのは、この理由です」

「助役が知っている」と老教師が笑いながらいった。「あの人は物知りでパンフレットだが運河村の歴史を書い

ている」

警官が役場の窓に向っていうのがきこえた。彼等は空と窓しか見なかった。

「大丈夫ですか、あれは」

「しばらくはこうしてとんでいるようですな」

「あいつは、鷺をひっとらえるつもりでいるよ」

と、こちらのグループから声がかかった。

近藤が伊沢にいった。

「機会を逸しますよ」

伊沢はいわれるまでもなくジレジレしていたが、こう答えた。

「農民が、空を見ている。出て行くわけには行かない」

鷺の羽音は次第に消えて行き、湖の方へ向って行った。伊沢はふりかえって、合図をした。そしてもし騒ぎが大きくなった時には、プラカードはすてるように、いい残して歩きだした。慎二と老教師が、どういうものかアトからついてきた。この時彼はやっと解放されて何も考えてはいなかった。彼は二人を待たして誰も迎えにこない部屋に入っていっていないことが分っている助役に会いたい、といった。それから顔見知りの役人が一せいに俯伏せになっている中から(その中には彼の教え子もおれば、今迄の彼の運動に参加した者もいた)ああ、と今気がついたように一人の吏員が歩いてきた。それから、あとは彼が想像したものに似ていた。ただ違うのは、駐在所の巡査が真先きに出てきたこと。吏員はそのあとからじっと立って眺めていたこと。巡査が慎二に「坊ちゃん、どうか決議文を渡したら、お帰り下さい」といったことと、それればかりではない次のような家庭的フンイキをまじえた言葉であった。「あなたの奥さんが、今、吏員でひどい下痢患者を、赤痢だと診断されて、これから消毒を実施するようにいわれたところです。うそじゃありません。さっきから来ておられるのです。そういうわけで、これから僕等もその方の手配をしなければなりませんので、とてもおつきあいできません。どうぞ僕にめんじて、このままお帰り下さい。あなたの面子はつぶれません。事情を話されたら、諸君も納得されます。お願いします。僕の立場にもなって下さい」

と頼んだことだった。慎二が、「僕のことを坊ちゃんといったり、伊沢さんの奥さんのことを出したりするのは、スリかえようとしている」といっているとき、幸子が彼等の前にとつぜんあらわれた。

幸子は診察着の姿で憎らしいほど、事務的な言葉でハキハキと役場の者にいいつけて、さっさと、伊沢らの前を通り外へ出て、自転車にまたがり、群衆の方に向って、皆さんちょうどいいところだわ、赤痢患者が出ましたから気をつけて下さい。これから役場の人に舟でまわってもらいますがあなたがたも近所の人に伝えて下さい。飲料水には、消毒薬を必ずまぜて使っていただきますから、まとめて診療所の方へ取りにきて下さい、といった。幸子は威厳があるばかりか、美しくさえあった。人々は伊沢さんの奥さんだ。といいながらまわれ右をしはじめた。伊沢の妻の幸子が役場から出てきた以上はもう役場とは友達だし、これ以上タッチするのは伊沢に失礼だといった調子であった。慎二がふりかえって、背中をむけた人々をよびもどした時には、慎二はただの十九歳の子供にすぎなかった。彼のいうことに耳を傾けるだけで、けがれるといった様子さえあった。伊沢が、同じ態勢で又出直してくるから、その時迄に、返事を、とくりかえし、それにまたいささかの反抗もなく、承知しました、御待ちしています、と相手が答えて、お茶でもどうぞ、と教え子が笑いながら運んできた時、伊沢は、ビラは御覧になりましたか、というと、相手は、はい拝見いたしまして、ちゃんと助役様の机の上に保存いたしておりま す、といやにていねいに答えた。最後に警官のうちから一人が進み出て、署長のお嬢さんが御厄介になっているそうで、署長からも宜しくと伝言がありました、といった。一口でいうと伊沢らが、役場や、助役や、幸子らにくらべて大変怠け者で、大人のくせに、何ごっこかしらないが、要するに「ごっこ」という名のつく遊びをやって暇をつぶしているという印象をあたりにまき散らしたことになった。農夫達はまだ舟の中にいてこちらを眺めていた。何ものかが狂っている、と伊沢は数人の残留者の中へもどりながら思った。悲しいかと思うとうきうきしてもいる。二つのものがまじりあって、我ながら判断がつきかねる気持であった。あの鷺の出現か、それとも妻の幸子の出現か、赤痢患者の発生かとにかく途中から大勢が変ってしまった。そしてそれは何よりも、幸子の出現だと伊沢は思った。夫達は妻の前では酒でも飲んでいない限り他人と争うことはしないものだ。今朝のことと結びついて幸子が故意にあらわれたようにさえ伊沢は感じた。

「こんなことで帰ってしまうというのが、僕は第一いけないと思うな。僕はこんなことではたとえ、僕の親爺がいたとしてもおなじことだったと思うよ。鍛えなおさなくっちゃ。僕は若い者に信頼する。僕は白百合会に全力を尽すことにする。帰るにしても堂々と帰ることが出来たんだ。あれでは無力ぶりを露呈したにすぎない。僕は帰って僕らの若い仲間に、この村のことをどう話していいか分らない」

慎二がまだ憤りがとけていない調子でいった。伊沢は固い表情のまま頷いた。彼は昨夜の幸子のことを考えていた。

「いたしかたないよ。勝ったとか、負けたというのではなく、赤痢という非常事態のためにみな考えたのですからね」

疲れた顔をした老教師がさとすようにいった。

「しかし今日のことがうまく行ったとして、これから先き、果して農民が動きますかね。僕は農民は僕らの動きを喜んでいるより、極端にいうと、いやがっているように思えるんですがね」

「とにかくここを動こう」

彼等はまだ役場の前にいた。それは伊沢がいったように動くべきであった。

「いやがっている！　そんなことがどうして問題なんです。意欲がないものは、いつでもいやがっていますよ」

「すると、誰が喜ぶのですか。誰かは喜ぶのでしょう」

　若い教師はふたたび追究をはじめた。今日の会合で一番有益に過しているのは、どう見ても彼のようであった。彼は多くの質問をした。しかしまだまだ質問は無尽蔵にあるようだった。彼は話相手に飢えていたのか、解答の内容に満足しようという気は毛頭ないようだった。

「君はだからどこでも嫌われるのだよ」

「それは知っていますよ。しかし……」

「とにかく、今日のは敗北ではないのだから、今一度出直すことにして、僕は鶴見を弾劾するし、アメリカ人の来校のさいは一歩もひかないことにする」

　いったん帰りかけていた人々が、立止ったために、細い道は人で溢れて伊沢たちのまわりがふくれあがった。

老教師が伊沢にいった。

「伊沢さん、みんなは、今日の出張費のことをいってるんです。あれは、近藤さんがもっておられるときいていたのですが、あの人はどこへ行ったのですか」

「そうです、あの人が会計係りなんですがね。しかたがない、あとで支払うことにしますよ」

「あれは伊沢さん、ここへ集ったときにすぐ渡すことにした方がよかったのですよ」

「ここで？　それは困る。ここでそんなことをしていたんでは、相手になめられてしまう」

「それなら学校に集ったときに渡すべきですよ」

「しかし、あのあとで抜ける者がいる。うちの鶴見さんなんか、それだ」

「それなら、いったいどこで渡すのですか。私はこういうことはホントならいいたくないんだが、みんなが気にかけていることをいわないわけに行かない。まさかあなた、この細い運河村の道で渡すことが出来るとは思っていないでしょうね」

「それは、あとで責任者にその人数だけ請求してもらうことにしましょう。明日それは処理します」

「伊沢さん、あなただからいうが、これが今日のこの行進で、一番不手際なことですよ」

「そんなつまらぬことにあまりこだわってもらってはこまるんだ」

伊沢はついに腹を立てて叫んだ。老教師はそれ以上伊沢と話すのをやめて、教師たちに、「明日渡します。心配しないで帰って下さい」といった。そのままふりむかず歩きだした。

「けっきょく、僕には今日一日のことはよく分らないな。そう思っていいですね」

と若い教師は呟やいた。役場の男が舟にのって、赤痢発生の知らせをメガホンで告げながら、彼等の横を漕いで行った。

「慎二さん、失望しないでね」

と道子がいった。

「僕は、今日のことは一生忘れないよ」

と慎二が答えた。「金色夜叉」の貫一のセリフとそっくりなひびきがあった。


私は一昨日この村へくる途中、湖までバスで行き、そこで半日すごすと蒸汽船にのって逆に運河村へもどってきた。その船の上で私は岸辺の葦の中に鶴見がこちらの方を眺めながら、スケッチしているのを発見したので、船を止めてもらって、鶴見のボートにのりうつった。鶴見のほかにウワサ屋がいた。

二人は私がとつぜんあらわれて、ボートにのりこんできたのを、何かうかぬ表情で見ているので、私はふしぎに思った。私がウワサ屋へくるときは、まったくふいに現われるのが例になっている。それに私はウワサ屋を通じて鶴見の絵を一枚買ったことがある。

私が先日の将棋の勝負の話をすると、ウワサ屋はだまっていたが、

「あなたは、山名さんに会いましたか」

といった。

「いいや、ずっと会っていませんよ」

彼はまただまりこんだが、私が前にのべたように、娘が年頃になった、といった。それから、

「あなたは鴨水館に行きゃいいんだ。送ってやる」

といってから、

「どうして、山名さんに会わないんだね」

といった。

ウワサ屋が何かに腹を立てていることは分る。山名にあわないことをおこっているよりも、何かほかのことなのだろうか。だいたいウワサ屋は、アマノジャクで、この男にうんといわせることは不可能である。お前の店は繁昌していいな、といえば、安物しか売れねえ、上等品は町で買いおる、と答えるし、町の品物が直接村に入ってくるので困るだろう、といえば、ウワサ屋はけっこう繁昌している。お前の一人二人ただで遊ばせといても大丈夫だ、という。もっともこういうときは、彼の機嫌のいいときである。現に、私はただで彼の家に泊ってきたわけではない。床屋のことを私が賞めれば、たちまち反対のウワサをおしつける。山名のことだって、彼は何と思っているのかまるで見当がつかない。

それにしても、今日のウワサ屋は少しどうかしている。

「鴨水館へ行くか行かないかね」

「行きますよ。行きますが、あなたは何をおこっているんです。鶴見さんにでも負けたのですか」

彼は私のいったことには答えず、鶴見をさして、

「この人？　この人は、自分の出世と、自分の母ちゃんのことしか考えちゃいねえ。ルスの間が心配だろう」

「やつは、反対のことをいっているんです。テレ屋でね、気にしない方がいいですよ」

鶴見は何くわぬ顔をして、鉛筆を動かしていたが、そういいながら頬のあたりが緊張した。彼は暇があれば、大工仕事か、ボートにのって野天で川風にふかれながら絵をかいているので、ウワサ屋より陽にやけていた。スポーツシャツを着ている胸や腕のあたりが、まぶしいほど逞しい。しかし赤銅色をした顔や身体に似合わず、その時あらわれた彼の表情は神経質であった。

「このごろのやつは、恩になったひとに、けっこう唾をはきかけるからな」

とウワサ屋がいった。

「ほんとに気にしない方がいいですよ。この人は今心の中がちょっと忙がしいんでね」

「私がお前さんを鴨水館へやりたいと、ほんとに思いなさるかね」

「だって、僕には分りませんよ」

「チェッ！　もう帰りますよ、先生、鴨水館へボートをまわして下さい、安く泊れるようにいっといたからね……。あの唐変木だけは、どっちにころんでも損はない」

「唐変木？」

「気狂いだよ、鴨水館のことだ」

とウワサ屋がいまいましそうにいった。が急に思いなおしたように、鶴見の絵をもう一枚買ってやってくれ、といった。鶴見がアメリカへ行くための資金で、近藤がその係りをやるはずだからというのであった。旅費は県から出る。海外視察という名目だ、というのだが、そんなうまいことが出来るのは、何かそこに色々のその筋を通した説得があったのだろう、と私はとっさに思った。私がその話を商売がら追究しようとすると、二人ともソッポを向いてしまい、この村の人がよくするように、たちまち、天候の話をしはじめた。この村の者が「いい凪だ」といったとしたら、もう深い話をしてはいけないという信号があがったみたいだ。天候のことから漁の話にうつり、ようやく将棋話にもどった頃、もともと好きな話なので、私の方も気にかけていたことはそのまま忘れてしまったのである。

ボートが水門をくぐって鴨水館の前についたとき、ウワサ屋は鶴見や私といっしょに岸にあがり、鶴見に向って、

「道子のことは頼んだだよ。どうせお前さんも絵を売込むついでだっぺ」といった。

私はそのとき、はじめて、二人がボートの中で何を話していたか、かすかながら分ったような気がした。

ウワサ屋は鴨水館のガラス戸を音を立ててあけると、女中の名を二度三度よんだ。四十ばかりの女が奥から手をふきふき走ってくると、彼はこういった。

「いつか話しといた病気のことにくわしい先生を連れてきただ。ダンナはいつか話しといたふうにしとるだかね。遊ばせといてはダメだ。働かせるのが一番だ、とこの先生がいったってことを話しといただかね」

すると相手の女はあわてて私におじぎをすると、すぐさまウワサ屋の方を向いて、手真似をしながら、

「これです。いいようです」

「なに、料理は自分でしとる？　けっこうなことだ。この先生にお礼をいうだ。この頃流行歌など、やにわに歌いだしたりはしねえだかね」

「へえ、ときどきするだ」

「この先生にメイワクだな。まあ、そのくらいはしかたがねえよ、ねえ先生」

「ああ、発散させた方がいいですね」

ウワサ屋も決して静かな家ではなかったのに、この主人は、バカに話しがわかったことをいって引上げていった。ここで断っておかねばならぬのは、ウワサ屋がとたんにアイサツ代りに口走ったように、私はこの病気にはいくぶん通じていて、自分の力で何かをやらせ、自信をもたせた方がいい、といったことがあった。それをたぶんウワサ屋は、店にきた誰かに話し、それがこの家の女中に伝わったにちがいない。この男は自分から出かけてお

せっかいをやくような人物ではない。

私はこの宿へ二度目なのだが、この主人に会ったことはなかった。彼は飯時になるとハチマキをしたまま自分で膳をはこんできて、料理の説明をしはじめた。私は薄気味わるい思いで、小魚料理を口にしたが異状はないようであった。四角な顔をした実直そうな男だが、私がいった言葉に対する返事が、実に手間がとれた。返事をする前に私の顔をじっと眺めている。夜、私が便所に行ったとき、彼が用を足しているところであったので、待っていると、

「あなたもなりますよ」

といった。私がどっちつかずの返事をしていると、

「山名もなる、あなたもなる。みんななるんだ。ましな男は、この病気になる」

といった。それでは、女中が伝える時に、ざっくばらんに話してしまったのだな、と私は気がついた。それから、彼は、

「その原因は明日の朝になれば分る。あいつは、おれの結婚のじゃまをしてるんだ」

といった。もっとも彼がこういってしまうのには、大分手間がかかった。彼は用を足したあと、ゆっくり手を洗い、ここで手を洗うようにいくら水を使ってもいい、自分が汲んでくるからだと指図までしたからだ。洗面器には川の水が赤くよごれていた。

あくる日三時頃に私がほかの客と釣りに出かけようと、階下へおりて行くと、彼も女中ももう起きていた。が、二人とも寝巻きのままで、女中は入口の戸の間から外をのぞいており、主人は、鶴見の絵のかかった壁に背中をもたせて、女中の方にヒトミをこらしていた。

その様子が物々しいので、私は何もきかないで、そのまま外へ出て、あたりを見廻したが、これといって変ったことがない。私達は岸につないである舟にのって川へ出た。

私はそのとき、近藤が鴨水館主人に何かいいふくめられていたということは知るはずはなかった。すっかり夜が明けてからビクをさげてもどってくると、私はさっきのことを思いだしたので、女中に何をしていたのだときいてみると、これも主人の病気治療の資料と思ったか、一枚のビラをフトコロから取り出して私に見せた。それが、私が既に紹介した、あのビラなのである。主人は寝ているか、ときくと、彼女は、

「これを一枚もって町へ出かけましただ」

といった。そういえば、風のある堤防の上を前かがみになって自転車を走らせている背広姿のメカした男の姿を遠く見たが、あれは主人であったのだ、と私は頷いた。乗手の努力にもかかわらず、自転車は遅々として進まないので、その男の姿は、おどったり、もがいたりしているように見えた。

ビラの文面から私は一度に多くのことを知ったような気がした。宿の主人の「あいつ」もほぼ分るようである。私を案内したウワサ屋の主人の娘道子が鴨水館の壁にビラを二枚はりつけたとき、待ちかまえていた女中が戸をがらりとあけた。道子たちはワッと声をあげると逃げて行ったということだ。この主人は、ビラが貼られることを知っていて、今か今かと待ちかまえていたのだ。そのビラは彼にとっては大変必要なものであったようである。

女中は、主人がいないと急に肩の荷がおりたのか、私に親しげに話しかけてきて、

「ダンナさん今日はタイクツだったら、役場へ見物においでになったらいいだよ」

といった。私は空返事をして二階にあがった。

第五章

近藤は父親に町の警官をよんでおいた方がいいとすすめたことがもとで前夜ウワサ屋で会合があったのだった。勿論進言者である彼は顔を出しもしなかったし、父親に口止めをさせておいた。どこからそういう詰らぬ情熱がわいてくるのか、それは知るものぞ知るである。彼はこの村へきた時から、事件がおき、賑かにすることを念願としたたと見える。そのような男が珍しいということは、誰よりも本人が知っていた。彼は中肉中背だが退学した中学に在学中は、何かの運動選手をしていた。彼は断っておかなくてはいけないが、事件の渦中に入る人々を一口にいうと愛していた。だから、伊沢も、鶴見も、今野さえ好きで堪らなかった。そして今度は瀬田である。彼には、こういう考えがあった。つまり、人間というものは、何かをしないと、何かを考えないと、タイクツする。とりわけ運河村ではそうだ。それが悩みであっても、たとえそのことで首をくくるようなことがあっても、その人は何もないより幸せであるという。そういう男を好む人は一人もあるまい。作者は実は大嫌いだ、僕がこの男を書くのがイヤで、またそれとつながりある、今一人の重要な人物のことを書くのに忍びないのは、その「嫌い」のせいなのだ。しかし現に急ピッチにあがってきた運河村の事件を書くとすれば（僕が今ここに記している以外にいかなる事件がかくれたところであるかは別として）この奇妙奇天烈な男を書かなければならない。

ある時まで、正確にいうと運河村の些かな過去の改良は、近藤の協力にまつものが多かった。伊沢はその頃からはげしい抱負を語ってきかせたので、近藤は徐々に、伊沢の意慾をのばしてやることにした。ところがある時から彼は退いた。もう必要がなくなったばかりでなく伊沢に近藤をも軽蔑させることは、伊沢が羽根をのばすのに必要であったから。

それに彼は鶴見が対立していると、今度は鶴見さんをのばしてやらなくてはならない。これも可愛いい生え抜きの運河人という意味ですててはおけない。そうするといくら可愛いいといっても彼は伊沢先生一人に油をそそいでいるわけには行かなくなり、とにかく漸く彼の手を省いても自然廻転というところまで漕ぎつけてきたのだ。しかし今日のは彼の計略は的がはずれた。伊沢先生や弟の慎二に大立廻りをさせて、人に忘れられた運河村を新聞ダネ沙汰にすることも出来たのに、裏をかかれてしまった。天然というやつにはかなわぬものだ、と彼は帰途、心の中でにが笑いをしていた。というのは津村信子がしつようについてきていたからである。彼は信子に一役買わせようとかねて企んでいた。彼が深夜今野を誘ってモデル・ハウスに侵入したのは、（そしてこのモデル・ハウスの事件の時も実は近藤が伊沢をアジったのだが）そのためであった。事件というやつは、どこかポイントを一つ押しておけば、あとは事件の方で動いてくれるのは、何しろこと人間に関係するからで、人間というものは、動物よりはすぐれているからだ。だから鷺が舞いあがった時、一番おどろいたのはこの近藤であったかも知れない。

彼は信子には、（いつくずれるかも知れないと見えて自分の方からほれることのないこの女は将来金持といっしょになって、あとは次々と男を作って、しかも許してくれる相手でないと身を任せるようなことはない。こういう女は、もし交渉をもつとしてもその情夫の方にまわった方が世話がやけなくていい、と睨んでいた）これから委員会の方に用事があるというと、私は今夜は帰らないわ、まだ家には合宿することになっているもの、といった。ああ、今日は伊沢さんの泊る日だな、と洩した。先生が来なけりゃイヤといった。伊沢先生じゃコワイもの。でもいいわ、私、先生にはいえないこと、色々打明けて相談しちゃお、といった。ああそうし給え。それがいいよ。伊沢さんは今日のことでふさいでいるに違いないから、たんと慰めておやり、自分のことは、あとにするのだよ。それが礼儀さ、といった。小使にはちゃんとわたりをつけとかないと、あいつは、君のような潑刺とした子には眼がないかも知れんから、うっかり二人でいるところ見られたら、あとが大変だよ。ああ、私は先生はキライよ。いってはいけないことまでいうんだもの。とても独身者とは思えない。私うれしがっていると思ったら大まちがいよ。何か悪いことをしているわ。きっと。そうだな、君を得ようと企んでいることかな。企んでいる人はそんなことはいいませんよ。きいたようなセリフだな。道子さんは慎二さんと仲よくなったわ。そんなことがどうして分る。そりゃ分るわ。今にごらんなさい。自分のこともみんなあの人にさせるから、大体ビラまきなんか、伊沢さんのために走りまわったり、漕ぎまわったりするのは、一度は女はするわ。しかしそれは一度っきりよ。それ相応の報いがなかったら、女はそんなことはしやしない。その分だけ、今度は慎二さんにさせるわ、きっと。ごらんなさい、今度の餅付けは、全部慎二さんの智恵ばかりか材料までかりるわ。その代りきっと何でも慎二さんのいうなりになるわ。女ってものはそういうものよ。おかしいな、君がそういうことまで分るとは思わなかったな。私はそうならない。私はちがうわよ。あの人は、右にも左にもなる人よ。指導者のいう通りに。そのクセ多少はリクツがほしいの。誰のためのリクツか知ってる？　自分のためのよ。私、ああいう人は、悪くいうわけじゃないけど、ほんとのエゴイストだと思うの。つまり優等生なのよ。自分が指導者のいうなりになれば、自分は愛されていると思うの。自分は美しくなったと思いちがいをするの。美しくないものは仕方がないからね。きみの敵ではないよ。でも男の人ってそういう人好きかしら。私いつもお教室でそのことばかり考えるわ。こういう女って男の人は好くかしらって、ただ自然と興味があるのよ。私がいうのは、こういうことなの。男が好いても好かなくとも、そんなことはどうでもいいわ。私のいいたいことはそういうことではないの。どういったらいいのかな。男が好くってことは、いいことなの。男の好かないことってのは、わるいことなの。私はそう思うの。私それをいってやったわ、道子さんに。伊沢先生、お教室で私のそばへ寄ってくるって。私が伊沢先生にウインクしたって、寄ってくるかしら。いやなものなら、寄ってはこないわ。それは私だって男の人におなじことを感じるわ。いやな人には寄って行かないもの。ひとりでに寄って行きたくなる時は、私の心の中にその人を求めているの。それでいいじゃない。私道子さんのは違うと思うわ。あの人が伊沢先生をよびよせるのよ。伊沢先生は弱い人だから、仕方なく応えた顔をするの。その代りすぐ私の顔を見るわ。私は違う。先生が寄ってくるの。寄ってくると分るから、それに応えるだけなんだわ。私お教室の魅力ってこれだけだわ。お勉強なんて大嫌い。このことに較べたら、ほんとにつまらない。無味乾燥だわ。でも女ってそういうものが本当じゃない。私はそう思うわ。子供の時から、ずっとそう思ってきたわ。私はお勉強が出来ないから運河村の学校へきたのよ。だけど学校は楽しい。私道子さんのような人、もう一人知ってる。ああそれより、私のいいたいことは、と信子は言葉をそらした。どうして先生って、みんなあんなにお人好で、気の毒なのかな。私にはお百姓さんより気の毒に見える。いったいぜんたい、信子はふしぎに思う。ああいう人がみんな奥さんをもってるなんて。私今日先生とお話ししながら、そのことばかり考えていたわ。女ってあんなこと好かないのよ。道子さんだって今に好かなくなるわ。自分はやるかも知れない。いや、やらないな。やらないと思う。やるとしても男にはさせないわ。その時は男に子守りさせとくわ。今野さんみたいに。それでも女は男を好きになっているの、そういう時。巡査や百姓は違うわ。ああして誘って歩くのとは違うわ。ああいうのを一人でするのはイヤなの。見ていて腹が立つの。指導者でもおんなじなのよ。

私診療所へ行ったの。あの人、伊沢先生の奥さん、私道子さんの将来を感じたわ。あの人の眼付き、道子さんとそっくり。どんな眼付きだね、近藤がやっと口を開いた。眠っているように黙っていた。そう同性を見る眼付き、女らしい女を見る眼付き。それから、それから、今、好きな人があるが、好きな人を求めている眼付き。そういって信子は近藤の顔を見た。彼等は長い間話をした。岐道へきてから、二人は五分以上も立ち止っていたのだ。近藤は笑いながらいった。

「きみはまだ伊沢さんに話すことがあるのかね」

「あると思う？　ないと思う？」

信子はいつものひきつけるような陰のこい眼をして微笑をうかべながら眺めた。それから、

「いま話したこと私の本心だと思う？　あれは全部ウソ。先生を黙らせるために、いいかげんなことをいっただけよ」

「きみはどうしてそんなに色々のことが分るようになったのだね」

近藤は今迄にない真剣な顔をして信子をのぞきこんだ。真剣というより何か有頂天にさえなっていたといった方がいいかも知れない。

「分るようになったんだって。冗談をいわないのね」

信子はちょっと嘲るように相手を見た。

「それが昨夜のきみかね」

「裏のことが分るもんですか。ね、いいこと、大人はみんな外の生活と家の生活とはっきりわけて生活しているでしょう。それから男と女とがあるでしょう。そういうこと思ったことない。私にはひしひしと分るの。本人には分らなくとも私には分るの。あらあんなにマジメな顔をしている！　私その顔が見たいの。ああよかった。見つけてやった！　大人はマジメな顔をする時には頓馬な顔付きになるものね」

それから一、二歩動き出しながら、信子がいった。

「運河村よ、運河村にいるっていうことよ」

信子はケラッケラッという声を立てて笑いだした。一つかみ一つかみ、笑いのもとが、太い手をのばして白い喉の内側でしぼり立てているみたいに、近藤には思われた。

診療所は学校から目と鼻のところにあったが、この岐道を辿らなければ、いずれにも行くことが出来ない。道と道との間には、町でいうなら、大きな家がぎっしりとたてこんでいるといったところだが、ここでは田圃とそれから道に沿った人家があった。この二つの建物のその奥に大きく彎曲して大川の堤防があり、何粁か下ったと

ころに、新田の渡場があった。近藤がゆっくり歩いて行くうちに彼は大勢の人に、アイサツされながら、追い抜かれた。助役の息子として、診療所へ消毒薬をもらいに行くのだ。水源を消毒するといっても、どこの井戸ももう大分前から涸れていたので、川の水をこして飲水に使っている関係から、めいめいが気をつけるより方法がない。デモ隊の連中はそっくりそのまま診療所へ向ったが、彼等の中にはまた用事をすませて引き返してくる者もあったが、まだまだ追い抜いて行く者がふえつつあった。彼等は伊沢の妻の幸子のところへ薬をもらいに行ったのだ。近藤の目の前を他人におくれまいとして子供を背負いながら一人の目立った女がいた。彼女はビッコをひいているのですぐ今野の妻の京子であることが分った。今野は今朝から休んで家にいる。何をして暮しているとも知れないが、家におれば子供の守りをしているのは、彼としては当り前のことだが、これはどうしたことであろう。京子はよくこういう、見た目も辛いような恰好をして歩くことはあるが、それは主人が勤めに出ている時のことだ。休んでいるから、重病人ぶって子供さえ手許へおけないといった用心などする男ではない。

診療所では幸子が看護婦を使ってかいがいしく既に袋につつんだものを配っていた。奥では薬剤師の女が、次々と袋に包んでいるところであった。仕事はテキパキさばかれている。京子は幸子の姿を見ると、

「伊沢先生の奥さま」

とよんだ。袋を受取りながら、ちょっとお話しが、と京子がいった。幸子は近藤の姿に気がついていたが、それでは、と迷惑そうな顔をして外に出てきた。二人が立っていると、京子の方が遥かに大柄で幸子は時々見上げるようにしながら、すぐに京子の衿もとに、視線を向けた。

「お願いがあるんですが」

京子は軽く笑いながら、ていねいに、しとやかに、格調のある言葉使いで、一語々々はっきり切りながら、それ以外の話し方は出来ないといった、あらたまったものであった。

「私で出来ることがあるんでしょうか」

幸子のいい方は、何をいい出しにきたのか、この忙がしいのに、この人は公私の区別の全くない人だ、といったひびきがあったが、京子はソバカスのういた、白く薄い皮膚を機械的にのびちぢみさせながら、話しはじめた。近藤はそれをきくともなくきいていた。幸子はまた彼がそうしているのを、知っていることをまた気付いていた。京子の話は、主人のいいつけだという前置きではじまった。それは「エビガニ研究所」の件で、「改善委員会」の推薦か何かいただいてそれをもとに助役に見せ、自分の研究所での仕事を確保したいということであった。

「でも奥さん」幸子は、早口で、おだやかに、一寸勝ちほこったような調子でいった。「あなた役場とのことは駄目ですわ。家の主人が今日も何をしていたか御存知ないの。役場にたてついている人の妻ですよ。今野さんはいらっしたのでしょう。その今野さんがあなたにそういうことをおっしゃるのは、おかしいわね」

近藤はその「妻」という言葉があらわれた時、おや、といった顔をした。

今野がデモ隊に加っていないことも、ずっと家にいたことも幸子は知るわけがなかった。

「でもこれは女どうしのことですから」

「女どうし」

幸子は、おなじ文句をくりかえし、まだ仕事があるといった恰好で、受付口の方をふりむいた。しかし、あきらかに彼女は京子のこの言葉に不満をいだいていることはたしかだった。

「女どうしって、私とあなたは、女どうしの上におなじところに勤めている人の妻ですけど、だからといって、役場とのことでどういうことになりますの」

二人の話はくいちがっていた。京子のいい分は、女どうしの情けで、とにかくあなたにお願いするから宜しく頼むというだけのことで、幸子の立場や、事情など一向にかまっていないことは確かであった。

「でもあなたなら、何とかなると思いますので」

「私より、近藤さんにお願いなさったら」

近藤が助役の長男だという意味であった。

「あら」

京子ははじめて彼がいることに気がついて、今まで幸子に向けていた微笑をそのまま近藤に向けた。近藤は答えた。

「それは、あなたが直接父に会われた方が効果的ですよ。今野さんにもそう相談なさって見なさい」

「今野によく相談してみます」

この女はやりかねない、と近藤は思った。これをきいたら、今野がどんな表情をするるか、目に見えるようだ、と彼は思った。しかし彼がそういったのは、幸子の手前を考えたからでもあった。幸子は、この返事を一番喜ぶにちがいあるまい。京子は父のところへ、また子供をおんぶして出かけて行くだろう。そして今野がそれを暗示したことはいうまでもない。いつもの手を幸子にまでも使おうとする今野のやり口は、よく知っている近藤をさえおどろかした。彼は傾きながら歩いていた不自然な京子の姿の意味がとけたと思った。今まで父と直接交渉をもったものは、鶴見しかなかったのに、今度は京子が必ず出かけて行く、一層事態は紛糾する。そういう京子の姿というものは、いや、待てよ、今野もまた、そういう姿に限りない愛情をもつかも知れない。しかしおれのは、今野のようなしみったれたものではないぞ。近藤は、他人に気付かれぬように幸子に合図をおくると、幸子は近よってきた。あの部屋はイヤだから、堤防のかげで待つように、とささやいた。

青年会の会合所をかねている「改善委員会」の部屋でのことであった。十畳位の部屋が二つあるがそのうちの一つで彼等は一週に二度寄り集ることになっていた。役場の吏員が二人、小学校教師が一人、それだけが顔ぶれで入ってから近藤は一年幸子はまだ半年にしかならなかった。近藤は図書部門、幸子は職業柄衛生部門を担当している。ここで小さなパンフレットを出していて報告をのせているが最近近藤の発案で広く開放して希望者の小文をのせることになった。近藤はその部分の係りで、彼は幸子に何か書くようにすすめた。それをすすめて幸子が引受けた時の、彼女の驚きと羞恥とがまじった顔付を彼は今でもおぼえている。女学校時代に文章を書いて以来、他人に見せるものを何一つ書いたことがない女が、遂に書いて見ることになった。

「笑いものだわ」

「奥さん、匿名にすれば、知っているのは僕だけということになりますから、大丈夫ですよ」

「大丈夫って。大丈夫じゃないわ。恥しいわ」

「恥しいって、誰にですか。これは匿名ですよ。僕なんかに恥しいということはないでしょう?」

「あなたに恥しいのよ」

というと、幸子は、書くことではなくて、そう答えることが恥しいように、顔を赤くした。

三十二歳になる、あの伊沢の妻が、伊沢の所有物である妻が、こういうことをいう。近藤は微笑さえうかべなかった。そういう時の微笑はどんな意味にせよ、相手をひるませるから。その日の昼間、近藤は伊沢と「橋」の件がそろそろ動きかけていることについて話しあった。近藤は知っていたがまだ伊沢は何も知らなかった。近藤はウワサ屋でそんなことが漠然と集った連中の話題になっていたと語った。伊沢の眼は輝いてきて、「これは油断がならん」と呟やいた。職員会議で、教師の積極的な、村や生従に対する愛情について具体的に述べて、(それを彼等はいつも「演説」とよんでいた)人間愛にとき及んだ。それは掛値なしに立派なもので、文句のいえる筋は一つもなかった。ただ文句をつけるとすれば、あまり隅々まで考えをのばしすぎ、熱心でありすぎることであった。それが彼に反感を抱いていない職員の間にも一種困惑に近い感じをもたせた。

近藤はそれを思い出した。それこそ伊沢に彼が期待をかけていることなのだが……。

「でも誰でも何か書くことで、空想の羽根ものばせるし、その時だけでも自由になれるし、話の種にもなるし」

「私を裸にしといて話の種にするの」

「あなたと僕とのですよ」

近藤はこれは調子にのって云いすぎたかな、と思った。変に彼女の言葉は、象徴的に近藤の核心をついていたから。

「いいわ、その代り手伝ってくれなくっちゃ」

幸子はそういってマトモに近藤の顔を見上げた。

「書く気持のてんでない人は別として、書く気持さえあれば、話合って合作も出来ますから」

「でも、家ではとても書けないわ」

「どうしてですか」

近藤はわざと空トボケてこうきいた。忍耐ぐらいやすいことはない。現にこの女の亭主にそうしているのだから。

「でもいいわ」

と彼女は前言をひるがえすようにいった。その間に近藤は幸子の白粉のはげているところから、おくれ毛の数まで見つくしていたが、それは、一瞬あれば、十分であった。彼は忽ち視線を窓の方にそらして、何も見ていないような様子に帰った。返事を嫌がるのでないかぎりは、どんなことでもきくのがいいのだ、と近藤は思った。職場の話題に伊沢は自分の家庭生活のことは、殆んど出さない。しかし幸子が次第に家財を買い整え、それが主人を不安にしていることは、近藤には伊沢が長い附合である今野に、

「きみのところはいいよ」

という、その顔付きだけでも知れるところだ。家庭の不満を外であからさまにぶちまける男というものは、どうしようもない、と口ではいいながら、家の中にたえず注意を払っているものだ。それは結婚生活の経験がなくとも、近藤には一つの図式として、彼の専門の数学のように分っていた。人間のいるところ、運河村といえども

おなじことだ。ところが伊沢のような男は、その反対だ。その幸子が彼のムダ石と思って打った手にのって来たことは、やはりするだけのことはしてみるものだ、と近藤に思わせた。

　その日は別の会合があって、集ったのは彼等二人きりであったので、幸子の自転車は近藤がささえ先きにたって歩き、そのあとから彼女がついて行った。夜道ではあるが、気丈な幸子は、吏員と同方向であるので自転車を走らせてもどったので、こうして歩くことは初めてのことであった。岐道までくると、近藤の借りている農家の離れは、学校の方に曲った途中のところであった。そこで彼は、

「ここで別れましょうか」

　といって自転車を渡しにかかった。

「ええ、お忙がしいんでしょ、明日のことで」

「いいえ、僕は伊沢さんと違って、家へ仕事はもちこみませんから。伊沢さんは大変だな。いろんなことを一手に引受けて、あの人はこの村の宝ですよ」

　幸子は返事をせずそのまま歩いてくるので近藤は別れることを止めて、今迄通り歩くことにした。幸子を傷つけることは何にも云っていないことで彼は満足した。この年の女は、女学生とちがって一旦傷つけると、もう取り返しがつかない。我に返ってしまい望みもしない亭主のことを思出してしまうからな。幸子はとうとう主人のことは何一ついわないばかりか、自分の家が近づくにつれて、言葉少なくなり、遂にまったく黙ってしまった。近藤はこれが汐時だと思って帰ることにした。すると、幸子がぽつんと全く関係のないことをいった。

「信子さんて子はこの前診療所へきましたわ」

「道子さん？　ウワサ屋の？」

「いいえ、あの人じゃなく、町からきている人よ、とても」

　彼女はジレッたそうに闇の中でいった。夾竹桃の匂いが道一ぱいに匂っていた。

「ああ、あの自信家の、鶴見さんのクラスの」

「あの子自信家なの？　そう」

「何しにきたのですか」

「診察よ。この頃気分が悪いというの。気分が悪いって来るのも変ってるわね。どこも悪くないのよ」

「毒薬でもまぜてやればよかった。ああいうのがいると、クラスは管理しにくいんですよ」

「どうしてですの。あなたでも」

「いや、女の子が嫌がるのです」

　幸子は返事をしなかった。岐道と自分の家との中間までくると、

「もういいわ。どうもすみません」

　といった。近藤はそのままアイサツして引返してきて、ウワサ屋へ寄り、ビールを一ダース買い例によって岸べりにしゃがんでいる今野に声をかけると、つきあわないか、と誘いかけた。それから上りこみ、今野の妻の京子に歌をうたわせ、(これは、彼が懇望する前に、今野が京子にすすめたのだが) それを絶讃し、まだ起きている子供の頰ぺたに頰ずりをし、庭の真中に立っている、大家の風呂へ入り、(その風呂の湯は運河の水をそのまま沸かしたものだ) 一本は大家にやってくれといいおいて (今野はそれをやりはしないことは分っていたが) 何か君のためにいいことを考えるよ、といいながら三本さげてもどってきた。彼はこのまま帰ってしまうのは、何か不経済な気がしたので、宿直の鶴見のところへ赴き、それとなく、伊沢がもう「橋」のことで何かしようとしているが、こんどは下手に、さわぐと、伊沢の命取りになるがなあ、といったことを洩し、碁盤を押入れから取出して、十二時までやり、アラ探しか、とか、ウワサ屋か、とか、エビガニとか学者とか占領軍とかいう言葉を賑かに両方から投げあって過し、勝ったり負けたりした。学者とは瀬田のことで、占領軍とは、小使のことである。鶴見が泊って行かないか、という誘いに応じて、床を並べて寝た。この時に彼は鶴見の苦心談を話させた。

すると話の途中で矢庭に鶴見が起き上って、今作りかけているアトリエの設計について、彼が材木のけずり方から勉強した話をしはじめた。計画的にやるならば、器用さなんてものはいらない。大工が腕、腕、年期というのは、おかしなことで、実際は材木のけずり方なんてものは、将来いらなくなる。アメリカではもう万事それ式で行われている。といって彼が肖像画を今かいているアメリカ人に見せて貰った雑誌にのっている色々の設計について語った。それから彼は今かいている絵を見たか、といったので、最近のは知らないというと、一寸今見ないか、ということになり、懐中電燈で廊下を照しながら、図面室へミシリミシリ音を立てて歩いて行くと、あとから小使が起きて、何をしているのだ、今頃、というので、残った一本のビールが宿直室にあるからあれを持って行くがいいというと、明日の朝は畑でとれたキャベツの漬物をくれてやる、というので、ムリをしなくてもいいよ、と近藤がいうと、いやおれは、誰にくれてやるかは、おれの気の向き次第だと「占領軍」ぶりを発揮して帰って行った。画室には八分通り出来上った鶴見の絵と、写真をもとにジョウギと引伸器を使ってキャンバスにかきあげた、アメリカ人の顔があった。とにかくきれいにかかなけりゃ気に入らないのでね、色は勿論のこと、少し本物とかえながら、本物よりよくしておいてしかも似せるというところがコツで、誰でも出来るというものじゃない。同業者はたくさんいるが、僕のように気に入られたものは少ない。しかし満更絵が分らんのでもないことも事実で、そのショウコにおれのかく普通の絵も気に入って、アメリカ行きもそのためだからな。一番ムズカシイのはこの男の奥さんや娘をかいた時だったよ。アメリカへ行くとなると、英語が問題だが、どうだ、僕は英語のエの字も知らんので、アメリカ人と話す時は手真似と、イエス、とノウだけだが、僕はそのことでは自信がある。おれが俘虜でシベリヤにいる時、絵かきだというので、楽をしてね。それがきみ（この話は近藤は数度きいたことがある）油絵でかかんことにはいかんというんだ。絵具はあるが、筆なんてものはない。そこで僕は考えたね。鳥の尾毛を抜いて、筆を作ったところがぐあいがいい。それをやってからは、僕は手真似しただけで隊長のところへ素通りだったよ。僕は自信を得たよ。万事これだな。彼等は寝にもどって行った。それから鶴見は、君は僕の家へ一度も来たことがないのはどうしたことだ。一ぺん出来かけのアトリエを見にこいよ。水くさいじゃないかね、家内は他人がくるのはあんまり好かんが構やしないよ。あいつには何もして貰わんでも、酒をのみながら、碁を打ってりゃいいんだ。近藤はしばらく黙っていた。おいどうして黙っているんだ。眠いか。ああ眠いよと近藤は答えた。近藤は眠いどころか目が一時にさめる思いがしたが、そしてぐっとある感情さえ湧きあがってくる気がしたが、眠いよ、と答えた。すると、鶴見が半分目をつむりながら、君は伊沢に較べるとずいぶん年も若いが、物分りがいいな。子供と大人ほど違うな。君は将来、ここの校長もんだよ。親爺より数段上だな。近藤は苦笑しながら、こいつはほんとに眠いのかな、と思った。いい嫁さんを世話したいな、家内にも頼んでいるんだが、君の話になると、あの人はいい人があるんでしょ、いらぬ世話をすることはないわ、といいやがる。女ってものはこんな話になると、夢中になるもんだそうだがな。それにおまけに産婆だものな……。近藤は鶴見が眠ったのを見とどけると立ち上って電燈のスイッチをひねった。暗闇の中で近藤は目をあいていた。二人はそのまま眠りこんでしまったように見えた。近藤は眼がとじはじめる頃から、よどんだ暗闇の夾竹桃の匂いのする運河の上を（それは道の上ではなかった）二人の女が向きあってやってくる姿がうかんだ。二人とも歩いているかと思えば自転車にのっているようでもあった。ぶつかりあうのではないか、と思うと、すっと一人になった。するとまた相向き合って二人の女が運河の上をやってくる。夾竹桃の匂いがする。はっきりさせてちょうだいよ、二つに分けてちょうだいよ、といっている。いっているのは、自分の方かも知れない。自分がいっている。自分が声をしぼっている。声を出してはいけない。おれ一人ではない。区切りをつけて下さいよ。色方けをして下さいよ。ここではみんな色分けがしてあるんでしょ。何かをすれば区切りがついてしまうんでしょ。だから、私達も区切りをつけて下さいよ。離れさせてちょうだいよ。鶴見が起きる。起きてそばへやってくる。おれをのぞきこむ。おれは姿勢をなおさなくちゃいかん。この手をどかすのだ。重い、重い。おれ一人の力ではどうにもこうにもなりゃしない。ちぎれるほどひっぱっているが、動かない。おれの指と指がからみあわせになっている。

こいつは一本一本ゆっくり放さないと、こわれてしまうぞ。そう力を抜くんだ、力を。ああ、おれは自分が可愛いい。とても可愛いい。こんな可愛いいことはない。ほどける、ああ全部ほどけた。おれは自分の力でほどいた。もう大丈夫だ、おれはぐったりしていよう。しばらくこうしていよう。近藤はすぐには眼があけられなかった。全身がけだるくて、仕方がなかった。こんなこともたまにはいい、と近藤は、まだぐったりしたまま思った。鶴見は枕と毛布とを持って事務室へ移動して行く。あいつは、あそこで一人寝るつもりだろう。時にあいつはおれを憎いと思うだろう。大ていのやつは、我に返った時には。しかし我に返ったぐらいでは、どうにもなりゃしないぞ。一旦すべり出したら、過去は加速度を伴ってすべりに拍車をかけるだけだ。しかしあいつはなぜ移動して行ったのだろう。まさかおれを気の毒に思ってやしまいな。それはまた明日という日が教えてくれるさ。

あくる日近藤が目をさました時には、鶴見の姿はなくフトンがたたんで積み重ねてあった。鴨水館のフトンが敷布をとったあと、ムキ出しになって、その特有な紺のカラクサ模様を見せていた。飯を食う時になって鶴見は漬物をもってあらわれたが、昨夜の移動のことについては一言も語らなかった。そして当然のことながら近藤は幸子より先きに、伊沢に会った。窓から見ていると、伊沢は道子といっしょに校門を入ってきた。二人が玄関に近づいた時、近藤は窓から顔を出して手をあげ、「やあ」というと、伊沢は颯爽と手をあげてこれに応え、「お早よう。御苦労様」といいながら、玄関の中に消えた。こうしてその日の一日が始った。

次回に幸子に会った時、近藤は幸子がまだ書くつもりでいるか、どうかについては半信半疑であった。打った石は一応のひびきはあったものの、委員会で、幸子が、プロパン瓦斯をこの村で使うようにしたらどんなものか、眼が悪くなるのも藁を燃やすためだといい出し、それは老人連から、反対に会うから、慎重に考慮すべきだ、という意見が吏員から出て、つづいて小学校の教師が、ここで、そういうふうに育った場合には、運河村以外の村へ嫁入りした場合、大変な苦労をしたり、能率をあげられない結果になって、本人の不幸にもなるという難点がある。というと、幸子が、でも、とても今のままでは不便よ。早い話が家庭ではともかく、診療所だけでもそうしなくっちゃ、といった。それよりむしろ電化がいいね、と吏員がいった。しかし電気はとても高くつくからな、と近藤が口を開いた。これは時期を待たなければ、あなたの学校のモデル・ハウスでは、やはり薪炭を使っているのですね、と小学校教師がきいたので、近藤は、藁を使わないで薪炭にしているだけでも、父兄から文句が出る有様でしてね、と答え、この会は一ぺんにダルになってしまい一向に答えが出なかった。近藤はこの会に幸子がとたんに、このような案を提示したことで、もうあの約束は忘れてしまったものと思い、そのことの方に興味が奪われてしまっていた。ところが会が終った時、幸子は、一寸学校の衛生のことで近藤さんに話しておくことがありますので、どうぞ先きにお帰り下さい、と取りすました声でいったので、近藤もさっきのこともあり、そのつもりで、二人になるのを待つことにした。幸子は一旦姿を消してもどってきたが、彼女が化粧室へ行って顔をあらためてきたことが分った。近藤はその事実にも気がつかぬふりをして、部屋の中の棚を整理していた。幸子は大型のハンドバッグの中から「運河村診療所」と刷りこんだ大型封筒二、三枚をとり出し、

「ほら」

といって差出し、私が窓の方を向いているうちに、早く読んで、といったきり、近藤のそばを離れてしまった。近藤はなるほど、と思いながら、幸子の顔は見ないですぐ封筒を開けると十二、三枚ばかりの運河村診療所と印刷した便箋が出てきた。そこには達筆で、こんなふうな内容のお話しが書いてあった。

ある子供が大川を自分でわたりたいとかねてから思っていた。渡場はあるが、自分一人では乗せてくれない。渡守の爺さんが、すぐどこへ行くのだ、といってきくからだ。しかし自分は向岸へ自分のボートで渡りたくて仕様がない。少年は父親にその話を何度もするが、一向にききとどけてくれない。それどころか、勉強をしろという。宿題をやったかという。母親は母親で、そんな危いことが出来るもんですか、という。父親は子供の空想に耳を傾けないし、母親は子供の安否ばかり、いつも気にしている。

ここで話は尻切れとんぼになっていた。幸子は、近藤が読みました、という声をきいてから、「どう」といってふりむかなかった。これは面白い、と近藤はいった。僕は面白いな。

「でも、それ、あとが、どうしていいか、分らないのよ」

「僕もすぐには分らないけど、一緒に考えましょう。こちらへいらっしゃい」

と近藤はよびよせた。幸子は子供がオヤツに集るようにいそいそとやってきて、近藤の顔を仰いでいった。

「ああ、よかった」

「どこで書いたのですか」

近藤はさりげなくいった。

「どこでって、家でよ。診療所では忙がしくってそんな暇ないわ」

「伊沢さん御存知ですね」

「伊沢？　手紙書いてると思ってたでしょうよ」

といって幸子は顔をそむけて、靴下の中で足の指をうごかしはじめた。近藤はその指をかなり大ぴらに見た。

「いやだわ」

「だって動くもんだから、つい見ちゃったんですよ」

「ねえ、手伝ってくれる」

幸子は足をひいて、身体ごとのり出してきた。近藤はほんとに考えこんだ。そのあいだ、幸子は一切を預けるようにして頬杖をついて待った。

「これはね奥さん」

「奥さんは取り止めよ」

「それじゃ仕方がないから、幸子さんだ。これはボートをほかのものにしたら、どうですか。風船か何か、ほかのものにしたら。そうすると、ああ運河村の雰囲気は出てこないな。これでもいいけど、このお父さんは、結局ボートを買ってくれるんですか、くれないんですか」

「そうね」

幸子は眼をつぶって考えるそぶりをした。眼をつぶると、電燈の光線の下で上瞼が卵型にくっきり浮き出てつき出してくるのを眺めた。

「あなた、どう思う」

「どう思うって、買ってくれるとくれないじゃ、大きな違いだもの」

「でも分らないのよ、ほんとに」

「僕は買ってくれることにした方がいいと思うな」

「そうしたらどうなる？　買ってくれるんじゃなくて、貰ってくるんでしょ。せいぜい。買やしないわ、絶対に」

「それならそうとして、それからどうなの。子供は喜ぶんですか。喜ばないんですか。これも大変なちがいですからね」

「喜ぶことはないわね」

「そうだろうか、そうすれば、話としては大変におもしろくなるけど。どうして喜ばないのだろう」

幸子は横を向きながら、叩きつけるようにいった。

「おそすぎるからよ」

「なるほど」

近藤はどっちつかずの返事をした。すると幸子は向き直って、おだやかに、

「ここのパンフレットには向かないわね」

といって溜息をついた。そんなことはかまわないこれは非常に胸をうつと近藤はいってのけた。近藤はさっきからずっと胸の動悸が高まりつづけていることに気がついていた。いうまでもなく子供というのは幸子自身のことだ。そして父親とは、ほかならぬ伊沢のことだ。渡るとはどういうことだ。人間というものは、こんなに可愛いいものかね。この可愛いさだけだって、おれはこの女とこれからつきあう必要があるくらいだ。このまま手をひいてももう何もかも分ってしまったじゃないか。もうありきたりの、姦通のおさらいみたいなものじゃないか？　いやそうじゃないぞ。このまま放り出せば、あとはおれを軽蔑し憎み、伊沢のベッドにもぐりこむだろう。あのベッドに。近藤はピンクのカバーのついたそのベッドというものが陸揚げされるのを見たわけではないが、その空想のベッドの中に幸子がもぐりこむ足の恰好から指の裏側まで見えるように思った。そうしたら、仲よくさせるだけのことじゃないか。そうしたら伊沢先生も、いやに落着いてきて、公私ともに、物の分ったおじさんであり、おとうちゃん、ということになる。

近藤は弾丸が銃口をはなれて空をとんでいるようなぐあいに、頭の中はうなり声をあげながら、こういうふうに考えつづけた。

「ああ、あなたは、私のお父さんみたいだわ」

とつぜん近藤は、その飛翔の途中から落下して地上につきささったように感じた。が、忽ち構えた。

「どうせ僕はふけていますよ。おじいさんですよ」

「いいえ、そうじゃないの。あなたは精神的によ、精神的に私のお父さんだわ」

ここで笑えないのは、苦しい、と近藤は心の中で思った。（この言葉そっくりの表現で）せめて先生位にしといてくれればいいのに。伊沢がもてあますのもあたりまえだ。

「都合のいい時には何にでもなります」

「あなたはそのままでいいわ」

幸子はむしろ気に入らぬように、そういった。我儘な女だなと近藤は思った。我儘な女は時に大事なことを忘れて、自分の我儘の犠牲に平気でなってしまうので御し易いだろう。しかし近藤は幸子を適当に自分の思う儘にリードして行こうと思っても、如何なる智恵も思い浮ばなかった。肉体の関係に入ってしまうことは、それはもう少しとっておこう。失敗というものは、こういう妥協をすることからおこるものだし、関係に入ること自体は何事でもないが、あとあと、おれの智恵才覚が鈍ってきそうだ。

「何を考えていらっしゃるのですか」

幸子はうつむいていたがじっと近藤を見上げた。

「私あなたの前だと、こうしてゆっくり考えていいような気がするの、許して下さるわね。私ね、子供のことを考えていたのよ。子供は可愛いいわ、子供と別れて暮せるかどうかそれを考えていたの」

「僕も子供は可愛いいな」

近藤は一般的なことをいってゴマカした。

「あら、あんなことをいって、でもそういう人かしら」

天衣無縫と見せかけることが、女に父親と思わせることだ。女はどんな大人でも子供だと思うくせに、勝手にまた父親にしてしまう。セックスのことをきり放すには、たぶん父親や子供にしておくのが好都合なんだろう、(女は好きらしいからな、こういう所作が)おれは親爺になり子供らしさを時々見せかけねばならんぞ。利口に見えてバカというふうに。しかし女というのは全くワケが分らない。全く無限の宝庫だとはよくいったものだ。それにしても、おれと暮すことを考えているのかな。近藤が興味を持っていることは、幸子が一言も伊沢のことを口にしないことだった。いつも手の届く範囲にありながら、そのまわりばかり手探りしている。それはこの女がアバズレでなくて、十分に自我というものをもっているためだ。おれの方からも一言もいうまい。

近藤は非常にありがたいことだったという様子で原稿をおさめて、帰ることにした。八時をすぎている。外は月がかくれて真暗だが、幸子は電燈にスイッチを入れないままで歩き出した。前から彼はこの女とのソゾロ歩きほどタイクツなものはなかった。今も一つのことを除いては、同じことだった。それは今日はどこまで彼女を送って行くか、ということ。その日彼等は迂回して三十分以上もよけいな時間をかけた。

「ここまででいいわ」といった。それから「やっぱり、あなたのお嫁さんのことを考えようかしら。でもそうしても、おなじことね」

「それは、幸子さん、残酷ですよ」

と近藤は思わずいった。それから一人苦笑を洩した。「すみません」といいながら、急に電燈をつけて幸子が逃げるように、自転車をもって去って行った。近藤は自分の感じている奇妙な喜びが、伊沢を動かしている喜びより、ずっと強いものであることを感じていた。まるで苦労して育てた子供が可愛いというようだな、と、子供を育てたこともないのにいいきかせた。彼はその後の時間は、また、今野のところで過した。帰り途で近藤は、急に立ち止った。自分が今野の話をいつもほどきいていなかったことに、気がついたからだ。彼は次に運河へ何か投げこみたくなった。ところが、石ころというものは道には一つもない。彼は土くれをとりあげて投げこもうとして、それをやめてしまった。そういう子供じみたことはできない、と思った。

近藤は堤防のかげで待っていた。幸子の消毒薬の配布の仕事は暗くなってからもつづいたらしく、近藤は幸子の足音をきくまで二時間近く待っていた。彼女は自転車を診療所へおいてきたと見えて珍しく歩いてきた。近藤はその間、夜風にふかれて待った。

「疲れっちゃった」

幸子は夫にいうような調子でこういってから、「お待たせしたわね」とつけ加えた。この夜の約束はかねてしてあったもので、彼女は近藤がはじめてみる、渦巻模様の柄の服を着ているらしいことだけ、夜目にも分った。

堤防の上を、新田の渡し附近まで歩くことになっていた。渡しの袂には、小さな公園があり、記念碑はつぶされてしまったが、花など植っており、金具という金具はなくなっていたが、木蔭もあった。ベンチも、ペンキはすっかりはげおちているが、満足なものも一台位は残っている。肌寒いほどの風が川面をわたって吹きよせてくる。その度に葦は音を立ててそよぐ。堤防下の田からは蛙のなきごえが、葦のたてる音と対抗するもののようにひびく。幸子は、「どうしましょう」と声をかけてきた。

「あそこまで行ってもどるのは大変ですね」と近藤はいって堤防のかげを指さした。そこでは風の音が止んで急に蛙の声が親しさをまして、とりまいてきた。幸子は近藤についておりてきた。近藤は幸子の手を支えてやった。

「横になって、空を見ませんか」

近藤が次にそういって、先きに仰向けになった。

「今夜はあなたのいう通りにするわ」

と幸子がいった。近藤は昨夜の伊沢夫婦のことは何も知るわけがなかった。とつぜん近藤が口を切った。

「あなたはしっかりした人だな。僕は今日そう思った。何一つ隙なんかありゃしない。僕はつくづく尊敬しちゃったな。家庭でも盤石の重みがあるだろうな」

「あなた私にいうこと、考えていたみたい」

「考えていたよ。あなたのことばかり」

近藤はこういって、今としてはうまい文句だと思った。

「しっかりしているって、どういうことかしら」

近藤はその声の調子で、幸子が涙ぐんでいることを知っていた。

近藤は間を十分に計算に入れてふりむいた。すると幸子がぐるっとふりむき、ありきたりの接吻をした。近藤は深入りしないように用心した。そしてその用心をすることは、非常にたやすいことだった。それはいつでも出来ると彼は信じていたから。その手加減が幸子には昨夜のしつような伊沢の挑みかたを瞬間思わせ、近藤は、鶴見のことを思った。宿直室の伊沢のことを思った瞬間に、鶴見のことがふいと脳裏をかすめた。そして鶴見は鶴見の妻のことを思いおこさせた。

「今野の奥さんというのは、なかなか強引な女ですね」

「あの人？　あの人のことを考えてらしたのね」

幸子は急に姿勢をくずすわけにも行かないから、こうしているが、腹の中は心外だ、という様子をみせた。近藤はこいつはうっかりしていた、と後悔した。つい口がすべってしまった。今は大事な時だったのに。

「あなたと較べて考えちゃったんです」

「今日のことだって今野さんの発案じゃないのよ。京子さんが今野さんにたきつけているの。今野さんをああいう人間にしたのは、あの人なのよ」

幸子は自信をもっていった。これはうがった考え方だ。幸子が一番憎んでいるのは、信子よりも京子だ、と近藤は瞬間さとった。幸子はつづけてセキを切りおとしたような勢いでいった。

「いつか私の家でおフロによんだの。まだバラックの頃で、とても焚きつけるのに大変なのよ。あの人の家のフロはとても汚い上に泥ん中で一日働いた人達が入ったあとのこともあるでしょう。だって京子さんは女ですもの。今野さんは先きに入ってもあの人はずっとあとだわ。私、だからよんであげたのよ。そしたらどうだと思う。さんざんフロの用意はさせておき、冬の風の吹く中で焚きつけてあげた上に、子供の世話まで、主人としてあげたのに、いざ私達が入る時には、焚きつけようともしないし、湯加減さえもきかないのよ。それがあの人達、焚物を持ってやってきたの。それそっくり返そうとすると、受取らないの。それならそれもいいわ。その翌日、私の家の前を通って二人で子供をつれて大川へ流木を拾いに行くところを見せつけるじゃないの。それなら流木をさげて帰ってきたわ。今野さんは詩人だから、流木を拾うのが趣味かも知れないと思うわ。でも京子さんは、はっきりと私に、私の主人じゃなくて、私にあてつけているのよ。私あくる日、自転車に薪をつけてあの人の家の前へおいてきてやったの。わかった？　京子さんという人は、そういう人なの。今日だって腹の中で何を考えていたか分ったもんじゃないわ。ことによったら伊沢があの人を好いていると思っているわ。私伊沢が他人にそう思われるところが、気に入らないのよ。あなたなんか、ズケズケ生徒にもおっしゃるでしょう。いやならいやな態度はっきりお見せになるわね。でも主人はダメなのよ。私の前でだって、母親には甘えかかったんですもの。元をただせば主人がいけないのよ。何もああいう人達をここの村によばなくたっていいのだわ。あの人達のためになるわけでなし、村のためになるわけでなし、みんないやなめをするんですものね。でもこんな話、おいやですわね」

「いやどころか」

と近藤は口からそう本音がでかかったが、

「あなたを不愉快にする話は僕も好みませんから」

といった。心の中ではこういう話は幸子を不快にするどころか、いうだけいいわせることの方がさっぱりすることは承知していた。伊沢ならこんな話させもしないし、そっぽ向くだろう。きき手が主人以外にいる話なのだ。

「きっとあなたを不快にしたわ、止しましょう。ねえ、どこかへ連れてって」

「とにかく立ちましょう」

運河村の「どこか」は鴨水館しかありはしない。渡しをこえれば、町はあるが夜のバスは行きはあっても帰りはない。

「鴨水館なら、人眼につかずに部屋へ通してくれます。よく知っているところですから」

「ダメダメ、村ではどこまでも目につくわ」

「いいえ、大丈夫です、裏口から入り、誰もこさせません。それに僕達はゆっくり話をするだけなんですから」

主人にも女中にも顔は出させない、とつけ加えた。

近藤は今朝友人の「鴨水館」の若主人に会いに出かけて行ってみると、町へ運動に出かけて二、三日留守をするという話であった。彼は女中に今夜くるかも知れないが、といって、漠然とあたりをつけておいた。

幸子は首尾よく誰にも見られずに近藤と大運河と水門の見はらせる部屋に入った。女中は声だけきこえることはあったが、姿は見えなかった。なるほど近藤のいうように、気楽にしていい部屋だということが分った。

「あなた、時々こうして来るんではなくって？」

「連れてくる誰がありますか」

すると順序通り、幸子が近藤の胸にたおれかかってきた。次の間に夜具がのべられてあることは、部屋へ入ったとたんに二人の眼に入ったが、二人とも口に出さなかった。近藤が風呂をすすめたが幸子は、かぶりをふった。人眼につくことはしたくないという意味だった。

「おやすみになる？」

近藤がうなずくと、幸子は先きに夜具のある部屋へ入って行きしばらくしてから、もういいわ、といった。その間、まるで伊沢になったような落着いた物腰で、彼は茶をのんでいた。というより彼はまるで何も考えないつもりになっていた。つまりその部屋は彼の下宿の部屋で、明日の勤めもあるから、そろそろ寝ようかなといった様子をすることにしていた。近藤が入った時には幸子は夜具の中で男物の棒縞の浴衣を着て背中をこちらに向けていた。男装をした女が急に女めくように、そこに近藤をひきつける女そのものの襟元があった。近藤が支度をして夜具を静かにあけてすべりこんで行った時、近藤の手を幸子がにぎってきたようなので、つかもうとすると、掌に何かおちた。そして、私の方も用意はもうしてあるけど、といった。近藤は瞬間、まったく、運河村へ舞いもどってきてから初めての意味のわからない強いショックをうけた。彼は照れかくしに、

「何だかかくれんぼのようだな」

と呟いた。

「どうしてなの」

幸子は手許の電燈の紐をひっぱったので真暗になった。水門際の運河べりの裸電燈のアカリが遠くから窓に光りを、うすくひろげてきているだけで、大川を行く蒸汽船の音がきこえてくるが、それは横になった耳にひびいてはくるが、堤防の向う側だ。

「だって、『もういいわ』だなんて、いうからさ」

「かくれんぼなら、『もういいかい』ってきくものよ」

といって幸子は近藤のさしのべた腕をぎゅっとつねった。

「今夜は身体中べとついていてよ、いいこと」

仕方がないわ、その位はしんぼうしてくれなくっちゃ。何しろ不自由なところなんだもの。あなたがはやるのだから、そのくらいは、私もほんとは、こんなふうではイヤなんだけど、幸子はそう言外に含ませているようだった。

近藤がショックを受けたのは、大胆不敵といっていいほどに、伊沢との領分のことを、幸子が近藤の中へ直截に持ちこんできたことであった。堂々と伊沢との垢を、新鮮であるべき近藤との交渉の中に、しかも、ハンドバッグの中へ、その世帯じみた道具を入れてはこんできたことだ。たぶん数日前から、幸子はそれをはこぶことを念頭においていたであろう。その不敵さの中には、何か近藤をたじろがす、近藤のとは別の根強い生活の匂いのする計画性がひそんでいる。今夜は「べとついていてよ、いいこと」という幸子のセリフは、第二に彼が受けたショックであった。事態が近藤にとって、何か今迄と違った相を帯びはじめたのは、堤防下で、横になってといっても、傾斜のために、半ば立っているような、恰好で接吻をした時からであった。接吻直後、幸子は近藤が口走った京子のことから、急に彼女は伊沢とのフンイキを、おそれげもなくもちこんできた。しかしその時には、それほど近藤はおどろきはしなかった。ところが今度はたてつづけに、忽ちにして彼はおどろきはじめた。幸子は近藤がショックを受けたとは少しも思ってはいない。今迄のことなら、何か一言いうたびに、幸子と近藤は、おなじところで、おなじようなものを感じあい、くっついたり、しりぞいたりしあっていた。近藤が企んでいるとはいっても、そのことを除いてはみんな通じあっていたのだ。ところが急に通じなくなった。通じなくなったということは、近藤が気持のもちようでは不当におされることになるのである。

近藤は次にまたショックを受けた。幸子の身体が期待に全く反したことだ。彼女がむしろ彼女の方からといってもいいほどに迫ってきた状況からすれば、幸子は肉慾に飢えていなければならないはずだった。しかし実際、幕があいてみると、近藤の一人芝居になってしまっていた。

幸子は丸太のように仰向けになっているだけで、もがいているのは、彼の方であった。仕事をする以上彼は彼女の協力を求めるという意味で、協力を期待したのだったが、彼の意志に反して、協力は得られなかった。この事実が彼にショックを与えたのではない。それなら何時彼女が、こんなに世帯じみて、早々とこの行為に、しかも行為的に入ったのだろうか、それが近藤には意外すぎたからであった。そこには彼の数学的な式ではかんたんにとけそうもないものが、渾沌とある。その不都合さに彼はまたショックを受けたのだ。

幸子は、近藤に満足を得たかどうか、たずねた。その時、彼はどのように答えるべきか、迷ってしまった。とまどわざるを得なかった。彼はウソをつきつづけてきた。だが今、満足したというウソをつくとすると、そのウソは今迄のウソとはぜんぜん違うウソになる。いずれにしても彼は急に見透しというものを、失ってしまい、機械的に頷いて見せることになった。

「ねえ、今度はあなたの方で用意して」

「ああ」近藤は頷いて見せた。

近藤と幸子は鴨水館を出て幸子の家の方へ歩いて行った。夜もふけて村の中へ入っても誰一人通るものはなかった。彼等は道々、改善委員会の将来のことを話しあった。トラホーム患者が多いことを話した。幸子の語り口は伊沢に向って話しでもしているようであった。幸子は今夜は近藤をどこまでも放さなかった。そうして近藤は幸子について庭の中にまで入って行くと、蜜柑の木が枝をひろげているところで、幸子は近藤に抱擁を求めてきた。彼は伊沢が家にいないことを知っているが、幸子は知らない。といったいどうする気であろう。幸子は、

「私が家へ入るところをみていなくっちゃ、いや」

と呟くようにいった。

近藤は伊沢のこの新居を訪れたこともなければ、そのたたずまいを見にきたこともなかった。近藤は今野の家はしげしげと訪れるが、伊沢や鶴見の家には一度も足を運んだことがない。しかし幸子とくるということはまた別の意味だ。幸子のダメ押しするような「これは私の家なの」は近藤にはまたショックとなった。それは何ごとかを暗示していてしかも、何のことやらさっぱり分らないからである。近藤は自分が幸子のペースにまきこまれていることを知った。しかもこうしてまきこまれていなければ、幸子との交渉はつづけられない。伊沢に何らかの大きな打撃をあたえることは出来ない。近藤は次第にある興奮をおぼえてきていたが、それはショックをうけたためであり、自分の仕事が的確に軌道にのっているためではなかった。そしてそれは云いかえると、彼が幸子という人間に興味をいだいていることでもあり、ことによると好きになりかかっていることかも知れなかった。

彼は苦笑した。幸子はもう一度、自分の家の庭で近藤に抱擁を求めると、ゆっくりと、診療所長の確実な足取りで、家の中に入って行った。伊沢がいないので幸子はおどろくだろう。でも幸子は伊沢がいると思い、伊沢のいる家へ入りこんで行くところを、近藤に見せて、彼を外に放り出したのである。しばらくたって台所がパッと明るくなった。近藤は汐時だと思って、引返すことにした。

近藤は女というものは、まあ一度っきりのものだと思ってきている。一度っきりというのはむしろ常識だ。一度っきりどころか、何もしなくとも、女というものは、あまりにもカンタンで分りきったものだ、と久しい間思ってきた。男ならどんな男でも、図形を描いて廻転しのびて行く面白さがある。今野にしたって、一種の美しさ

がある。彼は今野にだって心から軽蔑心はいだいてはいない。だが女は軽蔑している。今野は京子ににぎられているかも知れないが、それでも京子より高い空間を飛んでいるはずだ。飛ぶところが、また近藤のつけ入る隙なのだが、女は時々疲れて落ちてくるところをおさえ、おれは、もっともっと飛ばせようと思う。その押えかかる卑怯さを、近藤は嫌悪したわけだ。もともと幸子をこのような段階に誘いこんだのは、伊沢のことのためだ。ところが、幸子というものが独立した壁となって自分の前に立ちふさがっているような気がする。そしてその一番大きな理由は、……女のことでこう考えるだけでも、彼は口惜しいが、あの女が、娼婦のように、いや娼婦なら、喜悦の恰好だけでもしてみせるだろうが丸太のように寝ていたことだ。彼は自分の空想的な図式の中で、姦通とは、(この姦通という言葉は彼は幸子との交渉前も交渉中も一度も思いうかべなかった)と、今、近藤は歩きながら考えだした。姦通の悲劇は、夫のある女が夢中になって肉慾の喜びにむせぶことだ。すると男は、女がいやになる。通常の夫婦の間なら、プラスになるかも知れない(おれはそれさえも軽蔑するが)ものが、嫌悪を催させる、今自分との交渉で喜んだ女を足げりにしたくなる。どんな理由があっても男は、自分とつながりのある男のことを同情する。そして亭主と一緒になって、折檻したくなる。ところで幸子には折檻したいものはありはしない。幸子の上でもがいた記憶だけがこびりついてくる。

あの女を嫌悪するために、あの女をとことん迄喜ばせなければいけない。……彼は伊沢や信子のことを忘れて、珍しく自分の考えに耽って歩いていた。彼は長らく女を嫌ってきた。

「近藤じゃないか」

運河の中から、呼びとめたのは鶴見であった。鶴見は自分のボートがいつものおなじ音を立てて、川を照しながらやってくるのに、近藤が気がつく様子もなく通りすぎて行くのに、びっくりした。近藤は鶴見に出合って、そしらぬ顔をするような男ではない。自分の方から話しかけてくることになっている。どこへ行っていたの、ときかれて近藤は急に自分がまごつくのに、自分でおどろいた。幸子さんを送って……と彼は平気でいえる男である。どんな事件にあったあとでもいえるのに、今夜に限って彼は躊躇した。

「散歩だよ」

「散歩？　おれはウワサ屋へ行っていた。道子の就職のことで、ウワサ屋と話してきただ」

「ほう。道子は？」

「奥にいただ。これから家へこないか」

「いや、またにするだ」

「きみは結局来ねえ男だ」

近藤は全身照しだされていたが鶴見はアカリの蔭でどんな顔をしていっているか、近藤には見えなかった。近藤はいつものどっちつかずの笑い顔を見せて、余裕をとりもどした。

「いったい君はどっちの側だ。今日役場までついて行ったっぺ」

「今日のことが成功したと思っているだかね」

「とんだ茶番だっただ」

「そうだ」

「家内にはそのうち、君を連れてくるといってあるだ」それからあわててつけ足すように、「家内とも満更の仲でもねえだっぺ」

近藤はしばらく黙っていたが呟くようにいった。

「運河村の生れだからよ」

鶴見はおやすみ、といった。暗闇は再びもとの表情に返って、近藤を包みこんでしまった。

瀬田は今野ともう、かなりの時間飲んでいた。彼は久しい間手伝いの婆さんを相手に飲んでいたが、今日は彼女と話す気がしなかった。この老婆だけは、彼に敬意を払ってくれるが、それが今夜は煩わしくてならなくなった。彼は今野のところへふらふらと訪ねる気になった。彼は今野を訪れるべきではないといいきかせる声を一方にききながら、心をほだすものがほしかったのだ。京子のビッコでありながら、何かキゼンとして立ち向って行く（と彼は思ったのだが）姿が、時々それこそ天使のように映った。ぽつねんと坐っていると、彼の理想の女として、自分の亡妻に求められなかった美点がこの不具の京子の中にそっくりはいっているような気がした。瀬田は今野を心から羨しく思った。自分が京子のような妻をもっていたら、教師なんかにならずもっと活動的な生涯を送ることになっただろう。亡妻はないものねだりばかりした。そうするとしまいには彼の方もよけい消極的になる。出世する望みさえも、あまりなくなってしまった。彼女の片手がリュウマチで利かなくなった時に彼は妻がすべて彼の責任であるように扱いながら、少しも気の毒とは思ってはいなかった。気の毒に思おうとする前た。事実彼の方も、気の毒そうにぶつついていたことを、忘れ去った記憶の闇の中から、今更のように思いおこしに、先きにおおいかぶさってきた。いつも少しずつおれてとうとう、かけがえのない人生を終えてしまった。彼は京子に舐めまわしてもあきたりないような慕情を感じはじめていた。

今野が仮病をつかっていることは、瀬田には察しがついていた。さわがしい一日の中では今野の不在などは、まるで今野の良心の存在ととりまちがえられそうなところさえあり、今野は彼のカンでそれを知っていた。だから瀬田が酒をもってあらわれた時、今野はもう安心していいと思った。瀬田も小柄だがなかなか逞しい身体をしていた。が、それが禿げ上った頭と、鼻から走る八の字の濃い皺といっしょになると、独身生活ともかねあわさって、秋風落莫の感をただよわせていた。一方今野はこれは大柄で大きな骨格とそれにふさわしい筋肉と、円い角ばった顔とをそなえていたが、顔色が悪かった。その不釣合な欠点を今野は得意にしているところもあった。得意にせぬまでも、誰かの責任にしようという腹がいつも仄見えていた。

酒がまわると今野夫婦を前にして、瀬田は身上話しをはじめた。そうして人生は終ったといった自嘲を見せた。下役の前でこんな話しをしたことは嘗てなかったという感傷が彼をかりたてた。勿論京子の眩しいアコガレるような瞳の前では、自嘲的になるのが、一番うまい芝居のようにも思えたのだ。確かに京子は自分達に少しでも有利な男の前で、あどけない、少女のような眼付きと口もとを、企みもなく見せるところがある。

「大丈夫ですよ。大丈夫ですよ」

今野は酔がまわるにつれ、おなじ文句をくりかえした。

「私は先生を信頼いたしますのよ」

「大丈夫ですよ。何もかもうまく行きますよ、先生」

今野はからむように瀬田の正坐している顔を見上げた。

「京子は先生に惚れているんです。なあ京子。僕はつらいなあ。相手がわるいや」

京子は子供を抱きながら、暗い電燈の下で二人を等分に横眼で眺めながら静かに笑っていた。こうして主人をも傷つけなければ、おれにも恥をかかせない。このような女でも今野と寝て子供をこさえたりするのだろうか。

瀬田は、今野の言葉に接穂がなくて、こう口火を切った。

「今野君、話はちがうが、白百合会というのはこのところ毎晩合宿しているのですかね」

「白百合会が？」

今野はとっさにどう答えたものか迷った。

「白百合会の合宿のことは知りませんね」

「でも君は当直のこともあったでしょう」

とモデル・ハウスのことをいった。瀬田は少しも今野を疑う様子もなくそういった。

「あれは僕と近藤さんが朝食を作ったあとです」

「そう、それならいいが」

瀬田はしかしまだ疑っていた。今野が伊沢をかばっていると思った。瀬田は立ち上りながら研究所の件は万全をつくす、といい残して、それから外へ出た。京子が運河べりまで送り出した。

「おやすみなさいませ。ほんとにどんなにお淋しいでしょう」

と美しい声でいった。

瀬田の耳には、京子の声が長い間のこった。瀬田が帰ると今野は、鴨水館のフトンをひきずり出して、そのまま横になった。そして、京子の方を見ながらいった。

「あの爺、いい気のもんだ」

京子は口を結んだまま土間におりて黙って、米をとぎはじめた。

「京子、そんなもの、明日にして寝ろよ」

「いいえダメです。静かにやすんで下さい。子供の分も敷いて下さいませんか」

今野はしぶしぶ立ち上った。フトンを敷くと今野は京子の後へより添って腕をのばして胸をだきしめた。京子は抵抗することも、喜ぶこともなく、されるままにして、釜の中から手をはなさなかった。

「お前はおこっているのか」

「いいえ」

「いやなら、なぜ手をふりほどかないんだ」

京子は黙っていた。

「なぜ泣くんだ。だから、お前は女に嫌われるんだ」

京子は尚もおし黙って手を動かしていた。今野は茫然と二、三歩離れて暫くつっ立っていたが、急に苛立たしげに語調をかえて哀願しはじめた。

「京子、おれが悪かったよ。お前に許して貰えないと、おれは立つ瀬がなくなるんだ」

「さあ、早くおやすみなさい。大家にきこえますよ」

「京子、早くきてくれよ。他人ばかり慰めないでおれを慰めてくれよ」

「今参ります、もう一寸ですから」

京子は今野のそばへよりそってくるまで、ずっと表情を変えなかった。夫と顔をつきあわせると、京子の顔は、瀬田の前で見せた、あのアドケない、夢みるような表情に変った。そして小さい声でブラームスの子守歌を口ずさみはじめた。今野は京子の胸もとに顔をふせて、酒くさい息をはきながらじっとしていたが、京子がやがて歌うのをやめて、

「みんな男の人って気の毒なんだわ」

と呟いた時、ニヤニヤ笑いながら顔をあげた。今野はふき出したくなるのをこらえた。さっきのムシャクシャした気持はふっとんでしまった。京子は手の届かないところにいる。彼はわるい部分をもちあげて、「これでもか」といいたくなるような気がした。それでいて同時に妻の京子に、愛着をおぼえた。(こいつには、男という男はみんな可哀想に見えてしまう。おれの薬が利きすぎたかな)

「あなたや瀬田さんを何とかしなくちゃ」

今野は今度は呆気にとられたように心持口を開けて、妻を見守りながら何もきこうとしなかった。そして、

「お前にかかっては、誰でもころりと参るよ」

といいながら、京子を引きよせた。

「おれは一眼見た時から、お前が好きだった。益〻お前が好きになる」

彼は京子の腰紐をほどきはじめたが、そうしながら、何かとゴマカしているのを知っていた。そのゴマカしが自分にあまりはっきり分ってきて、情慾をそぐのをおそれるように、なれしたしんだ裸を、一刻も早くさがしあてようとした。そこまでくれば、もうあとは、何が原因であろうと、相手が誰であろうと、もうおなじことだった。そして一番金のかからないことといえば、このことぐらいありがたいものはなかった。運河村のやつらは、

昼間ヘリクツをいっていたやつも、田圃で働いていた百姓も、どいつもこいつも、今頃おれとおなじことをしている、と彼は思った。しかし彼はその金のかからぬ娯楽が終って京子の方が背中を向け寝息をかすかにたてはじめた時、憤りがこみあげてくるのを感じた。こいつはいい気になっていやがる。このまま寝かせておくのは、まちがっている。こうして一生を終らせてしまうのは、許されぬことだ。それなら、何だって不具である理由があるのだ。彼は思わず、鴨水館のフトンをはぎとった。裾を乱した彼女の身体があらわになった。

「いたずらは止してよ。もう直ぐ冷え出すわ。早くおやすみなさい」

（いたずらなんてもんじゃない）

今野は喚き出そうとしたが、辛うじて思い止った。

「もう落着いたんでしょう？　早くおやすみなさいよ」

今野は水をのむようなふりをして、そのまま外へ出た。彼は一人ぼっちだと思った。京子の下駄に足を下したが、彼はわざわざ自分の下駄に足をのばして、つっかけた。

（一生に一度は、ほんとのことをいってやらなければならん。それまでおれはとっといてやるのだ）

今野が運河べりの道に一歩ふみ入れようとする時、彼は人の足音をきいて、ふみとどまった。彼の前をその人影は通りすぎて行った。彼はそれが近藤であることにすぐ気がついたが、彼に今立寄られては堪らぬと思って、黙っていたが、相手は、まったくそこが今野の家であることを忘れたように、ふりむきもしないで歩いて行った。近藤の姿が見えなくなるまで、そうしてくらがりに佇んでいたが、彼はだんだん落着かなくなってきて、とうとうまた引返した。他人の姿を見た時、彼は長く、憤っている不安に堪えられなくなったのだ。彼は京子を自分の方へ向けさせると、その胸もとに再び顔をうずめた。京子は待ちかまえていたように、眠りながら、今野を抱きしめた。すると、その部分だけの情慾が、またもや、頭を擡げてきた。もう一度同じことをくりかえした時、今野はくたびれたために、何もかも忘れてしまった。

京子は、夫との交渉中、ずっと幸子のことを考えつづけていた。彼女は助役への直接交渉を幸子の口添えであるために、どこまでもやってのけようと思った。彼女の幸子に対する一種の憎しみは、こんなふうに、相手に添いながら、発展した。

第六章

伊沢は宿直室で考えこんでいた。

赤痢がおこったことについて伊沢は、又もやこれは役場側の好餌になると思い、その対策をねっていた。A町から水道をひく便宜が得られるというふうに、役場がもってきたとしたらどうしようか。いやそんなことはない。この川の水の味に執着をもっている村の者が、そんなことを考えだすはずがない。

「僕ら？　そんなことを考えたこともありませんよ」

廊下に足音が近づいてくるのに気がついた。小使かと思ってきき耳をたてていると、女の足音と分った。とっさに彼は幸子だと思ったが、ガラス戸があいたとき、それは信子であった。そのあとから小使が二人分の夕食をさげてもってきた。小使は食事をこさえてくれはしない。伊沢もこれから「鴨水館」からでも取りよせようか、と思っていたところであった。してみるとこれは信子がこさえたものに違いない。信子が今晩あらわれることも、彼女がこんな世話をしてくれることも、考えてもみなかった。彼女は湯上りで、制服をフレヤーの多いワンピースに着かえていた。小使に風呂をたかせて入ったと見えて、その照れくささが、小使の、おこったような顔に出ていた。彼は一ぱいひっかけてさえいた。

「いい機嫌だね」

と伊沢が小使にいうと、

「仕事に差し支えはねえよ」

と答えた。それから、

「源五爺は、おれの叔父だが、あの渡しのことはどうなるのかね。今日は助役は逃げたというじゃないか」

伊沢は頷いた。すると信子が、身体をくずしながら笑いはじめた。そして、もう帰ってもいい、と小使にいった。どうして学校に泊るのか、と伊沢が問いただすと、バスに乗りおくれて、鴨水館に泊ろうか、と思ったが、あそこは気が進まないから、止しにしたと答えた。

「鴨水館はよく知ってるのかい」

「だってあそこの若旦那は、私を貰いたいって、うるさいんですもの」

「そいつは初耳だな」

と伊沢はうつむきながらいった。

「私、今夜は先生が泊りだときいて、安心しちゃった。材料は小使さんから徴発したのよ」

といって伊沢を眺めた。

「この料理の出来は先ず九〇点という評点だな」

と盆の上に目を落しながら、伊沢は呟くようにいった。それから、

「津村」とよんだ。信子がひょいと顔をあげてじっと伊沢を眺めたが、それは到底長く受けこたえていることが出来ないような、執拗なものがあった。

「きみは、今日、役場の警察の者に何か頼んだね」

信子は口のあたりに、薄笑いをうかべたまま、伊沢から視線をはずさなかった。

「いつ気がついた？」

と信子はかぶさってきた。伊沢はそれには答えなかった。

「なぜ、そうしたか分る？」

「好意はありがたいが、これからは、止して貰いたいね」

「好意ですって？　好意なんてもんじゃないわ」

「それなら何です」

伊沢は憎らしげに口を歪めた。

「私ね、先生が、なぐりつけたり、石を放りなげたり、なぐられたり、ぶちこまれたりするの、衛生上いいと思ったわ。先生は、きっと求めているんだもの。だけど」

「だけど何です」

「私ね、そうさせたくなかったというわけ。おもしろいもの」

「きみは——子供だ」

伊沢は笑いながらいった。すると信子がこらえきれぬように笑いだし、箸を投げ出してしまった。伊沢はおどろいたように相手を見た。

「きみは、子供だ！」

と信子は笑いながら、伊沢の口調をまねてくりかえした。

「先生、奥さんにも、子供だ！　っておっしゃるの？　おもしろいな、あのお医者さんが、子供だ！　っていわれると思うと。その子供が大人のようなことをしたら、どうなさる」

「誰のことだ」

「ああ鴨水館へ行くわ。あそこで泊めて貰うわ。ほんとは私、はじめからそのつもりだったの。今夜はあの人いないの。町へ出かけているの。安心した？　ねえ、先生」信子は立ち上って近よってきた。「いろんなこと教えてあげようか」

「御馳走様。早く行きなさい。小使に送ってもらうといいよ」

伊沢は先きに立って小使室へ行くと、小使に鴨水館まで送りとどけるように頼んだ。小使は承知して二人はならんで門を出て行った。信子はふとかがみこむと小石を拾い、校舎のかげで見送っていた伊沢めがけて投げた。石はグラウンドにはずんで、羽目板に音を立ててぶつかってはねた。

小使が門を出て十米も歩くと、信子はもう帰れといってきかなかった。彼はぶつぶついいながら、ひっかえしてくると、とつぜん門のかげから声がかかった。

「今の誰だ。ウワサ屋の道子か」

佇んでいるのは、着流した瀬田であった。酒の匂いがした。小使は返事をしないでそっぽ向いた。瀬田は、昼間とは違ってはじめから、語気鋭く追求した。

「いいかげんなことをいうと承知せんぞ。我儘は許さんからな」といって歩みよった。「あの娘は今迄何をしていたのだ。白百合会の連中だろう。まだいるか」

小使はかぶりを横にふった。

「もういませんよ。それより風呂にでも入らんですか」

小使はからかうようにいった。

「今迄いたな」

「御覧になった通りですよ」

「今夜は泊っていないんだね」

「探してみたら分りますよ。あなたは『アラ探し』にきくことを私にきいている。私は校舎の中の戸締りはちゃんとしておりますよ」小使はぶるぶる震える指で校舎を指さした。彼の方がよけい腹を立てていた。「文句いわれる筋はない」といい「私も、もう一杯やらなくっちゃ。娘っ子にからかわれたんじゃ、面白くありませんや」とつけ加えた。瀬田の声は高ぶってきた。

「お前のことについては考えがある。あそこにいるのは伊沢だな」

「電報が来とりますよ」

と小使は急に思いついたように、作業衣のポケットをさぐった。クシャクシャになった電報紙が指にはさまって出てきた。瀬田は待遠しげにそれを眺めながらいった。

「お前もう読んだな、なぜ早く見せるなり、伊沢に連絡させるなりせんか」

「私はアキメクラですよ」

小使は懐中電燈を手に持っていたが、それを貸そうともしなかった。瀬田はわざと伊沢のいる部屋の窓の下まで歩いて行って、電報をひろげた。彼の半分てらされた顔は、見る見る深刻になって行った。瀬田がふりかえった時、小使の姿はもうあたりにはなかった。瀬田は瞬間、目と鼻のところにある校長室を仰いだ。それから思い直したように、廻れ右をしかかり、宿直室の窓へ呼びかけ、伊沢君、赤痢がはやっているそうだから消毒薬を井戸水に入れとくように小使にいっとくれ、というと、伊沢が、承知しました、と答え、外から見ると（実際二人はガラス窓をへだてていて、顔を見合わなかったが）何事もないようであった。それから、門まで小走りに走って行ったが、門を出ると、思い沈んだように重い足取りになり、そうして、「ようやく来た」とひとりごとをいった。

伊沢は瀬田が引きあげてから、じっと坐りこんでいたが、急に立ち上ると、上履用の運動靴をはき、窓からとびおりて駈け出した。信子は堤防伝いに鴨水館へ行くことは、彼は知っていた。少し遠廻りになるが、伝って行けば、水門へ出る。水門から五十米もおりれば、旅館になっていた。伊沢は信子の影絵のような黒々とした姿を堤防の上に見つけると彼女の名を呼びながら、一気にのぼった。信子は伊沢が追っかけてくると知ると、走り出した。伊沢は走ってくるうち、多くのことをいい、多くのことをきき出したいという気持にかられてきていた。信子に追いついた時、信子はすぐ彼をつき放すようにして伊沢から離れた。

「何しに来たの」

伊沢は何からいっていいか分らないように口をもぐもぐさせた。彼は来たことと、したことが、少しも一致していないことで、あわてているのだった。信子にはさっき石を投げたようなソブリはまるでなかった。伊沢はこれからどうするか考えているもののように、漠然と信子のあたりへ視線をなげて佇んでいた。それからあきらめたように近づいた。又もや信子は手でつき放した。それはまるで彼女が、女の扱い方の訓練を施しているみたいであった。

「私、奥さんをとられるような人イヤ」

信子は笑いだした。彼女はくるりと向うをむくとスタスタと歩きはじめた。それから信子は闇の中でふりむいて佇んだ。

「お前は、鴨水館へ泊るのは、よくないよ」

「まだそんなことといってるの。先生は」

「お前は自分が分らないんだよ。正しい方へつかなくっちゃ」

「そんなことじゃないのよ」

「僕のいうことをききたまえ」

伊沢が一歩二歩近づくと信子はあとずさりしながら、

「ああイヤだわ、ほんとにイヤだわ、先生って、イヤだわ」

そういう信子は泣声になり、まわれ右をして駈け出して行った。

伊沢はそのまま長い間つっ立っていた。（それは十分以上であった。と彼は、あとで私に語った）それから機械的にもときた道を引返した。学校へもどると警察署へ電話しようとして受話器をとりあげてからやめた。

彼は「改革日誌」を取り上げ、そこに慎二のことは書かれてあるが、近藤のことが何も書かれていないことに気がついて、とにかく「心得」のとこに「要注意」と書くことにした。そして出張費を早く渡すようにいわなければならない、と書いた。そして「公」の印の丸を太く打った。そこまできて、彼は本来なら、自分もさっぱりして、フトンを引きずり出して、寝るところだったが、急に立ち上った。そして彼は少しも立ち上るつもりはなかったのに、そうなってしまったのであった。そして彼は少しもそのつもりではなかったが、便所へ行こうとした。というより彼の足が、そう命ぜられたように、彼を便所の方向に運んだといった方が正確だった。そのしょうこに、彼が目的地へ着いた時彼は何も然るべき用意をせず、行き止りになったので立っているだけだ、という恰好で立っていた。そしていきなり前の窓をあけた。レールは錆びついて、彼に苦労をさせたあげく、一時に待っていたとばかり、ガラリとあけると、それといっしょに蝿がとび立って彼の口もとにくっついた。月が空に出はじめたと見えて、手さぐりで闇を通ってきた彼の目には、昼間のように明るく見えた。空には何も見るものはありはしなかった。

彼は先ず第一に、突如として、自分が生きている気がした。たとえばじっとしているみみずをふみつけた時、急に、おや、いやにこいつ生きていやがるな、といったぐあいに感じるが、このみみずが生きていやがったな、というのに似た感じであった。その生きている感じは、彼が幸子とウマがあったり、運河村の改革がうまく行った時の感じとくらべると、まるで比較にならぬほどのものであった。

ほとんど分っていた。ところが彼はすぐさま幸子と近藤に話をつけようとは思わなかった。それはふしぎなくらいだった。（彼は話をつけていいはずだということを知ってはいなかった）それなのに何か勝手が違っていた。彼はどういう文句を口に出そうか、考えた。その文句は、贅沢だ、とか、こそこそやる、とか、人間のすることじゃない、とか、ひどいやつだ、とか、協力精神がない、とかいったもので、すべてそれは、助役に話をつける時に自然に用意したり、今迄他人の不正を難詰する時に用いたところの文句ばかりであった。まっさきになぐりつける、様子を想像した。要するに勝手が違っていた。ところが彼はこればかりは助役をなぐりつけるようなぐあいには、自然さがないことが分った。

黙って、処理しよう、二人に任せようと彼は次に思った。その時彼は、どんなことがあっても自分が女なら、考えて、このようなことをしないのに……と思った。すると自分は分が悪いと彼は一寸思った。それから自分が放り出されているという淋しい気がした。次に急に二人の首を一ぺんにしめたくなった。次に近藤の首はしめる気もしない、と思った。ああのこうのと思うばかりで、とどのつまり、ひょいと鶴見はこんな時どうしやがるか、とその方に彼の考えは向って行ったのである。(彼はその時鶴見に知られることの恥しさなど考えはしなかった)

彼は何も解決がつかぬままに、あかるい外へ出た。昼間通った道に沿った家には、灯がぼんやり洩れていた。その夫婦たちの寝ている家々が彼の胸をしめつけてきた。が、彼はそのまま歩きつづけた。今野の家までくると、もう灯が消えていた。そこでじっと立止り、それから、自分の家の前を通らず、別な運河沿いの道を通って、鶴見の家の方へ歩きつづけた。

鶴見の家にはまだ灯がついていた。そのあかるいものを眺めながら、何もおれはしょうこをつかんだわけではない、信子の思いつきだと思った。彼はぼんやり鶴見の家を眺めていた。それから鶴見のモーターボートが運河につないであるのが目にとまった。鶴見の口にする出来かけのアトリエが、スレート瓦をのせて柱を見せて立っていた。鶴見が手入れすると見える花壇から何か花の匂いがにおってきたが、それが何の花だか考えようとしなかった。

要するに夫婦なんてものは、夜寝てごまかしているだけじゃないか、家をすっぽりとってしまえば、抱き合った魂に身体があるだけだ。家なんてものに執着することはありはしない。しかし、と彼は今迄通ってきた道の家々のことを考えた。あのだきあって寝ているやつのために、抱きあって寝させるために、おれは仕事をしようとしているではないか。

家の中からボソボソ話す声がきこえるので、伊沢は自然と庭深く入りこんだ。彼は立聞きするかっこうになった。

「お前が平気になってあいつのことを忘れてしまえば、おれの方は何でもねえだ」

「そりゃ、何度もいうことじゃないの。忙がしくてそんな昔のこと、考えていられないわよ」

「おれも忙がしくてあいつのことなんか考えていられねえさ。それだけのことだ。だからあいつが来ても気にすることはなかっぺ」

「あの時いわなきゃよかったわ」

「………」

「あんただって、アメリカへ行きゃ、何をするか分ったもんじゃない」

「そんなことは保証できねえだ」

「まだお茶をのむの、もう止したらいいわ」

伊沢には彼等夫婦の話の内容はよく分らないし、また深く考える余裕がなかった。あんないいかげんな話をして、それから寝てしまうんだ。おれは夫婦仲なんかよくしようと思わんぞ。見ておれ、おれはどこまでも、おれのことを貫いてやるぞ、幸子は勝手にしたいことするがいい、それは意志の力で出来る。……

鶴見のところにいると、そう期待していたわけではなかったが、伊沢は幸子のすることを軽蔑することがようやく出来かかった。幸子を軽蔑したことは、伊沢はこれがはじめてであった。

第一、これは、敵の謀略かも知れない。うまい言葉にぶつかった。そう思わせたのはボートであった。長い廻り道をしてその夜、伊沢はその結論に到達すると、もう一切考えることを止めることにした。疲労がそれをいくぶん助けた。そして彼はその試みにほぼ成功して、宿直室にもどると、眠ることが出来た。

近藤が起きた時には、彼の家には一通の手紙が投げこまれていた。それは筆蹟からして、幸子のものと分ったが、彼女は、もう既に診療所へ出かけたものと見える。昨夜のことは一カ月前の出来事のようで、それが彼に冷静さをとりもどさせていた。彼は昨夜のショックが、今迄軽蔑していた女を男同様に取り扱える楽しさを感じ始めていた。彼は女を男をとり扱う道具と思っていたか、男同様の一人立ちした道具のように映ってきていたのだ。彼は幸子に愛着をおぼえながら、封をきった。今日もよい天気で障子一ぱい明るくなっていた。もうしばらくすると、運河の水をうつして障子がチラチラ光りはじめる。ワナにおちこみながら、しかも一人立ちしている。ワナにおちこむことは、彼を必要とし、心の底で彼を好み、一緒に芝居を演じることだ。それにワナにおちこむという点では、女は男以上に動物的だ。つまり動物的でありながら、一方にきわめて人間的なのが、今の近藤にとっては幸子のように思えた。宛名はあるが発信者の名はどこにも書いてなかった。

「昨夜以来格別に伊沢のことが浮んできます。彼は昨夜もどりませんでした。たぶん学校でしょう。彼は床を共にしないので怒って今夜は帰らないのです。愛してもいないのに、気になります。知らぬ人なら、私が伊沢を愛していると思いまちがいをすることでしょう。あなたに奥様があったら、きっとおなじ思いをなさると存じます。

しかし始ったものは、私はつづけたいと思いますし、もう止めることは出来ません。私はあなたを愛しているのですもの。お笑いになるかも知れませんが、毎日毎日が一生だと思えます。とても私には伊沢とはウマがあいません。伊沢のことを語って御免下さいまし。しかしあなたと一緒にいると今日一日を生きている気がします。私には安心ができるのです。私は診療所で働いています。しかし私は女ですから、一緒にほんとに生きて下さる人が必要です。

でも私はこのことは、伊沢には隠しつづけます。どうか、あなたもそうお願いいたします。私は伊沢を見ぬ前から、何だか打明けそうで困るのですが、悪いことをしたからではありません。いいことをしたくらいに思っています。いいことをしているので、話したいのです。伊沢にとってもいいことのようにさえ思うのですが、でもやっぱり慎しみます。

もし伊沢に分ったとしても、あの人に文句をいう筋はありませんし、あの人は私がなくては一日もすまされぬことは分っています。よしんば許さないとしたって、それが何でしょう。

お蔭さまで、私はいらいらしていたのがおちついたような気がいたします。ほかの人には誰にも分らせないようにに御注意下さい。それからここに同封しましたのは、昨夜の宿賃でございます。あなたの御部屋ではいやです。鴨水館もいやですが橋が出来なければ、いたしかたありませんわね。主人はこの一、二日学校で多忙のことと思います。また会いとうございます。診療所へ電話下さい。ウワサ屋や学校から電話なさるのはいやでございます。

……」

おかしなことだ、と近藤は思った。伊沢は橋問題でも現在をいきていると思っているだろうに、幸子にとっては、現在を生きる相手がいないという。すると伊沢は家庭では現在を放テキしていることになると見える。鶴見のやつはけっこう女房と毎日を充実させるテを心得ている。あいつがアトリエを作ることにしたって、庭に花を植えたり、それからボートに乗っていることだって、細君にとっては、あれで自分の現在を確かめるものとなっているのだろう。今野は……今野は京子のまわりをめぐって右往左往している。これもまた鶴見とある意味ではおなじ効果を与えている。全く伊沢という男は、愛すべき男だ。おれは何層倍も、伊沢が好きだ。たしかに、幸子のいうように、近藤も近藤なりに急に伊沢が気にかかるというより、前より好きになってきた。伊沢のよさが分ってきたのだ。それでいて幸子が不快でないのは、帰る巣をちゃんと考えていたり、「あの人は私がなくては生きて行けないの」といったりするところだ。独立した人間といったっていいかげんな独りよがりの場合が多いが、それにしたって、彼女は独立している。

近藤は何度も手紙を読みながら顔をほころばせた。近藤は自分の口から伊沢に打明けるつもりはなかった。

おれを尻目に、二人がまわりまわっておさまるとしても、そいつは面白いじゃないか、と口に出していってみた。しかし彼には何か別な面白くないものが忍びこんできていることに気がついてもいた。それは幸子とのこの交渉が、伊沢や鶴見を動かす時のようには、彼をたのしませてくれないことであった。重い分銅がミゾオチにぶら下っているような気分になる。そして勝っているより、何ものかに敗けているような気がしてならぬのである。そしてその原因は彼がどこかで鼻の下を長くしていたことである。そしていまいましいことに「鼻の下を長くしていた」と自分が思うことである。しかし彼は依然として伊沢や鶴見に優越感をもっていた。自分がこのことを意識しているからである。

道子はその朝眼を真赤にしていた。昨夜鶴見がおそくなってからウワサ屋へやってきて、父親とポソポソ話しをしていたが、鶴見が帰ってから、彼女は鶴見が就職のことで骨折っているのだから、邪魔するようなことは絶対にしてくれるな、といって、夜明けまで寝かせなかった。彼女の父は成行任せで、橋のことについてもはっきりした意見があるわけではなく、会合がある時には部屋を提供した。簡単な料理は彼の家で出来た。母親のいない家で、道子はそんな時母親の代りにきりもりしたが、一昨夜は父親の方で手伝いを断った。ウワサ屋にとってはいずれが有利か、実際誰にも分るはずはない。ビラに名前が出たとしても、彼は成行を見ているだけで、特にそのために腹を立てたわけでもなかったが、自分の店はえらい目にあった、といった。道子の弟にあとをつがせ、道子は鶴見の世話で町に勤めさせるつもりでいたところ、その鶴見に道子におとなしくして貰わねば困ったことになるといわれると、ウワサ屋はこの時は鶴見に反対せず、娘にきついことをいわなければならなかった。道子は長い間黙っていたが、(その間鶴見と父親はショウギをさしていた)父親のいうままに頷いた。するとウワサ屋は、ほんとは就職させたくはないんだ、と聞えよがしにいった。そしてA町のやつに旨い汁を吸われてしまう、伊沢のいうことはもっともだ、とつけ加えた。就職の話はずっと前からあった。白百合会の動きも今日のビラまきとデモで一役買ったのであって、それまではきわだったことは何一つしてはいなかった。道子は全く、父親に似て、成行通り伊沢にしたがったまでだ。道子はずっと慎二のことを考えていた。助役がへどもどした時、道子はどうしてあんなふうに立派な大人が醜態を見せるのか。助役が慎二の父親であるせいもあるが、そのことが慎二のことと一緒にアタマにこびりついて離れなかった。父親の前でうつむいているうちに、奇妙な同情が助役に湧いてきた。そしてそれは鶴見にもつながった。彼女は大人に腹を立てる理由を一つも持ち合せていなかったのだ。だから一層慎二をあこがれもしたが、それは片面のことなのだった。

道子は廊下で信子につかまってしまった。その時道子は信子がやはり就職をすることを思い出した。

「私ゆうべ一人で泊っちゃった」

信子は出合い頭に道子に話しかけた。

「そう」

道子はより添ってきて自分の指をとろうとする信子に、心の中で競争心を燃しはじめた。もう二人は指をにぎりあっていた。道子は信子が自分の指でこちらの指をさぐり、自分の指の形のよさを見せつけるつもりらしいと思った。

「あなたならどこでも通るわ」

「何のこと?」

「就職のことよ。私あなたとおなじところへ勤めたいわ。ほんとのお友達にならない?」

鶴見が、それより信子の受けるところへ自分も受けて入りたい気持も押えかねた。

「ええ、今野さんの講習で勉強できた」

「今野さんは幽霊のマネして現われたのよ」

「ほんとう?」

道子は話題をそらした。信子と話すと、こわくて一つの話にうちこんでいられない。

道子は黙っていた。今に慎二のことをいいだすかも知れない。

「あら忘れていたわ。鶴見先生があなたをよんでいたのよ」

信子はどこへ泊ったとは、遂にいわなかった。道子はもうそのようなことには、今は興味がなかった。

道子ははじくように信子の指を放した。信子がこんどは鶴見先生のことを口にする。よもや昨夜のことを知ることはあるまい。昨日の朝と自分はひどく違う。急に、こんなに落着かなくなったのは、伊沢と離れて慎二についたからなのかしら。信子のことは非難できない。自分は学校へ何にしにきているのだ。道子は眼をおさえてから、教員室へ入って行った。彼女は鶴見が昨夜の件をひそかにかきくどくのだと思いこんでいた。ところが、鶴見と伊沢が机をへだてて云い争っているところにぶつかってしまった。

鶴見が伊沢とはげしい議論をしたとこを、道子はほとんど見たことがない。その鶴見が道子の姿を見ると、証人を見つけたように道子を指さした。

「本人にきいてみれば分ることだよ。これはきみがさせたも同然だと思う」

それから、また伊沢の方を見た。彼の様子ではもう大分対峙しているように見えた。信子は進んで教員室に顔を出すが、信子は話の発端をきいていたに相違ない。鶴見は道子に黙って紙片を渡した。それは藁半紙一面にガリ版で刷った、「ヒューマニズム」という題の新聞であった。これは学校や工場の若い連中の間で会員のある新聞で、出る度に誰かが持っていたり、慎二が配って行った。それは最近の号でまだ彼女は見てはいなかった。道子は視線を走らせるより早く、一つの見出しにひっかかった。そして、それは運河村のこの学校で仮名ではあるが、あきらかに鶴見と分る教師が、仮名だがまたあきらかに道子と分る女学生を、脅迫してあるクラブから脱退させたと書いてある。脅迫の方法は、就職に不利なような内申を記入する、というのである。この教師は「橋」架設についても町側と醜関係があるとか、アメリカ人の手先きになっているとか、はげしいことが書きつらねてあった。道子はこれを読んで、慎二だとすぐ思った。慎二には一週間ほど前に、軽い気持で、鶴見に白百合会を止めたらどうか、と初めて注意され、うわさが立つと、就職にも影響するといわれたことがあったといった。鶴見はそれを優しい口調でいった。彼女はしかし、就職に影響があるとハッキリと思ったわけではなく、また就職のことはそれほど気にならなかった。それより漠然と伊沢に殉ずるつもりでいたのだ。だから彼女はビラまきを、鶴見の言葉をおしきるように勢いこんで実行したのであった。

道子が慎二に話したことと、この新聞記事の内容とは似ている。しかしここでは鶴見はすっかり悪人に見える。道子は鶴見が悪人だと思って話したおぼえはない。何か違う。道子はすぐそう思った。昨夜のことは、一層この記事に似ている。ふしぎなことに益〻似てくるかも知れない。しかしそれでいて違う。たしかに伊沢の口からも「悪人」だというひびきは伝っていた。しかし鶴見は悪人ではない。道子は真赤になった。

「道子、きみは僕がここに書かれた通りだ、と思うか」

道子は、黙って首を横にふった。伊沢の顔を見ることが出来なかった。

「たとえ本当としても、何故こういうことを書かねばならんかね」

鶴見は伊沢の方を向いた。彼は立ち上っていた。

「書いたものとしては、必然性があるのだ」

「きみが書いたのだね」

鶴見は、この言葉は今迄大事にとっておいたものと見えて、たしなめるように静かにいった。それは何という児戯に類したことをするのか、といった調子であった。

「僕ではないが、これは嘘だとは思わない」

伊沢ははっきりそういった。教員が遠巻きにしていた。瀬田は今朝は学校に一寸姿を見せると、すぐ出て行った。近藤は遠くから、この騒ぎを眺めていた。今野はヤカンを持って小使室からもどってきたところであったが、しまった。

不機嫌な顔をしていた。せっかく持ってきたヤカンを机の端にうちつけて、蓋をとばし半分ばかりの湯を流して

「今野君、静かにしろよ」

近藤がニコリともしないで、そういった。

「きみは昨夜ものんだと見えるな」

今野は返事をせずに、自分の席へもどり、茶をいれた。教師達は授業に出て行ったが、今野は、この騒ぎを利用して、少し骨休めするつもりか、腰を上げようともしなかった。近藤一人は授業がなかった。伊沢も鶴見ももうとっくに教員室を出ている時間だった。

「道子は知ってるだ」

と鶴見は伊沢の方を向いたままでいった。

「道子が話しただから」

とつけ加えた。

「道子の責任ではありませんよ」

と伊沢が叫んだ。

「責任者はきみだっぺ。きみがまちがったことを吹きこんでいるために、全体がこういうことになるだ」

「まちがっているのは、あなたですよ。あなたはここで決ったことを裏切るのだからな。昨日の一事だけでも、それは明らかなことでしょう」

ああ、また、「まちがっている」といってしまった。鶴見は、伊沢がまちがっている、と思っていたが、まちがっているというと、とたんに伊沢から、「お前がだ」といわれるようにこの言葉は無意味だ。そのことに腹が

立ってきた。ずっと伊沢とのつき合いで……昨日のことといい、今のことといい、確固とした自信をもってしたことは一つもありはしない。ただ伊沢が自分のことを「まちがっている」と思うということの苛立ちが、彼を動かしているにすぎなかった。今更のように彼は伊沢を眺めた。この男は幸せなやつだ。おれを敵だと思っている。ところがおれ達には、この男さえ敵だと思えない。ふしぎな気がするだけだ。

「何らかの方法で、これを取消しなさいよ」

「それどころではないのですよ。あなたはこれだけではすまないかも知れませんよ」

「そうかね」

鶴見はうす笑いをうかべた。

「あなたは道子によけいなことをいわない方がいいですよ」

「道子は僕の受持だっぺ」

今度は伊沢がうす笑いをうかべた。まったくこの記事の通りじゃないか、といいたげであった。

鶴見はもうはっきりした態度に出るに違いない、と、近藤は窓から外を眺めながら思った。道子がどうするか、皺よせは道子にきている、近藤は一寸した悲しみといっしょに、幸福感にみたされた。鶴見に帰れ、といわれた道子は廊下へ出て、走って行った。

道子がいなくなると、二人は顔をふせて椅子に腰をおろした。二人ともタバコをふかしはじめた。鶴見は近藤が見抜いたように消極的な強い決心をした。鶴見は、さあという時には、伊沢の弁護をするつもりは心の底にあったが、これから伊沢にどんな、不当な不利なことがおきた時でも、絶対に弁護しないということだ。これだけの決心のために彼は長い間かかった。それはまるで運河が流れ、本流の川に達するためにはどうしてもある時間がかかるとおなじように時間がかかった。伊沢はこうした鶴見の変化には気がつく様子もなかった。昨夜鶴見の家をのぞいた時、気がつきかかっていたのだが、忽ち自分ふうに岸に乗りあげてしまっていた。

鶴見は、伊沢が出て行ったあと、まだ残っていた。彼の授業は彼がいなくても、生徒たちは、それぞれ明日のバザーの仕事をはじめていることを知っていた。鶴見は近藤のところへ近づいて行った。近藤は鶴見を微笑で迎えた。

「あれは道子のせいではないですよ」

近藤がいった。彼はこういいながら、幸子の名を声にしてよんでいた。サチ子、こう口ずさむと、昨夜床の中で名をよんだ時の印象がうかびあがり、伊沢が一枚の紙屑のように思えた。このようなことは、彼にも経験のないことだった。鶴見は頷いた。頷きながら、近藤に話して何になるか、と思った。近藤は宙を見ている。近藤の弟の慎二のしたことを、他人のしたことのように思って、こんなことをいっている。鶴見は昨夜近藤が伊沢の家に出かけたことを、知っていた。とつぜん鶴見は、この男からもはっきりしたいと思った。それはまるで、彼が絵をかいている時に、一筆アクセントをつけることで、物と物が各〻そのところを得て美的快感を与える、あの手口である。この男と何かモヤモヤとまざりあって、不快な画面を作っているのは、おれの女房がもともとこいつと一緒になっていたためだろうか。未だに女房の後姿を見ると、とたんに近藤が立ちあらわれてくる。というよりあれが近藤になったような愚かしい想像をめぐらしてしまう。アメリカでなくとも、その機会さえあれば、鶴見はほかの女と何をしでかすか、自分でも分らないと思っていた。しかし、彼は、それでもやはり、この男から、はっきり一線を画すことは出来ないような気がした。どういう出方をしても、鶴見の女房と離れようが離れまいが、近藤が自然にからみこんでくるのはおなじことだ。それはまた、そのほかの村のことがそうなのだ。近藤とはこんなに違いながら、違うことがはっきりしない。おなじ沼の中にいるようだ。近藤が憎いと思うと自分が憎くなる。ああこいつが何かしでかしてくれたら、めどがつくのにな、おれがしそうもないことをして、おれを切り離しゃがったら、気持がさっぱりするがな。近藤が標準語で話しはじめた。

「あなたの後援会は村だけではなくて、町からも会員を募りますよ。瀬田さんが発起人代表ということになりますが、いいですね。僕が直接運動させて貰いますよ」

鶴見は、何か不本意ながら頷かざるを得なかった。

「瀬田さんの、エビガニ研究のことですがね」

「あれは駄目かどうか分らねえだ」

鶴見は近藤に反対するような気持でいったが近藤はそれに合槌をうった。

近藤は鶴見の顔色を見ながら、余計なことは一言もいわなかった。鶴見はまたそのことに気がついていた。

「近藤君、きみは、楽しいだかね」

「何のことです。僕は趣味がないので、楽しみというものがありませんよ」

「僕はきみを見ると、何が楽しいのかと思うだがね」

近藤は一瞬緊張した顔を見せたが、すぐ笑いだした。

「だめですね。僕は楽しみすぎると、委員会である男がいいましたよ、知らないんですね」

「あの質問屋か」

鶴見は近藤との交際も長いが、こういうことを考えたことはなかった。頭はいいが、ふやけてしまって救いようがないやつだ、と思いこんで、深く考えることを嫌ってきた。今鶴見はこいつは、おれを楽しんでいるな、とはじめてはっきりと気がついた。

「あの男は昨日もデモでは、質問ばかりしていたが、あの人は幸子さんにも、あなた方は自分の楽しみのために、村のことをしている。楽しみすぎてるというんです。僕はいってやりましたよ。きみだっておんなじことじゃないか。きみは辺りかまわず食いさがることを生甲斐にしてるんじゃないか。きみは幸子さんが好きらしいが、食いさがっては嫌われるよって」

「幸子さん？　ああきみらは、委員会の一派だね」

そういって鶴見は黙りこんでいたが、ひとりごとのように、

「罰があたるだよ」

そういってしまって、こんなこと口にしては何にもならないとすぐ思った。

「僕にですか。誰があてるのですか」

「そんなことがいえないのが、罰というものだよ」

「鶴見さん、あなたは僕には気がねすることはありませんよ」

「気がね？　僕がきみに」

鶴見は顔を思わず赤くしながら、指をのばして、自分の胸をさし、それから同じ指で相手の胸をさした。そうしながら、こんなしぐさをしたのは生れてはじめてだと思った。近藤は真面目な調子で、

「そうですよ。僕はあなたの奥さんをすてた、と思っておられるでしょう。それはそれでいいのだから、僕を軽蔑するなら軽蔑されたらいいのですよ。ただ僕は、少しも気がねしません」

「そういうことをいっていいだかね」

「僕がですか」

近藤は珍しくびっくりしたように、自分の胸を指さした。それから相不変真面目な顔をつづけながらいった。

鶴見は腹の虫はさわぎたっていたが、近藤のその顔をいつになく美しいと思った。

「僕がこんなことをいうのは、生れてから初めてかも知れません。僕は格別あなたの今の心境を、一般にいって、人間の大切なところだ、と思うので、いうのです。僕はあなたが、ムシャクシャするのは、当り前だと思うのです。あなたは、あなたの興味をもっていることがあり、そのほかのことで、処理に困っておられる。人間は誰でも処理しにくいものを持っています。絵のようなぐあいにはいかない。絵だって本当はそうかも知れないが、技術を知っておられる。伊沢さんだって、あの人ふうに信じているものがあります。僕には個人的にはあなたの方

が近い、理解しやすい人ですがね。難しいのは人間のことです。われわれには、ここの農夫と変りないどころか、もっと難しいかも知れない。難しいことが、何で恥になりますか。僕はこと人間のことになれば、誰も不真面目でも、真面目でもないと思っています。僕の親父は町でずいぶん遊んだ筈です。手をつけぬ女がないくらい、当るをさいわい、実に沢山に物にしたそうです。断っておきますが、僕は違いますよ。僕がそういう男なら、あなたの奥さんといっしょになっていたでしょう。僕は女は嫌いです。僕の親父は女たらしでありながら、僕の姉が、(この人は自殺しましたがね)ある町の男と関係が出来て一緒になりたいと申出た時に、親父は狂人のようになりましたよ。ひょっとすると、この話は御存知かも知れませんが。父は姉を裸にして、あそこを検査したそうです。このことは姉が自殺してから、親父から直接きいたことです。このあと親父はいくぶん変ったことは事実です。しかしそれにしたって、変ったとすれば、またどんなふうに変り方の余波がくるか知れたもんではありません。罰があたらぬように、どう暮したらいいのですか。当りっ放しですよ。僕があなたとこんなに近くにいて、あなたの好意をもちつづけるためには、いやな言葉だが愛するためには……僕は女より男の方を愛しますからね。そして僕は、愛したいですからね。愛したり憎んだりでなくて、愛しつづけたいですからね。そのためには、精一杯生きてくれることが、僕には望ましい。僕は僕で精一杯愛することが、僕が精一杯生きることですよ。ただね、女はね、女は愛することが難しいように出来ている。肉体があるからだ。女に肉体があるからだ」

「それにしたって、きみはやはり罰当りには違いない」

鶴見は待ちきれぬようにいった。それから相手を一気に抹殺するような意気込みでいった。鶴見はシャガレた声をしていたが、それがそのまま高くなって、バイオリンを下手にかきたてたようになった。

「きみのような考え方の者が多くなったら、それだけで、生きることは出来なくなる」

「多くなりはしません。ごらんなさい。あなたは、多分絵というもので、僕のいうことをやっています。だからせんだってても僕に絵を見せたのでしょう。あれは厳しい構図です。運河村を材料にして、あれだけの絵がかければ、あれはただの逃避とは違うでしょう。しかし絵の中でです。けっこうなことです。今野はわかりきったことですが、憎むことで、何かを信じています。瀬田さんは憎むものを今、さがしています。みな罰当りになりたくないしょうこです。伊沢の眼には世の中は二色しかない。色が別れているから、憎んでいる。罰当りになるどころではない。僕はあなたが今、僕を罰当り組に入れられたことはいいことだ、と思うのです。あなたは今輪廓をほしがっておられるのです。あなたは今迄、自分の絵と、今迄の実を結んだ苦労と、その延長とを、他人と違う輪廓にしておられたわけでしょう。それが今、伊沢と僕とで、もっと違った輪廓が必要になってきたのです。そして今、あなたは今、自分の手で輪廓を引かれたわけです。こんなことといえるのは、相手が鶴見さんだからです。気にさわったら許して下さい。こんなことはもうこれっきりいいません」

近藤は、一度話しだすと、伊沢の重い弁舌とは違った、一寸軽薄とも見える話し方で、酔っているようにつづけた。彼は鶴見の妻ではなくて幸子のことをたえず念頭においていた。初めて、二度、三度とつきあえそうな女に会ったことの言訳を自分にしていることまでは気がつかなかった。

授業が終って、教員室がざわめいてきたので、鶴見はその場を離れた。今日は彼は多忙であった。彼は近藤に仕事のことをいいのこすと、部屋の中をあちこち、駈けめぐりはじめた。近藤の最後の一言で、彼は再び渾沌としてしまった気持をもちながら、もう拘わっていられなかった。ただ彼はアメリカへ行くことを前より一層願うようになったことだけは間違いなかった。

近藤がいつにない重大らしき話しをしていたとしても、それから、鶴見がいつにない個人的な感想や決意をもったにしても、実際はこの些かな生温い職場に於てさえ、それは傲慢なことだったのである。だから授業終了のベルがなった時、鶴見が急に浮足だち、近藤が話題をうつして、「今日は凪ですな」といったことをいわないとしたら、二人ともどうかしているのである。もし許されるとしたら、伊沢と今野位のものである。この二人はそのアダ名にも明らかな如く、既に変人で、変人であることで、人々に多少の安心をあたえていたのだ。いわば既得権というやつだ。鶴見と近藤は違う。ほかの者が承知しない。「今日は凪ですな」みたいなことをいわないとしたら、「今日の昼飯は何にしますか」といった、卑俗な事務的なそして真面目な質問を浴せかけられるのがおちである。世の中は喧嘩をする人は愛するが、こういうところでまことしやかな話を得々とする人は嫌う。飯を食べたり、便所へ行ったり、夜夫婦で寝たりするくせに、何をいうか、とこう思うところがある。近藤は鶴見が去ったあと沈思黙考などしていなかった。彼は伊沢と出口のところでぶつかると、「助役から返事を期待できないね。もう一度ハッパをかけた方がいいですね」というようなことを話しかけて快活に笑い、それから、一瞬何か自分が伊沢になったような、といかぬまでも、伊沢の兄弟位にはなったような錯倒した気持がおこってくるのを、他人のことのような感慨で見送ってから、マンマクをとりに宿直室へ入って押入をあけた。それはまことにつまらぬ仕事であったが、彼が鶴見からいいつけられた仕事であったから。すると押入れの上段の一番上に、確か今では今野の持物となっていたはずの、鴨水館のフトンが一かさね、積んであることを発見して、おどろいた。彼はすぐ、小使がとりもどしてきたことに気がついた。もうこうなってから今更もう一度、運ぶ手伝いをしてやってもムダなことである。そんなことをしたら、「占領軍」はもう一度出かけて行って真昼間はこんでくるであろう。彼はそう思いながら、あたりには今野の姿が見えないので、先ず仕事の方にとりかかった。授業は今日はもうやめで、あとは明日の準備ということになっていた。手狭だが講堂がある。生徒を使って壁にはりめぐらすのが彼の仕事だが、講堂には運ばれた机の上に、陳列品がそろそろ並べはじまったところで、賑かであった。彼が声をかけると、数人の生徒が駈けよってきたが、彼が愛想のいい冗談をふりまいて顔ぶれをみると、中に信子がまじっていた。

「嫁入り前の人は、うんと働くけいこをしとくんだよ。亭主に何でもやらせるつもりでいると貰い手がないよ」

「いやだあ」

生徒たちは歓声をあげた。近藤は彼女らを喜ばせた。

「信子、きみは何にも陳列しないのだろう」

「あら、軽蔑したのね。私はベビー服を出したわ、ねえみんな、ほんとよね」

「へえ！」

近藤は踏台の上へのぼりながらいった。信子が幕をもって、隣りの梯子を一段ずつ近づいてきた。

「昨日はどこへ泊ったか、ききたいでしょう？」

「モデル・ハウスじゃないだろうね」

「あれは解散よ、鴨水館」

「鴨水館？」

近藤は思わずオウム返しにいった。

それから、

「伊沢君をおきざりか」

「途中迄送って下さったわ。でも私断ったの」

「どうして」

「だって、同情しちゃったもの、伊沢さんが鴨水館へきたら、いくら何でも困る人があったわよ」

「知った顔をしてるね。伊沢君はきみを同情してるよ。きみのような落着かない人をね。もっともきみは署長の娘だから、同情はしないな」

信子はそれには耳をかさずにつづけた。

「私今日今野さんのところへ行ったの。だってあの御礼は奥さんに差しあげといた方がいいでしょ。どうせ奥さんの手に渡るもの」

「どうしてた、今野君」

近藤は耳をすました。

「今野さんは奥さんにあやまっているの。奥さん私の顔を見て、平気な顔をして笑ってアイサツしたわ。とても気持がわるい。子供さんが運河のふちへ歩いて行っても、知らんふりして、私と話してるの。それが先生、主人が世話になってといったふうのことなのよ。私、子供をあやして家へ連れもどしてから帰ってきたの」

「信子、きみはそれからどこへ行った。今朝は大分活躍だね。僕はきみが小使の自転車で、戻ってくるところ見たよ」

「だって私、診療所へ行ったんだもの。予防薬が足りないというもんだから、取ってきたんです。表彰状貰わなくっちゃ」

近藤は竿で幕をひっかけて釘にかけながら、この娘は小妖精みたいなやつだ、と今更の如く舌をまいた。

近藤はいくらあたりが騒がしいといっても二人の話をきいているにちがいない生徒達の手前はらはらした。彼女らが彼にそっぽむくことを、彼は教師の本能でおそれた。信子は近藤の手の下をかいくぐって、いつも先廻りしていたり、意表をついたりする。男と女のことばかり、四六時中考えているらしい、人間放れしたこの娘には、近藤は足をすくわれる気がした。

「私、伊沢さんの奥さんに、ほんとのことをいってやればよかったわ」

「…………」

「昨夜のこと」

「昨夜のこと？」

近藤はわざと声をおとした。

「昨夜私がしたことよ」

近藤は信子のいうことで、自分がおびやかされると思うような男ではない。彼は急に、まったく運河村の曲り角で人にぶつかる時のように、急に一つの感情が顔を出してくることに気がついた。それは信子が自分とそっくりおなじことをしているということ。それがどうも自分の真似をしているらしいということ。それからますます羽根をのばし、いい気になってきているということ。そして一番の特徴は、信子が弟の慎二が伊沢の弟子であるのと違って、まったく男と、女のことばかり考えているということ。慎二が男であるに対して、信子が女であること。女らしい出方をしていること。そういう一切のことから、彼は何か自分を咎めて、信子に腹が立ってきたのである。

近藤はこのところ、自分に腹を立てたことは一度もない。ところが、その予感は二、三日来あったものの、今はそいつがはっきりと拡大されてきて、思いもよらぬところで、彼をくすぐり、彼を怒らせてきたのだ。近藤は露骨に信子から顔をそむけて見上げている生徒達に話しかけた。一度そうすると、もう近藤は信子の方をずっとふりかえらなかった。今迄の成行上大人気ないと思いながら、一旦そうしはじめると、もう止めることが出来なかった。第三者が見たら全くいつもと変らない調子で彼は、女生徒達といっしょに笑い声をあげた。信子はいつのまにかその場から姿を消してしまった。近藤がふりむいて、信子がいないことに気がついた時、彼はとたんに信じられぬほど俗なことを考えた。信子にはもうぜったいにいい点数をやらない、ということであった。信子には伊沢も鶴見も、成績に多少の贔屓目の点数をあたえていたが、近藤もやはりそうであった。

伊沢は鶴見のそばを離れてから教室に出たが、昨日のデモの失敗のことが、どう反応を呈しているか、ということが念頭にあった。彼はそこで日記に書いたことを思い出しながら失敗の理由をかいつまんで話しているうちに、鶴見に対する反感がまた甦ってきたので、教師の中にさえ裏切者がいるというようなことを口にし、女も強固な意志をもたなければいけない、などといっているうちに、女が強固な意志をもつことが、どういうことか、何か怪しくなってきた。幸子は何か強固な意志をもっているが、それが何なのか、未だに分っていやしない。

たしかに自尊心というものはある。そういったものが、強い意志と結びついているが、今まで一度だって、正体が分ったと思ったタメシはない。分ったと思うとしばらくしてからまた分らなくなる。女はおざなりにセックスで処理すべきものだとは思わぬが、仕方なくそうして、日をかせぐつもりだが、もう一日ともたなかった。忽ちワケのわからぬ存在になってしまう。強固な意志というものは、女の中に眠っている、得体の知れぬものらしい。彼は目の前の女達が、幸子と二重うつしになってくるのを感じて、いや、若い女は違う、といいきかせた。するとと幸子も若い頃があり、結婚した頃は若かった。その女とあれだけ近い距離で暮してきて幸子は少しも思い通りになってはいないとすれば、この女達に、いいきかせて何になるか。彼はそこで、忽ち、幸子は特別だ、というふうに思うことにした。彼はこの何時間かけて、鶴見を軽蔑するように、幸子を軽蔑してしまうことに成功していた。これは初めてのことだっただけに、かえって新鮮に具合よく行きつつあった。軽蔑するような女といっしょに暮し同衾してきたことに、ひけ目を感じるのは当然だが、大体彼は長いこと、軽蔑しまいと、むしろ意識的にしてきただけに、そのコートをぬいでしまえば、裸になる用意が出来ていたわけだ。

彼は例によって多少陰気な様子で、注意をあたえ、それから朝鮮で行われている米軍の干渉について、それから武装の費用の高価なこと、飛行機一台が運河村の半年の生活費にも当ることなど、しごくありふれたことをくりかえし述べて、次第に酔ってきた。それから授業を、まるでこの話の延長のようにすすめると、何となく女生徒達が全部思い通りになり、道子のように貞操さえ提供しかねないといったふうに思えてきた。

伊沢は帰りに廊下から道子のクラスをのぞいて見たが、見当らないのでどうしたかな、あの子はしっかりしているから大丈夫だが、おれだってちゃんとしているじゃないかと思いながら、引返してきた。そこで近藤と鉢合せになった。近藤はすぐ話しかけてきた。伊沢は近藤の鼻や口から出てくる臭いをかぐほど接近していたが、臭いをかぐと一、二歩目立たぬように退いた。臭いはまたにおってくるように思えた。伊沢は今朝ほどから近藤となるべく顔を合せまいと心がけていた。もう少ししてから、対向してやろうと思っていたから。（幸子には会おうとは思わなかった）彼は何かいおうとしてとっさに何も出てこなかった。いやに臭いを立てるやつだな。今日ほど近藤の臭いが気になることはない。伊沢は非常に僅かな時間であったが、幸子に対する愛着が、意志を泉のようにほとばしってくるのを感じた。それはまったく肉体を離れた、ただ花の匂いのようなものであった。実際、彼は鶴見の家の庭で昨夜かいだ、花の匂いをかいだのだ。近藤の首すじのあたりから、かすかに流れてくる（香水というものは淡く淡くなった時ふいと香水本来の匂いを発するものだが）幸子の移り香であったかも知れなかった。あるいはその移り香が、鶴見の家のあの花の匂いを甦らせたのかも分らなかったが、伊沢はそこまでは考えなかった。ただ奇妙な法悦境にひたったことは事実であった。伊沢は兵隊の時、北支のある城外で実弾射撃をしていたことがある。彼は監的手で壕の中にすくんで、金属性の音をたてとんでくる弾丸が、すぽっすぽっと的のあたりに穴をあけるのを見守って、白と黒の的をふる役目だったのだが、ひょいとある匂いが、彼をとっつかまえてしまった。それはオレンジの匂いで、穴の中にオレンジがあるはずはないのに、匂ってくる。自分のポケットにも、たぶんほかの兵隊のポケットにもないオレンジが匂ってくる。彼はオレンジが、数時間前に城外へ隊伍を作って、埃の中を歩いてきた途中に、露店の店さきに並んでいるのを見かけた。そのオレンジは彼はその時チラと眺めたけれども、別に欲しいとも思ってはいなかった。たぶんそのオレンジがふしぎなことに匂いとなって甦り、そしてその匂いがまるで生物のように鼻の前というより自分の内外でつきまとって、彼は自分が故郷をいたいほど思い出しているのであった。オレンジは故郷になっているわけでもなく、またオレンジが特に好きだと思っているわけでもなかった。しかしそういうこと全体は何か、あることを暗示していることはまちがいない。

今ちょうど、この時とそっくりおなじぐあいに彼は、しみとおるような漠然とした、愛着をおぼえた。しかも近藤を前にしておこったのだ。この珍現象にしばらくぼんやりと彼は椅子に腰をかけて、いったいそれが何であるか、一寸の間知ろうとした。フンイキとしては強いが、考えるよりフンイキに浸ってしまった。彼をその中から立ち上らせたのは、折からの電話のベルの音だった。

「こちらは役場ですがね」

と相手はいった。役場ときいて伊沢は緊張して受話器に耳におしあてて、あたりを見まわした。鶴見に見られたくはなかったのだ。

「え、何ですって、それは直接電話をかけてこられても仕方がありませんね。もう帰ったのならいいじゃありませんか」

役場からの電話は伊沢の期待に反して、今野の妻の京子が役場に、何時間も坐りつづけている。用事を伝えておくというと、直接会って話したいというので、会わせたところが「エビガニ研究所」の助手の件だそうだが、まだ全然きいてもいないことなので、といって帰そうとすると、とにかく承諾のしるしでも得ておきたい、といい、もしそれが駄目なら何か自分の出来る仕事はないか、というので、それも考えておく、というと、どうしても今日中に返事がほしい。自分は自活したいから、というので、とにかく帰らせたが、あの人はどういう人物なのですか、というのだ。

「それよりも、こちらは伊沢ですが、昨日の、決議文の返答はどうなっているか、助役にきいてもらいたい」

というと、今研究中であるので、暫く待って下さい、ということだ、と答えた。

京子が自活したいという話は、伊沢には初耳だった。伊沢は、小学校と中学校に電話をかけて、今夕改善委員会の集る会場で、こんどの件の代表者を集めたい旨を伝え、昨夜の小学校教師をよび出すと、会場の使用を依頼した。彼はそれに直ぐ応じたが、「あなたは自分のことを少し考えとかないといけないと思うのだが、あんまり平気だから心配している。そんな甘い考えでいいかな」といった。しかし、それは他組合に連絡はつけてあるし、君達がしてくれることで、僕が頼むのは筋がおかしい。応援を頼むというふうにいってある、ということを間接的に述べると、「他人のことにおせっかいをやきすぎるということはどういうことかな。他の組合にその熱意があるかな。第一熱意とは何かな」といった調子で、からみついてくるのは昨日とおなじことであった。今野をさがした。京子のことや、彼等夫婦の生活のことには、伊沢は責任があると思っている。今野はいなかった。伊沢は明日の陳列品のガリ版をきって印刷する仕事にとりかかった。鉄筆をとりあげて原紙の網目に向った、目の中がふくらんできて、彼の意志に反した分泌物が今にも落ちかかってきそうになった。それをふきとって、心を押えていると、胃袋から背中にかけて痛みがおそってきた。つきとめようとも、別れようとも、決着をつけるものが何もない。こういうことはまるで分らない。まるで分らない。「別れる」と思うだけで、自分といっしょに運河村も、その外も影のように淡いものになりそうだ。その恐怖が胃袋をしめつけた。

第七章

瀬田は学校を出ると、新田の渡しへの道を急いだ。彼は運河べりの床屋に寄ると、床屋はヒゲをそりながら伊沢をおしたてて、県会に出したら、どういうものか、といった。瀬田は、多分、組合がそうするだろう、とそっけない返事をしていると、前々代の校長、山名の話が出た。山名が県知事に打って出た時には、開票結果を、ラジオできいてはこの店の前へはり出した、といった。彼は瀬田に向ってあなたもどうですか、とお世辞にもいわなかった。とつぜん瀬田は口を開いて、

「今野君の奥さんは時々子供をつれてここへくるかね」

とたずねた。

すると、あの人はああした不具の人だが、着物は古い物にはちがいないがまだ売らなかったと見えてちゃんと

したものを着ているし、子供は月に一度は連れてきますよ、育ちのいい人だと思いますがね、と答え、大分前ですが一人で出かけて、まだもどってこない、とつけ加えた。農繁期には子供は伊沢さんのおかげで責任者がいて面倒みることになっているが、すべり台もあの近所にあることだし、遊ばせといたのですか、それとも今野さんが、学校を休んで（床屋はチラと瀬田の頬骨のあたりを上からうかがった）お守りをしているのか知りませんが、とにかく珍しく子供をおんぶしないで一人で出かけました、といった。それから瀬田が引上げる時、橋はどっちになりそうですか、昨日はデモがここを通ったが、ああいう時、先生はどうしておられるのですか、と真剣にたずねた。山名校長なら、どうすると思うかね。瀬田は精一杯の反抗的な問を遂に発しながら、釣銭を受けとった。するとと床屋は、わが意を得たりとばかりに、

「実は私もさっきからそのことを、考えておったです」

と答えた。瀬田はそのまま釣銭を床屋の掌に返して店を出ながら、若い頃はともかくとして、何十年来、亡妻以外の女のことは考えたこともなかったことを、今更のようにふしぎに思った。ひょっとして京子に会うかも知れないが、と心の底であてにしながら、なるべくゆっくり歩くことにした。道は曲っているのでどこでひょっこり会うとも、分らなかった。堤防へ向って岐道を右にそれようとした時、彼は役場の方を眺めた。すると胸が早鐘のように鳴りはじめた。京子が特徴ある歩き方でうつむきながらやってくるのが見えたからである。瀬田はまわりを見渡し、引返そうかと思い、それからしびれるような気持で京子の近づくのを待つことにした。

今朝早く小使が今野の家へやってきた。彼が今野の家へやってきたのは、例のフトンのせいだが、彼は変に真剣で、仮借するところがなかった。彼がどんな悪態をつき、今野が苦笑いをしながら、「いいようにするさ」とつぶやいたかも想像できることだ。京子は小使の来たことには気もつかぬような様子で、朝食の支度をしていた。彼女は引続き一言も口をきかないで、うつむきながら、食事を始めた。今野は幾度も京子の方をふりかえったが、

何をいおうか途惑っていた。彼女は整った、一分の隙もない顔にやつれを見せて冷然と坐っている。何を考えているか、といえば、何にも考えてはいない、という。そのくせ何かいい出せば、知らぬうちに、京子のペースにまきこまれてしまう。それだけでなく、実際に行動するのは彼女の方である。この村へくるときめたのも、彼女で、自分の方からは何もいわなかったが、今野の言葉に沿って、彼女一流の夢をえがきはじめた。今野を救い、今野を尊敬してくれる人ばかりであるように思いこみ、そう口にした。今野は苦笑しながら、ありがたそうな顔をした。彼女は今も何を考えているのか。そうして坐っておれば、誰一人その不具に気のつくものもない。彼はほんとに長い間、心の一面でその不具を憎んできた。彼女の独りよがりも、それから何もかも、不具のせいである。今野は昨夜一夜おさえていたものが顔だけ見ていると不具の様子が微塵もないだけにぐっときて、

「お前はいい気になっている！」

とゆっくりとそしてはっきりといった。それからおっかけるように、自分を叱るように、

「お前は自分の身体がわるいのに甘えている」

といった。今野はそういってしまってから、茫然となって壁を見ていた。そして今にどういう返事がくるか、待ちかまえていた。彼は京子につかみかかる態勢になっていた。京子の言葉によっては、京子をなぐりつけるか、あるいはおしとどめるかどちらでも出来る態勢であった。京子は黙っていた。物の二、三分もたってから、京子は顔をあげて、さげすむでもない、気の毒がるでもない、云うにいえない表情をして、

「そう思っていらっしゃることは、知っておりましたわ」

と、すぐに答えた。もう少し早くそう答えたら、今野はなぐりつけたかも知れなかった。彼は気勢をそがれてしまっていた。京子はいつ体得したのか、その間合のもち方を心得ていた。それからあとは、平生と少しも変らないので、今野はホッとした。それから機嫌をとりはじめた。

瀬田が京子と出会った時、瀬田はこの事情を知るわけがなかった。京子が役場へ出かけたわけをきくと、彼女はすなおにありの儘に答えた。あとになってみれば、果して何のために出かけたかさえ分らないのだが。京子は瀬田の行先をきいて、自分もお伴したい、と買物にでも出かけるような口吻を示した。瀬田は子供のことを口にしなかった。それをいえば、今野が留守をしていることにふれることにもなる。彼は京子と何時間か共に過せるチャンスを逃したくなかった。

新田の渡場で舟に乗る時に、瀬田は堤防の上を自転車をとばしてくる幸子の姿を見た。彼女はそのまま乗りすごそうか（水門を通って町へ出ることが出来る）渡舟に乗ろうか、一瞬迷う様子をしたが、乗りこんできて、三人はアイサツをかわした。幸子はハンドルをにぎったまま、学校から患者を出さぬように気をつけてくれ、自分はこれから町へ患者の隔離のことで話をつけに行くのだ、といった。そうしてこういう時には、橋がないのはとても不便だとつけ加えた。瀬田は伊沢のことで自分は町へ出かけて行くのに、その伊沢の妻と乗合せるのはおかしなことだと思いながら、どうせ向岸へ着けば別れる相手なので、バツを合せていた。幸子は昨日の話のことで京子にどうなったか、と口から出任せのことをきいたりしたが、子供のことについては、瀬田とおなじようにいいしぶった。幸子は京子が一人で瀬田といっしょにいることに、強い興味を抱いていた。舟が向岸につきかかった時、爺は、錆びついたような声をあげて、

「ウワサ屋の道子がいるだ」

と叫んだ。瀬田と幸子は今離れた堤防の上をふりかえった。そこには道子が一人しょんぼりつっ立っているのが見えた。道子はしかし、暫くそうしていると、何か思い直したように堤防を少し歩いてから、向う側に消えてしまった。爺は漕ぎながらぶつぶついっていたが、そのほかは誰も道子のことにはふれようとはしなかった。いつも京子の全身をしつように眺めていた幸子も今日は、京子が川風にホツレ毛を直した時、チラと横目をつかっただけであった。舟は葦の中に入って軽い音をたてて、小さい桟橋に横付けになった。

幸子と別れて、二人になると、バスの中で瀬田は、専門の領域である、生物学の話をはじめ、無理をして大学へ進むべきだった、と語り、今では有名な学者になっている友達のことを話した。ただその男の難といえば身持が……といいかけて、これは思い止った。瀬田はそれから、京子の両親のことから出身地のことなど、ありふれたことを、心をこめてたずね、いちいち感心したように首を動かした。そして、

「あなたのような娘さんをもたれた方は幸せですな」

といった。ところが京子は、何をいったかというふうにふりかえった。それから前に腰かけている来客を一人一人、穴のあくほど、順々に見はじめた。京子は微笑を口のあたりに浮すが、アドケない顔を一度も見せなかった。瀬田は心の中で、顔立ちが整い脚が悪い姿というものは、この世で一番美しいものだと思いはじめていた。孕んだ女も美しいが、それよりも美しい。神経痛になってからの瀬田の妻は醜かったが、その亡妻さえも美しかったように幻想を抱きはじめていた。世の中は美しい。彼は涙が出そうになってきていた。

「さあ終点ですよ、京子さん」

彼は感動してふるえながら、そういうと京子の方をふりかえった。腰をおろしているのは二人きりだった。京子は窓の外の何ものかを凝視して、じっと動かなかった。京子は鷺が数羽とびたっているのを眺めていたのだ。彼が手をとった時、はじめて気がついたように立ち上った。

彼は町の中ではなくて堤防で時を過したかった。というのは町を二人で歩けば、彼女の姿が、どんな眼で見られるか分っていたからだ。彼は教育庁のそばまで車で行き、そこで一休みすることに決め、噂にきいていたデパートの喫茶室に連れこむと、直ぐもどってくるといいおいて、自分だけ外へ出た。

彼は役所で、前に会ったことのある役人に対面しているうちに、期待していたような話題が出てきた。昨日役場へ出かけた連中の氏名、伊沢の挙動、そうしたことに就ては、積極的に役場とも連絡して郷に入ったら郷に従うこと、それから山名が近いうちに運河村へ赴いて、伊沢の問題は解決する。……といったようなことであった。

瀬田は、思いがけない京子とのこの小旅行で、動揺していた。伊沢のことや、問いつめられた氏名など、それらを軽々しく口にすることが、卑しむべきことのように思われた。出発する時とすっかり違っていたわけだ。彼は動揺して口ごもったところへ、山名の名がこういう形で出たので、瀬田は、こんどは、教員に対するよりも、もっとはっきりした態度で、伊沢を弁解し、氏名は勘弁願いたい、といった。伊沢のことは、君が弁解する迄もなく、山名氏がよく理解し、勿論人物の長所なども語っておられる。君がそんな心配することはない、それから山名は僕の友人だと相手は語気を強めていった。

役所の窓からは、漣デパートの屋上から上っている気球が見えた。長い広告文字をぶら下げて青いが濁りを帯び、初夏の空に斜めに流れているのが、役人の頭の後ろにかかっている。家具特別大売出。農家の方へのサービス。といった二行の文字を見ていると、役人の顔が影絵のように暗くなり、頭髪の頂上だけが光って見えた。そこで、つまり顔が見えない状態のままで、彼は腰をあげた。外へ出ても、役人の顔は影絵のままで残っていた。そのうち黒い虫のようなものが目の前にいくつも舞っていた。それは虫ではなくて、昔から疲れている時に目の前にあらわれる斑点であった。

瀬田は運河村のことは半ば忘れたように歩いていた。こうして京子のところへもどって行く、この状態が一番自分にはふさわしい。役所でも運河村でもない……この道路の上を歩いている時、これがマトモな自分のような気がするといったふうに見えた。

「瀬田さん、瀬田さん」

彼はこの町で自分の名をよばれるのにおどろいてふりかえった。一人の巡査が追っかけてきていた。津村信子が、運河村の学校へきているというので着任早々、署長が寄ったことがある。その時同行していた巡査であることが、すぐ分った。

「今野京子という女の人を知りませんか」

「今野京子?」

「あなたと一緒だったという話ですが」

瀬田はうなずいた。相手は京子の行方をきいた。

「あのデパートの中におります」

瀬田はもうデパートへ向って歩き出した巡査の横顔をいぶかしげに眺めた。

「どうしたのです」

「ある事件が起ったのです」

「事件? 今野さんに関係したことですか」

「お帰りになれば分ることです。私はとにかく今野京子さんを探しているのです。喫茶室でしたね」

瀬田は歩きながら頷いた。瀬田は幸子が自分を探せば、京子のありかが分ると教えたのだ、とさとったが、そのほかのことは何が何だか分らなかった。

「どの人です」

若い巡査は瀬田をふりむいた。

「この中にはいませんね」

瀬田はカウンターへ行って、京子のことをきくと、もう大分前に黙って席を立ったままもどらない、と答えた。どこへ行ったたか、心当りはないか、と巡査は瀬田にたずねた。京子が何しにきたかも知らない。

「いったい、何が起ったのです」

巡査は教えずに、こうたずねてきた。

「あなたはなぜ今野京子と二人でおいでになったのです」

「そのことに関係があるのですか」

瀬田は冷笑をうかべてやり返した。巡査はそれには答えないで、これからどこへ行く、ときいたので、今から学校へもどるところだ、というと、早く帰るように、といった。瀬田は一人になると、カウンターへもどって、運河村の学校へ電話をかけて、鶴見をよんだ。鶴見が足音を受話器までひびかせて、あらわれた。瀬田の問いが終ってから、小さい声でささやくようにこういうのがきこえた。

「今野の下の子供が溺れて死んだのです。発見がおそかったので、駄目でした。しかしこれはこの村では仕方がないことです。子供のことよりも、京子さんのことを心配していますが」

瀬田は、すぐ帰るといって切ってから、さて一人になると、停車場へ歩いて行った。駅では、京子の身体の特徴を告げたが、沢山の客のことで覚えがない、ということだった。瀬田はひょいとふりむいた拍子に、さっきの巡査がチラッと壁のかげにかくれるのに気がついたが、かまわず、公園へ行って見ることにした。夢と思ったものが、実はその反対だった。彼は京子に出会うことをおそれていたので、その気持からすれば、巡査があとをつけているぐらい、物の数でもなかった。彼はもつれそうになる足をひきずりながら、自分という一人の人間にもてあまし気味になっていた。駅ぎわには子供が二、三人金盥のまわりに集って音がしていた。中には二つずつの眼をもった何百匹というエビガニが重なりあっては肌と肌をすれ合い盥から底へすべり落ちながら、音を立てているのだ。瀬田はぼんやりと眺めているうちにエビガニが自分の姿で、彼等が声をふりしぼっているように思えてきた。

「エビガニ、どうですか、子供の玩具に」

その男が瀬田に声をかけてきた。

瀬田は黙っていた。

「大人だって遊べますよ。大人だってたまには遊ばなきゃ。おじさん、これはアメリカからきたものですよ、さあどうです」

彼はその男に京子のことをきいてみた。その時も彼は京子の身体の特徴を口にした。エビガニ売りの男はその人ならここに立っていて駅の方へ行きましたよ、といって、傾いて歩くマネをしてみせた。子供達がどっと笑った。

巡査が近づいてきた。

「今、署長に電話連絡しましたら、署長のお嬢さんが学校の井戸水を使っているのだからよくしらべてくれというこ とでした。帰宅されて疑似赤痢になっておられたそうです。ぶらぶらしていないで、早く帰って下さるとアリガタイですが。こちらからも出かけましたから」といった。

「誰が出かけたのです。署長ですか」

「保健所長のことです」といい声をひそめて「あなたは明日はどういう日か御存知でしょう。アメリカ人が出かけて行く日ですよ。山名さんの頃は、あの学校はアメさんには評判がよかったのですから。視察はよしてもらうわけにには行きませんから」

瀬田は、汽車の方を、さがして下さい、と念を押すようにいった。

そういいながら瀬田は自分がいっている言葉の意味がよく分らなかった。

「瀬田さん、あなた鴨水館という宿屋の主人を知っておいでですね」

瀬田はうなずいた。

「デパートのそばの食堂で、朝から広言しているので一応留置してあるんですが、さっきからこんどは赤痢だといってきかないんですよ。医者にしらべさせると、保菌者でないことは分ったのですが、まだ赤痢だといっているんです。連れてもどってくれませんか」

「山名先生に連絡したらいいでしょう」

「山名さん？　その山名さんは今夜にならないと、ここへは帰ってこないのです」

巡査は電話で署へ連絡するから待ってくれといって瀬田を待たせて、近くの果物屋に入って行った。その間瀬田は通行人の中にふと京子がまじっているのではないか、と目をくばっていた。しかし京子の姿はやはり見えなかった。巡査はもどってくると、鴨水館は山名さんのところへ行くといって出て行った、というので、京子の実家の東京方面に手配してみるように頼んで、瀬田は四時のバスに間に合うように停留所へ向った。京子のことを頼むと、とたんに相手はうろんくさい顔にかわった。京子がなぜ逃げたかという疑いがその頃になって瀬田のアタマにうかんできた。

　幸子は学校へもどった時、ぐっしょり汗をかいていた。デパートはあるが公立の病院はない。それはB町にしてもおなじことだ。A町とB町とのいずれからでも行ける県庁所在地の町は遠すぎる。幸子はとりあえずA町の診療所へきて相談したが、B町に頼んだら、あそこには病室の空いている病院も多いという返事だった。しかしB町が果して引受けるかどうか怪しいものであることは、彼女は知っていた。とりあえず薬品だけは、廻してもらってきたが、どちらにも所属していない、独立した小さい村のなさけなさだ。堤防の上は追風になれば楽だが折悪しく向風が自転車の進路の真向から、重いかたまりになって吹きよせてきたので、歩いた方が早い位だが、まがりくねった大川は今度は横風を送ってきて、堤防下に転げそうになる。彼女は遅々とした前進をつづけながら、ふと近藤が力を貸してくれることを想像した。自転車を押してくれるというようなことではなくて、漠然と頼りになる人ということだ。近藤は何かしてくれる、しかし気を許すことが出来ない。外でどうなるのか知らないが、家の中では、夫は自分を少しも安心させてくれない。伊沢が幸子を安心しきってしまっては、自分が安心できないという、男女の間のふしぎな関係は、幸子が女であれば分るはずがなかった。カマキリの雄が一回の性交後、雌に食われてしまうという。この雄のオビエが男の中にひそんでいる。男は細かい生活の中で、いつも不要のものとなり、この世から投げすてられることばかり感じ、女が現在の中で次第に居すわり、未来も現在のつづきだという態度をとることを嫌悪する。この嫌悪を、女は自分という個人の女に向けられたものだと思いこむ。

女が若くて潑剌としている時は、女は一番男に近い。明日にも死にかねないものが、共存している。しかしその後、性交後、女は死から遠ざかってしまう。彼等夫婦は、二人とも互いに気がついてはいなかった。幸子は伊沢が気がおけない。……その気のおけなさは、何であるか、分らなかった。ただそう思って混乱しただけだ。多くの女が自分のこととなると急に考える力を失うように彼女もそうだった。「伊沢には私がいる」と幸子が近藤に手紙を書いたのは、自分のいない伊沢の生活が想像できなかったからだし、伊沢以外の男との結婚生活が、うまく行くとは考えられなかったからだ。どうして今となって、「気がおけない」なんて思うのだろうか。京子を見た時、伊沢をこわいと思った。京子の子供が溺死したときいて、一層伊沢がこわいと思った。そのこわさを消すつもりで、こんなことを考えているのだろうか。

子供の溺死を計画的に防ごうとしたのは、この村で、夫の伊沢一人である。自分もいくつかの改善案は出したが、夫のすることとは別の分野でやってきただけでなく、夫の夢中になる方が不快でもあった。今度の橋の件もそうだ。ところが、隔離のことで、今日出発前には村役場へ出かけて、独立した病院を村に造ることについて助役に出張中の村長に話しをしてみてくれといったのだが、いずれその問題は橋の架設と共に解決するのだから、我々に協力して貰うことだ、と暗に夫の伊沢のことを引合に出した。その時、幸子は自分達委員会のしてきたことは、直接村役場と折衝するようなことは何もしていなかったが、いざ役場の手を経ることになると、村会議にかけること、そのことが実に大変なことが、分ってきた。

夫である伊沢は気がおけない。……幸子はペダルを踏みながらくりかえし思った。「ねえ、私、イントウな女？」近藤にこういいかかって止したのはよかった。しかし、自分は近藤を忘れることが出来ない。私は愛された。自転車は止ってしまった。私はまだ苦しくない。姦通の苦しみはこれからに違いない。車をひきずって堤防をおりると、風はようやく弱まってきた。今野の家へよると、近所の百姓が大勢あがりこんで、狭い部屋は足の踏場もなかった。「ウワサ屋」も床屋もきていた。死んだ子供の処置は、助手がしたらしくすべてすんでいた。

近藤も鶴見も伊沢も顔を出したが、今夜通夜にくるといって引返した。今野は上の子供を膝に抱いてうなだれていた。が、幸子の顔を見ると、今野は低い声で呟やいた。

「伊沢さんの奥さん、子供の死んだのは、伊沢さんの責任ですよ。京子がいなくなったのはあなたの責任ですよ」

「今野さん、仕方がないよ、みんなここでは子供をなくするだ」

とウワサ屋がいった。幸子は近藤と伊沢がいないことでホッとした。彼女は今野のいうことなど耳に入らなかった。集ったものは子供が溺死した模様をくりかえして茶飲話しにしていた。ウワサ屋は自分の娘を失った時のことを熱を入れて話していた。今野を新しいヒーロー扱いしている気配さえあった。今野は幸子に京子の手がかりはなかったか、ときいたが、幸子は首を横にふった。今野は、何も準備していないので、遠くは行くまいが、と呟いた。それから急に今野は、自分と伊沢と知り合った頃のことを顔を輝かせるように話しはじめた。その頃、伊沢は幸子と争って泊りこんできたりしたので、京子が着物を売って饗応したといった話であった。その話は恨みのこもったものであったが、今野はたのしんでいるように見えた。京子のことに就ては、村の衆は少しも触れようとはしなかった。幸子は今野に何か返事をしようと思いながら、死体を前にして、死体をしらべながら、ますます、死体からも今野からも遠ざかっていった。少しも腹が立たない。腹が立つことをいわれるとかえって、心の余裕ができるのには、幸子は自分で心もとない気がした。

「京子さんはなぜいなくなったのですか」

幸子はそういって、まったく関心がないことに気がついた。今野は、

「だから、あなたのためだ、というんだ」

ウワサ屋がそのときになって、

「ほんとに何かあったのですか」

といった。そうすると、ほかの者もウワサ屋の方へ向って耳をすませた。彼等はそれまで理由は分っていると

思っていた。それは京子が不具であることだ。今野は立ちあがって、

「伊沢夫婦のせいだ」

といった。すると興味がないように、彼等は首をもとへかえした。伊沢にかんけいのあることは、もう彼等はあきていたのだ。

やがて鶴見から酒がとどくと、一座には一層活気が出てきて、昨日のサギの飛立った話になった。サギの群生を鴨水館の裏手の田圃で見た、と一人の百姓が語りはじめるところで、幸子は立ち上った。

新しい赤痢患者のうわさもないので、彼女は学校へ向った。グラウンドから真直ぐ井戸端へと出かけて行った。そこにはタンクがあってモーターで汲み上げることも出来る仕掛けになっている。このあたりでは一番水のいい井戸だが、普通の土地の井戸に較べれば、川水が直接入りこむ。幸子はそこに、A町の保健所長と鶴見と伊沢の姿を発見した。所長は最近代った人で、面識がなかった。所長は幸子を見ると、署長の娘さんが合宿していたということだが、この井戸を使って合宿していたのですか、学校にも患者が出るかも知れませんよ、困りますねといった。それで、ここにいま菌が発見されましたか、と幸子がいうと、これから調べるところだが、といった。しかし、と伊沢がいった。合宿していたのは患者の発見前だから、この村の診療所長の責任ではないじゃありませんか。それはそうかも知れないが、発生したのは大体不潔にしているからだ、といった。所長は伊沢のことは知っていると見えて、強腰につっかかってきた。伊沢はまたA町からきた、というだけで、それに鶴見の、所長の機嫌を損じまいとする様子とあわせて、語気が荒かった。何もあなたが、診療所の肩をもつことはない。何か関係でもあるのですか、と、薄笑いをうかべて所長がいった。伊沢は大きな声を出した。

「モチロンこの人は、僕の妻です」

「妻」という言葉が彼をたじろがせた。するとかえって彼はいつもの型にはまった云い方が口からすべり出した。重みのある声だ。

「しかし僕はこの人が診療所長ということで、弁護しているのです。この人の職務上の手落はありませんよ。僕がいうのだから間違いありません」

思わずその最後の文句をとってつけたようにいった。

「なぜですかね」

薄笑いをうかべて所長がからんできた。伊沢が、注意人物だからその妻もそうだと考えている。

「僕ら二人は仲のいい夫婦ではない。家では争っています。その僕がいうのだから、信じていいことです」

「患者の隔離のことで」と幸子は伊沢の話題をそらそうとして、今朝の事情を話した。すると、所長は、引受けるとはいわなかった。伊沢が気負い立って、しかも沈ウツに呟やいた。

「幸子、真性の者が増えたら、集会所を開放したらいい。そのことなら、村が文句をいうことはない。これから早速電話ででも問合せて見るから」

「そんならありがたいわ」

所長の手前、はっきりとそういった。患者達はまだ自宅にいるままだった。このように二人が一致したことは、彼等が結婚してから最初のことであったのだが、幸子の顔はかえって蒼ざめた。嘔気を催してうつむいた。するとそれを見て、伊沢も耳もとまで赤くなった。伊沢の眼は彼女の背中からウナジに走った。髪の手入が行届いており、一個の女の、他人だけに見える部分があった。幸子と彼がよんだ時、彼も彼女も、ショックをうけて、それがまだ尾をひいていた。

「ありがたいけど、やっぱり、私が交渉するわ」

「その方がいいかも知れない」

伊沢はおしつけるようにいったまま、つっ立っていた。所長も黙って立っていた。

伊沢は電話のある教員室へ、幸子を案内しながら、(彼は家庭でそれに似たことをしたことはなかったし、外で幸子に会うと、小面にくいといった顔をしていた）何もいわなかった。

「あなたって、へんな人ね」

幸子は歩きながら呟やいた。

伊沢はいった。

「お前はへんでないかね」

「わたし？　変かもしれないわ」


鶴見は所長と後に残った。

「伊沢幸子もやめさせるつもりなのですね」

「女ですからね」

「僕は反対はしませんが、あの人をやめさせる理由は一つもありませんよ」

と鶴見はいって歩きだした。葬らなければならぬ伊沢の妻であるために、かえって鶴見は弁護した。

「鴨水館で一杯やりませんか、あれは僕の友人です。今日連れてもどったのです」

「僕は今は忙がしいから」

鶴見は校舎の中へ入ると見せて、役場へボートで出かけて行った。

瀬田は途中で近藤に会ったので、京子の失踪の理由をきいたが、フトンを小使にとられたからじゃないか、とにかく研究所のことではない、ということであった。フトンのことはさっぱり分らなかったが、頷いただけで今野の家へはよらずに学校へもどってきた。それから自分の部屋へ入ると、鍵をかけて、「辞職願」を書き、時々思いだしたように吸うタバコを抽出の中から取出して一服すった。近藤が自分の今日の行動を大よそ知っていることは分っていたが、どうでもよかった。鍵をかけたままグラウンドの方の窓をあけた。外が騒々しくなったからだ。

校舎の前の空は、忽ち学校中の人の眼と耳とを奪ってしまった。白サギが今日もまた群をなしてとんでいた。

空を見ながら、伊沢は受話器をもっている幸子に、

「今野の奥さんの行方はまだ分らないと見えるな」

それには答えず、

「このことはうまく行きそうよ」

と横をむいたまま、幸子がいった。

「どこへ行ったのでしょう」

「誰のことだね」

「誰って、京子さんよ」

「僕は知らないよ。しかし今野の子供を死なせたのは村だ。村が徹底した改革をしないからだ。これは僕の責任でもある」

(あなたの責任よ)

幸子はいったが、心の中であった。

「このことも、橋のこともいっしょに村にハッパをかけてやろう」

この言葉は幸子を安心させ、がっかりもさせた。次の瞬間、ハレモノにさわるように、伊沢は幸子のそばを急いではなれた。

近藤は講堂にいて二人のことは何も気がつかなかった。明日の準備は白百合会を除いては、全部終了していた。そして白百合会の準備は終るはずがなかったのである。

道子は午前中に、診療所へ出かけて、慎二に電話をかけようとしていると、その最中に、今野の子供が溺死し

た知らせが、自分の家の電話で伝ってきた。助手がいなくなったあと、茫然としながら慎二を呼び出した。慎二は今日行くまで待てというので一応切ったが、じっとしていられなくて、訪ねて見ようと渡船場迄きて、思い直した。彼にいうべきことが沢山あった。夕方近くなって慎二がくる迄、白百合会の展示品は半分しかない。あとは彼が持参してくることになっている。もし展示品が瀬田の検閲にひっかかる気配があれば、明朝観覧者がくる前に、一斉に張り出す手筈になっていた。その詳しい内容は伊沢もよくは知らないが、政府や米軍をヤユ攻撃するものであることはまちがいなかった。

慎二が意気揚々と訪れた時は、道子以外の会員は残ってはいなかった。道子は新聞の鶴見に対する誹謗のことは非常に困るというわけを説明して、取消しを頼んだ。慎二は伊沢に似た顔つきをして、神妙にゆっくりと、目下の者をさとすように口を開いた。

「多少の誇張があるにしても、これは重大なことだよ。こういうふうにして、着々とああした反動は駆逐されるのだからね。伊沢さんだって取消せとはいわなかったろう。これは口火だよ。そのための犠牲は、鶴見にせよ、たとえ、あなたにせよ、仕方がないことだ。君はそういうところへ就職するのが間違っているんだ。信子だって今朝電話をかけてきて、あれは面白かった、といっていたぜ」

「信子さんが？　面白いって？　それは違う。違う。違う」

道子はもだえるように、叫んだ。

慎二は見下すように道子を眺めていた。

「それは違うさ。あんなやつ、口だけだよ」

やっぱりこの人には大事なことが分ってくれていない、と道子は思った。

「まあいいさ」

と慎二は話をかえようとして、持ってきた包みをひろげにかかった。その中には朝鮮人が米軍に殺されている、ショッキングな写真と説明書があった。あちこちで使用したものと見えて、手垢がついていた。

「それで気勢をあげて橋の問題にハッパをかけるというわけね」

「そう思っていいよ」

「そんなこと出来るかしら」

「きみ、昨日のこと忘れられる？　そんなことといってはいられないよ」

「それだけなのね」

道子は疑いながら呟いた。

「あとは、今夜か明朝話す、僕はどうせ今夜泊るからね」

「ゆっくり話したいわ。今夜、私も話すことがいっぱいあるわ。うまくいえないけれど」

慎二は伊沢にあってくるからといい、二人は今夜堤防の下の運河の行止りで会うことにして別れた。道子は重い足をひきずって今野の家へ悔みに向った。

幸子の交渉はうまく行った。伊沢に手伝って貰えないか、といい、委員の小学校教師にも依頼するといった。伊沢は賛成した。患者はA町へ舟で運ばれて行ったが、あとは村で処理するようにいわれていた。伊沢は小使と連れ立って、宿直部屋のフトンをリヤカーではこんで、とりあえず集会所を隔離所にした。

近藤は、診療所へ電話をしてみると幸子が集会所にいるというので、ぶらぶらやってきてみると、病人と附添の家族、幸子の指図で右往左往している伊沢と小使と小学校教師の姿を発見すると微笑をうかべて手伝いはじめた。消毒作業も一段落ついて、助手を残して引上げる時、四人は何事もない友人のように見えた。

「君は今日は何もいわないね」

近藤が小学校教師に話しかけた。

「病人がでると人間は協力しますよ。しかし僕らの組合では、あなたが出張費を払ってくれないというだけで、大分影響をうけますよ」

「こんどの集りのときに渡しますよ。そうすれば前にきたものは必ずきますよ」

といって笑った。小学校教師が去ると近藤は笑いだし、伊沢と近藤が並んで腰をおろした。幸子は一人つっ立っていることになった。しかし、幸子はすぐに伊沢の横に坐った。「疲れたでしょう」と近藤が伊沢に向っていった。

「伊沢の案よ」

と幸子が調子を合せた。それをきくと、

「お前帰りなさい」伊沢はさっきまでとは、うってかわってはねかえすように、だが低い声でいった。「僕は近藤君と話しがある」

「ああ疲れたわ。それじゃ、助手をかわりによこすわ」

幸子は立ち上ると、蒼い顔をして近藤にあいさつして、部屋を出た。

「話というのは何ですか」

幸子が出ると、うす暗くなった部屋の中で近藤の方からあまりうきうきしないように彼はわざとショゲた声で控え目に口を切った。彼はこの時ほど生れてから快感をかんじたことはない、と自分で気がついていた。これにくらべれば、昨夜の幸子との一夜など、物の数ではなかった。彼は伊沢のたぶんいい出すであろう言葉に対して、答える言葉を何も用意していなかったが、それがまた、彼をうきたたせた。伊沢が二人のことを知っているかどうか、それさえも近藤には分っていない。バクゼンと疑っているとしたら、伊沢が果してあのことをいいだすだろうか。彼の今朝から抱いている不満がみたされるのは今だ。気のきいた弟が、一本気な兄をたしなめるようなふうにすりよった。

伊沢は立ち上って、「隔離は今夜やるべきだったな」と呟きながらゆがんだ電燈の笠を直した。そして思わず顔をしかめた。

「どうしたのですか」

「ちょっと」

「どこか痛むのですか。奥さんにクスリを盛ってもらえばよかったのですね」

伊沢はそばへよった近藤に顔をそむけるようにしているうちに近藤が後ろから背中をさすりはじめた。

「近藤くん」

伊沢はもういいと、その手をはらいのけながら、ふりむいた。

「君はこんどの問題について、ハッキリした態度をとって貰おう」

「はっきりした態度というと……」

「僕の側か、鶴見の側かだ」

近藤はゆっくり立ち上った。そしていった。

「それより、あなたが考えておかねばならんことがありますよ」

伊沢が胃のあたりを押えながら、近藤につめよったところを近藤がいった。

「瀬田より山名ですよ」

近藤はつき放すようにこういった。そういいながら伊沢が、今野の子供の死を「橋」に結びつけないだけ、まだましだと思った。近藤は、伊沢に背中を見せないで立っていた。伊沢がとつぜん幸子のことを口にしてなぐりつけてきた時、それに対して反抗することが出来るかどうか、自分でも分らなかったから。

伊沢がそのまま、「御親切だね」といいながら、自分の背中を見せて先きに立って歩きだした時、近藤は、幸子に対してさっき、ふと抱いた憎らしい気持が急に強く頭を擡げてくるのを知った。このようなシーソーゲームには、近藤はがまんがならないと思った。彼はこの秘密を自分の方からぶちまけて、出来ることなら、幸子との場面を伊沢につきつけてやろうか。しかし、そうしたことそのことが、何か自分の弱さを曝け出しているようにも思われる。

近藤は一人タバコをとり出して火をつけると灯を消して横になった。

伊沢は外へ出てくらがりの中を歩きだしたが、しばらくすると、思いついたように集会所へもどって行った。彼は近藤をしりめにかけて、部屋の中に入り、机の抽出をあけると、中からパンフレットの一束をとりだした。それはいつか近藤が幸子に書かせたもので、さっき幸子が掃除をしながら手早くしまいこんだのであった。

伊沢は近藤の前でそれを読みはじめた。それからねころんでいる近藤をふりかえった。

「近藤」

「なんです、伊沢さん」

「君は敵か味方かね」

しかし今度の伊沢の調子は、前よりずっと弱々しく、言葉には何の意味も、ごまかしの意味さえも含まれていないことが分った。

「僕ですか、僕がどうしてあなたの味方でないでしょうか。どうしてそんなことを二度もあらたまって、きくのですか、伊沢さん。うそだと思ったらあなたの奥さんにきいてごらんなさいよ。僕がどんなに味方か分りますよ。そのパンフレットだって、よく考えてごらんなさい。その中の子供は、つまり、あなたですよ。あなたが孤立無援になっていらっしゃるのを、僕が奥さんに吹きこんで書かせたのですよ」

「これが？」

「そうですよ」

近藤はさっきから、かすかに笑っていた。

「ほんとうにあなたが、対面しなければならんのは、山名さんですよ。瀬田は案外あなたの味方になっているかもしれませんよ。山名さんがあなたの敵になったら、あなたはどうされるか、僕は心配してあげているんですよ。それともあなたは山名さんが、あなたの味方だと思っているのですか。山名さんに会いますか、山名さんは今夜あたりは、A町にもどってきているのでしょうがね」

「ほんとうは、あなたは今夜でも山名さんのところへ出かけて話をかけておくべきですよ。あなたはそれとも、今野の子供が死んだので、それを橋の問題と結びつけて気合をかけようと思っているんですか。それもいいでしょうが……」

「あたりまえですよ。きみの話では」伊沢は次第に昂奮してきた。そして、軽蔑するように近藤を見た。彼はまだ腹のあたりを抑えていた。「山名は鶴見とぐるだというのかね」

近藤は笑いながら話をそらして、彼自身も急に気がついたように、

「山名のところには案外な人がいるかもしれませんよ」

といった。

「案外の人?」

「まあね、しかしそんなことはどうでもいいことです」

「鴨水館の主人のことをいうの、きみは」

「僕にだってよく分りません。あなたは今夜は忙しいんでしょう。僕はここにもう少しいます。患者は今夜ここへ運ばれてくることになっているんでしょう。幸子さんや助手の手伝いをしてあげます。今野のところへはそれからです」

「山名さんがそんな筈はない」

「ほんとにそう思っているんですか」

伊沢が去ったあと、近藤は笑っていたが、伊沢に対する愛情が高まってきて、外へ出ると「伊沢さん」とよん

だ。しかし伊沢に面と向えば、自分が何をいいだすか分らないし、そういうことに彼はもうあきあきしていた。

伊沢は暗がりを足早に歩いていた。そのことを考える余裕がなかった。幸子のことはまだ気にかかってはいたが、その方のことは山名のことを考えることで抑えなければならないと思った。そして山名に一度もあっていないことを後悔した。

「鴨水館のやつはどうしたのかな」

近藤はこんなことを口の中でつぶやきながら窓から外を眺めていた。

運河を舟がすべってくる音がしたのは、それからしばらくたってからで、近藤は外へ出ないで、そのまま待っていた。

「そこに伊沢先生はいませんか」

「どちらの伊沢先生？」

「診療所長です。患者をつれてきました」

「ああ、奥さんの方か。奥さんは家へもどったが、またくるかも知れない。手伝ってやろうか」

近藤は自分が善意に溢れているように見えるのに満足しながら外へ出た。

伊沢が今野の家へよったとき、今野の家からたしかに今野がいきり立っている声が聞こえてきたので、かけこんでいってみると、今野が瀬田をバトウしているところで、誰の口をつたわってきたのか、瀬田が京子を連れだし、どこかにかくしたに違いないと叫んでいるのであった。

今野は伊沢の姿を見ると、

「伊沢」とよびすてにした。「あんた、村のためだとか、何とかいっているが、かげで瀬田といっしょになって京子をおびきだしたうえ、おれの子供を殺した。あんたは、近藤を葬儀の係りにしたということをきいたが、その近藤も一度きたっきり、やってこないじゃないか。あんたの腹は分っている。さっきまで自分の女房とチチクりあっていたということじゃないか。ちゃんとこのウワサ屋がおしえてくれた。そうだな、ウワサ屋」

「死んだものはかえってはこない。何度もいうとおりここにいる者は、みんな子供を死なせているんだ。わしは、ここがA町にだきこまれることについては、伊沢さんのようには反対ではねえだ。だが、子供を運河で死なせたからといって、どうのこうのといって貰いたくねえ」

今野は、のこった一人の子供を背負っていたところを見ると、これからどこかへ出かけるつもりらしかった。

瀬田はそれまで黙っていたが、口をひらいた。

「今野さん、しずかにしてくれ給え、私はその時期ではないと思うが、近いうちにここはやめさせてもらうつもりだ。だから私に免じて、しずかにしてくれ給え」

「そんなこと勝手にいったら、それは瀬田さん、山名さんにわるい」

といったのはウワサ屋であった。

「誰にも、わるいということはない。私がやめるからといって、誰も苦にすることはない」

「あなたがやめるというのは何のためですか」

「何のため？　伊沢君、あんたはよく知っているはずだが、私はここへきて何もしてはいない」それから、しばらく黙ったが、彼は口の中で、「何かするとすれば、やめることしかありませんよ」

というつもりであったが、瀬田はさしひかえた。伊沢がいった。

「それは、あなたが、私たちのことをぶちこわそうとしていることになりますよ。瀬田さん。ウワサ屋のいうとおりかもしれない。あなたの一存でやめてもらってはこまる」

そのとき瀬田は今までにない、皮肉な表情を口もとにただよわせたが、伊沢はそういうこまかいことには気がつかなかった。

「今野くん、きみは喪主だ。喪主がそのようにウロウロしてはいけない。人間というものは、こういうときに、その値打ちが分るのですよ、坐っていなさい。すんだことはしかたがない、京子さんはさっきもいったように警察でさがしています。心当りのところは鶴見くんが知らせたはずだ。じたばたしては、死んだ子供さんもうかばれない」

伊沢と瀬田とウワサ屋は、まだ酒をのんでいる一座の中から立ちあがって今野をすわらせた。

「それであなたはどうされるのです」

「ああ、そのことは、取り止めにしてもいいですよ」

瀬田は前より皮肉な表情を見せた。伊沢はうなずいて、それからウワサ屋の方を向いて、

「鶴見さんはどうしたのです」

「あの人は今夜は忙がしいだ。何もぜんぶがぜんぶここにいても仕方がねえですよ。よかったら、私がいるだから、どこへでもおいでなせえ」

「今野くん、京子さんのことで、僕なりにしらべてみる」

伊沢はこういうと、今野がまた立ちあがってどなりはじめるのを背にしながら外へ出た。彼はかけるようにして自宅へ立ちよってみると、幸子の姿は見えなかったが、そのかわり自転車があったので、それにのると、A町へ向って運河べりの道をつたって堤防へ出た。彼は鶴見のことについてのウワサ屋の話しぶりから、鶴見がA町におもむいたというふうに想像した。鶴見が行くとすれば、山名のところである。山名はA町に宿をもっていて、何か事があればもどってくることになっていた。その宿はA町のはずれの丘の上にあった。が、山名がこの学校をやめてから、瀬田がくる前に、二度ばかり呼ばれて、鶴見たちといっしょに訪ねたことがあった。一度は今野夫婦をつれていった。山名は当時はまだA町に一週のうち半分は住んでいたのだ。今夜はきっと彼は帰ってきている。山名が明日くるとすれば、今夜鶴見がでかけて行くのはあたりまえのことであった。

山名は県知事に立候補するときには、組合をバックにしたことはいうまでもない。伊沢はその頃まだ運河村に

住んではいなかったが、誰でも知っていることだ。その山名に鶴見や助役たちが会っているかもしれないとは思ったことがあるが、伊沢は信じることができなかった。山名が伊沢を生徒や教員に紹介したとき、その後、村の主だったものに引き合わせたとき、山名のいうことは、いつも、

「この人は運河村にはなかなかきてもらえない人です。村はこの人を迎えて、きっと向上します」

というような意味のことであった。伊沢が山名だけはいつも問題外にしてきたのは、たしかにこんなことのためでもあった。しかし考えてみれば……伊沢は堤防の上にまるい灯の輪がえがく部分だけを見つめながら、ペダルをふんでいた。堤防の上では今夜も風がつよく、風を前からうけているので、まるで壁をおして行くような重さであった。蛙の声がやんだり、きこえたりするのは、風のために耳が一時バカになっているからだ。伊沢はここへきてから、ひとりぼっちだという気持はもったことがないのは、この数日と雖も変らない。それというのも、離れていても山名がどこかにいて、さあというときには、大黒柱になってくれるという安心があるからであった。

山名は明日アメリカ人について来校することになっているということは正式には誰もしらない。伊沢さえも、鶴見が村の者と一昨夜運河を行くときボートの中で話題にしていたが、そのことと鶴見とを結びつけることをさけていたのは、たとえ山名が来てもそれは自分の味方にちがいない、と信じていたからである。近藤のいったことは伊沢をたしかに傷つけた。

伊沢は鶴見が度々山名のところに出むいて、自分のことを中傷しているにちがいないと次第に思ってきた。鶴見は山名に何枚かの絵を無償であたえていることは、いつか山名の宿にいったときに、鶴見が展覧会に出した絵が二枚壁面をかざっていたことからしても分る。その後、絵をとりかえたにきまっているし、行く度に、酒を携えて行ったであろう。そしてその酒はこれも鶴見がムリヤリに酒の醸造元へ自分の絵をおいて、そのかわり必要なときに酒をもらって行くという彼のやる手口をこの場合も実行したのであろう。

伊沢はまことにバカげたことだが今夜どうしても鶴見より早く山名のところへつかなければならない、という

ふうにいつのまにかかくごを決めていた。鶴見が伊沢よりさきに着いて、山名を外へつれだしたりしたら、山名はどこをまわって歩くか知れたものではない。だからこうして出かけたうえは、自分がさきにつかなければいけない。伊沢は水面に鶴見のボートの音がせぬか、ときどき耳をすませたが、そうするとハンドルがねじれ、くるり前輪がまわって、進むというより停止のかたちになってしまうのであった。そしてけっきょく鶴見のボートのけはいはなかった。逆風でエンジンの音がきこえてこぬとすれば、もう既にずっと先きの方をあの単調な音をくりかえしつつ進んでいるのであろう。伊沢は新田の渡場はこえず、一路A町へつづく水門めざしてやってきていた。その水門で大運河は大川に入る。カーブを二つまわると水門の手前で大運河は村の外をまわるので、鶴見がもしそのあたりへきておれば、エンジンの音はきこえてこないのは当り前であった。

彼が水門を労せずして行く姿が、一向に見えないのだが、伊沢の鼻のさきにちゃんとちらついていた。伊沢が村の中から坂道をのぼりながら水門の端に辿りついたとき、風のまにまに何かきこえぬかと耳をすませたが、何の物音もしなかったので、伊沢は自分が鶴見より早く堤防に上っていたのだと思った。ボートが大運河へ出るには、ずっと下った鴨水館よりの小水門から出なければならない。迂回している間に追いこしたのだ。伊沢はそう思って自転車をおり水門の上へ五、六歩ふみだしたとき、ききおぼえのあるエンジンの音をきいて、思わず自転車をひっこめた。

鶴見がいたのだ。音は水門の真下の運河の上からきこえてきていた。そこまでは、五米はあった。水門は開いている。鶴見のボートは、灯で水面を光らせて水門をくぐり、そうしてしばらく姿を消し、また大川の方へあらわれた。ボートの中にたしかに鶴見は坐っている。そればかりか、「オーケイ」と叫んだ。それはもちろん伊沢に向っていっているのではないのは、「すみましたかな、先生」という声が小屋の中からしたのでも分った。

伊沢は五十センチもない狭い坂の上に立って自分がしずかにしずかに動いているのを知った。もしさっき気負い立って前進していたら、真逆さまに川の中へおち、鶴見のボートの中へつっこむところであった。門の上の通路はこうして二分後にもとへもどったが、鶴見がかなり沖合に出ていることは、川向にひびくエンジンのぐあいでも分った。事実小さな灯はまっすぐに川を横断しているところであった。

大川の橋の上にきたとき伊沢は、大川の中の小さな灯を横眼で眺めながら、

「こいつがまた山名のところにやってきて、おれとぶつかるのだな」

と、その何ともいえないふしぎさにペダルをふむのをやめて、しばらく停止した。

もう三年になる。はじめて運河村にやってきたとき、伊沢夫婦のわずかな家財道具は、A町の駅裏から鶴見が運河村のウワサ屋から借りた舟にのせて、鶴見と幸子が乗り、近藤の弟の慎二と鶴見とが交代でこいでわたった。鶴見はまだボートをもっていなかった。鶴見がそうしたのは、いうまでもなく、山名の指図であったが、伊沢が今でも思いだしてちょっと困る情景がある。

舟は漕ぐたびにゆれるので、その小さな舟につんだ道具は水面にすれすれになった。そうしてゆれているうちに、駅裏で鶴見が買いこんで積んでくれた薪がゆるい縄から抜けて二本三本と水におち流れはじめた。伊沢は橋の上を歩きながら、

「薪がおちた、薪がおちた」

と叫ぼうとする前に、鶴見が気づいた。幸子が「よろしいですのよ」といっているらしいのに、鶴見は慎二に舟をこぐのをやめさせると、舟がゆれないように気づかいながら、慎二のいる位置まで動いて行くと、自分で艪をこぎはじめた。ところがそれまでに舟はゆれていたので、薪はバラバラとあとからあとからと抜けて舟べりをすべって川の中におちて流れはじめた。「よろしいのよ、よろしいのよ」という幸子の様子が見える。しかし鶴見は、しばらく考えていたのち、舟をこぎはじめ川下へ向った。そうしてちょうど流れてくる薪をうけるかたちになって待ちうけた。薪が近づいてくると、竿をのばして、その位置から一つ一つかきよせて慎二にそっと腹ばいにならせて拾わせた。そのあとで、伊沢が笑った。慎二も幸子も笑っているのが橋の上から見えた。「鶴見

さん」と伊沢が呼ぶと、鶴見は手をふってこたえた。水門をこえると、そこで岸に舟をつけて荷物を積みなおし、それから舟は大運河小運河を通って、現在、今野のいる家の下までやってきた。ウワサ屋は舟の到着を待ちうけて、ウワサ屋にきている連中をかきあつめて、またたく間に、家の中へはこびこまれた。

その鶴見が灯となってうずくまり、大川の中におり、一方自分はその方を眺めながら、こうして橋の上を、彼と争いながら、山名のところへ出かけようとしているのが、ふしぎと思われてくる。

（あれは鶴見というやつの意地だ。あの一つ一つ拾ってしまわねば気のすまぬところが、あいつの悪いところだ。おれや幸子に、好意を見せびらかしたのだ。そのしょうこにいつのまにか、自分の口からウワサ屋に自分のしたことを話し、たしか村の者は、自分達にちょっと軽蔑心をいだいたではないか）

伊沢は口の中で、

「鶴見さあん」

と呼びそうにしている自分を見出した。しかし忽ちボートの中にうずくまり、こうしているうちに遠ざかり行くトントンというくりかえしが、彼の怒りをゆすぶりはじめた。こんなにしてまで対立しなければならぬ鶴見のいることに感動してほんとうに涙が出はじめた。風がおちてくる涙を頰をよぎって後方に吹きやったので耳のそばまできて、うすれてとまった。

（あいつはボートを作ったとき、おれとはりあうつもりになりやがった）

彼は自転車をとめ、片脚を橋板のうえにのせそう呟やいているうちに、橋をおりてそのまま川の中を追跡しかねない気持になっていた。しかしこうして腹を立てていることは、彼がますます鶴見から差をつけられるということに気がつかざるを得なかった。伊沢はしかし自転車のペダルをこぎはじめて、山名のところで鶴見とめぐりあい憎しみをもやすことを考えでもしなければ、どうにもならぬほど、さびしくなってきていた。そしてその原因は、山名の腹が分らぬということであった。

道子は蛙をとりに行くといって舟に乗ると家の前を出て、しめしあわせた堤防下へこいできた。その上の堤は、昨夜、幸子が近藤と会ったところでもあり、信子と伊沢が会ったところでもあった。運河はその少し手前のところで右に折れて、堤防に沿い、鴨水館のある水門際へ出る。

今夜も蛙の啼声は空にこだましていた。道子は闇の中に慎二が佇んで舟をこぐ音に耳をすませているのを見とどけると、ホッと溜息をついて、慎二を呼びよせた。慎二は近づいてきて乗りこんできた。二人は暫く黙って空を見上げていたが、幸子が、さっきのことは何、ときいてきた。

「秘密なんだがな」と慎二は前置きして、

「アメちゃんがあの部屋に入った時に、火薬玉を破裂さすんだよ」

「そんなことして」

道子は、慎二をふりむいて早口にいった。

「だって小さなものさ。おどかすだけだよ」

「それはダメ。伊沢さんに話したの？」

「話すもんか。これは僕の秘密さ。君だからいうんだ。こわがるなら、話すんじゃなかった」

「いけないわ。止して、ダメよ。ぜったいダメよ」

「道子」

慎二は急に道子の肩をとってひきよせたが彼女は抵抗した。

「そんなことで、僕といっしょにやって行けるか、僕らの闘いは長いんだよ」

彼は尚もひきよせて遮二無二口づけをしようとした。

「止めるといって。止めるならいいわ。止めるといって」

「うん、止めるよ」

慎二は道子をひきよせて舟の中にころがした。その間に慎二は何度も「止めるよ」とくりかえした。

モーターボートの音がしていた。それが鶴見のボートの音なので、道子が慎二にしがみついているうちに、次第に近づき、ざわめきながら、方向を変えて、やがてまたきこえなくなった。

「明日の打合せだ。明日はやってやる！」

と慎二はひとりごとのようにいった。

「やめてね」

慎二は返事をしないで、舟からあがると、歩きはじめた。

道子はその後姿を見上げた。

「おかしな人だな。征服されたら、男のいうようになるはずだがな」慎二は真面目に、道子に不満を示すような口ぶりで、そういった。「君は女らしくないんだな。信子のようなやつにかぎって、かえって協力するかも知れないよ」

「やめて……」

慎二はちょっとふりかえっただけで、しみったれた歩き方で、村の中心部へのそのそ動き出した。彼はあと十歩も行ったら、急に速度をはやめるように見えた。「やめて」と道子はもう一度叫んだが返事がなかった。道子は櫓をはずすと、かかえるようにして、裸足のままそのあとについて行き、いきなり慎二の頭の上から櫓をふりおろした。慎二の言葉を封じようと思ったが、あいにく言葉を出すのが慎二という身体をもった人間だったし、身体をもった人間を封じるには、あるいは永遠にこの方法しかないのかも知れない。慎二が鈍い音を立ててくずれてしまうと、道子は、すぐにさっきまでの慎二のように歩きだした。彼女は、ただ道があるからそうして前へ進んでいるだけだったが、次第に一人の人間に会おうと思いだした。勿論彼女は自分がしたことの意味がよく分るほど、冷静になってはいなかった。道子は自分の心の疲労を一番分ってくれるのはまだ面と向って話したこともない瀬田だと、直感していたのだ。伊沢は慎二が倒れたのといっしょに、一層遠くへしりぞいてしまい、幸子という、気のきいたそうな妻を持つだけで、もう沢山だと思っていたのであろう。

伊沢が橋をわたり終えてA駅の裏から線路をこえて駅前通りへ出て、それから今は無気味な大きさを示している漣デパートの前を通って自転車を走らせながら、鶴見の姿に注意するようにしたが、その姿は見えなかった。伊沢が山名のもどってきているはずの宿のある丘をのぼったのは、それから五分ぐらいしてからであった。伊沢は丘のふもとで自転車をのりすてると、電燈をはずして笹でかくれた道をのぼって行くうちに宿の灯が見えたので、山名が在宅している、と安心した。

山名の宿は三間ばかりの小さな家で、ここに山名の家族がいたころ、酒宴がはじまると、家族は奥の一間へ集まり、山名の妻は一度も顔を出さなかった。そして、それは今野夫婦があいさつにきたときもそうで、ちょっと顔を見せたっきり、退いてしまった。山名はそういうとき四角い大きな整った目鼻立ちの顔を少しもくずさなかった。そして小学生の娘の名をよんだ。娘はかたい表情で出てくると母親にかわって用を足した。

そういうことを思い出しながら伊沢は声を出して、山名の名をよんだ。そうして応答がないので戸をあけて中へ入った。彼はそこにぬぎすててある二足の履物を見て、それが山名のものでも、鶴見のものでもないことを知ると、だまって奥へあがっていった。その部屋にも電燈がついていた。そうして玄関の次の間に彼は下駄を見たときに、よもやと思っていた人の姿を発見した。その人はじっと坐ってうつむき、眠っているように見えたが彼の足音をきくと、

「山名先生！」

とさけんで顔をあげた。

「京子さんですか」伊沢はそういったあと、「山名先生は？」

彼女は首を横にふって、厄介者があらわれたような表情をした。

「奥にいる人は誰です」

彼女は興味を失ったように黙ってしまったので伊沢は、次の間のフスマをあけた。彼がそうする前に、彼はそこでイビキがするのに気づいた。鴨水館がくったくのない顔をして大の字になって眠っているところであり、その手には伊沢が道子にくばらせたビラが二枚にぎられてあるので、伊沢は、山名がここにあらわれていないことを知った。

伊沢は二人がそこにいることよりも、二つのことのためにいてもたってもいられなくなった。

一つは、この二人も自分とおなじように、山名を求めてやってきたということと、それから、もう一つは、鶴見がはたしてここへくるかどうか分らぬ、ということであった。伊沢は京子をここで発見した以上、鶴見のくるのをしばらく待ち、鶴見がきたら、京子をさがしにここまでやってきたというより仕方がない、と思い、玄関に出て時計を見ながら待った。三十分たっても鶴見はあらわれなかったとき、伊沢は、鶴見がもうここへはこないものとあきらめた。そうとすれば鶴見か山名と別のところにいるのかもしれない。そう思うと、彼は京子をどういうふうに扱っていいか、その判断も出てこないような気持になった。京子が行方不明になったことについて、彼が冷淡であったのは、彼女の失踪の原因が、橋の一件とかかわりあいが、かんたんに見出せないこともあった。今彼は京子を連れて帰るに忍びないと思うと、それはつまり、子供の死であった。そして子供の死をみちびいたのは、彼の意見に反対をする村である。ここまで考えてくると、伊沢は京子に関心を持ちだした。

伊沢は京子のそばへもどって、

「山名さんはきませんんよ、帰りましょう」

といった。

「私、山名先生がこまったら、いつでもいいからおいでなさい、とおっしゃったので、ここで待っています。御親切があったら、山名さんに御電話してみて下さい」

「子供さんが待っています」

「あの人がお守りをしています。あの人は今ごろエビガニを釣ってお守りをしています」

「京子さん、今夜はかえりましょう」

彼女は首を横にふった。

「山名さんは、今野くんとあなたと二人がいるところでいわれたのでしょう」

「いいえ、今野が座を立ったときです」

「それを信じてきたのですね」

彼女はだまっていた。今野同様、伊沢も信ずる相手ではない、という表情が見えた。

「それだけで信じてきたのですね」

「ほかに信じさせてくれる人がありますか」

京子がそういったとき、伊沢は京子の腕をもってひきあげた。が、それでも動こうとしないと見ると、伊沢は、妻の幸子に対する憎しみがおこってくるのを感じた。

その憎しみは、たとえば、こんなひどく日常的なことであった。幸子がこの一年の間、ひそかに自分の名義で貯金通帳をつくっているということや、ベッドを入れることに彼が反対したにもかかわらず、いつのまにか、彼女のいうなりになったというようなことであった。貯金をすることには何かひそかな計画をしているのであろうと想像はされたが、この事実を伊沢はあるとき偶然に発見したっきり、一度も幸子にきいてみようとはしなかった。それはどうしても伊沢にはできなかったからだ。ベッドのことについては、何となく伊沢は不愉快であったのだが、その不愉快な理由というのを追及して行くと、自分でも動きのとれない淵におちこむといったぐあいであった。一口でいえば幸子の思いつくことが気にくわない。ベッドが漣デパートで売っている、ということが、伊沢の思いつく表立った理由であった。しかし、それを理由にしてどこまでも反対するということになると、こんどは彼の方が何となくおびやかされることになる。毎夜、自分のすぐそばにいる、この女という他人のことはあまりに生物すぎて手に負えない。そうしてまことに都合のいいことではあるが、彼は、こんなふうに、「手に負えない」と思うことに自分は物が分っていると納得させるところもあった。そう彼に思わせるものは、けっきょく昼というものがあり、そこで彼は自分の世界があると信じこんでいたからだ。

伊沢は、そのとき口にまででかかってきた、

「あなたの子供が死にましたよ」

という文句をいってやりたいという衝動をおさえるのに苦労した。そうして動きそうにない彼女を一先ずそこへ置きざりにして丘をおりた。途中でとうとう鶴見にはあわなかった。山名をアテにしているのなら京子がこれからまた失踪することはあるまい。彼女に子供の死を知らせることの方が、はるかに危険である。もう少し一緒におれば、子供のことはどうしてもいってしまうであろう。伊沢は丘を下りながら、そうした気持をもったわけではなかったが。どうしたことか、京子の身体に自分は何もしなかった、というふうに思った。

伊沢は、丘の下から通りへ出て食堂に入り、はじめて夕食を注文した。そうして丘の上へも一人前食事をはこんでくれるように頼んだ。胃袋は重くはっておりずっと彼の意識からはなれないが、そのくせ、けものが一匹いるように今や大へんな食欲をかりたてていた。その食欲の前には、彼はしばらくすべてのことを忘れてしまった。食堂にはデパートの大売出しの広告がはってあるのが眼についた。山名の家をおしえると食堂の主人は、今日の午後、鴨水館がここにきて、メイワクしたといった。それから山名さんは帰ってきているのか、ときいた。そうして、伊沢が山名はいないというと、それでは誰がいるのか、ときくので、誰でもいい、と答えると、主人がいった。

「ああ、署長の娘さんだね」

「津村信子というんだってね」

「知っていたのですか」

「うん」

伊沢は箸をうごかしながら、膳の方に集中し、黙ってしまった。事実彼は、まったく夢にも思わぬことを耳にしておどろいたのだが、かねてから知っているような口ぶりを示して、せっせと箸をうごかした。運河村の誰も信子が山名のところにあらわれることを、いいふらさないところを見ると信子はいつからかひそかに、山名にあっていたことになる。箸をおろしたときようやく伊沢はこのことに思い当った。そうして店の電話をとりあげて警察をよんで京子が発見されたことを、告げようとすると、ききおぼえのある幅のある声がひびいてきた。それはほかでもない。伊沢があのように水門の上から、橋の上からその姿を見た当の男の声であるので、伊沢は思わず、受話器を耳からはなしてそれからいった。

「あんたは、何のために警察にきているのです。パンフレットのことできたのですか」

鶴見の声はしばらくやんだ。そこで京子のことを一口に話した。

「伊沢くん、二人でなら連れて帰れるでしょう。山名氏からあんたにも手紙があります」


伊沢と鶴見とが丘のふもとで出あったとき、鶴見は手紙を伊沢に渡していった。

「山名さんはね、信子と姿を消しましたよ」

それからもう一つこまったことが出来た。ウワサ屋の道子のことだ。伊沢の電話があったあと、京子のことを村へ知らせたとき、かわりにこまった出来事をきいた、と鶴見がいった。

伊沢は鶴見の話をきいているうち、鶴見にどのように対応しようか、ということが念頭をはなれなかった。鶴見が語り終え、慎二の生命に異常はないとつけ加えたとき、伊沢はこういった。

「それで、それであんたは、どうだというんです」

「何もいわねえだよ、おらはな」

と運河言葉で鶴見はいった。そして、「ムカムカするというだけだ」

ところが、伊沢もまたこういった。

「腹が立つのはこのおれの方だ」

「明日の参観はとりやめということになった。スペンダー氏はおれが湖へでも連れだすよ」

山名の手紙を読むつもりで懐中電灯をあげたとき、伊沢は鶴見の眼に涙がうかんでいるのを見た。

「おらは、担任の道子がかわいそうだ」

と鶴見は呟やいた。

山名の手紙

津村信子さんは前から私のところへきていた。私はこの女の子から、運河村のことは、きいていた。かなり正確な話だろう。信子さんは、「私は奔放な女だわ」とまるで年増の女みたいなことをいったりするが、私にはその気配を見せたこともなければ、いったこともない。私の仕事のことをきいたりするので、適当に語っていたが、私はA町のあの宿や、それから君らは知らないが、鴨水館で会ったことがある。鴨水館であったことは、女中と、あの主人としか知らないが、鴨水館は信子と結婚したいといっているのも、私が鴨水館に泊るうちに、あの男が抱いた妄想である。

私と信子との間のことは、君の御想像にまかせる。

伊沢くんよ。伝説を作ったのは、私であるということを、私は知っている。私は村を去ってから、去ったことによって、私に注意が集るということを心得るようになった。私のところへ、君らが一度に集るとき私はむしろ苦しかった。ところが君でさえそうだが、君らは別々にくるようになった。分るだろう。私は村を離れてから、今までよりも村の中心になったようだ。

私は、私のいないA町でも運河村でも、私が何かをしてくれると思っていた。私はそれを利用していくつかの仕事に成功していた。

私は今、きみらにも、自分にもがまんがならなくなってきた。私はどこか山の中に入る。しかし山の中ではきみらのことがよけいはっきり見えてくるだろう。山の中へ入ることで、また私はみんなの中心になる可能性があるが、心配することはあるまい、私はスキャンダルをおこした男だ。

鴨水館で、いつもウワサ屋に泊っていた小説家にあった。あの男は信子と話をしていたが、信子は、東京につれてってといったようなことをいったと見えて、笑いながら受けこたえしているところであった。私の姿を見て大へんおどろいたところをみると、信子はあの男に私のことを何も話していなかったのだろう。彼は私の顔を見ると、誰でもそうだが、私に礼をいった。何かおもしろい人物がいるかね、というと、伊沢という人に興味がある、と君の名を出した。それから、急に思いだしたように、一人にしておいてくれといって窓をあけた。そうして彼はいくぶん不快そうな顔をして、

「どこにいてもそうだが、他人のことはさっぱり分りませんね」

といった。

「まだきみはわかっていないのかね」

と私がいったとき、彼はケワシイ顔をした。小説家もこのスキャンダルにはたえられぬと見える、と私は思った。私は満足した。

信子はどこまで私についてくるかしれない。この女には、奇妙にストイックな面があるので、ほっとけば

私に山の中へでもついてきて何年でもすごすかもしれない。あっという間にいなくなるかもしれない。しかし追手がまわり、彼女は連れもどされることだろう。私にはそのようなことさえ、どうでもいい。この手紙を書くことさえ、どうでもいい。ただ私は鶴見のボートの中から、水門の上に佇んだ君の姿を見た。あの姿を見なかったら、私はこの手紙を書く気にもならなかっただろう。急に君のことを思いだしたからではない。鶴見のボートの中にいた以上、君に手紙を書かぬわけに行かないのだ。習性だね。これ以上、私はいうことをやめる。君、世の中も、人も動くよ。私が頼りになると思ったら大きなまちがいだ。

伊沢は手紙をここまで読んできたとき、懐中電燈の灯がだんだん弱くなるので様子を見ているうちにそのまま消えてしまった。ふりかえると鶴見の姿はあたりになかった。彼は暗闇の中に手紙をつかんだまま佇んでいるうちに、胃のあたりが次第に目ざめてくるように感じた。そうして腹をおさえながら、丘をのぼりはじめると、全身が胃袋になってくるので、声をあげて、「ああ、ああ」とうめいて笹の上にころがった。そうなるとただつよく押えているより手はなく、夜の暗さも、昼のあかるさもおなじであったが、

「胃袋を敵と思ってはいけない。そう思ってはいけない」

と心の中でさけんだ。

伊沢はそこで何分うなっていたか記憶がなかった。たとえば五分ぐらいの非常に短かい時間であったのかも知れない。

「伊沢くん、伊沢くんよ、なにしただ」

「胃が、胃袋が」

鶴見の手が自分の身体のあちこちにふれるのが分ったが、伊沢はうつぶせになっていた。それはまさしく鶴見の大きな分厚い掌であった。

「きみ、きみ、それだけじゃないよ。胃のことは分らねえだが、これはきみ、赤痢だあ。運河村は不運な村になったな」

伊沢は鶴見のいう言葉に反抗しようと何かしゃべったが、鶴見にはきこえなかった。

付録

『島』（集英社文庫版）解説

「島」という作品は、昭和三十年頃に文芸雑誌『群像』に毎月百枚ずつ四回つづけて書かれてその後単行本として講談社から、牛島憲之氏の装幀で出た。今から二十三年前のことだ。その時分は、新人に限らず、つめて『群像』の仕事をするときには、講談社別館といって、講談社の裏にある古い建物に泊りきったものだ。私はこのごろは講談社へ出かけることがないので、いま別館がとりこわされているのかどうか知らないが、これはいわれのある建物で、戦後、しばらくのあいだ戦犯をあつかったキーナン検事たちの宿所になった。もともとは三井の二号さんの屋敷とかで、イギリスふうのしっかりしたものだった。屋根裏部屋へ通じる階段があって、何故かしらぬが秘密の部屋だということだった。ガラス窓一つにしても、ガラスも金具も直接イギリスから取りよせたもので、驚くほど堅牢で、それらにふれる度に絶望的になるほどだった。

私のこの作品は、近ごろよくSFだといわれる。私はこれを書いた頃はSFというようなものは、誰も口にしたり考えたりしなかった。もちろん私もそうだった。第一、今でもいわゆるSFは文芸雑誌にのることはないといっていいだろう。SFだといわれると、私は正直いってうれしい。SFのワクにはめてみると、この小説も分るような気がすると読者が思ってくれるなら、それが一番いいことだ。それにSFということを思いもせず、今の人がSFと呼ぶようなものを書いていたということは、私のこの作品が、とにもかくにも二十何年を生きのびたらしいということにもなる。

あのころ私は「位置だけが重要と思われるところの場所」というようなことを考えるようになった。当時の日本というものがそういうところだったたし、南の方の薩南諸島にも××度線という線が境界線としてひかれていたし、朝鮮半島では三十八度線がひかれたばかりであった。ベルリンに壁が出来たのはいつの頃だったろう。イスラエルがとつじょとしてパレスチナの地に約束の地として誕生したのは、あれはいつのことだっただろうか。こういうことをいい出したら切りがない。いつの世だって昔から、国とか場所とか、島とか、いうものは、そういうような状態だった。

私はどこまで拡げて考えていたかよくおぼえていないが、「村」という題で書いてみようと思い、そのうち「島」という題にして、「位置だけが意味あるものとされている」島とはどんなことになるかということを書いてみる気になりはじめた。といって私にはとくにモデルがどこどこにあるとか、どういう筋で書くとかいったことがあって始めたわけではなくて、私はただ私の中にうごめいているものをアテにしていたとみえる。自分の中にあるものをアテにするって？　そんな思いあがりが許されるか、と人はいうだろう。ところが私はやはりそう思っていた。何かしらこれだけとらわれているのなら、その私の中に何かがひそんでいるはずだ。そいつは私に何かを示すべきである。何かを示すことができないようなものであるのなら、私といっしょに空中に分解するがいい。見えすくことが何よりもいやだった。私は誰よりも自分自身をおどろかすようなことを考えたかった。私はそのころ森敦さんのところへ出かけた。森さんは東京を去って山形県の鳥海山のふもとの吹浦という海岸沿いの町に夫人と部屋を借りて住んでおられた。森さんの吹浦在住中何度訪ねたか記憶にさだかでないが、二度ぐらいだったと思う。森さんも当時は四十をちょっとこしたぐらいで元気いっぱいだったから、先きに立って吹浦海岸の砂丘やら、鳥海山の途中まで、それから一度は夫人と三人で海へ泳ぎに行ったり、汽車をつかって象潟まで足をのばした。はるか沖合には飛島がうかんでいた。そこへは行かずじまいになった。私が吹浦を訪ねたときには、ひょっとしたら、もう「島」の第一回ははじまっていたかもしれない。どちらにしても当人の私にも、大きさもはっきりしないこの島の海岸が、だんだん吹浦の海岸にも、私の生れ育った岐阜市をとりまく山のようにも感じられてきた。さっきもいったように、私はどこの島をもうつしたわけでないので、書いて行くうちに、ひょっとしたら、岐阜市の権現山らしいぞ、この部分は吹浦海岸らしいぞ、この家はどこかしら？　この火見櫓はどうして不意にあらわれたのだろう、といったあんばいで、火事になれば、たぶん誰かが半鐘をならさないわけには行かず、そうとすれば、火見櫓は必要であり、それは村にあるべきものだ、というふうであった。書き進むにつれてこのおかしな島は存在し、私自身に見えるようになった。

島の大きさも、そこに住む人種もあんまりハッキリしてはならず、この話の時代もだいたい現在ではあるが、あんまり現在そのものであってはならなかった。なぜあってはならないかということは、私としては、どこかでちゃんと分ってはいた。話は真剣でないわけではないが、（真剣でない話を、何のためにわざわざ苦労して書く必要があろうか）度外れて滑稽でなくてはならない。

私は島がただならぬ気配をおびてきたということを先ず書こうと思った。沖に出た船がもどってこないということである。肉体に異変をかんじはじめていた。鼻にだ。こいつはどうにもならない。眼はあざむけるがどうも鼻は？　何かしら圧迫されるような居心地の悪さで、島の者が島を歩いているとき、ふとした拍子にハッキリと感じる。たとえば、風の吹きぐあいとか、茂みのかげとか、話をしかかったときとか、し終えたときとかである。私はここのところをどんなふうに書いたか、もう忘れてしまった。私がどこかで悪臭になやまされたことがあるかというとそういうわけではない。もしそうだったら私はあんなに浮き浮きと書くことはなかったであろう。

何事もはじめてのことというものは、すぐに正体が分るものではない。漁師が沖に出かけて帰ってこなかったことが一度もない島においては、帰ってこないということが何事であるかが分らない。島いったいに臭いが立ちこめているということがはじめてであるから、いったい臭いが立ちこめて島をおおうということが、ほんとうにそうであるのだということが分らない。

私がいっしょうけんめいに、そうしてさっきもいったように浮き浮きと書きたいことは先ずそんなことであった。いったいそんなことが何故面白いと思うのか、と私にきかれてもうまくいえない。またうまくいう必要もない。そういうことを、その頃の私と同様に面白いと思ってくれない人には読みすててもらえばよい。こんないい方をしてもしようがないが、真実というものは、そのくらい手間どるもので、それに近づいたときには、また新しい条件が立ちはだかって、横道へそれてしまうものだと私は思っていたのであろう。いや、そんな文句にして考えていたのではない。私は島の人々に手間どらせることそのことにいっしょうけんめいになったのだ。人々は臭いが来ているということを徐々に口にしはじめた。徐々にさぐりはじめた。さてそれからどうしよう。村長がいなくなっていた。ある日村長は海へ出かけて行き、もどってこなかったということがあったっけ。……

もどかしい、荒唐無稽な、古いとも新しいとも分らぬ島の、そこに住む人々の、目立ったり目立たなかったりする動きの中から、少年が海へ出て行くことになった。作者の私自身、においの正体は何であるか、よく分っていなかった。そんなバカな！　だってそんな大切な正体がたとえ作者とはいえ、簡単にわかってなるものか。分らぬままに少年を海に旅立たせた。彼の淋しさと不安は、また私のそれでもあった。少年が海の波間を進みながら、見おぼえのある島の漁師たちの姿を見ようとしたり、島の向うに別の島があるという事実におどろいたり（こんなことおかしいではないか、といわないでもらいたい。何だか分らぬがとにかく島の向うにまた島があると思わないように暮してきたのだ、というふうに思ってもらいたい。そう素直に思ってもらいたい。たいがい私どもはそんなものだ、と少なくとも当時の私は思ったのだろう）さびしく奮闘しているのは、一方において、作者の私が「島」を書きながら置かれている状況でもあった。

少年は島へ辿りついた。臭いの正体のあつかいは、当時の私としてはせいいっぱいのものだった。吹浦の森さんの下宿で臭いの正体を話題にした。

私が勝手なことを思いついて、まるで他人ごとのようにその尻を森さんに持ちこむといった有様だった。

「この臭いの正体は何でしょうか」

と「島」の作者は自分自身に問うように、森さんにいった。それは一種のたのしみでもあった。

森さんは、

「小島さん、それは、あなた、エントツですよ。エントツにきまっているじゃありませんか。ぼくはそういうエントツをいくつも見てきたからね」

正直いって作者はどういうものか、ちょっとショゲた。途方もない遠いところからのエントツの煙がくるのだから、まあいいだろう、と私は思ったような気がする。その回の締切はすぐ一週間かそこらに迫っていた。

それから私の知らぬ工場のことなどもきいた。レンズの工場だ。工場というものの仕組のことだ。そのほか何を話しあったか。どんな手紙のやりとりをしたか。とても書きつくせない。楽しかりし興奮した日々よ。

向うの島へ入ってからは、どうも力不足だった。せめてもの私のたのしみは、島へもどってからの「広場」の場面で交信をしながら、広場の場面をつたえるところであったように思う。（島は広場になっていた）

人々がモタモタしながら知らぬうちに（まったく知らぬわけではない）島は荒廃し広場になる。このもどかしさは、残念ながら、私自身の姿であり、わが日本の姿かもしれず、いや、日本というより、どこにもある姿である、という気持が私の中にあった。アイマイさをともなった何というおかしな願いだろう。

向うの島がアメリカならよいが、ロシアであるとするとおかしい、解せぬとか、いったいどこだろうとかいう批評が出る時代であった。そういう考えをはぐらかすことが作者の一つのネライ（策略という意味ではない）であったことはもちろんだ。

「島」はもともと島とか、国とかいうものではないはずのものかもしれなかった。

『小島信夫全集1（島／裁判）』（講談社版）解説をかねた《あとがき》

「島」という長篇、といっても、四百枚ちょっとの作品は、「群像」から毎月百枚連載という形で頼まれて、しばらくして約束を果したものである。といってしまうと簡単だが、前にも書いたようにもともと新潮社から書き下しをと谷田君を通して声がかかり、「大いなる群衆」という題で広告まで出たのにそのままになっていた。そして今に至っているのは、前述の通りだ。「群像」から頼まれるとこれはやれそうな気がした。一つには雑誌のせいもあったし、「群像」は私が小説を書いた雑誌としては、認めて貰うのに一番時間がかかったものでもあり、私のようなタイプの人間には失敗してモトモトといった気が楽なところがあったのか、それとも、……まあこういうことは前にも書いたから止しにしよう。

たしか昭和三十年の春に、「文学界」の尾関氏といっしょに福岡へ同人誌の諸君と会いに行き、そのあと猪城君に会い郊外の家に一泊したりし菜の花畑の中にある道のことについて話をきいた。話の内容は忘れてしまったが、そのあと「道」ということを考えていたりしたが、抽象化した道そのもののことを考えていたので、そこから私のそれまでの、経験や材料の中からいくつかの場面に整理して作者好みの結末へもって行くといったふうの小説と違うので勝手が違っていた。

それなら勝手の違うことをする必要がないということになるが、このことについてはうまく話せるかどうか褌《ふんどし》をしめてかからねばならぬ。といって下手にしめると下らぬウソをつく可能性もなきにしもあらずだから、自分をうまくなだめすかさねばならない。そんなことを考える前に、私は「温泉博士」だとか、「音」とかいうものを書いている。前者はいわゆる経験的材料をもとにしたものではない。後者は眼に見えぬものを書いている。「音」はその題名の如く眼に見えぬものだが、「道」の場合も、ある意味では見えぬもの、もっと抽象化したものを、というネライがあった。こういう傾向は「アメリカン・スクール」とか「鬼」とか「馬」とか「残酷日記」とかいうようなものの中に潜んでいたもので、その危険さ（もしそういういい方が思い上ったといわれるのでなければ敢えて使うと）は、平野さんや神西清さんに指摘された。

前後するが、神西さんは私の「昭和名作選」（新潮社）の「アメリカン・スクール・殉教」の「解説」で「鬼」からあとの作を戒《いま》しめられている。その後、安部公房やほかにもう一人ぐらい出席した座談会（？）のときに、司会をされた（？）神西さんが、会のあとか前かの二人きりになったときに、文壇の先輩格のI氏の名をあげ、「きみのような作風は、I氏だって認められにくいのだから、よした方がいい」といわれた。文壇で認められるか否かのことではなく、この作風そのものに問題がある、という意味にも私はとった。私は月報で吉行くんが書いていたように、「なるほどなるほど」というようなことさえ口にしたかどうか知らないが、内心納得しなかったと思う。私の「馬」は岡本謙次郎がこれだけは賞めた。彼のアレゴリー論に合致していたせいもあるが、私小説ふうのベッタリしないところがいいという意味であり、当時から「幸福」を口にし、「雄々しさ」を書き、劣等感や被害意識が表に出ることを嫌った彼が精一杯の譲歩だったのだと思う。また私の高等学校からの友人であった、「同時代」同人の諸君、とくに宇佐見くんらは、私の「丹心寮教員宿舎」のようなものにある、ある小説くささ、卑俗さを嫌った。また高等学校の後輩に当るカフカなどの研究家でもある原田君なども書評新聞誌上で同じ意見を洩した。そしてそれらは文壇へ顔を出しかかった私の周囲の、私より年少の「第三の新人」の諸君の意見とはいくぶん違う傾向であった。先日岐阜へ行ったとき、亀山巌氏の会があってその席で前の「南北社」、今の「前衛社」の常住《つねずみ》君が初対面の私に「小島さんもシュールを止められたのはどうしてですか」と質問を発した。はっきりとは覚えていないが、「シュールかどうか分らないが、きみのいう意味のものは、別にやめたわけではありません」とこたえたような気がする。

岡本のアレゴリー論については、あとの短篇集のところで述べることになると思うので今は省略するが、平野さんが昭和三十一年六月に「文学界」にのせ、最近その「作家論」（未来社刊）に収めておられる「小島信夫論」の中に岡本の意見に賛成しかねる意が洩してある。これは神西さんとほぼ同じ意見であろう。岡本は若くして「運慶論」一冊を書き、その後ルオー、ルノワール、サザランド、ブレイクなどの研究をしているが、私は彼がブレイクにルオーのときと同じ異常な情熱を燃しているのを驚きの眼を以って見守っている一人である。そうして五、六年前と思うがその「世界美術大系」(講談社刊)の中の一冊、「イギリス美術」の解説の終りの方で、国境を超えてムジールの「特性なき人間」に感心して例にひいているのが印象的であり、ルオー、ブレイク、ムジールに一つのつながりがあるのか、と私は最近出たそのブレイク論をゆっくり読んで見ようと思った。その岡本が積極的に賞めたのは、「馬」と「抱擁家族」である。もっとも彼はあまり読んでいない。憤然としたのは「憂い顔の騎士」である。エリート意識のつよい一高生のことを書いたことが浦和高出身の彼の気に喰わなかったのか、と思ったくらいだが、じっさいは、この小説の中の一種の小説ふうの人をくった余裕がモラリストの彼には腹立たしかったのではないか。そのような彼が「馬」を絶賛し、いつか彼の関係している「第七画廊」へ行ったら、そこへ来ている画家が私のもので面白いのは、初期の「馬」だといっていたこともあった。

漠然としたことを書いてきたが、正直なことをいうと、もう記憶もさだかでないが、私は新潮社から出ていたカフカ全集の二、三冊や、たしか「審美」という雑誌に訳出されたブランショのカフカ論の一部、寓話と象徴のことを論じたものなどを相前後して読んだ。また誰にも記憶があると思うがそれ以前だったかカミュの「ペスト」が訳出され紹介されていた。それにサルトル。それからイギリスの作家の、その名は失念したが、「教授」など。田舎者でそれこそ智的でもない男が、どうしてこういうものにひかれたのか、と、ちょっと漱石が草平にいったようなことを書かれたことがある。ところがことによったら私は土着的《どちゃくてき》なところがつよいからこそ、あえてそういうものにひかれたかもしれない。よい悪いというようなこととは無論関係はない。

私は戦後復員してきて小説を書こうと思い立ったとき、ゴーゴリの「鼻」や「死せる魂」のことを考えた。私は卒業論文に、笑いのことをサッカレーをもとにして書いたが、じっさいはゴーゴリやスイフトや、ホガースやボードレールや、ひょっとしたらドストエフスキーまで登場してくるといったもので、とてもシェークスピアの笑いなどは興味が及ばず、シェークスピアの面白さなど口にするのは、漸くこの頃になってのことといったぐあいである。これは必ずしも狭さという性質のものではなく、新しさの要素さえ含んでいないとはいえなくないものと思うが、このことはいずれ六巻まで終える内にふれることがあろう。

私は吹聴するつもりはないが、兵隊に行く前ゴーゴリのことをいくらか考えていたこともあって、戦後も帰ることになったらと諷刺文学というようなことを考え、こういうものをこそ書きたいと願っていたら、たしか「諷刺文学」という雑誌が出るようになり、それもいつしか姿を消してしまった。私は自分の書くものが諷刺的であるかどうかは自信があるわけではなかったが、このような傾向のもの以外にはほとんど興味が湧かず、そうかといって、その類いの気に入る小説も周囲にないように思えた。そこへもってきて前述した通りの新しい作家が紹介され、私は自分が願っていたものはこういうものだ、と思ったようだ。

「群像」に予告がのったのは、「村」というようなものであった。それから「島」ということになったが、「位置だけが重要な島」というのが、「道」からあと考えているうちに思いついたネライであった。これは当時の日本の状況がそうであったということもあるし、一つには私がたまたま毎月とっていた岩波写真文庫の奄美《あまみ》群島の中の何度線か知らぬがある島のことがのっていたのを見たのも一つのキッカケだったかもしれない。漠然とカフカの「城」のことを考えていたのかもしれない。勿論マネをしようなどという器用なことは出来ない。私は当時島が自分ぜんたいで、もし書いて行けば位置だけが重要なところとしての島として、自分の中にあるものを出して行きたいと思うようになっていた。眼に見えるものを忘れる、こだわらない、という姿勢であるが、これは私が象徴的であることを願っていたからに違いない。

私は小沼丹の「村のエトランジェ」という本がみすず書房から出たとき、小尾俊人くんから一種の推薦文みたいなものを書けといわれて、この作家がアダ名をよく使うことを指摘し、その作風に諷刺性があることにふれたと記憶する。ゴーゴリにしろ諷刺文学というものは、男とか女とかの区別はあるが、名前など殆んど無用の感があり、とくに女はそうだ。名前があっては邪魔なのだ、ということも書いた。「アメリカン・スクール」や、庄野の「プールサイド小景」の出たすぐあとのことである。私は一路そういう方への道を心がけていて、「第三の新人」という人たちと会っても話が互いに通じないのは一つにはこのような事情があり、吉行くんが簡明直截に当時のことを語っているのは、こうしたことであると思う。

私は前の回で書き次の巻でも書くことになるかもしれないが、森敦氏とは昭和二十四年頃から知っている。私の進みぐあいも見ていていくらか唖然としていたと同時に、私が「道」を書こうとして、当時東京を去り山形県鳥海山麓の吹浦《ふくら》に夫人とおられた森さんに、自分の仕事の困難さを訴えたことがあり、私なりに途方にくれてもいた。森さんは私の考えを理解するために私を問い質し、私より先きに出るというようなところがあり、私よりも私の書きたいことを心得ているところがあり、私は抵抗を感じることもあるが、それはおおむね第三者として読者として一般化を指さすのであり、岡本が前にいったような、私の個性にべったりとまつわりつくことへの嫌悪みたいなものの表現でもあったと思う。森さんは私という人間によって自からの思想と能力を試し、私を圧倒することで精神的に生きるあかしを感じるというふうであった。私に対してだけではない。この関係はどちらかが甘えれば駄目になり、とりわけ私がダラシがなくなれば、全く意味をなさなかった。そして時々私はダラシがなくなった。とにかく私は書く前に吹浦を訪ねたようにも思う。その島に臭いが押しよせるということを先ず書くことしか分っていなかった。それで締切がきて書き始めた。大久保房男氏と担当の川島勝さんが講談社別館にいた私を訪れるというところから作業が起った。川島さんはその後酒田に移られた森さんを訪ねたこともあり、私と森氏とのことはよく知っているはずである。

私は第一回目の百枚を書き雑誌を見た森さんは厄介なものを書き出したと思われたかもしれないが、それより私が、ケンリなんてことをもち出し、村長らが島の外へ出なければならぬが、どこへ行くべきか考えていると泣きを入れたとき、返事がきた。ケンリ島にきまっているじゃないか、というぐあいである。これは私の記憶違いであるかもしれない。大ケンリ島というものが無意味であるとしたら、その責任は私がケンリなるものを第一章の中にはめこんでしまったためである。だがその責任をとるとすれば、と、森氏は驚きと苦しみから楽しい道を開くべく、「それは大ケンリ島へ行くより仕方がない」といわれたのだ、と思う。

吹浦の海岸や、私が椎の実を拾いに行ったりした岐阜市の山裾や尾根がいつのまにか入りこんできて、普通の小説の場合と同じように眼の前に浮びはじめたのは当然のことで取り立てていう程のことはない。ここで、ハッカの葉はともかく竹槍だとか、板紙だとか、俵落しなどは読者のヒンシュクを買うかもしれない。私自身も締切が十日後に迫り最初の百枚を書くには書いたものの、さすが気がひけた。それに吹浦の森氏の下宿で話しをしているさいに、銅の精錬所のことが出てそれがそのまま入ってしまい私より森さんの驚きを呼んだのではないかと思うが、これが最もまずいところで、今度も読み直しながら抹殺したくなったが、これがどう書いていたらよかったのか、最も肝腎なところで、思い及ばない。つまり何を作ったりもしたりしている煙りかということである。私が当時考えていたのは、リアリティということで、よかれあしかれ「島」を書いている書き方が私のリアリティを得る方法で、あのときほかのものをほかの方法で書いていたからリアリティが得られたわけではないことだけは間違いない。しかし、私なりにもっと考えていたら、もっと能力があったら、もっとセッパつまってからの時間があったら、うまく書けた、という意味でのリアリティである。私は噂男を愛して書いた。広場の演説は浮き浮きして書いた。「ケンリ墓」も気に入った。ハッカの葉だって気に入っていた。山へ登るところも書きながら生き甲斐があった。眠り男の徽章も制服も、眠り男が前島長だったということも、妻をとられていることも、「私」という少年の父が村長に女をとられていながら、一緒に旅に出るということも悪くない！　広場の扱いもいい。私はそう思って書き進めた。あるとき森氏に電報を打ち、上京を願った。出かけられる時は吹浦へ出かけた。それはたった一つの小さいこと、後始末に思いあぐんで、あと五日に迫った締切を前に途方にくれたからで、そのときも森氏はあるべき一般性というものを指して下さったようだ。「閉されていなくて閉されている」将棋などというのがケンリ島の中で出てくるが、（二四五頁〔本巻一八五頁〕）こういう小癪なことの意味を、私は本当に分って使っているわけではない。将棋でなくて小説として、この頃私は使うことになった。森さんの言葉の中から不意に思いついて将棋として用いたと思うが。「島」の筋は、臭いに襲われた島の者が、疑心暗鬼、臭いの原因をあれこれと疑い、それでいてほぼ原因が分っているが、分りたがらない。分っている者である村長と「父」が不意に姿を消す。少年は追って海へ出かけ、「眠り男」に会い二人が半年前に来たことを知る。その後臭いの方の島へと入りこむが、自分の島が救済されることを代償に、無人島になりつつあることを知る。噂男が絶えず暗躍し、巧みに「島」と臭いを発する島々との間をとりもつ。「島」は無人島となり、……というようなことを書いても仕方がない。救済の使命を帯びた男が「島」へやってきて途方にくれながら報告するその面白さ。「島」の者がケンリ島の連中に野次をとばしたりやみくもに老獪に立ち廻ったりする。臭いをめぐって疑う、疑い方、そういったものが私の見せ所ともいえるからである。今度読み直して思ったことは、荒唐無稽が積極的に生きていないような所があるということが、「確認者」というようなものが生きていないところがあり、リアリティを減じ分りにくくしているとはいえ、決して全体として難解というものではなく、土着的に過ぎるところが分りにくいということもあるが、私はなかなか面白い作品であると私はこの作に好感をもった。これに近い作品は「汽車の中」「十字街頭」かもしれない。ある意味では「女流」にも通じる。しかし私は出来れば、いつかこういう作品をもう一度書いてみることになればいいと心の底では思いつづけてきていることも確かである。このとき時評は、なぜ拡大したかと不審に思うものや、それに類するものがあり、奥野くんは終始この作を持ちあげ私が自分でも「島」を忘れかねないのを咎めるような口ぶりである。武田泰淳氏はこういう作を書くのをやめてしまうのを残念がるふうの文章をあとで「新鋭叢書」の解説にのせておられる。あとは「群像」の合評に批評がのっているはず。だが結局そのまま私が一部、誰かが一部もっているだけでほとんど誰の眼にもふれないままになっている。こんど全集が出るに当って私がうれしいと思ったことの一つは、「島」と「裁判」がもう一度読者の前に出してお見せすることが出来たことである。大がかり過ぎたといっても、私の書き方は必ずしも大ざっぱではないし、大がかりも、小さいのもいってみれば裏表で同じことなのである。

「裁判」は「島」のあと続いて「文芸」に書くことになった。百枚連載三回だったはずである。いま東京新聞にいる渡辺哲彦くんが担当だった。あっという間に頼まれ、一、二カ月しか余裕がなかったと思う。北軽井沢の鮭延さんの貸別荘に家族をおいて酒田の森さんのところへ出かけ話し合った。長い間汽車に揺られて行くことを約束にしていた。森さんは「実現」というガリ版誌を刷って、私が前の配本の中で「抱擁家族」について引用した文章の元などをガリ版に切っておられ、訪ねると部屋の中に張った糸に刷った紙が洗濯バサミではさんで吊してあった。「裁判」は寝ているときKさんという共通の友人のことをもとにして考えてみたらどうですか、とサゼスチョンをうけた。K氏は前に小説を書き、ずっとあとで長いものを書き、私は批評を頼まれたことがある。私が書いたあとK氏は腹を立てて私が盗ったとしてそのことを小説に書いた。しかし実際は私はK氏のなかなかいいその二作の中のデテイルは殆どつかっていないし、家庭裁判の話の内容もK氏からうかがってはいたが、空想である。この小説はカフカの小説の調子がどこかにおっているのが具合悪いし、それが欠点ともなっているが、問題はそういうふうにいうよりも、ほかのいい方をした方が分りいいようである。この五十歳になる男に厳しい眼を作者が向け過ぎているところがK氏の作品とは違うし、そこは読み返して物足りない。この主人公は小心翼々たる勤人である。たしかにお役人としては小心翼々に過ぎる。それはさておき小心翼々たる男のくせに変に作者の影が投じ過ぎて、気がつき過ぎる。もっとノホホンとしていることが必要であるし、もっとチャッカリ過して行けるところがあった方が、事態の真相、人間の真相に迫ることが出来る。そういうふうにするにはおそらく私の、こういうものを書く文体は以前の私に即し過ぎた短篇の文体では書けなかった。この作が平板になり、見えすいたもののくりかえしの感じがするのは、そのためである。そういうことは、最近になって漸く分ってきたように思える。「抱擁家族」はその手さぐりであり、もし少し分ったとすればつい最近のことであるらしい。この主人公には、「夜と昼の鎖」の中の主人公に対するのと同じように、結果として作者があたえるものが足りないことが、ハッキリ分る。ここでは女は勿論、書かれてはいない。女、男というものを名前さえいらぬものとして書くには、何かほかの痛烈なものが足りない。だから女はこのままでは当然物足りない。しかし果して私は女を果して一度でも書いただろうか。そういうことについては前の配本の「あとがき」と、次回の「あとがき」とを参考にしていただければ幸いである。

この作については、図書新聞で寺田透氏、「サンデー毎日」で高橋義孝氏の批評があり、高橋氏のも面白いものだったそうだが、読んでいない。寺田氏のは五十歳の男がこの程度の智恵才覚しかないことはない、という意味のことをいっておられたと思う。氏の「折ふしの批評」の中に入っておりこの本は送っていただいた。この図書新聞の編集者に、新宿の「ナルシス」の奥にあった「三かつ」で川島くんといるときからまれた。お前なんか駄目だ、寺田さんも賞めないぞ、ということをいい、川島くんと喧嘩になった。「裁判」は河出書房で本になった途端、つぶれた。

今度読み直してみて、目下第九章までのところであるが、その印象が前述したようなことなのである。しかしゆっくりと読むと私が批評したようなことはあるとしても、なかなかうまく組合わさって進んで行く。かなりチミツに一生懸命書いてある。やはり親族会議が出てきたり、妻とのやりとりが出てきたりし、もう百枚か二百枚ないといけないが、全く直接のデテイルが最も少く、どこまで一般化し、どこまで一つの世界が作れるか、ということが分るようなところもある。そしてそれは当時ほかの方法で書いたら、リアリティをもっともって書けたというわけではないようである。

（昭和四十六年二月二十八日）

今全部読み終ったところ。「私」が断種をしているところが不意に出てくるところ、子供たちとのやりとり、面白くないことはない。全体として正直いって安心した。「島」はともかくとして「裁判」を書いたあと、何か虚しい気がしてならなかった。作者のモチーフが十分に入っていないからか、入っていないと感じたからか、それとも「島」にある土着的なものを取りはらってあるためなのか。それとも、十分に重層的に運ばれていないためか。

「島」の中で私はこういう何でもないところがいやではない。少し長いが。

「お前は年はいくつだ」

「二十五歳です」

「コウカツなやつだな」

「利口なだけです。噂男という名前は、キュウクツでそれほどありがたくはないが、噂男ということはつまり、この村の事実上の支配者で、また代表者なんだ。くりかえしますが、私をさしおいて何も出来ませんからな。あなたはとつぜん船で来島して、救済食糧を陸揚げしてけっこうです。見てみなさい。何事も支障は起りませんよ。といって何事も知らぬわけではないですがね。それどころか、島は大混乱を来しますよ。……(略)私に用がある時には、どうするかって？　甚太のヤツに知らせてくれればいい。何も云ってはならない。ただ甚太のヤツを呼び出して、それから『別に用事はない』といってやればよいのです。ヤツはそのことをあっちこっちに伝えて走りまわります。当然私のところへも伝えにくる。そうすれば、私は今あんた方がおりてきたあの丘の右側の竹藪の中で待っています。甚太の主人の家の裏山もいい密会場所なのだが、あの山はやがて禿山になるでしょうし、既に密会場所に使いすぎました。それから一寸うかがいますが、甚太の主人の伜はどうしました。あいつの噂も立ててやらねばならぬが、また噂の立て方を考えているうちに手間取ってしまった。何、別の船の中にいた？　そうするとヤツは生きていたのだな。どうもあいつのことになると噂が立てにくい。にぶって困る」

ところで、「裁判」のような小説は普通は、「私」が殺されたり、「外套」のように死ぬ破目になったり、「鼻」のように鼻を失ったり、狂人であったり、するものである。もっと鮮烈、痛烈になる場合のことであるが。私は最近明治からあとの作家のことについて勝手な論を立てているが、二葉亭の「浮雲」と漱石の「吾輩は猫である」などのことを考えると面白い。(といって「猫」も全部読み通したわけではない)「猫」はいかにも一応、スイフトふうであり、「浮雲」は一応はゴーゴリふうであるともいえる。「猫」は猫の眼を借りることによって生き、「浮雲」は視点の不安定さのために必ずしも成功するわけには行かなかったが、勿論これは眼だけのことではない。とはいっても「浮雲」が痛烈になり損ったことは事実で、そこに興味もある。この二作があとで「明暗」と「其面影」の差にもなっているように思われる。

「私」が死にもしないで、小説的にこれといった結末に辿りつきもしないで終るとしたら、あるいは尻切れとんぼで終るとしたら、そうしてそれが強い印象を十分にあたえることがあるとしたら、その途中ぜんたいにそうなるはずのものがなければなるまい。幾重にも奥行きがあり、いくつもヒダがあって、先へ進むにつれて奥へ入らなければならないようにも思われる。そのためには、軽々しくこの主人公のようにまるで作者と同じように意識し過ぎたりしてはいけない。

たとえば、この小説の最後に、鞭のように海が打ってくると主人公が思う、というような書き方は、ここだけのことではなく、最初から最後までそうなっているが、今では、具合が悪いと思う。一人の人物が小説の中にしろ人生にしろ生きて行くということは、気がつかないか、どちらつかずであるか、思いちがいであるか、つくろったりして体裁よく生きたり、この一線だけはというものだけはしがみついたりするようなものである。つまり意識すると見えて意識しなかったりするものであったりする。こうであることが基本にあるのではないか、と今は思える。当時も私はそのことに気がつかなかったわけではないが、何しろ処女作以来書いてきた短篇小説は大なり小なり、この「私」とは大分性格なり何なりは違うとはいっても、意識の仕方は同じである。「裁判」はそのままのっかって書いている。そこに問題があるというより、私が変って行かなければならない成行きが潜んでいるような気がする。私が虚しい気持になったのはそのためではないか。

私が諷刺小説などといったといっても、作中の主人公は早々とそれこそこんな言葉はつかいたくないが被害意識に汚されている。私が「其面影」と「明暗」のちがいといったのも、そういうことだと思う。このことは、前回に「抱擁家族」などについて述べたことと関係があるようであるし、よかれ悪しかれ、私が抜け出ようと考えてきたのも、「裁判」の中にある、ある失敗からであると思う。

「現代評論集」（集英社刊の世界文学全集第三十六巻）のカスナーの「様式と顔貌」という評論は、スイフト・ゴーゴリ・カフカという系譜を辿っている。私もこの系譜で勝手に考えてきていたのでまことに愉快に思った。スイフトを裁き人、としている。そういっただけで、この三人の系譜は瞭然たるものがあることが分るというものだが、そういう簡単なものでもあるまい。それにしても六分通りの真理はあると私は考える。「裁き人」、「裁かれる人」……こう一口にはいえないが、しかし何か私の中にも、日本の現代文学の中にもこの二つのものは脈々と流れているように思える。このことについては、あとでふれることが出来るかもしれない。

「女流」の解説の中で、こんど書簡をいくつか入れたと書いてあるが、あれは「われらの文学」におさめるときにということであり、最後の三頁ばかり書き足したのは、今回の全集に入れるについてのことである。「群像」に発表したのは原型だということをいっておきたい。

（昭和四十六年三月二日）

『夜と昼の鎖』（講談社版）あとがき

私はこの小説で書いたようなことを、数年前に試みたが、どうしてもまとまらなかった。昨年夏ごろから思いきってはじめることにしたが、十一月ごろ一おう書きおえてから、雑誌「群像」に四回連載するまで、約半年の間放っておいた。その間伊沢という男が最後になってどのように動くか、気になりながら、手の施しようがなかった。山名は書いて行くうちに自然にうかびあがってきた人物だが、あとから入れたプロローグで山名を挿入しながら、作中に顔を出させることはどうしても出来なかった。それはそれでいいとも思ったが、さいごのところで、このていどにしか書けなかった。信子を山名と結びつけることで、私の考えは一応筋が通ったことになったが、唐突を免がれない。

終章は、「群像」にのせたものを大々的に書きかえ、捕捉した。

私は前に伊沢にあたる人物を中心にして、書きはじめたことがあるが、伊沢を主人公にして、伊沢から書くことは卑怯な気がした。どの人間も互いに対等になっていて動かされている。その動かされているところに興味がある以上、外から書くより仕方がないと思い返した。しかし書いてみると、やはりそうすると興味のない部分まで書かなければならぬ、という不都合なことになり、やはり小説というものは、何か物のおとす影のようなところだけを書かないとダメなのか、と考えるようにもなった。しかし、そうしたとすれば、それはそれで別の小説になってしまう。私にいいたいことは、この形でしか出せないようでもある。

もともと私はこう思っている。家の外と内の二つの生活の仕方がそれぞれ独立し、外は内にも影をおとしてきているが、外の部分はいわゆる重要な部分と時間をしめながら、普通の意味で人間的ではない生活である。内の部分はこれに対し人間的であるが、よどんだ状態である。小説の対象は常識的にいえば、この内の部分なのだが、しかし外の部分も描かないわけには行かない。おそらく描き方も変えなければならないが、そこまでほんとに分ってきたのは、書き終ってからであった。

図式的のソシリを免がれないかもしれないが、私は内＝夜、外＝昼とを一応むすびつけ、その二つがどのようにつながるか、つながり得るか、書いてみるつもりだったのだが、ごらんの通りの有様となってしまった。身をもって作った傷のようで、痛々しい気がしてならない。

伊沢を外から諷刺的に書くことは、さして難しくもないが、私はそうしたくなかった。そう思いながらやはり諷刺的にならざるを得ない。そうした腰のすわらなさが、この小説を書きにくくしていたが、如何ともしかたがなかった。

私がこの小説を短かい日時に限ったのは、内と外とのかんけいを強く出す意図があったからだが、このことも作品をきゅうくつにし、説明的にした。

人物の多すぎることや、私の趣味にすぎないといった箇所もあるが、このことについてのべはじめると長くなるのでよす。私はこの小説は私としては書きなおしたり手を入れたりした方だ。ほんとは最初から白紙にしてやり直すのがいいのだが、とてもその元気はないので、情けないがこのまま本にすることにした。私としては全力投球といったところである。しかしそれでいて私はこの本を読んでもらいたいと思っている。

著者

昭和三十四年十一月十八日

解題

柿谷浩一

本巻（第四巻）は、一九五〇年代に発表された『島』『裁判』『夜と昼の鎖』の三作を収録している。あわせて、単行本と文庫に付された「あとがき」「解説」、および長篇二作（『島』『裁判』）を収録した『小島信夫全集1』の「解説をかねた《あとがき》」を巻末にまとめて収載した。

原則として、著者の生前に刊行された最後の刊本を底本とした。文学全集・選集の類に収録されている場合もあるが、それらは底本の選定からは除外した。本文の異同は、主要と思われるものに限り記した。

島

初出は、『群像』（一九五五年八月―一二月）。その後、『島』（一九五六年二月、大日本雄弁会講談社）として単行本化された。また『小島信夫全集1』（一九七一年四月、講談社）、『現代の文学16』（一九七二年一二月、講談社）、集英社文庫『島』（一九七九年二月）に収録された。本巻では、集英社文庫『島』を底本とした。

初出からの主要な異同として、第一章「『本島噂話拾遺』」（初出）→「『本島噂話集』」（本巻一七頁）、同段落末にあった「（といって噂話はあくまで噂話であるが）」の削除、「出帆した船は近海をめぐって、あまり多くもない収穫をのせて帰ってきた。／海を直接仕事の場としていない村長」（初出）→「海を直接仕事の場としていない村長」（本巻二〇頁）、「その古老（漁夫の一人で十二歳で海に出た）さえもその時私に」（初出）→「しかしその古老は不意に闇を手さぐりするように思い出しはじめ」（本巻二二頁）、第三章「ただ父の『噂話集』には猪のように書いてあるにすぎない」（本巻四六頁）の加筆、「この村ではまだ会議というものをもったことがなかった。そのために『人だかり』というものが次第に増えて行き、狭い土地で人だかりが出来にくくなって、ようやく代表の必要なことが分ったらしい」（初出）→「この村ではまだ会議というものをもったことがなかった。それまでは」（本巻四九頁）、同段落末尾にあった「つまり事件がなかったのだ」の削除、「恩恵を受けないかわりに」（本巻五四頁）の直前にあった一節「旅をしなかったのは、一番大きなワケは、この島のものは遠くのもっと大きな島からはじき出されていた。旅行者はこばむわけではないが、この島は、どこの、もっと大きな島にも属さず、その恩恵を受けてはいなかった。与えることのもっとも少ないここの村人は、ただ人というだけで、ほかの島からしめ出されていた。これは奇妙なこの島の歴史であって、人ごとのように冷静にいうならば、正に特筆すべきことなのである。／その大きな島も、もっと向うの大きな島も人に溢れている。人を増さないことを忘れていたのではなく、人をへらす方法を禁じているのである。人を増さぬことが唯一の人道であることを身にしみて誰もさとっていないのである」の削除、同章末尾の「とくに凪いだ日にはこの村の上空をおそってきている」（初出）→「とくに凪一つない曇った日にはこの村の上空をうっとうしくおそってきている。鐘をならした犯人は、下男だった」（本巻六〇頁）、第六章末尾の「そう云って、あれだけ寝たのに寝ぐせがついたのか眠りこけそうになり、あとは声が消えてしまった」（初出）→「そう云ったきり、あとは声が消えてしまい、あれだけ寝たのに寝ぐせがついたのか、ころがるようにして眠りこむと、もう眠るのに忙しい有様である」（本巻一〇一頁）、第九章「密使」（初出）→「使節」（本巻一三三頁）、第十三章「（これは真赤なウソだ）」（本巻一九一頁）の加筆、第十五章「『板紙』」（初出）→「『法律』」（本巻二二五頁）等の変更が見られる。また、第八章「救済審議会席上に於ける確認者の演説要旨」部のゴシック化および行空けによる強調のほか、「このオレにしても」（本巻六七頁）、「おとなしく」（本巻一六三頁）等、幾つかの表現に付された傍点の割愛や、「憤げき」（初出）→「フンゲキ」（本巻二六頁）や「こわい人」（初出）→「コワイ人」（本巻三四頁）といった語彙のカタカナ表記への変更等の微修正も多い。

裁判

初出は、『文芸』（一九五六年一〇月―一二月）。その後、『裁判』（一九五六年一二月、河出書房）として単行本化され、また『小島信夫全集1』（一九七一年四月、講談社）、『日本文学全集52』（一九七一年五月、河出書房新社）に収録された。本巻では、『小島信夫全集1』を底本とした。

初出からの主要な異同として、まず章構成の変更があげられる。初出では九章の始点は「一つゆっくり、うちわって話してもらいたいのですが」（本巻三二〇頁）の位置だったのが、「野村孝一さんですね。初めに申しあげておきますが」（本巻三一五頁）の位置へ移動、再編されている。また細かなところでは、

「原告者」（初出）→「原告」（本巻三一三頁ほか）、第九章末尾の「『それはきみ、またこんどにし給え。私の方は猛烈にいそがしいんだ。まったく私の方が訴えたいくらいでね。またこんど「通告書」にしたがってきたまえ』」（初出）→「『それはきみ、またこんどにし給え』といって書類をとじて〔……〕またこんど『通告書』にしたがってきたまえ』」（本巻三一八頁）等の変更が見られる。また、作品全体において、改行や行空けといった微調整も散見される。

夜と昼の鎖

初出は、『群像』（一九五九年五月―八月）。その後、『夜と昼の鎖』（一九五九年一二月、講談社）として単行本化され、また『小島信夫全集3』（一九七一年二月、講談社）に収録された。本巻では、『小島信夫全集3』を底本とした。

初出からの主要な異同は次の通り。初出では、第一章の前に置かれた数頁にわたる冒頭部は「プロローグ」と題されていたが、名称が割愛されている。また作品末尾にはこれに対応する「エピローグ」が付されていたが、作品末尾の改変に伴うかたちで消されている。細かなところでは、冒頭部「そのとき女学生の道子が同席していた」（本巻三八九頁）の加筆、「『まったく村ではたいへんだわ〔……〕』」（本巻三八九頁）の直前にあった一行「一年前のことだ」の削除、第一章「アリが生々しかった」（本巻三九〇頁）の加筆、第六章「近藤が標準語で話しはじめた」（本巻五三六頁）の加筆、「視察はよしてもらうように署長にいって下さい。』『私はそのことを忘れていた。どうして忘れていたのだろう。それは是非そうしてもらった方がいい。外人のために右往左往することはない』」（初出）→「視察はよしてもらうわけには行きませんか」（本巻五五六頁）、「連れてもどってくれませんか」（本巻五五六頁）以降の大幅な変更（参考資料①に初出における当該部分を示す）、「『わたし？変かもしれないわ』」（本巻五六二頁）の加筆と直後の行空け、「校舎の前の空は、忽ち学校中の人の眼と耳とを奪ってしまった」（本巻五六二頁）前後の大幅な変更（参考資料②）、作品末尾「ごまかしの意味さえも含まれていないことが分った」（本巻五六八頁）以降の大幅な修正（参考資料③）等の変更が見られる。その他、第三章「僕等」、第四章「誰から見ても」、「彼が」、「うまくやる」、第五章「歩く」、「主人」、「とにかく」といった語彙の傍点の割愛が散見される。

【参考資料①】

（初出本文／本巻五五六頁一八行―一九行に相当）

「よく知らないが」瀬田はいった。「あの男は山名さんのいうことはよくきくということだから、その方へ御連絡になったら」

「山名さん？　その山名さんが昨日から姿を見せないのです」

こんどはと相手は声をおとした。「失踪のようです」

「景気はいいでしょうに。朝鮮事変の影響で予備校の方だっていいはずでしょう」

瀬田は自分でも意外なことをたずねた。自分は伊沢たちとおなじようなことをいっていると思った。相手は首をふった。

「そうすると、いったいどういうことになるのだ」

瀬田は心の中で呟やいた。瀬田は山名をひそかに憎んでいたが、それでいて、山名の失踪の話を耳にすると、わずかに身体を支えていた自分の骨がバラバラになるような気がした。


【参考資料②】


（初出本文／本巻五六三頁二行―五六三頁一七行に相当）

「お前はくる必要はないよ」

今度は幸子が頷いた。

校舎の前の空は、忽ち学校中の人の眼と耳とを奪ってしまった。空を見ながら、伊沢は受話器をもっている幸子に、

「今野の奥さんの行方はまだ分らないと見えるな」

「うまく行ったわ」

と横をむいたまま、幸子がいった。


【参考資料③】


（初出本文／本巻五六八頁一一行―作品末尾に相当）

しかし今度の伊沢の調子は、前よりずっと弱々しく、言葉には何の意味も、ごまかしの意味さえも含まれていないことが分った。伊沢は歯をかみしめてふるえていたが、急に顔をしかめてそのまま出て行った。やがて伊沢の消えた闇の中で水の中に重い物が落ちる音がした。伊沢は胸まで水にひたって本能的に岸にすがりついて道によじのぼった。それから今野の家の方へ水をたらしながら歩きはじめた。

伊沢が二度目に去ったあと、外がさわがしくなったので、近藤は出てみると、病人が助手につれられて運ばれてきたところである。彼は入れかわりに外へ出て、急に彼の年齢にしてはおかしいようなことを思いついた。それは堤防へ上ってこの村を一望の下に見るということだ。運ばれてきたのは信子であった。近藤はひょいとその病人をふりむいて、誰だときいた。

「津村信子さんです」

と助手が答えた。

「先生はどこですか」

「さっき帰ったところだ」

鶴見は京子の行方は、信子の父に電話し、A町の診療所にいる幸子に電話し、A町をさがす手配を頼んだが、その足がかりについてはまだ運河村へは何の通知もなかった。彼はその旨を今野に伝え、役場へ着くと、集会所のことで、幸子に先廻りして善処方を依頼したので、幸子の願いは円滑に運んでいた。彼はこのことについては、躊躇なく行った。それから明日の打合せとしての、今夜の会合を町で持つために暗くなってからボートで送りとどけようと助役とウワサ屋と二、三の議員と役人をのせて運河をやってきた。先ず鴨水館によるつもりであった。彼は帰路、今野のところで夜を明そうと、思った。

道子は蛙をとりに行くといって舟に乗って家の前を出て、しめしあわせた堤防下へこいできた。その上の堤は、昨夜、幸子が近藤と会ったところでもあり、信子と伊沢が会ったところでもあった。運河はその少し手前のところで右に折れて、堤防に沿い、鴨水館のある水門際へ出る。

今夜も蛙の啼声は空にこだましていた。道子は闇の中に慎二が佇んで舟をこぐ音に耳をすませているのを見とどけると、ホッと溜息をついて、慎二を呼びよせた。慎二は近づいてきて乗りこんできた。二人は暫く黙って空を見上げていたが、幸子が、さっきのことは何、ときいてきた。

「秘密なんだがな」と慎二は前置きして、

「アメちゃんがあの部屋に入った時に、火薬玉を破裂さすんだよ」

「そんなことして」

道子は、慎二をふりむいて早口にいった。

「だって小さなものさ。おどかすだけだよ」

「それはダメ。伊沢さんに話したの？」

「話すもんか。これは僕の秘密さ。君だからいうんだ。こわがるなら、話すんじゃなかった」

「いけないわ。止して、ダメよ。ぜったいダメよ」

「道子」

慎二は急に道子の肩をとってひきよせたが彼女は抵抗した。

「そんなことで、僕といっしょにやって行けるか、僕らの闘いは長いんだよ」

彼は尚もひきよせて遮二無二口づけをしようとした。

「止めるといって。止めるならいいわ。止めるといって」

「うん、止めるよ」

慎二は道子をひきよせて舟の中にころがした。その間に慎二は何度も「止めるよ」とくりかえした。

モーター・ボートの音がしていた。道子が慎二にしがみついているうちに、次第に近づき、ざわめきながら、方向を変えて、やがてまたきこえなくなった。

「明日の打合せだ。明日はやってやる！」

と慎二はひとりごとのようにいった。

「やめてね」

慎二は返事をしないで、舟からあがると、歩きはじめた。

道子はその後姿を見上げた。

「おかしな人だな。征服されたら、男のいうようになるはずだがな」慎二は真面目に、道子に不満を示すような口ぶりで、そういった。「君は女らしくないんだな。信子のようなやつにかぎって、かえって協力するかも知れないよ」

「やめて……」

慎二はちょっとふりかえっただけで、しみったれた歩き方で、村の中心部へのそのそ動き出した。彼はあと十歩も行ったら、急に速度をはやめるように見えた。「やめて」と道子はもう一度叫んだが返事がなかった。道子は櫓をはずすと、かかえるようにして、裸足のままそのあとについて行き、いきなり慎二の頭の上から櫓をふりおろした。慎二の言葉を封じようと思ったが、あいにく言葉を出すのが慎二という身体をもった人間だったし、身体をもった人間を封じるには、あるいは永遠にこの方法しかないのかも知れない。慎二が鈍い音を立ててくずれてしまうと、道子は、すぐにさっきまでの慎二のように歩きだした。彼女は、ただ道があるからそうして前へ進んでいるだけだったが、次第に一人の人間に会おうと思いだした。勿論彼女は自分がしたことの意味がよく分るほど、冷静になってはいなかった。道子は自分の心の疲労を一番分ってくれるのはまだ面と向って話したこともない瀬田だと、直感していたのだ。伊沢は慎二が倒れたのといっしょに、一層遠くへしりぞいてしまい、幸子という、気のきいたそうな妻を持つだけで、もう沢山だと思っていたのであろう。

今野は子供を背負い自転車に乗ってA町へ行く堤防をとばしていた。彼は京子を追っていることは事実だが、まるで京子がA町のどこかに待ち合せているると思いこんでいるように急いでいたのだ。月が出ていた。彼はA町に近い大水門のところまでくると、車からおりた。水門の厚さは二尺ほどで、その上が通路になっていた。彼は用心しつつ一歩、二歩とわたりはじめた。その時彼は自分がゆっくり動いているのに気がついた。水門が動いているのだ。水門は今開きつつある。舟が通るために、今野はようやく、しばらく前から、モーター・ボートのエンジンの音がきこえていたことに気づいた。深い月あかりの、ほの暗い大川の上に、酒をのみながらわめいている何人かを乗せた鶴見のボートを発見した。ボートは水門があいて、今野が二つに折れてぐっとつき出た水門の先端に自転車をもって立っている遥か下方を、徐々に前進しはじめた。

上から眺めている今野の眼には、連中が一かたまりとなってひしめきあい、水に一面とりかこまれているせいか、まことに愚かしいものと見えた。鴨水館の主人の声が、ボートの中から、今野の方を見て、「バンザイ」と叫んで手をふった。今野は確めるようにそれを眺めながら、こういうことはエビガニの歌の中でうたった通りだ、と思った。

エピローグ

今野が子供の死体を置きざりにしてA町方面に出かけたあと、瀬田も伊沢も近藤さえも今野の家に集った。近藤は信子が患者となって集会所に収容されていることを告げにきたのだが、その前にウワサ屋によって彼女の父親にそのことを告げた。伊沢は近藤のくる前に大家の自転車をかりて、今野のあとを追っかけていた。

道子は瀬田の家に訪れ、留守だと知ると、今野の家へやってきた。

道子は、瀬田にあいたいといい、瀬田は靴をひっかけて出てくると、

「私は慎二さんを殺しました」

といって、優等生らしく場所をはっきりと教えた。

瀬田は、

「ほんとに死んだのか。それを見とどけたわけではあるまい」

というと、

「たしかに殺しました。すぐに警察へ知らせて下さい」

とつけ加えた。

道子は的確に手短かに模様を話したが、自分がいわゆる純潔

を失った、ということは語らなかった。だからこのことが分ったのは、ずっとあとになって、私が直接道子にあっていろいろきいたときである。

道子が殺したと思っていた慎二は、肩の骨をくだかれただけですんだ。彼はどうしてもA町はいやだ、というので、B町の病院へ舟で連れて行かれた。治癒には三カ月要した。

この結末はどのように語ったらいいか分らないのは、一度に事件が重っておこったからである。

瀬田浩が活躍したのは、もう手おくれの気味があったが、この事件のあとである。瀬田が責任者であったばかりではなく、誰一人として、この事件には経験がなかったからだ。それに近藤のような男は事件がおこってしまうと、誰も信用しないからである。事実彼は信子が動けるようになると、信子について署長のところへ送りとどけたあと、辞職して東京へ出てきた。

信子は鴨水館へ泊った夜、私の部屋にのりこんできた。幸子と近藤は離れにいたが、彼女は私同様この二人が一軒しかないおなじ宿にいるとは気がつかなかったらしい。彼女はこの田舎はあきあきしたので、東京へ出たいから、自分も一緒につれて行ってはくれないか、ということまでいった。

「何しにここへきたの」

「私？　ここの主人をからかいにきたの」

「きみの両親はどんな人か知らないが、きみのような人をよくこんなに放っておくね。ここにいることを知らせておいた方がいいよ」

「私、危いように見えて危くないのよ」

「若いうちに大切にした方がいいよ」

といったぐあいで、最近の女学生というものをよく知らぬ私は、彼女の軽蔑を買ってしまった。私は彼女とショウギをさし、彼女のオシャベリの相手をしてその夜をすごした。信子が赤痢になったとき、鴨水館と学校内は大々的に消毒を行ったが、信子はどこで菌を拾ったのか、その後絶えてしまった。

信子は転校後親戚にあずけられ、そこから学校へ通ったがすぐ親戚の世話で結婚したとのこと。その後のことは、私は知らない。それを話したのは道子だ。

道子は私が引取ったといったら、読者はおどろかれるかも分らないが、事実だ。彼女は私の秘書をしながら、夜間の大学に通い、昨年はさる出版社に入社して、私のこの本が出版されるについては、彼女が担当するはずである。

「私の青春は、あのビラ貼りの一日のあと消えてしまったわ」

と口ぐせのようにいっていたが、もう近頃ではヒソヤカな恋愛をしているらしい。私がひそかに保存しておいたビラを彼女に見せても、関心がないようだ。私はそれにつけても、伊沢夫婦がそのまま運河村にのこって今でも、ことあるごとに彼がおせっかいぶりを発揮することに、私は尊敬の念を禁じ得ない。

伊沢は、幸子と近藤とのことについては、私に何も語らず、私がすべて幸子からきいたのである。伊沢も私も悪くはない。私達は過渡期にいるのです。と進歩への道を望み見るところや、伊沢にさえ知られなければ、何でも話します、といったのは、何といっても医者である。村では近藤とのことは知れわたったはずだが、幸子も、伊沢もききながし、しかも夫婦の間でこのことは一言も話さなかったというのだから、おどろくほかはない。

伊沢の奔走にもかかわらず、現在ではA村に近い、新田の渡附近には橋がかかっている。道子の事件が、それから今野の妻子におこった不幸な出来事が、伊沢の気勢をそいだことは事実だが、今となってみれば、伊沢が何故反対したか分らないところも、本人にあるにちがいない。伊沢は橋が出来てから、かえって信用をましつつあるのは皮肉である。もし彼がここにこのままいるのなら、彼は村長になることも可能かも知れない、といわれている。鶴見は希望通りアメリカに一年留学したが、ロサンゼルスからの便りでは、この国を理解するのは、大へん難しい。それは私が言葉を知らぬせいばかりではない。運河村のような小さな村でさえも、何が何だか分らないことがあったのだからムリもないと思っている。私の絵は好評ですが、私の絵は批評家に認められるというわけには行きません。アメリカでは水をガブガブ飲むが、運河村の水の方がうまい。しかし手紙によればいよいよ水道がひけるとか、それに川ばたに柵ができるという話、みな伊沢先生の長年の案なのだから、私は喜びたいと伊沢に花をもたせた手紙を書き送ってきているのは、旅情のせいばかりではなかった。鶴見は帰国したとき相当のドルをつかんできた。瀬田はエビガニ研究所をもうけているが、その金は鶴見が出したというウワサがウワサ屋をへ、道子をへて私の耳に伝ってきている。

今野京子は東京近在の実家の裏山に死んだようになってたおれていることが分ったのは、失踪後三日目で、今野は伊沢が京子は見つかったとウソをついて連れもどして息子の無事葬式をすませた。葬式のさいに、伊沢は失意の中にあったが、子供を運河から守れ、という大へんな荘重な演説をしたが、それが数年たって実行にうつされたときには、伊沢の意見が人々の心の中にのこっていたのであろう。というのは、今でもけっこう繁昌している床屋の話だ。

今野は現在はA町に転任しているが、彼が引越すときには村の者が雨の中を一個ずつかついで舟にのせて、満々と湛えた大川を親子三人荷物といっしょに運ばれて行った。彼の積んだ薪の束から二、三本薪がぬけて川におちて流れだしたとき、見送りにきていた瀬田は、あやうくそれをとりに川の中へ入ろうとしたそうである。

瀬田は道子が述懐したとき、鶴見を呼んでこさせ、今野の家に集っている者に(伊沢はいあわせなかったのは、前に書いたとおりだ)、ここ数日間は、私のいうようにしてくれ、どうせ自分は辞職するのだから、と今迄にないきびしい語調でいった。彼等ばかりではない小使もそうであった。

瀬田の辞職か転任は誰の眼にもあきらかなところであったが、どういうものか彼が留任を説得されだしたのは、誰も校長になり手がなかったことと、山名が姿を現わすことを期待されながら、姿をあらわさなかったことである。人々は山名の夢を忘れたのだ。

　山名の経営した予備校は今では温泉マークになっている。彼は家を売りはらい、自殺をはかったといわれているが、私は彼に長年あっていなかった。先日彼がふたたび校長としてある学校に赴任したというので、彼を元演習場があったというT県の学校を訪ねることにした。彼は大へん面やつれし、もともと白いものがまじっていた髪の毛はほとんど真白になっていた。ちょうど今、鴨水館をその町の病院に見舞いに行ったところだ、といいながら、ちょっと待ってくれ、これから生徒とグラウンドを五、六周かけてくるから、といった。そういえば、彼はランニングシャツとパンツ姿になっていた。校長室の窓からグラウンドを眺めていると、坊主頭の山名が、たくましい若者をつれてグラウンドを軽く走りはじめた。彼は自殺をはかったというのは、最近のことだから、彼はこうして生徒と走りながら、自殺のことを考えていたかも知れない。今夜は山名の話をききたいものだ、と私は思った。まだ私の知らない多くのことを山名が話してくれるだろう。

（完）

付録
『島』（集英社文庫版）解説　集英社文庫『島』（一九七九年二月）に掲載。
『小島信夫全集１（島／裁判）』（講談社版）解説をかねた《あとがき》　『小島信夫全集１』（一九七一年四月、講談社）に掲載。
『夜と昼の鎖』（講談社版）あとがき　『夜と昼の鎖』（一九五九年一二月、講談社）に掲載。

解説

小島はスイスだ。

春日武彦

1

やはり小島信夫の文章は異形である。「小銃」や「微笑」などの初期短篇はおおむね平明で、少なくとも読者が戸惑わされるような書き方にはなっていない。だが本巻に収められている三本の長篇は、もはや明快な文章で綴られているとは言い難い。多くの人は、癖が強いとか読みにくいと思うのではないか。いまひとつ内容が頭に入りづらいし、前後関係がごちゃごちゃしている。視線が滑らかに進んでいかない。

小島は「群像」の昭和四十一年三月号に「私の考える「新しさ」ということ」と題したエッセイを寄せている。その中に、こんな件《くだり》がある。「私にはどうも一般の読者を、ときには好意的な読者にさえもしっぺ返しをするようなところがある。なぜこの作者はわざとこういうもってまわった分りにくい表現をするのであろう、と宇野浩二氏に書かれたことがあった」。

そうか、自分の文章は分かりにくいとちゃんと自覚しているのか。では宇野浩二にやんわりと非難された小島はどう言い返すのか。「そのとき、宇野氏自身も近頃はそういうところがあるとひそかに思った」というフレーズが、さきほどの引用に続く。居直っているのだろうか。子どもじゃあるまいし、それでは弁明になっていないではないか。けれどもさらに続きがある。

私はもってまわった分りにくい表現をしたり、書きすぎて分りにくい表現をしたり、それに類する表現がたしかにある。その何分の一かは、私がもっと気をつければ何とでもなるものもある。もっと謙虚になれば、すむところもある。作家として腹がすわっていないというところもある。ところが私は心の底で、それだけではない、自分はなにかしら、真実の側面を真実がそこにあるあり方でそこにつきつけてみたいと思っているのだ、と叫んでいることを知っている。〔……〕

それとも真実のつかみ方にくせがあるのかもしれない。

どうもすっきりしないが、真実を適切につかみ表現するためには、異形の文章である必然性が存在すると主張しているらしい。まあそれはそれで受け入れるとしよう。では、たとえば『夜と昼の鎖』に出てくるこんな描写はどうだろう。

とつぜん嵐が吹きよせてくるような音がして伊沢は思わず仰向いた。

「何だ、あれは」

役場の窓から顔がつき出て空を見た。隊伍をつくった人々も舟の中にいる農夫達も仰向いた。そして役場の中の人は、空を指さして、

「白鷺だ!」

と伊沢に呼びかけてきた。それから数人の警官があわてて外へとび出して、広場を見、それから空を仰いだ。

「こんなにとぶのを見るのは、十年ぶりだ。めったに見られないよ」
「これはどういうことなんです」
若い教師が老教師にたずねた。
「私は中国で、ちょうどこんな部落にいる時、蝗の大群が三十分も空をとんでいるのを見ましたよ。それにくらべれば、これは屁みたいなものですね。日本は何事もスケールが小さいですね」

いったい白鷺は一羽だったのか群れを成していたのか、そこでわたしは半秒ばかり迷ったのである。「嵐が吹きよせてくるような音」という言い回しによって、即座に白鷺が大群であったことなど分かるじゃないかと言う人もいるだろう。だが言葉の綾というかあえて大げさな表現をしたかもしれないではないか。もしベストセラー作家が書いたとしたら、白鷺が一羽だけの場合には、誰かが「空を指さして」「白鷺だ！」と声を上げた、あるいは呼びかけてきた、とするだろう。けれども、群れであったなら指さすことはさせず、「白鷺の大群だぁ！」と両手を大きく広げさせるのではないか。さらに、「こんなにとぶのを見るのは、十年ぶりだ。めったに見られないよ」の「こんなに」は「こんなふうに（たった一羽だけでも）」か、それとも「こんなに（沢山の白鷺が）」なのか判然としない。

べつに受験国語的な厳密さを求めて言っているのではない。鮮やかで印象的なシーンがいきなり展開される箇所なのだ。そこで一瞬たりとも「単数か、複数か？」と読者に迷わせてしまうのは、小説家として失敗なのではと思ってしまうからなのだ。わたしの頭が悪いのは認めるにせよ、個人的には文章の茫洋さというか曖昧さが我慢ならない。

昭和四十二年に講談社から発刊されたシリーズ『われらの文学』の一冊、小島信夫集の巻末に付された「愚劣さについて」というエッセイでは、ゴーゴリの「鼻」の内容を紹介する文章が出てくる。

一方八等官はその朝ヒゲを剃ろうとして鏡をのぞくと、鼻がない。これは大へんなことだ。彼は鼻をハンカチでかくして鼻をさがしに出かける。そうして橋の上で床屋は八等官の姿をチラッと見てあわてる。

鼻がなくなっているのに、「鼻をハンカチでかくして鼻をさがしに出かける」はおかしいだろう。「前の日まで鼻のあった辺りをハンカチでかくして」としなければ辻褄が合わないじゃないか。分かりきった説明を省略しただけということなのか。それともわざとこのように確信犯的に書いておかしさを表現しているのか。

ヒステリックに揚げ足を取っているつもりはない。だが、独自の方法で真実をつかみ取るためにはたとえ文章が異形なものになろうと仕方がないといった覚悟があるとしたら、だからこそ肝心な部分で曖昧さや不正確さを曝すべきではないと思うのだ。もっともわたしが面と向かってそんなことを言ったら、小島は「そうです、その通りです、その通りです。分かりました」(安岡章太郎について書いた文章の中では、これが小島自身の口癖とされている)と答えそうだが。

と、とりあえず言いたいことをまず言わせていただいた。真実をつかみ取るための独自の方法ないし文体と、曖昧だったり不正確だったりする文章とは別の話である筈だと喚くのは、もはや生理的なレベルでの好き嫌いでしかないのかもしれない。わたしは英国の推理作家ディクスン・カー(カーター・ディクスン)の諸作をどうしても気楽に読み進められず、それは彼の持って回った表現や妙な誇張が、たんなるレトリックの範疇なのか伏線の可能性がある記述なのか判別し難いことがしばしば起きるからである。いらいらする。そういった経験と一緒にするのは失礼かもしれないが、熱心な読者たちを横目で見ながら自分だけが文章に不平を唱えて脱落していくのは悲しいのだ。

2

なぜ異形な文章になるのかを詮索しても、推理小説の解決みたいにすっきりとした結論は出ないだろう。でも、やはり気になる。もしかすると、文章だか文体を世界と向き合う姿勢のようなものと見なせば、わたしのような者が曖昧だの不正確だのと文句を言いたくなるような表現も「織り込み済み」といった話になるのかもしれない。それでも釈然としない気持ちは残るのだけれど。

ところで、こんな記述を引用してみたい。講談社版の『小島信夫全集』第六巻（昭和四十六年）の、「解説をかねた《あとがき》」の一部である。

実はその前にある新聞に文芸時評を頼まれ、引き受けることになっていた。そうして時評をして他人の小説のことを扱うのなら、自分も何か小説を毎月書かなければ資格もあるまい、というのが、私の発想であって、これは私の物の考え方や、性質をあらわしているかもしれない。この発想には当時も我ながら不思議に思ったことをおぼえている。

このユニークな発想によって「町」の連作が生まれ、それが『別れる理由』へとつながっていったのであった。それにしても、毎月他人の小説の時評を行うならば自分も毎月小説を書かねばオカシイというロジックは奇妙だ。登場人物として女装好きの男を描くためには、自分も口紅を塗ったりスカートを穿いてみる必要があると考えるようなものだろう。誠実さや潔癖さの変形であるようにも思えるし、律儀とか馬鹿正直とも言えそうだ。腑に落ちる部分がないでもないが、やはり変だ。滑稽に近い。

わたしは似たような発想をしていた人物を知っている。その人は病気で自宅療養中の男性で、職を失っていた。家計を支えるべく、妻がレジのパートに出ていた。彼はそのことを大変に申し訳なく思っていた。自分なりにバランスを取らねば夫として失格であると考えた。妻がパートに出ているあいだは自宅で立ったまま過ごそうと考えた。妻が立ちっぱなしで働いている時間帯には、自分も立ちっぱなしでいることで多少なりとも苦労を共有しようとしたのである。彼は立ったまま食事をしたりテレビを見たり溜め息を吐いたり本を読んだりしていた。切実であると同時に、まことに浮世離れした振る舞いであった。妻にはそのことを黙っていた。

以下、話は急にデリケートな様相を帯びてくるのだけれど、この男性は統合失調症の患者であった。幻覚妄想は消えていたが、思考に独特な偏りが生じたケースである。ぜひとも理解していただきたいのは、精神疾患の患者と小島信夫とが似たようなトーンの発想をしたからといって小島には統合失調症の疑いがあるというような短絡をしているわけではない。小島が病人ないしは病的であったなどとは毛頭思っていない。

ただし、正常な人間とて奇妙な思考をすることはある。しかもそれは支離滅裂ではなく、そこには何か奇妙なりに心の奥で納得のいくような、それどころか懐かしいような気持ちすら抱かせる場合がある。そうした点においては小島のロジックには親しみが湧く。精神病理や諧謔と通底しているゆえに親近感を獲得するような思考は、よそよそしさよりもむしろ懐かしさに近いトーンを帯びることは興味深い。

そしてもうひとつ、こんな話を紹介しておきたい。アリエティというニューヨークの精神科医が書いた『精神分裂病の心理』（加藤正明ら訳、牧書店、一九五八）という本に載っているケースである。なお精神分裂病とは統合失調症の旧名である。

　自分は処女マリアだと考えている患者があった。彼女の思考過程は次のようであった。「処女マリアは処女である。わたくしは処女である。だから、わたくしは処女マリアだ」。二つの前提の述語の同一であること（処女である状態）が、彼女に二つの主語（処女マリアと患者）を同一のものと受けとらせたので、妄想的な結論に達した。彼女は処女マリアに感ずる極度の親近感と霊的類似のために、処女マリアを自分と同一視せざるを得なかった。

ブロイラー〔スイスの著名な精神科医、一八五七―一九三九〕によって引用された患者は、自分がスイスであると考えた。こんな奇態な思考を、どのように説明できようか？　ブロイラーの時代でも、スイスは世界における数少ない自由な国家の一つであった。患者は同一視したいとつよく望んでいた自由という概念の代りに、この国名を選んだ。「スイスは自由を愛し、わたくしは自由を愛する。わたくしはスイスだ」。

右に述べてあるのは「フォン・ドマルスの法則」なるものの実例で、「正常人は同一の主語に基づいてのみ同一のものと受けとるのに反して、古論理の人は同一の述語に基づいて同一のものと受けとる」という思考形式であり、幼児や未開人、そして統合失調症において古論理（太古思考とも呼ばれる）が見られることがあるとされる。これはたんなる奇想に過ぎないのだろうか。

わたしがこの法則を思い出したのは、先日、『島』に付された柄谷行人の解説（新潮現代文学37巻、昭和五十六年。この巻には、長篇では『島』と『抱擁家族』が収録されている）を目にしたときである。

一般的な通念からいえば、たとえば『島』は抽象的で、『抱擁家族』は具象的である。しかし、そういう区別とはべつな意味で、小島信夫は根本的に〝抽象的な〟作家である。この〝抽象性〟は、彼が人間であれ事物であれ、それらを実体としてでなく関係項としてみるという認識にある。「私がねらっているのは、どうもオカシサというようなものであるらしい」（「墓碑銘」について）と、小島信夫は書いているが、彼の抽象性はこのオカシサとつねに結びついており、逆にいえば、このオカシサは抽象性からしか出てこない類のものである。

関係項としてしか認識しないから抽象性を帯び、それがときに滑稽なトーンと結びつくといった指摘は多くの識者によってなされているようだ。なるほど言われてみればそう思えるが、いざあらためて考えると、関係項としてしか認識しないというのが何やらよく分からない。ただしそういった認識で綴られた文章にはどこか変な手触りや、模糊とした感触が伴いそうな気はする。

さて、実体としてではなく関係項として見るという作法は、もしかすると先ほどの「(同一の主語ではなく)同一の述語において同一のものと受けとる」といったセンスに近くないか。抽象性を経由することによって、世界は今までと違った具合に分節される。すると、ときには世界が突飛に変容して見える。だからといって小島の作品に「わたくしはスイスだ」なんて台詞が出てくるというわけではないが、文章から受ける変な手触りにはそれに類したオカシサが関与していないだろうか。

オカシサついでに、『裁判』からこんな箇所を書き出してみたい。

ところが一歩一歩ふみ出しながら、私は自分の歩調が、みだれることに気がついた。考えてみると、妨害者は、吉本の名刺の電話番号だった。私はここへ来るまでに名刺を何度もとり出して見ていたので、おぼえようと思わないのに、瞼の裏にやきついたようになっているらしい。

吉本のところへ電話を入れようかどうしようかと「私」が迷っている場面なのだが、それがこうした表現になる。ぼんやり読んでいたせいで、わたしは「妨害者」という言葉に混乱させられた。自然に頭に入ってしまった電話番号つまり記号が、あたかも刺客や工作員や間諜などに類した胡乱《うろん》な呼称――妨害者に擬せられている。こうした書き方には、確かに微妙なオカシサが漂っている。英語の（愚直な）直訳めいてもいる。どこまで意図したのか、どこまで必然性のある表現なのかは分からないものの、独特であるのは間違いなかろう。だからどうしたというわけではないけれど。

3

本書所収の三篇について、雑記めいたことを含めてそれぞれ述べておこう。

まず、昭和三十年に雑誌発表された『島』について。著者にとって長篇第一作であるこの作品は、多くの評論家からは失敗作とされている。例外は奥野健男で、「今までの日本文学の発想になかった画期的な、小島の最大の冒険的作品」と絶賛する。おしなべて冒険的作品とか実験的作品と称するものは、わけが分からないもののその前向きな心構えや大胆さに賛同するか否か――そればかりが問われがちな気がする。スタイルと熱意ばかりが取り沙汰されて、中身の検証にまでは及んでいない場合が多い。だから擁護者はしばしば喧嘩腰になる。

あからさまに言ってしまえば、『島』は何だかもやもやしていて分からない。少なくとも「ああ、そうだったのか」といったカタルシスは提供してくれない。要約するのも難儀なので、誰もがとりあえずカフカ的といった言い方で茶を濁してしまう。そしてさきほど記したフォン・ドマルスの法則がもっとも似合いそうな作品でもある。

もやもやしていて分からないと書いたが、果たして『島』は難解な小説なのか。いや、そうでないところに戸惑わされるのである。固有名詞の欠落や、「百五番島」とか「大ケンリ島」「噂男」「『閉されていなくて閉されていること』という新式の将棋」などの思わせぶりな言葉、得体の知れない臭いや煙などのアイテムは、容易に「これは××を意味しているのではあるまいか」と読者を解読ゲームに誘ってしまう。こちらはアメリカ帝国そのものであり、そちらは第五福竜丸事件を示唆し、あちらは国際政治における領海問題を暗示している、といった具合に。そんなにもあからさまでは新聞の一齣マンガというかニュース漫画（チクリと風刺、というやつ）と大差がなくなってしまうではないか。文学の豊かさとは別の方角を向いてしまうのではないか。ある種の無防備さを感じさせないか。小島ともあろう作家がどうしてそんなものを書くのかと、目玉をぐるぐる回したくなるほうが純文学の読者（おそらく奥野が嫌いそうな保守的な読者）としては自然ではあるまいか。そのようなもやもやなのである。

だが、そんな考えは偏狭な文学マニアの思い込みなのかもしれない。

単行本『アメリカン・スクール』のあとがきでは小島本人が、「それから何度も云うが「象徴」ということ。僕の場合は文学的良心としてこの手法に固執している」と述べている。しかしその場合の「象徴」と、何かの言い換えないしは仄めかしとしての「象徴」とは、（たぶん）ニュアンスが異なるだろう。

ところが『チャペルのある学校』のあとがきでは、こんなことを語っている。

> 例えば、「音」とは何であるか、「温泉博士」の源泉とは何であるか、という疑問が読みながら起ってくるとすれば、それは一応作者の意図は成功しているわけである。音が実際の音でもあり、それだけでもなく、源泉が源泉そのものであって、それだけでもない、というふうにして、同時に読者がある満足を得られなければならない。

いやはや意外であった。背後に秘められている意味（寓意とでもしたほうが正確だろうか）を小賢しげに解読しようとするような読者なんぞ嫌うのが小島信夫だろうと勝手に思っていたせいである。一対一対応としての「意味されるもの」なんて、いちいち探った途端に小説が痩せてしまうとは思っていなかったらしい。意味なんていう理に落ちたものは小島は嫌いだろうとわたしは考えていたのだ。まあ勝手に一方的な作者のイメージを作り上げていた次第であるが、かなり根本的な思い違いを当方はしていたようなのである。

カフカ的という形容も曲者である。小島自身がカフカに深い関心を寄せ、しかも確かにカフカ的とでもいうべき小説世界が成立しているような手応えはある。が、どうも世間的にカフカ作品には二つのイメージがあるように思われるのだ。ひとつは不条理とか迷宮などが通奏低音となった作品、というイメージ。もうひとつは、ことにカフカの小説は小品であればあるほど素敵といった嗜好につながるイメージである。オドラデクだの不可解な動物、心を持った橋などの珍品を、象徴とは捉えずにあくまでも珍品として愛でる心性であり、ボルヘスや澁澤龍彦辺りの玩物趣味に重なる。カフカを好む昨今の読者は、実は後者寄りが多いのではないかという感触がある。そんな次第で、カフカ的と聞くと無意識のうちに後者を期待してしまうものの実際には前者だけのケースが多く、その失望感もまたカフカ的という呼称にまつわる投げやりな印象を強めている気がするのである。

罵声を浴びせられることを承知で申せば、技法としての「カフカ的」、つまり前者に準じた「カフカ的」はさほど書き上げるのが難しくないのではないか。失敗作でも失敗加減がカフカ的となってしまう便利なジャンルなのではないかという不信感を拭い去れない。まあこのようなひねくれ方をしてしまうところに、二十一世紀を生きる読者の悲劇があるのかもしれないが。

さて、長篇『島』を慈しむ読者は、たとえば作中のこんなやりとりを好みそうな気がする。

「きみ、船員の話では記念塔と呼ばれているそうだよ。記念塔は大きければ大きい方がよいからな。あいつを記念塔にしたのは僕たちの力だからな」

誇らしげにそうつづける。

「いったい何の記念塔なのだ」

「大きいからですよ。こんな大きなものがあったということの記念だよ」

不条理めいたトートロジー的言い回し。こういったものに出会うと、なぜか小劇場で現代演劇の役者がこの類の台詞を口にして、すると好意的な観客が待ち構えていたように笑い声を上げる光景がオーバーラップしてしまう。

昭和三十年代あたりの日本のモノクロ映画を、なぜか『裁判』からは思い出す。昔の日本映画は俳優の台詞回しが意外なほど単調というか棒読みに近くて奇妙な気分にいつもさせられるが、それは現代の映画がいくぶん大仰であざといからかもしれない。それに近いギャップを『裁判』からは感じる。

タイトルである「裁判」とは、主人公の「私」が妻から家庭裁判所に訴えられているシチュエーションを踏まえている。「私」は給料を妻に渡さず家庭内別居の状態にあり、役所勤めの身でありながら出版社に出入りして校正のアルバイトを請け負っている（だから誤植がどうしたといった話が盛んに出てくるのだが、いやオレの人生そのものが誤植だらけだと苦笑しているかのような小説でもある）。それがために役所ではこそこそと姑息に振る舞い、家でも孤立し、結局のところ「私」は居場所のない人間である。そんなショボい人物の生活と意見が淡々と綴られていく。

それにしてもこの小説には独特の調子っ外れなところと屈託とが絶妙に混ざり合っていて、なかなか珍妙な味わいのユーモアを醸し出すのである。たとえば「私」がしばしば訪れる飲み屋の「秋野」の壁には、酌婦の中田ルミ子に与えられた表彰状が飾ってある。その文面とは、「右の者は衛生食品、食器の取り扱いに関し、よくその趣旨を体してその職に忠実に励み、「秋野」方に於て三年間勤続したことを賞し、ここに表彰す／某区保健所長／峯下五郎」となっているが、いくらなんでもそんな賞状を保健所が出す筈があるまい。どこまで本気で書いているのだろうか。あるいは主人公は断種（パイプカット）をしたことについて、「断種した当座、朝おきぬけに久しぶりに若い時にかえったのではないか、と思われるような気配が局部にあった。こうした若返りの方法があることを誰も知らない。これは断種ということを不道徳と考えたり、人口が次第にへって行く国で考えている取越苦労で、ことによると、手術をした医者自身だって知らないのじゃないか」などとどこか自己正当化を図っている気配のいじましさは、小説全体に漂っている微妙ないかがわしさと相俟って複雑な味わいの読書体験を与えてくれる。

だがそれだけではない。

小島信夫の作品では、それこそモノクロの作品がいきなりパートカラーとなるように、不意にシーンが色鮮やかに迫ってくることがある。そうした体験は小島作品を読む醍醐味のひとつで、そのためにはなるほど文章全体が少々茫漠としていたほうが効果的にすら思える。

この長篇においては、主人公の幼い子ども良一と良二の二人が登場するところがそうしたシーンに該当する。

> 私はふたたび小さい声でいった。子供らにこれ以上恥をかかせまいと思ったのだ。そうすると二人は顔を見合せたが、くすくす笑いだした。
> 「知らねえよ、なあ知らねえな」
> 私は、その意味がよく分らないので、彼らが次に何をいいだすか待ちかまえていた。すると下の息子は畳の上にひっくりかえりながらズルそうに私を見上げていたが、顔が赤くなってきたかと思うと、
> 「もう止そうや。いったってよこしゃしねえよ。寝ている時にしようぜ」

この箇所が、わたしにはとても怖い。子どもがいきなり悪魔めいて見えたかのような気味の悪さがある（小島

自身も子どもとのやりとりの部分は気に入っていると書いている。もうひとつのお気に入りは、主人公がパイプカットをしているのが不意に明らかになるところだそうである）。いったいこの大人びて荒《すさ》んだ言葉遣いはどうだろう。そういえばこの作品全体が、書き割りと大道具・小道具から成る舞台装置の前で演じられているような贋物めいた雰囲気に染められている。その中で子どもないしは子役の台詞と振る舞いばかりが、いやに生々しい。それに比べれば家庭裁判所における調停での不毛なやりとりのシーンは、むしろ予定調和に思えてしまう。

作品の最後は、子どもたちを連れた「私」が、貸し切りバスで役所の慰安旅行に出かける場面となっている。ここも鮮やかさが際立っている。

> バスの中で歓声が急にわきあがったように思えた。その声とともに私はもともと見ていなかった前方の景色が、鞭のように眼を打ってくるのを感じた。
> 「海だ！」
> という良二の声がした。

この四行で小説はおしまいとなる。まことに魅力的な終結だが、失敗作とまで言われる『島』も、最後の箇所は、「近よって私が揺ぶっても、いよいよイビキは高くなるばかりで、容易に目を覚す気配はなかった」と見事な文章で締め括られている。『裁判』は『島』とは異なり多くの評論家から好意を寄せられているらしいが、（比較的）オーソドックスにまとまった印象が読者に安心感をもたらすからだろう。風俗のディテールがいろいろと描かれているので（たとえばボナンザグラムというクイズが登場するが、これはアメリカ発の〈言葉の虫食い算〉とでもいうべきパズルで、我が国での熱狂ぶりを報道する昭和三十一年のニュース動画を今もネットで見ることが出来る）、アブストラクトな『島』よりも『裁判』のほうが古くさく見えかねないにもかかわらず実際にはその逆であるのが面白い。

昭和三十四年、渡米を終えてから発表された『夜と昼の鎖』は、小島の長篇の中ではもっとも言及されることの少ない作品のようである。田舎の高校の教員に対するレッド・パージ運動とその影響をひとつの軸として話は進められるが、多数の登場人物たちが勝手にぞろぞろ動き回っているような気配で、ガラス箱の中の蟻の巣でも見せられているような気分になるからだろうか。舞台設定は面白いのだけれど、どこかよそよそしさしか感じられない。

プロローグの部分に、山名という怪物的な人物が出てくる。これがストーリーの陰で暗躍する黒幕的人物を想起させるのだ。活躍を期待せずにはいられなくなる。なにしろ彼についての描写がすこぶるアバンギャルドなのである。

> 山名は始終ヒワイな言葉を吐きつづけており、笑うべきことがあると、足を頭の上まであげて、足で拍手のマネをした。そういう器用なことができるのは、年齢も四十前で長年スポーツできたえた体操教師あがりであるためだが、そうして足をたたきながら、彼の眼が、一座の者の眼をちゃんと意識しているのを知って、私はおどろいた。

残念なことに、物語の中で作者は山名を活《い》かしきれていない。それが心残りだといった意味のことを小島は述べているが、そもそもこの小説において山名は奇抜過ぎる。ただし『夜と昼の鎖』自体がさながら断面図だとか図解された絵を眺めているような印象を与えるせいで、山名のごとき全てを睥睨《へいげい》する存在を置いてみたくなる気持ちは分かる。

なぜ断面図とか図解された絵（あるいはガラス箱の中の蟻の巣）を眺めている気分にさせられるかというと、単行本あとがきで作者が述べる言葉がそのまま反映されているからである。「もともと私はこう思っている。家の外と内の二つの生活の仕方がそれぞれ独立し、外は内にも影をおとしてきているが、外の部分はいわゆる重要な部分と時間をしめながら、普通の意味で人間的ではない生活である。内の部分はこれに対し人間的であるが、よどんだ状態である。〔……〕図式的のソシリを免がれないかもしれないが、私は内＝夜、外＝昼とを一応むすびつけ、その二つがどのようにつながるか、つながり得るか、書いてみるつもりだったのだが、ごらんの通りの有様になってしまった」。

二重性に注目しているから、しかも家の内外の違いに注目しているから、書きっぷりが図解ふうになったのだろう。運河が網目状に走り、水中にはアメリカ・ザリガニが潜み、家々が島状に点在している特異な土地（短篇「鬼」にも使われた千葉県・佐原近くの八筋川周辺）を背景にしたことも、絵解きふうの雰囲気作りに与っているのかもしれない。

講談社版の全集第三巻のあとがきには、「夜は男と女によって作る家庭中心の世界だが、昼間は徒党の世界である。この二つが結びつかないということを書いたつもりの小説が」云々と述べられている。夜と昼、内と外、他者との社会的生活と家族との個人的生活、こうした対立項が結びつかないと小島は言う。しかし現実には一人の人間が淡々と双方を生きているのである。それが普通のありようだろう。ヒトは矛盾したものを平気で抱え込めるし、一貫性を欠いたからといって気が狂うわけでもない（一貫性にこだわり過ぎる人間こそが精神を病む）。にもかかわらずこのようなテーマをわざわざ据える発想が、正直なところわたしには分からない。

ひょっとしたら小島は、何の疑問も痛痒もなく夜と昼とをそのまま当たり前に生きている人間は、ただそれだけで「足で拍手のマネを」する位に器用な営みを全うしていると感じていたのだろうか。

4

小島信夫の作家生活の初期に書かれた三本の長篇は、いずれも読まれる機会が少ない。波瀾万丈とは言いかねるし、構築美にたじろがされる種類の作品でもない。強烈な謎が解明される筋立てでもないし、主人公が大きく成長を遂げるわけでもない。漲《みなぎ》る切実さに読者が翻弄されることもない。どこかデッサンの狂った背景が設定され、そこに輪郭の曖昧な俗物たちが右往左往するうち不意に光景が鮮明になり、しかし次の瞬間にはまたつかみ所のない日常へ戻ってしまう。文章も面妖に感じられてしまう。楽しみ方のコツが分からずに読者としては困惑してしまうのだ。

初期の短篇、「小銃」だとか「微笑」だとか「アメリカン・スクール」などに親しんだ読者に対して、これらの長篇は大いなる不安をもたらしたのではないだろうか。いや、もっと明け透けに言えば、作者がどんどんオカシくなっていく、壊れていくと実感した読者も稀ならずいたのではないだろうか。となれば、これら長篇群はリアルタイムにおいて一種の戦慄《ホラー》物件として機能していた可能性すらある。後期の作品群を思えば、なかなか愉快な話ではないか。

（かすがたけひこ、精神科医）

装幀——西山孝司

小島信夫長篇集成　第①巻

島／裁判／夜と昼の鎖

二〇一五年一〇月三〇日第一版第一刷印刷　二〇一五年一一月一〇日第一版第一刷発行

著者――小島信夫

発行者――鈴木宏

発行所――株式会社水声社
東京都文京区小石川二―一〇―一　いろは館内　郵便番号一一二―〇〇〇二
電話〇三―三八一八―六〇四〇　ＦＡＸ〇三―三八一八―二四三七
郵便振替〇〇一八〇―四―六五四一〇〇
URL : http://www.suiseisha.net

印刷・製本――精興社

ISBN978-4-8010-0111-4